KB058738

Beautiful Creatures

캐미 가르시아 · 마거릿 스톨 Kami Garcia & Margaret Stohl 장편소설

김승욱 옮김

BEAUTIFUL CREATURES

그린브라이어의 연인

뷰티풀
크리처스

랜덤하우스

미디어리뷰

뉴욕 타임스 베스트셀러 · 아마존 올해의 Teen Book 1위

2009 아마존 편집자 선정 올해의 소설 100(종합 5위)

보더스 올해의 소설 · 인디 넥스트 리스트 선정 올해의 소설

윌리엄 C. 모리스 영어덜트 데뷔소설 후보작

뉴욕 공립 도서관 최고의 Teen 소설

"고딕 스타일의 대가 앤 라이스에 스테프니 메이어의 〈트와일라잇〉, 그리고 HBO의 〈트루 블러드〉 시리즈가 결합했다."_스쿨 라이브러리 저널

"독자들을 잊혀지지 않는 이야기와 정교한 배경 속에 빠져들게 하는 책. 전통 관습과 제약에 얽매인 남부 생활 속에서 펼쳐지는 강렬한 신화들이 정말 인상적이다."_퍼블리셔스 위클리

"《뷰티풀 크리처스》는 다음과 같은 것을 가진 책이다. 오싹하면서 기이한 배경, 죽음의 저주, 환생 이야기, 주술과 마법까지. 여기에 매력적인 캐릭터들은 작품이 끝날 때까지 결코 책을 놓지 못하게 한다. 누구라도 작가들에게 후편을 좀 요구해주길! 제발!"_VOYA

"저자들은 미국 남부 역사에 고딕적 감수성을 가미한 매력으로 절묘한 작품을 써냈다. 여타 영어덜트 로맨스 소설들과는 달리 남자 주인공의 시점이라는 것도 특이하다. 《뷰티풀 크리처스》는 산뜻하고도 즐거운 영어덜트 스릴러/로맨스 작품이다."_앨런 리뷰

"고급스럽고 특별하며 로맨틱하다."_커커스 리뷰

"매력적인 남부 고딕 스타일의 소설."_홀리 블랙(《Tithe: A Modern Faerie Tale》 저자)

"공들여 만든 공예품과도 같은 소설. 분위기 있고 독창적이다."_멜리사 마 (《Wicked Lovely》 저자)

"마지막 장을 넘겼지만 잊혀지지 않는 여운. 매혹적인 다크 판타지."_카산드라 클레어(《City of Bones》 저자)

"《뷰티풀 크리처스》를 읽고 난 후에도 계속 이 작품을 떠올릴 수밖에 없을 것이다."_캐리 라이언(《The Forest of Hands and Teeth》 저자)

"너무나 아름답고 우아한 이야기에 잊을 수 없는 감동까지 선사한다."_미셀 진크 (《Prophecy of the Sisters》 저자)

"나는 《뷰티풀 크리처스》 속 배경을 꽤 즐겼다. 역사가 가미된 이야기도 매력적이고 여타 소설이나 영화들과는 다르게 묘사된 현실적인 고등학교의 생활도 인상적이다. 이 작품에는 내가 진정으로 인정한다는 도장이라도 찍어주고 싶다. 후편이 나올 때까지 도대체 어떻게 기다릴 수 있단 말인가."_아마존 독자 리뷰

차
례

닉과 스텔라

엠마, 메이와 케이트

그리고

모든 주술사와 따돌림 당하는 사람들에게.

우리는 생각보다 많다.

어둠은 어둠을 몰아내지 못한다.

그렇게 할 수 있는 것은 빛뿐이다.

증오는 증오를 몰아내지 못한다.

그렇게 할 수 있는 것은 사랑뿐이다.

— 마틴 루서 킹 주니어

촌구석

우리 마을에는 두 종류의 사람들밖에 없다. "멍청이와 못 떠난 사람." 아버지는 애정이 넘치는 표정으로 이웃들을 이렇게 분류했다. "여기 머무를 수밖에 없는 사람과 멍청해서 떠나지 못한 사람. 다른 사람들은 전부 출구를 찾아 나갔지." 아버지가 어느 쪽인지는 의문의 여지가 없지만, 나는 감히 용기를 내서 물어보지 못했다. 아버지는 작가였고, 우리가 사는 곳은 사우스캐롤라이나 주 개틀린이었다. 내 고조할아버지의 할아버지인 엘리스 웨이트가 남북전쟁 때 샌티 강 반대편에서 싸우다 죽은 뒤로 웨이트 일가는 항상 여기서 살았기 때문이다.

하지만 이곳 사람들은 그 전쟁을 남북전쟁이라고 부르지 않았다. 60세 이하인 사람들은 모두 '주들 사이의 전쟁'이라고 부르고, 60세 이상인 사람들은 '북부의 공격으로 벌어진 전쟁'이라고 불렀다. 마치 북부 사람들이 품질 나쁜 면화를 핑계 삼아 남부 사람들을 전쟁으로 끌어들였다고 생각하는 것 같았다. 모두들 그랬다. 우리 식구들만 빼고. 우리 식구들은 그냥 남북전쟁이라고 불렀다.

그것 역시 내가 하루라도 빨리 이곳을 빠져나가고 싶어 하는 이유였다.

개틀린은 영화에 나오는 작은 마을들과 달랐다. 혹시 50년쯤 전에 만들어진 영화라면 또 몰라도. 우리 마을은 찰스턴에서 너무 멀어서 스타벅스도 맥도널드도 없었다. 우리 마을에 있는 것이라고는 데-리키밖에 없었다. 젠트리 일가가 데어리 킹을 인수했을 때 돈이 없어서 간판에 쓸 새 글자를 전부 사지 못한 탓이었다. 도서관에는 여전히 컴퓨터 도서목록 대신 도서카드가 있고, 고등학교에는 여전히 칠판이 있고, 동네 풀장은 뜨끈한 갈색 물이 고여 있는 물트리 호수였다. 근처 극장인 시네플렉스에 가면, 새 영화 디브이디가 나올 때쯤 같은 영화를 볼 수 있었다. 그나마 거길 가려면 누군가의 차를 얻어 타고 커뮤니티칼리지가 있는 서머빌까지 가야 했다. 가게들은 메인 거리에 있고, 좋은 집들은 리버 거리에 있고, 그 밖의 사람들은 죄다 9번 도로 남쪽에 살았다. 그곳에서는 도로 포장이 조각조각 갈라져서 해체되는 중이라 걷기가 아주 힘들었지만, 깨진 콘크리트 조각들은 성난 주머니쥐들한테 던지기 딱 좋았다. 녀석들은 지상에 살고 있는 짐승들 중 가장 비열한 놈들이었다. 내가 지금까지 이야기한 것들은 영화에는 나오지 않는다.

개틀린은 복잡한 곳이 아니었다. 개틀린은 그냥 개틀린이었다. 사람들은 참을 수 없는 더위 속에서 현관 베란다에 앉아 서로를 지켜보았다. 땀을 줄줄 흘리는 모습이 어디서나 훤히 보였다. 하지만 그렇게 열심히 서로를 지켜보아도 아무 소용이 없었다. 개틀린에서는 아무것도 변하는 법이 없었다. 내일은 새로운 학기가 시작되는 날이었다. 스톤월 잭슨 고등학교에서 내가 2학년으로 올라가는 날. 하지만 나는 내일 일을 이미 다 알고 있었다. 내가 어느 자리에 앉을지, 누구와 말을 할지, 어떤 농담을 할지, 여자애들은 어떨지, 누가 어디에 차를 세울지.

개틀린에 깜짝 놀랄 일은 전혀 없었다. 이 마을은 촌구석 중에 촌구석이었다.

적어도 내 생각은 그랬다. 그 여름의 마지막 밤에 낡아빠진 책《제5도살장》을 덮고, 아이팟을 끄고, 불을 끌 때는.

그런데 그건 틀려도 한참 틀린 생각이었다.

저주가 있었다.

어떤 여자애가 있었다.

그리고 마지막으로 무덤이 있었다.

나는 그런 일이 벌어질 줄은 짐작도 하지 못했다.

꿈

추락.

나는 떨어지고 있었다. 허공에서 제멋대로 공중제비를 돌면서.

"이선!"

그녀가 나를 향해 외쳤다. 그녀의 목소리만 듣는데도 내 심장이 마구 뛰었다.

"살려줘!"

그녀도 떨어지고 있었다. 나는 팔을 뻗어 그녀를 잡으려고 했다. 하지만 손에 잡히는 것은 허공뿐이었다. 발밑에는 땅이 전혀 느껴지지 않았고, 나는 진흙을 할퀴고 있었다. 우리의 손끝이 스쳤다. 어둠 속에서 초록색 불꽃이 튀었다.

그녀가 내 손가락 사이로 미끄러졌다. 내게는 상실감만 남았다.

레몬과 로즈마리. 그녀의 체취였다. 그 순간에도 그 냄새가 났다.

하지만 나는 그녀를 붙잡을 수 없었다.

나는 그녀 없이는 살 수 없는데.

나는 벌떡 일어나 앉아서 숨을 고르려고 애썼다.

"이선 웨이트! 일어나! 학기 첫날부터 지각할 거야?" 아래층에서 나를 부르는 애마 아줌마의 목소리가 들렸다.

내 시야가 또렷해지면서 어둠 속의 희미한 불빛이 눈에 들어왔다. 낡은 우리 집 덧문을 두드리는 빗소리가 아련하게 들렸다. 비가 오는 모양이었다. 아침이 된 것 같았다. 여긴 내 방이 틀림없었다.

내 방은 덥고 축축했다. 비 때문이었다. 왜 창문이 열려 있는 거지?

머리가 욱신거렸다. 나는 다시 침대에 드러누웠다. 언제나 그랬듯이 꿈이 스르르 사라져갔다. 나는 안전한 내 방에 있었다. 낡은 우리 집에서, 6대조 조상부터 죽 썼던 것 같은 삐걱거리는 마호가니 침대에 누워 있었다. 여기서는 사람이 진흙으로 된 블랙홀에 빠지는 일은 일어나지 않았다. 사실 여기서는 무슨 일이든 일어나는 법이 없었다.

나는 회반죽을 바른 천장을 빤히 바라보았다. 어리호박벌들이 집을 못 짓게 하려고 하늘색으로 칠해져 있었다. 내가 어떻게 된 거지?

그 꿈을 꾸기 시작한 지 벌써 몇 달째였다. 꿈이 전부 기억나지는 않았지만, 기억나는 부분은 항상 똑같았다. 여자애가 떨어지고, 나도 떨어지고, 내가 여자애를 붙잡으려고 하지만 실패하는 부분. 내가 붙잡지 못하면, 그 애는 아주 끔찍한 일을 당할 것이다. 바로 그게 문제였다. 내가 그 애를 놓으면 안 된다는 것. 그 애를 잃어버리면 안 된다는 것. 마치 내가 그 애를 사랑하는 것 같았다. 모르는 아이인데. 첫눈에 보기도 전에 반한 사랑이라고나 할까.

하지만 그건 정신 나간 소리였다. 그 애는 그냥 꿈에 나온 여자애일 뿐이었다. 나는 그 애가 어떻게 생겼는지도 몰랐다. 몇 달 전부터 같은 꿈을 꾸고 있지만, 그 애의 얼굴을 본 적은 한 번도 없었다. 아니면 기억을 못하는 것이거나. 내가 아는 거라고는 그 애를 놓칠 때마다 가슴이 덜컹 내려앉는 느낌이 든다는 것뿐이었다. 그 애가 내 손가락 사이로 미끄러지면, 내 창자도 덩달아 모두 빠져나가버리는 것 같았다. 롤러코스터가 갑자기 급강하할 때의 느낌과 비슷했다.

흔히들 뱃속에 나비가 우글거리는 것 같다고 하지만, 천만의 말씀이었다. 살인 벌들이 뱃속에 우글거리는 느낌이라고 하는 편이 더 맞았다.

어쩌면 내가 미쳐가는 것 같기도 했고, 단지 샤워만 하면 해결될 일인 것 같기도 했다. 이어폰은 여전히 내 목에 걸려 있었다. 그런데 아이팟을 흘깃 내려다보니 내가 모르는 노래 제목이 떠 있었다.

'열여섯 개의 달.'

뭐? 나는 노래를 틀었다. 한 번 들으면 잊을 수 없을 것 같은 멜로디가 흘러나왔다. 누구의 목소리인지는 알 수 없었지만, 전에 들은 적이 있는 것 같았다.

열여섯 개의 달, 열여섯 해
너의 가장 깊은 두려움 열여섯 개
네가 꾼 내 눈물의 꿈 열여섯 개
떨어진다, 세월을 뚫고 떨어진다…

우울하고 오싹한 노래였다. 그 노래를 듣고 있으면 꼭 최면에 걸릴 것 같았다.

"이선 로슨 웨이트!" 애마 아줌마가 나를 부르는 소리가 노랫소리보다 더 크게 들려왔다.

나는 노래를 끄고, 이불을 휙 젖히며 일어나 앉았다. 이불 속에 모래가 잔뜩 들어 있는 것 같았다. 하지만 나는 그렇지 않다는 걸 알고 있었다.

이불에 잔뜩 묻은 것은 흙이었다. 내 손톱에도 검은 진흙이 끼어 있었다. 지난번 이 꿈을 꿨을 때와 똑같았다.

나는 이불을 구겨서 어제 빨래바구니에 벗어둔 땀투성이 운동복 밑으로 쑤셔 넣었다. 그리고 샤워실로 들어가 손을 문질러 닦으면서 꿈을 잊어버리려고 애썼다. 꿈이 남기고 간 검은 조각들이 모두 하수구 속으로 사라졌다. 내가 꿈에 대해 생각하지 않는다면, 꿈이 없었던 일이 될 것 같았다. 지난 몇 달 동안 나는 거의 모든 일에 그런 식으로 대처했다.

하지만 그 여자애의 기억만은 그렇게 되지 않았다. 나도 어쩔 수 없었다. 나는 항상 그 애를 생각했다. 그리고 똑같은 꿈을 몇 번이나 되풀이해서 꾸었다. 나 자신도 설명할 수 없는 일이었다. 그것이 바로 나의 비밀이었다. 그래봤자 대단한 것도 아니지만. 열여섯 살 나이에 존재하지도 않는 여자애를 사랑하게 되다니, 아무래도 내가 서서히 미쳐가고 있는 모양이었다.

아무리 세게 몸을 문질러 닦아도 마구 날뛰는 심장을 가라앉힐 수 없었다. 아이보리 비누와 샴푸 냄새 속에서도 여전히 그 냄새가 났다. 아주 희미한 냄새였지만 분명히 거기에 존재하고 있었다.

레몬과 로즈마리 냄새.

나는 모든 것이 평소와 똑같아서 마음이 놓이는 아래층으로 내려왔다. 아침 식탁에서 애마 아줌마는 평소와 똑같이 파란색과 흰색이 섞인 도자기 접시(엄마는 그걸 드래곤 그릇이라고 불렀다)에 달걀프라이, 베이컨, 버터를 바른 토스트를 담아서 내 앞에 놓았다. 평소처럼 음식에 이런저런 잡티 같은 것이 섞여 있었다. 애마 아줌마는 우리 집 가정부였지만, 사실은 우리 할머니나 마찬가지였다. 진짜 우리 할머니보다 더 똑똑하고 성질이 더럽다는 점이 다를 뿐이었다. 애마 아줌마는 사실상 나를 직접 기르다시피 했기 때문에, 내 키를 지금보다 30센티미터쯤 더 키우는 것을 자신의 임무로 생각하고 있었다. 내 키가 이미 185센티미터나 되는데도 그랬다.

오늘 아침에 나는 이상하게 배가 고팠다. 일주일 동안 굶은 사람 같았다. 달걀과 베이컨 두 조각을 급히 입에 퍼 넣었더니 금방 기분이 좋아지는 것 같았다. 나는 입에 음식을 가득 문 채로 아줌마를 바라보며 활짝 웃었다.

"뭐라고 하지 마세요, 아줌마. 오늘은 학기 첫날이잖아요." 애마 아줌마는 거대한 잔에 담은 오렌지주스와 더 거대한 잔에 담은 우유를 내 앞에 쾅하고 내려놓았다. 우리는 저지방 우유 같은 건 마시지 않는 사람들이기 때문에, 잔에는 당연히 일반 우유가 담겨 있었다.

"초콜릿 우유는 다 떨어졌어요?" 나는 카페인에 중독된 사람들이 콜라나 커피를 마시듯이 초콜릿 우유를 마셔댔다. 아침에도 나는 항상 당분을 보충할 방법을 찾았다.

"A. C. C. L. I. M. A. T. E." 애마 아줌마는 무슨 말이든 크로스워드퍼즐을 풀듯이 스펠링으로 말하는 재주가 있었다. 아줌마가 글자를 하나하나 불러줄 때마다 마치 주걱으로 머리를 때리는 것 같았다. "익숙해지라는 뜻이야. 내가 준 우유 다 마시기 전에는 밖으로 한 발짝도 못 나가니까 그런 줄 알아."

"네, 아줌마."

"옷을 제대로 갖춰 입었구나." 그건 아니었다. 나는 청바지에 색바랜 티셔츠 차림이었다. 평소에 자주 입는 차림 그대로였다. 내 티셔츠에는 각각 다른 문구들이 적혀 있었다. 오늘 입은 옷에 적힌 글자는 '할리 데이비슨'이었다. 신발은 벌써 3년째 신고 있는 검은색 처크테일러 운동화였다.

"머리를 자를 줄 알았는데." 아줌마는 야단을 치듯이 말했지만, 나는 언제나 그렇듯이 그것이 아줌마의 애정표현임을 알고 있었다.

"내가 언제 자른다고 했어요?"

"눈은 영혼의 창이라는 말 몰라?"

"난 남들이 창문으로 내 영혼을 들여다보는 게 싫어요."

애마 아줌마는 베이컨 한 접시를 더 내 쪽으로 밀어주었다. 아줌마는 키가 겨우 150센티미터쯤 되고, 나이는 십중팔구 드래곤 그릇보다 더 많은 것 같았다. 비록 매년 생일이 돌아올 때마다 자기 나이가 쉰세 살이라고 우기기는 했지만. 어쨌든 애마 아줌마는 부드러운 것과는 거리가 멀었다. 그리고 우리 집에서 절대적인 권위를 휘둘렀다.

"이런 날씨에 머리가 젖은 채로 그냥 나갈 생각은 하지도 마. 아무래도 이번 폭풍은 느낌이 안 좋아. 누가 아주 나쁜 걸 바람 속으로 차올린 것 같단 말이야. 이런 날씨는 저절로 멈추는 법이 없어. 제 뜻대로 움직이거든."

나는 기가 막힌다는 표정을 지었다. 애마 아줌마는 자기만의 독특한 사고방식과 시각을 갖고 있었다. 아줌마가 이런 소리를 하면 엄마는 아줌마가 또 어둠의 세계로 들어간다고 말하곤 했다. 종교와 미신이 뒤범벅된 세계라는 뜻이었다. 남부에서만 찾아볼 수 있는 세계. 애마 아줌마가 어둠의 세계로 들어가면 신경을 거스르지 않고 가만히 내버려두는 것이 상책이었다. 애마 아줌마가 만들어서 서랍 속에 넣어둔 인형이나 창틀에 놓아둔 부적도 가만히 내버려두어야 했다.

나는 달걀을 또 한 입 퍼서 먹고, 챔피언의 아침 식사도 먹어치웠다. 달걀, 냉장고에서 꺼낸 잼, 베이컨을 전부 토스트에 넣어 샌드위치로 만들어 먹는 것이 바로 챔피언의 아침 식사였다. 나는 샌드위치를 입안에 쑤셔 넣으면서 습관대로 복도 아래쪽을 흘깃 바라보았다. 아빠의 서재 문은 이미 닫혀 있었다. 아빠는 밤에 글을 쓰고, 낮에는 서재의 낡은 소파에서 종일 잠을 잤다. 지난 4월에 엄마가 돌아가신 뒤부터 계속 그런 식이었다. 아빠가 뱀파이어로 변하기라도 한 것 같았다. 엄마가 돌아가신 봄에 캐롤라인 이모가 우리 집에 와서 잠시 머무를 때 실제로 그런 말을 하기도 했다. 아무래도 내일이나 돼야 아빠 얼굴을 볼 수 있을 것 같았다. 서재 문이 한 번 닫히면 열리는 법이 없었다.

거리에서 경적 소리가 났다. 링크였다. 나는 낡아빠진 검은색 배낭을 들고 비가 내리는 밖으로 뛰어나갔다. 아침 7시가 아니라 저녁 7시라고 해도 될 만큼 하늘이 어두웠다. 며칠 전부터 날씨가 정말 이상했다.

링크의 자동차인 비터가 거리에 서 있었다. 엔진이 윙윙 돌아가고, 음악 소리가 터질 듯 울려 나왔다. 나는 유치원 때부터 링크와 함께 차를 타고 학교에 다녔다. 유치원 버스에서 링크가 내게 트윙키(가운데에 크림이 든 작은 케이크―옮긴이) 반 조각을 준 뒤로 지금까지 우리는 가장 친한 친구였다. 그 트윙키가 한 번 바닥에 떨어졌던 물건이라는 사실은 나중에야 알았다. 우리 둘 다 올여름에 면허를 따기는 했지만, 차를 갖고 있는 건 링크뿐이었다. 이런 물건도 차라고 부를 수 있는 건지는 잘 모르겠지만.

적어도 비터의 엔진 소리 덕분에 폭풍우 소리가 들리지 않는다는 건 좋은 점이었다.

애마 아줌마가 마음에 안 든다는 표정으로 팔짱을 낀 채 현관 베란다에 서 있었다. "여기서는 음악 좀 줄여, 웨슬리 제퍼슨 링컨. 네가 아홉 살 때 여름 내내 지하실에서 뭘 했는지 내가 네 엄마한테 다 일러바칠 거야."

링크는 움찔했다. 그의 정식 이름을 부르는 사람은 많지 않았다. 링크의 엄마와 애마 아줌마가 전부였다. "네, 아줌마." 망사 문이 쾅 하고 닫혔다. 링크는 차를 출발시키면서 웃음을 터뜨렸다. 젖은 아스팔트 위에서 타이어가 마구 돌았다. 링크는 항상 이렇게 도망치는 사람처럼 차를 몰았다. 실제로 도망친 적은 한 번도 없으면서.

"아홉 살 때 우리 집 지하실에서 뭘 한 거야?"

"아홉 살 때 내가 너희 집 지하실에서 뭐는 안 했겠니?" 링크가 음악 소리를 줄였다. 내 귀에는 끔찍하게 들리는 음악이었으니 반가운 일이었다. 이제 조금 있으면 링크가 이 음악이 어떠냐고 물어볼 터였다. 매일 그러니까. 그가 속해 있는 밴드인 '누가 링컨을 쐈나'의 비극은 밴드 멤버 중 어느 누구도 실제로 노래를 부르거나 악기를 연주하는 법을 모른다는 점이었다. 그런데도 링크는 항상 드럼 얘기만 하면서 졸업한 뒤에 뉴욕으로 가서 음반 계약을 맺을 거라고 말했다. 하지만 실제로 그런 일이 일어날 가능성은 별로 없었다. 차라리 링크가 술에 취한 채 눈가리개까지 하고 체육관 주차장에서 3점 슛을 넣는 데 성공할 가능성이 더 높았다.

링크는 대학에 갈 생각이 없었지만, 그래도 여전히 나보다 한발 앞서 있었다. 비록 가능성이 희박한 일이라 해도, 자신이 하고 싶은 일이 뭔지 알고 있었으니까 말이다. 내게는 신발 상자에 한가득 들어 있는 대학 홍보물밖에 없었다. 그나마 아빠에게는 보여드리지도 못했다. 개틀린에서 최소한 1천 킬로미터쯤 떨어진 곳이기만 하다면, 어떤 대학이든 나는 상관없었다.

아빠처럼 태어난 동네를 떠나지 못한 채, 이곳을 벗어날 생각은 꿈에도 해보지 못한 사람들과 함께 어렸을 때부터 살던 집에 그대로 사는 사람이 되고 싶지는 않았다.

길 양편에는 낡은 빅토리아 양식의 집들이 빗물을 뚝뚝 떨어뜨리며 서 있었다. 백 년도 더 전에 처음 세워졌던 그날도 거의 똑같은 모습이었을 것이다. 내가 사는 거리의 이름은 코튼 벤드였다. 예전에 이 낡은 집들 뒤로 면화밭이 몇 킬로미터나 뻗어 있었기 때문이다. 지금은 집들 뒤에 9번 도로가 있었다. 이 동네에서 그동안 변한 것이라고는 사실상 그것 하나뿐이라고 해도 과언이 아니었다.

나는 자동차 바닥의 상자에서 아주 오래된 도넛 하나를 꺼냈다. "네가 어젯밤에 내 아이팟에 이상한 노래를 올렸냐?"

"노래? 이번 노래는 네가 듣기에 어때?" 링크가 다시 소리를 키웠다.

"손을 좀 봐야 할 것 같은데. 네가 가져온 노래들이 전부 그렇지, 뭐." 나는 매일 대략 이런 말을 했다.

"그래, 내가 널 두들겨 패면 네 얼굴도 손을 좀 봐야 할걸." 링크도 매일 대략 이런 말로 응수했다.

나는 내 아이팟의 곡목들을 뒤졌다. "방금 말한 노래 말인데, 제목이 아마 '열여섯 개의 달'일걸."

"뭔 소리야?"

그 노래는 없었다. 사라져버렸다. 바로 오늘 아침에 그 노래를 들었는데. 결코 내가 상상한 것이 아니었다. 멜로디가 아직도 내 머릿속에 남아 있는 것이 그 증거였다.

"노래를 듣고 싶으면 내가 새 노래를 틀어주지." 링크가 트랙을 바꾸려고 시선을 아래로 내렸다.

"야, 도로에서 눈을 떼면 어떡해?"

그래도 링크는 시선을 들지 않았다. 이상한 차 한 대가 우리 앞으로 지나가는 것이 시야에 언뜻….

순간적으로 도로의 소음과 빗소리와 링크의 모습이 침묵 속으로 녹아들어가고, 모든 것이 슬로모션으로 움직이는 것처럼 보였다. 나는 그 차에서 눈을 뗄 수 없었다. 그냥 느낌일 뿐이었다. 말로는 설명할 수 없는 어떤 것. 그 차가 미끄러지듯 우리 옆을 지나가 다른 길로 접어들었다.

내가 모르는 차였다. 한 번도 본 적이 없는 차였다. 그건 정말이지 불가능한 일이었다. 이 동네의 자동차란 자동차는 내가 죄다 알고 있으니까. 지금은 관광객도 오지 않는 계절이었다. 허리케인이 불어오는 계절에 위험을 무릅쓸 필요가 없지 않은가.

그 차는 길고 검은색이었다. 영구차처럼. 사실 틀림없이 영구차일 거라는 생각이 들었다.

어쩌면 나쁜 징조일 수도 있었다. 혹시 올해가 내 생각보다 나쁘게 풀리는 게 아닐까.

"여기 있다. '검은 반다나.' 이 노래가 날 스타로 만들어줄 거야."

링크가 시선을 들었을 때, 그 차는 이미 사라진 뒤였다.

새로 온 여자아이

여덟 개의 거리. 코튼 벤드에서 잭슨 고등학교까지의 거리였다. 그 여덟 개의 거리를 지나며 나는 내 인생을 처음부터 되돌아볼 수 있었다. 그 여덟 개의 거리는 이상한 검은색 영구차를 내 머릿속에서 지워버리기에 충분했다. 그래서 내가 링크에게 그 차 이야기를 안 한 건지도 모른다.

우리는 '스톱&숍' 앞을 지나갔다. 가끔 '스톱&스틸'로 불리기도 하는 곳이었다. 우리 동네의 유일한 식품점이자, 그나마 편의점과 가장 흡사한 가게였다. 그래서 친구들과 함께 그 가게 앞에서 놀 때면, 저녁 장을 보러 나온 누군가의 엄마와 마주치지 않기를 바라는 수밖에 없었다. 애마 아줌마와 마주치기라도 하면 그야말로 최악이었다.

낯익은 그랑프리가 가게 앞에 서 있는 것이 보였다. "이크, 패티가 벌써 나와 있어." 패티는 운전석에 앉아서 〈성조〉지를 읽고 있었다.

"아마 우리를 못 봤을 거야." 링크는 긴장한 표정으로 백미러를 보고 있었다.

"아니면 우린 망했어."

패티는 스톤월 잭슨 고등학교의 무단결석 단속관이자, 개틀린 경찰서

23

의 자랑스러운 일원이었다. 그의 애인인 어맨다는 스톱&숍의 직원이었고, 패티는 아침이면 대개 그 가게 앞에 차를 세우고 앉아서 빵이 나오기를 기다렸다. 링크와 나처럼 안 그래도 학교에 지각한 아이들에게는 상당히 불편한 일이었다.

수업시간표와 함께 패티의 하루 일과를 모른다면 잭슨 고등학교 학생이라고 할 수 없었다. 오늘 패티는 우리더러 계속 가라고 손을 흔들었다. 신문의 스포츠면에서 고개를 들어 보지도 않았다. 그가 우리에게 통행권을 발급해준 것이나 마찬가지였다.

"스포츠면과 끈적끈적한 빵이라. 그게 무슨 뜻인지 알지?"

"우리한테 시간이 5분 있다는 뜻이지."

우리는 비터의 기어를 중립에 놓고 학교 주차장으로 굴러 들어갔다. 혹시나 출석을 확인하는 사무실 앞을 몰래 지날 수 있을까 싶어서였다. 밖에는 비가 여전히 쏟아지고 있었기 때문에, 학교 건물 안으로 들어섰을 때는 옷과 운동화가 흠뻑 젖어버렸다. 그래서 걸을 때마다 운동화가 엄청나게 큰 소리로 찍찍거렸기 때문에, 어차피 들킬 수밖에 없었다.

"이선 웨이트! 웨슬리 링컨!"

우리는 빗물을 뚝뚝 떨어뜨리며 사무실 안에 서서 처벌이 내려지기를 기다렸다.

"학기 첫날부터 지각이니? 너희 어머니가 아주 좋아하시겠다, 링컨. 너도 그렇게 시치미 떼지 마, 웨이트. 애마 아줌마가 널 흠씬 두들겨 패줄 테니까."

헤스터 선생님 말이 옳았다. 5분 뒤면 내가 지각했다는 사실을 아줌마도 알게 될 터였다. 어쩌면 이미 알고 있을 수도 있었다. 이 동네가 원래 그랬다. 예전에 엄마는 우체국장인 칼튼 이튼이 조금이라도 재미있어 보이는 편지를 모조리 읽어본다고 말하곤 했다. 이제 이튼은 편지를 읽은 뒤 봉투를 다시 봉하는 수고조차 하지 않았다. 하지만 그렇게 편지를 읽어도 새로 알아낼 수 있는 건 없었다. 집집마다 비밀이 있기는 했지만, 모두들 서로의 비밀을 알고 있었다. 심지어 그렇게 서로 비밀을 알고 있다는 사실조차 비밀이 아니었다.

"헤스터 선생님, 차를 천천히 몰아서 늦은 거예요. 비 때문에요." 링크는 예쁜 학생처럼 보이려고 애쓰고 있었다. 헤스터 선생님은 안경을 살짝 아래로 내리고 링크를 마주 바라보았다. 링크를 예쁘게 생각하는 기색은 전혀 없었다. 선생님의 안경에 연결된 줄이 목 근처에서 앞뒤로 흔들렸다.

"지금 너희들이랑 수다를 떨 시간은 없어. 너희들 처벌 쪽지를 작성해야 하기 때문에 바쁘거든. 오늘 오후에 벌을 받게 될 테니 그리 알아." 선생님은 우리에게 파란색 쪽지를 하나씩 나눠주며 말했다.

선생님이 바쁘다는 말은 사실이었다. 밖으로 나오자마자 안에서 매니큐어 냄새가 났다. 이게 우리 학교였다.

개틀린에서는 학기 첫날이라 해도 변하는 것이 전혀 없다. 아주 어렸을 때부터 우리를 교회에서 봐서 잘 알고 있는 선생님들은 우리가 유치원에 들어갈 무렵 어떤 아이가 똑똑하고 어떤 아이가 멍청한지 이미 결론을 내려버렸다. 나는 부모님의 직업이 교수라서 똑똑한 아이가 되었고, 링크는 성경 경연대회에서 성경 한 페이지를 구겨버리고 크리스마스 행렬에서 구토를 했기 때문에 멍청한 아이가 되었다. 나는 똑똑한 아이였기 때문에 숙제를 내면 좋은 점수를 받았다. 링크는 멍청한 아이였기 때문에 나쁜 점수를 받았다. 아마 숙제를 귀찮게 읽어보는 선생님은 하나도 없었을 것이다. 가끔 나는 선생님들이 뭐라고 하는지 보려고 숙제로 낼 에세이 중간에 아무 말이나 써 넣곤 했다. 하지만 아무도 내게 뭐라고 하지 않았다.

불행히도 객관식 시험에는 같은 원칙이 적용되지 않았다. 첫 학기 영어 시간에 나이가 7백 살은 되어 보이고 이름이 정말로 잉글리시인 영어 선생님은 우리더러 여름 동안 《앵무새 죽이기》를 읽어 오라고 했다. 그래서 나는 첫 시험에서 낙제점을 받았다. 나는 그 책을 2년쯤 전에 읽었다. 엄마가 좋아하던 소설이었지만, 읽은 지 좀 됐기 때문에 자세한 내용이 기억나지 않았다.

나에 관해 사람들이 잘 모르는 사실이 하나 있다. 내가 항상 책을 읽는다는 것. 책은 나를 개틀린 밖으로 데려다주었다. 비록 아주 짧은 순간에 그친다 해도. 내 방 벽에는 지도가 붙어 있는데, 나는 책을 읽다가 가고 싶은 곳이 나올 때마다 지도에 표시했다. 뉴욕은 《호밀밭의 파수꾼》에서 나왔다. 《야생의 세계로》(1996년에 나온 논픽션-옮긴이)는 나를 알래스카로 데려다주었다. 《길 위에서》를 읽을 때는 시카고, 덴버, LA, 멕시코시티를 새로 표시했다. 케루악은 독자를 어디든 데려갈 수 있는 작가다. 몇 달마다 한 번씩 나는 표시한 도시들을 잇는 선을 그었다. 얇은 초록색 선으로. 그건 내가 대학에 들어가기 전 여름에 여행할 길이었다. 내가 과연 이 마을을 벗어날 수 있을지는 잘 모르겠지만. 나는 지도와 독서 얘기를 아무한테도 하지 않았다. 이 동네에서 책과 농구는 서로 섞일 수 없는 물건들이었다.

화학 점수도 그리 나을 것이 없었다. 홀렌백 선생님은 실험 때 나를 미워하는 에밀리 애셔를 내 짝으로 지정해주었다. 에밀리는 작년 무도회 때부터 나를 경멸하기 시작했다. 내가 턱시도에 처크테일러 운동화를 신고, 아버지가 모는 녹슨 볼보를 타고 무도회장으로 가는 실수를 저지른 탓이었다. 고장 나서 결코 올라가지 않는 창문 때문에 무도회를 위해 금발을 완벽하게 말아서 다듬어 놓은 에밀리의 머리모양이 다 망가져버렸다. 체육관에 도착했을 때 에밀리는 침대 머리판을 머리에 인 마리 앙투아네트 같았다. 그날 밤 내내 에밀리는 내게 한 번도 말을 걸지 않았고, 서배너 스노를 보내 나를 찼다. 그것으로 끝이었다.

사내녀석들은 우리가 다시 사귈 거라는 기대를 버리지 않은 채, 그 일을 끝없는 웃음거리로 삼았다. 하지만 녀석들은 내가 에밀리 같은 여자애들을 별로 안 좋아한다는 사실을 모르고 있었다. 에밀리는 예뻤지만, 그것이 전부였다. 게다가 얼굴이 아무리 예뻐도, 에밀리의 입에서 나오는 말을 들어주는 대가로는 충분하지 않았다. 나는 에밀리와는 좀 다른 사람, 겨울 무도회에서 여왕의 왕관을 쓰는 것과 파티 외에 다른 이야기를 나눌 수 있는 사람을 원했다. 똑똑하든지, 아니면 재미있든지, 아니면 하다못해 화학 실험실에서 괜찮은 짝이라도 되어줄 수 있는 여자아이.

어쩌면 그런 여자애는 정말로 꿈속에만 존재하는 건지도 모르지만, 그래도 그냥 꿈은 악몽보다 나았다. 악몽 속에 나오는 여자아이가 치어리더 치마를 입고 있다 해도 마찬가지였다.

나는 화학 수업에서 그럭저럭 살아남았지만, 나의 하루는 그때부터 점점 나빠지기만 했다. 올해도 내 수업시간표에는 미국사가 포함되어 있었다. 미국사는 잭슨 고등학교의 유일한 역사과목이었다. 그래서 리 선생님과 2년 연속 '북부의 공격으로 벌어진 전쟁'을 공부하게 될 것 같았다. 리 선생님은 남부의 유명한 리 장군과는 아무런 관계도 없었지만, 사고방식은 리 장군과 일심동체라는 사실을 우리 모두 알고 있었다. 학교에서 나를 정말로 미워하는 선생님은 몇 명 되지 않았는데, 리 선생님은 그 중 하나였다. 작년에 링크의 꼬드김으로 나는 〈남부의 공격으로 벌어진 전쟁〉이라는 글을 써서 숙제로 제출했고, 리 선생님은 내게 D학점을 주었다. 그러고 보니 선생님들이 가끔 숙제를 읽기는 하는 것 같다.

나는 교실 뒤쪽에서 링크 옆의 빈자리에 앉았다. 링크는 자면서 그냥 흘려보낸 수업의 필기 내용을 베껴 적느라고 정신이 없었다. 그런데 내가 자리에 앉자마자 링크는 손을 멈췄다. "야, 그 얘기 들었냐?"

"무슨 얘기?"

"어떤 여자애가 새로 왔대."

"새로 온 여자애들이야 많지. 1학년이 새로 들어왔잖아."

"1학년 얘기가 아냐. 우리 반에 새로 여자애가 온대." 다른 고등학교라면 2학년 때 전학 온 여자아이는 뉴스가 되지 못할 것이다. 하지만 여기는 잭슨 고등학교였다. 초등학교 3학년 때 켈리 믹스가 전학 온 이후로 우리 반에 여자애가 새로 온 적은 한 번도 없었다. 켈리가 이 마을에 온 것은 아빠가 레이크시티의 집 지하실에서 도박장을 운영하다 체포되어서 할머니 할아버지와 함께 살아야 하는 처지가 되었기 때문이었다.

"새로 온 애가 누군데?"

"나도 몰라. 2교시에 우리 밴드 괴짜들이랑 같이 윤리 수업이 있었는데, 그 녀석들도 아무것도 모르더라고. 그 애가 바이올린인지 뭔지를 연주한다는 얘기만 들었어. 섹시한 애면 좋겠는데." 링크는 대부분의 사내녀석들과 마찬가지로 생각하는 것이 하나뿐이었다. 다른 점이 있다면, 생각한 것을 곧바로 입에 올린다는 점이었다.

"그럼 그 애도 밴드 괴짜야?"

"아니. 음악가야. 어쩌면 나처럼 클래식 음악을 좋아할지도 모르지."

"클래식 음악?" 링크가 클래식 음악을 듣는 건 치과에 갔을 때뿐이었다.

"그래, 클래식. 핑크 플로이드. 블랙새버스. 스톤즈."

나는 웃음을 터뜨렸다.

"링컨. 웨이트. 이야기를 방해해서 미안하지만, 너희들이 괜찮다면 수업을 시작해야겠는걸." 리 선생님은 작년과 마찬가지로 빈정대는 말투였다. 기름을 발라 빗어 넘긴 머리와 겨드랑이의 얼룩도 작년과 똑같이 형편없었다. 리 선생님은 십중팔구 10년 전부터 계속 사용하고 있음이 분명한 강의계획서를 나눠주었다. 남북전쟁 재연에 실제로 참가하는 것이 필수 항목으로 명시되어 있었다. 당연한 일이었다. 주말에 재미 삼아 남북전쟁 재연에 참가하는 친척들한테서 군복을 빌릴 수 있을 것 같았다. 운도 좋지.

수업이 끝난 뒤 링크와 나는 혹시 새로 온 여자애를 볼 수 있을까 하고 복도의 우리 사물함 앞에서 빈둥거렸다. 링크는 그 애가 장차 영혼의 짝이자 밴드의 짝이 되기로 이미 정해진 것처럼 이야기했다. 링크는 그 밖에도 여러 가지 의미의 짝을 생각하고 있겠지만, 나는 별로 듣고 싶지도 않았다. 어쨌든 사물함 앞에서 아무리 빈둥거려도 눈에 띄는 것이라고는 자기 몸보다 두 사이즈는 작은 청치마를 입은 샬럿 체이스뿐이었다. 그렇다면 점심시간이나 돼야 그 여자애에 대해 뭔가를 알아낼 수 있을 거라는 뜻이었다. 우리의 다음 수업이 ASL, 즉 미국식 수화라서 말하는 것이 엄격히 금지되어 있기 때문이었다. 학생들 중에 '새로 온 여자애'라는 간단한 말만이라도 표시할 수 있을 만큼 수화를 할 줄 아는 애는 하나도 없었다. ASL이 우리가 학교 농구부원들과 함께 듣는 유일한 수업이기 때문에 더욱 그랬다.

나는 8학년 때부터 농구부 소속이었다. 어느 해 여름에 키가 15센티미터나 훌쩍 자라서 우리 반 아이들보다 적어도 머리 하나는 커진 덕분이었다. 게다가 부모님이 모두 교수라면 학교에서 뭔가 정상적인 행동을 해야만 무사할 수 있었다. 막상 농구를 해보니 소질도 있었다. 상대팀 선수들이 공을 어디로 패스할지 항상 저절로 알 수 있었다. 그 덕분에 나는 구내식당에서 매일 앉을 자리를 확보할 수 있었다. 잭슨 고등학교에서 그건 대단한 일이었다.

오늘은 내 자리가 훨씬 더 가치가 있었다. 우리 팀 포인트가드인 션 비숍이 새로 온 여자애를 실제로 보고 왔기 때문이었다. 링크는 사내녀석들이 중요하게 생각하는 단 한 가지 질문을 던졌다. "섹시하냐?"

"아주 섹시해."

"서배너 스노만큼?"

이 말이 신호라도 되는 것처럼 서배너가 구내식당으로 걸어 들어왔다.

잭슨 고등학교의 모든 여자애들을 평가하는 기준인 서배너는 에밀리와 팔짱을 끼고 있었다. 우리는 모두 서배너를 지켜보았다. 키가 170센티미터인 서배너가 어디서도 보지 못한 완벽한 다리를 갖고 있기 때문이었다. 에밀리와 서배너는 거의 한 사람이라고 해도 될 정도였다. 치어리더 유니폼을 입지 않고 있을 때도 마찬가지였다. 금발, 가짜로 태닝한 피부, 플립플랍, 허리띠라고 해도 될 만큼 짧은 청치마. 서배너에게는 다리가 있었지만, 사내녀석들이 모두 여름에 호수를 바라보듯이 비키니 같은 상의 안쪽을 들여다보고 싶어 하는 건 에밀리였다. 서배너와 에밀리는 도무지 책을 들고 다니는 적이 없는 것 같았다. 팔 밑에 끼고 있는 자그마한 금속성 가방은 간신히 휴대전화기가 들어갈 수 있을까 하는 정도였다. 에밀리가 쉴 새 없이 문자를 보내고 있었기 때문에 휴대전화를 가방에 넣을 일은 별로 없었지만.

두 사람에게 차이가 있다면 치어리더 팀에서 각자 다른 자리를 차지하고 있다는 점이었다. 서배너는 주장이었고, 치어리더들이 피라미드를 쌓을 때 맨 밑에서 2단으로 올라선 치어리더들을 떠받치는 애들 중 하나였다. 에밀리는 피라미드 꼭대기에 올라서서 공중으로 1.5~2미터가량 던져 올려지는 역할이었다. 허공에서 에밀리는 공중제비처럼 위험한 묘기를 부렸다. 자칫하면 목이 부러질 수도 있는 미친 짓이었다. 에밀리는 피라미드 꼭대기의 그 자리를 지키기 위해서라면 어떤 위험도 무릅쓸 아이였다. 서배너는 그럴 필요가 없었다. 에밀리가 일단 공중으로 던져지면, 피라미드는 에밀리 없이도 얼마든지 유지되었다. 하지만 서배너가 손톱만큼이라도 움직이면 피라미드 전체가 와르르 무너져 내렸다.

에밀리가 자기들을 바라보는 우리를 발견하고 나를 향해 오만상을 찌푸렸다. 사내녀석들은 웃음을 터뜨렸다. 에머리 윗킨스가 한 손으로 내 등을 쳤다. "에밀리를 알잖아, 웨이트. 재가 노려볼수록 관심이 있는 거야."

오늘은 에밀리에 대해 생각하고 싶지 않았다. 에밀리와 반대되는 아이를 생각하고 싶었다. 링크가 역사 시간에 처음 이야기를 꺼낸 뒤로, 새로 전학 온 여자아이가 머릿속에서 떠나지 않았다. 어딘가 다른 곳에서 온, 어딘가 다른 사람일지도 모른다는 가능성 때문에. 어쩌면 우리보다, 나보다 더 넓은 세상을 아는 아이일 수도 있었다.

심지어 내가 꿈꾸던 아이일 수도 있었다. 이것이 환상이라는 건 알고 있었지만, 그래도 믿고 싶었다.

"다들 새로 전학 온 애 얘기 들었어?" 서배너가 얼 페티의 무릎에 앉으며 말했다. 얼은 우리 팀 주장이었고, 서배너와는 만났다 헤어지기를 반복하고 있었다. 지금은 둘이 다시 사귀는 시기였다. 얼은 서배너의 오렌지색 다리를 손으로 문질렀다. 시선을 어디에 두어야 할지 모를 만큼 허벅지 위쪽으로.

"션이 방금 이야기하던 참이야. 되게 섹시하대. 걔를 치어리더로 받아들일 거야?" 링크가 내 쟁반에서 해시브라운 두어 개를 집어가며 말했다.

"그럴 리가. 걔가 무슨 옷을 입고 왔는지 너희들도 봐야 돼." 스트라이크 하나.

"게다가 얼마나 창백한지 몰라." 스트라이크 둘. 서배너는 몸이 마를수록, 피부가 구릿빛일수록 좋다고 생각하는 애였다.

에밀리가 에머리 옆에 앉아 식탁 위로 조금 지나치다 싶게 몸을 기울였다. "걔가 누군지 들었어?"

"그게 무슨 소리야?"

에밀리는 극적인 효과를 위해 잠시 가만히 있다가 입을 열었다.

"레이븐우드 노친네의 조카야."

이건 굳이 극적인 효과를 내려고 애쓸 필요가 없는 소식이었다. 에밀리의 말에 이 방의 공기가 모두 빠져나가버린 것 같았다. 사내녀석 두어 명이 웃음을 터뜨렸다. 에밀리가 농담을 했다고 생각하는 모양이었다. 하지만 나는 농담이 아니라는 걸 알 수 있었다.

스트라이크 셋. 그 여자애는 이제 아웃이었다. 이제는 그 애가 어떻게 생겼을지 상상도 되지 않았다. 내가 꿈꾸던 여자애가 나타날 가능성은 사라져버렸다. 아직 우리의 첫 데이트를 상상해보지도 못했는데. 나는 앞으로 3년을 또 에밀리 애셔 같은 애들과 보내야 할 지독한 운명이었다.

메이컨 멜기세덱 레이븐우드는 이 마을의 은둔자였다. 레이븐우드 노친네에 비하면《앵무새 죽이기》의 부 래들리(《앵무새 죽이기》의 주요 등장인물로 속세와 단절하고 사는 사내 – 옮긴이)는 사교계의 바람둥이처럼 보일 지경이라고 하면 될 것이다. 나도《앵무새 죽이기》에 대해 그 정도는 기억하고 있었다. 레이븐우드 노친네는 개틀린에서 가장 오래되고 가장 악명이 높은 농장의 다 쓰러져가는 낡은 집에 살았다. 그리고 내가 태어나기 전부터 이 마을 사람 누구든 그 노친네를 본 적이 없는 것 같았다.

"진짜야?" 링크가 물었다.

"당연하지. 칼튼 이튼이 어제 우편물을 가져다주러 와서 우리 엄마한테 말했어."

서배너가 고개를 끄덕였다. "우리 엄마도 똑같은 얘기를 들었대. 버지니아인지 메릴랜드인지, 하여튼 기억은 안 나는데, 거기서 살다가 이틀 전에 레이븐우드 노친네 집으로 이사 왔대."

다들 그 여자애 이야기만 계속했다. 그 애의 옷차림, 머리모양, 삼촌에 대해서. 그 여자애가 틀림없이 괴짜일 거라는 얘기도 있었다. 이게 바로 내가 개틀린에서 가장 싫어하는 일이었다. 모든 사람이 다른 사람의 말이나 행동에 대해 일일이 뭐라고 떠들어대는 것. 지금은 새로 전학 온 여자애의 언행보다는 옷차림이 화제였지만 저마다 한 마디씩 거드는 건 똑같았다. 나는 그냥 내 쟁반에 놓인 국수만 뚫어지게 바라보았다. 치즈라고 보기 어려운 걸쭉한 오렌지색 액체 속에서 국수 가락들이 헤엄치고 있었다.

2년하고 8개월. 앞으로 남은 기간. 나는 이 마을에서 반드시 빠져나가겠다고 마음을 다졌다.

방과 후에 체육관에서는 치어리더 오디션이 치러지고 있었다. 마침내 비가 그쳤기 때문에 바깥 운동장에서는 농구부가 연습 중이었다. 하지만 운동장 콘크리트 바닥에는 금이 가고, 농구 골대는 구부러져 있고, 아침에 내린 비로 여기저기 물이 고여 있었다. 그랜드캐니언처럼 중간에 쩍 갈라진 틈새에 빠지지 않으려면 주의를 기울여야 했다. 하지만 운동장에서는 주차장이 훤히 보였기 때문에 준비운동을 하면서 잭슨 고등학교 학생들의 혈기 왕성한 사교활동을 거의 다 지켜볼 수 있었다.

오늘 나는 감이 좋았다. 자유투를 일곱 번 시도해서 모두 성공했다. 하지만 얼도 나와 번갈아가며 자유투를 시도해서 모두 성공했다.

슉. 여덟 번째 자유투. 내가 골을 눈으로 바라보기만 하면 공이 저절로 골을 쏙 통과하는 것 같았다. 가끔 그런 날이 있었다.

슉. 아홉 번째. 얼은 짜증이 나는 모양이었다. 내가 성공할 때마다 공을 튀기는 얼의 손에 점점 힘이 들어갔다. 얼은 우리 팀에서 나와 마찬가지로 센터를 맡고 있었다. 우리 둘 사이에는 무언의 협약이 존재했다. 내가 그를 대장으로 인정해주면, 그는 내가 연습이 끝난 뒤에 매일 스톱&스틸에서 노는 걸 꺼려도 나를 괴롭히지 않는다는 것이었다. 매일 가게 앞에서 놀다 보면 만날 똑같은 여자애들 얘기만 하는 것도, 똑같은 과자만 먹는 것도 모두 지겨워지게 마련이다.

슉. 열 번째. 오늘 같은 날은 실패하는 것이 불가능했다. 어쩌면 내가 재능을 타고난 것일 수도 있고, 다른 이유 때문일 수도 있었다. 나는 아직 어느 쪽인지 결론을 내리지 못했지만, 엄마가 돌아가신 뒤로는 굳이 답을 알아내려고 노력하지도 않았다. 내가 연습에 나오는 것 자체가 놀라운 일이었다.

슉. 열한 번째. 얼이 내 뒤에서 투덜거리며 공을 한층 더 세게 튀겼다. 나

는 슬그머니 웃음이 나오는 것을 참고 다음 슛을 준비하며 주차장을 바라
보았다. 길고 검은 자동차 운전석에 길고 검은 머리카락이 헝클어져 있는
것이 보였다.

장의차였다. 나는 그대로 얼어붙었다.

그때 그녀가 고개를 돌렸다. 열린 창문을 통해 그 여자애가 내 쪽을 바
라보는 것이 보였다. 적어도 내가 보기에는 그런 것 같았다. 농구공이 골
가장자리를 맞히고 울타리 쪽으로 튀어나갔다. 내 뒤에서 익숙한 소리가
들렸다.

슉. 열두 번째. 이제 얼 페티는 짜증이 좀 풀렸을 것이다.

차가 주차장을 빠져나갈 때 나는 운동장 쪽을 바라보았다. 다른 녀석들
도 멍하니 서 있었다. 방금 유령을 본 것 같은 표정이었다.

"저게 그…?"

우리 팀 포워드인 빌리 워츠가 사슬을 엮어 만든 울타리를 한 손으로 붙
들고 서서 고개를 끄덕였다. "레이븐우드 노친네의 조카야."

션이 공을 내게 던졌다. "맞아. 들은 그대로네. 그 노친네의 장의차를 몰
고 다니잖아."

에머리는 고개를 절레절레 저었다. "섹시한 건 맞네. 얼굴이 아깝다."

녀석들은 다시 연습을 하기 시작했지만, 얼이 다시 슛을 던질 무렵 또
비가 내리기 시작했다. 30초 뒤에는 비가 억수 같은 소나기로 변했다. 오
늘 하루 중에 가장 굵은 빗줄기였다. 나는 가만히 서서 망치처럼 내 몸을
두드리는 비를 맞았다. 젖은 머리카락이 눈 속으로 들어가 학교의 모습과
우리 팀 녀석들의 모습을 가려버렸다.

장의차만 나쁜 징조인 것이 아니었다. 그 여자애도 나쁜 징조였다.

잠시나마 나는 희망을 품었다. 올해는 다른 해와 조금 달라질지도 모
른다는 희망. 뭔가 변화가 일어날 것이라는 희망. 이야기를 나눌 수 있는
상대, 정말로 내 마음을 사로잡는 상대가 나타날 거라는 희망.

하지만 내게 남은 건 운동장에서 즐겁게 연습하는 일상뿐이었다. 그것만으로는 결코 충분하지 않았다.

하늘에 난 구멍

⟨ 9.02 ⟩

닭튀김, 으깬 감자와 그레이비, 스트링빈, 작은 빵. 애마 아줌마가 스토 브 위에 놓아둔 이 모든 것들이 화난 사람처럼 차갑게 굳어 있었다. 대개 아줌마는 내가 연습을 마치고 올 때까지 내 저녁 식사를 따뜻하게 데워 두 는데 오늘은 그렇지 않았다. 문제가 심각했다. 애마 아줌마는 머리끝까지 화가 나서 식탁에 앉아 레드핫(계피 맛 사탕 – 옮긴이)을 먹으며 〈뉴욕 타임 스〉의 크로스워드퍼즐을 풀고 있었다. 아빠는 〈뉴욕 타임스〉 일요판을 남 몰래 구독하고 있었다. 〈성조〉지의 크로스워드퍼즐에는 철자법 실수가 너 무 많고, 〈리더스 다이제스트〉의 크로스워드퍼즐은 너무 짧기 때문이었 다. 아빠가 칼튼 이튼에게 어떻게 들키지 않았는지는 모르겠다. 그가 알았 다면 우리가 워낙 고상한 사람들이라 〈성조〉지로는 성에 안 차는 모양이 라고 동네방네 소문을 퍼뜨렸을 것이다. 하지만 애마 아줌마를 위해서라 면 아빠가 하지 못할 일이 없었다.

아줌마는 내 쪽으로 접시를 밀어주며 나를 바라보았지만 정말로 나를 보는 것 같지는 않았다. 나는 차갑게 식은 으깬 감자와 닭고기를 마구 퍼서 입속에 넣었다. 아줌마는 접시에 음식을 남기는 것을 무엇보다 싫어했다.

나는 아줌마가 크로스워드퍼즐을 풀 때만 사용하는 특별한 검은색 2번 연필과 거리를 두려고 애썼다. 아줌마가 그 연필을 항상 날카롭게 깎아두기 때문에 찔리면 피가 날 것 같았다. 특히 오늘 밤에는.

나는 꾸준히 지붕을 두드리는 빗소리에 귀를 기울였다. 들리는 소리는 그것뿐이었다. 애마 아줌마가 연필로 식탁을 두드렸다.

"아홉 글자. 잘못을 한 사람을 가두거나 고통을 주는 것." 아줌마가 또 나를 쏘아보았다. 나는 감자 한 숟갈을 입속에 퍼 넣었다. 아줌마의 입에서 무슨 말이 나올지 알 것 같았다. 가로 줄의 아홉 글자짜리 단어.

"C.A.S.T.I.G.A.T.E. 처벌한다는 뜻. 학교에 지각할 것 같으면 아예 이 집 밖으로 나가지 말라는 뜻."

내가 지각했다는 사실을 누가 애마 아줌마한테 알려주었는지 궁금했다. 아니, 정확히 말하자면 아줌마한테 그 사실을 말해주지 않은 사람이 과연 있을지 궁금했다. 애마 아줌마는 연필을 날카롭게 깎았다. 이미 날카로운데도 부엌 조리대의 낡은 연필깎이 기계에 연필을 넣고 깎았다. 애마 아줌마는 여전히 나를 '보지 않는 척'하고 있었다. 그건 내 눈을 똑바로 노려보는 것보다 더 견디기 힘들었다.

나는 연필을 깎고 있는 아줌마에게 다가가 팔을 두르고 꼭 끌어안았다. "아줌마, 화내지 마세요. 오늘 아침에 비가 쏟아졌잖아요. 빗속에서 속도를 내는 게 좋아요?"

아줌마는 한쪽 눈썹을 올렸지만 표정은 한결 부드러워졌다. "그래? 네가 그 머리를 자를 때까지는 계속 비가 올 것 같은데. 그러니까 종이 울리기 전에 학교에 들어가는 방법을 찾아둬야 할 거다."

"네, 아줌마." 나는 아줌마를 한 번 더 꼭 안아주고 차가운 감자 요리가 있는 식탁으로 돌아갔다. "오늘 무슨 일이 있었는지 알면 놀라실 걸요. 우리 반에 여자애가 전학을 왔어요." 내가 왜 이 말을 했는지 모르겠다. 아마 여전히 그 애 생각이 머릿속에 남아 있었던 것 같다.

"내가 리나 두케이예인에 대해 모를 줄 알고?" 나는 작은 빵을 먹다가 사레가 들렸다. 리나 두케인. 남부에서는 이렇게 발음했다. 하지만 애마 아줌마는 음절이 더 있는 것처럼 발음했다. 두케이예인이라고.

"그게 걔 이름이에요? 리나?"

애마 아줌마는 초콜릿 우유가 든 잔을 내 쪽으로 밀었다. "그렇기도 하고 아니기도 해. 어쨌든 네가 상관할 일은 아냐. 괜히 잘 알지도 못하는 일에 중뿔나게 나서지 마, 이선 웨이트."

애마 아줌마는 항상 이렇게 수수께끼 같은 말을 했다. 그 이상 자세히 말해주는 법도 없었다. 나는 어렸을 때 웨이더스 개울에 있는 아줌마의 집에 가본 것이 마지막이었지만, 우리 마을 사람들은 대부분 아줌마의 집에 잘 드나들었다. 애마 아줌마는 개틀린에서부터 반경 160킬로미터 이내의 지역에서 가장 존경받는 타로카드 점술사였다. 그건 아줌마가 어머니에게서 물려받은 가업으로, 그 역사는 무려 6대조 할머니에게까지 거슬러 올라갔다. 개틀린에는 하나님을 두려워하는 침례교인, 감리교인, 오순절 교회파 교인 등이 잔뜩 살고 있었지만, 그들 역시 카드점의 유혹을 떨쳐버리지 못했다. 어쩌면 자기 운명을 바꿀 수 있을지도 모른다는 유혹 말이다. 그들은 용한 카드 점술사라면 정말로 그런 일을 해낼 수 있다고 믿었다. 애마 아줌마는 그런 면에서 정말로 믿을 수 있는 점술사였다.

가끔 아줌마는 자기가 직접 만든 부적들을 내 양말서랍에 넣어두거나, 아버지 서재의 문 위에 매달아두었다. 나는 그 부적들의 목적이 뭐냐고 딱 한 번 물어보았다. 아빠는 부적을 발견할 때마다 아줌마를 놀려댔지만, 부적을 치우는 법은 결코 없었다. "나중에 후회하느니 신중을 기하는 게 낫지." 이 말은 아마 애마 아줌마를 조심해야 한다는 뜻이었을 것이다. 아줌마를 잘못 건드렸다가는 심히 후회하게 될 수도 있었다.

"걔에 대해서 다른 소리는 못 들었어요?"

"너 조심해야 돼. 언젠가 네가 하늘에 구멍을 내는 바람에 우주가 그 구멍으로 몽땅 쏟아져 내리는 날이 올 거다. 그러면 우리 모두 아주 곤란해질 거야."

아빠가 파자마 바람으로 부엌으로 쓱쓱 걸어 들어왔다. 아빠는 커피 한 잔을 따르고 수납장에서 시리얼 상자를 꺼냈다. 아빠의 귀에 노란색 밀랍으로 만든 귀마개가 여전히 끼워져 있는 것이 보였다. 아빠가 시리얼을 먹는다는 건 이제 곧 하루를 시작할 거라는 뜻이었다. 귀마개를 끼고 있는 걸 보면 아직 하루를 시작한 건 아니었다.

나는 몸을 앞으로 기울여 애마 아줌마에게 속삭였다. "다른 소리 못 들었어요?"

아줌마는 내 접시를 홱 들어서 싱크대로 가져갔다. 그리고 돼지의 어깨뼈처럼 보이는 뼈를 씻었다. 이상한 일이었다. 오늘 밤에 우리가 먹은 건 닭고기였는데. 아줌마는 그 뼈를 어떤 접시에 놓았다. "그건 네가 상관할 일이 아냐. 도대체 왜 그렇게 관심이 많은 거냐?"

나는 어깨를 으쓱했다.

"그런 거 아니에요. 정말이에요. 그냥 호기심이 생겨서 그래요."

"사람들이 호기심에 대해 뭐라고 하는지 알지?" 애마 아줌마는 내 몫의 버터밀크파이에 포크를 꽂았다. 그리고 예의 그 시선으로 나를 한 번 쏘아 보고는 밖으로 나가버렸다.

귀마개를 꽂고 있는 아빠도 애마 아줌마가 나가면서 부엌문이 흔들리는 걸 알아차렸는지 귀마개를 뽑았다. "오늘 학교는 어땠니?"

"괜찮았어요."

"너 아줌마한테 무슨 짓을 한 거야?"

"오늘 학교에 지각했거든요."

아빠는 내 얼굴을 유심히 살펴보았다. 나도 아빠 얼굴을 유심히 바라보았다.

"2번 연필?"

나는 고개를 끄덕였다.

"날카로웠니?"

"처음부터 날카로웠는데 아줌마가 더 날카롭게 깎았어요." 나는 한숨을 내쉬었다. 아빠는 거의 미소를 짓는 것 같은 표정을 지었다. 아주 드물게 볼 수 있는 표정이었다. 나는 갑자기 안도감이 밀려왔다. 심지어 성취감마저 느껴지는 것 같았다.

"나도 어렸을 때 이 낡은 식탁에 앉아서 애마 아줌마의 연필에 혼난 적이 얼마나 많은 줄 알아?" 아빠가 말했다. 지금까지 대대로 이 자리에 앉았던 웨이트 일가의 조상들 때문에 여기저기 홈이 파이고 물감과 아교와 마커 자국이 묻어 있는 이 식탁은 이 집에서 가장 오래된 물건 중 하나였다.

나는 미소를 지었다. 아빠는 시리얼 그릇을 들고 나를 향해 숟가락을 흔들어댔다. 아빠도 애마 아줌마의 손에 자랐다. 그래서 내가 어렸을 때 아줌마에게 말대꾸를 하려고 들 때마다 아빠는 항상 그 사실을 일깨워주었다.

"아.주.많.아." 아빠는 시리얼 그릇을 싱크대에 툭 내려놓으며 애마 아줌마가 크로스워드퍼즐 해답의 철자를 말할 때처럼 내게 말했다. "엄.청.나.게. 너보다 훨씬 많지, 이선 웨이트."

아빠가 부엌의 불빛 속으로 발을 내딛는 순간 얼굴에 떠올랐던 희미한 미소가 더욱 희미해지더니 아예 사라져버렸다. 아빠는 평소보다 훨씬 더 안 좋아 보였다. 얼굴에 드리워진 그림자도 평소보다 어두웠고, 피부 밑에 있는 뼈의 윤곽이 훤히 보일 정도였다. 집 밖으로 전혀 나가지 않는 생활을 한 탓에 아빠의 얼굴은 창백하다 못해 연한 녹색을 띠었다. 걸어다니는 시체라고 해도 될 것 같았다. 아빠가 이렇게 변한 건 몇 달 전부터였다. 물트리 호숫가에 나와 함께 앉아서 닭고기 샐러드를 넣은 샌드위치를 먹으며 몇 시간 동안이나 낚싯줄 던지는 법("낚싯줄을 살살 움직여. 10시와 2시 방향으로. 시계 바늘처럼 말이야.")을 가르쳐주던 사람이 지금 이 사람과 동일인물이라고는 생각하기 힘들었다. 지난 다섯 달 동안 아빠는 정말로 힘들어했다. 엄마를 진심으로 사랑했기 때문이다. 하지만 그건 나도 마찬가지였다.

아빠는 커피 잔을 들고 서재로 돌아가려고 했다. 이제 현실을 인정해야 할 때가 된 것 같았다. 우리 마을에 은둔자는 메이컨 레이븐우드만 있는 게 아닌 것 같았다. 은둔자가 둘이나 있어도 될 만큼 우리 마을이 큰 것 같지는 않았다. 오늘 아빠는 몇 달 만에 처음으로 나와 그래도 대화라고 할 만한 것을 나눴다. 나는 아빠를 그냥 이대로 보내버리고 싶지 않았다.

"책은 잘 써져요?" 내가 불쑥 물었다. 가지 말고 나랑 얘기해요. 내 말은 이런 뜻이었다.

아빠는 깜짝 놀란 표정을 짓더니 어깨를 으쓱했다. "그럭저럭. 아직도 할 일이 많아." 이건 책을 쓸 수 없다는 뜻이었다.

"메이컨 레이븐우드의 조카가 우리 마을로 이사 왔어요." 내가 이 말을 하는 순간 아빠는 귀마개를 다시 귀에 끼었다. 언제나 그렇듯이 이번에도 우리의 타이밍이 어긋난 것이다. 지금 생각해 보니, 요즘 나는 다른 사람들하고도 대부분 타이밍이 어긋나는 것 같았다.

아빠는 한쪽 귀마개를 빼고 한숨을 내쉬더니 다른 쪽 귀마개도 빼냈다. "뭐?" 아빠는 이미 서재를 향해 걸어가는 중이었다. 우리가 대화를 나눌 시간이 점점 줄어들고 있었다.

"메이컨 레이븐우드에 대해 좀 아세요?"

"다른 사람들이랑 똑같지, 뭐. 그 양반은 혼자 틀어박혀서 살잖아. 내가 아는 한, 아주 오래전부터 레이븐우드 저택에서 나온 적이 없을걸." 아빠는 서재 문을 열고 문턱을 넘어갔다. 하지만 나는 아빠의 뒤를 따라 들어가지 않았다. 그냥 문간에 서 있었다.

나는 그 안에 발을 들여놓은 적이 한 번도 없었다. 아니, 한 번, 딱 한 번, 있었다. 일곱 살 때 나는 아빠가 퇴고를 끝내지 않은 소설 원고를 읽다가 아빠에게 들켰다. 아빠의 서재는 어둡고 무서운 곳이었다. 낡아서 다 해어진 빅토리아 양식의 소파 위에는 그림이 하나 있었지만, 아빠는 그 그림을 항상 천으로 가려두었다. 그 천 밑에 있는 그림이 무엇이냐고 물어보면 절대 안 된다는 건 어린 나도 알고 있었다. 소파를 지나 창문 가까이에 아빠의 책상이 있었다. 마호가니에 조각이 새겨진 이 책상은 우리 집안에 대대로 내려오는 또 다른 골동품이었다. 그리고 책들이 있었다. 가죽으로 제본한 낡은 책들. 어찌나 무거운지 책을 볼 때도 커다란 나무 받침대에 펼쳐놓아야 했다. 이런 것들이 바로 우리를 개틀린에, 이 웨이츠 랜딩에 묶어두고 있는 물건이었다. 백여 년 전부터 우리 조상들을 이곳에 묶어놓았던 것처럼.

책상 위에 아빠의 원고가 있었다. 원고는 뚜껑을 열어둔 마분지 상자에 든 채로 얼마 전부터 그 자리에 놓여 있었다. 나는 그 안에 무엇이 있는지 궁금해서 견딜 수가 없었다. 아빠는 고딕풍의 공포소설 작가였기 때문에 일곱 살짜리 아이가 읽어도 되는 작품은 거의 없었다. 하지만 개틀린의 모든 집은 비밀로 가득 차 있었다. 남부 그 자체가 비밀투성이인 것과 마찬가지였다. 물론 우리 집도 예외가 아니었다. 그 옛날 그 시절에도.

아빠가 나를 발견했을 때 나는 서재의 소파에 몸을 동그랗게 말고 앉아 있었다. 원고가 들어 있던 마분지 상자 안에서 폭탄이 터지기라도 한 것처럼 종이들이 내 주위 사방에 흩어져 있었다. 나는 아직 금지된 일을 저지른 뒤 흔적을 지우는 법을 모르는 나이였다. 그날 이후로 아주 빨리 그 기술을 배우게 되긴 했지만. 지금 기억나는 거라고는 아빠가 내게 고함을 지르던 것, 내가 우리 집 뒷마당의 오래된 목련나무 위에서 울고 있는 걸 엄마가 찾아냈다는 것뿐이다. "사람마다 비밀이 있는 법이야, 이선. 어른들도 그래."

나는 그저 궁금했을 뿐이었다. 그리고 그게 항상 화근이었다. 지금도 마찬가지였다. 나는 아빠가 왜 서재 밖으로 나오지 않는지 알고 싶었다. 엄마도 우리 곁을 떠나고 없는 마당에 웨이츠 일가의 수많은 조상들이 여기서 대대로 살았다는 이유만으로 아무런 가치도 없는 이 낡은 집을 떠나지 못하는 건 무엇 때문인지 알고 싶었다.

하지만 오늘 밤은 아니었다. 오늘 밤에는 그저 닭고기 샐러드 샌드위치, 10시와 2시 방향을 기억하고 싶을 뿐이었다. 아빠가 부엌에서 시리얼을 먹으며 나와 우스갯소리를 주고받던 시절. 나는 그런 추억을 떠올리다가 잠이 들었다.

다음 날 수업 종이 울리기도 전부터 잭슨 고등학교에서는 모두들 리나 두케인 이야기만 했다. 폭풍 때문에 정전까지 됐는데도 로레타 스노와 유제니 애셔, 즉 서배너와 에밀리의 어머니는 무슨 재주를 부렸는지 저녁 식사를 차려내고, 마을의 거의 모든 사람에게 전화를 걸어 미친 메이컨 레이븐우드의 '친척'이 그의 장의차를 몰고 개틀린을 돌아다니고 있다고 알렸다. 두 사람은 메이컨 레이븐우드가 아무도 몰래 그 장의차에 시체를 실어 나를 거라고 확신했다. 바로 여기서부터 점점 엉뚱한 이야기들이 걷잡을 수 없이 생겨나기 시작했다.

개틀린에는 언제나 확실한 것이 두 가지 있었다. 첫째, 가끔 집 밖으로 나오기만 한다면 남다른 짓을 하거나 정신 나간 짓을 해도 괜찮다는 것. 너무 집에만 틀어박혀 있으면 도끼를 휘두르는 살인마로 동네 사람들에게 오해를 받을 우려가 있었다. 둘째, 무엇이든 이야깃거리가 있으면 그걸 떠들어대는 사람이 반드시 있다는 것. 마을에 여자애가 새로 나타났을 뿐만 아니라 그 애가 이 마을의 유일한 은둔자가 사는 유령 저택에 살게 되었다면 그것이야말로 이야깃거리였다. 엄마가 사고를 당한 이래로 개틀린을 강타한 최대의 이야깃거리라고 해도 될 정도였다. 그걸 생각하면, 모두들 리나 두케인 이야기만 하는 것을 보고 내가 왜 놀랐는지 잘 모르겠다. 사실 사내녀석들은 예외였지만. 사내녀석들은 그보다 먼저 처리해야 할 일이 있었다.

"그래, 어떻게 됐어, 엠?" 링크가 사물함 문을 쾅 하고 닫으며 물었다.

"치어리더 오디션에서 점수를 매기는 중이야. 8점이 네 명, 7점이 세 명, 4점이 몇 명 있는 것 같아." 에머리는 자신이 4점 이하의 점수를 매긴 1학년 여학생들에 대해서는 아예 언급도 하지 않았다.

나도 내 사물함 문을 쾅 하고 닫으며 물었다. "그런 게 무슨 뉴스야? 어차피 토요일마다 데-리키에서 보는 애들이잖아."

에머리는 미소를 지으며 손으로 내 어깨를 철썩 때렸다. "이젠 걔들이 우리 수비범위 안에 들어왔잖아, 웨이트." 에머리는 복도의 여자애들을 바라보았다. "나도 한판 해 볼 준비가 됐고." 에머리는 대개 말로만 떠드는 타입이었다. 우리가 1학년이던 작년에 에머리는 이제 고등학생이 됐으니 섹시한 3학년들을 꼬셔보겠다고 떠들어댔다. 망상에 빠져 산다는 점에서는 링크와 마찬가지였지만, 링크만큼 무해하지는 않았다. 에머리에게는 왠지 비열한 면이 있었다. 윗킨스 일가 사람들은 모두 그랬다.

션이 고개를 저었다. "덩굴에서 복숭아를 따는 거나 마찬가지지."

"복숭아는 나무에 열려." 나는 짜증이 나기 시작했다. 학교에 오기 전에 스톱&스틸의 잡지 판매대 앞에서 사내녀석들을 만나 똑같은 대화를 들었기 때문인 것 같았다. 거기서 얼은 자기가 읽는 유일한 잡지를 뒤적이고 있었다. 비키니를 입은 여자들이 자동차 보닛 위에 누워 있는 사진들이 실린 잡지였다.

션이 혼란스러운 표정으로 나를 바라보았다. "그게 무슨 소리야?"

애당초 내가 왜 말을 거들었는지 모르겠다. 아이들은 멍청한 소리만 늘어놓고 있었다. 수요일 아침 학교에 오기 전에 남학생들이 모두 한자리에 모여야 한다는 규칙만큼이나 멍청했다. 나는 수요일 아침의 모임이 점호 같다고 생각했다. 팀에 소속되어 있으면 당연히 받아들여야 하는 일들이 몇 가지 있다. 점심시간에 한자리에 모여 앉아서 식사를 하는 것. 서배너 스노의 파티에 가는 것. 치어리더에게 겨울 무도회의 파트너가 되어달라고 말하는 것. 학기 마지막 날 물트리 호수에서 애들과 함께 노는 것. 하지만 수요일의 점호에 출석하기만 하면 다른 건 거의 모두 빼먹을 수 있었다. 그런데 내가 수요일 점호에 나가기가 점점 힘들어지고 있다는 게 문제였다. 이유는 알 수 없었다.

그 애를 보았을 때도 나는 여전히 답을 찾아내지 못한 채였다.

한 번도 본 적이 없는데도 나는 그 애가 거기 있다는 것을 알 수 있었다. 사물함으로 뛰어가거나 종이 울리기 전에 교실로 뛰어가는 애들 때문에 보통 북적거리기 마련인 복도가 몇 초 만에 훤히 비어버렸기 때문이다. 그 애가 복도를 걸어오자 다들 옆으로 물러났다. 그 애가 유명한 스타라도 되는 것 같았다.

아니면 문둥병 환자거나.

하지만 내 눈에 보이는 거라고는 긴 회색 원피스를 입은 아름다운 여자애뿐이었다. 원피스 위에 입은 하얀 트랙재킷에는 '뮌헨'이라는 단어가 바늘로 꿰매져 있었고, 원피스 밑으로는 낡은 검은색 컨버스 운동화가 삐죽 나와 있었다. 목에 걸고 있는 긴 은색 목걸이에는 수많은 물건들이 무겁게 매달려 있었다. 껌 자판기에서 뽑은 플라스틱 반지 한 개, 안전핀 한 개, 그밖에도 너무 멀어서 잘 보이지 않는 갖가지 잡동사니들이었다. 그 애는 개틀린에 있을 아이가 아닌 것 같았다. 나는 그 애에게서 눈을 뗄 수 없었다.

메이컨 레이븐우드의 조카. 내가 왜 이러는 거지?

그 애는 검은 곱슬머리를 귀 뒤로 넘긴 모습이었다. 검은 매니큐어가 형광등 불빛에 반짝였다. 손에는 검은 잉크가 잔뜩 묻어 있었다. 마치 잉크가 뿌려진 종이 위에서 글씨를 쓴 것 같았다. 그 애는 우리들이 선혀 눈에 보이지 않는다는 듯이 복도를 걸어 왔다. 나는 그렇게 선명한 초록색 눈을 처음 보았다. 어찌나 선명한지 초록색이 아니라 생전 처음 보는 색처럼 보일 정도였다.

"그래, 섹시하지." 빌리가 말했다.

다들 무슨 생각을 하는지 알 수 있었다. 순간적으로 녀석들은 지금의 여자 친구를 버리고 저 애한테 한 번 작업을 걸어볼까 하는 생각을 하고 있었다. 순간적으로나마 그럴 수 있을 것 같았다.

얼이 그 애를 한 번 훑어보더니 자기 사물함 문을 쾅 하고 닫았다. "저 애가 괴짜여도 괜찮다면 말이지."

얼의 말투에 뭔가 의미가 있는 것 같았다. 아니, 얼이 그런 말을 한 이유에 의미가 있다고 해야 맞을 것 같다. 얼의 말은 그 애가 개틀린 출신이 아니기 때문에, 치어리더가 되려고 안달하지 않기 때문에, 그 애가 자기를 한 번 더 쳐다보지 않았기 때문에, 아니 아예 거들떠보지도 않았기 때문에 괴짜라는 뜻이었다. 다른 날 같으면 나는 얼의 말을 무시해버리고 아무 말도 하지 않았을 것이다. 하지만 오늘은 잠자코 있고 싶지 않았다.

"그러면 자동으로 괴짜가 되는 거야? 왜? 치어리더 유니폼도 안 입었고, 금발도 아니고, 치마가 짧지도 않아서?"

얼의 표정은 쉽게 읽을 수 있었다. 이럴 때는 내가 얼의 리드를 따라야 하는 게 정상이었지만, 나는 우리 사이에 존재하는 무언의 협정을 따르지 않았다.

"저 애가 레이븐우드라 괴짜라는 거야."

얼의 말뜻은 분명했다. 저 애가 섹시한 건 맞지만 저 애랑 어떻게 해볼 생각은 하지도 말라는 것. 그 애는 이제 우리가 시도해볼 수 있는 대상이 아니었다. 그렇다고 녀석들이 그 애를 쳐다보는 것까지 막을 수는 없었기 때문에 다들 그 애를 바라보고 있었다. 이 복도에 있는 모든 사람이 그 애만 바라보고 있었다. 총의 조준경 안에 들어온 사슴을 바라보듯이.

그런데도 그 애는 계속 걸었다. 목에서 목걸이가 찰랑거렸다.

몇 분 뒤 나는 영어 수업이 진행될 교실 문간에 서 있었다. 거기 그 애가 있었다. 리나 두케인. 새로 전학 온 여자아이. 앞으로 50년이 지난 뒤에도 그 애는 이렇게 불릴 터였다. 아니면 여전히 레이븐우드 노친네의 조카라고 불리거나. 그 애가 잉글리시 선생님에게 분홍색 전학서류를 건네주자 선생님은 눈을 가늘게 뜨고 서류를 읽었다.

"수업 시간표를 엉망으로 짜줘서 영어 수업을 못 들었어요." 그 애가 말했다. "미국사를 두 시간 동안 들었는데, 미국사는 전에 다니던 학교에서 이미 들었거든요." 갑갑해하는 말투였다. 나는 웃음이 비어져 나오는 것을 참으려고 애썼다. 저 애도 리 선생님의 수업 같은 미국사 수업은 한 번도 들은 적이 없을 것이다.

"그렇겠지. 아무 데나 빈자리에 앉아라." 잉글리시 선생님은 그 애에게 《앵무새 죽이기》를 한 권 주었다. 한 번도 누가 펼쳐본 적이 없는 책 같았다. 사실 그 책이 영화로 만들어진 뒤로는 그 책을 펼쳐본 사람이 전혀 없을 가능성이 높았다.

새로 전학 온 여자아이가 시선을 들다가 자신을 지켜보는 나를 발견했다. 나는 시선을 돌렸지만 이미 때가 늦은 뒤였다. 나는 웃음이 비어져 나오는 것을 참으려고 했다. 하지만 창피해서 오히려 웃음이 더 나왔다. 그 애는 눈치채지 못하는 것 같았다.

"책은 안 주셔도 돼요. 제 걸 갖고 왔어요." 그 애는 그 책을 꺼냈다. 표지에 나무가 에칭으로 새겨져 있는 하드커버였다. 정말로 낡아 보였다. 그 애가 적어도 한 번 이상 그 책을 읽은 것 같았다. "제가 좋아하는 책이거든요." 그 애는 이게 전혀 이상한 일이 아니라는 듯이 무심하게 말했다. 나는 그 애를 빤히 바라보았다.

증기롤러가 내 등으로 파고드는 것 같은 느낌이 들더니 에밀리가 나를 밀치고 안으로 들어섰다. 마치 내가 거기 서 있는 걸 알아차리지도 못한 것 같은 태도였다. 이건 에밀리 식의 인사였다. 자기 뒤를 따라서 우리 친구들이 앉아 있는 교실 뒷자리로 오라는 뜻이기도 했다.

새로 전학 온 여자아이는 맨 앞줄의 빈자리에 앉았다. 잉글리시 선생님의 책상 바로 앞에 있는 무인지대였다. 그건 잘못된 판단이었다. 거기 앉으면 안 된다는 건 모두들 아는 사실이었다. 잉글리시 선생님은 한쪽 눈이 유리로 만든 의안이었고, 청력도 형편없었다. 동네에서 유일한 사격장을 운영하는 집에서 태어나 거기서 평생 살았나 싶을 정도였다. 그래서 선생님 바로 앞의 자리만 피한다면, 선생님은 그 학생을 볼 수 없기 때문에 수업 중에 지명하지도 않았다. 이제 리나는 반 아이들 전체를 대신해서 혼자 선생님의 질문에 대답해야 할 터였다.

에밀리는 재미있다는 표정으로 일부러 리나의 옆을 지나치며 리나의 가방을 발로 찼다. 그 바람에 리나의 책들이 책상들 사이의 통로로 미끄러졌다.

"이런." 에밀리는 허리를 숙여 낡은 스프링노트를 집어 들었다. 조금만 더 찢어지면 표지가 아예 없어져버릴 것 같았다. 에밀리는 그 노트가 죽은 쥐나 되는 것처럼 들어올렸다. "리나 두케인. 이게 네 이름이야? 난 레이븐우드인 줄 알았는데."

리나가 시선을 들었다. 천천히. "그거 돌려줘."

에밀리는 리나의 말이 들리지 않는다는 듯이 무시해버리고 노트를 뒤적였다. "이거 네 일기야? 아님 너 작가야? 굉장하다."

리나가 손을 뻗었다. "돌려줘."

에밀리는 노트를 착 닫아서 리나에게서 멀리 떨어진 쪽으로 내밀었다. "내가 잠깐 좀 빌려 가면 안 돼? 네가 쓴 글을 정말로 읽고 싶어서 그래."

"난 그걸 돌려받고 싶어. 돌려줘." 리나가 일어섰다. 일이 점점 재미있어지고 있었다. 레이븐우드 노친네의 조카가 제 손으로 자기 무덤을 파기 직전이었다. 일단 구덩이에 빠지면 다시는 기어 나올 수 없을 터였다. 기억력 면에서 에밀리를 따라갈 사람은 없으니까.

"먼저 글 읽는 법부터 배우고 와." 나는 에밀리의 손에서 일기를 빼앗아 리나에게 돌려주었다.

그러고 나서 나는 리나의 바로 옆자리에 앉았다. 바로 그 무인지대에. 선생님이 멀쩡한 눈으로 잘 볼 수 있는 곳. 에밀리가 믿을 수 없다는 표정으로 나를 바라보았다. 내가 그때 왜 그랬는지 지금도 모르겠다. 나도 에밀리만큼이나 충격을 받았다. 나는 평생 어떤 수업에서든 맨 앞줄에 앉아본 적이 없었다. 에밀리가 미처 뭐라고 하기 전에 수업 종이 울렸지만, 그런 건 중요하지 않았다. 수업이 끝난 뒤에 나는 이 대가를 치러야 할 터였다. 리나는 우리 둘을 모두 무시하고 자신의 노트를 펼쳤다.

"이제 수업을 시작할까?" 잉글리시 선생님이 책상에서 시선을 들었다.

에밀리는 뒤쪽으로 가서 자신이 자주 앉는 자리에 털썩 주저앉았다. 1년 내내 선생님의 질문을 받을 걱정은 하지 않아도 될 만큼 앞줄에서 멀리 떨어진 자리였다. 오늘은 레이븐우드 노친네의 조카에게서 먼 자리라는 의미도 있었다. 내게서 먼 자리이기도 했다. 그런 생각을 하니 왠지 해방감이 느껴졌다. 하지만 책을 읽어오지도 않았는데 수업시간 50분 동안 내내 선생님의 질문을 받고 소설 속에 등장하는 젬과 스카우트의 관계를 분석해야 할 판이었다.

수업이 끝나는 종이 울리자 나는 리나에게 시선을 돌렸다. 내가 무슨 말을 할 생각이었는지는 모르겠다. 어쩌면 리나에게서 고맙다는 말을 기대했던 건지도 모른다. 하지만 리나는 아무 말 없이 책들을 가방에 던져 넣었다.

156. 리나가 손등에 써 놓은 것은 단어가 아니었다.

숫자였다.

리나 두케인은 다시 내게 말을 걸지 않았다. 그날도, 그 주가 끝날 때까지도. 그래도 나는 리나에 대한 생각을 머리에서 떨쳐버릴 수 없었다. 아무리 보지 않으려고 애를 써도 어디서나 리나가 보였다. 나를 괴롭히는 것은 리나뿐만이 아니었다. 엄밀히 말하자면 그랬다. 리나의 외모도 문제가 아니었다. 항상 이상한 옷에 그 낡은 운동화를 신고 다니는데도 리나는 예뻤다. 수업시간에 리나가 하는 말 역시 문제가 되지 않았다. 리나는 대개 아무도 생각해보지 못한 말을 했다. 아니, 설사 누군가 생각해본 적이 있다해도, 감히 입 밖에 내지 못하는 말이었다. 리나가 잭슨 고등학교의 여자애들과는 다르다는 것도 중요하지 않았다. 그건 누가 봐도 뻔한 사실이었으니까.

중요한 건, 리나 때문에 내가 다른 애들과 얼마나 비슷한지 깨닫게 된다는 점이었다. 나만은 그렇지 않은 척하려고 해도 소용없었다.

하루 종일 비가 내리고 있었다. 나는 도자기 만들기 수업을 듣고 있었다. 이 수업은 AGA라는 별명으로 불렸다. "A학점은 따놓은 당상 a guaranteed A"이라는 뜻이었다. 작품의 질이 아니라 학생이 얼마나 노력을 기울였는가에 따라 점수가 매겨지기 때문이었다. 나는 미술과목의 필수학점을 채워야 했기 때문에 지난봄에 이 수업을 신청했다. 나는 아래층에서 시끄럽게 연습하고 있는 밴드의 음악 소리에 신경을 쓰지 않으려고 애썼다. 말도 안 되게 비쩍 마른 몸에 지나치게 열성적인 스파이더 선생님이 밴드를 지휘하는 중이었다. 내 옆에는 서배너가 앉아 있었다. 이 수업에 남학생은 나 하나뿐이었다. 남학생이기 때문에, 나는 이제 다음 순서로 무엇을 해야 하는지 전혀 알 수 없었다.

"오늘의 주제는 실험이에요. 오늘 여러분의 작품은 점수에 들어가지 않을 겁니다. 진흙을 느껴봐요. 마음을 자유롭게 풀어놓고. 그리고 아래층에서 들려오는 음악 소리를 무시해요." 도자기 수업을 맡은 애버내시 선생님은 밴드가 '딕시'인 듯 싶은 노래를 난도질하는 소리에 몸을 움찔했다.

"깊이 파고 들어가요. 여러분의 영혼에 이르는 길을 느끼는 거예요."

나는 물레에 전원을 넣고 내 앞에서 빙빙 돌기 시작하는 진흙을 빤히 바라보았다. 그리고 한숨을 내쉬었다. 이건 거의 밴드만큼이나 나빴다. 그런데 교실 안이 점점 조용해지고 물레 도는 소리에 뒷줄 학생들이 떠드는 소리가 묻히기 시작할 때 아래층에서 들려오는 음악 소리가 바뀌었다. 바이올린 소리가 들려왔다. 아니면 바이올린보다 큰 악기들 중 하나였는지도 모른다. 아마 비올라였던 것 같다. 아름답고 슬픈 소리였다. 마음을 어지럽게 만드는 소리이기도 했다. 잘 다듬어진 소리는 아니었지만, 스파이더 선생님이 기쁘게 지휘하던 음악보다는 더 많은 재능을 보여주는 소리였다. 나는 주위를 둘러보았다. 음악 소리에 신경 쓰는 사람은 아무도 없는 것 같았다. 음악 소리가 내 살갗 속으로 곧장 기어 들어왔다.

내가 아는 멜로디였다. 가사도 금방 머릿속에 떠올랐다. 지금 아이팟을 듣고 있기라도 한 것처럼 기억이 아주 선명했다. 하지만 이번에는 가사가 달라져 있었다.

열여섯 개의 달, 열여섯 해
귀에 들려오는 천둥소리
그녀가 다가오기까지 16마일
열여섯이 두려워하는 것을 열여섯이 찾는다….

내 앞에서 빙빙 돌고 있는 진흙 덩어리가 점점 흐릿해졌다. 시선의 초점을 맞추려고 애를 쓰면 쓸수록 진흙 덩어리 주위의 풍경도 덩달아 흐릿해지더니 나중에는 진흙이 교실 전체와 탁자와 내 의자까지 한꺼번에 돌리고 있는 것 같았다. 마치 우리가 모두 끊임없이 움직이는 회오리바람 속에 함께 묶여 있는 것 같았다. 회오리바람은 음악실에서 들려오는 멜로디의

리듬을 따라 움직였다. 내 주위에서 교실이 점점 사라져가고 있었다. 나는 천천히 한 손을 뻗어 손가락 끝으로 진흙을 긁었다.

그러자 뭔가가 번쩍 하면서 빙빙 돌던 교실이 사라지고 다른 광경이 나타났다.

내가 추락하고 있었다.

우리가 추락하고 있었다.

나는 다시 꿈속에 들어와 있었다. 그녀의 손이 보였다. 내 손이 그녀의 손을 잡는 것이 보였다. 내 손가락이 그녀의 피부 속으로 파고들었다. 어떻게든 그녀를 붙잡으려는 필사적인 노력이었다. 하지만 그녀의 손이 미끄러졌다. 나도 느낄 수 있었다. 그녀의 손가락들이 내 손에서 빠져나가는 것을.

"놓지 마!"

나는 그녀를 도와주고 싶었다. 꼭 붙들고 싶었다. 지금까지 뭔가를 이토록 절실하게 원해본 적은 없었다. 그런데 그녀가 내 손가락 사이로 떨어졌다…

"이선, 대체 뭐하는 거니?" 애버내시 선생님이 걱정스러운 목소리로 말했다.

나는 눈을 뜨고 초점을 맞추려고, 정신을 차리려고 애썼다. 엄마가 돌아가신 뒤로 계속 이 꿈을 꾸고 있었지만, 낮에 꿈속으로 빠져든 것은 이번이 처음이었다. 나는 진흙이 묻어 회색으로 변한 손을 빤히 바라보았다. 점점 말라가는 진흙이 손을 뒤덮고 있었다. 물레에 놓인 진흙에는 완벽한 손자국이 찍혀 있었다. 내가 뭘 만들고 있었는지는 모르겠지만, 그걸 방금 손으로 납작하게 눌러버린 것 같았다. 나는 더 자세히 살펴보았다. 그 손자국은 내 것이 아니었다. 내 것이라고 하기에는 너무 작았다. 여자애의 것이었다.

그녀의 것이었다.

나는 손톱 밑을 살펴보았다. 내가 그녀의 손목을 움켜쥘 때 묻은 진흙이 거기 끼어 있었다.

"이선, 최소한 뭘 만들려고 시도는 해봐야지." 애버내시 선생님이 내 어깨를 손으로 짚었다. 나는 화들짝 놀랐다. 교실 창문 밖에서 우르릉거리는 천둥소리가 들려왔다.

"애버내시 선생님, 이선이 영혼의 대화를 나누고 있나봐요." 서배너가 키득거리며 나를 잘 보려고 몸을 기울였다. "네 영혼이 너더러 손톱 좀 정리하라고 말하고 있는 것 같은데, 이선."

주위의 여자애들이 웃음을 터뜨렸다. 나는 주먹으로 손자국을 짓이겨서 다시 아무런 형태도 없는 진흙 덩어리로 만들었다. 그리고 수업이 끝나는 종이 울리자 청바지에 손을 닦으며 일어섰다. 나는 가방을 집어 들고 쏜살같이 밖으로 뛰어나가 젖은 하이탑 운동화로 미끄러질 듯 모퉁이를 돈 뒤, 제대로 묶지 않은 운동화 끈에 하마터면 걸려 넘어질 뻔하면서 계단으로 2층을 뛰어내려가 음악실로 향했다. 내가 음악 소리를 상상한 건지 아닌지 반드시 확인해야 했다.

나는 양손으로 음악실 문을 밀어 열었다. 무대는 텅 비어 있었다. 수업을 끝낸 아이들이 줄지어 내 옆을 지나갔다. 다른 애들은 모두 위로 올라가고 있는데 나만 혼자 흐름을 거슬러 거꾸로 움직이고 있었다. 나는 깊이 숨을 들이쉬었다. 냄새를 맡기도 전에 어떤 냄새가 날지 이미 알 것 같았다.

레몬과 로즈마리.

무대 위에서 스파이더 선생님이 잭슨 고등학교의 한심한 오케스트라 단원들이 앉았던 접의자들 사이에 흩어진 악보를 줍고 있었다. 나는 선생님에게 소리쳤다. "선생님, 방금 그거 누구예요? 방금 그 노래를 연주한 사람이요."

선생님은 나를 향해 미소를 지었다. "우리 현악부에 정말 훌륭한 신입단원이 들어왔어. 비올라 담당인데, 얼마 전에 우리 마을로 이사를 온 여자애란다…."

아니. 그럴 리가 없었다. 그 애일 리가 없었다.

나는 몸을 돌려 선생님이 그 애의 이름을 말하기 전에 달아났다.

8교시가 끝나는 종이 울린 뒤, 링크가 사물함 앞에서 나를 기다리고 있었다. 링크는 삐죽삐죽하게 솟은 머리를 손으로 빗고, 색바랜 블랙새버스 티셔츠를 똑바로 폈다.

"링크, 열쇠 좀 주라."

"연습은 어쩌고?"

"오늘은 안 되겠어. 할 일이 있거든."

"야, 무슨 소리야?"

"얼른 열쇠나 줘." 난 빨리 여기서 나가야 했다. 계속 이상한 꿈을 꾸고, 노랫소리가 들리더니 이제는 수업 중에 정신을 놓기까지 했다. 아니, 그걸 그렇게 표현해야 하는 건지도 알 수 없었다. 내가 지금 어떻게 되어가고 있는 건지는 알 수 없었지만, 이게 나쁜 일이라는 것만은 확실했다.

엄마가 살아계셨다면, 십중팔구 엄마한테 모든 걸 털어놓았을 것이다. 엄마는 내가 무슨 일이든 털어놓을 수 있는 사람이었다. 하지만 엄마는 돌아가셨고, 아빠는 항상 서재에 틀어박혀 있었다. 애마 아줌마는 내가 이런 얘기를 하면 한 달 동안 내 방에 온통 소금을 뿌리며 돌아다닐 사람이었다.

날 도와줄 사람은 하나도 없었다.

링크가 열쇠를 내밀었다. "감독이 널 죽이려고 들 텐데."

"알아."

"애마 아줌마 귀에도 얘기가 들어갈 거야."

"알아."

"아줌마가 네 엉덩이를 발로 차서 이 마을 경계선까지 날려버릴걸." 내가 열쇠를 잡을 때 링크의 손은 떨리고 있었다. "멍청한 짓은 하지 마라."

나는 몸을 돌려 냅다 뛰었다. 이제는 나도 어쩔 수 없었다.

충돌

⊱ 9.11 ⊰

자동차가 있는 곳에 다다랐을 때 나는 속까지 흠뻑 젖은 상태였다. 일주일 내내 힘을 모은 폭풍이 몰아치고 있었다. 라디오로 전파가 잡히는 모든 방송국에서 기상특보를 내보내고 있었다. 이 비터 자동차의 라디오로 잡을 수 있는 방송국이라고 해봤자 세 곳밖에 없었지만. 그것도 모두 AM 방송이었다. 하늘은 칠흑처럼 어두웠다. 지금이 허리케인 시즌이라는 점을 생각하면, 그건 결코 가볍게 넘길 일이 아니었다. 하지만 내게는 그런 것이 중요하지 않았다. 나는 머릿속을 정리해서 지금 도대체 무슨 일이 벌어지고 있는 건지 파악할 필요가 있었다. 하지만 내가 지금 차를 몰고 어디로 향하고 있는 건지는 도무지 알 수 없었다.

주차장을 빠져나오는 것도 헤드라이트를 켜지 않으면 힘들 정도였다. 시야는 차 앞으로 1미터 정도가 고작이었다. 운전을 하기에 좋은 날이 아니었다. 내 앞에서 번개가 어두운 하늘을 갈랐다. 나는 숫자를 세었다. 오래전 애마 아줌마가 가르쳐준 대로. 하나, 둘, 셋. 천둥이 쳤다. 이건 폭풍이 그리 멀리 있지 않다는 뜻이었다. 아줌마의 계산법이 맞다면, 폭풍은 3마일 거리에 있었다.

나는 잭슨에서 빨간 신호등에 걸려 차를 세웠다. 이 마을에 신호등은 이곳을 포함해 딱 세 개뿐이었다. 이제부터 어떻게 해야 할지 전혀 알 수 없었다. 빗줄기가 망치처럼 비터를 두들겨댔다. 라디오에서는 이제 지직거리는 잡음밖에 들리지 않았다. 그런데 무슨 소리가 들리는 것 같았다. 내가 라디오 볼륨을 키웠더니, 낡아빠진 스피커에서 노랫소리가 쏟아져 나왔다.

'열여섯 개의 달.'

내 아이팟의 목록에서 사라져버렸던 그 노래. 나 외에 다른 사람들은 전혀 듣지 못하는 것 같은 그 노래. 리나 두케인이 비올라로 연주했던 노래. 나를 미치게 만들고 있는 바로 그 노래였다.

신호등이 초록색으로 바뀌자 나는 비터를 급하게 출발시켰다. 하지만 내가 지금 어디로 향하고 있는지는 전혀 알 수 없었다.

번개가 하늘을 찢으며 지나갔다. 나는 또 숫자를 세었다. 하나, 둘. 폭풍이 점점 가까이 다가오고 있었다. 나는 앞 유리창의 와이퍼를 켰다. 하지만 아무 소용이 없었다. 바로 앞도 보이지 않았다. 번개가 번쩍했다. 나는 또 숫자를 세었다. 하나. 천둥이 비터의 지붕 위에서 우르릉거리고, 빗줄기가 수평으로 바뀌었다. 앞 유리창은 금방이라도 깨져나갈 것처럼 덜컹거렸다. 비터의 상태를 생각하면 정말로 깨져나갈 것 같았다.

내가 폭풍을 뒤쫓고 있는 게 아니었다. 폭풍이 내 뒤를 쫓아와 나를 찾아냈다. 길 위에서 바퀴가 미끄러지지 않게 하는 것만도 힘이 들었다. 비터가 9번 도로의 두 개 차선 사이를 제멋대로 오가며 미끄러지기 시작했다.

아무것도 보이지 않았다. 온 힘을 다해 브레이크를 밟았더니 차가 어둠 속에서 빙그르르 돌았다. 헤드라이트가 깜박거렸다. 1초도 안 될 만큼 짧은 시간이었다. 그런데 길 한가운데에서 거대한 초록색 눈 한 쌍이 나를 노려보고 있었다. 처음에는 사슴인 줄 알았다. 그런데 아니었다.

'이 길에 누가 있어!'

나는 양손으로 핸들을 돌렸다. 있는 힘껏. 내 몸이 자동차 문에 쾅 하고 부딪혔다.

그녀는 한 손을 뻗고 있었다. 나는 충격을 기다리며 눈을 감았다. 그런데 아무 일도 일어나지 않았다.

비터가 덜컹거리며 멈춰 섰다. 겨우 1미터쯤 떨어진 곳이었다. 헤드라이트가 빗속에서 희미한 빛의 원을 그렸다. 잡화점에서 3달러만 주면 살 수 있는 싸구려 비닐 비옷에 헤드라이트 불빛이 반사되었다. 여자애였다. 그녀가 머리에서 천천히 후드를 벗었다. 빗줄기가 얼굴을 타고 흘러내렸다. 초록색 눈, 검은 머리카락.

리나 두케인.

나는 숨을 쉴 수 없었다. 그 애의 눈이 초록색인 건 알고 있었다. 이미 본 적이 있었으니까. 하지만 오늘 밤에는 전과 달라 보였다. 내가 지금까지 보았던 그 어떤 눈과도 달랐다. 눈이 너무 거대하고, 부자연스러울 정도로 초록색이 짙었다. 번개처럼 전기를 띤 초록색이었다. 빗속에 그렇게 서 있는 그 애는 마치 인간이 아닌 것 같았다.

나는 비틀거리며 빗속으로 나갔다. 엔진도 끄지 않았고, 비터의 문도 닫지 않았다. 우리 둘 다 한 마디도 없이 9번 도로 한가운데에 서 있었다. 허리케인 때만 볼 수 있는 폭우 속에서. 내 온몸의 근육이 긴장하고 신경이 곤두섰다. 마치 내 몸이 아직도 충돌을 예상하고 있는 것 같았다.

리나의 머리카락이 빗물을 뚝뚝 떨어뜨리며 바람에 휘날렸다. 나는 리나를 향해 한 걸음을 내디뎠다. 그 순간 그것이 시작되었다. 젖은 레몬. 젖은 로즈마리. 순식간에 꿈이 생생하게 떠오르기 시작했다. 파도가 내 머리를 타넘고 지나가는 것 같았다. 다만 이번에는 그녀가 내 손가락 사이로 빠져나갈 때, …그녀의 얼굴이 보였다.

초록색 눈과 검은 머리카락. 이제 기억이 났다. 그녀였다. 그녀가 바로 내 눈 앞에 서 있었다.

하지만 확실히 해둘 필요가 있었다. 나는 리나의 손목을 잡고 살펴보았다. 그것이 있었다. 달 모양으로 자그맣게 긁힌 자국들. 꿈속에서 내가 손가락으로 잡았던 바로 그 자리였다. 내가 리나의 손목을 잡는 순간, 전기가 내 몸을 꿰뚫고 지나갔다. 우리가 서 있는 곳에서 3미터도 채 떨어지지 않은 나무를 번개가 때렸다. 나무는 깔끔하게 절반으로 쪼개지면서 연기를 피워 올리기 시작했다.

"너 미쳤어? 아님 운전실력이 형편없는 거야?" 리나가 초록색 눈을 번득이며 내게서 뒷걸음질을 쳤다. 화가 난 건가? 눈에서 뭔가가 번득이는 건 분명했다.

"너였어."

"너 도대체 무슨 생각을 한 거야? 날 죽일 작정이었어?"

"넌 진짜였어." 내가 한 말이지만 느낌이 이상했다. 입안에 솜뭉치를 물고 있는 것 같았다.

"그래, 하마터면 진짜 시체가 될 뻔했지. 네 덕분에."

"난 미친 게 아냐. 미친 줄 알았는데, 아냐. 너였어. 네가 지금 내 눈 앞에서 있어."

"이제 갈 거야." 리나가 내게 등을 돌리고 걷기 시작했다. 내가 상상했던 건 이런 게 아니었다.

나는 리나를 따라잡으려고 뛰어갔다. "대로 한복판으로 갑자기 뛰어나온 건 너야."

리나는 팔을 세게 흔들었다. 그런 생각은 하기도 싫다고 손사래를 치는 것 같았다. 어둠 속에서 길고 검은 차가 처음으로 눈에 들어왔다. 장의차였다. 보닛이 열린 채였다. "왜? 도와줄 사람을 찾고 있었어, 멍청아. 우리 삼촌 차가 멈춰 버렸다고. 넌 차라리 그냥 지나가는 편이 나았을 텐데. 꼭 그렇게 날 치려고 들 필요는 없었잖아."

"꿈에서 본 게 너였어. 그 노래도. 내 아이팟에 있던 그 이상한 노래도."

리나가 획 돌아섰다. "무슨 꿈? 무슨 노래? 너 취했어? 아님 농담이라도 하는 거야?"

"틀림없이 너야. 손목에 그 자국이 있잖아."

리나는 자기 손을 뒤집어 내려다보았다. 뭐가 뭔지 모르겠다는 표정이었다. "이거? 우리 집 개가 만든 거야. 정신 차려."

하지만 나는 내 생각이 틀리지 않았다고 확신했다. 이제 꿈속에 나타났던 여자애의 얼굴이 선명하게 보였다. 혹시 리나는 모르는 걸까?

리나가 후드를 쓰고 쏟아지는 빗속에서 레이븐우드까지 먼 길을 걸어가기 시작했다. 나는 리나의 뒤를 쫓아갔다. "뭐 하나 가르쳐줄까? 다음에는 폭풍이 불 때 도로 한복판에서 차에서 내리지 마. 그냥 911에 전화를 걸어."

리나는 걸음을 멈추지 않았다. "경찰은 안 부를 거야. 난 원래 운전을 하면 안 된단 말이야. 운전 강습용 허가밖에 없어. 어차피 휴대전화도 죽어버렸지만." 리나는 아직 이 동네 사정을 모르고 있는 게 분명했다. 이 마을에서는 도로에서 역주행을 하지 않는 이상 경찰의 정지명령을 받을 일이 없었다.

폭풍이 점점 더 기운을 얻고 있었다. 빗소리 때문에 나는 고함을 질러야만 간신히 대화를 나눌 수 있었다. "내가 집까지 태워다줄게. 이렇게 빗속에 나와 있으면 안 돼."

"고맙지만 됐어. 날 치려고 드는 사람이 또 나타나는지 기다릴 거야."

"이제 사람은 안 와. 몇 시간이나 지나야 누가 나타날걸."

리나는 다시 걷기 시작했다. "상관없어. 걸어갈 거야."

나는 폭우 속에서 리나가 혼자 돌아다니는 걸 내버려둘 수 없었다. 우리 엄마는 나를 그렇게 무정한 놈으로 키우지 않았다. "이런 날씨에 너 혼자 집으로 걸어가게 둘 수는 없어." 이 말이 무슨 신호라도 되는 것처럼 천둥이 우르릉거리며 우리 머리 위를 지나갔다. 리나의 후드가 바람에 벗겨졌다. "내가 우리 할머니처럼 운전할게. 너희 할머니처럼 운전할게."

"네가 우리 할머니를 안다면, 그런 소리 못할걸." 바람이 점점 강해졌다. 이제는 리나도 고함을 지르고 있었다.

"가자."

"어디로?"

"자동차로. 타. 나랑 같이."

리나는 나를 바라보았다. 과연 리나가 내 말을 받아들일지 알 수 없었다. "걷는 것보다는 그 편이 그래도 안전하겠다. 그러니까, 너랑 같이 찻길을 걷는 것보다는 말이야."

비터는 완전히 흠뻑 젖어 있었다. 링크가 이 꼴을 봤다면 미쳐 날뛰었을 것이다. 일단 차 안에 오르고 나니 폭풍 소리가 다르게 들렸다. 더 크면서 더 조용해진 것 같았다. 차 지붕을 두드리는 빗소리가 들렸지만, 두근거리는 내 심장소리와 내 이가 딱딱 마주치는 소리가 그 소리를 거의 눌러버렸다. 나는 기어를 밀어 주행으로 바꿨다. 내 옆에, 겨우 몇 센티미터 떨어진 조수석에 리나가 앉아 있다는 사실에 신경이 쓰여서 견딜 수 없었다. 나는 몰래 리나를 훔쳐보았다.

고통스러운 표정인데도 리나는 아름다웠다. 초록색 눈은 엄청나게 컸다. 오늘 밤에 그 눈이 왜 이토록 평소와 달라 보이는지 도무지 알 수 없었다. 리나처럼 속눈썹이 긴 사람은 지금까지 한 번도 본 적이 없었다. 리나의 창백한 피부는 풍성한 검은 머리카락 때문에 훨씬 더 창백하게 보였다. 왼쪽 눈 바로 아래의 광대뼈에는 밝은 갈색의 아주 작은 점이 있었다. 초승달과 비슷한 모양이었다. 리나는 잭슨 고등학교의 아이들과는, 완전히 달랐다. 아니, 지금까지 내가 만난 어느 누구와도 달랐다.

리나는 젖은 비옷을 머리 위로 벗었다. 검은 티셔츠와 청바지가 몸에 착 달라붙어 있었다. 마치 수영장에 빠졌다가 나온 사람 같았다. 회색 조끼에서 인조가죽 의자 위로 물이 계속 뚝뚝 떨어졌다. "뭐 – 뭘 그렇게 봐."

나는 시선을 돌려 앞 유리창 밖을 바라보았다. 리나만 아니라면 어디든 좋았다. "그것도 벗어야 할걸. 계속 체온이 내려갈 거야."

리나가 조끼의 섬세한 은색 단추를 손으로 더듬는 것이 보였다. 손이 걷잡을 수 없이 떨리고 있었다. 내가 앞으로 손을 뻗자 리나가 얼어붙었다. 내가 감히 리나의 몸에 다시 손을 대려는 줄 안 모양이었다. "히터를 틀 거야."

리나는 다시 단추를 풀려고 애쓰기 시작했다. "고- 고마워."

리나의 손이 눈에 들어왔다. 잉크가 더 많이 묻어 있었다. 이제는 빗물에 번지기까지 했다. 나는 숫자 몇 개만 간신히 알아볼 수 있었다. 1 아니면 7, 그리고 5와 2. 152. 저게 무슨 뜻이지?

나는 뒷좌석을 흘긋 바라보았다. 링크가 낡은 군용담요를 거기에 싣고 다닐 때가 많았다. 하지만 오늘은 낡아빠진 침낭뿐이었다. 지난번에 링크가 집에서 말썽을 피워 차에서 잘 때 쓴 것인 듯했다. 캠프파이어의 연기 냄새와 지하실 곰팡이 냄새가 났다. 나는 그것을 리나에게 건네주었다.

"음. 이제 좀 낫네." 리나는 눈을 감았다. 리나가 히터의 따뜻한 바람 속에서 몸을 편안히 펴는 것이 느껴졌다. 나도 긴장을 풀고 가만히 리나를 지켜보았다. 리나의 이가 딱딱 부딪히는 속도가 느려졌다. 차를 몰고 가는 동안 우리는 침묵을 지켰다. 들리는 것은 폭풍 소리와 바퀴 구르는 소리, 그리고 호수로 변한 도로 위의 물이 흩뿌려지는 소리뿐이었다. 리나는 김이 서린 창문에 손가락으로 그림을 그렸다. 나는 도로만 바라보며 꿈의 나머지 내용을 전부 기억해내려고 애썼다. 리나에게 그녀가 바로 그녀고 내가 바로 나임을 증명해줄 자세한 내용을 하나라도 기억해내려고.

하지만 애를 쓰면 쓸수록 기억이 점점 더 희미해지는 것 같았다. 비와 고속도로와 차창 밖을 지나가는 땅과 담배밭 속으로 기억이 사라져갔다. 밭에는 낡은 농기구와 다 쓰러져가는 헛간들이 여기저기 흩어져 있었다. 우리는 마을 외곽에 다다랐다. 앞쪽에 도로가 갈라지는 지점이 보였다. 우리 집으로 향하는 왼쪽 길로 접어들면 리버 거리가 나올 것이다. 그쪽의 샌티 거리에는 새로 복원한 남북전쟁 이전의 주택들이 늘어서 있었다. 그 길은 또한 마을을 빠져나가는 길이기도 했다. 차가 길이 갈라지는 지점에 이르렀을 때 나는 자동적으로 왼쪽으로 방향을 꺾으려 했다. 습관에서 우러나온 행동이었다. 오른편에 있는 것이라고는 레이븐우드 농장뿐인데, 거기는 아무도 안 가는 곳이었다.

"아냐, 잠깐, 여기서 오른쪽으로 가야지." 리나가 말했다.

"아, 그렇지. 미안." 나는 진땀이 났다. 우리는 레이븐우드 저택으로 이어진 오르막길을 올라갔다. 나는 리나의 정체를 생각하는 데 골몰한 나머지 리나가 실제로 누구인지 잊어버리고 있었다. 몇 달 전부터 내 꿈속에 나타나던 여자아이, 내가 잠시도 머릿속에서 지워버릴 수 없는 그 여자아이는 메이컨 레이븐우드의 조카였다. 그리고 나는 지금 리나를 집에 데려다주는 중이었다. 우리가 귀신의 저택이라고 부르는 집으로.

나도 그 집을 그렇게 불렀다.

리나는 자신의 손을 내려다보았다. 리나가 귀신의 저택에 산다는 걸 아는 사람은 나뿐만이 아니었다. 리나가 혹시 학교 복도에서 아이들이 하는 이야기를 듣지나 않았는지 궁금했다. 모두들 자기 얘기를 하고 있다는 걸 알고 있는지. 리나가 불편한 표정을 짓고 있는 걸 보면, 알고 있는 모양이었다. 이유는 알 수 없지만, 나는 리나의 그런 모습을 차마 볼 수가 없었다. 그래서 침묵을 깨뜨릴 말을 생각해내려고 애썼다. "왜 너희 삼촌네 집으로 이사를 온 거야? 대개 사람들은 개틀린에서 벗어나려고 하는데. 이리로 이사를 오는 사람은 없어."

내 말에 대답하는 리나의 목소리에서 안도감이 느껴졌다. "나는 안 살아본 데가 없어. 뉴올리언스, 서배너, 플로리다 키스, …버지니아에서도 몇 달 살았지. 심지어 바베이도스에도 한동안 산 적이 있어."

나는 리나가 내 질문에 대답하지 않았다는 걸 깨달았지만, 리나가 방금 말한 곳들 중 어디서라도 살 수만 있다면 못할 일이 없겠다는 생각을 떨쳐 버릴 수 없었다. 여름 한철만 그런 곳에 살아도 좋을 것 같았다. "너희 부모 님은 어디 계셔?"

"돌아가셨어."

내 가슴이 졸아들었다. "미안."

"괜찮아. 내가 두 살 때 돌아가셨는데, 뭐. 난 부모님이 기억도 안 나. 그 뒤로 여러 친척들 집에서 살았어. 주로 할머니랑 살았지만. 그런데 할머니 가 몇 달 동안 여행을 할 일이 생겨서 내가 삼촌네 집으로 온 거야."

"우리 엄마도 돌아가셨어. 교통사고로." 내가 왜 이 말을 했는지 도무지 알 수 없었다. 이건 내가 가능하면 안 하려고 애쓰는 말인데.

"안됐네."

나는 괜찮다고 말하지 않았다. 리나는 그게 괜찮은 일이 아니라는 걸 아 는 아이 같았다.

우리는 풍상에 시달린 검은색 철세공 문 앞에 멈춰 섰다. 내 앞으로 솟 아오른 언덕 위에 개틀린에서 가장 오래되고 가장 악명 높은 농장 주택인 레이븐우드 저택이 쇠락한 모습으로 서 있는 것이 담요처럼 두터운 안개 속에서 어렴풋이 보였다. 이 저택에 이렇게 가까이 와 본 건 오늘이 처음이 었다. 나는 시동을 껐다. 이제 폭풍이 잠잠해져서 꾸준하고 부드럽게 추적 추적 내리는 비로 바뀌어 있었다. "번개가 그친 모양인데."

"그래도 아직 번개가 더 남아 있을걸."

"그럴지도. 그래도 오늘 밤에는 없을 거야."

리나가 나를 바라보았다. 신기하다는 표정이었다. "그래. 오늘 밤에는 끝난 것 같아." 리나의 눈이 아까와는 다르게 보였다. 색이 조금 흐릿해져 서 아까보다 덜 강렬한 초록색이 되었고, 크기도 왠지 작아진 것 같았다. 아니, 눈이 실제로 작아진 게 아니라 아까보다는 더 정상적인 모습이 되었다는 뜻이다.

나는 운전석 문을 열려고 했다. 리나를 집까지 바래다줄 생각이었다.

"아냐, 그러지 마." 리나는 당황한 표정이었다. "우리 삼촌이 좀 수줍음을 타시거든." 리나의 삼촌은 '수줍음'이라는 말로는 표현할 수 없는 수준이었다.

운전석 문도 반쯤 열린 상태였고, 리나가 앉은 조수석 문도 반쯤 열린 상태였다. 우리는 계속 비에 젖고 있었지만, 아무 말 없이 그냥 그렇게 앉아 있었다. 내가 하고 싶은 말이 무엇인지는 분명히 알고 있었지만, 그걸 말할 수 없다는 사실 또한 분명히 알고 있었다. 레이븐우드 저택 앞에서 비에 흠뻑 젖은 채로 왜 그렇게 앉아 있는 건지 알 수 없었다. 말이 되는 게 하나도 없었지만, 내가 확실히 아는 것이 하나 있었다. 내가 차를 몰고 언덕길을 내려가서 다시 9번 도로로 접어드는 순간 모든 것이 예전으로 돌아가리라는 것. 모든 것이 다시 정상으로 돌아가리라는 것. 그렇지 않은가?

리나가 먼저 입을 열었다. "뭐, 고마워."

"널 차로 치지 않아서?"

리나가 미소를 지었다. "그래, 맞아. 여기까지 태워다준 것도."

나는 나를 향해 미소 짓는 리나를 빤히 바라보았다. 마치 우리가 친구가 된 것 같았지만, 그건 불가능한 일이었다. 점점 가슴이 답답해지면서 빨리 여기서 빠져나가야 할 것 같은 생각이 들었다. "별일도 아닌데, 뭐. 내 말은, 괜찮다는 뜻이야. 신경 쓰지 마." 나는 농구할 때 입는 트레이닝복 상의의 후드를 획 올려서 썼다. 에머리는 자기가 퇴짜를 놓은 여자아이가 복도에서 자기한테 말을 걸려고 하면 그렇게 후드를 뒤집어쓰곤 했다.

리나는 나를 바라보며 고개를 절레절레 흔들더니 침낭을 내게 던져주었다. 힘이 좀 세게 들어간 것 같았다. 미소는 사라지고 없었다. "그러든지. 나중에 보자." 리나는 내게 등을 돌리고 걸어가서 철세공 문 사이로 들어가 가파른 언덕길을 뛰어 올라갔다. 집까지 이어진 진입로는 진흙탕으로 변해 있었다. 나는 자동차 문을 쾅 하고 닫았다.

침낭이 좌석 위에 놓여 있었다. 나는 그것을 뒷좌석으로 던지려고 집어 들었다. 곰팡이 냄새가 섞인 캠프파이어 냄새는 여전했지만, 이번에는 레몬과 로즈마리 냄새도 희미하게 섞여 있었다. 나는 눈을 감았다. 내가 다시 눈을 떴을 때, 리나는 진입로를 이미 절반쯤 올라간 다음이었다.

나는 창문을 내렸다. "한쪽 눈이 의안이야."

리나가 나를 뒤돌아보았다. "뭐?"

나는 큰소리로 외쳤다. 빗물이 자동차 문 안쪽으로 뚝뚝 흘러내렸다. "잉글리시 선생님 말이야. 그러니까 반대편에 앉아야 돼. 안 그러면 선생님이 자꾸 말을 시키거든."

리나는 미소를 지었다. 빗물이 리나의 얼굴을 타고 흘러내렸다. "글쎄, 말을 하는 것도 괜찮을 것 같은데." 리나는 레이븐우드를 향해 다시 몸을 돌려 베란다로 이어진 계단을 뛰어 올라갔다.

나는 후진 기어를 넣고 차를 돌려 길이 갈라지는 지점으로 돌아왔다. 평소 때 가던 길로 들어가려고. 내가 평생 가던 길로 들어가려고. 어제까지 항상 다니던 길. 좌석의 갈라진 틈새에서 뭔가가 반짝이는 것이 보였다. 은색 단추였다.

나는 그것을 주머니에 찔러 넣었다. 오늘 밤에는 무슨 꿈을 꾸게 될지 궁금했다.

깨진 유리

아무것도 없었다.

꿈 하나 없는 긴 잠이었다. 오랜만에 처음 있는 일이었다.

잠에서 깨어 보니 창문이 닫혀 있었다. 침대에 진흙이 묻어 있지도 않고, 아이팟에 이상한 노래가 들어 있지도 않았다. 나는 두 번이나 확인해 보았다. 심지어 샤워실에서도 그냥 비누 냄새만 났다.

나는 침대에 누워 파란색 천장을 올려다보며 초록색 눈과 검은 머리카락을 생각했다. 레이븐우드 노친네의 조카. 리나 두케인. 레인과 각운이 맞아 떨어지는 이름.

링크가 차를 세웠을 때 나는 길가에서 기다리고 있었다. 차에 오르자 내 운동화가 젖은 카펫 속에 푹 빠졌다. 물기 때문에 비터에서 평소보다 더 심한 냄새가 났다. 링크가 고개를 절레절레 저었다.

"미안해. 이따 수업 끝나고 내가 말려볼게."

"그러시든지. 부탁이니 정신이나 좀 차려라. 안 그러면 다들 레이븐우드 노친네의 조카 대신 네 얘기만 해댈걸."

순간적으로 나는 말하지 말고 가만히 있을까 생각해보았지만, 누군가 한테 말하지 않으면 배길 수 없을 것 같았다. "그 애를 봤어."

"누구?"

"리나 두케인."

링크의 얼굴은 무표정했다.

"레이븐우드 노친네의 조카."

주차장에 차를 세울 때까지 나는 링크에게 자초지종을 다 말해주었다. 글쎄, 전부는 아닐 수도 있었다. 아무리 친한 친구라도 한계가 있는 법이다. 게다가 링크가 내 얘기를 다 믿는 것 같지도 않았다. 사실 그럴 사람이 어디 있겠는가? 심지어 나도 그 일을 믿기 어려웠다. 링크는 나와 함께 사내녀석들이 있는 곳으로 올라가면서 자기 생각을 분명히 밝히지는 않았지만, 한 가지만은 분명히 했다. 피해를 줄여야 한다는 것.

"꼭 무슨 일이 있었던 것도 아니잖아. 네가 그 애를 집까지 태워다준 건데, 뭐."

"아무 일도 없었다고? 내 얘기를 제대로 들은 거야? 몇 달 전부터 꿈에 그 애를 봤는데, 알고 보니 그 애가…."

링크가 내 말을 끊었다. "코가 꿰거나 그런 건 아니잖아. 그 귀신의 저택에 들어간 것도 아니고. 안 그래? 그리고, 그… 그 노친네를 본 것도 아니잖아." 링크조차 그의 이름을 감히 입에 올리지 못했다. 상황이야 어찌 됐든 아름다운 여자애와 함께 시간을 보내는 건 상관없지만, 레이븐우드 노친네와 어울리는 건 완전히 다른 얘기였다.

"그거야 그렇지만…."

"알아, 알아. 네가 사고를 친 거지. 내 말은, 그냥 아무한테도 말하지 말라는 거야. 이건 꼭 필요한 사람들만 알고 넘어가야 하는 일이야. 그러니까 다른 사람들한테 알릴 필요가 없다고." 하지만 그건 힘든 일이었다. 그래도 불가능할 거라고는 생각하지 않았다.

* * *

잉글리시 선생님의 강의실 문을 밀고 들어갈 때도 나는 여전히 그 일을 생각하고 있었다. 링크가 아무 일도 아니라고 한 그 일과 리나 두케인.

어쩌면 리나가 온갖 잡동사니가 매달려 있는 그 정신없는 목걸이를 걸고 있기 때문인 것 같았다. 그 목걸이를 보면 리나는 자신이 손대는 모든 물건을 중요하게 생각하는 것 같았다. 아니면 리나가 청바지를 입든 원피스를 입든 항상 그 낡아빠진 운동화를 신고 다니는 것이 문제인 것 같기도 했다. 그 운동화를 보면 언제든 도망칠 준비를 하고 있는 것 같았다. 리나를 바라보면 나는 개틀린에서 아주 멀어진 것 같은 기분이 들었다. 어쩌면 그것이 원인인 것 같기도 했다.

그런데 내가 이런 생각을 하면서 나도 모르게 걸음을 멈춘 모양이었다. 누군가가 나와 부딪히는 것이 느껴졌다. 하지만 이번에는 증기롤러라기보다 해일 같았다. 우리는 세게 충돌했다. 우리 몸이 닿는 순간 천장의 전등이 우리 머리 위에서 팍 하고 꺼지면서 불꽃이 비처럼 쏟아져 내렸다.

나는 고개를 숙이며 피했지만, 리나는 그렇지 않았다.

"이틀 만에 벌써 두 번째로 날 죽이려는 거니, 이선?" 교실 안이 쥐 죽은 듯 조용해졌다.

"뭐?" 나는 이 말 한 마디도 간신히 입 밖에 낼 수 있었다.

"또 나를 죽이려는 거냐고."

"네가 거기 있는 줄 몰랐어."

"어젯밤에도 똑같은 말을 하더니."

어젯밤. 잭슨 고등학교에서는 이 말 한 마디가 인생을 영원히 바꿔 놓을 수도 있었다. 아직 불이 켜져 있는 전구가 아주 많았지만, 마치 우리 둘에게만 조명이 비치고 있는 것 같았다. 게다가 현장에서 우리를 지켜보는 관중도 있었다. 내 얼굴이 발갛게 달아오르는 것이 느껴졌다.

"미안. 아니, 그게 아니라… 안녕." 더듬거리는 나 자신이 바보 같았다. 리나는 재미있어하는 표정이었지만, 그냥 계속 걸어갔다. 리나는 일주일 내내 자신이 앉았던 바로 그 책상에 가방을 휙 내려놓았다. 잉글리시 선생님 바로 앞의 자리였다. 선생님이 잘 볼 수 있는 쪽.

나는 교훈을 얻었다. 리나 두케인에게 어디에 앉으라고 말해봤자 소용이 없다는 것. 레이븐우드 일가 사람들을 어떻게 생각하든, 리나 두케인이 그런 사람이라는 점은 인정하는 수밖에 없었다. 나는 리나의 옆자리에 앉았다. 아무도 앉지 않는 구역 한가운데에. 지난 일주일 내내 그랬듯이. 하지만 이번에는 리나가 내게 말을 걸었다는 점이 달랐다. 그래서 왠지 다른 것도 모두 달라진 것 같았다. 나쁘게 달라진 건 아니었다. 그저 겁이 날 뿐이었다.

리나는 빙그레 웃음을 짓다가 멈췄다. 나는 뭔가 재미있는 말을 생각해내려고 애썼다. 최소한 멍청한 말만은 하고 싶지 않았다. 하지만 내가 뭔가 생각을 해내기도 전에 에밀리가 내 반대편에 앉았다. 이든 웨스털리와 샬럿 체이스가 에밀리의 양편을 지키고 있었다. 평소보다 여섯 줄이나 가까운 곳이었다. 오늘은 선생님의 눈이 잘 보이는 쪽에 앉는 것도 나한테 별로 도움이 되지 않는 것 같았다.

잉글리시 선생님이 책상에서 고개를 들었다. 뭔가를 의심하는 것 같은 표정이었다.

"야, 이선." 이든이 나를 뒤돌아보며 미소를 지었다. 마치 나도 자기들이 벌이고 있는 장난에 동참하고 있다는 듯이. "잘 있었니?"

이든이 에밀리의 뜻대로 움직이는 건 놀랍지 않았다. 이든은 예쁘기는 하지만 서배너만큼 예쁘지는 않은 여자애들 중 한 명일 뿐이었다. 이든은 철저히 두 번째 줄이었다. 치어리더 피라미드에서도, 삶에서도, 맨 아래 줄도 아니고, 맨 위에 올라서는 역할도 아니었다. 어떤 때는 심지어 매트 위에 올라가지 못할 때도 있었다. 그래도 이든은 맨 꼭대기에서 뛰어오르는 역할을 맡으려는 노력을 절대 포기하는 법이 없었다. 그녀가 원하는 것은 남다른 사람이 되는 것이었다. 하지만 잭슨 고등학교에 남다른 사람은 하나도 없었다.

"너 혼자 여기 꼿꼿이 앉아 있는 게 좀 그래서 말이야." 샬럿이 키득거렸다. 이든이 두 번째 줄이라면, 샬럿은 세 번째였다. 샬럿은 잭슨 고등학교에서 자존심이 있는 치어리더라면 절대 되지 말아야 할 모습을 대변하는 인물이었다. 약간 땅딸막한 몸매 때문이었다. 샬럿은 아직도 젖살이 오동통하게 붙어 있었다. 항상 다이어트를 했지만, 목표치까지 마지막으로 남은 5킬로그램을 결코 빼지 못했다. 샬럿의 잘못은 아니었다. 항상 노력은 하고 있었으니까. 파이를 먹을 때는 항상 껍질을 남겼다. 작은 빵은 두 배로 먹되, 그레이비소스는 절반만 쳤다.

"이 책이 어디까지 지루해질 수 있을지 궁금하다." 에밀리는 내 쪽을 바라보지도 않았다. 이건 영토분쟁이었다. 에밀리는 비록 날 차버렸지만, 레이븐우드 노친네의 조카가 내 근처에 있는 건 결코 용납하지 못했다. "내가 완전히 돌아버린 인간들만 사는 마을 얘기를 읽어야 되겠어? 그런 인간들은 여기도 많잖아."

대개 선생님의 눈이 잘 보이는 쪽에 앉는 애비 포터가 리나 옆자리에 앉아 리나에게 희미한 미소를 지어 보였다. 리나도 마주 웃어주었다. 그러면서 뭔가 다정한 말을 할 것 같았는데, 에밀리가 애비를 째려보았다. 남부 사람들의 저 유명한 친절도 리나에게는 해당되지 않는다는 점을 분명히 알려주는 시선이었다. 에밀리 애셔에게 반항하는 것은 사회적인 자살행위였다. 애비는 학생위원회 서류철을 꺼내 코를 파묻고 리나를 피했다. 에밀리의 눈빛에 담긴 뜻을 알아차렸다는 얘기였다.

에밀리는 리나에게 시선을 돌려, 하이라이트를 전혀 주지 않은 리나의 머리카락에서부터 전혀 그을리지 않은 얼굴을 지나 분홍색 매니큐어를 바르지 않은 손톱 끝까지 전문가다운 능숙한 솜씨로 훑어보았다. 이든과 샬럿은 의자에 앉은 채 몸을 휙 돌려서 에밀리를 마주 보는 자세가 되었다. 리나는 아예 존재하지도 않는 것 같았다. 여자애들의 왕따 놀이였다. 기온이 영하 15도쯤 되는 것처럼 찬바람이 쌩쌩 불었다.

리나는 낡은 스프링노트를 펼쳐서 뭔가를 쓰기 시작했다. 에밀리는 휴대전화를 꺼내 문자를 입력했다. 나는 내 공책을 내려다보며《실버서퍼》만화책을 페이지 사이로 슬쩍 밀어 넣었다. 맨 앞줄에 앉았기 때문에 만화책을 몰래 밀어 넣기가 훨씬 더 힘들었다.

"자, 자, 다른 전구들은 더 이상 터지지 않을 것 같으니까 너희들의 운도 여기까지야. 다들 어젯밤에 책을 읽어 왔지?" 잉글리시 선생님은 칠판에 미친 듯이 뭔가를 갈겨썼다. "작은 마을의 사회적 갈등에 대해 잠시 토론을 해보자."

* * *

누군가가 잉글리시 선생님에게 말을 해줬어야 했다. 수업이 절반쯤 진행되었을 때, 우리는 작은 마을의 사회적 갈등보다 더한 상황에 처해 있었다. 에밀리가 전면 공격을 지휘하고 있었다.

"편협함과 인종주의에 맞서서 애티커스가 기꺼이 톰 로빈슨의 편을 들고 나선 이유를 아는 사람?"

"리나 레이븐우드가 잘 알 걸요." 이든이 잉글리시 선생님을 향해 순진하게 웃으면서 말했다. 리나는 줄이 쳐진 자신의 공책을 내려다볼 뿐 한마디도 하지 않았다.

"그만해." 나는 소리를 죽여 말하려고 했지만, 생각보다 소리가 크게 나왔다. "저 애 이름은 그게 아니잖아."

"그 이름일 수도 있지. 그 괴짜랑 같이 살잖아." 샬럿이 말했다.

"말조심 해. 내가 듣기로는 두 사람이, 글쎄, 부부 같다던데." 에밀리가 마침내 회심의 무기를 꺼내들었다.

"그만." 잉글리시 선생님이 잘 보이는 눈으로 우리를 바라보자 우리 모두 입을 다물었다.

리나는 몸의 무게중심을 옮겼다. 리나의 의자가 바닥에 긁히면서 시끄러운 소리가 났다. 나는 내 자리에 앉은 채 앞으로 몸을 기울여 리나와 에밀리의 앞잡이들 사이에서 벽이 되어주려고 애썼다. 내 몸이 실제로 그 애들의 말을 반사시킬 수 있기라도 한 것처럼.

'그건 불가능해.'

뭐? 나는 깜짝 놀라서 허리를 곧추세웠다. 그리고 주위를 둘러보았지만, 내게 말을 거는 사람은 없었다. 사실 말을 하는 사람이 아무도 없었다. 나는 리나를 바라보았다. 리나는 여전히 공책 속에 몸을 반쯤 감추고 있었다. 미치겠네. 현실 속의 여자애를 꿈에 보고 존재하지도 않는 노래를 듣는 걸로 모자라서, 이젠 환청까지 듣다니.

리나와 관련된 이 모든 일들이 정말로 마음에 걸렸다. 아마 책임감을 느끼고 있었던 것 같다. 어떤 의미에서. 나만 아니었으면, 에밀리와 다른 아이들이 리나를 이토록 미워하지는 않았을 것이다.

'미워했을걸.'

또 그 목소리였다. 워낙 조용한 소리여서 간신히 들렸다. 내 뒤통수에서 들려오는 소리 같았다.

이든, 샬럿, 에밀리는 계속 리나를 째려보았지만, 리나는 눈 하나 깜짝하지 않았다. 공책에 뭘 계속 적기만 하면 개들의 공격을 막을 수 있다고 생각하는 것 같았다.

"하퍼 리는 우리가 상대방의 입장이 되어보지 않는 한 그 사람을 정말로 이해할 수 없다는 말을 하고 싶은 것 같아. 그게 대체 무슨 뜻일까? 누가 말해 볼래?"

'하퍼 리는 개틀린에 살아본 적이 없잖아.'

나는 웃음을 참으며 주위를 둘러보았다. 에밀리가 미친 사람을 보듯이 나를 바라보았다.

리나가 손을 들었다. "제가 보기에는 우리가 사람들에게 기회를 주어야 한다는 뜻인 것 같아요. 아무 생각 없이 무조건 상대를 미워하지 말고요. 그렇지 않아, 에밀리?" 리나는 에밀리를 바라보며 미소를 지었다.

"시끄러, 괴짜야." 에밀리가 숨죽여 말했다.

'넌 아무것도 몰라.'

나는 리나를 더 열심히 바라보았다. 리나는 이제 공책 필기를 그만두고 검은 잉크로 손에 뭔가를 적고 있었다. 뭘 적고 있는 건지는 보지 않아도 알 수 있었다. 또 다른 숫자였다. 151. 그게 무슨 뜻인지, 그 숫자는 왜 공책에 쓰지 않는 건지 궁금했다. 나는 다시 《실버서퍼》에 고개를 파묻었다.

"부 래들리에 대해 이야기해볼까? 래들리가 핀치 집안의 아이들에게 선물을 남겨줄 거라고 우리가 생각하게 된 이유가 뭘까?"

"래들리는 레이븐우드 노친네와 똑같아. 아마 그 애들을 자기 집으로 꾀어 들여서 죽이려고 하는 것 같아." 에밀리가 작은 소리로 속삭이듯 말했다. 리나에게는 충분히 들리지만, 잉글리시 선생님은 들을 수 없는 크기였다. "아이들의 시체를 장의차에 싣고 어디 외딴 곳으로 가서 파묻겠지."

'시끄러.'

머릿속에서 또 그 목소리가 들렸다. 하지만 다른 소리도 있었다. 삐걱거리는 소리. 아주 희미한 소리였다.

"게다가 이름도 부 래들리처럼 이상해. 이름이 뭐라고 했지?"

"맞아, 성경에 나오는 으스스한 이름이야. 요즘은 아무도 안 쓰는 이름."

내 몸에 힘이 들어갔다. 아이들은 지금 레이븐우드 노친네에 대해 이야기하고 있었지만, 이건 리나에 대한 이야기이기도 했다. "에밀리, 이제 그만 좀 해." 내가 쏘아붙였다.

에밀리는 눈을 가늘게 떴다. "그 사람은 괴짜잖아. 그 집안 사람들은 다 그래. 다 아는 사실이라고."

'시끄럽다고 했지?'

삐걱거리는 소리가 점점 커져서 나무가 쪼개지는 소리처럼 변했다. 나는 주위를 둘러보았다. 이 소리는 뭐지? 하지만 그보다 더 이상한 건, 다른 사람들한테는 그 소리가 들리지 않는 것 같다는 점이었다. 머릿속에서 들려오는 목소리와 똑같았다.

리나는 똑바로 앞만 바라보고 있었다. 하지만 턱에 힘이 들어가 있었고, 시선은 교실 앞쪽의 한 점에 부자연스러울 정도로 고정되어 있었다. 마치 그 지점 외에 다른 곳은 전혀 볼 수 없는 사람 같았다. 교실이 점점 작아져서 답답하게 죄어오는 것 같은 기분이 들었다.

다시 리나의 의자가 바닥에 끌리는 소리가 들렸다. 리나는 자리에서 일어나 창문 밑의 책꽂이로 향했다. 연필을 날카롭게 깎는 척하면서, 재판관과 배심원 같은 잭슨 고등학교 아이들의 공격에서 도망치려 하는 것 같았다. 하지만 도망치는 건 불가능했다. 연필깎이가 돌아가기 시작했다.

"멜기세덱. 그거야."

'그만해.'

연필깎이 돌아가는 소리가 계속 들렸다.

"우리 할머니가 그건 악마의 이름이랬어."

'그만해 그만해 그만해.'

"그 노친네한테 잘 어울려."

'그만해!'

이제는 목소리가 너무 커서 나는 내 귀를 움켜쥐었다. 연필깎이 돌아가는 소리가 그쳤다. 느닷없이 창문이 깨지면서 유리조각들이 허공을 날았다. 교실에서 우리가 앉아 있는 줄의 맞은편 창문, 즉 리나가 서서 연필을 깎고 있는 곳 바로 옆의 창문이었다. 샬럿, 이든, 에밀리, 내가 앉아 있는 곳 바로 옆이기도 했다. 다들 비명을 지르며 의자에서 뛰어내렸다. 그때야 나는 삐걱거리는 소리의 정체를 깨달았다. 압력이었다. 유리에 난 작은 금이 손가락처럼 사방으로 뻗어나가다가 마치 누가 실로 잡아당긴 것처럼 창문이 안으로 무너져내린 것이다.

혼돈이었다. 여자애들은 비명을 질러댔다. 교실 안의 모든 사람이 허둥지둥 의자에서 뛰어내렸다. 심지어 나도 펄쩍 뛰어내렸다.

"당황하지 마라. 다들 괜찮니?" 잉글리시 선생님이 아이들을 진정시키려고 애썼다.

나는 연필깎이 쪽을 바라보았다. 리나가 괜찮은지 확인하고 싶었다. 그런데 괜찮지가 않았다. 리나는 겁에 질린 표정으로 유리조각에 둘러싸인 채 깨진 창문 옆에 서 있었다. 안 그래도 창백한 얼굴은 평소보다 훨씬 더 창백했고, 눈도 평소보다 더 컸다. 초록색도 훨씬 더 선명했다. 어젯밤 빗속에서 보았을 때처럼. 하지만 어젯밤과는 달랐다. 지금은 겁에 질린 눈이었다. 이제 리나는 용감해 보이지 않았다.

리나가 양손을 내밀었다. 한 손에 상처가 나서 피가 흐르고 있었다. 빨간 핏방울들이 리놀륨을 깐 바닥에 흩뿌려졌다.

'그럴 생각이 아니었어…'

리나가 유리창을 박살낸 건가? 아니면 유리창이 박살나면서 리나에게 상처를 입힌 건가?

"리나…"

리나는 내가 괜찮냐고 미처 물어보기도 전에 교실에서 뛰어나갔다.

"그거 봤어? 쟤가 창문을 깨뜨렸어! 쟤가 아까 저쪽으로 걸어가서 뭔가로 창문을 친 거야!"

"주먹으로 창문을 깨끗하게 깨버렸어. 내가 내 눈으로 직접 봤어!"

"그럼 저 애가 피를 철철 흘려야 되잖아."

"네가 무슨 CSI라도 되냐? 쟤가 우릴 죽이려고 했어."

"당장 아빠한테 전화해야지. 쟤는 미쳤어. 제 삼촌이랑 똑같아!"

다들 성난 도둑고양이들처럼 고함을 질러대고 있었다. 잉글리시 선생님은 아이들을 진정시키려고 애썼지만, 그건 불가능한 일이었다. "다들 진정해. 당황할 필요 없어. 이건 그냥 우연한 사고야. 틀림없이 창문이 낡은데다가 바람이 분 탓일 거야."

하지만 낡은 창문과 바람이 범인이라고 믿는 사람은 하나도 없었다. 어떤 노친네의 조카와 번개를 동반한 폭풍 때문이라고 생각하는 것 같았다. 방금 우리 마을을 덮친 초록색 눈의 폭풍. 허리케인 리나.

한 가지는 확실했다. 날씨가 변했다는 것. 개틀린에 이런 폭풍이 몰려온 적은 한 번도 없었다.

그런데 리나는 비가 내리고 있다는 사실도 모르는 것 같았다.

그린브라이어

※ 9.12 ※

'안 돼.'

머릿속에서 리나의 목소리가 들렸다. 적어도 나는 그렇게 생각했다.

'그럴 가치가 없어, 이선.'

가치가 있었다.

나는 의자를 밀고 일어나서 리나의 뒤를 쫓아 복도를 뛰어갔다. 내가 지금 무슨 짓을 저지른 건지는 잘 알고 있었다. 이 행동으로 나는 내 편을 선택했다. 이제 다른 종류의 문제가 나를 기다리고 있었지만, 그런 건 상관없었다.

단순히 리나만의 문제가 아니었다. 리나 이전에도 있었다. 나는 걔들이 그런 짓을 하는 걸 지켜보았다. 지금까지 평생 동안. 걔들은 앨리슨 버치에게도 같은 짓을 했다. 앨리슨의 습진이 너무 악화돼서 점심시간에 아무도 그 애 옆에 앉으려 하지 않을 때였다. 가엾은 스쿠터 리치먼은 잭슨 교향악단 역사상 최악의 트롬본 연주자라는 이유로 걔들한테 당했다.

내가 직접 마커를 들고 누군가의 사물함에 '낙오자'라는 말을 쓴 적은 없지만, 가만히 서서 구경만 한 건 사실이었다. 몇 번이나. 그것이 항상 마음에 걸렸다. 다만 교실을 박차고 걸어 나갈 만큼 마음에 걸린 적이 없었을 뿐이었다.

하지만 누군가가 어떻게든 해야 했다. 학교 전체가 어느 한 사람을 그런 식으로 공격하는 건 안 될 일이었다. 마을 전체가 한 집안을 공격하는 것도 안 될 일이었다. 하지만 사람들은 그렇게 했다. 옛날부터 줄곧 해오던 일이라는 이유로. 어쩌면 그래서 메이컨 레이븐우드가 내가 태어나기도 전부터 집에서 나오지 않은 건지도 모른다.

나는 내가 지금 무슨 짓을 하는 건지 알고 있었다.

'아냐. 그건 네 생각이지. 넌 몰라.'

리나가 다시 내 머릿속에 있었다. 마치 옛날부터 언제나 그곳에 있었던 것처럼.

다음 날 내가 어떤 일을 당할지 알고 있었지만, 그런 건 전혀 중요하지 않았다. 지금 내 머릿속에는 오로지 리나를 찾을 생각뿐이었다. 그때 누가 내게 물었더라도, 나는 리나를 위해 찾겠다는 건지 아니면 나를 위해 찾겠다는 건지 대답하지 못했을 것이다. 어느 쪽이든, 내게는 선택의 여지가 없었다.

나는 생물 실험실에서 걸음을 멈췄다. 숨이 찼다. 링크는 나를 한 번 바라보더니 자기 열쇠를 내게 던져주었다. 무슨 일인지 묻지도 않고 고개만 절레절레 저으면서. 나는 열쇠를 받고 또 뛰었다. 리나가 어디에 있을지 알 것 같았다. 내 생각이 맞다면, 리나는 이런 상황에서 사람들이 갈 만한 곳으로 갔을 것이다. 나라도 그곳으로 갔을 것이다.

집으로. 비록 그 집이 레이븐우드라 해도. 리나는 개틀린의 부 레들리가 살고 있는 집으로 갔을 것이다.

레이븐우드 저택이 내 앞에 버티고 서 있었다. 어디 한 번 올 테면 와보라는 듯이 언덕 위로 불쑥 솟아 있었다. 내가 겁이 났다는 뜻은 아니다. 겁이 났다는 말은 정확한 표현이 아니기 때문이다. 엄마가 돌아가시던 날 경찰이 우리 집을 찾아왔을 때는 확실히 겁이 났다. 아빠가 서재에 틀어박혀서 다시는 예전처럼 밖으로 나오지 않을 거라는 사실을 깨달았을 때도 겁이 났다. 어렸을 때 애마 아줌마의 분위기가 어두워졌을 때도, 아줌마가 만들어준 작은 인형들이 장난감이 아니라는 걸 깨달았을 때도 겁이 났다.

하지만 레이븐우드 때문에 겁이 나지는 않았다. 그곳이 겉보기만큼 무서운 곳으로 판명되어도 그럴 것 같았다. 설명할 수 없는 기이한 일들이 남부에서는 그냥 당연한 일이나 마찬가지였다. 마을마다 귀신 들린 집이 있었고, 마을 사람들 중 적어도 3분의 1은 귀신을 한두 번 본 적이 있다고 단언했다. 게다가 우리 집에 같이 살고 있는 애마 아줌마는 그보다 더한 사람이었다. 아줌마는 덧문에 연한 파란색을 칠하면 악령을 물리칠 수 있다고 믿었고, 말총과 흙을 넣은 주머니로 부적을 만들기도 했다. 그래서 나는 평범하지 않은 일에 익숙했다. 하지만 레이븐우드 노친네는 그런 것들과는 달랐다.

나는 문으로 걸어가서 머뭇거리며 문에 손을 댔다. 문이 삐걱 하는 소리를 내며 열렸다. 그러고는 끝이었다. 번개가 치지도, 불꽃이 일어나지도, 폭풍이 불어오지도 않았다. 내가 무엇을 기대하고 있었는지는 모르겠지만, 지금까지 리나를 보면서 배운 것이 있다면 뜻밖의 일을 예상하고 신중하게 움직여야 한다는 점이 그것이었다.

한 달 전에 누가 나더러 그 문 안으로 걸어 들어가 언덕길을 올라갈 거라고, 레이븐우드의 땅에 발을 들여놓을 거라고 말했다면 나는 미친 소리라고 했을 것이다. 개틀린 같은 마을에서는 무슨 일이든 미리 예상할 수 있는 법이지만, 이런 일이 생길 줄은 몰랐다. 지난번에는 문 앞까지만 왔었다. 그런데 저택에 가까워질수록 모든 것이 허물어지고 있음을 더 쉽게 깨달을 수 있었다. 레이븐우드 저택은 북부에서 온 사람들이 〈바람과 함께 사라지다〉 같은 영화를 보고 기대하는 남부의 전형적인 농장 저택이었다.

레이븐우드 저택은 아직도 그만큼 인상적이었다. 적어도 규모 면에서는. 야자나무와 삼나무를 양편에 거느린 저택에서는 사람들이 현관 베란다에 앉아 민트 줄렙(위스키나 브랜디에 설탕이나 박하 등을 넣은 뒤 얼음으로 차게 식힌 음료―옮긴이)을 마시며 하루 종일 카드놀이를 할 것 같았다. 저택이 금방이라도 무너질 것처럼 보이지만 않는다면. 여기가 레이븐우드만 아니라면.

저택은 그리스 부흥 양식(19세기 전반의 건축 양식―옮긴이)이었는데, 이건 개틀린에서는 보기 드문 양식이었다. 우리 마을은 온통 연방 스타일의 농장 주택 천지였다. 그래서 레이븐우드 저택이 더욱 더 도드라져 보였다. 하얀색의 거대한 도리스 식 기둥들은 오랫동안 방치된 탓에 페인트가 벗겨지고 있었고, 그 기둥들이 떠받친 지붕은 한쪽으로 너무 가파르게 기울어져 있어서 저택이 관절염에 걸린 할머니에게 몸을 기대고 있는 것처럼 보였다. 지붕이 있는 현관 베란다는 여기저기가 갈라져서 집에서 떨어져 나오는 중이라, 누가 감히 발을 들여놓는 날에는 그대로 무너져버릴 것 같았다. 외벽에는 굵은 담쟁이덩굴이 어찌나 빽빽이 자라고 있는지, 아예 창문이 보이지 않는 곳도 있었다. 전체적으로 보면, 땅이 저택을 집어삼켜서 흙 속으로 다시 끌고 들어가려고 하는 것 같았다.

아주 오래된 건물들의 문 위에서만 볼 수 있는 상인방(上引枋)도 보였다. 상인방에는 뭔가가 조각되어 있었다. 원과 초승달을 새겨놓은 것 같았는데, 달이 차고 기우는 모습을 단계별로 표현한 것 같기도 했다. 나도 상인방에 대해서는 아는 것이 좀 있었다. 엄마가 남북전쟁을 연구하는 역사학자였기 때문이다. 엄마는 개틀린에서 차를 몰고 당일치기로 다녀올 수 있는 유적지들로 헤아릴 수 없이 많은 순례여행을 다니면서 내게 상인방이 어떤 것인지 보여주었다. 엄마는 잉글랜드와 스코틀랜드 같은 곳에서는 오래된 주택과 성에서 상인방을 아주 흔히 볼 수 있다고 말했다. 우리 마을에도 그곳 출신인 사람들이 조금 있었다. 뭐, 지금은 처음부터 여기 출신인 것처럼 보이지만.

그림이 새겨진 상인방은 처음 보았다. 예전에 본 상인방들에는 글자만 새겨져 있었다. 레이븐우드의 상인방에 새겨진 그림들은 상형문자 같았다. 내가 알지 못하는 언어로 된 단어를 둘러싸고 있는 것 같기도 했다. 아마 이 저택이 지금처럼 무너져 내리기 전에 이곳에 살았던 레이븐우드 일가 사람들에게 뭔가 의미가 있는 말이었을 것이다.

나는 심호흡을 하고 현관 베란다의 나머지 계단을 한 번에 두 칸씩 뛰어 올랐다. 내가 계단에 발이 닿는 횟수를 절반으로 줄이면, 나 때문에 계단이 무너져서 나도 함께 떨어질 가능성도 줄어들 것 같았다. 나는 문에 붙은 사자 조각의 입에 매달린 놋쇠 고리를 잡고 문을 두드렸다. 몇 번이나 자꾸. 리나는 집에 없었다. 아무래도 내 짐작이 틀린 모양이었다.

그런데 그때 그 소리가 들렸다. 귀에 익은 멜로디. '열여섯 개의 달.' 리나가 여기 어딘가에 있다는 뜻이었다.

나는 낡아서 석회화된 쇠 손잡이를 잡고 문을 밀었다. 문이 신음소리를 냈다. 뒤편에서 빗장이 움직이는 소리가 났다. 나는 메이컨 레이븐우드가 나올 때를 대비해서 마음의 준비를 했다. 지금까지 마을의 어느 누구도 그를 본 적이 없었다. 적어도 내가 태어난 뒤에는 그랬다. 하지만 문은 열리지 않았다.

나는 상인방을 올려다보았다. 왠지 한 번 시도를 해봐야 할 것 같았다. 자칫 잘못해서 최악의 일이 벌어진다고 해봤자, 이 문이 열리지 않는 것밖에 더 있겠는가? 나는 본능적으로 손을 뻗어 머리 위 중앙의 조각을 건드렸다. 초승달이었다. 내가 그것을 누르자, 나무가 뒤로 밀리는 것이 느껴졌다. 그것이 일종의 방아쇠 같은 역할을 하고 있었다.

문이 별다른 소리도 내지 않고 활짝 열렸다. 나는 문턱을 넘어섰다. 이제는 돌아설 수 없었다.

　창문을 통해 빛이 홍수처럼 쏟아져 들어왔다. 집의 외벽에 있는 창문들이 덩굴과 벽에서 떨어진 부스러기들로 완전히 뒤덮여 있다는 점을 생각하면 불가능한 일이었다. 그런데도 집 안에는 밝고 신선한 빛이 있었다. 레이븐우드 노친네 이전의 레이븐우드 일가 사람들을 유화로 그린 초상화나 고가구, 남북전쟁 이전의 물건들은 전혀 보이지 않았다. 그보다는 가구점 카탈로그의 한 페이지를 그대로 옮겨 놓은 것처럼 보였다. 속을 잔뜩 채운 소파와 의자가 있고, 상판이 유리로 된 탁자 위에는 커피테이블에 딱 맞는 책들이 쌓여 있었다. 아주 현대적인 근교도시의 주택 같았다. 가구들이 워낙 새것이라 배달트럭이 아직 밖에 서 있을 것 같았다.

　"리나?"

　나선 계단은 다락까지 이어져 있는 것 같았다. 2층 층계참보다 훨씬 높은 곳까지 계속 구불구불 이어져 있는 듯했다. 꼭대기가 보이지 않을 정도였다.

　"누구 안 계세요?" 내 목소리가 높은 천장에 메아리쳤다. 집 안에는 아무도 없었다. 아니, 적어도 내게 대답을 해줄 만큼 흥미를 느끼는 사람은 하나도 없는 모양이었다. 그때 뒤에서 무슨 소리가 들려서 나는 화들짝 놀랐다. 그 바람에 스웨이드 의자 같은 것에 걸려 넘어질 뻔했다.

　아주 새까만 개였다. 어쩌면 늑대일 수도 있었다. 어쨌든 무섭지만 애완동물인 건 틀림없었다. 녀석이 목에 무거운 가죽 개목걸이를 걸고 있었으니까. 거기에 대롱대롱 매달린 은색 달은 녀석이 움직일 때마다 찰랑찰랑 소리를 냈다. 녀석은 다음 수를 구상하기라도 하는 것처럼 나를 똑바로 빤히 바라보고 있었다. 녀석의 눈이 왠지 좀 이상했다. 지나치게 둥글고, 지나치게 인간적이었다.

　그 늑대개가 나를 향해 으르렁거리며 이를 드러냈다. 으르렁거리는 소리는 점점 크고 날카롭게 변해서 나중에는 비명 같았다. 나는 그런 상황에서 누구나 할 만한 행동을 했다.

나는 도망쳤다.

눈이 아직 빛에 적응하지 못해서 나는 휘청거리며 계단을 내려갔다. 그러고도 계속 달렸다. 자갈이 깔린 길을 따라 레이븐우드 저택에서 멀리 떨어진 곳으로. 그 무서운 애완동물과 이상한 그림들과 으스스한 문에서 멀리 떨어져 햇빛이 흐릿하게 비치는 오후의 안전한 현실 속으로. 길은 뱀처럼 계속 구불구불 이어지면서 잡초가 제멋대로 자라는 들판과 아무도 가꾸지 않은 숲을 지나갔다. 가시나무와 덤불이 아무렇게나 자라고 있었다. 그 길이 어디로 통하든 상관없었다. 저택에서 멀어지기만 한다면.

나는 달리기를 멈추고 손으로 무릎을 짚으며 허리를 숙였다. 가슴이 터질 것 같았다. 다리는 고무처럼 흐늘거렸다. 시선을 들어 보니 다 부스러져 가는 돌담이 내 앞에 있었다. 담 너머로 나무들 꼭대기가 간신히 보였다.

뭔가 익숙한 냄새가 났다. 레몬나무. 리나가 여기 있었다.

'오지 말라고 했잖아.'

'알아.'

우리는 이야기를 나누고 있었다. 실제로는 아니었지만. 하지만 아까 교실에서 그랬던 것처럼 머릿속에서 리나의 목소리가 들렸다. 마치 리나가 바로 내 옆에 서서 귓속말을 하고 있는 것 같았다.

나는 나도 모르게 그녀를 향해 움직이고 있었다. 담 안에는 정원이 있었다. 어쩌면 비밀의 정원일 수도 있었다. 엄마가 어렸을 때 서배너에서 읽었던 책 속의 정원처럼. 이곳은 아주 오래된 것 같았다. 돌담은 여러 군데가 심하게 닳아 있었고, 돌이 완전히 깨진 곳도 몇 군데 있었다. 너무 낡아서 다 썩어가는 나무 아치를 커튼처럼 가린 덩굴을 밀치고 안으로 들어갔더니 누군가의 울음소리가 아주 희미하게 들렸다. 나는 나무와 덤불 사이를 살펴보았지만 리나가 보이지 않았다.

"리나?" 아무도 대답하지 않았다. 내 목소리가 이상하게 들렸다. 내 목소리가 아닌 것 같았다. 자그마한 숲을 둘러싼 돌담에 부딪혔다 되돌아나온 소리라서 그런 것 같았다. 나는 가장 가까이에 있는 덤불에서 가지를 하나 꺾었다. 로즈마리였다. 당연한 일이었다. 그리고 내 머리 위의 나무에 그것이 있었다. 이상할 정도로 완벽하고 매끈한 노란색 레몬.

"나야, 이선." 희미하게 들리던 울음소리가 점점 커졌다. 내가 가까워지고 있다는 뜻이었다.

"가까이 오지 말라고 했잖아." 감기에 걸린 것 같은 목소리였다. 학교에서 나온 뒤로 줄곧 울고 있었던 모양이었다.

"알아. 네 말 들었어." 사실이었다. 어떻게 들었는지 설명할 수는 없지만. 나는 야생 로즈마리 옆을 조심스레 돌아갔다. 웃자란 뿌리 때문에 걷기가 쉽지 않았다.

"진짜야?" 흥미롭다는 목소리였다. 내 말에 순간적으로 정신이 팔린 목소리.

"진짜야." 내가 꾸던 그 꿈과 비슷했다. 나는 리나의 목소리를 들을 수 있었다. 리나가 내 품에서 아래로 떨어지는 대신, 어딘지 알 수 없는 곳에 자리한 잡초투성이 정원에서 울고 있다는 점이 다를 뿐이었다.

나는 커다랗게 잔뜩 엉켜 있는 나뭇가지들을 양쪽으로 벌렸다. 거기 리나가 있었다. 높게 자란 풀밭에 동그랗게 몸을 말고 누워 파란 하늘을 빤히 바라보면서 한 팔은 머리 위에 걸쳤고, 다른 팔은 풀을 움켜쥐고 있었다. 풀을 놓으면 지기 몸이 하늘로 날아오를 거라고 생각하는 것 같았다. 회색 원피스 자락이 리나의 몸 주위에 웅덩이처럼 퍼져 있었다. 얼굴에는 눈물 자국이 줄무늬처럼 나 있었다.

"그럼 왜 안 그랬어?"

"뭐?"

"가버렸어야지."

"네가 괜찮은지 확인하고 싶어서." 나는 리나 옆에 앉았다. 땅이 놀라울 정도로 딱딱했다. 손으로 엉덩이 밑을 쓸어 보았더니, 진흙과 웃자란 풀 속에 평평하고 매끈한 석판이 숨어 있었다.

내가 곁에 눕는 순간 리나가 일어나 앉았다. 내가 일어나 앉았더니 리나는 다시 풀썩 누워버렸다. 어색했다. 리나와 함께 있을 때는 내가 무엇을 하든 그런 기분이 들었다.

이제 우리 둘 다 누워서 파란 하늘을 빤히 바라보고 있었다. 하늘은 점점 회색으로 변하는 중이었다. 허리케인이 불어오는 계절에 개틀린의 하늘은 항상 회색이었다.

"다들 날 미워해."

"다 그런 건 아냐. 난 아니니까. 링크도 아니고. 나랑 제일 친한 친구야."

침묵이 흘렀다.

"넌 날 잘 알지도 모르잖아. 시간이 좀 지나면 아마 너도 다른 사람들처럼 날 미워하게 될걸."

"내가 하마터면 널 차로 칠 뻔했잖아. 기억나? 그러니까 너한테 잘해줄 수밖에 없어. 네가 고발이라도 하면 큰일이거든."

서투른 농담이었다. 그런데도 리나의 얼굴에 희미하기 짝이 없는 미소가 떠올랐다. 그런 미소를 지은 적은 처음이지 싶었다. "그 일은 내가 목록에서 제일 위에 적어놨지. 하루 종일 슈퍼마켓 앞에 앉아 있는 그 뚱뚱한 아저씨한테 신고할 거야." 리나는 다시 하늘을 올려다보았다. 나는 리나를 지켜보았다.

"애들한테 기회를 좀 줘 봐. 다들 그렇게 나쁜 애들은 아냐. 지금은 그렇지만, 그냥 질투가 나서 그래. 너도 알지?"

"그래, 알지."

"그냥 질투야." 나는 키 큰 풀들 사이로 리나를 바라보았다. "나도 마찬가지고."

리나가 고개를 흔들었다. "웃기지 마. 도대체 뭘 질투한다는 거야? 혼자 점심 먹는 게 그렇게 좋아?"

"넌 여기저기 돌아다니면서 살아봤잖아."

리나는 멍한 표정을 지었다. "그래서? 너희들은 아마 평생 똑같은 학교에 다니고, 똑같은 집에서 살겠지."

"난 그랬어. 그게 바로 문제야."

"내 말 들어. 그건 문제가 아냐. 문제가 뭔지는 내가 잘 알아."

"넌 여기저기 다니면서 많은 걸 봤잖아. 나도 그렇게 할 수만 있다면 못할 게 없어."

"그래, 혼자 떠돌아다녔지. 넌 친한 친구가 있잖아. 나한텐 개가 있고."

"그래도 넌 아무도 안 무서워하잖아. 말이든 행동이든 하고 싶은 대로 해. 이 동네 사람들은 전부 자기 본모습을 보여주는 걸 무서워하는데."

리나는 자기 검지에 묻은 검은색 구두약을 긁어댔다. "가끔은 나도 다른 사람들처럼 행동할 수 있으면 좋겠다는 생각이 들어. 하지만 내가 원래 이런 걸 바꿀 수는 없지. 노력은 해봤어. 그런데 내가 입는 옷은 항상 엉뚱하고, 내가 하는 말도 항상 엉뚱하고, 꼭 뭔가가 문제를 일으켜서 일이 꼬이는 거야. 난 그냥 내 모습 그대로 굴어도 내가 학교에서 안 보이면 그걸 알아차려주는 친구들이 있었으면 좋겠어."

"그건 걱정 마. 다들 알아차릴 거야. 적어도 오늘은 그랬어." 리나는 웃음을 터뜨릴 것 같았다. 거의 그럴 것 같았다. "좋은 의미로 알아차렸다는 얘기야." 나는 시선을 피했다.

'나는 알아차려.'

'뭘?'

'네가 학교에 있는지 없는지.'

"그럼 넌 미친 거네." 하지만 이 말을 할 때 리나의 목소리에 웃음기가 배어 있는 것 같았다.

리나를 바라보고 있으니, 내가 학교 식당에서 점심시간에 식탁에 앉을 수 있든 없든 별로 중요하지 않은 것 같았다. 설명할 수는 없지만, 리나가 그보다 더 중요했다. 아이들이 리나를 끌어내리려고 애쓰는 걸 가만히 앉아서 구경만 할 수는 없었다. 리나에게 그럴 수는 없었다.

"항상 이런 식이야." 리나가 하늘을 향해 말했다. 구름 한 점이 점점 검푸른 색으로 어두워지는 하늘을 떠갔다.

"구름이 많다고?"

"학교에서 말이야." 리나는 한손을 들어 흔들었다. 구름이 리나의 손이 움직이는 방향을 따라 소용돌이치는 것 같았다. 리나는 소매로 눈을 훔쳤다.

"애들이 날 좋아하든 싫어하든 별로 상관은 없어. 그냥 애들이 자동적으로 날 싫어하는 게 싫을 뿐이야." 이제 구름은 원형으로 바뀌어 있었다.

"그 멍청이들 말이야? 몇 달만 지나면 에밀리는 새 차가 한 대 생길 거고, 서배너는 새 왕관을 쓸 거고, 이든은 머리를 다른 색으로 물들일 거고, 샬럿은, 글쎄, 아이를 낳든지 문신을 새기든지 하겠지. 그리고 오늘 일은 전부 옛날 얘기가 될 거야." 이건 거짓말이었다. 리나도 그걸 알고 있었다. 리나가 다시 손을 흔들었다. 이제 구름은 한쪽이 살짝 들어간 원처럼 변하더니, 달과 비슷한 모습으로 바뀌었다.

"걔들이 멍청이라는 건 나도 알아. 당연히 멍청이지. 머리를 금발로 물들이고, 똑같이 생긴 금속성 가방을 멍청하게 들고 다니잖아."

"바로 그거야. 걔들은 멍청해. 그러니 누가 걔들한테 신경이나 쓰겠어?"

"내가 써. 걔들이 거슬린다고. 그래서 나도 멍청한 거야. 그냥 멍청한 게 아니라, 몇 천 배 더 멍청해. 멍청이 제곱이야." 리나가 손을 흔들었다. 달이 바람에 날려갔다.

"그런 멍청한 말은 처음 듣는다." 나는 리나를 힐끔 바라보았다. 리나는 웃음을 참으려고 애쓰는 중이었다. 우리는 그렇게 잠시 누워 있었다.

"멍청한 게 뭔지 알아? 내 침대 밑에 책이 있어." 나는 항상 하던 말처럼 이 말을 해치웠다.

"뭐?"

"소설이야. 톨스토이. 샐린저. 보네거트. 나는 그런 책들을 읽어. 읽고 싶으니까."

리나는 몸을 굴려서 팔로 머리를 괴었다. "그래? 그 잘난 사내녀석들은 그걸 어떻게 생각하는데?"

"내가 아무한테도 그 사실을 말하지 않고, 그냥 점프슛에만 매달린다고 해두자."

"그래, 학교에서 네가 만화책만 읽는 건 나도 봤어." 리나는 그냥 일반인 이야기를 하는 척하려고 애썼다. "《실버서퍼》지? 네가 그걸 읽는 걸 봤어. 그 모든 일이 일어나기 직전에."

'봤어?'

'아마 봤을걸.'

우리가 지금 대화를 하고 있는 건지, 아니면 처음부터 끝까지 그저 모든 게 내 상상인 건지 알 수 없었다. 어쩌면 내가 이미 미쳐버린 것일 수도 있었다.

리나는 화제를 바꿨다. 아니, 정확히 말하면 아까 하던 이야기로 돌아갔다고 해야 할 것이다. "나도 책을 읽어. 주로 시지만."

나는 리나가 침대에 몸을 쭉 펴고 누워서 시를 읽는 모습을 그려볼 수 있었다. 하지만 레이븐우드 저택의 침대가 어떤 모습일지는 상상하기 힘들었다. "그래? 나도 시를 읽었어. 부코우스키 것." 이건 사실이었다. 겨우 시 두 편을 읽고 이렇게 말해도 되는 거라면.

"난 그 사람 책을 전부 읽었어."

리나가 학교에서 있었던 일에 대해 말하고 싶어 하지 않는다는 건 알았지만, 더 이상은 참을 수 없었다. 어떻게 된 일인지 꼭 알아야 했다. "나한테 말 안 할 거야?"

"말하다니, 뭘?"

"아까 학교에서 있었던 일."

오랫동안 침묵이 흘렀다. 리나는 일어나 앉아서 주위의 풀들을 끌어당겼다. 그리고 배를 깔고 엎드려 내 눈을 바라보았다. 리나와 내 얼굴 사이의 거리는 겨우 몇 센티미터 정도였다. 나는 얼어붙은 듯 꼼짝도 못하고 누워서 리나의 말에 정신을 집중하려고 애썼다. "나도 잘 몰라. 그런 일이 그냥 일어나. 가끔. 나도 통제할 수가 없어."

"꿈하고 똑같네." 나는 리나의 얼굴에 내 말을 조금이라도 알아듣는 기색이 있는지 살펴보았다.

"꿈하고 똑같지." 리나는 아무 생각 없이 이렇게 말하고는 움찔하며 충격을 받은 얼굴로 나를 바라보았다. 처음부터 내 생각이 옳았다는 뜻이었다.

"너도 그 꿈을 기억하는 거지?"

리나는 손에 얼굴을 묻었다.

나는 일어나 앉았다. "그게 너일 줄 알았어. 너도 그게 나라는 걸 알았을 거야. 내가 말하는 꿈이 뭔지 넌 처음부터 알고 있었어." 나는 리나의 손을 얼굴에서 떼어냈다. 내 팔에 전기가 찌릿 하고 흐르는 것 같았다.

'네가 그 여자애야.'

"어젯밤에는 왜 아무 말도 안 했어?"

'네가 그 사실을 아는 게 싫었어.'

리나는 나를 바라보려 하지 않았다.

"왜?" 내 말이 아주 크게 들렸다. 정원이 조용한 탓이었다. 다시 나를 바라보는 리나의 얼굴이 창백했다. 표정도 평소와 달랐다. 겁에 질린 표정이었다. 리나의 눈은 캐롤라이나 해안에 폭풍이 불어오기 직전의 바다 같았다.

"네가 여기 있을 줄은 몰랐어, 이선. 그건 그냥 꿈인 줄 알았어. 네가 정말로 존재하는 사람인지 몰랐어."

"그럼 그게 나라는 걸 안 뒤에는 왜 아무 말 안 한 거야?"

"내 인생이 좀 복잡해. 그래서 네가… 아니 어느 누구도 내 인생에 말려들게 하고 싶지 않아." 이게 무슨 말인지 나는 도무지 알아들을 수 없었다. 나는 여전히 리나의 손을 잡고 있었다. 나는 그 사실을 아주 강하게 의식하고 있었다. 우리 몸 아래의 거친 석판이 느껴졌다. 나는 나 자신을 지탱하려고 석판 가장자리를 찾아 움켜쥐려고 했다. 하지만 내 손에 잡힌 것은 석판 가장자리에 붙어 있는 작고 둥근 물체였다. 딱정벌레거나 돌멩이인 것 같았다. 그것이 석판에서 떨어져 내 손 안으로 들어왔다.

그러고는 충격파가 퍼졌다. 리나가 내 손을 잡은 손에 힘을 주는 것이 느껴졌다.

'무슨 일이야, 이선?'

'나도 몰라.'

내 주위의 모든 것이 변하더니, 내가 어딘가 다른 곳에 있는 것 같았다. 정원 안인 건 맞지만, 지금까지 있던 그 정원은 아니었다. 레몬 냄새도 연기 냄새로 바뀌었다….

자정이었지만, 하늘은 불길에 휩싸여 있었다. 불길이 하늘까지 올라가며 거대한 주먹 같은 연기를 내뿜고, 앞에 있는 모든 것을 집어삼켰다. 심지어 달까지도. 땅은 늪으로 변해 있었다. 불이 나기 전에는 비로 흠뻑 젖어 있던 땅이 지금은 불에 탄 재가 되어 있었다. 비가 오늘 내렸더라면. 제너비브는 기침을 하며 연기를 뱉어냈다. 연기에 목이 심하게 그을려서 숨을 쉴 때마다 고통스러웠다. 치맛자락에 진흙이 달라붙어 있었기 때문에, 제너비브는 얼마 가지 못하고 넓게 퍼진 치맛자락을 밟아 휘청거리기를 반복했다. 그래도 그녀는 억지로 힘을 내서 계속 움직였다.

세상의 종말이었다. 그녀가 알던 세상의 종말.

비명이 들렸다. 총소리와 가차 없는 불꽃의 포효가 함께 들려왔다. 병사들이 고함을 지르며 살인 명령을 내리는 소리도 들렸다.

"집들을 불태워라. 반역자들이 패배를 몸으로 느끼게 해. 모두 불태워버려!"
북군 병사들은 농장의 당당한 주택들에 하나씩 차례로 불을 붙였다. 석유를 듬뿍 뿌린 침대보와 커튼이 불쏘시개로 이용되었다. 제너비브는 이웃들의 집, 친구들의 집, 친척들의 집이 차례로 불꽃에 굴복하는 모습을 지켜보았다. 많은 친구들과 친척들도 자기들이 태어난 집 안에서 불길에 산 채로 잡아먹혀 집과 함께 무릎을 꿇었다.

제너비브가 연기 속으로, 불꽃을 향해 뛰어가고 있는 것은 바로 그때문이었다. 그녀는 지금 짐승의 입속으로 곧장 뛰어들고 있었다. 병사들보다 먼저 그린브라이어에 도착해야 했다. 시간이 별로 없었다. 병사들은 집들을 하나씩 차례로 태우며 샌티 거리를 착착 내려오고 있었다. 블랙웰은 이미 불에 타고 있었다. 다음 차례는 도브스 크로싱이었고, 그다음은 그린브라이어와 레이븐우드였다. 셔먼 장군의 부대는 개틀린에서 수백 킬로미터나 떨어진 곳에서부터 집들을 불태우며 진군하는 중이었다. 그들은 이미 콜럼비아를 모조리 불태웠고, 계속 동쪽으로 진군하면서 눈에 보이는 모든 것에 불을 붙였다. 그들이 개틀린 외곽에 도착했을 때, 개틀린에서는 남군 깃발이 여전히 바람에 휘날리고 있었다. 바람이야말로 그들에게 필요한 것이었다.

제너비브에게 이미 때가 늦었음을 알려준 것은 바로 냄새였다. 레몬 냄새. 시큼한 레몬 냄새에 재 냄새가 섞여 있었다. 그들이 레몬나무를 불태우고 있었다.

제너비브의 어머니는 레몬을 아주 좋아했다. 제너비브의 어머니가 젊었을 때, 그녀가 살고 있던 조지아의 농장을 방문한 제너비브의 아버지는 레몬나무 두 그루를 그녀에게 가져다주었다. 다들 나무가 자라지 않을 거라고 했다. 사우스캐롤라이나의 겨울밤이 너무 추워서 나무가 죽어버릴 거라고. 하지만 제너비브의 어머니는 사람들의 말을 듣지 않고, 나무를 목화밭 바로 앞에 심은 뒤 직접 보살폈다. 추운 겨울밤에는 모직 담요로 나무를 덮어주고, 수분이 빠져나가지 않게 나무 주위에 흙을 쌓아두었다. 나무들은 잘 자랐다. 아주 잘 자랐기 때문에 제너비브의 아버지는 그 뒤로 나무 스물

여덟 그루를 더 가져왔다. 마을의 다른 부인들도 남편에게 레몬나무를 가져다달라고 했다. 하지만 나무를 한두 그루라도 구한 사람은 겨우 몇 명뿐이었다. 게다가 나무가 죽지 않게 하는 법을 알아낸 사람은 하나도 없었다. 레몬나무는 그린브라이어에서 제너비브 어머니의 보살핌을 받을 때만 잘 자라는 것 같았다.

그 어느 것도 그 나무들을 죽일 수 없었다. 오늘까지는.

"방금 그거 뭐야?" 리나가 내 손에서 자기 손을 거둬들이는 것을 느끼고 눈을 떴다. 리나는 몸을 떨고 있었다. 내가 아래를 내려다보며 쥐고 있던 손을 펴자 나도 모르게 석판 아래쪽에서 움켜쥐었던 물건이 드러났다.

"이 물건하고 무슨 관련이 있는 것 같은데." 내 손이 감싸고 있던 것은 낡아빠진 카메오(보석, 돌, 조가비 등에 돋을새김으로 무늬를 새긴 장신구─옮긴이)였다. 검은 달걀형의 그 카메오에는 상아와 자개로 어떤 여자의 얼굴이 새겨져 있었다. 조각을 새긴 솜씨가 아주 섬세했다. 한쪽 옆에 작게 튀어나온 부분이 보였다. "봐. 이거 로켓(사진이나 기념품 등을 넣어 목걸이에 다는 작은 함─옮긴이) 같아."

내가 스프링을 누르자 카메오 앞부분이 열리면서 아주 작게 새긴 글자가 나타났다. "그냥 그린브라이어라는 말뿐이야. 날짜랑."

리나가 일어나 앉았다. "그린브라이어가 뭐야?"

"여기겠지. 여긴 레이븐우드가 아니잖아. 그러니까 그린브라이어야. 이웃에 있던 농장."

"그럼 그 환영, 그 불길은? 너도 봤어?"

나는 고개를 끄덕였다. 너무 무서운 일이라 감히 입에 올릴 수도 없을 것 같았다. "틀림없이 여기가 그린브라이어일 거야. 지금은 남은 게 별로 없지만."

"그 로켓 좀 보여줘." 나는 로켓을 리나에게 조심스레 넘겨주었다. 아주 많은 일을 겪고 살아남은 물건처럼 보였다. 어쩌면 우리가 환영 속에서 보았던 그 불길까지 이겨냈을 가능성도 있었다. 리나가 로켓을 들고 뒤집어 보았다. "1865년 2월 11일." 리나는 얼굴이 창백해져서 로켓을 떨어뜨렸다.

"왜 그래?"

리나는 풀 위에 떨어진 로켓을 뚫어지게 바라보았다. "2월 11일은 내 생일이야."

"그거야 우연의 일치겠지. 때가 좀 이르지만, 생일선물이네."

"내 인생에 우연의 일치는 없어."

나는 로켓을 들어 뒤집어 보았다. 뒷면에 두 사람의 이니셜이 새겨져 있었다. "ECW & GKD. 둘 중 한 사람이 이 로켓의 주인이었을 거야." 나는 잠시 가만히 있다가 말을 이었다. "이상하네. 내 이니셜이 ELW인데."

"내 생일, 네 이니셜. 이거 정말 이상하지 않아?" 맞는 말일 수도 있었다. 하지만….

"한 번 더 해보자. 그러면 뭔지 알 수 있을지도 몰라." 마치 가려운 곳을 긁지 못하고 있는 것 같은 기분이었다.

"글쎄. 위험할 수도 있어. 아까는 우리가 정말로 거기에 있는 것 같았잖아. 연기 때문에 지금도 눈이 따가워." 리나의 말이 옳았다. 우리는 이 정원을 떠난 적이 없는데도, 마치 그 불길 속에 정말로 가 있는 것 같은 느낌이었다. 나도 연기가 허파 속으로 들어오는 것을 느꼈다. 하지만 그런 건 상관없었다. 나는 뭐가 어떻게 된 건지 반드시 알아내고 싶었다.

나는 로켓과 손을 차례로 내밀었다. "한 번 해보자. 넌 용감하잖아." 이건 일종의 도전이었다. 리나는 눈을 흘겼지만 그래도 손을 뻗었다. 리나의 손가락이 내 손가락에 스치자 그 손의 온기가 내 손으로 퍼졌다. 몸에 소름이 돋는 것 같았다. 달리 어떻게 표현해야 할지 모르겠다.

나는 눈을 감고 기다렸다. 하지만 아무 일도 일어나지 않았다. 나는 다시 눈을 떴다. "아마 우리가 그냥 상상한 건가 봐. 아니면 이거 배터리가 다 됐든지."

리나는 대수학 시간의 얼 페티를 바라보듯이 날 바라보았다. 이번이 두 번째였다. "언제 어떻게 해야 한다는 법칙 같은 게 정해져 있지 않은 것일 수도 있어." 리나는 일어서서 옷을 털었다. "그만 가야겠다."

리나는 움직임을 멈추고 나를 내려다보았다. "그런데 말이야, 넌 내가 생각했던 거랑 달라." 리나는 내게 등을 돌리더니 레몬나무들 사이로 걸어가기 시작했다.

"기다려!" 내가 소리쳤지만 리나는 걸음을 멈추지 않았다. 나는 계속 뿌리에 발이 걸려 휘청거리면서도 리나를 따라잡으려고 서둘렀다.

리나는 마지막 레몬나무 앞에서 걸음을 멈췄다. "그러지 마."

"뭘?"

리나는 내 얼굴을 보려 하지 않았다. "그냥 날 내버려 둬. 괜히 무슨 일이 생기기 전에."

"그게 무슨 소리야? 정말 모르겠다. 아무리 생각해도 모르겠어."

"됐어, 그냥 잊어버려."

"이 세상에 복잡한 사람이 너 하나뿐인 줄 알아?"

"그거야 아니지. 하지만… 내 전공인 것 같기는 해." 리나는 다시 몸을 돌려 자리를 뜨려고 했다. 나는 머뭇거리다가 리나의 어깨를 잡았다. 저물어가는 태양의 열기 덕분에 따뜻했다. 셔츠 밑의 뼈가 느껴졌다. 지금 이 순간만은 리나가 아주 연약해 보였다. 꿈속에서처럼. 이상한 일이었다. 리나가 나를 마주 보고 있을 때는, 리나가 난공불락이라는 생각밖에 들지 않는데. 혹시 그 눈 때문이 아닌가 하는 생각이 들었다.

우리는 잠시 그렇게 서 있었다. 마침내 리나가 포기하고 나를 향해 돌아섰다. 나는 다시 리나를 설득하려 했다. "리나, 지금 뭔가 일이 벌어지고 있는 게 분명해. 그 꿈, 노래, 냄새, 이제는 로켓까지. 마치 우리가 처음부터 친구가 되기로 정해져 있는 것 같잖아."

"너 방금 뭐라고 했어? 냄새?" 리나는 경악한 표정이었다. "그러고서 곧바로 친구라고?"

"엄밀히 말하면, 중간에 다른 말도 했어."

리나는 내 손을 뚫어지게 바라보았다. 나는 리나의 어깨에서 손을 뗐다. 하지만 여기서 포기할 수는 없었다. 나는 리나의 눈을 똑바로 바라보았다. 정말로 그 눈을 바라보는 건 이번이 처음인 것 같았다. 초록색 심연 같은 그 눈은 내 손이 닿을 수 없는 아주 먼 곳에 가 있는 듯했다. 내가 평생 애써도 닿을 수 없는 곳에. "눈은 영혼의 창"이라는 애마 아줌마의 말이 사실이라면, 이 눈을 어떻게 해석해야 할지 궁금했다.

'너무 늦었어, 리나. 넌 이미 내 친구야.'

'그럴 수는 없어.'

'우리 둘 다 이 일에 얽혀 있어.'

'제발 내 말 좀 들어. 그렇지 않아.'

리나는 내게서 시선을 떼고 고개를 뒤로 기울여 레몬나무에 기댔다. 비참한 표정이었다. "네가 다른 애들이랑 다르다는 건 나도 알아. 하지만 나에 관해서 네가 도저히 이해할 수 없는 것들이 있어. 우리가 왜 이렇게 연결된 건지는 나도 몰라. 우리가 왜 똑같은 꿈을 꾸는지도 몰라. 그건 너랑 똑같아."

"난 이게 도대체 무슨 일인지 알고 싶어."

"다섯 달 뒤면 난 열여섯 살이 돼." 리나가 손을 들어올렸다. 여느 때처럼 잉크로 쓴 숫자가 있었다. 151. "151일." 리나의 생일까지 남은 날이었다. 그래서 손에 적힌 숫자가 계속 바뀌는 거였다. 리나는 자신의 생일까지 남은 날을 헤아리는 중이었다.

"넌 그게 무슨 뜻인지 모를 거야, 이선. 넌 아무것도 몰라. 그날이 지나면 난 여기 있지 않을지도 몰라."

"지금은 여기 있잖아."

리나가 내 뒤쪽, 레이븐우드 쪽을 올려다보았다. 그리고 나를 바라보지 않은 채 입을 열었다. "너 그 시인 좋아해? 부코우스키 말이야."

"응." 나는 혼란스러웠다.

"애쓰지 마라."

"무슨 소리야?"

"부코우스키의 무덤에 새겨진 말이야." 리나는 돌담을 지나 사라져버렸다. 다섯 달이라. 리나의 말이 무슨 뜻인지 전혀 알 수 없었지만, 속에서 치밀어 오르는 감정의 정체는 알 수 있었다.

두려움.

내가 담에 난 문으로 나갔을 때, 리나의 모습은 어디서도 보이지 않았다. 마치 처음부터 이곳에 있지 않던 것 같았다. 레몬과 로즈마리의 냄새만이 산들바람 속에 남아 있었다. 재미있는 것은, 리나가 도망칠수록 그녀를 쫓아가겠다는 내 결심은 더욱 굳어질 뿐이라는 점이었다.

'애쓰지 마.'

내 무덤에는 반드시 다른 말을 새겨야겠다는 생각이 들었다.

세 할머니들

≒ 9.12 ≒

집에 갔더니 저녁 식탁이 아직 차려져 있었다. 다행이었다. 내가 저녁 식사 시간을 놓쳤다면, 애마 아줌마가 날 죽이려 들었을 것이다. 하지만 내가 영어 수업 시간에 교실을 걸어 나오자마자 전화연락망이 가동될 것이라는 점은 미처 생각하지 못했다. 내가 집에 도착할 때까지 틀림없이 마을 사람들 중 절반은 애마 아줌마에게 전화를 걸었을 것이다.

"이선 웨이트? 너니? 너 혼날 줄 알아."

쿵쿵거리는 익숙한 소리가 들렸다. 상황이 생각보다 심각했다. 나는 고개를 수그리고 문을 지나 부엌으로 들어갔다. 애마 아줌마는 작업용 앞치마를 입고 조리대 앞에 서 있었다. 앞치마에는 못을 넣을 수 있는 주머니가 열네 개 있었으며, 전동공구를 최대 네 개까지 걸 수 있게 돼 있었다. 애마 아줌마는 중국식 큰 칼을 들었고, 조리대에는 당근, 양배추, 그밖에 뭔지 알 수 없는 채소들이 높게 쌓여 있었다. 아줌마가 파란색 플라스틱 상자에 조리법을 보관해둔 여러 요리들 중에서도 스프링롤은 다지기가 가장 많이 필요한 요리였다. 아줌마가 정말로 스프링롤을 만들고 있는 거라면, 의미는 하나뿐이었다. 아줌마가 단순히 중국음식을 좋아해서 스프링롤을

98

만드는 건 아니었다.

나는 그럴듯한 해명을 생각해내려고 애썼지만, 아무 생각도 나지 않았다.

"오후에 코치가 전화했더라. 잉글리시 선생님이랑 하퍼 교장선생님도. 링크의 엄마도 전화했고, DAR의 부인들 절반도 전화했다. 내가 그 여자들이랑 얘기하는 걸 얼마나 싫어하는지 너도 알지? 하나같이 사악한 여자들이야."

개틀린에는 부인들의 단체가 한둘이 아니었지만, DAR는 그 모든 단체들의 어머니였다. '미국 독립혁명의 딸들Daughters of the American Revolution'이라는 이름에 걸맞게, 이 모임의 회원이 되려면 미국 독립운동에 나섰던 애국자와 친척관계임을 증명해야 했다. 이 모임의 회원이 된 사람들은 리버 거리의 이웃들에게 집을 무슨 색으로 칠해야 할지 지정해주고, 마을의 모든 사람에게 대장행세를 하며 그들을 괴롭히고 마음대로 판단할 권리가 생겼다고 생각하는 것 같았다. 하지만 애마 아줌마의 경우에는 얘기가 달랐다. 아줌마가 그 사람들에게 당하는 꼴은 나도 한 번 보고 싶을 정도였다.

"다들 똑같은 말을 하더라. 네가 학교에서 뛰쳐나갔다고. 수업 도중에 그 두케이예인이라는 여자애 뒤를 쫓아서." 당근 하나가 또 도마 위를 데구르르 굴렀다.

"알아요, 아줌마. 근데요…."

양배추가 절반으로 쩍 갈라졌다. "그래서 내가 말했다. '아니에요, 우리 애는 허락 없이 학교를 나가거나 연습을 빼먹을 애가 아니에요. 다들 뭘 잘 못 아셨겠죠. 신생님을 무시하고 가문의 이름을 더럽힌 건 틀림없이 나른 애일 거예요. 내가 이 집에서 직접 기른 애가 그랬을 리 없어요.'" 초록색 양파들이 조리대 위를 날아다녔다.

나는 최악의 죄를 저질렀다. 애마 아줌마를 곤란하게 만든 죄. 무엇보다 나쁜 것은, 아줌마에게는 불구대천의 원수인 링컨 부인과 DAR 회원들의 눈앞에서 내가 그런 짓을 저질렀다는 점이었다.

"뭐라고 말 좀 해 봐. 뭣 때문에 꽁지에 불이라도 붙은 것처럼 학교에서 뛰쳐나갔는지 말해보라고. 설마 여자애 때문은 아니겠지?"

나는 숨을 깊이 들이쉬었다. 내가 무슨 말을 할 수 있을까? 몇 달 전부터 신비의 소녀에 관한 꿈을 꾸었는데, 그 소녀가 정말로 마을에 나타났고, 공교롭게도 그 애가 메이컨 레이븐우드의 조카였다고? 그 소녀에 관한 무서운 꿈을 꾸었을 뿐만 아니라, 환상 속에서 어떤 여자도 보았다고? 분명히 내가 모르는 여자인데 아무래도 남북전쟁 시기에 살았던 사람인 것 같다고?

그래, 이런 말을 늘어놓으면 잘도 그냥 넘어갈 수 있겠다. 태양이 폭발하고 태양계가 죽어버릴 때까지 기다리는 편이 차라리 낫지.

"그런 게 아니에요, 아줌마. 우리 반 애들이 리나를 못살게 굴었어요. 그 애 삼촌이 장의차에 시체를 싣고 돌아다닌다며 놀렸다고요. 그래서 리나가 정말로 화가 나서 밖으로 뛰쳐나갔어요."

"그게 너랑 도대체 무슨 상관인데?"

"주님의 발자취를 따르라고 나한테 항상 말한 게 아줌마잖아요. 하나님이 그 자리에 계셨다면 내가 그렇게 괴롭힘 당하는 애를 도와주는 걸 바라셨을 걸요." 이건 해서는 안 되는 말이었다. 애마 아줌마의 눈빛이 달라졌다.

"학교에서 멋대로 굴어놓고 어디서 감히 주님의 말씀을 들먹여? 너 회초리를 맞아야 정신을 차리겠니? 이제 클 만큼 컸다고 생각하는 모양인데, 나한테는 그런 거 안 통해. 알았어?" 애마 아줌마는 지금까지 한 번도 나를 때린 적이 없었다. 몇 번 회초리를 들고 내 뒤를 쫓아다닌 게 전부였다. 하지만 지금은 그런 얘기를 꺼낼 때가 아니었다.

상황은 순식간에 악화되었다. 뭔가 아줌마의 정신을 분산시킬 것이 필요했다. 아까 정원에서 가져온 로켓이 내 뒷주머니에 뜨거운 감자처럼 들어 있었다. 아줌마는 미스터리를 아주 좋아했다. 내가 네 살 때 아줌마가 범죄소설과 크로스워드 퍼즐로 내게 글을 가르칠 정도였다. 지금 이 로켓만큼 좋은 미스터리는 없었다. 이 로켓을 만졌더니 남북전쟁 시대의 환영이 나타났다는 이야기만 하지 않으면 될 터였다.

"아줌마 말씀이 맞아요. 죄송해요. 학교를 그렇게 나간 건 잘못이에요. 그냥 리나가 괜찮은지 보려고 한 건데…. 교실에서 리나 바로 뒤의 유리창이 깨졌거든요. 그래서 리나가 피를 흘리고 있었어요. 난 그냥 리나가 괜찮은지 확인하려고 걔네 집에 가본 거예요."

"그 집에 올라갔다고?"

"네. 하지만 리나는 밖에 있었어요. 걔네 삼촌은 정말로 수줍음을 많이 타시나 봐요."

"메이컨 레이븐우드 얘기는 하지 마. 나도 알 만큼 아니까." 애마 아줌마가 특유의 표정을 지었다.

"H.E.B.E.T.U.D.I.N.O.U.S."

"네?"

"멍청하기 짝이 없다고, 이선 웨이트."

나는 주머니에서 로켓을 꺼내 아줌마가 서 있는 스토브 옆으로 다가갔다. "리나랑 같이 집 뒤에 있다가 이걸 주웠어요." 나는 아줌마가 볼 수 있게 손을 펼쳤다. "안에 글자가 새겨져 있어요."

아줌마의 표정이 날 멈칫하게 했다. 아줌마는 가슴을 심하게 맞아서 숨이 막힌 사람 같은 표정이었다.

"아줌마, 왜 그래요?" 나는 혹시 아줌마가 기절하기라도 할까 봐 아줌마를 붙잡으려고 팔꿈치를 향해 손을 뻗었다. 하지만 아줌마는 내 손이 닿기도 전에 팔을 피했다. 뜨거운 주전자 손잡이에 손을 덴 사람처럼.

"그거 어디서 났어?" 속삭이는 것 같은 목소리였다.

"레이븐우드 땅바닥에서 주웠어요."

"레이븐우드 농장에서 그걸 주웠을 리가 없어."

"무슨 소리예요? 이게 누구 건지 알아요?"

"거기 그대로 서 있어. 움직이지 말고." 애마 아줌마는 이렇게 말하고 나서 서둘러 부엌 밖으로 나갔다.

하지만 나는 아줌마의 말을 무시하고 아줌마의 방까지 뒤쫓아 갔다. 아줌마의 방은 항상 침실이라기보다는 약초가게처럼 보였다. 나지막한 하얀색 싱글 침대 위에 줄줄이 매달려 있는 선반에는 깔끔하게 쌓아 놓은 신문들(아줌마는 완성한 크로스워드퍼즐을 버리는 법이 없었다)과 아줌마가 부적을 만들 때 사용하는 다양한 재료들이 가득 든 유리병이 여러 개 놓여 있었다. 소금, 색색의 돌멩이, 약초처럼 옛날부터 흔히 쓰이던 재료들도 있었지만, 갖가지 뿌리나 버려진 새둥지처럼 진기한 재료들도 있었다. 맨 위 선반에는 그냥 흙만 담아놓은 병들이 있었다. 아줌마는 평소에도 좀 이상하게 구는 편이지만, 오늘은 정말 이상했다. 내가 아줌마보다 겨우 두어 걸음 뒤쳐져서 방에 들어가 보니, 아줌마는 벌써 서랍들을 찢어버릴 듯이 열어젖히고 있었다.

"아줌마, 무슨…."

"부엌에 가만히 있으라고 했잖아. 그 물건을 들고 이리로 들어올 생각은 하지도 마!" 내가 한 발을 내딛는 순간 아줌마가 악을 썼다.

"왜 그렇게 화를 내는 거예요?" 아줌마는 내가 뭔지 미처 보지 못한 물건들 몇 개를 앞치마에 쑤셔 넣고 다시 방에서 뛰어나왔다. 나는 부엌까지 또 뒤를 쫓아갔다. "아줌마, 왜 그래요?"

"이거 받아." 아줌마가 다 해진 손수건을 내게 건넸다. 자기 손이 내 손에 닿지 않게 조심하면서. "이걸로 그 물건을 싸. 당장. 얼른."

이건 그냥 이해할 수 없는 정도가 아니었다. 아줌마가 완전히 이성을 잃은 것 같았다.

"아줌마…."

"시키는 대로 해, 이선." 아줌마가 성을 빼고 내 이름만 부른 건 이번이 처음이었다.

로켓을 손수건으로 잘 감싼 뒤에야 아줌마는 조금 차분해졌다. 그리고 앞치마의 아래쪽 주머니들을 뒤져서 자그마한 가죽주머니와 무슨 가루가 든 작은 유리병을 꺼냈다. 나는 애마 아줌마와 함께 산 세월 덕분에, 아줌마가 부적을 만들 작정이라는 걸 알 수 있었다. 유리병에 든 검은 가루를 가죽주머니에 조금 붓는 아줌마의 손이 가볍게 떨리고 있었다. "단단히 쌌어?"

"그렇다니까요." 내가 말했다. 대답을 제대로 하라고 아줌마가 야단칠 줄 알았는데, 내 짐작이 빗나갔다.

"확실해?"

"네."

"그럼 그걸 여기에 넣어." 내 손에 닿은 가죽주머니의 감촉은 따뜻하고 매끈했다. "얼른."

나는 그 문제의 로켓을 가죽주머니 안에 떨어뜨렸다.

"이걸로 묶어." 아줌마가 평범한 노끈처럼 생긴 것을 내게 건네며 지시했다. 하지만 아줌마가 부적을 만들 때 평범한 물건을 사용한 적이 있는지, 부적의 재료들이 정확히 어떻게 생겼는지는 알 수 없었다. "이제 그걸 처음에 주운 장소로 다시 가져가서 땅에 묻어. 얼른 그리로 곧장 가."

"아줌마, 이게 다 무슨 일이에요?" 아줌마는 몇 걸음 앞으로 나와 내 턱을 쥐고, 내 눈을 가린 머리카락을 밀어 올렸다. 내가 주머니에서 로켓을 꺼낸 뒤 처음으로 아줌마가 내 눈을 똑바로 들여다보았다. 우리는 잠시 그대로 가만히 있었다. 내 평생 가장 길게 느껴진 순간이었다. 애마 아줌마의 표정이 낯설었다. 자신 없고 불안한 표정.

"넌 아직 준비가 안 됐어." 아줌마가 내 턱을 잡고 있던 손을 놓으며 속삭였다.

"무슨 준비요?"

"그냥 내가 시키는 대로 해. 그 주머니를 가지고 그걸 주운 곳으로 가서 땅에 묻어. 그리고 곧장 집으로 돌아와. 그리고 앞으로 그 여자애랑은 더 이상 어울리지 마. 알았어?"

아줌마는 내게 말하려고 작정했던 말을 모두 한 것 같았다. 아니 어쩌면 생각보다 많은 말을 한 것 같기도 했다. 하지만 어느 쪽인지는 결코 알 수 없을 터였다. 아줌마가 카드로 점치기와 크로스워드퍼즐 풀기보다 더 잘 하는 일이 있다면, 바로 비밀 지키기였기 때문에.

"이선 웨이트, 일어났니?"

지금 몇 시지? 9시 30분이었다. 토요일. 이미 일어났어야 하는 시간이지 만, 나는 기진맥진한 상태였다. 어젯밤에 나는 두 시간 동안 동네를 돌아다 녔다. 로켓을 묻으러 그린브라이어에 갔다 온 것처럼 보이려고.

나는 침대에서 내려와 휘청거리며 방을 가로지르다가 오래 돼서 상한 오레오 쿠키 상자에 발이 걸렸다. 내 방은 항상 난장판이었다. 워낙 많은 물건들이 널려 있어서 아빠는 내 방에 자칫 불똥이라도 하나 튀는 날에는 집이 홀랑 타버릴 거라고 말했다. 물론 아빠가 내 방에 들어와 본 건 오래 전의 일이지만. 내 방에는 지도 외에도 내가 언젠가 직접 가보고 싶은 도시 들의 포스터가 벽과 천장에 붙어 있었다. 아테네, 바르셀로나, 모스크바. 심 지어 알래스카의 포스터도 있었다. 벽을 따라서는 구두상자들이 층층이 쌓여 있었다. 1미터가 넘게 구두상자가 쌓여 있는 곳도 있었다. 언뜻 보면 아무렇게나 쌓아 놓은 것처럼 보이지만, 나는 모든 상자의 위치와 그 안에 든 물건들을 다 알고 있었다. 흰색 아디다스 상자에는 불에 열광했던 8학 년 때 수집한 라이터들이 들어 있고, 초록색 뉴발란스 상자에는 엄마와 함 께 섬터 요새에서 주운 깃발 조각과 포탄 탄피가 들어 있었다.

지금 내가 찾고 있는 것은 노란색 나이키 상자였다. 애마 아줌마가 이성을 잃게 만들었던 그 로켓이 그 안에 들어 있었다. 나는 상자를 열고 매끈한 가죽주머니를 꺼냈다. 어젯밤에는 이걸 숨겨두는 게 좋은 생각 같았지만, 지금은 혹시나 싶어서 그걸 다시 주머니에 넣었다.

애마 아줌마가 계단 아래에서 다시 소리쳤다. "빨리 안 내려오면 늦겠다."

"금방 내려갈게요."

토요일마다 나는 개틀린에서 가장 나이가 많은 머시, 프루던스, 그레이스 할머니들과 하루의 절반을 보냈다. 마을 사람들은 모두 세 분을 '세 할머니들'이라고 불렀다. 마치 세 분이 한 몸이기라도 한 것처럼. 사실 어떤 의미에서는 그게 맞는 말이었다. 세 분은 모두 나이가 백 살쯤 되었다. 하지만 셋 중 누가 가장 나이가 많은지는 그분들 자신도 몰랐다. 세 분 모두 여러 번 결혼한 적이 있지만, 남편들이 죄다 먼저 세상을 떠나자 그레이스 할머니 집에 모여 살게 되었다. 세 분은 나이도 많지만, 행동은 더 놀라웠다.

내가 열두 살쯤 되었을 때부터 엄마는 토요일마다 나를 그 집에 데려다주며 세 분을 도와드리라고 했다. 그것이 지금까지 죽 이어지고 있었다. 가장 힘든 건 토요일마다 내가 세 분을 교회에 모셔다드려야 한다는 점이었다. 세 분은 남침례교 신자인데, 토요일과 일요일이면 항상 교회에 갔다. 사실 다른 요일에도 거의 마찬가지였다.

하지만 오늘은 달랐다. 나는 애마 아줌마가 또 나를 부르기 전에 샤워를 시작했다. 빨리 할머니들 집에 가고 싶어서 몸이 근질거렸다. 할머니들은 개틀린에 살았던 사람들을 거의 다 알고 있었다. 당연한 일이었다. 세 분이 결혼을 통해 친척으로 맺어진 사람들을 다 합하면 마을 사람들 중 절반은 족히 되니까 말이다. 정원에서 환영을 본 뒤, 로켓에 새겨진 GKD 중 G가 제너비브를 뜻한다는 건 확실히 알 수 있었다. 나머지 두 글자가 무엇을 뜻하는지 아는 사람이 있다면, 바로 이 마을에서 나이가 가장 많은 세 할머니들일 터였다.

양말을 꺼내려고 서랍장 맨 위 서랍을 열었을 때, 양말을 접어 원숭이

모양으로 만든 것이 눈에 띄었다. 원숭이는 소금과 파란색 돌멩이 하나가 든 작은 주머니를 들고 있었다. 애마 아줌마의 부적이었다. 아줌마는 악령이나 불운을 물리치기 위해 이런저런 부적을 만들었다. 심지어 감기를 물리치는 부적도 있었다. 아빠가 일요일에 교회에 가지 않고 일을 하기 시작하자 아줌마는 아빠의 서재 문 위에도 부적을 하나 놓아두었다. 아빠는 교회에 다닐 때도 예배에 그다지 집중하는 편이 아니었다. 하지만 아줌마는 우리가 그냥 교회에 나가기만 해도 선한 주님께서 우리를 인정해줄 것이라고 말했다. 두어 달 뒤 아빠는 인터넷으로 부엌에 매달아두는 행운의 인형을 사서 스토브 위에 매달았다. 아줌마는 잔뜩 화가 나서 일주일 동안 아빠에게 데우지 않은 찬 음식과 탄 냄새가 나는 커피를 주었다.

대개 나는 아줌마의 부적을 봐도 별로 신경을 쓰지 않았다. 하지만 내가 주운 로켓에 뭔가가 있는 것이 분명했다. 그리고 아줌마는 내가 그 비밀을 알아내는 걸 원하지 않았다.

내가 할머니들의 집에 도착해서 본 광경을 표현할 수 있는 말은 한 마디뿐이었다. 혼돈. 문을 열어준 사람은 머시 할머니였는데, 아직 머리에 롤을 말고 있는 모습이었다.

"아이고, 고마워라, 왔구나, 이선. 나-안리가 났다." 머시 할머니가 말했다. 나는 항상 할머니들의 말을 절반밖에 이해하지 못했다. 발음이 워낙 이상하고, 문법도 엉망이기 때문이었다. 하지만 개틀린에서는 원래 그런 법이었다. 이곳에서는 말투를 들으면 그 사람이 몇 살인지 알 수 있었다.

"네?"

"할런 제임스가 다쳤다. 금방 숨이 넘어가지 않을지 모르겠어." 할머니는 두 번째 문장을 속삭이듯 말했다. 마치 하나님이 듣고 계실지도 모른다는 듯이. 하나님에게 이상한 생각을 심어주게 될까 무섭다는 표정이었다. 할런 제임스는 프루던스 할머니의 요크셔테리어였다. 할머니는 세상을 떠난 마지막 남편의 이름을 강아지에게 붙여주었다.

"어쩌다 다쳤어요?"

"그건 내가 말해주마." 프루던스 할머니가 손에 구급상자를 들고 불쑥 나타나서 말했다. "그레이스가 우리 불쌍한 할런 제임스를 죽이려고 했어. 애가 지금 간신히 버티고 있다."

"내가 언제 개를 죽이려고 했다고 그래?" 그레이스 할머니가 부엌에서 고함을 질렀다. "괜한 소리 하지 마, 프루던스 제인. 어디까지나 사고였어!"

"이선, 딘 윌크스한테 전화해서 나-안리가 났다고 해." 프루던스 할머니가 구급상자에서 소금 냄새가 나는 캡슐과 초대형 반창고 두 장을 꺼내며 말했다.

"이러다 애가 죽겠어!" 할런 제임스는 부엌 바닥에 누워 있었다. 상처를 입은 것 같기는 한데, 곧 죽을 것 같은 모습과는 거리가 멀었다. 뒷다리 하나가 몸 밑에 깔려 있었는데, 녀석이 몸을 일으키려고 하자 그 다리가 힘없이 질질 끌리듯이 움직였다. "그레이스, 주님이 다 아실 거야. 할런 제임스가 죽으면…"

"안 죽어요, 프루 할머니. 다리가 부러진 모양이에요. 어쩌다 다친 거예요?"

"그레이스가 빗자루로 얘를 때려죽이려고 했어."

"아니야. 아까 말했잖아. 내가 안경을 안 써서 얘가 부엌을 뛰어다니는 시궁쥐인 줄 알았다니까."

"시궁쥐가 어떻게 생겼는지도 모르잖아? 평생 시궁창에는 가 본 적도 없으면서."

나는 완전히 히스테리에 빠진 세 할머니와 십중팔구 차라리 죽었으면 좋겠다고 생각하고 있을 할런 제임스를 할머니들의 1964년식 캐딜락에 태우고 딘 월크스의 가게로 갔다. 딘 월크스는 사료 가게를 운영하고 있었지만, 이 마을에서는 그래도 수의사에 가장 가까운 존재였다. 다행히 할런 제임스의 상처는 부러진 다리 하나뿐이었으므로, 딘 월크스가 고칠 수 있었다.

할머니들의 집으로 다시 돌아왔을 때, 나는 이 할머니들한테서 뭔가 정보를 얻어낼 수 있을 거라고 생각한 내가 미친 게 아닌가 싶었다. 셀마의 차가 진입로에 서 있었다. 셀마는 그레이스 할머니가 10년 전 오븐에 레몬머랭 파이를 넣어둔 채 다른 할머니들과 함께 교회에 가서 오후 내내 시간을 보내는 바람에 하마터면 집이 홀랑 타버릴 뻔한 사고를 친 뒤 아빠가 할머니들을 감시하려고 고용한 사람이었다.

"어디 다녀오세요?" 셀마가 부엌에서 소리쳤다.

할머니들은 서로를 밀쳐가며 앞 다퉈 부엌으로 달려갔다. 셀마에게 오늘의 사고에 대해 이야기하고 싶어서였다. 나는 짝이 안 맞는 부엌 의자 중하나에 늘어지듯 앉았다. 내 옆에 앉은 그레이스 할머니는 할머니들의 이야기 속에서 자신이 또 오늘의 사고를 일으킨 장본인으로 거론되자 낙담한 표정이었다. 나는 주머니에서 로켓을 꺼내 손수건으로 줄을 잡고 몇 번 빙빙 돌렸다.

"그게 뭐냐, 예쁜아?" 셀마가 창턱에 놓인 깡통에서 담배가루를 조금 집어 아랫입술 안쪽에 끼워 넣으며 물었다. 셀마가 다소 고상한 분위기를 풍기는 데다가 외모는 돌리 파튼과 비슷했기 때문에, 그렇게 담배가루를 입에 넣는 모습이 아주 이상하게 보였다.

"레이븐우드 농장에서 주운 로켓이에요."

"레이븐우드? 거긴 왜 갔는데?"

"제 친구가 거기 있어요."

"리나 두케인 말이냐?" 머시 할머니가 물었다. 물론 머시 할머니가 리나를 모를 리가 없었다. 온 마을이 다 알고 있었으니까. 개틀린은 그런 곳이 었다.

"네, 할머니. 학교에서 같은 학년이에요." 이제 다들 나를 주목하고 있었다. "저택 뒤의 정원에서 이 로켓을 주웠어요. 주인이 누군지는 모르겠지만, 아주 오래된 것 같아요."

"그건 메이컨 레이븐우드 것이 아냐. 그린브라이어지." 프루 할머니가 말했다. 아주 자신 있는 목소리였다.

"어디 한번 보자." 머시 할머니가 실내복 주머니에서 안경을 꺼내며 말했다.

나는 머시 할머니에게 로켓을 건네주었다. 로켓은 여전히 손수건에 싸인 채였다. "안에 글자도 새겨져 있어요."

"나는 못 읽어. 그레이스, 읽을 수 있겠어?" 머시 할머니가 그레이스 할머니에게 로켓을 건네주며 물었다.

"내 눈에는 아무것도 안 보이는데." 그레이스 할머니가 눈을 아주 가늘게 뜨며 말했다.

"이니셜 두 개 있어요. 바로 여기에." 나는 금속 위에 새겨진 글자들을 가리키며 말했다. "ECW랑 GKD. 로켓을 뒤집으면 날짜도 있어요. 1865년 2월 11일이라고요."

"그거 낯익은 날짠데." 프루던스 할머니가 말했다. "머시, 그날이 어떤 날인지 알아?"

"그날 결혼이라도 한 것 아냐, 그레이스?"

"1865년이라잖아. 1965년이 아니라." 그레이스 할머니가 말했다. 할머니들의 귀도 눈보다 그리 나을 것이 없었다. "1865년 2월 11일이라…."

"그해에 북부 연방 놈들이 개틀린을 홀랑 태워버리다시피 했잖아." 그레이스 할머니가 말했다. "우리 증조할아버지가 그 불로 전 재산을 잃었어. 다들 그 얘기 기억 안 나? 셔먼 장군이 북군 군대랑 같이 남쪽으로 내려가면서 모든 걸 깨끗이 태워버렸잖아. 개틀린까지 전부. 그러면서 그걸 '대소각작전'이라고 했지. 개틀린의 모든 농장들이 최소한 조금씩이라도 무너졌어. 레이븐우드만 빼고. 옛날에 우리 할아버지는 에이브러햄 레이븐우드가 그날 밤에 틀림없이 악마랑 계약을 했을 거라고 만날 말했더랬지."

"그게 무슨 소리야?"

"그렇지 않고서야 그 농장이 그렇게 멀쩡할 수가 없었거든. 연방 놈들이 강가에 있는 농장들을 죄다 태웠다고. 한 번에 하나씩. 그러다 레이븐우드에 이르러서는 그냥 지나가버렸어. 농장이 거기 있는 걸 못 보기라도 한 것처럼."

"할아버지 말씀으로는 그날 밤 이상한 일은 그것뿐만이 아니었대." 프루 할머니가 할런 제임스에게 베이컨 한 조각을 먹이며 말했다. "에이브러햄은 그때 남동생이랑 같이 살고 있었는데, 그날 밤에 그 동생이 그냥 사라져버렸어. 그 뒤로는 아무도 그 동생을 못 봤다지."

"그게 뭐가 이상해요? 북군 병사들 손에 죽었을 수도 있고, 불타는 집에 갇혀서 죽었을 수도 있잖아요." 내가 말했다.

그레이스 할머니가 한쪽 눈썹을 올렸다. "다른 이유가 있었을지도 모르지. 끝내 시체를 못 찾았거든." 이제 보니 아주 오래전부터 레이븐우드 일가에 대한 쑥덕공론이 시작된 것 같았다. 메이컨 레이븐우드 대에 이르러 시작된 일이 아니었다. 이 할머니들이 또 무엇을 알고 있는지 궁금했다.

"그럼 메이컨 레이븐우드 아저씨는요? 그 아저씨에 대해 뭣 좀 아세요?"

"그 아이는 처음부터 가망이 없었어. 사-아생아였거든." 개틀린에서 사생아는 공산주의자나 무신론자와 같은 취급을 당했다. "그 애 아버지인 사일러스는 첫 번째 아내가 떠난 뒤에 메이컨의 엄마를 만났어. 예쁜 여자였지. 뉴올리언스 출신이었을걸, 아마. 어쨌든 오래지 않아서 메이컨과 그 애 남동생이 태어났어. 그런데도 사일러스는 그 여자랑 결혼을 안 하더라고. 그러다 그 여자도 떠나버렸어."

프루 할머니가 끼어들었다. "그레이스 앤, 넌 이야기 솜씨가 정말 형편 없어. 사일러스 레이븐우드는 괴-에짜였어. 게다가 비열하기 짝이 없는 놈이었다고. 그 집도 이상했고 말이야. 밤새 불이 환하게 켜져 있는가 하면, 가끔 높다란 까만 모자를 쓴 남자가 그 근처를 돌아다니는 게 보이기도 했어."

"늑대도 있었잖아. 쟤한테 그 늑대 얘기도 해줘." 할머니들한테서 개인 지 뭔지 모를 그 생물에 대한 이야기를 들을 필요는 없었다. 내가 내 눈으로 직접 보았으니까. 하지만 할머니들이 말하는 늑대가 그 생물일 리가 없었다. 개든 늑대든 수명이 그렇게 길지는 않은 법이었다.

"그 집에 늑대가 한 마리 있었어. 사일러스가 애완동물처럼 키웠다니까!" 머시 할머니가 고개를 절레절레 저었다.

"그 애들, 그러니까 메이컨 형제는 사일러스랑 제 엄마 사이를 왔다 갔다 했어. 아이들이 와 있을 때 사일러스는 걔들이 무슨 끔찍한 존재라도 되는 것처럼 대했지. 항상 두들겨 패기만 하고, 한시도 자기 눈에서 못 벗어나게 했어. 심지어 학교에도 안 보냈으니깐."

"혹시 그래서 메이컨 레이븐우드 아저씨가 그 집에서 절대 안 나오는 게 아닐까요?" 내가 말했다.

머시 할머니가 허공에서 손을 흔들었다. 그렇게 멍청하기 짝이 없는 소리는 처음 듣는다는 듯이. "집에서 안 나오긴 왜 안 나와. DAR 건물에서 내가 걔를 몇 번이나 봤는데. 저녁 식사 시간 직후에." 그래, 어련하실까.

이 할머니들의 문제가 바로 그거였다. 현실을 확고하게 인식하고 파악할 때가 절반밖에 안 된다는 것. 누가 됐든 메이컨 레이븐우드를 봤다는 얘기를 지금까지 한 번도 들은 적이 없기 때문에, 그가 DAR 근처에서 깨진 페인트 조각들을 구경하거나 링컨 부인과 잡담을 나눴을 것 같지는 않았다.

그레이스 할머니가 밝은 곳을 향해 로켓을 쳐들고 더 자세히 살펴보았다. "한 가지는 확실해. 여기 이 손수건은 술라 트레도 거야. 다들 예언자 술

111

라라고들 했지. 술라가 카드로 미래를 볼 수 있다고 누가 말했거든."

"타로 카드요?" 내가 물었다.

"그것 말고 다른 카드도 있나?"

"뭐, 트럼프 카드도 있고, 인사로 보내는 카드도 있고, 파티 때 손님들 자리를 표시하려고 테이블에 놓아두는 카드도 있고…." 머시 할머니가 두서없이 이야기를 늘어놓았다.

"그 손수건 주인이 술라라는 건 어떻게 알아요?"

"여기 가장자리에 술라의 이니셜이 자수로 새겨져 있잖아. 그리고 여기이거 보여?" 그레이스 할머니는 이니셜 밑에 역시 자수로 새겨진 작은 새를 가리켰다. "이게 술라의 표시야."

"술라의 표시요?"

"그때는 대부분의 카드 점쟁이들이 자기만의 표시를 갖고 있었어. 누가자기 카드를 바꿔치기할까 봐 카드에다 자기 표시를 새겨뒀거든. 카드 점쟁이의 실력을 좌우하는 게 바로 카드니까 말이지. 나도 그 정도는 알아." 셀마가 방구석의 작은 항아리에 저격수처럼 정확한 겨냥으로 침을 뱉으면서 말했다.

트레도라. 애마 아줌마의 성이 바로 트레도였다.

"그 술라라는 분이 애마 아줌마의 친척이에요?"

"당연하지. 술라는 애마의 고조할머니야."

"그럼 로켓의 이니셜은 무슨 뜻이에요? ECW랑 GKD 말이에요. 그 이니셜에 대해서는 아시는 거 없어요?" 이건 그냥 혹시나 해서 던진 질문이었다. 이 할머니들이 오늘처럼 오랫동안 정신이 맑았던 적이 과연 있기나했는지 기억이 가물가물했다.

"너 할머니를 놀리는 게냐, 이선 웨이트?"

"그럴 리가요."

"ECW는 이선 카터 웨이트잖아. 네 4대조 큰할아버지. 5대조였던가?"

"넌 원래 숫자에 어둡잖아." 프루던스 할머니가 끼어들었다.

"어쨌든, 이선 카터 웨이트는 네 6대조 할아버지인 엘리스의 형이야."

"엘리스 웨이트의 형은 로슨이었어요. 이선이 아니라. 제 중간 이름도 거기서 딴 거잖아요."

"엘리스 웨이트한테 형이 둘 있었어. 이선이랑 로슨. 네 이름은 그 둘의 이름을 모두 딴 거야, 이선 로슨 웨이트." 나는 우리 집 가계도를 머릿속으로 그려보았다. 이미 몇 번이나 가계도를 본 적이 있었다. 남부 사람들이 확실히 아는 것이 하나 있다면, 자기 집 가계도가 바로 그것이었다. 우리 집 식당 벽에 걸려 있는 액자 속의 가계도에 이선 카터 웨이트라는 이름은 없었다. 아무래도 내가 그레이스 할머니의 기억력을 과대평가한 모양이었다.

내가 미심쩍어 하는 것이 표정에도 드러났는지, 프루 할머니가 이내 의자에서 일어섰다. "내가 갖고 있는 족보에 웨이트 가계도가 있어. 내가 '남부연방의 자매들'을 위해서 모든 사람의 가계를 죽 적고 있거든."

'남부연방의 자매들'은 DAR보다 규모는 좀 작지만 비슷한 성격의 단체로, 남북전쟁 때의 무슨 바느질 모임 같은 것의 잔해였다. 내가 보기에는 DAR만큼이나 끔찍한 단체이기도 했다. 이 단체의 회원들은 요즘 남북전쟁 때 자기 조상들의 가계도를 만드는 데 많은 시간을 보내고 있었다. 〈남북전쟁〉(1982년에 미국 CBS에서 방영된 텔레비전 미니시리즈─옮긴이) 같은 미니시리즈나 다큐멘터리를 만들고 싶어서였다.

"여기 있다." 프루 할머니가 가죽으로 장정한 커다란 스크랩북을 들고 부엌으로 돌아왔다. 스크랩북 밖으로 노랗게 변한 종이 조각들과 낡은 사진들이 삐죽 튀어나와 있었다. 프루 할머니가 스크랩북을 펼쳐서 뒤적거리자 종이 조각들과 신문에서 오려낸 조각들이 사방에 떨어졌다.

"이것 좀 봐…. 버튼 프리야. 내 세 번째 남편. 내 남편들 중에서 최고 미남이었지?" 프루 할머니가 낡아서 여기저기가 접힌 것처럼 금이 간 사진을 우리에게 보여주며 물었다.

"프루던스 제인, 찾던 거나 찾아봐. 이 애가 지금 우리 기억력을 시험하려고 들잖아." 그레이스 할머니는 몹시 흥분한 기색이었다.

"여기 있네. 스태덤 가계도 뒤에."

나는 우리 집 식당에 걸려 있는 가계도에서 익히 보아온 이름들을 빤히 바라보았다.

우리 집 가계도에는 빠져 있는 그 이름, 이선 카터 웨이트가 여기에 있었다. 이 할머니들의 가계도가 왜 우리 집에 있는 것과 다른 거지? 어떤 가계도가 진짜인지는 분명했다. 그 증거가 바로 내 손에 있었다. 150년 전의 예언자가 사용했던 손수건에 싸인 채.

"우리 집 가계도에는 왜 이 이름이 없는 거예요?"

"남부의 가계도들은 대부분 거짓말투성이야. 어쨌든 이 사람 이름이 올라 있는 웨이트 가계도가 있다는 것 자체가 놀랄 일이네." 그레이스 할머니가 스크랩북을 닫으며 말했다. 그 바람에 먼지가 구름처럼 피어올랐다.

"전부 내가 기록을 워낙 잘해둔 덕분이지." 프루 할머니가 자랑스레 미소를 지었다. 위아래 틀니가 모두 드러났다.

나는 이 할머니들이 다시 샛길로 빠지는 걸 막아야 했다. "그분 이름이 가계도에 오르면 안 된다는 거예요, 프루 할머니?"

"탈영병이었거든."

나는 무슨 소리인지 알 수 없었다. "그게 무슨 뜻이에요? 탈영병이요?"

"세상에, 네가 다니는 그 화려한 고등학교에서는 도대체 뭘 가르치는 게냐?" 그레이스 할머니는 첵스믹스(여러 모양의 과자와 시리얼이 섞여 있는 스낵 제품 – 옮긴이)에서 프레츨을 골라내느라고 여념이 없었다.

"탈영병은 전쟁 때 리 장군 부대에서 도망친 남군 병사를 말하는 거야." 그래도 내가 뭐가 뭔지 모르겠다는 표정을 짓자 프루 할머니가 할 수 없이 자세한 설명을 시작했다. "전쟁 때 남군 병사 중에는 두 종류가 있었어. 남군

웨이트 가계도

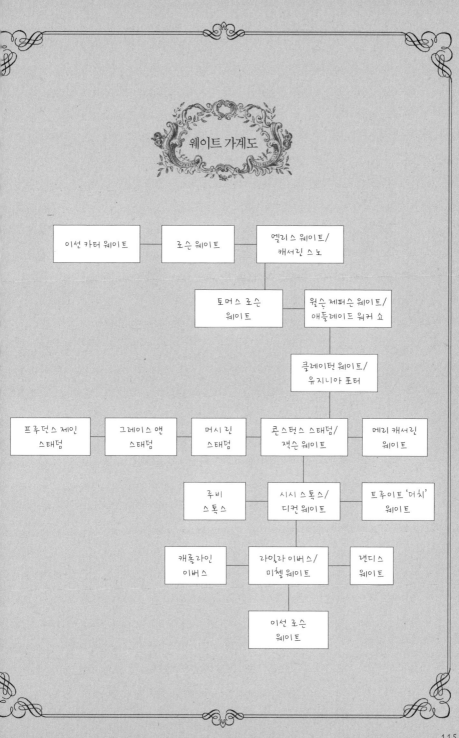

이선 카터 웨이트 — 로슨 웨이트 — 엘리스 웨이트/캐서린 스노

토머스 로슨 웨이트 — 윕슨 제퍼슨 웨이트/애들레이드 워커 쇼

클레이턴 웨이트/유지니아 포터

프루던스 제인 스태덤 — 그레이스 앤 스태덤 — 머시 린 스태덤 — 콘스턴스 스태덤/잭슨 웨이트 — 메리 캐서린 웨이트

루비 스톡스 — 시시 스톡스/디컨 웨이트 — 트루이트 '더치' 웨이트

캐롤라인 이버스 — 라일라 이버스/미첼 웨이트 — 랜디스 웨이트

이선 로슨 웨이트

의 대의를 지지하는 병사와 가족들이 강제로 남군에 등록시킨 병사." 프루 할머니는 자리에서 일어나 조리대까지 걸어가더니, 열심히 강의하는 진짜 역사 교사처럼 조리대 앞을 왔다 갔다 하기 시작했다.

"1865년에 리 장군의 군대는 이미 패색이 짙었지. 군량도 떨어지고, 병력도 적에 비해 적었어. 남부의 반란군이 신념을 잃고 있다며 부대를 떠나는 사람도 있었고 말이야. 탈영을 한 거야. 이선 카터 웨이트도 그런 사람이었어. 탈영병이었다고." 세 할머니 모두 수치심을 견딜 수 없다는 듯 고개를 숙였다.

"이선 카터 웨이트라는 분이 잘못된 편에 서서 이미 패한 싸움을 하며 굶어 죽는 걸 원하지 않았다는 이유로, 그분 이름을 가계도에서 지워버렸다는 거예요?"

"뭐, 그렇게 말할 수도 있겠지."

"세상에, 그렇게 말도 안 되는 일이 어디 있어요."

그레이스 할머니가 의자에서 벌떡 일어났다. 아흔 살이 넘은 할머니가 벌떡 일어나 봤자지만. "어디서 건방지게 말대꾸를 하는 거냐, 이선? 가계도에서 그 이름이 빠진 건 우리가 태어나기 훨씬 전의 일이야."

"죄송해요, 할머니." 그레이스 할머니는 치맛자락을 매끈하게 펴며 다시 의자에 앉았다. "그런데 우리 부모님은 왜 가문에 수치를 안긴 조상님의 이름을 저한테 주었을까요?"

"뭐, 네 에미랑 애비는 자기 나름대로 생각이 있었지. 그 전쟁에 대해 이런저런 책들을 많이 읽었거든. 네 에미 애비가 옛날부터 항상 자유주의자였다는 건 너도 알잖니. 그 애들이 무슨 생각으로 네 이름을 지었는지는 그 애들만 알겠지. 그러니까 그건 네 애비한테 물어봐." 그런데 아빠가 그걸 나한테 말해줄 것 같아야 말이지. 하지만 우리 부모님의 성격을 생각하면, 엄마는 이선 카터 웨이트라는 이름을 자랑스럽게 생각했을 가능성이 높았다. 나도 상당히 자랑스러웠다. 나는 갈색으로 변한 프루 할머니의 스크랩북 책장을 손으로 쓸었다.

"그럼 GKD라는 이니셜은요? G는 제너비브를 뜻하는 것 같은데요." 내가 말했다.

"GKD라. 옛날에 이니셜이 GD인 청년과 데이트를 한 적이 있지 않아, 머시?"

"기억 안 나. 혹시 GD라는 이름 알아, 그레이스?"

"GD라⋯. GD? 아니, 기억 안 나는데." 할머니들도 모르는 것 같았다.

"이런, 세상에. 지금 시간을 좀 봐. 교회에 갈 시간이야." 머시 할머니가 말했다.

그레이스 할머니가 차고 문을 가리켰다. "이선, 가서 캐딜락을 이리로 끌고 나오겠니? 착하지? 우린 얼굴에 뭣 좀 발라야겠다."

나는 할머니들을 태우고 네 블록 떨어진 복음주의 전도 침례교회로 갔다. 오후 예배를 위해서였다. 나는 머시 할머니의 휠체어를 밀며 자갈이 깔린 진입로를 올라갔다. 교회까지 차를 타고 가는 것보다 이것이 더 오래 걸렸다. 휠체어가 대략 1미터쯤 굴러가다가 자갈들 속에 박히기를 반복했기 때문이다. 휠체어를 빼내려면 좌우로 흔들어야 했기 때문에, 하마터면 휠체어가 기울어져서 할머니가 흙 속에 처박힐 뻔했다. 세 번째 신앙고백자로 나선 어떤 할머니가 예수님께서 자기 집 장미나무들을 알풍뎅이에게서 구해주시고, 바느질하는 손이 관절염에 걸리지 않게 해주셨다고 목사님께 맹세할 무렵, 나는 멍하니 딴 생각을 하면서 청바지 주머니 속에서 손가락으로 로켓을 만지작거렸다. 이 물건이 우리에게 그 환영을 보여준 이유가 뭘까? 그리고 왜 더 이상 환영을 보여주지 않게 된 걸까?

'이선, 그만둬. 넌 지금 뭐가 뭔지 하나도 몰라.'

리나가 또 내 머릿속에 들어와 있었다.

'그걸 치워버려!'

예배당이 내 주위에서 점점 사라지기 시작하면서 리나의 손가락이 내 손을 잡는 것이 느껴졌다. 마치 리나가 바로 내 옆에 있는 것 같았다.

그린브라이어가 불타는 모습은 제너비브에게 충격 그 자체였다. 불꽃이 그린브라이어의 양옆을 핥으며 올라가고, 격자무늬 장식을 무너뜨리고, 베란다를 집어삼켰다. 병사들은 평범한 도둑들처럼 집 안의 골동품과 그림을 멋대로 들고 나왔다. 다들 어디로 간 거지? 나처럼 숲 속에 숨어 있는 걸까? 나뭇잎들이 바스락거렸다. 누군가가 뒤에 있는 것이 느껴졌다. 하지만 제너비브가 뒤를 돌아보기도 전에 진흙투성이 손이 그녀의 입을 틀어막았다. 제너비브는 양손으로 그 사람의 손목을 움켜쥐고 손을 떼어내려고 했다.

"제너비브, 나야." 그녀의 입을 막은 손이 느슨해졌다.

"여긴 어떻게 왔어? 괜찮아?" 제너비브는 자신의 입을 막았던 병사를 끌어안았다. 한때는 자랑스럽고 당당했던 회색 남부군 군복이 지금은 엉망이 되어 있었다.

"괜찮아." 이선이 말했다. 하지만 제너비브는 이것이 거짓말임을 알 수 있었다.

"난 당신이…."

제너비브가 지난 2년여 동안 이선의 소식을 들은 것은 순전히 편지를 통해서였다. 그가 전쟁터에 나가 있기 때문이다. 하지만 윌더니스 전투 이후로는 편지를 한 장도 받지 못했다. 제너비브는 리 장군을 따라 그 전투에 참가했던 많은 사람들이 그곳을 빠져나오지 못했다는 걸 알고 있었다. 그래서 그냥 노처녀로 삶을 마치겠다고 체념하고 있었다. 틀림없이 이선이 죽었을 거라고 생각했기 때문이었다. 그가 오늘 밤 멀쩡히 살아서 여기 서 있다는 건 상상조차 할 수 없는 일이었다.

"당신 부대는 어디 있어?"

"내가 마지막으로 봤을 때는 서밋 외곽에 있었어."

"그게 무슨 소리야? 마지막으로 봤을 때라니? 지금은 모두 죽은 거야?"

"나도 몰라. 내가 떠날 때는 다들 살아 있었어."

"무슨 소리인지 모르겠어."

"나 탈영했어, 제너비브. 내가 지지하지도 않는 신념을 위해 단 하루도 더 싸울 수가 없어서. 내가 이미 목격한 것들을 생각하니 견딜 수가 없었어. 나랑 함께 싸웠던 청년들은 대부분 이 전쟁이 무엇을 위한 것인지도 모르고 있었어. 자기들이 고작 면화 때문에 피를 흘리고 있다는 사실을 모르고 있었다고."

이선은 제너비브의 차가운 손을 잡았다. 여기저기 베인 상처 때문에 손이 거칠었다. "당신이 이제 나랑 결혼하지 않겠다고 해도 난 이해해. 난 돈도 한 푼 없고, 이젠 명예도 모두 잃었어."

"당신한테 돈이 있든 없든 난 상관 안 해, 이선 카터 웨이트. 난 당신만큼 명예로운 남자를 본 적이 없어. 우리 아버지는 우리 둘이 너무 달라서 그 차이를 극복할 수 없을 거라고 생각하시겠지만, 그것도 상관없어. 아버지가 틀렸으니까. 당신이 고향으로 돌아왔으니까, 이제 우린 결혼하는 거야."

제너비브는 그에게 매달렸다. 손을 놓으면 그가 온데간데없이 사라져버릴 것 같았다. 하지만 주위에서 나는 냄새가 다시 현실을 일깨웠다. 불타는 레몬나무의 고약한 냄새. 그들의 삶이 불타는 냄새였다. "빨리 강 쪽으로 가야 돼. 어머니라면 그쪽으로 가셨을 거야. 마거릿 이모의 집이 있는 남쪽으로 가셨을 거야." 하지만 이선은 미처 대답할 시간이 없었다. 뭔가가 다가오고 있었다. 가지들이 꺾어졌다. 누군가가 덤불들을 마구 짓밟으며 다가오고 있는 것 같았다.

"내 뒤로 숨어." 이선이 한 팔로 제너비브를 뒤로 밀며 명령했다. 다른 손으로는 라이플을 움켜쥐었다. 덤불의 가지들이 양쪽으로 벌어지더니 그린브라이어의 요리사인 아이비가 휘청거리며 나타났다. 아이비가 여전히 입고 있는 잠옷은 연기 때문에 시커멓게 변해 있었다. 아이비는 군복을 보고 비명을 질렀다. 너무 겁에 질려서 군복 색깔이 파란색이 아니라 회색이라는 사실을 알아차리지 못한 모양이었다.

"아이비, 괜찮아?" 제너비브가 앞으로 뛰어나가 나이가 많은 아이비를 붙들었다. 아이비는 벌써 땅으로 쓰러지는 중이었다.

"제너비브 아가씨, 여기서 도대체 뭘 하시는 거예요?"

"그린브라이어로 가려던 길이야. 경고를 해주려고."

"이미 너무 늦었어요, 아가씨. 사실 아가씨가 경고를 했어도 별로 소용이 없었을 거예요. 저 파란 새들이 문을 부수고는 무작정 밀고 들어왔어요. 마치 자기 집이라도 되는 것처럼. 놈들은 집을 한 번 훑어보면서 약탈할 물건을 고르고는 그냥 불을 질러버렸어요." 아이비의 말을 알아듣기가 거의 불가능했다. 아이비는 히스테리 상태였고, 몇 초마다 한 번씩 발작적으로 기침을 쏟아냈다. 연기와 눈물이 목에 걸린 탓이었다.

"평생 그런 악마들은 처음 봤어요. 여자들이 있는 집을 불태우다니요. 놈들은 전부 저승에서 전능하신 하나님의 추궁을 받을 거예요." 아이비의 목소리가 금방이라도 끊어질 듯했다.

제너비브는 잠시 후에야 아이비의 말을 알아들었다.

"여자들이 있는 집을 불태우다니, 그게 무슨 뜻이야?"

"정말 죄송해요, 아가씨."

제너비브는 다리에 힘이 빠져서 진흙 속에 무릎을 꿇었다. 빗물이 눈물과 섞여 그녀의 얼굴 위로 흘러내렸다. 그녀의 어머니, 언니, 그린브라이어가 모두 사라졌다는 뜻이었다.

제너비브는 하늘을 올려다보았다.

"내가 하나님에게 추궁할 거야."

우리는 환영 속으로 빨려 들어갈 때와 똑같이 순식간에 거기서 끌려나왔다. 나는 다시 목사님을 빤히 바라보고 있었고, 리나는 사라졌다. 리나의 존재가 점점 희미해지는 것이 느껴졌다.

'리나?'

대답이 없었다. 나는 식은땀을 흘리며 교회에 앉아 있었다. 내 양편에 앉은 머시 할머니와 그레이스 할머니는 헌금으로 낼 잔돈을 찾으려고 가방을 뒤지는 중이었다.

여자들이 있는 집을 태웠다고? 레몬나무들이 줄줄이 늘어선 집. 제너비브가 로켓을 잃어버린 곳이 바로 거기일 것이다. 리나가 태어난 날짜가 새

겨져 있는 로켓. 연도만 1백 년 전일 뿐이었다. 리나가 그 환영을 보고 싶어
하지 않는 것도 무리가 아니었다. 나도 점점 리나가 옳다는 생각이 들기 시
작했다.

　세상에 우연의 일치는 없었다.

진짜 부 래들리

≒ 9.14 ≒

일요일 밤에 나는 《호밀밭의 파수꾼》을 다시 읽었다. 읽다 보면 피곤해져서 금방 잠이 들 수 있을 것 같았다. 그런데 좀처럼 피곤해지지 않았다. 책도 눈에 들어오지 않았다. 책을 읽는 느낌이 달랐다. 나는 주인공 홀든 콜필드와 하나가 될 수 없었다. 이야기 속에 푹 빠질 수 없기 때문이었다. 내가 마치 주인공이 된 것 같은 느낌이 들 정도로 이야기 속에 빠져들 수가 없었다.

내 머릿속에는 나 혼자만 있는 것이 아니었다. 로켓, 화재, 여러 목소리 등이 머리를 가득 채우고 있었다. 내가 알지 못하는 사람들의 목소리가 들리고, 내가 이해할 수 없는 환영들이 보였다.

그것뿐만이 아니었다. 나는 책을 내려놓고 양손으로 뒤통수를 감쌌다.

'리나? 너 여기 있어?'

나는 파란색 천장을 빤히 올려다보았다.

'그래봤자 소용없어. 네가 여기 있는 거 다 알아. 여기든, 어디든.'

나는 기다렸다. 목소리가 들릴 때까지. 리나의 목소리가 내 마음속의 가장 어둡고 가장 외진 구석에서 사소하지만 밝은 추억처럼 펼쳐졌다.

'아냐, 꼭 그런 건 아냐.'

'맞아. 넌 계속 여기 있었어. 밤새.'

'이선, 난 자고 있어. 아니, 조금 전까지는 그랬어.'

나는 혼자 빙그레 웃었다.

'거짓말 마. 나한테 귀를 기울이고 있었으면서.'

'아냐.'

'그냥 인정해. 그랬다고.'

'하여튼 남자들이란. 뭐든 자기가 중심이라고 생각하지. 내가 그냥 그 책을 좋아해서 그랬을 수도 있잖아.'

'이젠 아무 때나 네가 원하면 이렇게 들어올 수 있는 거야?'

한참 동안 침묵이 흘렀다.

'보통은 안 그래. 오늘 밤에는 그냥 어쩌다 보니 된 거야. 이게 어떻게 가능한지는 나도 아직 잘 몰라.'

'누구 다른 사람한테 물어볼까?'

'누구?'

'글쎄. 아무래도 그냥 우리 둘이서 알아내야겠다. 다른 일도 그런 것처럼.'

또 침묵이 흘렀다. 나는 혹시 '우리'라는 말에 리나가 겁을 집어먹은 건지 모른다는 생각을 하지 않으려고 애썼다. 리나가 내 생각을 듣고 있을 수도 있으니까 말이다. 하지만 리나가 말이 없는 건 다른 이유 때문일 수도 있었다. 자기와 관련된 일이라면 무엇이든 내게 알려지는 게 싫다는 이유.

'애쓰지 마.'

나는 미소를 지었다. 눈이 스르르 감겼다. 눈을 뜨고 있기가 힘들었다.

'애쓰는 중이야.'

나는 불을 껐다.

'잘 자, 리나.'

'잘 자, 이선.'

리나가 내 생각을 모두 읽을 수 있는 게 아니라면 좋겠다는 생각이 들었다.

그래, 농구. 앞으로는 농구를 생각하는 데 많은 시간을 쏟아야 할 것 같았다. 나는 농구의 전술을 생각하면서 눈이 또 스르르 감겼다. 내 몸이 푹 가라앉으면서 내 명령을 따르지 않고….

물에 빠졌다.

나는 물에 빠져 허우적거리고 있었다.

나는 초록색 물속에서 몸부림을 쳤다. 물결이 내 머리를 덮쳤다. 나는 발로 물을 차며 강바닥의 진흙을 찾았다. 혹시 여기가 샌티 강인지도 모른다는 생각이 들었다. 그런데 발에 닿는 것이 전혀 없었다. 불빛 같은 것이 강 위를 스치듯 지나가는 것이 보였지만, 나는 수면까지 올라갈 수 없었다.

나는 계속 아래로 내려가고 있었다.

"오늘이 내 생일이야, 이선. 그 일이 벌어지고 있는 거야."

나는 손을 뻗었다. 그녀가 내 손을 움켜쥐려고 했다. 나는 몸을 비틀어 그녀의 손을 잡으려고 했지만, 그녀는 물살에 실려 떠내려갔다. 나는 그녀를 붙잡을 수 없었다. 그녀의 창백하고 작은 손이 어둠을 향해 떠가는 것을 지켜보며 나는 비명을 지르려고 했지만, 입안에 물이 가득 차서 전혀 소리를 낼 수 없었다. 점점 숨이 막혔다. 금방 정신을 잃을 것 같았다.

"그러게 내가 뭐랬어. 날 그냥 놔버려!"

나는 침대에서 일어나 앉았다. 티셔츠가 땀에 흠뻑 젖어 있었다. 베개도 축축했다. 머리카락도 마찬가지였다. 방 안은 습도가 높아서 끈적끈적했다. 내가 또 창문을 열어놓은 모양이었다.

"이선 웨이트! 너 내말 듣고 있는 거야? 당장 안 내려오면 이번 주에도 아침밥은 없을 줄 알아."

내가 식탁에 앉자마자, 작은 빵과 그레이비가 담긴 내 접시에 반숙 달걀 프라이 세 개가 놓였다. "안녕히 주무셨어요, 아줌마?"

애마 아줌마는 날 거들떠보지도 않고 그냥 등을 돌렸다. "그런 짓을 하면 안 된다는 걸 이제 너도 알겠지? 내 등에 침을 뱉어놓고 비가 온다고 거짓말을 하면 안 돼." 애마 아줌마는 여전히 내게 화가 나 있었지만, 그게 내가 수업시간에 그냥 나와 버린 탓인지 아니면 로켓을 집으로 가져온 탓인지는 알 수 없었다. 아마 둘 다일 것이다. 어쨌든 아줌마가 화를 내는 건 당연한 일이었다. 대개 나는 학교에서 말썽을 피우지 않는 편이었으니까. 이번과 같은 일은 처음이었다.

"아줌마, 금요일에 학교에서 그냥 뛰쳐나와서 죄송해요. 다시는 안 그럴게요. 모든 게 정상으로 돌아갈 거예요."

애마 아줌마의 표정이 누그러졌지만, 아주 조금일 뿐이었다. 아줌마가 내 맞은편에 앉았다. "아마 안 그럴걸. 사람은 누구나 살아가면서 이런저런 선택을 하는데, 선택에는 항상 결과가 따르게 돼 있어. 학교에 가면 혹독한 대가를 치러야 될 거다. 어쩌면 이제야 너도 내 말을 듣게 될지 모르지. 그러나 두케이예인 일에 상관하지 마. 그 집에도 가지 말고."

이렇게 마을 사람들과 똑같은 소리를 하는 건 애마 아줌마답지 않았다. 아줌마가 이미 우유가 흔적도 없이 녹아버린 커피를 계속 젓고 있는 걸 보니 걱정을 하고 있는 모양이었다. 아줌마는 항상 나를 걱정했다. 그래서 나도 아줌마를 좋아했다. 하지만 내가 그 로켓을 보여준 뒤로는 뭔가가 조금 다르다는 느낌이 들었다. 나는 식탁 옆을 돌아가서 아줌마를 안아주었다. 아줌마에게서는 연필심과 레드핫 냄새가 났다. 언제나 나는 냄새였다.

아줌마는 고개를 저으며 중얼거렸다. "초록색 눈이나 검은 머리카락 얘기는 듣기 싫어. 오늘 나쁜 구름이 몰려올 것 같으니까 조심해."

오늘 애마 아줌마는 그냥 걱정하는 정도가 아니라, 칠흑 같은 어둠 속으로 빠져드는 것 같았다. 나도 나쁜 구름이 몰려오는 것을 느낄 수 있었다.

링크가 비터를 우리 집 앞에 세웠다. 여느 때처럼 끔찍한 노래를 귀가 먹을 정도로 크게 틀어놓고 있었다. 내가 조수석에 오르자 링크가 음악 소리를 줄였다. 이건 항상 나쁜 징조였다.

"문제가 생겼어."

"나도 알아."

"오늘 학교에 애들이 모여서 벼르고 있어."

"무슨 소리를 들은 거야?"

"금요일 밤부터 애들이 계획한 거래. 우리 엄마가 하는 말을 듣고 너한 테 전화했는데 안 받더라. 어디 있었던 거야?"

"마법에 걸린 로켓을 그린브라이어에 묻는 척했지. 그래야 아줌마가 날 다시 집 안에 들일 것 같아서."

링크는 웃음을 터뜨렸다. 애마 아줌마가 마법이니 부적이니 사악한 눈 등을 입에 올리는 건 링크에게도 익숙한 일이었다. "그래도 고약한 냄새가 나는 양파 주머니를 목에 걸라고 시키지는 않은 모양이네. 그건 진짜 고약 했는데."

"양파가 아니라 마늘이었어. 우리 엄마 장례식 때."

"그래도 고약했어."

링크가 버스에서 나한테 트윙키를 준 날부터 우리는 친구가 되었지만, 그 뒤로 링크는 내 말이나 행동에 그다지 신경을 쓰지 않았다. 개틀린에서 는 아주 어린 아이들도 친구와 적을 구분할 줄 알았다. 그리고 모든 일이 10년 전이나 지금이나 똑같이 흘러갔다. 특히 우리 부모님의 경우에는 20~30년 전이나 지금이나 달라진 것이 없었다. 마을 전체로 보면, 백 년이 넘도록 아무것도 변하지 않은 것처럼 보였다.

하지만 이제 곧 모든 것이 바뀔 것 같다는 느낌이 들었다.

엄마가 살아계셨다면 이제 때가 됐다고 말했을 것이다. 엄마가 좋아하는 걸 하나 꼽는다면, 바로 변화였다. 링크의 엄마인 링컨 부인과는 달랐다. 링컨 부인은 분노 중독자였으며, 자신이 도덕적인 임무를 수행하는 중이라고 믿었고, 네트워크까지 갖고 있었다. 이건 위험한 조합이었다. 우리가 8학년 때 링컨 부인은 링크가 해리 포터 영화를 보는 걸 발견하고는 벽에 달려 있던 케이블 텔레비전 중계기를 뜯어버렸다. 링컨 부인은 해리 포터 시리즈가 마법을 권장한다는 이유로 개틀린 카운티 도서관에 그 책이 들어오는 걸 막으려고 캠페인을 벌인 적이 있는 사람이었다. 다행히 링크는 몰래 얼 페티의 집으로 가서 MTV를 보는 데 성공했다. 그렇지 않았다면 링크의 밴드인 '누가 링컨을 쏘았나'는 결코 잭슨 고등학교의 최고 록 밴드가 되지 못했을 것이다. 여기서 '최고'란 '유일하다'는 뜻이다.

나는 링컨 부인을 도무지 이해할 수 없었다. 옛날에 엄마는 어이없다는 표정을 지으면서 이렇게 말하곤 했다. "링크가 너랑 가장 친한 친구인지는 몰라도, 내가 DAR에 들어가서 남북전쟁을 재연한답시고 그 넓게 퍼진 치마를 입고 다닐 거라고는 기대하지 마라." 엄마와 나는 동시에 폭소를 터뜨렸다. 엄마가 낡은 포탄 탄피를 찾으려고 진흙투성이 전장을 몇 킬로미터씩 걸어다니거나, DAR의 회원이 되어 전지가위로 자기 머리를 직접 자르거나, 빵 바자회를 기획하거나, 사람들에게 집을 꾸미는 법을 가르치는 모습은 상상만 해도 우스웠다.

링컨 부인은 DAR에 잘 어울리는 사람이었다. 링컨 부인이 기록 간사라는 건 나도 아는 사실이었다. 링컨 부인은 서배너 스노의 엄마, 에밀리 애셔의 엄마와 함께 이사회에 소속되어 있었다. 반면 우리 엄마는 도서관에 틀어박혀서 마이크로피시를 들여다볼 때가 대부분이었다.

지금은 그럴 수 없게 되었지만.

링크가 계속 떠들어댔다. 나는 링크의 말에 귀를 기울일 필요가 있다는 걸 금방 알아차렸다. "우리 엄마, 에밀리네 엄마, 서배너네 엄마…. 이 사람들 때문에 전화통에 불이 날 지경이야. 지난 이틀 동안 밤마다 계속 그랬어. 우리 엄마가 하는 말을 살짝 들었는데, 잉글리시 선생님 교실에서 창문이 깨졌고, 레이븐우드 노친네의 조카 손에 피가 묻어 있었다고 하더라."

링컨이 달리던 속도 그대로 운전대를 휙 꺾어서 모퉁이를 돌았다. "그리고 네 여자 친구가 얼마 전에 버지니아의 정신병원에서 나왔다는 얘기도 있던데. 걔가 고아인데, 정신분열양극조증이라나, 뭐 그렇대."

"걔는 내 여자 친구가 아냐. 우린 그냥 친구야." 이 말이 자동적으로 내 입에서 나왔다.

"시끄러. 넌 지금 아주 푹 빠져서 제정신이 아냐." 이건 내가 어떤 여자애한테 말을 걸거나, 여자애에 대해 이야기를 하거나, 심지어 복도에서 여자애를 바라보기만 해도 링크가 늘 하는 말이었다.

"그런 거 아냐. 아무 일도 없었어. 그냥 같이 시간을 보낼 뿐이야."

"거짓말 마. 속이 훤히 다 보이니까. 넌 걔를 좋아해, 웨이트. 인정하라고." 링크는 섬세한 것과는 거리가 멀었다. 링크에게 여자애랑 그냥 같이 시간을 보내는 건 상상도 할 수 없는 일일 것이다. 그 여자애가 혹시 밴드에서 리드기타를 맡고 있다면 또 몰라도.

"그 애가 싫다는 게 아냐. 우리가 그냥 친구일 뿐이라고 말하는 거야." 이건 사실이었다. 내가 원하든, 원치 않든. 내가 무엇을 원하는지는 또 다른 문제였다. 어쨌든 내가 살짝 미소를 지은 모양이었다. 실수였다.

링크는 무릎에 토하는 시늉을 하면서 차를 또 휙 꺾었다. 그 바람에 하마터면 트럭과 충돌할 뻔했다. 링크는 그냥 심술을 부리고 있었다. 내가 누굴 좋아하든 링크는 상관하지 않았다. 그걸 빌미로 날 괴롭힐 수만 있다면 그만이었다. "근데, 그거 사실이냐? 걔가 그랬어?"

"걔가 뭘?"

"이상한 나무에서 떨어지면서 가지를 죄다 부러뜨렸다며."

"그냥 창문이 하나 깨진 것뿐이야. 그게 무슨 신비로운 일도 아니고."

"애셔 부인 말로는 걔가 주먹으로 창문을 쳤다던데? 아니, 뭘 던졌다고 했던가."

"웃긴다, 진짜. 애셔 부인은 그때 우리 교실에 있지도 않았잖아."

"그거야 뭐, 우리 엄마도 마찬가지지. 어쨌든 엄마가 오늘 학교에 들를 거라고 했어."

"그거 잘됐네. 점심시간에 우리 식탁에 자리를 하나 만들어드려야겠다."

"어쩌면 걔가 가는 학교마다 그런 짓을 저질렀는지도 몰라. 그래서 정신병원에 갔을 거야." 링크의 말은 진담이었다. 그렇다면 창문이 깨진 날 이후로 링크가 아주 많은 얘기를 들었다는 뜻이었다.

리나가 자신의 삶에 대해 했던 말이 순간적으로 머리에 떠올랐다. 리나는 자신의 삶이 복잡하다고 했다. 어쩌면 이것이 리나의 삶이 복잡해진 이유 중 하나인지도 모른다. 아니면 리나가 비밀로 지키고 있는 수많은 다른 일들 중 하나이거나. 에밀리 애셔 같은 사람들의 주장이 옳은 거라면? 내가 지금 엉뚱한 사람의 편을 들고 있는 거라면?

"너 조심해. 걔가 진짜 미친 건지도 몰라."

"그게 진심이라면, 넌 멍청이야."

링크는 아무 말 없이 학교 주차장에 차를 세웠다. 링크가 나를 걱정해서 그런 말을 했다는 건 알고 있었지만, 그래도 나는 짜증이 났다. 나도 어쩔 수 없었다. 오늘은 모든 게 다르게 느껴졌다. 나는 차에서 내려서 문을 쾅 닫았다.

링크가 뒤에서 나를 불렀다. "네가 걱정돼서 그래, 인마. 너 요새 하는 짓이 이상해."

"네가 내 마누라라도 되냐? 그런 걱정 할 시간이 있으면, 여자애들이 왜 너한테 말도 안 거는지나 한번 생각해보지 그래? 여자애가 미쳤는지 걱정할 때가 아니잖아."

링크는 차에서 내려 학교 행정건물을 올려다보았다. "어쨌든 오늘은 '친구'한테 조심하라고 말해야 하는 날인 것 같다. '친구'의 의미가 뭔지는 모르겠지만. 저길 봐."

링컨 부인과 애셔 부인이 행정건물 앞 계단에서 하퍼 교장선생님과 이야기를 하고 있었다. 에밀리는 제 엄마 옆에 붙어 서서 불쌍한 표정을 지으려고 애쓰는 중이었다. 링컨 부인이 하퍼 교장선생님에게 한바탕 설교를 하고 있었고, 하퍼 교장선생님은 한 마디 한 마디를 기억에 새기려는 듯 고개를 주억거렸다. 하퍼 교장선생님이 잭슨 고등학교의 책임자인지는 몰라도, 마을을 좌지우지하는 사람은 아니었다. 하지만 지금 교장선생님 앞에 서 있는 두 사람은 그런 사람이었다.

링크네 엄마의 설교가 끝나자 에밀리는 아주 신이 나서 창문이 깨진 사건에 대해 이야기하기 시작했다. 링컨 부인이 손을 뻗어 안쓰럽다는 듯이 에밀리의 어깨를 감쌌다. 하퍼 교장선생님은 그냥 고개만 절레절레 저었다.

오늘 정말로 나쁜 구름이 몰려오고 있었다.

리나는 장의차 안에 앉아서 낡아빠진 공책에 또 뭔가를 쓰고 있었다. 차에는 여전히 시동이 걸려 있었다. 내가 창문을 두드리자 리나가 화들짝 놀랐다. 그리고 행정건물 쪽을 뒤돌아보았다. 리나도 두 부인을 봤다는 뜻이었다.

나는 리나에게 문을 열라는 시늉을 했지만, 리나는 고개를 저었다. 나는 차를 돌아서 조수석 쪽으로 갔다. 문이 잠겨 있었다. 그렇다고 내가 쉽게 물러날 수는 없었다. 나는 차의 보닛 위에 앉아서 내 배낭을 옆의 자갈길 위에 내려놓았다. 거기서 그대로 버틸 작정이었다.

'너 뭐 하는 거야?'

'기다리는 거지.'

'한참 기다려야 될걸.'

'나 시간 많아.'

리나는 앞유리창을 통해 나를 뚫어져라 바라보았다. 문의 잠금장치가 열리는 소리가 들렸다. "누가 너더러 미쳤다고 안 하든?" 내가 앉아 있는 쪽으로 걸어오면서 리나가 말했다. 애마 아줌마가 나를 야단칠 때처럼 팔짱을 낀 모습이었다.

"그래도 너만큼 미치지는 않았다고 하던데."

리나는 머리카락을 뒤로 모아서 비단 같은 검은색 스카프로 묶은 모습이었다. 스카프에는 아주 밝은 분홍색 벚꽃 무늬가 화려하게 흩어져 있었다. 나는 리나가 거울 속의 자신을 빤히 바라보면서 마치 자신의 장례식에 가는 사람처럼 우울해하다가 기분을 바꿔보려고 그 스카프를 머리에 묶는 모습을 머릿속으로 그려보았다. 그녀는 티셔츠인지 원피스인지 구분하기 힘든 검은색의 긴 상의를 청바지 위로 늘어뜨려 입었고, 발에는 검은색 컨버스 운동화를 신었다. 그녀가 인상을 찌푸리며 행정건물 쪽을 바라보았다. 어머니들은 이제 하퍼 교장선생님의 사무실로 들어간 모양이었다.

"그 사람들 소리를 들을 수 있어?"

리나는 고개를 저었다. "내가 사람들 마음을 읽는 건 아냐, 이선."

"내 마음은 읽을 수 있잖아."

"꼭 그런 건 아냐."

"그럼 어젯밤에는 어떻게 된 건데?"

"말했잖아. 왜 그런 일이 벌어지는지 나도 모른다고. 우린 그냥… 연결되는 것 같아." 오늘 아침에는 이 말을 하는 것만도 힘든 모양이었다. 리나는 내 눈을 보려 하지 않았다. "전에는 누구하고도 이런 적이 없었어."

나는 리나에게 네 기분이 어떤지 안다고 말해주고 싶었다. 우리 몸이 수백만 킬로미터 떨어져 있더라도 머릿속에서 우리가 그렇게 함께 있을 때는 리나가 이 세상 누구보다도 가깝게 느껴진다는 말을 해주고 싶었다.

하지만 그럴 수 없었다. 생각조차 할 수 없었다. 나는 농구 전술, 카페테리아 메뉴, 내가 조금 있다가 걷게 될 초록색 완두콩 수프 색깔의 복도를 생각했다. 리나에 대한 생각이 아니라면 무엇이든 좋았다. 나는 고개를 한쪽으로 갸우뚱하게 기울였다. "그래, 여자애들이 항상 나한테 그러더라." 멍청이. 마음이 불안해질수록 내 농담도 형편없어졌다.

리나는 미소를 지었다. 힘없고 냉소적인 미소였다. "내 기분을 바꿔주려고 애쓰지 마. 소용없어." 하지만 소용이 있었다.

나는 행정건물 앞 계단을 다시 바라보았다. "아까 그 사람들이 무슨 얘기를 했는지 궁금하면, 내가 말해줄 수 있어."

리나가 그럴 리가 없다는 듯이 나를 바라보았다.

"어떻게?"

"여긴 개틀린이야. 여긴 비밀 비슷한 것도 존재하지 않는다고."

"얼마나 심각한 거야?" 리나가 나를 외면하며 물었다. "다들 내가 미쳤다고 생각하는 거야?"

"그런 셈이지."

"학교에 위험한 존재라고?"

"아마 그럴걸. 여기 사람들은 이방인을 다정하게 받아들이지 않거든. 게다가 메이컨 레이븐우드 아저씨가 워낙 이상한 사람이잖아. 넌 듣기 거북한 소리겠지만." 나는 리나에게 미소를 지었다.

1교시 종이 울렸다. 리나가 불안한 표정으로 내 소매를 붙들었다. "어젯밤에 말이야. 내가 꿈을 꿨어. 혹시 너도…."

나는 고개를 끄덕였다. 리나가 군이 말하지 않아도 나는 알 수 있었다. 리나는 틀림없이 꿈속에 나와 함께 있었다. "머리카락도 다 젖었더라."

"나도 그랬어." 리나가 한 팔을 내밀었다. 손목에 자국이 나 있었다. 내가 리나를 놓치지 않으려고 붙들었던 부분이었다. 하지만 꿈속에서 리나는 어둠 속으로 가라앉았다. 리나가 그 부분은 꿈에서 보지 않았으면 좋겠다는 생각이 들었다. 하지만 표정을 보니 리나도 본 것 같았다. "미안해, 리나."

"네 잘못이 아니잖아."

"그 꿈들이 왜 그렇게 생생한지 모르겠어."

"그러게 내가 말했잖아. 나한테서 떨어지라고."

"그래, 네가 나한테 미리 주의를 준 걸로 칠게." 하지만 나는 알고 있었다. 리나에게서 떨어질 수 없다는 걸. 내가 이제 학교 건물 안으로 들어가서 말도 안 되는 일을 당하게 된다 해도 나는 신경 쓰지 않았다. 내가 하고 싶은 말의 내용을 미리 생각해서 편집하지 않고 편하게 이야기할 수 있는 상대가 생긴 것만으로도 기분이 아주 좋았다. 리나와는 편안히 이야기할 수 있었다. 그린브라이어에서는 그 잡초 밭에 며칠이고 앉아서 이야기를 나눌 수도 있을 것 같았다. 아니, 그보다 더 오래 이야기를 나눠도 될 것 같았다. 리나가 내 옆에 있어주기만 한다면.

"근데 네 생일 얘기는 뭐야? 생일이 지나면 네가 여기 없을지도 모른다고 했잖아."

리나는 재빨리 화제를 바꿨다. "그 로켓은 어떻게 됐어? 너도 그거 봤어? 그 화재 말이야. 다른 환영도 있고."

"응. 교회에 앉아 있다가 하마터면 바닥으로 쓰러질 뻔했어. 그리고 할머니들한테서도 좀 알아낸 게 있어. ECW라는 이니셜 말인데, 이선 카터 웨이트래. 내 6대조 큰할아버지인데, 정신이 오락가락하는 우리 할머니들 말씀으로는 그분 이름을 따서 내 이름을 지은 거래."

"그럼 너는 왜 로켓에서 그 이니셜을 보고 모른다고 한 거야?"

"안 그래도 그게 이상해. 난 그분 이름을 들어본 적이 없거든. 우리 집에 걸려 있는 가계도에도 그 이름이 빠져 있고."

"그럼 GKD는? 그거 제너비브 맞지?"

"할머니들도 그건 모르는 것 같던데. 하지만 틀림없을 거야. 환영에 나온 사람이잖아. D는 틀림없이 두케인을 뜻하겠지. 애마 아줌마한테 물어보려고 했는데, 내가 로켓을 보여줬더니 아줌마 눈이 금방이라도 튀어나올 것처럼 커지는 거야. 그 로켓이 3중으로 마법에 걸리고, 부두 주술에 푹 잠기는 걸로도 모자라서 아예 저주로 둘러싸인 물건이라도 되는 것처럼. 아빠 서재에 가면 엄마가 개틀린과 남북전쟁에 관해 모아놓은 책들이 있는데, 거긴 지금 출입금지구역이야." 나는 두서없이 횡설수설하고 있었다. "네가 너희 삼촌한테 한번 물어봐."

"삼촌은 아무것도 모를걸. 그 로켓은 지금 어디 있어?"

"내 주머니에. 애마 아줌마가 그걸 보자마자 어떤 가루를 잔뜩 뿌려주고는, 그 가루가 가득 든 주머니로 로켓을 쌌어. 아줌마는 내가 그걸 그린브라이어로 다시 가져가서 파묻은 줄 알아."

"그 아줌마가 날 미워하겠다."

"나랑 사귀는 여자애들, 그러니까, 친구들한테 다 그래. 친구들 중에 여자 말이야." 내가 이렇게 멍청한 소리를 지껄이고 있다니. "이제 빨리 교실로 가야겠다. 안 그러면 우리가 더 곤란해질 거야."

"사실 난 집에 갈까 생각 중이었어. 언젠가는 걔들을 상대해야 한다는 건 알지만, 하루만이라도 피하고 싶어."

"그러다 곤란해지지 않겠어?"

리나는 웃음을 터뜨렸다. "악명 높은 메이컨 레이븐우드가 우리 삼촌인데? 삼촌은 학교에 다니는 걸 시간낭비라고 생각해. 개틀린의 훌륭한 시민들은 무슨 수를 써서라도 피해야 하는 존재라고 생각하고. 내가 학교에서 그냥 돌아왔다고 하면 삼촌은 좋아 죽을걸."

"그럼 학교에 왜 다니는 거야?" 링크라면, 제 엄마가 아침마다 문 밖으로 쫓아내지 않으면 절대 학교에 나타나지 않을 터였다.

리나는 목걸이에 매달린 부적 하나를 배배꼬았다. 꼭짓점이 일곱 개인 별 모양 부적이었다. "여긴 좀 다를 거라고 생각했던 것 같아. 혹시 여기서는 친구도 좀 사귀고, 신문 동아리 같은 데도 들어가고…. 나도 잘 모르겠어."

"여기 신문? 〈잭슨 스톤월러〉?"

"옛날 학교에서도 신문 동아리에 들어가려고 했는데, 자리가 다 찼다고 하더라. 글을 쓸 사람이 모자라서 매번 신문을 제때에 내지 못하는데도." 리나는 곤혹스러운 표정으로 나를 외면했다. "그만 가봐야겠다."

나는 리나를 위해 자동차 문을 열어주었다. "네 삼촌한테 로켓에 대해서 물어봐. 의외로 아시는 게 있을지도 몰라."

"아니라니까. 내 말을 믿어." 나는 문을 닫았다. 리나가 여기 있어주었으면 하는 마음이 간절했지만, 리나가 집으로 돌아가겠다니 다행이라는 생각이 드는 것도 사실이었다. 오늘은 리나 외에도 내가 신경 써야 할 일들이 많았다.

"내가 그거 대신 제출해줄까?" 나는 조수석에 놓여 있는 공책을 가리켰다.

"아니. 이거 숙제 아냐." 리나는 대시보드 서랍을 열어 공책을 던져 넣었다. "아무것도 아냐." 리나가 그 공책에 대해 한 마디도 해주지 않을 거라는 뜻이었다.

"패티가 나와서 순찰을 돌기 전에 얼른 들어가 봐." 내가 미처 뭐라고 대꾸하기도 전에 리나는 차에 시동을 걸고 손을 흔들더니 차를 출발시켰다.

개 짖는 소리가 들렸다. 고개를 돌려 보니 레이븐우드에서 보았던 그 거대한 검은 개가 겨우 1미터쯤 되는 거리에서 나를 향해 짖고 있었다.

링컨 부인이 내게 미소를 지었다. 개는 목덜미의 털을 곤두세우고 으르렁거렸다. 링컨 부인은 혐오스럽기 그지없다는 표정으로 개를 내려다보았다. 마치 메이컨 레이븐우드를 바라보는 것 같은 표정이었다. 둘이 싸운다면 누가 이길지 장담할 수 없겠다는 생각이 들었다.

"들개는 광견병을 옮기는데. 누가 카운티에 알려야 되겠네." 그래, 어련하실까.

"네, 아줌마."

"방금 그 이상한 검은 차를 타고 간 게 누구니? 네가 그 애랑 한참 이야기를 하는 것 같던데." 누군지 알면서도 하는 말이었다. 이건 질문이 아니라, 나를 향한 비난이었다.

"아줌마…."

"그러고 보니 생각이 나는데, 하퍼 교장선생님 말씀이 그 레이븐우드 아이한테 전학을 제의할 생각이라더라. 세 카운티에서 아무 학교나 고르라고 할 거래. 잭슨 고등학교만 아니면 어디든."

나는 아무 말도 하지 않았다. 링컨 부인을 바라보지도 않았다.

"그게 우리 의무야, 이선. 하퍼 교장선생님의 의무이자, 내 의무…. 개틀린에 살고 있는 모든 학부모의 의무. 이 마을의 아이들을 반드시 안전하게 지켜야 하니까 말이야. 이상한 사람들과 어울리는 것도 막아야 하고.' '이상한 사람'이란 링컨 부인 자신과 같지 않은 모든 사람을 뜻하는 말이었다.

링컨 부인이 손을 뻗어 내 어깨를 감쌌다. 채 10분도 안 되는 조금 전에 에밀리에게 했던 것처럼. "너도 내 말이 무슨 뜻인지 알 거다. 너도 이 마을 사람이니까. 네 아버지가 여기서 태어났고, 네 어머니는 여기 묻혔잖니. 넌 여기 사람이야. 그렇지 않은 사람도 있지만."

나는 링컨 부인을 빤히 바라보았다. 내가 미처 뭐라고 대답하기도 전에 링컨 부인은 재빨리 자신의 승합차에 올랐다.

이번에 링컨 부인이 원하는 것은 단순히 책 몇 권을 불태우는 정도의 일이 아니었다.

내가 교실에 도착한 뒤 하루가 비정상적일 정도로 정상적으로 돌아갔다. 이상하게 평소와 똑같았다. 아까 본 두 부인 외에 다른 학부모들이 보이지도 않았다. 하지만 틀림없이 교장실 근처에서 학부모들이 어슬렁거리고 있을 것 같았다. 점심시간에 나는 여느 때처럼 사내녀석들과 함께 초콜릿푸딩 세 그릇을 먹었다. 하지만 아이들이 특정한 화제를 굳이 피하고 있음을 분명히 알 수 있었다. 에밀리가 영어시간과 화학시간 내내 미친 듯이 문자보내기에 몰두하는 모습도 일종의 보편적인 진리 같은 것을 확인시켜주는 듯했다. 다만 에밀리가 지금 무엇에 관해, 아니 누구에 관해 문자를 주고받는지 알 것 같다는 느낌이 드는 게 문제였다. 이미 말했듯이, 모든 것이 정상적으로 돌아가는 것이 비정상적이었다.

농구 연습이 끝난 뒤 링크가 나를 차로 데려다줄 때까지는 그랬다. 그 순간 나는 완전히 정신 나간 짓을 하기로 마음을 정했다.

애마 아줌마가 집 앞 현관 베란다에 나와 서 있었다. 뭔가 문제가 생겼다는 확실한 징조였다. "걔랑 만났니?" 아줌마가 이걸 물어볼 거라고 미리 예상했어야 하는 건데.

"오늘 학교에 안 나왔던데요." 엄밀히 말하면 이건 사실이었다.

"차라리 잘된 일인지도 모르지. 메이컨 레이븐우드의 개처럼 골치 아픈 일들이 걔 뒤를 따라다니니까. 그게 네 뒤를 따라서 이 집 안으로 들어오게 할 수는 없어."

"난 샤워나 할래요. 금방 저녁 먹을 수 있죠? 오늘 밤에 링크랑 할 일이 있거든요." 나는 평소와 똑같아 보이려고 애쓰면서 계단에서 소리쳤다.

"할 일? 무슨 일?"

"역사 숙제요."

"어디 갔다가 몇 시에 돌아올 건데?"

나는 이 질문에 대답하지 않고 욕실 문이 저절로 닫히게 내버려두었다.

내가 계획한 일을 위해 뭔가 이야기를 꾸며낼 필요가 있었다. 아주 근사한 걸로.

10분 뒤 부엌 식탁에 앉았을 때, 내 머릿속에는 근사한 이야기가 완성되어 있었다. 빈틈 하나 없이 정교한 이야기는 아니었지만, 이렇게 짧은 시간 안에 그 정도면 최선이었다. 이제 그 이야기를 근사하게 펼쳐놓아야 했다. 나는 거짓말을 잘하는 편이 아니고, 애마 아줌마는 순진한 사람이 아니었다. "저녁을 먹은 뒤에 링크가 날 데리러 올 거예요. 같이 도서관에 가서 도서관 문이 닫힐 때까지 있을 거니까, 아마 9시나 10시쯤 될 거예요." 나는 풀드포크(바비큐의 일종으로, 돼지고기를 낮은 온도에서 오랫동안 익힌 것─옮긴이)에 캐롤라이나 골드 소스를 쳤다. 캐롤라이나 골드는 끈적끈적한 머스터드 바비큐 소스로 개틀린 카운티가 자랑하는 물건 중 특이하게도 남북전쟁과 관련이 없는 물건이었다.

"도서관?"

애마 아줌마에게 거짓말을 할 때면 나는 항상 불안해졌기 때문에 거짓말을 자주 시도하지는 않았다. 오늘 밤에도 불안하기 짝이 없었다. 풀드포크를 세 접시나 먹는 건 정말 내키지 않았지만, 어쩔 수가 없었다. 아줌마는 내가 먹을 수 있는 양이 정확히 얼마나 되는지 알고 있었다. 내가 두 접시만 먹고 일어선다면, 아줌마는 나를 의심하기 시작할 것이다. 그리고 한 접시만 먹는다면, 아줌마는 체온계와 진저에일을 들려 나를 방으로 돌려보낼 것이다. 나는 아줌마에게 고개를 끄덕이고는, 두 번째 접시를 비우기 시작했다.

"네가 도서관에 발을 들여놓은 게 언제인지…."

"알아요." 엄마가 돌아가신 뒤로는 처음이었다.

도서관은 엄마에게 집 같은 곳이었다. 우리 식구들에게도 마찬가지였다. 내가 어렸을 때부터 우리 식구들은 일요일마다 오후를 도서관에서 보냈다. 나는 쌓여 있는 책들 사이를 돌아다니며 해적선이나 기사나 병사나 우주비행사 그림이 있는 책이란 책은 몽땅 꺼냈다. 엄마는 이런 말을 자주 했다. "여긴 나한테 교회와 같아, 이선. 우리가 도서관에 오는 건, 안식일을 거룩하게 지키는 우리만의 방식이야."

개틀린 카운티의 수석사서인 메리언 애시크로프트는 엄마의 가장 오랜 친구였으며, 개틀린에서 엄마 다음으로 똑똑한 역사가였다. 작년까지는 엄마의 연구 파트너이기도 했다. 엄마와 메리언 아줌마는 듀크 대학에서 대학원을 함께 다녔으며, 메리언 아줌마는 아프리카계 미국인 연구로 박사학위를 받은 뒤 엄마의 뒤를 따라 개틀린으로 와서 첫 공동저작을 마무리했다. 엄마가 사고를 당했을 때, 두 사람은 다섯 번째 공동저작을 절반쯤 완성한 상태였다.

그 뒤로 나는 도서관에 발을 들여놓지 않았다. 그곳에 들어갈 수 없기는 지금도 마찬가지였다. 하지만 나는 내가 도서관에 가는 걸 애마 아줌마가 결코 막을 수 없다는 사실을 알고 있었다. 아줌마는 심지어 도서관에 전화해서 내가 정말로 거기 있는지 확인하지도 않을 것이다. 메리언 아줌마는 우리에게 가족과 마찬가지였고, 메리언 아줌마 못지않게 우리 엄마를 아꼈던 애마 아줌마가 이 세상에서 무엇보다 소중하게 생각하는 게 바로 가족이었다.

"그래, 함부로 굴지 말고, 목소리도 높이지 마. 옛날에 네 엄마가 하던 말 기억하지? 책은 무엇이든 좋은 것이고, 좋은 책들이 안전하게 보관된 곳이라면 어디든 주님의 집이라고 했잖아." 전에도 말했듯이, 우리 엄마는 DAR에 들어갔어도 결코 잘 지내지 못했을 것이다.

링크가 경적을 울렸다. 링크는 밴드 연습을 하러 가는 길에 나를 태워다 주기로 되어 있었다. 나는 도망치듯 부엌을 빠져나왔다. 강한 죄책감 때문에 애마 아줌마의 품에 안겨 모든 걸 고백하고 싶다는 충동과 맞서 싸워야 했다. 여섯 살 때 식품저장실에 있던, 마른 젤리 믹스를 모조리 먹어치운 뒤에 그랬던 것처럼. 어쩌면 애마 아줌마가 옳을 수도 있었다. 내가 정말로 하늘에 구멍을 내는 바람에 우주가 통째로 나를 덮치기 직전일 수도 있었다.

레이븐우드 저택의 문을 향해 올라가면서 나는 광이 나는 파란색 폴더를 쥔 손에 힘을 주었다. 이 파란색 폴더 안에 내가 초대도 없이 리나의 집을 찾아온 핑계거리가 들어 있었다. 나는 리나가 오늘 빼먹은 영어수업의 숙제를 전해주러 왔다고 둘러댈 작정이었다. 내가 우리 집 현관베란다에 서서 이 핑계거리를 꾸며낼 때는 그럴듯하게 보였다. 하지만 이제 레이븐우드 저택 앞에 서고 보니 확신이 서지 않았다.

원래 나는 이런 짓을 자주 하는 사람이 아니었다. 하지만 아무리 봐도 리나가 나를 자기 집으로 초대하는 일은 없을 것 같았다. 게다가 리나의 삼촌이 왠지 우리를 도와줄 수 있을 것 같다는 느낌이 들었다. 과거에 대해 뭔가 알고 있을 것 같다는 느낌.

아니, 내가 레이븐우드에 온 것은 다른 이유 때문일 수도 있었다. 리나를 만나고 싶다는 것. 허리케인 리나가 없는 잭슨 고등학교의 하루는 길고 지루했다. 리나가 나타나지 않았던 지난 8년 동안 내가 어떻게 학교생활을 버텨냈는지 신기하다는 생각이 들 정도였다. 이제는 나도 리나처럼 덩달아 사고를 저지르고 싶었다.

덩굴로 뒤덮인 창문들에서 환한 빛이 사방으로 쏟아져 나왔다. 음악 소리도 들렸다. 엄마가 좋아했던 조지아의 작곡가가 만든 옛날 노래였다. "서늘하고 서늘하고 서늘한 저녁에…."

내가 노크를 하기도 전에 문 뒤편에서 개 짖는 소리가 들렸다. 그리고 몇 초도 안 돼서 문이 활짝 열렸다. 리나가 맨발로 서 있었다. 조금 다른 모습이었다. 작은 새들이 수놓아진 검은 드레스를 차려 입은 것이, 마치 화려한 식당으로 식사를 하러 나가는 사람 같았다. 반면 구멍이 숭숭 뚫린 아타리 티셔츠와 청바지 차림인 나는 데-리키에 어울렸다. 리나가 베란다로 나와서 등 뒤로 손을 돌려 문을 닫았다. "이선, 여긴 웬일이야?"

나는 불안한 표정으로 폴더를 내밀었다. "네 숙제를 가져왔어."

"어쩌자고 무작정 온 거야? 삼촌이 낯선 사람들을 싫어한다고 말했잖아." 리나는 벌써 나를 계단 아래로 밀어내고 있었다. "가. 얼른."

"우리가 너희 삼촌이랑 얘기를 좀 해보면 어떨까 해서…."

우리 뒤쪽에서 누군가가 어색하게 헛기침을 하는 소리가 들렸다. 시선을 들어 보니 메이컨 레이븐우드의 개가 있고, 그 뒤에 메이컨 레이븐우드가 있었다. 나는 놀란 표정을 짓지 않으려고 애썼지만, 나도 모르게 화들짝 놀라는 바람에 속내가 그대로 드러난 것 같았다.

"그거 참 내가 자주 듣는 말은 아니군. 난 원래 사람들을 실망시키는 걸 아주 싫어하는 사람이야. 남부 신사 그 자체라서 말이지." 메이컨 레이븐우드는 남부 사투리로 또박또박 말했다. "마침내 자넬 만나게 돼서 기쁘네, 웨이트 군."

내가 메이컨 레이븐우드와 마주 보고 서 있다는 사실을 믿을 수가 없었다. 말로만 듣던 메이컨 레이븐우드라니. 사실 난 부 래들리 같은 사람이 나올 거라고 기대했었다. 위아래가 붙은 작업복을 입고 집 안을 터벅터벅 돌아다니며 네안데르탈인처럼 단음절로만 이루어진 단어들을 혼자 중얼거리는 사람. 어쩌면 입가에 침까지 흘리고 있을지도 모른다고 생각했다.

하지만 내 앞에 서 있는 사람은 전혀 달랐다. 그는 애티커스 핀치(《앵무새 죽이기》의 등장인물로 지적이고 예의 바른 백인 신사-옮긴이)와 더 비슷했다.

메이컨 레이븐우드는 흠잡을 데 없이 옷을 차려입고 있었다. 뭐랄까, 마치 지금이 1942년인 것 같았다. 빳빳하게 다린 하얀 드레스셔츠는 평범한 단추 대신 구식 은제 장식단추로 잠겨 있었다. 검은색 정장 재킷에는 티끌 하나 보이지 않았고, 주름도 완벽하게 잡혀 있었다. 그의 눈은 검게 반짝였다. 정말로 검은색처럼 보일 정도였다. 하지만 눈에는 구름이 끼어 있는 듯했다. 리나가 몰고 다니는 장의차의 선팅한 유리창과 비슷했다. 눈을 들여다볼 길도 없고, 눈에 사물이 비치지도 않았다. 창백한 얼굴 때문에 두 눈이 유난히 도드라져 보였다. 그의 얼굴은 눈처럼, 대리석처럼 희었다. 뭐, 집에만 틀어박혀 살던 사람이니 그럴 만도 했다. 그의 머리는 희끗희끗했으며, 얼굴과 가까운 쪽이 하얗게 세어 있었다. 하지만 정수리는 리나의 머리카락처럼 새까만 색이었다.

마치 미국 영화에 출연한 배우 같은 모습이었다. 컬러 영화가 나오기 전의 배우. 이 마을 사람들은 전혀 들어본 적이 없는 작은 나라의 왕족 같기도 했다. 하지만 메이컨 레이븐우드는 이 동네 사람이었다. 그 점이 혼란스러웠다. 레이븐우드 노친네는 개틀린의 도깨비 같은 존재였다. 내가 유치원 때부터 들은 얘기가 그거였다. 그런데 실제로 본 그는 나만큼이나 이 마을에 어울리지 않는 사람인 것 같았다.

그가 들고 있던 책을 획 닫았다. 그동안에도 내게서 결코 눈을 떼지 않았다. 그런데 그가 나를 보고 있는 것이 마치 나를 꿰뚫어 보며 뭔가를 찾고 있는 것처럼 보였다. 엑스레이처럼 사물을 투시하는 능력이라도 있는 건가. 지난 주에 벌어진 일들을 생각하면, 세상에 불가능한 일은 없는 것 같았다.

내 심장이 뛰는 소리가 워낙 커서 그의 귀에도 틀림없이 들릴 것 같았다. 메이컨 레이븐우드는 나를 완전히 뒤흔들어 놓았다. 그리고 그 사실을 분명히 알고 있었다. 우리 둘 다 미소를 짓지 않았다. 그의 개는 몸에 뻣뻣하게 힘을 준 채 그의 옆에 서 있었다. 마치 공격명령을 기다리는 것 같았다.

"이런, 내가 예의에 어긋나는 짓을 했군. 어서 들어오게, 웨이트 군. 이제 막 앉아서 저녁을 먹으려던 참이었어. 자네도 같이 먹고 가게. 저녁 식사는 항상 대단한 행사거든. 여기 레이븐우드에서는."

나는 어떻게 하면 좋을지 단서라도 좀 얻을까 하고 리나를 바라보았다.

'그냥 가봐야 한다고 말해.'

'난 여기 있고 싶어.'

"아뇨, 괜찮습니다. 제가 방해가 되고 싶지는 않아요. 그냥 리나의 숙제를 전해주려고 들렀을 뿐이에요." 나는 반짝이는 파란색 폴더를 또 위로 쳐들었다.

"그러면 안 되지. 꼭 저녁을 먹고 가게. 식사 후에는 온실에서 쿠바산 시가도 몇 개 피우고. 아니면 자네는 혹시 여송연을 더 즐기는 편인가? 물론 우리 집에 들어오는 걸 자네가 불편하게 생각한다면 어쩔 수 없지. 그런 거라면 나도 다 이해하네." 이것이 농담인지 아닌지 나는 판단이 서지 않았다.

리나가 삼촌의 허리에 팔을 둘렀다. 그러자 그의 얼굴이 순식간에 변했다. 흐린 날 구름을 뚫고 해가 나타나는 것 같았다. "M 삼촌, 이선을 놀리지 마세요. 제가 여기서 사귄 친구라고는 이선밖에 없단 말이에요. 삼촌이 얘한테 이렇게 겁을 주면, 저는 델 이모 집으로 가버릴 거예요. 그러면 삼촌 곁에는 괴롭힐 사람이 또 없어지는 거잖아요."

"아무도 없긴 왜 없어. 부가 있는데." 개가 무슨 소리냐는 듯이 메이컨을 올려다보았다.

"제가 부도 데려갈 건데요. 부는 저를 따라다녀요. 삼촌이 아니라."

나는 질문을 던지지 않을 수 없었다. "부? 혹시 저 개 이름이 부 래들리야?"

메이컨이 아주 희미한 미소를 지었다. "내 이름이 아닌 게 다행이지." 그는 고개를 뒤로 젖히고 웃음을 터뜨렸다. 나는 그 서슬에 화들짝 놀랐다. 그의 얼굴에서 웃음은 고사하고 미소라도 볼 수 있을 거라고는 전혀 상상하지 못했기 때문이다. "진심이야, 웨이트 군. 저녁을 먹고 가게. 난 사람들과 같이 있는 걸 좋아해. 게다가 레이븐우드 저택에 우리의 작고 다정한 개틀린 카운티 사람이 손님으로 온 건 정말 오랜만이니까 말이지."

리나가 어색한 미소를 지었다. "속물처럼 굴지 마세요, M 삼촌. 삼촌이 마을 사람들하고 얘기를 안 하는 건 마을 사람들 잘못이 아니잖아요."

"내가 집안 좋고, 머리도 그럭저럭 괜찮고, 자기 몸도 위생적으로 관리할 줄 아는 사람들을 선호하는 것도 내 잘못은 아니잖아. 내가 지금 말한 순서대로 중요성을 따지는 건 아니지만."

"못 들은 척해. 삼촌이 지금 기분이 좀 그래서 그래." 리나는 미안한 표정을 지었다.

"무슨 일인지 알겠다. 하퍼 교장선생님 때문이지?"

리나가 고개를 끄덕였다. "학교에서 전화가 왔어. 그 사건을 '수사'하는 동안 집에서 근신하래." 리나가 어이없다는 표정을 지었다. "한 번만 더 '교칙위반'을 저지르면 정학이랬어."

메이컨이 웃기지도 않는다는 듯이 웃음을 터뜨렸다. 우리가 지금 나누고 있는 이야기가 전혀 중요하지 않다고 생각하는 것 같았다. "근신? 그것참 재미있는 말이야. 근신이라는 말에는 그런 처분을 내릴 수 있는 권위자가 있다는 뜻이 숨어 있거든." 그는 홀을 향해 우리 둘의 등을 밀었다. "대학을 간신히 마친 비만한 고등학교 교장과, 혈통을 따지자면 부 래들리하고도 상대가 안 되는 성난 가정주부 무리가 그런 권위를 행사할 수는 없지."

나는 문턱을 넘어서자마자 제자리에 딱 멈춰 섰다. 저택 입구의 홀은 천장이 한없이 높고 웅장했다. 겨우 며칠 전에 내가 들어와 보았던 그 교외 주택 같은 모습이 아니었다. 어마어마하게 커다란 유화도 걸려 있었다. 무서울 정도로 아름다운 여자의 초상화였는데, 황금빛 눈이 빛을 발하는 듯했다. 이 그림이 걸려 있는 계단 역시 지난번에 보았을 때처럼 현대적인 모습이 아니라, 허공에 그냥 떠 있는 것처럼 보이는 고전적인 모양이었다. 스칼렛 오하라가 옆으로 크게 퍼진 스커트를 입고 그 계단을 내려온다 해도 전혀 이상하게 보이지 않을 것 같았다. 크리스털이 층층이 겹쳐 있는 샹들리에들이 천장에서 뚝뚝 떨어지는 빗방울처럼 매달려 있었다. 홀에는 빅토리아 시대의 골동품 가구들이 가득했고, 섬세하게 수를 놓은 의자들이 삼삼오오 모여 있었으며, 탁자 상판은 대리석이고, 고사리 같은 모양의 우아한 장식들이 사방에 있었다. 촛불도 없는 곳이 없었다. 덧문이 달린 높은 문들이 활짝 열려서 산들바람에 치자꽃 향기가 실려 왔다. 치자꽃은 탁자들 위에 예술적으로 배치된 높은 은제 꽃병에 꽂혀 있었다.

순간적으로 나는 또 환영을 보는 건가 하는 생각이 들었다. 하지만 그 로켓은 손수건에 안전하게 싸여서 내 주머니 속에 들어 있었다. 이미 확인을 해보았기 때문에 틀림없었다. 게다가 그 소름끼치는 개도 계단에서 나를 지켜보고 있었다.

그렇다면 이건 전혀 말이 되지 않았다. 내가 지난번에 다녀간 이후 레이븐우드 저택은 완전히 다른 곳으로 변해 있었다. 불가능한 일이었다. 마치 내가 역사 속으로 발을 들여놓은 것 같았다. 설사 지금 이것이 현실이 아니라 해도, 엄마가 살아 있어서 이 광경을 보았으면 정말 좋았을 거라는 생각이 들었다. 엄마는 이곳을 보고 아주 기뻐했을 것이다. 하지만 문제는 지금 이 집이 현실처럼 느껴진다는 거였다. 나는 이 저택이 대개 이런 모습임을 깨달았다. 리나와 비슷한 느낌이었다. 담장에 둘러싸인 그 정원이나 그린 브라이어와도 비슷했다.

'왜 전에는 이 집이 다른 모습이었지?'

'무슨 소리야?'

'모르는 척하지 마.'

메이컨이 앞장서서 걸어갔다. 모퉁이를 돌자 지난주에는 아늑한 거실이었던 곳이 나타났다. 지금은 웅장한 무도장으로 바뀌어 있었다. 그리고 새의 발 같은 다리가 달린 높은 식탁에 세 사람 분의 식사가 차려져 있었다. 내가 올 줄을 메이컨이 미리 알고 있었던 것처럼.

구석에서 피아노가 계속 혼자 음악을 연주했다. 자동피아노인 모양이었다. 왠지 으스스한 광경이었다. 잔들이 챙그랑 하고 부딪히는 소리와 사람들의 웃음소리가 지금 이 방을 가득 채우고 있어야 하는 건데. 레이븐우드 가문이 1년 중 최고의 파티를 열고 있는데, 손님은 나 하나뿐이었다.

메이컨은 여전히 뭐라고 말을 하는 중이었다. 그의 말 한 마디 한 마디가 프레스코화가 그려진 거대한 벽과 조각이 새겨진 둥근 천장에 부딪혀 메아리쳤다. "아무래도 내가 속물인 모양이야. 난 마을을 아주 싫어하거든. 마을 사람들도 싫어하고. 마음은 편협하고, 엉덩이만 거대한 인간들이라서 말이지. 속이 부족한 걸 궁둥이로 채우려 든다는 얘기야. 인스턴트 음식이랑 똑같아. 기름기는 많은데, 궁극적으로는 전혀 만족스럽지 않거든." 메이컨이 미소를 지었다. 하지만 상냥한 미소는 아니었다.

"그럼 그냥 이사를 가시면 되잖아요." 나는 갑자기 짜증이 밀려오면서 현실로 돌아왔다. 지금 내가 발을 들여놓은 이 현실이 어떤 건지는 잘 모르겠지만. 내가 개틀린을 웃음거리로 삼을 수는 있어도, 메이컨 레이븐우드의 입에서 그런 말을 듣는 건 완전히 다른 얘기였다. 다른 마을 사람이 우리를 놀리는 것 같았다.

"어리석은 소리. 레이븐우드는 내 고향이야. 개틀린은 아니지만." 메이컨은 마치 독을 뱉듯이 이 말을 내뱉었다. "내가 이 생의 굴레에서 벗어날 때, 나 대신 레이븐우드를 돌봐줄 사람을 찾아야겠지. 나한테는 자식이 없으니까 말이야. 레이븐우드를 생기 있게 유지하는 건 항상 나의 위대하고 무서운 목표였어. 난 살아 있는 박물관의 큐레이터와 같다고 생각하며 살아가고 있다네."

"너무 과장하지 마세요, M 삼촌."

"너야말로 너무 몸을 사리는 거 아니냐, 리나? 네가 왜 아직 깨이지 못한 마을 사람들하고 어울리고 싶어 하는 건지 나는 도무지 이해를 못하겠다."

'일리 있는 말씀이야.'

'내가 학교에 나타나는 게 싫다는 뜻이야?'

'아니… 그게 아니라….'

메이컨이 나를 바라보았다. "물론 자넨 예외야."

메이컨이 말을 하면 할수록 나는 호기심이 점점 커졌다. 레이븐우드 노친네가 우리 엄마와 메리언 애시크로프트의 뒤를 이어, 이 마을에서 세 번째로 머리가 좋은 사람일 줄이야. 아니, 혹시 네 번째인가? 만약 아버지가 서재에서 다시 나온다면 그렇게 될 수도 있었다.

나는 메이컨이 들고 있는 책의 제목을 보려고 애썼다. "그게 뭐예요? 셰익스피어인가요?"

"베티 크로커(미국 식료품 회사 브랜드—옮긴이)야. 매혹적인 여성이지. 예전에 이 마을 주민들의 저녁 식사가 어떤 것이었는지 돌이켜보려고 애쓰는 중일세. 오늘 저녁에는 이 마을 특유의 요리를 먹고 싶었거든. 그래서 풀드포크로 메뉴를 결정했지." 또 풀드포크라니. 생각만 해도 토할 것 같았다.

메이컨이 화려한 몸짓으로 리나의 의자를 빼주었다. "손님대접이라는 말이 나왔으니 말인데, 리나, 네 사촌들이 회합에 올 거다. 다섯 명이 더 올 거라고 '집'과 '주방'에 말해야겠구나."

리나는 짜증스러운 표정이었다. "제가 요리사와 가정부한테 말할게요. 그런 뜻이죠, M 삼촌?"

"회합이라니?"

"우리 집안이 워낙 이상해. 회합은 그냥 옛날부터 이어지는 추수 축제야. 초창기 추수감사절이랑 비슷해. 그러니까 신경 쓰지 마." 가족이든 누구든 레이븐우드를 방문하는 사람이 있다는 얘기는 금시초문이었다. 갈림길에서 이 저택 쪽으로 방향을 꺾는 차는 지금껏 한 대도 본 적이 없었다.

메이컨은 재미있다는 표정이었다. "뜻대로 해라. '주방' 얘기가 나와서 말인데, 난 아주 식욕이 왕성해. 내가 가서 우리를 위해 무엇을 준비해 놓았는지 보아야겠다." 그가 이 말을 하는 동안 이 무도장에서 멀리 떨어진 어딘가에서 냄비와 프라이팬이 시끄럽게 부딪히는 소리가 들렸다.

"오버하지 마세요, M 삼촌. 제발요."

나는 메이컨 레이븐우드가 응접실을 거쳐 시야에서 사라질 때까지 지
켜보았다. 그의 모습이 사라진 뒤에도 그의 정장용 구두가 반짝반짝 광을
낸 바닥을 딛는 소리는 계속 들렸다. 이 집은 정말이지 터무니없는 곳이었
다. 이 집에 비하면 백악관도 산골 오두막처럼 보일 지경이었다.

"리나, 뭐가 어떻게 된 거야?"

"그게 무슨 소리야?"

"내가 올 줄 어떻게 알고 네 삼촌이 내 식사까지 차린 거야?"

"우리가 현관 베란다에 있는 걸 보고 준비하셨겠지."

"그럼 이 집은? 내가 며칠 전에 여기 들어와 봤어. 우리가 로켓을 주운
날. 그때는 지금이랑 달랐다고."

'말해 봐. 날 믿어도 돼.'

리나는 드레스 자락을 만지작거리고 있었다. 고집스러운 표정이었다.
"삼촌이 골동품을 엄청 좋아해. 그래서 이 집이 항상 변해. 그게 뭐가 그렇
게 중요해?"

뭐가 어떻게 된 건지는 모르겠지만, 리나는 지금 내게 사정을 이야기해
줄 생각이 없었다. "알았어. 내가 좀 둘러봐도 괜찮지?" 리나는 인상을 찌
푸렸지만 아무 말도 하지 않았다. 나는 식탁에서 일어나 옆의 응접실로 갔
다. 긴 의자와 벽난로가 있는 작은 서재처럼 꾸며져 있었다. 작은 책상도
몇 개 있었다. 벽난로 앞에 부 래들리가 누워 있다가 내가 발을 들여놓는
순간 으르렁거리기 시작했다.

"착하지." 녀석은 이 말을 듣고 더 큰소리로 으르렁거렸다. 나는 그 방에
서 뒤로 물러났다. 녀석은 다시 잠잠해져서 고개를 내려놓았다.

내게서 가장 가까운 책상 위에는 갈색 종이로 싸서 끈으로 묶은 꾸러미
가 하나 놓여 있었다. 나는 그것을 집어들었다. 부 래들리가 또 으르렁거리
기 시작했다. 포장지에 '개틀린 카운티 도서관'이라는 도장이 찍혀 있었
다. 내가 잘 아는 도장이었다. 옛날에 엄마도 이런 꾸러미를 받은 적이 수

도 없이 많았다. 책을 이렇게 공들여 포장하는 사람은 메리언 애시크로프트밖에 없었다.

"도서관에 흥미가 있나, 웨이트 군? 메리언 애시크로프트를 알아?" 메이컨이 내 옆에 나타나 내 손에서 꾸러미를 가져가더니 기쁜 눈으로 그것을 바라보았다.

"네, 아저씨. 메리언, 그러니까 애시크로프트 박사님은 저희 엄마와 절친한 사이셨어요. 함께 연구도 하셨고요."

메이컨의 눈이 순간적으로 반짝이더니 다시 원래대로 돌아갔다. "그렇군. 내가 그걸 알아채지 못하다니. 이선 웨이트라. 나도 자네 어머니를 아네."

나는 그대로 얼어붙었다. 메이컨 레이븐우드가 우리 엄마를 안다고?

이상한 표정이 그의 얼굴을 스치고 지나갔다. 마치 그동안 잊고 있던 것을 떠올리는 듯한 표정이었다. "물론 책을 통해서만 아는 거지. 나는 자네 어머니가 쓰신 책을 모두 읽었네. 사실《농장과 조림: 분할된 정원》의 각주를 자세히 읽어보면, 두 사람이 연구에 사용한 1차 자료 중에 내 개인장서가 여러 권 포함되어 있다는 걸 알 수 있을 거야. 자네 어머니는 뛰어난 분이었네. 그렇게 돌아가시다니 정말 안타까운 일이야."

나는 간신히 미소를 지었다. "감사합니다."

"자네한테 내 서재를 보여줄 수 있다면 아주 기쁘겠군. 당연한 일이지만. 라일라 이버스의 외동아들에게 내 장서를 보여줄 수 있다면 정말 기쁠걸세."

나는 메이컨 레이븐우드의 입에서 엄마의 이름이 나오는 것을 듣고 너무 놀라서 그를 바라보았다. "웨이트예요. 라일라 이버스 웨이트."

메이컨이 좀 더 활짝 미소를 지었다. "물론이지. 하지만 일에는 다 순서가 있는 법이니, '주방'의 소음이 잦아든 걸로 보아 식사가 준비된 모양일세."그는 내 어깨를 툭툭 두드렸다. 우리는 다시 무도장으로 돌아갔다.

리나는 식탁에서 우리를 기다리며 저녁의 산들바람에 꺼져버린 촛불을 다시 켜고 있었다. 식탁은 공들여 마련한 음식으로 뒤덮여 있었다. 하지만 이 음식이 어떻게 여기까지 날라져 왔는지는 도무지 알 수 없었다. 이 집 안에서 우리 셋 외에 다른 사람은 한 명도 보지 못했다. 처음에는 집이, 그 다음에는 늑대 같은 개가, 그리고 지금은 이 음식들이 나를 놀라게 했다. 게다가 그 무엇보다 이상할 것이라고 생각했던 메이컨 레이븐우드도 내 생각과 달랐다.

식탁에는 DAR의 회원들, 마을에 있는 모든 교회의 신도들, 그리고 농구부원 전원을 모두 데려다 먹이고도 남을 만큼 많은 음식이 있었다. 하지만 개틀린에서는 좀처럼 식탁에 놓이는 법이 없는 음식들이었다. 우선 돼지를 통째로 구운 것 같은 요리가 있었는데, 돼지의 입에는 사과 한 알이 꽂혀 있었다. 위에 작은 종이 깃털을 얹어 놓은 갈비구이 옆에는 거위를 토막 쳐서 밤을 잔뜩 얹어 놓은 것 같은 요리가 있었다. 그레이비를 비롯한 여러 가지 소스와 크림, 갖가지 빵, 케일과 순무, 이름조차 알 수 없는 스프레드도 있었다. 물론 풀드포크 샌드위치도 있었다. 다른 요리들과 전혀 어울리지 않는 것처럼 보이는 게 문제였지만. 나는 리나를 바라보았다. 예의를 지키려면 도대체 얼마나 먹어야 되는지 생각만 해도 토할 것 같았다.

"M 삼촌, 이건 너무 많아요." 리나의 의자 다리에 몸을 말고 있던 부가 기대에 들떠서 꼬리로 바닥을 쳤다.

"터무니없는 소리. 이건 축하하는 자리야. 네가 친구를 사귀었잖니. 그런 소리를 들으면 '주방'에서 화를 낼 거다."

리나는 불안한 표정으로 나를 바라보았다. 내가 화장실에 가겠다고 핑계를 대며 일어나서 냅다 도망쳐버릴까 봐 걱정하는 것 같은 표정이었다. 나는 어깨를 으쓱하고 내 접시에 음식을 담기 시작했다. 아무래도 내일 애마 아줌마에게 아침 식사를 건너뛰겠다고 말해봐야 할 것 같았다.

메이컨이 자기 잔에 스카치를 세 번째로 따르고 있을 때, 로켓 이야기를 꺼내도 될 만큼 분위기가 무르익었다는 생각이 들었다. 이제 생각해보니,

메이컨이 자기 접시에 음식을 담는 건 봤어도 뭘 먹는 건 본 적이 없었다. 마치 음식들이 아주 작은 부스러기만 한두 개 남긴 채 그냥 사라져버린 것 같았다. 혹시 부 래들리가 오늘 최고의 행운을 누리고 있는 건지도 모른다는 생각이 들었다.

나는 냅킨을 접었다. "죄송하지만, 좀 여쭤볼 게 있어요. 역사에 대해 아주 잘 아시는 것 같아서요. 그리고 이제 엄마한테는 질문을 할 수 없게 되었고요."

'너 뭐 하는 거야?'

'그냥 뭘 좀 물어보려는 거야.'

'삼촌은 아무것도 몰라.'

'리나, 그래도 시도는 해봐야지.'

"그래, 물어보게." 메이컨이 스카치를 한 모금 마셨다.

나는 호주머니에 손을 넣어 애마 아줌마가 준 주머니 속에서 손수건이 벗겨지지 않게 조심하며 로켓을 꺼냈다. 촛불들이 모두 꺼져버렸다. 전등 불빛들도 희미해지더니 깜박거리다 꺼졌다. 심지어 피아노 소리도 그쳤다.

'이선, 무슨 짓이야?'

'난 아무 짓도 안 했어.'

어둠 속에서 메이컨의 목소리가 들렸다. "손에 든 게 뭐지?"

"로켓이에요."

"괜찮다면 그걸 다시 주머니에 넣어주겠나?" 메이컨의 목소리는 차분했지만, 그가 정말로 차분한 건 아니라는 걸 알 수 있었다. 그는 침착함을 잃지 않으려고 안간힘을 쓰고 있었다. 유창하고 입심 좋은 모습은 온데간데없었다. 그의 목소리에는 날이 서 있었다. 그가 감추려고 애를 쓰고는 있었지만, 절박함이 드러났다.

나는 로켓을 다시 애마 아줌마의 주머니에 넣어 호주머니에 쑤셔 넣었다. 식탁 맞은편에서 메이컨이 가지처럼 뻗은 촛대에 손가락을 댔다. 식탁 위의 촛불들이 하나씩 다시 살아났다. 식탁 위의 음식은 몽땅 사라지고 없었다.

촛불 빛에 드러난 메이컨의 모습은 불길해 보였다. 그는 또한 나와 만난 뒤 처음으로 입을 다물고 조용히 있었다. 잘은 모르겠지만, 눈에 보이지 않는 저울에 우리의 운명을 올려 놓고 자신이 어떤 방도를 선택해야 할지 가늠해보는 것 같았다. 이제 이 자리를 떠야 할 것 같았다. 리나의 말이 옳았다. 메이컨에게 물어보는 건 좋은 생각이 아니었다. 메이컨이 절대 집 밖으로 나오지 않는 데에는 이유가 있을 거라는 생각이 들었다.

"죄송합니다. 그런 일이 생길 줄은 몰랐어요. 저희 가정부인 애마 아줌마 행동이…. 제가 이걸 보여줬더니 아줌마가 여기에 무슨 힘이라도 있는 것처럼 굴었거든요. 하지만 리나와 제가 이걸 주웠을 때는 아무 일도 없었어요."

'삼촌한테 더 이상 아무 말도 하지 마. 환영 얘기는 꺼내지도 마.'

'안 할 거야. 그 여자가 정말로 제너비브인지 확인하고 싶었을 뿐이야.'

리나가 걱정할 필요는 없었다. 나도 메이컨 레이븐우드에게 뭐든 말해주고 싶은 생각이 없었으니까. 난 그저 이 집에서 나가고 싶을 뿐이었다. 나는 자리에서 일어나려고 했다. "이제 그만 집에 가봐야 할 것 같아요. 시간이 늦어서요."

"그 로켓이 어떻게 생겼는지 설명해보겠나?" 이건 요청이라기보다 명령에 가까웠다. 나는 한 마디도 하지 않았다.

마침내 리나가 입을 열었다. "오래되고 낡았어요. 앞쪽에 카메오가 있고요. 우리가 그린브라이어에서 주웠어요."

메이컨은 동요한 표정으로 자신의 은반지를 돌렸다. "그린브라이어에 가면 간다고 나한테 미리 말했어야지. 거긴 레이븐우드의 땅이 아니야. 거기서는 내가 너를 안전하게 지킬 수가 없다."

"거기서도 저는 안전했어요. 느낌이 왔다고요." 안전하다니, 무엇으로

부터? 이건 단순히 과잉보호라고 말할 수 있는 차원이 아니었다.

"그렇지 않아. 거긴 경계선 너머야. 그걸 통제할 수가 없어. 어느 누구도. 네가 모르는 게 아직 많다. 그리고 저 친구는…." 메이컨은 식탁 반대편 끝에 앉아 있는 나를 가리켰다. "저 친구는 아무것도 몰라. 그러니 널 보호해 줄 수 없지. 네가 저 친구를 이 일에 끌어들이지 말았어야 했어."

이제 내가 나설 수밖에 없었다. 메이컨은 나에 관한 이야기를 하면서 마치 내가 이 자리에 없는 것처럼 굴고 있었다. "저도 관련된 일인데요. 로켓 뒤편에 이니셜이 있어요. ECW. 이선 카터 웨이트라는 이름인데, 저의 6대조 큰할아버지세요. 그리고 GKD라는 이니셜도 있어요. 저희 생각에 D는 틀림없이 두케인의 머릿글자인 것 같아요."

'이선, 그만해.'

하지만 나는 멈출 수 없었다. "지금 벌어지고 있는 일이 뭔지는 모르겠지만, 저희 둘 다 그 일을 겪고 있기 때문에 저희한테 뭘 숨기실 이유가 없어요. 좋든 싫든, 바로 지금 그 일이 벌어지고 있는 것 같으니까요." 치자꽃 병 하나가 허공을 날아서 벽에 부딪혔다. 우리가 어렸을 때부터 말로만 듣던 메이컨 레이븐우드의 모습 그대로였다.

"넌 지금 멋대로 떠들고 있지만 아무것도 몰라." 그가 내 눈을 똑바로 들여다보았다. 어찌나 어둡고 강렬한 눈빛인지 내 목덜미의 털이 곤두섰다. 지금 메이컨은 자기 마음을 다스리지 못해서 애를 먹고 있었다. 내가 그를 지나치게 밀어붙인 탓이었다. 부 래들리가 일어서서 은밀하게 사냥감의 뒤를 쫓을 때처럼 메이컨 뒤에서 서성거렸다. 녀석의 둥글고 무서운 눈이 낯익었다.

'더 이상 아무 말도 하지 마.'

메이컨의 눈이 가늘어졌다. 영화배우처럼 매력적인 모습이 사라지고, 훨씬 더 어두운 모습이 그 자리를 차지했다. 나는 도망치고 싶었지만, 땅에 뿌리가 박힌 것처럼 꼼짝도 할 수 없었다. 몸이 마비된 것 같았다.

레이븐우드 저택과 메이컨 레이븐우드에 대한 내 판단이 잘못된 것이었다. 나는 메이컨도 저택도 모두 무서웠다.

마침내 입을 연 그는 혼잣말을 하듯이 말했다. "5개월이야. 5개월 동안 저 아이를 안전하게 지키기 위해서 내가 무슨 짓까지 할 수 있는지 알아? 내가 어떤 대가를 치르게 될지 알아? 내가 기진맥진해서 어쩌면 완전히 망가져버릴 수도 있어." 리나가 아무 말 없이 메이컨의 옆으로 가서 그의 어깨에 손을 얹었다. 그러자 그의 눈 속에 깃든 폭풍 같은 기운이 처음 나타날 때처럼 순식간에 사라져버렸다. 그는 다시 침착한 모습으로 돌아왔다.

"애마는 현명한 여성인 것 같군. 나라면 그 여성의 조언을 받아들이는 것을 고려할 거야. 그 물건을 처음 주운 곳에 돌려놓을 거라는 뜻이지. 부탁이니 다시는 그 물건을 내 집에 가져오지 말게." 메이컨은 일어서서 자기 냅킨을 식탁 위에 던지듯 놓았다. "내 서재 방문은 조금 미뤄야겠군, 그렇지 않나? 리나, 네 친구가 집으로 잘 돌아갈 수 있게 보살펴줄 수 있겠지? 오늘 저녁은 정말 굉장했구나. 배운 것이 아주 많아. 다음에도 또 놀러 오게, 웨이트 군."

이 말을 끝으로 방이 어두워졌고, 메이컨도 사라졌다.

나는 그 집에서 한시라도 빨리 벗어나고 싶었다. 리나의 무서운 삼촌과 귀신의 집 같은 저택에서 도망치고 싶었다. 방금 도대체 무슨 일이 일어난 거지? 리나가 서둘러 나를 문으로 데려갔다. 나를 빨리 내보내지 않으면 무슨 일이 벌어질지 두렵다는 듯이. 그런데 리나와 함께 중앙 홀을 지나갈 때, 아까는 미처 보지 못한 것이 눈에 띄었다.

로켓이었다. 무서운 황금색 눈을 한 유화 속의 여자가 로켓을 걸고 있었다. 나는 리나의 팔을 움켜쥐었다. 리나도 그것을 보고 얼어붙었다.

'전에는 저게 없었어.'

'그게 무슨 소리야?'

'저 그림은 내가 어렸을 때부터 저기 걸려 있었어. 내가 저 앞을 지나친 게 천 번도 더 될 거야. 그런데 저 로켓은 한 번도 본 적이 없어.'

갈림길

⟨ 9.15 ⟩

우리는 차를 몰고 우리 집으로 향하는 동안 거의 말을 하지 않았다. 나는 무슨 말을 해야 할지 알 수 없었고, 리나는 내가 아무 말도 안 하는 것이 그저 고마운 모양이었다. 리나는 내게 운전을 맡겼다. 요동치는 맥박이 다시 정상으로 돌아올 때까지 달리 정신을 쏟을 일이 필요했기 때문에 내게는 다행한 일이었다. 나는 우리 집이 있는 거리를 그냥 지나쳤지만 개의치 않았다. 아직 집에 돌아갈 마음의 준비가 되어 있지 않았다. 리나와 그녀의 집, 그리고 그녀의 삼촌에게 무슨 일이 벌어지고 있는지 알 수 없었지만, 리나가 내게 말해줄 거라고 생각했다.

"길을 지나쳤어." 이건 레이븐우드에서 나온 뒤로 리나가 처음으로 한 말이었다.

"나도 알아."

"우리 삼촌이 미쳤다고 생각하지? 다른 사람들처럼. 말하고 싶으면 그냥 해. 레이븐우드 노친네라고." 쓸쓸한 목소리였다. "난 이제 집에 가야겠어."

차를 몰고 제너럴스 그린을 한 바퀴 도는 동안 나는 한 마디도 하지 않았다. 제너럴스 그린은 색바랜 풀이 자라는 둥근 잔디밭으로, 개틀린에서 그래도 관광안내서에 실릴 만한 유일한 물건, 즉 남북전쟁 때 활약한 주벌 A. 얼리 장군의 동상이 이 잔디밭에 둘러싸여 있다. 장군은 옛날부터 그랬던 것처럼 당당히 버티고 서 있었지만, 내가 보기에는 뭔가가 잘못된 것 같았다. 모든 것이 달라져 있었다. 그리고 모든 것이 계속 변하고 있었다. 나도 예전과 달랐다. 일주일 전만 해도 불가능하게 보였을 일들을 보고, 느끼고, 직접 하고 있었으니 말이다. 그러니 장군도 변해 있어야 마땅할 것 같았다.

나는 도브 거리로 접어들어서 차를 길가에 세웠다. '개틀린에 오신 걸 환영합니다. 남부에서 가장 독특하고 역사적인 농장 주택과 세계 최고의 버터밀크 파이가 있는 곳입니다'라고 적힌 간판 바로 밑이었다. 파이가 정말로 세계 최고인지는 모를 일이지만, 그 밖의 말은 사실이었다.

"뭐 하는 거야?"

나는 차의 시동을 껐다. "얘기 좀 하자."

"난 남자애들이랑 차 안에서 이상한 짓이나 하는 애가 아냐." 이건 농담이었지만, 나는 리나의 목소리에서 망연자실한 기색을 읽었다.

"말해 봐."

"뭘?"

"나 지금 농담하는 거 아냐." 나는 고함을 지르지 않으려고 애썼다.

리나는 목걸이를 잡아당기며, 거기 매달린 음료수 깡통 손잡이를 비틀었다. "나더러 무슨 말을 하라는 거야?"

"조금 전 네 집에서 일어난 일부터 설명하는 건 어때?"

리나는 창밖의 어둠만 빤히 바라보았다. "삼촌이 화가 나서 그래. 가끔 그렇게 화를 낼 때가 있어."

"화를 낸다고? 손도 대지 않고 물건을 던지거나, 성냥도 없이 양초에 불을 붙이는 게 화를 내는 거라고?"

"이선, 미안해." 리나의 목소리는 조용했다.

하지만 나는 조용한 목소리를 낼 수 없었다. 리나가 내 질문을 피하면 피할수록, 나는 점점 더 화가 났다. "미안하다는 소리를 듣고 싶은 게 아냐. 이게 다 무슨 일인지 말해보란 말이야."

"무슨 일?"

"네 삼촌이랑 그 이상한 집에서 일어난 일. 네 삼촌이 겨우 며칠 사이에 집의 실내장식을 몽땅 바꿔버린 일. 음식이 그냥 나타났다가 사라져버린 일. 경계가 어쩌고저쩌고 하면서 널 보호해야 한다고 말한 일. 아무거나 하나 골라 봐."

리나는 고개를 저었다. "말할 수 없어. 말해도 넌 이해 못 할 거야."

"말해보지도 않고 그걸 어떻게 알아?"

"우리 집은 다른 집이랑 달라. 그러니까 넌 감당 못해."

"그게 도대체 무슨 뜻이야?"

"인정해, 이선. 넌 네가 다른 사람들이랑 다르다고 말하지만, 사실은 그렇지 않아. 넌 달라지고 싶어 하지만, 아주 조금 다를 뿐이야. 진짜로 다른 건 아냐."

"그래서? 그러는 너도 네 삼촌만큼이나 제정신이 아냐."

"우리 집에 불쑥 나타난 건 너야. 그래 놓고 우리 집에서 본 게 마음에 안 든다고 지금 화를 내는 거야?"

나는 대답하지 않았다. 창밖을 내다볼 수도 없고, 생각을 제대로 할 수도 없었다.

"네가 지금 화를 내는 건 무섭기 때문이야. 여기 사람들이 다 그래. 그러니까 근본적으로는 너나 마을 사람들이나 전부 똑같아." 리나는 지친 목소리였다. 이미 포기해버린 목소리.

"아냐." 나는 리나를 바라보았다. "무서워하는 건 너야."

리나는 쓸쓸한 웃음을 터뜨렸다. "그래, 맞아. 하지만 내가 무서워하는 게 어떤 건지 넌 상상도 못해."

"넌 날 믿는 걸 무서워하고 있어."

리나는 아무 말도 하지 않았다.

"넌 어떤 사람이 학교에 안 나오면 그걸 알아차릴 수 있을 만큼 그 사람과 가까워지는 걸 무서워하고 있어."

리나는 김이 서린 창문을 손가락으로 그었다. 지그재그 모양으로 흔들리는 선이 그려졌다.

"넌 계속 여기 버티고 서서 앞으로 무슨 일이 벌어질지 지켜보는 걸 무서워하고 있어."

지그재그가 번개 같은 모양으로 변했다.

"넌 이 마을 출신이 아냐. 네 말이 맞아. 그리고 넌 우리랑 그냥 조금 다른 정도가 아냐."

리나는 여전히 창밖을 빤히 바라보고 있었다. 하지만 사실 그녀는 아무것도 보지 않고 있는 것이나 마찬가지였다. 창문을 통해 밖을 내다보는 건 불가능했기 때문에. 대신 나는 리나의 모습을 볼 수 있었다. 나는 모든 걸 볼 수 있었다. "넌 믿을 수 없을 만큼, 절대적으로, 지독하게, 엄청나게 달라." 나는 리나의 팔을 살짝 건드렸다. 손가락 끝으로. 그런데 손이 닿자마자 따뜻한 전기 같은 것이 느껴졌다. "틀림없어. 나도 근본적으로 너처럼 다르다고 생각하기 때문에 잘 알아. 그러니까 말해 봐. 부탁이야. 네 집안 사람들이 어떻게 다르다는 거야?"

"말하기 싫어."

눈물 한 방울이 리나의 뺨을 타고 흘러내렸다. 나는 손가락으로 그 눈물을 잡았다. 타는 듯이 뜨거웠다. "왜?"

"왜냐하면 이번이 아마도 내가 평범한 아이가 될 수 있는 마지막 기회일 테니까. 비록 여기가 개틀린이라 해도 말이야. 그리고 넌 내가 여기서 사귄 유일한 친구인데, 내가 너한테 말해줘도 넌 믿지 않을 테니까. 아니, 네가 내 말을 믿는 편이 더 무서워." 리나는 눈을 뜨고 내 눈을 똑바로 들여다보았다. "내 말을 믿든 안 믿든, 넌 다시는 나한테 말도 걸지 않게 될 거야."

창문을 두드리는 소리가 났다. 우리 둘 다 화들짝 놀랐다. 김이 서린 창문을 통해 손전등 불빛이 보였다. 나는 숨죽인 소리로 투덜거리면서 창문을 내렸다.

"애들이 집에 가다가 길을 잃었나?" 패티였다. 그는 길에서 우연히 도넛 두 개를 발견한 사람처럼 히죽거리고 있었다.

"아니에요. 지금 집에 가는 길이예요."

"이건 네 차가 아니잖아, 웨이트."

"맞아요."

패티는 손전등을 리나 쪽으로 돌려서 한참 동안 빛을 비췄다. "그럼 어서 집으로 가. 애마 아줌마를 기다리게 하면 쓰나."

"네." 나는 열쇠를 돌려서 시동을 걸었다. 백미러를 바라보니 패티의 애인인 어맨다가 그의 경찰차 앞좌석에 앉아 키득거리는 것이 보였다.

나는 자동차 문을 쾅 닫았다. 운전석 창문을 통해 리나의 모습이 보였다. 리나의 차는 시동이 켜진 채 우리 집 앞에 서 있었다. "내일 보자."

"그래."

하지만 나는 내일 리나를 볼 수 없다는 것을 알고 있었다. 리나가 지금 차를 몰고 떠나면 그것으로 끝이라는 것을 알고 있었다. 레이븐우드와 개틀린으로 각각 이어진 갈림길처럼, 지금 이 순간도 갈림길이었다. 반드시 두 길 중 하나를 택해야 했다. 만약 리나가 저쪽 편 길을 택한다면 그녀의 장의차는 내 옆을 그냥 지나쳐서 가버릴 것이다. 내가 처음으로 그 차를 본 날 그랬던 것처럼.

리나가 나를 택하지 않으면 그렇게 될 것이다.

두 길을 모두 택할 수는 없었다. 그리고 일단 한쪽 길을 택하고 나면, 다시는 돌아갈 수도 없었다. 엔진이 주행 상태로 바뀌는 소리가 들렸지만, 나는 그냥 계속 우리 집 문을 향해 걸어갔다. 장의차가 출발했다.

리나는 나를 택하지 않았다.

나는 침대에 누워 창문을 바라보고 있었다. 달빛이 쏟아져 들어오는 것이 짜증스러웠다. 내가 바라는 거라고는 오늘 하루를 빨리 끝내는 것뿐인데, 달빛 때문에 잠이 들 수 없었다.

'이선.' 워낙 작은 목소리라 나는 하마터면 듣지 못할 뻔했다.

나는 창문을 바라보았다. 창문은 잠겨 있었다. 아까 내가 확인했기 때문에 틀림없었다.

'이선, 어서.'

나는 눈을 감았다. 창문의 걸쇠가 덜걱거렸다.

'날 들여보내줘.'

나무 덧창이 쾅 하고 열렸다. 누가 물어보면 바람 때문이라고 하겠지만, 물론 밖에는 산들바람조차 없었다. 나는 침대에서 나와 창밖을 내다보았다.

리나가 잠옷바람으로 우리 집 앞의 잔디밭에 서 있었다. 이웃 사람들이 보면 아주 신이 날 테고, 애마 아줌마는 심장마비를 일으킬 터였다. "네가 내려오지 않으면 내가 올라갈 거야."

그래, 심장마비가 틀림없었다.

우리는 집 앞 계단에 앉았다. 나는 청바지 차림이었다. 나는 원래 잘 때 잠옷을 입는 법이 없었다. 게다가 만약 애마 아줌마가 밖에 나왔다가 내가 팬티 차림으로 여자애랑 같이 있는 걸 보면, 아침이 오기 전에 나를 뒷마당 잔디밭에 묻어버릴 터였다.

리나는 계단에 등을 기대고 현관 베란다에서 길게 벗겨지고 있는 하얀 페인트 조각을 올려다보았다. "이 거리 끝에서 차를 돌리기 직전까지 갔는데, 너무 무서워서 그러지 못했어." 달빛 덕분에 나는 리나의 잠옷이 초록색과 보라색이며, 디자인은 중국풍이라는 것을 알 수 있었다.

"그런데 집에 도착했을 때는 너무 무서워서 차를 안 돌릴 수가 없더라." 리나는 자신의 발가락에 바른 매니큐어를 손으로 뜯고 있었다. 그녀는 맨발이었다. 리나가 그러고 있는 것을 보니, 뭔가 할 말이 있는 것 같았다. "어떻게 해야 할지 잘 모르겠어. 전에는 이런 얘기를 해본 적이 없어서, 이야기가 어떻게 풀려 나올지 나도 몰라."

나는 한 손으로 내 헝클어진 머리를 문질렀다. "무슨 얘긴지는 모르겠지만 나한테는 말해도 돼. 이상한 집안에서 사는 게 어떤 건지 나도 아니까."

"넌 이상한 게 뭔지 아는 것 같지? 하지만 넌 아무것도 몰라."

리나는 깊이 숨을 들이쉬었다. 리나가 지금부터 하려는 이야기가 무엇인지는 몰라도, 힘든 이야기인 모양이었다. 리나가 적당한 표현을 찾으려고 애쓰는 것이 눈에 보였다. "우리 집 사람들이랑 나는 능력이 있어. 보통 사람들은 하지 못하는 일들을 할 수 있다는 뜻이야. 태어날 때부터 그런 능력이 있기 때문에 우리도 어쩔 수 없어. 우린 처음부터 그런 사람들이니까."

리나의 말을 이해하는 데는 1초쯤 시간이 걸렸다. 그래도 내가 제대로 이해했는지 확신이 서지는 않았다.

리나는 마법에 대해 말하고 있었다.

지금 같은 때 애마 아줌마가 나타나야 하는 거 아냐?

나는 묻기가 무서웠지만, 그래도 반드시 알아야 할 것 같았다. "그런 사람들이라는 게 정확히 뭔데?" 너무 터무니없는 소리 같아서 이 질문을 던지기도 힘들었다.

"주술사." 리나가 조용히 말했다.

"주술사?"

리나가 고개를 끄덕였다.

"주술을 거는 사람들 말이야?"

리나가 다시 고개를 끄덕였다.

나는 리나를 빤히 바라보았다. 어쩌면 리나가 정말로 미친 건지도 모른다는 생각이 들었다. "마녀 같은 거?"

"이선. 웃기는 소리 마."

나는 숨을 내쉬었다. 순간적으로 안도감이 들었다. 그래, 내가 무슨 바보 같은 생각을 한 거야? 그럴 리가 없잖아.

"그건 진짜 멍청한 단어야. 우리를 놀리는 소리 같다고. 우리를 무슨 변태처럼 보는 소리 같기도 하고. 마녀라는 건 그냥 터무니없는 고정관념이 만들어낸 것일 뿐이야."

나는 가슴이 덜컹 내려앉았다. 당장 계단을 달려 올라가서 문을 잠그고 침대 속에 숨고 싶은 생각이 마음 한구석에서 솟아올랐다. 하지만 이 자리에 그냥 있고 싶다는 생각이 더 강했다. 사실 나도 속으로는 처음부터 이걸 알고 있었던 것 아닌가? 리나의 정체가 뭔지 확실히는 몰랐어도, 리나한테 뭔가가 있다는 건 알고 있었다. 잡동사니를 매달아둔 목걸이와 낡은 처크 테일러 운동화 외에도 뭔가 이상한 구석이 있다고. 갑자기 폭우가 내리게 할 수 있는 사람한테서 도대체 뭘 기대했던 거야? 같은 장소에 있지 않아도 나랑 대화를 할 수 있는 사람이잖아. 하늘에 떠가는 구름을 마음대로 조종할 수 있는 사람이기도 하고, 앞마당에 서서 내 방 덧창을 열 수 있는 사람이기도 하잖아.

"주술사 말고 더 나은 이름은 없어?"

"우리 집안 사람들을 전부 한꺼번에 지칭할 수 있는 단어는 없어. 너는 네 식구들을 전부 한 단어로 표현할 수 있어?"

나는 긴장된 분위기를 깨고, 리나가 다른 평범한 여자애들과 똑같은 사람인 것처럼 굴고 싶었다. 이게 심각한 일이 아니라고 나 자신을 납득시키고 싶었다. "있어. 정신병자."

"우린 주술사야. 그게 가장 넓은 의미의 이름이야. 우리 모두 능력이 있어. 일종의 재능이지. 유난히 머리가 좋은 집안이나, 돈이 많은 집안이나, 외모가 뛰어난 집안이나, 운동선수가 많은 집안이랑 똑같아."

이제 무엇을 물어보아야 하는지 나는 뻔히 알고 있었지만, 묻고 싶지 않았다. 리나가 생각만으로 창문을 깨버릴 수 있는 사람이라는 건 나도 이미 알고 있었다. 하지만 리나가 또 어떤 일을 할 수 있는지 알아낼 마음의 준비가 아직 안 된 것 같았다.

어쨌든 우리가 남부의 흔한 괴짜 집안에 대해 이야기하고 있는 것 같은 기분이 들기 시작했다. 내 할머니들도 제정신이 아니기는 마찬가지였다. 레이븐우드 집안은 개틀린의 어느 집안 못지않게 이곳에서 오래 살았다. 그러니 그들이 제정신이 아니면 안 될 이유도 없지 않은가. 나는 속으로 이런 생각을 하며 나 자신을 타일렀다.

리나는 내 침묵을 나쁜 징조로 받아들인 모양이었다. "아무 말도 안 하는 건데. 그러게 내 일에 끼어들지 말라고 했잖아. 이제 너도 날 괴물로 생각하지?"

"난 네가 재능 있는 사람이라고 생각해."

"우리 집이 이상하다고 생각하잖아. 그건 네가 아까 이미 인정했어."

"그거야 너희 집이 자주 바뀌니까." 나는 어떻게든 이 순간을 놓치지 않으려고 애쓰는 중이었다. 리나가 계속 미소 짓게 하고 싶었다. 내게 진실을 말해주기 위해 리나가 어떤 대가를 치렀을지 짐작이 갔다. 이제 와서 리나를 두고 나 혼자 도망칠 수는 없었다. 나는 고개를 돌려 진달래 덤불 위에 불이 켜져 있는 서재 창문을 가리켰다. 창문은 두꺼운 나무 덧창으로 가려져 있었다. "저기를 봐. 저 창문 보여? 저긴 우리 아빠의 서재야. 아빠는 밤새 일하고 낮에는 종일 자. 엄마가 돌아가신 뒤로 아빠는 집 밖으로 나간 적이 없어. 자기가 쓰는 글을 나한테 보여주려고도 안 해."

"진짜 낭만적이다." 리나가 조용히 말했다.

"낭만적이긴. 미친 짓이지. 그래도 그걸 가지고 뭐라는 사람이 아무도 없어. 우리랑 이야기할 사람이 이젠 없으니까. 애마 아줌마만 빼고. 아줌마는 내 방에 마법의 부적을 숨겨두는가 하면, 낡은 장신구를 집에 가지고 왔다고 나한테 고함을 질러대는 사람이야."

리나가 미소를 짓기 직전임을 나는 알 수 있었다. "어쩌면 너도 괴물인지 모르겠다."

"맞아, 괴물이야. 너도 괴물이고. 네 집에서는 방들이 사라지고, 우리 집에서는 사람이 사라지는 게 다를 뿐이지. 집 안에만 틀어박혀 있는 네 삼촌은 제정신이 아니고, 집 안에만 틀어박혀 있는 우리 아빠도 미쳤어. 너랑 나랑 도대체 어디가 어떻게 다르냐는 거야?"

리나는 미소를 지었다. 안도한 표정이었다. "지금 그 말을 칭찬으로 받아들이려고 애쓰는 중이야."

"칭찬 맞아." 나는 달빛 속에서 미소 짓는 리나를 바라보았다. 진짜 미소였다. 지금 이 순간 리나의 모습에는 뭔가 특별한 것이 있었다. 나는 조금 더 몸을 기울여 리나에게 입을 맞추는 나 자신을 상상했다. 하지만 실제로는 리나에게서 떨어져 한 계단 위로 올라갔다.

"왜 그래?"

"아냐, 아무것도 아냐. 그냥 좀 피곤해서." 거짓말이었다.

우리는 계속 그렇게 있었다. 계단에 앉아 몇 시간 동안이나 이야기를 나누면서. 나는 한 칸 위에서 비스듬히 몸을 기댔고, 리나는 한 칸 아래에서 비스듬히 몸을 기댔다. 우리는 어두운 밤하늘을 바라보았다. 얼마 뒤 여전히 어두운 하늘에서 아침의 기운이 느껴졌고, 조금 뒤에는 새소리가 들려왔다.

리나가 마침내 장의차를 몰고 떠난 것은 해가 막 떠오르기 시작할 무렵이었다. 나는 부 래들리가 장의차 뒤를 따라 천천히 뛰면서 집으로 향하는 모습을 지켜보았다. 계속 그 속도로 움직인다면, 집에 도착하기도 전에 해가 질 것이다. 저 개가 왜 굳이 집으로 돌아가려 하는지 모르겠다는 생각이 들었다.

멍청한 녀석.

나는 우리 집의 놋쇠 문손잡이에 손을 댔지만, 문을 열 수 없을 것 같았다. 모든 것이 뒤죽박죽 뒤집혀 있었고, 집 안에는 그걸 정리해줄 수 있는 사람이나 물건이 전혀 없었다. 내 마음도 뒤죽박죽이었다. 애마 아줌마가 커다란 프라이팬에 달걀을 풀고 마구 휘저어놓았을 때와 똑같은 모습. 내 속이 이렇게 뒤죽박죽 엉켜버린 것이 벌써 며칠째였다.

T.I.M.O.R.O.U.S. 애마 아줌마가 지금 내 상태를 알면 이렇게 말했을 것이다. 겁쟁이의 또 다른 표현. 나는 겁에 질려 있었다. 리나에게는 그 집안 사람들의 내력이 별것 아니라고 말했다. 그나저나 그 집안 사람들을 뭐라고 불러야 하지? 마녀? 주술사?

그래, 퍽이나 별것 아니기도 하겠다.

나는 거짓말쟁이였다. 저 멍청한 개조차도 틀림없이 그걸 눈치채고 있을 것 같았다.

맨 뒤의 세 줄

<9.24>

"1톤짜리 벽돌더미에 맞은 것 같다."는 표현이 있다. 정확한 표현이다. 리나가 차를 돌려 자주색 잠옷 차림으로 우리 집 문 앞에 서 있는 것을 본 순간 내 기분이 바로 그랬다.

그런 일이 곧 벌어지리라는 건 알고 있었다. 하지만 내가 그런 느낌을 받을 줄은 정말 몰랐다.

그때 이후로 내가 원하는 것은 두 가지뿐이었다. 리나와 함께 있든지 아니면 혼자 있는 것. 그래야 머릿속을 정리할 수 있을 것 같았다. 나는 우리 사이를 어떻게 표현해야 할지 알 수 없었다. 리나는 내 여자 친구가 아니었다. 우리는 데이트조차 한 적이 없었다. 지난주까지만 해도 리나는 나를 친구로도 인정하지 않았다. 리나가 나를 어떻게 생각하는지는 전혀 알 수 없었다. 그렇다고 서배너 같은 애를 보내서 리나의 속내를 알아볼 수 있는 것도 아니었다. 지금 우리 관계가 무엇이든, 우리 사이에 무엇이 있든, 나는 그걸 잃어버리고 싶지 않았다. 그런데 나는 왜 리나 생각을 한시도 머리에서 몰아낼 수 없는 걸까? 리나의 모습이 눈에 들어오자마자 왜 그토록 행복해지는 걸까? 그 이유를 알 것도 같았지만, 내 생각이 맞는지 확인할 길이 없었다.

사내 녀석들은 원래 이런 문제를 화제로 삼지 않는 법이다. 그냥 자신을 후려친 벽돌더미에 깔린 채 누워 있을 뿐.

"뭘 쓰는 거야?"

리나는 항상 가지고 다니는 스프링노트를 덮었다. 수요일에는 농구 연습이 없기 때문에 나는 리나와 함께 그린브라이어의 정원에 앉아 있었다. 이제 이곳은 내 머릿속에서 우리만의 특별한 장소 비슷한 것으로 자리를 잡았다. 비록 내가 이 사실을 인정하는 일은 결코 없겠지만. 리나에게도 결코 말하지 않을 것이다. 이 정원은 우리가 로켓을 주운 곳이었다. 누가 우리를 빤히 바라보며 쑤군덕델까 봐 신경 쓰지 않고 편안히 시간을 보낼 수 있는 곳이기도 했다. 원래 우리는 공부를 할 생각이었지만 리나는 그 스프링노트에 뭔가를 쓰고 있었고 나는 원자의 내부구조를 설명한 문단만 벌써 아홉 번째로 읽고 있었다. 우리는 어깨가 닿을 정도로 가까이 있었지만, 우리가 바라보는 방향은 달랐다. 나는 저물어가는 햇빛을 받으며 몸을 쭉 펴고 누운 자세였고, 리나는 이끼로 뒤덮인 떡갈나무의 그림자 속에 앉아 있었다. 나무 그림자가 점점 길어졌다. "별것 아냐. 그냥 쓰는 거야."

"그래? 말하기 싫으면 안 해도 돼." 나는 실망한 티를 내지 않으려고 애썼다.

"이건 그냥… 바보 같은 내용이야."

"그래도 말해 봐."

한동안 리나는 아무 말도 하지 않고, 신발의 고무테에 검은 펜으로 낙서만 했다. "가끔 시를 써. 어렸을 때부터 그랬어. 이상한 짓이라는 건 나도 알아."

"내가 보기엔 안 이상한데. 우리 엄마도 글을 썼어. 아빠도 글을 쓰고."

리나가 미소 짓는 것이 느껴졌다. 지금 리나를 바라보고 있는 게 아닌데도.

"알았어, 내가 예를 잘못 들었다. 우리 아빠는 진짜 이상한 사람이니까 말이야. 하지만 글을 쓰기 때문에 이상해진 건 아냐."

나는 리나가 공책을 내밀며 한번 읽어보라고 하지 않을까 하는 기대를 품고 기다렸다. 하지만 내게 그런 행운은 없었다. "언제 나도 한 번 읽어봤으면 좋겠는데….'

"그런 일은 아마 없을걸." 공책을 다시 펼치는 소리, 펜이 종이에 긁히는 소리가 들렸다. 나는 내 화학책을 빤히 바라보며 머릿속으로 이미 백 번이나 연습했던 말을 또 연습했다. 지금 여기에는 우리 둘뿐이었다. 해는 점점 저물고 있었고, 리나는 시를 쓰는 중이었다. 그 말을 하려면 지금 해야 했다.

"음, 있잖아, 나랑 같이 놀래?" 나는 아무렇지도 않은 목소리를 내려고 애썼다.

"지금 놀고 있는 거 아냐?"

나는 아까 배낭에서 발견한 낡은 플라스틱 숟가락 끝을 잘근잘근 씹었다. 아마 푸딩에 딸려온 숟가락인 듯 싶었다. "그렇지. 아니, 내 말은, 그러니까, 어디 놀러갈까 하는 거지."

"지금?" 리나는 껍질을 까두었던 그러놀라바(귀리에 건포도 등을 섞어서 초코바 형태로 만든 것-옮긴이)를 한 입 베어 물고는 다리의 방향을 바꿔 나를 바라보며 그러놀라바를 내밀었다. 나는 고개를 저었다.

"지금이 아니라, 금요일쯤에. 영화를 보러 가도 좋고." 나는 화학책에 플라스틱 숟가락을 끼우고 책을 덮었다.

"으, 더러워." 리나가 얼굴을 찡그리더니 공책의 책장을 넘겼다.

"무슨 소리야?" 내 얼굴이 점점 달아올랐다.

'그냥 영화나 보러 가자고 한 건데.'

'어이그, 이 바보야.'

리나는 내가 책갈피에 끼운 더러운 숟가락을 가리켰다. "그거 말이야."

나는 마음이 놓여서 미소를 지었다. "맞아. 나쁜 버릇이지. 엄마한테 배운 거야."

"너희 엄마가 숟가락이나 포크 같은 걸 좋아하셨어?"

"아니, 책을 좋아했어. 한꺼번에 읽는 책이 스무 권 정도는 됐을걸. 책이 집 안 사방에 있었으니까. 부엌 식탁, 엄마 침대 옆, 화장실, 차 안, 엄마 가방 안… 계단마다 가장자리에도 책이 몇 권씩 쌓여 있었어. 그리고 엄마는 뭐든 손에 잡히는 물건이 있으면 아무 거나 책갈피로 썼어. 구석에 처박혀 있던 내 양말 한 짝, 사과 심, 엄마 안경, 책, 포크…."

"더러운 숟가락도?"

"그럼."

"애마 아줌마가 아주 미치려고 했겠다."

"장난이 아니었지. 아냐, 잠깐, 아줌마는…." 나는 머릿속을 뒤졌다. "P.E.R.T.U.R.B.E.D.(마음이 어지럽고 불안하다는 뜻 – 옮긴이)였어."

리나가 웃음을 터뜨렸다. "이건 우리 엄마가 준 거야." 리나는 한 번도 벗는 법이 없는 긴 은목걸이의 부적 중 하나를 내밀었다. 작은 황금색 새였다. "갈가마귀raven야."

"너희 성이 레이븐우드라서?"

"아니. 갈가마귀는 주술사 세계에서 가장 강력한 새야. 전설에 따르면, 갈가마귀는 에너지를 자기 몸속으로 빨아들여서 다른 형태로 방출할 수 있대. 능력이 워낙 강해서 가끔은 공포의 대상이 되기도 해." 리나가 갈가마귀 부적을 놓자, 부적은 원래 자리로 돌아갔다. 이상한 글자가 새겨진 원반과 검은 유리구슬 사이였다.

"부적이 아주 많네."

리나는 흘러내린 머리카락을 귀 뒤로 넘기고는 자기 목걸이를 내려다보았다. "사실 부적은 아냐. 그냥 나한테 의미가 있는 것들이지." 리나는 음료수 깡통의 손잡이를 들어올렸다. "이건 내가 생전 처음으로 마신 오렌지 음료수 깡통에서 나온 거야. 서배너의 우리 집 현관 베란다에 앉아서 먹었 지. 내 밸런타인데이 선물상자에 아무것도 안 들어 있어서 학교에서 울면 서 집에 왔더니 할머니가 그 음료수를 사주셨어."

"귀엽다."

"귀여운 게 아니라 비극적인 거지."

"아니, 네가 그걸 아직 갖고 있는 게 귀엽다고."

"난 뭐든 보관해."

"이건 뭐야?" 나는 검은 구슬을 가리켰다.

"트와일라 고모가 주신 거야. 바베이도스의 아주 외딴 곳에서 나는 돌로 만든 거래. 이게 나한테 행운을 가져다줄 거라고 고모가 말했어."

"멋진 목걸이야." 나는 이 목걸이가 리나에게 얼마나 의미 있는 물건인 지 알 수 있었다. 목걸이에 매달린 물건들을 리나가 소중히 간직하고 있는 것만 봐도 그랬다.

"남이 보기에는 그냥 잡동사니처럼 보인다는 거 알아. 하지만 난 어디서 든 오래 살아본 적이 없어. 몇 년 이상 같은 집의 같은 방에서 살아본 적이 없다고. 그래서 가끔은 이 목걸이에 달려 있는 이 물건들이 내 모든 것이라 는 생각이 들어."

나는 한숨을 내쉬며 풀잎 하나를 잡아당겼다. "나는 네가 살았던 곳 중 아무 데서나 한번 살아봤으면 좋겠다."

"그래도 넌 여기에 뿌리를 두고 있잖아. 평생을 사귄 좋은 친구도 있고, 옛날부터 항상 같은 집 같은 방에서 잠을 자고…. 아마 문설주에 어렸을 때 부터 네 키를 표시해둔 자국도 있을걸." 사실이었다.

'내 말이 맞지?'

나는 어깨로 리나를 쿡쿡 찔렀다. "네가 원한다면 우리 집 문설주에 네 키도 표시해줄게. 그러면 네가 여기 웨이츠 랜딩에 살았다는 사실이 영원히 남을 거야." 리나는 공책을 향해 미소를 지으며 어깨로 내 어깨를 밀었다. 오후의 햇살이 리나의 얼굴 한쪽을 비추는 것이 언뜻 눈에 들어왔다. 공책의 책장, 구불구불한 리나의 검은 머리카락, 검은 컨버스 운동화 코에도 햇살이 떨어졌다.

'영화 말인데, 금요일 좋아.'

리나는 그러놀라바를 공책 한가운데에 놓고 공책을 덮었다.

우리의 낡은 검은색 운동화 코가 맞닿았다.

금요일 밤에 대해 생각하면 할수록 나는 가슴이 떨렸다. 그건 데이트는 아니었다. 공식적으로는 그랬다. 그런데 그게 바로 문제였다. 나는 그것이 데이트가 되기를 바랐다. 나를 친구로도 확실히 인정해주지 않는 여자애에게 감정을 느끼게 됐을 때 어떻게 해야 할까? 나는 그 여자애의 집에 갔다가 삼촌에게 쫓겨났고, 우리 집에서도 그 여자애를 그다지 환영하지 않는다. 그리고 내가 아는 사람들이 거의 모두 그 여자애를 싫어하고 미워한다. 그 여자애는 나와 같은 꿈을 꾸지만, 나랑 같은 감정을 품고 있는 것 같지는 않다.

이럴 때 어떻게 해야 하는지 나는 전혀 몰랐다. 그래서 아무것도 하지 않았다. 하지만 리나에 대한 생각을 멈출 수는 없었다. 목요일 밤에는 차를 몰고 리나의 집으로 가고 싶은 마음이 간절했다. 리나의 집이 마을 외곽에 있지 않고, 내게 차가 있었다면 그렇게 했을 것이다. 리나의 삼촌이 메이컨 레이븐우드가 아니었다면. 이런 전제조건들 덕분에 나는 바보짓을 하지 않고 버틸 수 있었다.

하루하루가 다른 사람의 인생 같았다. 지금까지 내 인생은 아무 일도 일어나지 않는 무미건조한 것이었는데, 지금은 모든 일이 한꺼번에 일어나고 있었다. 여기서 모든 일이란 사실 리나를 뜻했다. 한 시간이 더 빨리 흘러가는 동시에 더 느리게 흘러갔다. 마치 내가 거대한 풍선에서 바람을 빨아들인 것 같았다. 그래서 내 뇌로 산소가 충분히 전달되지 않는 것 같았다. 구름이 전보다 더 흥미롭게 보였고, 점심때의 학교 식당도 전처럼 지겹지 않았다. 음악 소리는 더 즐겁게 들렸고, 옛날부터 늘 듣던 우스갯소리도 재미있었다. 잭슨 고등학교는 이제 회색이 도는 초록색 공장건물 같은 곳이 아니라 내가 리나와 우연히 마주칠 수 있는 기회와 장소들로 가득 찬 곳이 되었다. 나는 나도 모르게 혼자 배시시 웃기도 하고, 귀에 이어폰을 항상 꽃은 채로 리나와 나눈 대화를 머릿속으로 되뇌기도 했다. 이건 내가 이미 예전에 본 적이 있는 증상이었다.

다만 내가 직접 경험하는 것이 처음일 뿐이었다.

금요일 하루 종일 나는 기분이 날아갈 듯했다. 다시 말해서, 수업 시간에는 최악이었고 농구연습에서는 최고였다는 뜻이다. 남아도는 기운을 어딘가에 써야 했다. 심지어 감독님도 내 상태를 알아차리고는 나더러 이야기를 좀 해야겠다면서 남으라고 했다. "계속 이렇게 해라, 웨이트. 그러면 내년에 스카우트될지도 몰라."

농구연습이 끝난 뒤 링크가 나를 서머빌까지 태워다주었다. 사내 녀석들도 영화를 보러 갈 생각을 하고 있었다. 우리 동네 영화관인 시네플렉스에는 상영관이 하나밖에 없기 때문에 내가 이 점을 미리 고려했어야 하는 건데, 이제는 후회해봤자 소용없었다. 게다가 이미 나는 그런 걸 신경 쓸 수 있는 상태가 아니었다.

링크의 비터가 극장 앞에 도착했을 때, 리나는 어둠 속에서 환히 불이 켜진 극장 앞에 서 있었다. 자주색 티셔츠 위에 몸에 딱 붙는 검은 원피스를 입은 차림이었는데, 그걸 보니 리나가 얼마나 여성스러운지 실감이 났다. 하지만 낡아빠진 검은색 부츠는 그 느낌을 금세 잊어버리게 만들었다.

극장 안쪽에는 여느 때 흔히 볼 수 있는 서머빌 커뮤니티칼리지 학생들 외에 치어리더들이 대형을 이루고 모여 있었다. 농구부의 사내 녀석들과 함께였다. 그들을 보자 날아갈 듯한 기분이 사라져버렸다.

"왔어?"

"늦었잖아. 표는 내가 샀어." 주위가 어두워서 리나의 눈빛을 읽을 수 없었다. 나는 리나의 뒤를 따라 안으로 들어갔다. 출발이 좋았다.

"웨이트! 이리 와 봐!" 에머리의 목소리가 로비 아케이드 쪽에서 우렁차게 울려 퍼졌다. 사람들이 잔뜩 모여 있는 곳이었다. 로비에서는 80년대의 음악이 흘러나왔다.

"웨이트, 너 데이트하냐?" 이번에는 빌리였다. 얼은 아무 말도 하지 않았지만, 원래 얼은 말이 없는 녀석이었다.

리나는 녀석들을 무시했다. 리나는 자기 머리를 문지르며 앞장서서 걸어갔다. 마치 날 바라보고 싶어 하지 않는 것 같았다.

"이런 게 인생이야." 나는 사람들이 모여 있는 쪽을 향해 소리쳤다. 아마 월요일에 학교에 가면 이런저런 이야기들이 들려올 것이다. 나는 리나를 따라잡았다. "미안하다."

리나가 휙 몸을 돌려 나를 바라보았다. "네가 영화 예고편을 보고 싶어 하지 않는 사람이라면 실망이야."

'널 기다렸단 말이야.'

나는 활짝 웃었다. "예고편에 앞뒤 크레딧도 보고, 팝콘도 좋아해."

리나는 내 뒤쪽의 내 친구들을 바라보았다. 아니, 예전에 내 친구 역할을 했던 녀석들이라고 해야 할 것 같았다.

'쟤들은 그냥 무시해.'

"버터 넣은 거, 안 넣은 거?" 리나는 짜증이 나 있었다. 내가 늦게 오는 바람에 혼자서 잭슨 고등학교 아이들의 텃세를 감당해야 했을 것이다. 이제는 내가 그것을 감당해야 할 차례였다.

"버터 넣은 거." 나는 리나가 다른 대답을 원한다는 걸 알면서도 사실대로 말했다. 리나는 얼굴을 찌푸렸다.

"하지만 소금을 추가로 넣게 해주면 버터를 포기할게." 내가 말했다. 리나가 내 뒤를 바라보았다가 다시 내게 시선을 주었다. 에밀리의 웃음소리가 점점 가까워졌다. 하지만 나는 신경 쓰지 않았다.

'가고 싶으면 말만 해, 리나.'

"버터 없이 소금만. 밀크더드(밀크초콜릿을 겉에 입힌 캐러멜 캔디─옮긴이)도 같이. 마음에 들 거야." 리나가 말했다. 리나의 어깨에서 조금 긴장이 풀리는 것 같았다.

'듣기만 해도 좋은걸.'

치어리더들과 사내 녀석들이 우리 옆을 지나갔다. 에밀리는 일부러 나를 외면했고, 서배너는 병균을 피하는 것처럼 리나 옆을 빙 둘러서 피해갔다. 그 애들이 집에 가서 엄마에게 뭐라고 말할지 짐작이 갔다.

나는 리나의 손을 잡았다. 내 몸에 전류가 통하는 것 같았지만, 지난번 밤에 빗속에서 느낀 충격과는 달랐다. 지금은 감각이 혼란스러워진 느낌이었다. 바닷가에서 파도에 얻어맞음과 동시에 비 내리는 밤에 전기담요를 뒤집어 쓴 것 같은 느낌. 그런 느낌이 내 몸을 훑고 지나갔다. 서배너가 그걸 눈치채고 에밀리를 팔꿈치로 쿡쿡 찔렀다.

'이럴 필요 없어.'

나는 리나의 손을 잡은 손에 힘을 주었다.

'내가 뭘?'

"야, 꼬마야, 형아들 봤냐?" 링크가 내 어깨를 툭 쳤다. 링크는 버터를 넣은 팝콘이 담긴, 괴물처럼 커다란 통과 거대한 파란색 슬러시를 들고 있었다.

시네플렉스에서는 살인사건이 등장하는 추리영화를 상영 중이었다. 애마 아줌마는 추리와 시체를 워낙 좋아하는 사람이니 이 영화를 봤으면 아주 좋아했을 것이다. 링크는 혹시 여대생들이 앉아 있지 않은지 주위를 힐끔거리면서 앞줄의 사내 녀석들 쪽으로 가버렸다. 리나와 같이 앉기 싫어서가 아니라, 우리가 단둘이서만 영화를 보고 싶을 거라고 생각했기 때문이었다. 맞는 생각이었다. 적어도 나는 그랬다.

"어디 앉을까? 맨 앞줄? 중간?" 나는 리나의 대답을 기다렸다.

"여기 뒷자리가 좋아." 나는 리나의 뒤를 따라 맨 뒷줄로 들어갔다.

개틀린의 아이들이 시네플렉스에 오는 가장 큰 이유는 야한 짓을 하는 것이었다. 어차피 여기서 상영 중인 영화는 디브이디로 이미 나온 것들이니 영화가 이유일 수는 없었다. 특히 맨 뒤의 세 줄 중 한 좌석을 고른다면, 이유는 하나뿐이었다. 시네플렉스와 급수탑이 모두 같은 역할을 했다. 여름에는 호수도 포함되었다. 그 밖에 공중 화장실 몇 군데와 지하실도 있었지만, 애당초 선택할 수 있는 장소가 그리 많지는 않았다. 우리가 야한 짓을 하려고 들지 않을 거라는 사실은 이미 알고 있었지만, 설사 우리가 그런 사이라 해도 그런 짓을 하려고 리나를 여기로 데려오지는 않았을 것이다. 리나는 시네플렉스의 뒷좌석으로 무작정 데려가도 되는 그런 여자애가 아니었다.

어쨌든 뒷자리를 택한 건 리나였다. 나는 리나가 왜 이 자리를 택했는지 알고 있었다. 맨 뒷자리가 에밀리 애셔에게서 가장 먼 자리니까.

어쩌면 내가 리나에게 미리 주의를 주었어야 했는지도 모른다. 오프닝 크레딧이 나오기도 전에 뒷좌석에 앉은 사람들은 이미 행동을 개시했다. 우리는 둘 다 팝콘만 뚫어지게 바라보았다. 달리 눈을 돌릴 곳이 없기 때문이었다.

'미리 말을 좀 해주지 그랬어?'

'나도 몰랐어.'

'거짓말.'

'진짜 신사처럼 굴게. 정말이야.'

나는 이상한 생각을 내 마음의 구석으로 몰아넣고, 무엇이 됐든 다른 걸 생각하려고 애썼다. 날씨, 농구…. 그리고 팝콘 통 속으로 손을 뻗었다. 리나도 동시에 손을 뻗었기 때문에 우리 둘의 손이 순간적으로 맞닿았다. 차갑기도 하고 뜨겁기도 한 기운이 동시에 내 팔을 훑고 지나갔다. 농구 전술을 생각하려고 했지만, 잭슨 고등학교 농구 교본에 실린 전술이 무한히 많은 것도 아니었다. 참아내기가 생각보다 힘들어질 것 같았다.

영화는 형편없었다. 영화가 시작된 지 10분 만에 나는 벌써 결말을 알 것 같았다.

"저놈이야." 내가 속삭였다.

"뭐?"

"저 남자. 저 사람이 살인범이야. 살해방법은 모르겠지만, 하여튼 범인은 저놈이야." 링크가 내 옆에 앉기 싫어하는 또 다른 이유가 바로 이거였다. 나는 항상 영화가 시작하자마자 결말을 알아차릴 뿐만 아니라, 그걸 속에 품고 있지도 못했다. 추리영화의 결말을 알아차리는 건 내게 크로스워드퍼즐을 푸는 것과 마찬가지였다. 내가 비디오게임이나 사육제의 게임이나 아빠와 두는 체커 게임에서 좋은 성적은 거두는 이유도 바로 이것이었다. 첫수만 보고도 모든 걸 파악할 수 있다는 것.

"그걸 어떻게 알아?"

"그냥 알아."

'이게 어떻게 끝날까?'

리나의 말이 무슨 뜻인지는 알고 있었다. 하지만 생전 처음으로 나는 답을 알 수 없었다.

'행복하게. 아주, 아주 행복하게 끝날 거야.'

'거짓말. 밀크더드나 줘.'

리나는 내 셔츠 주머니에 불쑥 손을 집어넣어 밀크더드를 찾았다. 하지만 밀크더드는 다른 주머니에 들어 있었다. 결국 리나의 손에 잡힌 것은 전혀 예상치 못했던 물건이었다. 작은 주머니. 그리고 그 안에 딱딱하게 잡히는 로켓. 리나는 화들짝 놀라서 허리를 곧추 세우며 주머니를 꺼내서 들어올렸다. 마치 죽은 쥐를 들어 올릴 때처럼. "이걸 왜 여태껏 주머니에 가지고 돌아다니는 거야?"

"쉬." 주위 사람들이 우리에게 짜증스러운 시선을 보냈다. 그들이 아예 영화를 볼 생각이 없는 사람들이라는 점을 생각하면 웃기는 일이었다.

"집에 놔둘 수는 없잖아. 애마 아줌마는 내가 그걸 파묻은 줄 아는데."

"진짜 파묻지 그랬어?"

"그래봤자지. 얘는 제 나름의 생각을 갖고 있으니까. 게다가 아무 일도 일어나지 않을 때가 대부분이고. 얘가 작동하는 건 너도 다 봤잖아."

"조용히 좀 해." 우리 앞에 앉아 있던 커플이 숨을 쉬려고 고개를 들며 말했다. 그 바람에 리나가 깜짝 놀라서 로켓을 떨어뜨렸다. 우리 둘 다 로켓을 잡으려고 손을 뻗었다. 그런데 손수건이 벗겨지는 것이 보였다. 슬로모션 같았다. 어둠 속에서 하얀 사각형 손수건이 간신히 눈에 들어왔다. 영화가 상영되던 커다란 스크린이 뒤틀리면서 아주 작은 불꽃처럼 변하더니, 순식간에 연기 냄새가 나기 시작했다.

여자들이 있는 집을 태우다니.

그럴 리가 없어. 엄마. 에반젤린. 제너비브의 머릿속이 어지러워졌다. 어쩌면 아직 늦지 않았는지도 모른다. 제너비브는 거친 발톱처럼 자신을 찔러대는 덤불과 자신의 이름을 부르는 이선과 아이비의 목소리를 무시하고 뛰기 시작했다. 덤불이 끝나는 곳에 북군 병사 두 명이 서 있었다. 제너비브의 할아버지가 지은 집의 잔해 앞이었다. 두 병사는 정부가 지급해준 배낭에 쟁반 가득 담긴 은식기를 마구 쏟아 넣고 있었다. 제너비브는 검은 옷자락을 펄럭이며 쏜살같이 그들을 지나쳤다. 불길에 솟아오른 바람이 그녀의 옷자락을 휘날렸다.

"저건 무슨….'

"붙잡아, 에멋." 아직 십대 소년인 두 병사 중 한 명이 말했다.

제너비브는 한 번에 두 칸씩 계단을 올라갔다. 원래 문이 있던 자리에서 마구 쏟아져 나오는 연기에 숨이 막혔다. 그녀는 지금 제정신이 아니었다. 엄마. 에반젤린. 연기 때문에 허파가 아파왔다. 자신이 쓰러지는 것이 느껴졌다. 연기 때문인가? 내가 기절하는 건가? 아니, 그런 게 아니었다. 누군가가 그녀의 손목을 잡고 아래로 잡아당기고 있었다.

"이봐, 어디 가는 거야?"

"이거 놔!" 제너비브는 소리를 질렀다. 연기 때문에 목소리가 갈라졌다. 병사가 그녀를 질질 끌었기 때문에 그녀의 등이 계단에 계속 부딪혔다. 남색과 황금색이 흐릿하게 뒤섞여서 눈앞을 지나갔다. 그녀의 머리가 계단 다음 칸에 부딪혔다. 처음에는 열기가, 그다음에는 뭔가 축축한 것이 그녀의 드레스 깃을 타고 뚝뚝 떨어졌다. 현기증과 혼란과 절망이 뒤범벅되었다.

총소리. 그 소리가 워낙 컸기 때문에 제너비브를 감싸고 있던 어둠을 뚫고 들어와 그녀를 깨웠다. 그녀의 손목을 잡고 있던 손에서 조금 힘이 빠졌다. 제너비브는 눈에 초점이 돌아오게 하려고 애썼다.

총소리가 두 번 더 울려 퍼졌다.

'주님, 제발 엄마와 에반젤린을 구해주세요.' 하지만 이건 지나친 부탁이었다. 아니, 잘못된 부탁인 것 같기도 했다. 세 번째로 누군가가 쓰러지는 소리가 들렸을 때, 그녀의 눈에 순간적으로 다시 초점이 잡히면서 이선의 회색 모직 상의에 피가 흩뿌려진 것이 보였다. 그가 싸우기를 거부했던 그 군대의 병사들 총에 맞은 것이다.

피 냄새에 화약 냄새와 불타는 레몬 냄새가 섞여 있었다.

화면에서는 영화 제작진의 이름들이 올라가고, 극장 안에 불이 하나둘씩 켜지고 있었다. 리나는 여전히 눈을 감은 채 의자에 등을 기대고 푹 파묻혀 있었다. 머리카락도 엉망으로 헝클어져 있었다. 우리 둘 다 숨을 고르기가 힘들었다.

"리나? 괜찮아?"

리나가 눈을 뜨더니 우리 둘 사이의 팔걸이를 세게 짚었다. 그리고 한마디 말도 없이 내 어깨에 머리를 기댔다. 리나는 말도 할 수 없을 정도로 심하게 떨고 있었다.

'나도 알아. 나도 봤어.'

링크와 다른 녀석들이 우리 옆을 지나갈 때도 우리는 여전히 그렇게 앉아 있었다. 링크가 내게 윙크를 하며 주먹을 내밀어보였다. 내가 농구 게임 중에 힘든 슛을 성공시키면 축하의 뜻으로 주먹을 맞부딪힐 때처럼.

하지만 그건 틀린 생각이었다. 다른 녀석들도 모두 똑같았다. 우리가 뒷자리에 앉아 있었던 건 사실이지만, 그런 짓을 하지는 않았다. 내 코에는 아직도 피 냄새가 느껴졌고, 내 귓가에는 총소리가 남아 있었다.

우리가 방금 본 것은 한 남자가 죽는 장면이었다.

회합

‒≒ 10.09 ≓‒

우리가 시네플렉스에 다녀온 후 소문이 퍼지는 데는 시간이 오래 걸리지 않았다. 레이븐우드 노친네의 조카가 이선 웨이트와 어울려 다닌다는 소문. 내가 '바로 작년에 엄마를 잃은 이선 웨이트'가 아니었다면, 소문이 훨씬 더 빨리 퍼졌을지도 모른다. 어쩌면 훨씬 더 잔인한 소문이 퍼졌을 수도 있다. 농구부의 사내 녀석들조차 저마다 한 마디씩 해댔다. 다만 다른 때보다 좀 더 시간이 흐른 뒤에 입을 연 것이 남들과 달랐을 뿐이다. 하지만 그것도 내가 녀석들에게 말할 기회를 주지 않았기 때문에 그렇게 된 것이었다.

나는 점심을 세 번쯤 먹어야 기운이 나는 나이였지만, 시네플렉스에 다녀온 뒤로는 하루 건너 한 번씩 점심을 걸렀다. 적어도 농구부와 먹는 점심만은 그랬다. 하지만 농구장 관중석에 혼자 앉아서 샌드위치 반쪽으로 점심을 때우는 데는 한도가 있었다. 게다가 내가 숨을 수 있는 곳도 그리 많지 않았다.

이곳에서는 정말이지 숨는 것이 불가능했다. 잭슨 고등학교는 개틀린의 축소판이었다. 그러니 숨을 곳이 없었다. 내가 슬그머니 사라지려고 해

181

도 항상 사내 녀석들이 알아차렸다. 게다가 전에도 말했듯이, 수요일 점호 때는 반드시 그 자리에 있어야 했다. 만약 여자애 때문에, 그것도 인정받는 사람 명단(다시 말해서 서배너와 에밀리가 인정하는 사람들의 명단)에 없는 여자애 때문에 점호를 건너뛴다면, 일이 아주 복잡해졌다.

특히 그 여자애가 레이븐우드 집안 사람이라면, 상황은 거의 구제불능 이었다.

이제는 나도 맞서는 수밖에 없었다. 학교 식당을 공략할 때가 온 것이 다. 우리가 실제로는 사귀는 사이가 아니라 해도 아이들에게는 전혀 상관 없었다. 잭슨 고등학교에서는 급수탑 뒤에 차를 세워놓고 점심을 같이 먹 기만 해도 다들 최악의 상상을 했다. 아니, 최고의 상상인가. 리나는 처음 으로 나와 함께 식당에 들어갔을 때, 그대로 돌아서서 다시 나가버리려고 했다. 그래서 내가 리나의 가방 끈을 붙잡았다.

'정신 차려. 그냥 점심을 먹는 것뿐이야.'

"내가 사물함에 뭘 두고 온 것 같아." 리나가 돌아섰다. 나는 가방 끈을 놓아주지 않았다.

'원래 친구들은 점심을 같이 먹는 거야.'

'아냐. 우리는 안 돼. 그러니까, 여기선 안 돼.'

나는 오렌지색 플라스틱으로 된 쟁반을 두 개 들었다. "받아." 나는 식판 을 리나 앞으로 밀어주고, 그 위에 반짝이는 피자 한 조각을 척 올려놓았다.

'지금 여기서 먹을 거야. 겁쟁이 같으니.'

'내가 이런 걸 한 번도 안 해본 것 같아?'

'나랑 같이 해본 적은 없잖아. 너 옛날 학교랑은 다른 학교생활을 원하 는 것 아니었어?'

리나는 확신이 서지 않는 표정으로 식당을 둘러보았다. 그리고 깊이 숨 을 들이쉰 뒤 내 쟁반에 당근과 셀러리가 담긴 접시를 올려놓았다.

'네가 이걸 먹으면, 어디든 네가 원하는 자리에 앉을게.'

나는 당근을 바라본 뒤 식당의 사람들을 바라보았다. 사내 녀석들은 벌써 항상 우리가 앉던 자리에 모여 있었다.

'어디든?'

*　*　*

만약 이것이 영화였다면, 우리는 사내 녀석들이 있는 자리에 앉았을 것이다. 그리고 사내 녀석들은 이것을 계기로 소중한 교훈을 얻게 되었을 것이다. 이를테면 겉모습으로 사람을 판단하면 안 된다든가, 남과 달라도 상관없다는 교훈. 그리고 리나 또한 모든 사내 녀석들이 멍청하고 천박하기만 한 건 아니라는 교훈을 얻었을 것이다. 영화에서는 항상 일이 이렇게 잘 풀리는 것 같았지만, 지금 우리는 영화 속에 있는 게 아니었다. 여기는 개틀린이었고, 개틀린에서 일어날 수 있는 일은 심하게 제한되어 있었다. 내가 사내 녀석들이 있는 식탁 쪽으로 방향을 돌리는 순간 링크가 나와 눈을 마주치더니 고개를 저었다. 절대 안 된다고 말하는 것 같았다. 리나는 몇 걸음 뒤에서 금방이라도 도망칠 준비를 하고 있었다. 앞으로 일이 어떻게 전개될지 조금씩 짐작이 갔다. 그냥 간단히 말하자면, 이 자리에서 누가 소중한 교훈을 얻는 일은 없을 것 같았다. 내가 막 돌아서려는데 얼이 나를 바라보았다.

그 시선 하나가 모든 걸 말해주었다. 그 시선은 네가 그 여자애를 이리로 데려오면 넌 끝장이라고 말하고 있었다.

리나도 그걸 본 모양이었다. 내가 리나를 향해 돌아섰을 때, 리나는 이미 그 자리에 없었다.

그날 농구 연습이 끝난 뒤 얼이 나와 대화를 나눌 사람으로 선정되었다. 웃기는 일이었다. 대화는 얼과 아주 거리가 먼 행동이었으니까. 얼은 내 체육관 사물함 앞의 긴 의자에 앉았다. 얼이 혼자 왔기 때문에 미리 모종의 계획을 세우고 왔음을 알 수 있었다. 원래 얼 페티는 혼자 다니는 법이 거의 없는 녀석이었다. 얼은 다짜고짜 본론으로 들어갔다. "그러지 마, 웨이트."

"내가 뭘?" 나는 사물함에서 시선을 들지 않았다.

"이건 너답지 않아."

"그래? 내가 나다운 일이라고 우기면?" 나는 트랜스포머 티셔츠를 입었다.

"녀석들이 다들 좋아하지 않아. 이런 식으로 계속 가다 보면 돌아올 수 없게 돼."

식당에서 리나가 그렇게 사라져버리지 않았다면, 녀석들이 어떻게 생각하든 내가 신경 쓰지 않는다는 사실을 얼도 알게 되었을 것이다. 내가 녀석들에게 신경을 쓰지 않게 된 것은 이미 얼마 전부터였다. 나는 사물함 문을 쾅 닫았다. 얼은 내 생각을 미처 말하기도 전에 나가버렸다.

이것이 마지막 경고라는 느낌이 들었다. 나는 얼을 탓하지 않았다. 처음으로 얼과 같은 생각이었다. 녀석들과 나는 서로 다른 방향을 향해 가고 있었다. 그건 누구도 반박할 수 없는 사실이었다.

그래도 링크는 나를 버리지 않았다. 농구연습을 할 때는 다른 녀석들도 내게 공을 패스해주었다. 나는 그 어느 때보다 훌륭한 실력을 보여주었다. 녀석들이 라커룸에서 뭐라고 하든, 아예 내게 말을 걸지 않든 상관없었다. 사내 녀석들과 함께 있을 때, 나는 내 세계가 둘로 나뉘어 있다는 것, 이제는 심지어 하늘조차 다르게 보인다는 것, 우리 팀이 우리 주 선수권대회에서 결승에 나가든 못 나가든 상관하지 않는다는 것을 겉으로 드러내지 않으려고 애썼다. 내가 어디서 누구와 함께 있든, 리나는 항상 내 머릿속에 있었다.

하지만 연습을 할 때 나는 그런 얘기를 전혀 하지 않았다. 오늘 연습이 끝난 뒤 링크와 함께 집으로 가는 길에 자동차에 기름을 넣으려고 스톱&스틸에 들렀을 때도 마찬가지였다. 다른 녀석들도 모두 그곳에 와 있었다. 나는 팀의 일원으로 행동하려고 애썼다. 링크를 위해서. 나는 파우더를 잔뜩 뿌린 도넛을 입안 가득 베어 물고 우물거렸다. 그래서 가게 문을 나올 때 하마터면 사레가 들릴 뻔했다.

거기 그녀가 있었다. 내가 본 모든 여자들 중에서 두 번째로 예쁜 여자였다.

나보다는 조금 나이가 많은 것 같았다. 비록 왠지 모르게 낯익은 얼굴이기는 해도, 잭슨 고등학교에서는 한 번도 본 적이 없기 때문이었다. 틀림없었다. 그 여자는 남자라면 결코 잊지 못할 여자였다. 그 여자는 내가 한 번도 들은 적이 없는 음악을 쾅쾅 틀어놓고, 검은색과 흰색이 섞인 컨버터블 미니쿠퍼의 운전석에 앉아 빈둥거리고 있었다. 차는 주차장에서 차 두 대를 세울 수 있는 공간에 아무렇게나 세워져 있었다. 그 여자가 주차장에 그어진 선을 못 보았거나, 아예 신경을 쓰지 않는 것 같았다. 그 여자는 막대사탕을 담배처럼 빨았다. 뽀로통하게 튀어나온 붉은 입술이 버찌 색깔의 사탕 때문에 더욱 더 붉게 변했다.

그 여자가 우리 쪽을 바라보더니 음악 소리를 더 키웠다. 그러고는 순식간에 두 다리가 자동차 문 위로 날 듯이 돌아나오더니, 그녀가 우리 앞에 서 있었다. 여전히 막대사탕을 빨고 있었다. "프랭크 자파. '마녀 익사시키기.' 너희들한테는 조금 옛날 노래지." 그녀가 우리에게 다가왔다. 천천히. 마치 자기를 한번 훑어보라고 시간을 주는 것 같았다. 솔직히 우리는 정말로 그녀를 훑어보고 있었다.

그녀의 머리는 긴 금발이었지만, 한쪽 옆에 분홍색으로 염색한 부분이 정수리에서 아래까지 이어져 있었다. 앞머리는 들쭉날쭉한 뱅스타일이었다. 얼굴에는 거대한 검은 선글라스를 썼고, 옷은 짧은 검은색 주름치마였다. 고스(1980년대의 고딕 록에서 유래한 하위문화. 고딕 문학, 공포 영화 등에서 영향을 받았다 ─ 옮긴이)족 치어리더 같은 모습이었다. 밑단을 짧게 자른 하얀 셔츠는 어찌나 얇은지 검은 브래지어가 절반쯤 보였고, 다른 것도 거의 다 보였다. 그녀의 몸에는 볼 것이 정말 많았다. 오토바이를 탈 때 신는 검은 부츠, 배에 매달린 피어싱 고리, 문신 등. 특정한 집단의 상징처럼 보이는 그 문신은 그녀의 배꼽을 둘러싸고 있었다. 하지만 내가 서 있는 곳에서는 문신의 모양이 정확히 보이지 않았다. 게다가 나는 그녀를 빤히 바라보는 것처럼 보이지 않으려고 애쓰는 중이었다.

"이선? 이선 웨이트?"

나는 제자리에 딱 멈춰 섰다. 그 바람에 농구부원들 중 절반이 나랑 충돌했다.

"말도 안 돼." 그녀의 입에서 내 이름이 나오는 순간 션도 나만큼이나 놀란 표정을 지었다. 션은 여자들한테 자신이 있는 녀석이었다.

"섹시하다." 링크는 입을 헤벌린 채 시선을 떼지 못했다. "삼도화 섹시야." 보기만 해도 몸이 뜨거워져서 3도 화상을 입을 만큼 섹시하다는 뜻이었다. 이건 링크가 여자한테 바치는 최고의 찬사였다. 심지어 서배너 스노만큼 섹시하다는 말보다도 한 단계 위였다.

"골치 아픈 일이 생길 것 같은데."

"섹시한 여자들은 원래 골칫거리야. 그게 중요한 거라고."

그녀가 막대사탕을 빨며 내게 곧장 다가왔다. "너희 행운아들 중에 누가 이선 웨이트야?" 링크가 나를 앞으로 밀었다.

"이선!" 그녀가 양팔로 내 목을 끌어안았다. 손이 엄청나게 차가웠다. 줄곧 얼음주머니를 쥐고 있었다고 해도 믿을 것 같았다. 나는 부르르 떨면서 뒤로 물러났다.

"저를 아세요?"

"전혀 몰라. 난 리들리야. 리나의 사촌. 너랑 제일 먼저 만나기를 내가 얼마나 바랐는지…."

리나의 이름이 나오자마자 사내 녀석들이 이상한 시선으로 나를 쏘아보았다. 그러고는 마지못해 자기들 자동차가 있는 쪽으로 슬금슬금 가버렸다. 지난번 얼이 나와 이야기를 나눈 뒤로 우리는 리나에 대해 모종의 이해에 도달해 있었다. 그건 남자들 사이에서만 가능한 일이었다. 다시 말해서, 나도 녀석들도 리나의 이야기를 꺼내지 않기로 했다는 뜻이다. 우리 모두 그런 상태를 영원히 이어가기로 동의한 거나 마찬가지였다. 하지만 그런 상태가 오래 이어질 것 같지 않았다. 특히 리나의 괴상한 친척들이 이렇게 마을에 나타나기 시작한다면 더욱 힘들 것 같았다.

"사촌이요?"

리나가 리들리라는 이름을 말한 적이 있었나?

"명절 때 온다는 말 못 들었어? 델 이모라는 이름은? 생각 안 나?" 그래, 메이컨이 저녁 식사 때 언급한 적이 있었다.

나는 마음이 놓여서 히죽 웃었다. 하지만 여전히 속이 편치 않았다. 그렇다면 정말로 마음이 놓인 게 아닌 모양이었다. "맞아요. 죄송해요. 제가 잊어버렸어요. 사촌들 얘기를."

"얘, 사촌은 나 하나뿐이야. 다른 애들은 전부 우리 엄마가 나중에 낳은 어린애들이라고." 리들리는 다시 미니쿠퍼에 훌쩍 올라탔다. 정말로 훌쩍 뛰어올라서 운전석에 내려앉았다. 치어리더 같다고 생각했던 것이 이제는 빈말이 아니었다. 리들리는 다리 힘이 정말 대단한 모양이었다.

링크가 비터 옆에 서서 여전히 리들리를 빤히 바라보는 것이 보였다.

리들리가 자기 옆자리를 톡톡 두드렸다. "올라타, 남자 친구. 이러다 늦겠어."

"저는… 그러니까, 우리는…."

"너 진짜 귀엽다. 얼른 타. 우리가 늦으면 좋겠어?"

"늦다니 무슨 소리예요?"

"가족 회합 말이야. 최고 명절. 회합. 우리 집안 사람들이 왜 널 찾으려고 날 이 개똥까지 보냈겠어?"

"글쎄요, 리나가 절 초대하지 않았는데요."

"리나가 집으로 데려온 첫 번째 남자를 델 이모가 확인하겠다는데 그걸 막을 방법은 하나도 없어. 그래서 우리가 널 부르기로 한 거야. 리나는 저녁 식사를 준비하느라고 바쁘고, 메이컨 아저씨는, 뭐, 아직 '자고' 있으니까, 내가 뽑힌 거지."

"리나가 절 집으로 데려간 게 아니에요. 제가 숙제를 갖다 주려고 그냥 어느 날 밤에 들른 거죠."

리들리가 안쪽에서 자동차 문을 열었다. "얼른 타라니까."

"제가 오는 걸 바랐다면 리나가 미리 전화했을 거예요." 하지만 이 말을 하면서도 나는 결국 그 차에 오르게 될 거라는 사실을 알고 있었다. 나는 머뭇거렸다.

"너 항상 이래? 아니면 지금 나한테 수작이라도 거는 거야? 네가 날 꼬시려고 일부러 튕기는 거라면 그렇다고 말해. 그럼 당장 습지에다 차를 세워놓고 본론으로 들어가게."

나는 차에 올랐다. "알았어요. 가요."

리들리가 그 차가운 손을 뻗어 내 눈에서 머리카락을 치워주었다. "너 눈이 아주 멋지구나, 남자 친구. 그걸 이렇게 다 가리면 안 되지."

* * *

레이븐우드에 도착할 때까지 나는 뭐가 어떻게 된 건지 알 수 없었다.

리들리는 내가 들어본 적이 없는 음악을 계속 틀었고, 나는 이야기를 시작했다. 그렇게 계속 떠들어대다가 결국 나는 지금까지 리나 외에는 아무에게도 하지 않은 이야기까지 털어놓고 말았다. 지금도 어떻게 된 일인지 설명할 수가 없다. 마치 내 입이 멋대로 날뛰는 것 같았다.

나는 리들리에게 엄마에 대해서 말했다. 엄마가 어떻게 돌아가셨는지도 말했다. 이건 어느 누구에게도 거의 하지 않은 이야기였다. 애마 아줌마에 대해서도 이야기하고, 아줌마가 카드로 점을 친다는 이야기도 하고, 엄마가 돌아가신 뒤로 아줌마가 엄마 같은 존재가 되었다는 이야기도 했다. 아줌마의 부적과 인형, 그리고 대개 까다로운 편인 성격에 대해서는 말하지 않았다. 나는 링크에 대해서, 링크의 엄마에 대해서도 이야기했다. 링크의 엄마가 최근 사람이 변해서 리나가 메이컨 레이븐우드와 똑같은 정신병자이며 잭슨 고등학교의 모든 학생들에게 위험한 존재라고 모든 사람을 설득하는 데 온 시간을 쏟고 있다는 이야기도 했다.

나는 리들리에게 아빠에 대해서도 이야기했다. 아빠가 서재에 틀어박혀 있다는 이야기, 서재에는 아빠의 책과 함께 내가 아직 한 번도 보지 못한 비밀 그림이 있다는 이야기, 내가 아빠를 보호해주어야 할 것 같은 느낌이 든다는 이야기, 하지만 앞으로 일어날 일에서 보호하는 게 아니라 이미 일어난 일에서 보호해야 할 것 같은 느낌이 든다는 이야기도 했다.

나는 리나에 대해서도 이야기했다. 우리가 빗속에서 처음 만난 이야기, 서로 만나기도 전부터 이미 서로를 알고 있었던 것 같다는 이야기, 창문이 깨진 이야기도 했다.

마치 리들리가 내게서 그 모든 이야기를 빨아내고 있는 것 같았다. 막대사탕을 빨아먹듯이. 리들리는 운전을 하면서도 계속 막대사탕을 핥았다. 로켓과 꿈에 대한 이야기를 하지 않으려고 나는 안간힘을 써야 했다. 리들리가 리나의 사촌이라는 사실 때문에 우리 사이가 조금 편안해진 것 같기도 했다. 하지만 뭔가 다른 이유가 있는 것 같다는 생각도 들었다.

이게 도대체 어떻게 된 일인지 모르겠다는 생각이 들 무렵, 리들리의 차가 레이븐우드 저택 앞에 멈춰 섰다. 리들리는 라디오를 껐다. 해는 이미 졌고, 막대사탕은 어디로 갔는지 보이지 않았다. 나는 마침내 입을 다물 수 있었다. 뭐가 어떻게 된 거지?

리들리가 나를 향해 몸을 기울였다. 아주 가까이. 리들리의 선글라스에 내 얼굴이 비쳤다. 나는 숨을 들이쉬었다. 리들리에게서는 달콤하면서도 축축한 냄새가 났다. 리나와는 전혀 다른데도, 왠지 친숙했다. "걱정할 필요 없어."

"왜요?"

"너는 진짜거든." 리들리가 나를 향해 미소를 지었다. 그리고 그녀의 눈이 번쩍 빛났다. 선글라스 뒤에서 황금빛 섬광이 보였다. 어두운 연못에서 금붕어가 헤엄치고 있는 것 같았다. 선글라스를 썼는데도, 최면에 걸릴 것 같았다. 그래서 선글라스를 쓰고 있는 건지도 모를 일이었다. 하지만 이내 선글라스가 다시 어두워지더니, 리들리가 내 머리를 헝클었다. "네가 우리 식구들을 전부 만나고 나면, 걔가 아마 널 다시 보지 못할 테니 참 안됐어. 우리 집안이 좀 이상하거든." 리들리는 차에서 내렸다. 나도 그 뒤를 따랐다.

"누나보다 더 이상해요?"

"엄청 이상하지."

'끝내주는군.'

저택으로 통하는 계단 밑에 다다랐을 때 리들리가 그 차가운 손으로 다시 내 팔을 잡았다. "그리고 말이지, 남자 친구, 앞으로 한 5개월만 있으면 리나가 널 뻥 차버릴 텐데, 그러면 나한테 전화해. 내 연락처는 알아낼 수 있을 거야." 리들리는 내 팔짱을 끼고 갑자기 이상할 정도로 격식을 갖췄다. "갈까요?"

나는 자유로운 손으로 손짓을 하며 말했다. "그럼요. 앞장서세요." 우리가 계단을 오르는 동안, 우리 둘의 무게 때문에 계단이 삐걱거렸다. 나는 리들리를 저택 문 앞까지 이끌었다. 계단이 과연 우리 둘의 몸무게를 버텨줄지 의심스러웠다.

내가 노크를 했지만 안에서는 아무 대답이 없었다. 나는 손을 뻗어 달을 만졌다. 문이 활짝 열렸다. 천천히….

리들리는 조심스러워 보였다. 문턱을 넘는 순간, 집이 자리를 잡는 것이 느껴지는 것 같았다. 집 안의 공기가 거의 알아차리기 힘들 만큼 미세하게 변한 것 같았다.

"왔어요, 어머니."

둥글둥글한 여자가 벽난로 선반에 호리병박과 황금색 이파리를 분주히 늘어놓다가 깜짝 놀라서 자그마한 흰색 호박 하나를 떨어뜨렸다. 호박은 바닥에 부딪혀 폭발했다. 여자는 벽난로 선반을 붙잡고 몸을 지탱했다. 이상한 모습이었다. 백 년 전의 드레스를 입고 있는 것 같았다. "줄리아! 아니, 리들리. 너 여기 어쩐 일이야? 내가 헷갈렸나보다. 나는, 나는…."

뭔가가 잘못됐다는 생각이 들었다. 이건 평범한 모녀 사이의 인사가 아니었다.

"줄스? 언니야?" 리들리의 축소판 같은 아이가 부 래들리와 함께 홀로 걸어 들어왔다. 열 살쯤 되어 보였다. 부 래들리는 등에 반짝이는 파란색 망토를 걸치고 있었다. 집에서 기르는 늑대에게 화려한 옷을 입히다니. 이게 전혀 이상한 일이 아니라는 듯이. 여자아이는 어느 모로 보나 빛처럼 반짝였다. 머리는 금발이고, 눈은 눈부신 파란색이었다. 화창한 오후의 하늘을 조금 베어서 그 눈 속에 넣어둔 것 같았다. 여자아이가 미소를 짓더니 이내 인상을 찌푸렸다. "사람들이 언니가 가버렸다고 했어."

부가 으르렁거리기 시작했다.

리들리는 양팔을 벌리고 여자아이가 뛰어오기를 기다렸지만, 여자아이는 꼼짝도 하지 않았다. 그래서 리들리가 양손을 내밀어 하나씩 차례로 폈다. 먼저 펼친 손에서 빨간 막대사탕이 나타났다. 그리고 다른 손에서는 지지 않겠다는 듯이 작은 회색 쥐가 나타났다. 부와 똑같이 반짝이는 파란색 망토를 걸친 쥐는 리들리의 손 위에서 허공을 향해 코를 쫑긋거렸다. 사육제에서 볼 수 있는 싸구려 마술 같았다.

여자아이는 조심스레 앞으로 발을 내디뎠다. 마치 언니인 리들리가 아이를 건드리지 않고도 자신에게 잡아당기는 힘을 갖고 있는 것 같았다. 나도 그런 힘을 느껴본 적이 있었다.

리들리가 입을 열자 허스키한 목소리가 흘러나왔다. "어서, 라이언. 엄마가 그냥 네 꼬리를 살짝 잡아당겼을 뿐이야. 거기서 찍찍거리는 소리가 나는지 보려고. 난 아무 데도 안 갔어. 그런 셈이야. 네가 제일 좋아하는 언니가 언제 널 두고 가버린 적 있어?"

라이언은 활짝 웃으며 리들리를 향해 달려와 펄쩍 뛰어올랐다. 금방이라도 리들리의 품으로 뛰어들 것 같았다. 그때 부가 컹컹 짖었다. 순간적으로 라이언이 공중에 떠 있는 것처럼 보였다. 만화 속 캐릭터가 절벽이 있는 줄 모르고 계속 달리다가 순간적으로 공중에 떠 있는 장면처럼 말이다. 만화 캐릭터들과 마찬가지로 라이언도 아래로 떨어져서 바닥에 부딪혔다. 마치 눈에 보이지 않는 벽에 철썩 하고 부딪혀서 갑자기 떨어진 것처럼 보였다. 집 안의 불빛들이 한꺼번에 밝아졌다. 이 집이 일종의 무대이고, 불빛이 밝아진 것은 한 막이 끝났다는 신호인 것 같았다. 밝아진 불빛 속에서 리들리의 얼굴에 이목구비의 모양을 따라 선명한 그림자가 생겼다.

불빛에 따라 상황도 달라졌다. 리들리는 한 손으로 눈을 가리며 집을 향해 소리쳤다. "이러지 마세요, 메이컨 삼촌. 이렇게까지 하셔야겠어요?"

부가 앞을 향해 펄쩍 뛰어올라 라이언과 리들리 사이에 자리를 잡았다. 그리고 으르렁거리는 소리를 내며 점점 가까이 압박해 들어왔다. 녀석의 목덜미 털이 곤두서서 평소 때보다도 훨씬 더 늑대와 비슷해 보였다. 리들리의 매력도 부에게는 소용이 없는 모양이었다.

리들리는 다시 내 팔짱을 단단히 끼고 웃는 건지 으르렁거리는 건지 알 수 없는 소리를 냈다. 우호적인 소리는 아니었다. 나는 정신을 바짝 차리려고 애썼지만, 마치 누가 내 목구멍에 젖은 양말을 잔뜩 쑤셔 넣은 것 같은 기분이었다.

리들리는 한 손으로 내 팔을 잡은 채 다른 손을 머리 위의 천장을 향해 들어올렸다. "정말 이렇게 무례하게 구시겠단 말이죠?" 집 안의 모든 불이 꺼졌다. 집 전체가 정전이 되어버린 것 같았다.

흐릿하게 보이는 그림자들 꼭대기에서 메이컨의 목소리가 차분하게 들려왔다. "리들리, 정말 뜻밖이구나. 네가 올 줄은 몰랐다."

올 줄 몰랐다고? 이게 무슨 소리지?

"무슨 일이 있어도 회합에 빠질 수는 없죠. 게다가 이렇게 손님도 데려왔어요. 아니, 제가 이 아이의 손님이라고 할 수도 있겠네요."

메이컨이 계단을 걸어 내려왔다. 그동안 내내 그는 리들리에게서 한 번도 시선을 떼지 않았다. 두 마리 사자가 빙글빙글 돌고 있고, 나는 그 한가운데에 서 있는 것 같은 기분이었다. 리들리가 날 속였는데, 나는 멍청하게 속아 넘어갔다.

"그다지 잘한 일 같지는 않구나. 지금쯤 넌 다른 곳에 있어야 할 텐데."

리들리가 펑 하는 소리와 함께 입에서 막대사탕을 빼냈다. "방금 말했듯이, 무슨 일이 있어도 회합에 빠질 수는 없잖아요. 게다가 제가 이선을 집까지 태워다주는 건 삼촌도 바라지 않으실 걸요. 가는 길에 우리가 무슨 얘길 하겠어요?"

나는 그만 나가자고 말하고 싶었지만, 입이 떨어지지 않았다. 다들 홀에 가만히 서서 서로를 빤히 바라보고 있었다. 리들리가 기둥에 몸을 기댔다.

메이컨이 침묵을 깼다. "이선을 식당으로 안내해주는 게 좋겠구나. 식당이 어딘지는 너도 기억하고 있겠지?"

"하지만 메이컨…." 델 이모로 짐작되는, 벽난로 앞의 여자는 극도로 당황한 기색이었다. 혼란스러운 표정도 여전했다. 지금 뭐가 어떻게 돌아가는지 잘 모르겠다는 표정이었다.

"괜찮아요, 델핀 누님." 메이컨의 표정을 보니 다른 사람들보다 한 발 앞서서 상황을 정리하려 하는 것 같았다. 내가 지금 어떤 상황에 처해 있는 건지는 확실히 알 수 없었지만, 놀랍게도 메이컨이 이 자리에 있다는 것이 위안이 되었다.

식당은 내가 지금 가장 가고 싶지 않은 곳이었다. 나는 여기서 도망치고 싶었지만, 그걸 실천에 옮길 수가 없었다. 리들리가 내 팔을 놓아주려 하지 않았기 때문이다. 그녀가 내 몸에 손을 대고 있는 동안에는 내가 마치 자동 항법장치의 조종을 받고 있는 것 같았다. 리들리는 나를 이끌고 식당으로 들어갔다. 내가 처음에 메이컨의 기분을 상하게 했던 바로 그곳이었다. 나는 내 팔을 꼭 붙들고 있는 리들리를 바라보았다. 지금 메이컨은 지난번보다 더 심하게 화를 내고 있었다.

자그마한 검은색 봉헌 촛불 수백 개가 방을 밝히고, 샹들리에에는 검은 유리구슬을 꿴 줄들이 매달려 있었다. '주방'으로 통하는 문에는 순전히 검은 깃털만으로 만든 거대한 화환이 걸려 있었다. 그리고 식탁에는 은식기와 진주처럼 하얀 접시들이 준비되어 있었다. 모르긴 몰라도 진짜 진주로 만든 접시 같았다.

주방문이 휙 열리더니 리나가 뒷걸음질로 나왔다. 이국적인 과일들이 높이 쌓인 거대한 은쟁반을 들고 있었다. 그 과일들이 사우스캐롤라이나에서 난 것이 아님은 분명했다. 리나는 몸에 꼭 맞는 검은색 겉옷을 입고 있었다. 길이가 바닥까지 닿는 겉옷의 허리를 동여맨 모습이었다. 묘하게 시대를 초월한 것 같은 느낌이 들었다. 지금 이 마을에서, 지금 이 세기에는 한 번도 본 적이 없는 모습이었다. 하지만 아래로 시선을 내렸더니 리나의 컨버스 운동화가 보였다. 리나는 내가 여기서 저녁을 먹었던 그 날보다 훨씬 더 아름다워 보였다. 그런데 그게… 언제지? 몇 주 전?

머릿속에 구름이 낀 것 같았다. 잠기운에 반쯤 굴복했을 때처럼. 나는 심호흡을 했다. 하지만 그래봤자 느껴지는 것이라고는 리들리의 체취뿐이었다. 시럽이 끓을 때 나는 냄새처럼 지나치게 달콤한 냄새가 섞여 있는 사향 냄새. 강렬하고 숨 막히는 냄새였다.

"준비가 거의 끝났어요. 조금만…." 리나가 그대로 얼어붙었다. 주방문은 아직 반밖에 닫히지 않은 상태였다. 리나는 마치 유령을 본 것 같은 얼굴이었다. 아니, 유령보다 더한 것을 본 사람 같았다. 그게 리들리 때문인지, 아니면 나와 리들리가 팔짱을 끼고 서 있기 때문인지는 알 수 없었다.

"어머, 잘 있었니, 사촌? 오랜만이다." 리들리가 몇 걸음 앞으로 나아갔다. 나도 그녀에게 질질 끌려갔다. "키스 안 해줄 거야?"

리나가 들고 있던 쟁반이 커다란 소리를 내며 바닥으로 떨어졌다. "언니가 여기 왜 있어?" 거의 속삭이는 듯한 목소리였다.

"그거야 내가 제일 좋아하는 사촌을 보러왔지. 파트너도 데려왔어."

"난 누나의 파트너가 아니에요." 내가 힘없이 말했다. 여전히 목이 꽉 막힌 것 같아서 간신히 이 말을 할 수 있었다. 내 몸도 리들리의 팔에 풀로 붙인 것처럼 붙어 있었다. 리들리는 부츠에 끼워둔 담뱃갑에서 담배를 하나 꺼내서 불을 붙였다. 나를 잡고 있지 않은 자유로운 손으로.

"리들리, 집 안에서는 담배 피우지 마라." 메이컨의 이 말이 떨어지자마자 담뱃불이 꺼졌다. 리들리는 웃음을 터뜨리며 으깬 감자 요리 같은 것이 담겨 있는 그릇에 담배를 휙 튕겨 보냈다. 아무래도 그 그릇에 담긴 것이 진짜 으깬 감자 요리 같지는 않았다.

"메이컨 삼촌, 집 안에서 지켜야 하는 규칙에 대해서 여전히 까다로우시네요."

"그건 오래전에 확립된 규칙이야, 리들리. 이제 와서 너나 내가 그걸 바꿀 수는 없어."

두 사람은 서로를 노려보았다. 메이컨이 손짓을 하자 의자 하나가 식탁에서 저절로 빠져나왔다. "이제 다 같이 자리에 앉는 게 좋겠다. 리나, 사람이 두 명 늘었다고 '주방'에 알려주겠니?"

리나는 속이 부글부글 끓어오르는 듯한 표정으로 움직일 생각을 하지 않았다. "언니는 여기 있을 수 없어요."

"괜찮아. 여기서는 아무것도 널 해칠 수 없다." 메이컨이 리나를 달랬다. 하지만 리나는 겁이 나서 그런 말을 한 것이 아니었다. 그녀는 분노한 표정이었다.

리들리가 미소를 지었다. "정말로 그럴까요?"

"저녁 식사 준비가 다 끝났어. '주방'이 식은 음식을 내놓는 걸 얼마나 싫어하는지 너도 알 거다." 메이컨이 식당 안으로 걸어들어왔다. 그리고 다들 줄지어 그의 뒤를 따랐다. 우리 넷이 모두 들을 수 있을 만큼 그의 목소리가 크지 않는데도.

부가 맨 앞에서 라이언과 함께 걸어왔다. 델 이모가 우리 아빠 또래로 보이는 은발의 남자와 팔짱을 끼고 그 뒤를 따랐다. 남자는 엄마의 서재에 있는 책 속에서 방금 빠져나온 듯한 옷차림이었다. 무릎까지 올라오는 부츠, 프릴이 달린 셔츠, 이상하게 생긴 망토 때문이었다. 그 남자와 델 이모는 스미소니언박물관에 전시된 유물들 같았다.

그 뒤를 이어 젊은 여자가 들어왔다. 생김새가 리들리와 아주 비슷했지만, 리들리보다는 몸을 많이 가리는 옷을 입고 있었고 리들리만큼 위험해 보이지도 않았다. 금발머리는 길고 곧게 뻗었고, 앞머리도 리들리와 달리 깔끔한 뱅스타일이었다. 예일이나 하버드처럼 유서 깊고 좋은 대학 캠퍼스에서 책을 한 아름 안고 걸어가는 모습이 딱 어울릴 것 같은 여자였다. 그 여자가 리들리와 눈을 마주쳤다. 리들리가 여전히 검은 선글라스를 쓰고 있는데도 그 여자는 리들리의 눈을 볼 수 있는 것 같았다.

"이선, 우리 언니 애너벨을 소개할게. 아, 미안해. 애너벨이 아니라 리스였지." 자기 언니 이름도 모른단 말이야?

리스는 미소를 지었다. 그리고 단어를 조심스럽게 고르는 사람처럼 천천히 말했다. "여긴 어쩐 일이니, 리들리? 오늘 밤에 다른 약속이 있는 줄 알았는데."

"계획이 바뀔 수도 있지."

"그건 가족도 마찬가지야." 리스가 한 손을 뻗어 리들리의 얼굴 앞에서 흔들었다. 마술사가 높다란 모자 위에서 손을 흔들 때처럼 일부러 화려하게 꾸민 몸짓이었다. 나는 움찔했다. 그때 내가 무슨 생각을 하고 있었는지는 모르겠지만, 순간적으로 리들리가 사라져버릴지도 모른다는 생각이 들었다. 아니, 그보다 내가 그 자리에서 사라진다면 더 좋을 것 같았다.

하지만 리들리는 사라지지 않았다. 그래도 몸을 움찔하며 언니를 외면하기는 했다. 리스의 눈을 정면으로 바라보면 실제로 몸이 아파온다는 듯이.

리스가 거울을 바라보듯이 리들리의 얼굴을 빤히 들여다보았다. "재미있네. 어떻게 된 거야, 리드? 네 눈에서 볼 수 있는 거라고는 그 여자 눈뿐이야. 너희 둘 다 도둑질 솜씨가 장난 아니지?"

"또 횡설수설이네, 언니."

리스는 눈을 감고 정신을 집중했다. 리들리는 핀에 꽂힌 나비처럼 몸을 꿈틀거렸다. 리스가 다시 손을 퍼덕거렸다. 그러자 순간적으로 리들리의 얼굴이 녹듯이 사라지고 다른 여자의 얼굴이 흐릿하게 나타났다. 왠지 모르게 낯익은 얼굴이었지만, 어디서 봤는지는 기억나지 않았다.

메이컨이 리들리의 어깨를 손으로 무겁게 쳤다. 나 외에 누군가가 리들리에게 손을 댄 건 처음이었다. 리들리는 몸을 움찔했다. 리들리의 손에서부터 내 팔을 타고 통증이 빠르게 스쳐 지나갔다. 메이컨 레이븐우드는 결코 가볍게 볼 수 있는 인물이 아니었다. "그만. 좋든 싫든 회합은 이미 시작됐다. 누구든 최고 명절을 망치는 건 용납할 수 없어. 내 지붕 아래서는 안된다. 리들리는, 제 입으로 분명히 밝혔듯이, 우리 회합에 초대받았어. 더이상 왈가왈부할 필요 없다. 이제 모두 자리에 앉자."

리나가 자리에 앉았다. 리나의 시선은 우리 둘에게 고정되어 있었다.

델 이모는 우리가 처음 나타났을 때보다 훨씬 더 걱정스러운 표정이었다. 망토를 걸친 남자가 그녀를 달래려는 듯 손을 토닥였다. 내 또래쯤 되는 키 큰 남자가 검은 진에 색 바랜 검은 티셔츠를 입고 닳아빠진 오토바이 부츠를 신은 차림으로 한들한들 들어왔다. 지루해 죽겠다는 표정이었다.

리들리가 나서서 사람들을 소개해주었다. "우리 엄마는 이미 만났지? 이쪽은 우리 아버지 바클레이 켄트, 그리고 내 남동생 라킨이야."

"만나서 반갑구나, 이선." 바클레이가 나와 악수를 하려는 것처럼 앞으로 나섰다가 리들리의 손이 내 팔을 잡고 있는 걸 보고 뒤로 물러났다. 라킨은 내 어깨에 팔을 둘렀다. 그런데 내가 그쪽을 돌아보니 그의 팔이 뱀으로 변해서 혀를 날름거리고 있었다.

"라킨!" 바클레이가 꾸짖듯이 외쳤다. 뱀이 순식간에 라킨의 팔로 다시 변했다.

"쳇. 분위기를 좀 바꿔보려고 했더니. 다들 징징거리기나 하고." 라킨의 눈이 노란색으로 깜박였다. 눈동자가 세로로 찢어져 있었다. 뱀의 눈이었다.

"라킨, 그만하라고 했지." 바클레이가 항상 자신을 실망시키는 아들을 바라보는 아버지의 표정으로 라킨을 바라보았다. 라킨의 눈이 다시 초록색으로 변했다.

메이컨이 상석에 자리를 잡았다. "이제 모두 앉자. '주방'이 최고의 명절 음식을 마련해줬어. 리나와 나는 며칠 전부터 '주방'에서 덜거덕거리는 소리에 시달렸지." 다들 엄청나게 커다란 직사각형 식탁에 앉았다. 식탁의 발은 새 발톱 모양이었고, 상판은 어둡다 못해 거의 검게 보이는 나무였다. 다리에는 복잡한 무늬가 덩굴처럼 새겨져 있었다. 식탁 한가운데에서 거대한 검은색 촛불들이 깜박거렸다.

"넌 여기 내 옆에 앉아." 리들리가 나를 빈 의자 쪽으로 이끌었다. 은색 새 조각상에 리나의 이름표가 꽂혀 있는 자리 맞은편이었다. 나는 선택의 여지가 없었다.

나는 리나와 눈을 마주치려고 애썼지만, 리나의 시선은 리들리에게 고정되어 있었다. 사나운 눈빛이었다. 나는 리들리를 향한 리나의 분노에 내가 포함되어 있지 않기를 바랄 뿐이었다.

식탁에는 음식이 넘치도록 푸짐하게 차려져 있었다. 지난번 내가 여기 왔을 때보다 훨씬 더 많았다. 내가 식탁을 내려다볼 때마다 음식이 점점 늘어났다. 왕관 모양의 갈비구이, 로즈마리로 묶은 필레, 그리고 내가 한 번도 본 적이 없는 이국적인 요리들이었다. 속에 소스와 배를 채워 넣은 커다란 새 요리는 마치 살아 있는 공작새가 꼬리를 펼친 것처럼 배치된 공작 깃털 위에 놓여 있었다. 나는 그 새가 진짜 공작새가 아니길 바랐지만, 접시에 놓인 깃털을 보니 아무래도 진짜인 것 같았다. 반짝거리는 사탕 같은 요리는 아무리 봐도 진짜 해마와 똑같은 모양이었다.

그런데 음식을 먹는 사람이 한 명도 없었다. 리들리만 예외였다. 리들리는 아주 즐거워하는 것 같았다. "난 이 설탕 해마가 정말 좋더라." 리들리는 그 자그마한 황금색 해마 두 마리를 입속에 던져 넣었다.

델 이모가 몇 번 기침을 하며 식탁 위의 유리병에 담겨 있는 검은 액체를 자기 잔에 따랐다. 액체의 농도는 포도주와 비슷했다.

리들리가 식탁 맞은편의 리나를 바라보았다. "사촌, 생일날 무슨 좋은 계획이라도 있어?" 리들리는 내가 공작새가 아니길 바랐던 새 요리 옆의 짙은 갈색 소스를 손가락으로 찍어 외설적인 표정으로 핥아 먹었다.

"오늘 밤에는 리나의 생일 얘기를 하지 마라." 메이컨이 경고하듯 말했다.

리들리는 이런 긴장감을 즐기고 있었다. 그녀가 해마 한 마리를 또 입에 던져 넣었다. "왜요?"

리나의 눈빛이 거칠었다. "언니가 내 생일을 걱정할 필요는 없어. 어차피 초대받지도 못할 테니까."

"그게 무슨 소리야? 당연히 해야지. 걱정 말아. 아주 중요한 생일이잖아." 리들리는 웃음을 터뜨렸다. 리나의 머리카락이 바람에 날리듯이 저절로 둥글게 말렸다가 펴졌다. 하지만 방 안에는 바람 한 점 없었다.

"리들리, 그만하라고 했지?" 메이컨의 인내심이 점점 바닥나고 있었다. 내가 처음 이곳에 와서 주머니에서 로켓을 꺼냈을 때의 말투와 똑같았다.

"왜 쟤 편을 드시는 거예요, M 삼촌? 저도 어렸을 때 리나만큼 오랫동안 삼촌하고 같이 지냈잖아요. 그런데 왜 갑자기 리나를 이렇게 아끼게 되신 거예요?" 정말로 상처를 입은 것 같은 목소리였다.

"이게 누굴 아끼고 말고 하는 문제가 아니라는 건 너도 알잖아. 너는 이미 결정이 내려졌다. 이제 내 손을 벗어났어."

결정이 내려졌다고? 무슨 결정? 이게 다 무슨 소리야? 숨이 막힐 것처럼 나를 둘러싼 안개가 점점 더 짙어졌다. 내가 지금 이 자리에서 오가는 대화를 제대로 듣고 있는 건지 확신할 수 없었다.

"하지만 삼촌도 저랑 똑같잖아요." 리들리는 메이컨에게 간청하고 있었다. 응석받이 아이처럼.

식탁이 거의 알아차리기 어려울 정도로 미세하게 떨리기 시작했다. 포도주 잔에 담긴 검은 액체가 좌우로 부드럽게 흔들렸다. 그때 뭔가가 지붕을 규칙적으로 두드리는 소리가 들렸다. 비였다.

리나는 식탁 가장자리를 꽉 움켜쥐고 있었다. 손마디가 하얗게 변할 정도였다. "넌 달라." 리나가 이를 악물고 말했다.

내 팔에 닿은 리들리의 몸이 딱딱하게 굳는 것이 느껴졌다. 리들리는 여전히 뱀처럼 내 팔을 감싼 채 내게 달라붙어 있었다. "넌 네가 나보다 훨씬 더 낫다고 생각하지, 리나… 안 그래? 제 진짜 이름도 모르면서. 너의 이 연애가 파멸로 끝날 운명이라는 것도 모르면서. 너도 일단 결정이 내려지고 나면, 일이 진짜로 어떻게 돌아가는지 알게 될 거야." 리들리가 웃음을 터뜨렸다. 불길하고 고통스러운 소리였다. "우리가 똑같은지 어떤지 너는 전혀 몰라. 어쩌면 몇 달 뒤에 네가 정확히 나랑 똑같아질 수도 있어."

리나는 하얗게 질린 얼굴로 나를 바라보았다. 식탁이 더욱 세게 흔들리면서 접시들이 덜거덕거렸다. 밖에서 번개가 번쩍이고, 세찬 비가 눈물처럼 창문을 타고 흘러내렸다. "닥쳐!"

"얘한테 말해줘, 리나. 얘도 모든 걸 알아야 하는 것 아냐? 네가 빛인지 어둠인지 너 자신도 전혀 모른다는 거, 너한테 선택의 여지가 없다는 거."

리나가 벌떡 일어났다. 그 서슬에 리나의 의자가 뒤로 넘어졌다. "닥치라고 했지!"

리들리는 다시 편안히 긴장을 풀고 이 순간을 즐기고 있었다. "우리가 옛날에는 한 방에서 자매처럼 함께 살았다고 얘한테 말해줘. 1년 전에는 나도 지금의 너랑 똑같았는데 지금은…."

상석에 앉아 있던 메이컨이 식탁을 양손으로 움켜쥔 채 일어섰다. 그렇지 않아도 창백한 얼굴이 평소보다 훨씬 더 하얗게 보였다. "리들리, 그만해라! 한 마디만 더하면 널 이 집 밖으로 쫓아내는 '주술'을 쓰겠다."

"삼촌은 저한테 '주술'을 쓸 수 없어요. 그럴 힘이 없잖아요."

"자만하지 마라. 지상의 어둠의 주술사라면 누구든 자기 힘으로 레이븐우드에 들어올 힘이 없어. 이 집에 내가 직접 속박의 주술을 걸었으니까. 우리 모두 그랬어."

어둠의 주술사? 어째 좋은 말 같지 않았다.

"이런, 메이컨 삼촌, 남부의 저 유명한 친절이 어떤 건지 잊어버리신 모양이네요. 제가 무단침입을 한 게 아니잖아요. 들어오라는 말을 듣고 들어왔다고요. 개똥에서 가장 잘생긴 신사와 팔짱을 끼고." 리들리는 내게 고개를 돌려 미소를 지으며 선글라스를 벗었다. 눈이 이상했다. 불이라도 붙은 것처럼 황금색으로 빛나고 있었다. 모양은 고양이의 것과 똑같았고, 가운데에 세로로 찢어진 부분은 검은색이었다. 리들리의 눈에서 빛이 번쩍였고, 그 빛에 모든 것이 변했다.

리들리는 나를 바라보았다. 그 불길한 미소를 띤 채. 그녀의 얼굴이 뒤

틀려 어둠과 그림자로 변했다. 아주 여성적이고 유혹적이던 이목구비가 내 눈앞에서 날카롭고 냉혹하게 변했다. 피부도 더 팽팽하게 당겨지는 것 같았다. 그 바람에 모든 혈관이 도드라져서 그 속을 흐르는 피까지 거의 보일 지경이었다. 리들리는 괴물 같은 몰골이었다.

내가 이 집에, 리나의 집에 괴물을 데려온 것이다.

바로 그 순간 집이 격렬하게 흔들리기 시작했다. 크리스털 상들리에가 마구 흔들리면서 빛이 깜박거렸다. 빗줄기가 계속 지붕을 두드려대고, 덧문과 덧창은 쾅쾅 소리를 내며 열렸다 닫히기를 반복했다. 그 소리가 어찌나 큰지 다른 소리는 거의 들리지 않았다. 길에 서 있는 리나를 내가 자동차로 칠 뻔했던 그날 밤과 똑같았다.

리들리가 얼음처럼 차가운 손에 더욱 힘을 주어 내 팔을 꼭 잡았다. 나는 리들리를 떨쳐내려고 했지만, 몸을 거의 움직일 수 없었다. 차가운 기운이 점점 번져나가서 내 팔 전체에서 감각이 사라지기 시작했다.

리나가 경악한 표정으로 식탁에서 시선을 들었다. "이선!"

델 이모가 맞은편에서 발을 굴렀다. 바닥의 마룻널들이 델 이모의 발밑에서 요동하는 것 같았다.

차가운 기운이 내 온몸으로 퍼졌다. 목구멍이 얼어붙고, 다리는 마비되었다. 나는 꼼짝도 할 수 없었다. 리들리의 팔에서 몸을 뺄 수도 없었고, 사람들에게 지금 상황을 말할 수도 없었다. 몇 분만 더 지나면 숨도 쉴 수 없게 될 것 같았다.

어떤 여자의 목소리가 식탁 맞은편에서 들려왔다. 델 이모였다. "리들리, 가까이 오지 말라고 했잖니. 이젠 우리가 널 위해서 해줄 수 있는 게 하나도 없어. 정말 미안하다."

메이컨의 목소리는 엄격했다. "리들리, 1년이면 세상 모든 것이 바뀔 수 있어. 넌 이제 결정이 내려졌다. '세상의 이치' 속에서 네 자리를 찾은 거야. 이제 넌 여기 사람이 아니다. 그만 가거라."

1초 뒤 메이컨은 리들리의 바로 앞에 서 있었다. 어쩌면 내가 잠시 상황을 놓쳤던 것인지도 모른다. 사람들의 목소리와 얼굴이 내 주위에서 빙글빙글 돌기 시작했다. 나는 숨도 쉬기 힘들었다. 몸이 완전히 차갑게 식어 있었다. 턱조차 얼어붙어서 이를 딱딱 마주치며 떨 수도 없었다. "가거라!" 메이컨이 소리쳤다.

"싫어요!"

"리들리! 멋대로 굴지 마! 어서 가거라. 레이븐우드는 어둠의 마법의 장이 아냐. 여기에는 속박의 주술이 걸려 있다. 빛의 장이야. 넌 여기서 살아남을 수 없다. 조금밖에 못 버텨." 델 이모의 목소리가 단호했다.

리들리는 델 이모의 말을 고함으로 맞받았다. "난 안 가요, 어머니. 어머니가 날 강제로 보낼 수도 없어요."

메이컨의 목소리가 멋대로 날뛰는 리들리의 말을 잘랐다. "그렇지 않다는 건 너도 알잖아."

"이젠 더 강해졌어요, 메이컨 삼촌. 삼촌도 절 통제 못해요."

"맞다. 네 힘이 점점 강해지고 있지. 하지만 아직은 나한테 덤비지 못해. 난 리나를 보호하기 위해 필요하다면 무슨 짓이든 할 거다. 널 다치게 하는 일이라도 어쩔 수 없어."

리들리는 이 말을 참아 넘기지 못했다. "나한테 그렇게 하겠다고요? 레이븐우드는 어두운 힘의 장이에요. 옛날부터 그랬어요. 에이브러햄 때부터. 그 사람도 우리와 같았어요. 레이븐우드는 반드시 우리 것이 되어야 해요. 그런데 삼촌은 왜 이 집을 속박의 주술로 빛에 묶어두는 거예요?"

"레이븐우드는 이제 리나의 집이야."

"삼촌은 저랑 같은 편에 속해요. 그 여자의 편이라고요."

리들리가 일어섰다. 나도 그녀에게 끌려 덩달아 일어섰다. 이제 세 사람 모두 서 있었다. 리나, 메이컨, 리들리, 이 셋이 정말이지 무섭기 짝이 없는 삼각형을 이루고 있었다. "삼촌의 종족은 무섭지 않아요."

"그럴지도 모르지. 하지만 여기서 넌 아무 힘이 없어. 우리 모두와 자연체를 상대할 수는 없어."

리들리가 깔깔 웃었다. "리나가 자연체라고요? 오늘 밤 삼촌이 한 말 중에 제일 웃기는 소리네요. 자연체의 능력은 나도 봤어요. 리나는 절대 자연체일 리가 없어요."

"변이체와 자연체는 달라."

"다르긴요. 변이체는 어둠이 된 자연체잖아요. 동전의 양면이죠."

이게 무슨 소리지? 나는 완전히 오리무중이었다.

그때 내 몸이 딱딱하게 굳는 것이 느껴졌다. 정신이 점점 아득해졌다. 아무래도 곧 죽을 것 같았다. 내 몸의 모든 생기와 따뜻한 피가 모조리 빨려나간 것 같았다. 천둥소리가 들렸다. 한 번. 그다음에는 번개가 번쩍하면서 창문 바로 바깥에 있던 나뭇가지가 우지끈 부러졌다. 폭풍이 시작된 것이다. 폭풍이 우리를 덮치고 있었다.

"잘못 생각하신 거예요, M 삼촌. 리나는 지켜줄 가치가 없는 애예요. 틀림없이 자연체도 아니고요. 리나의 운명은 생일이 돼봐야 알 수 있어요. 리나가 지금 다정하고 순수하다는 이유만으로, 저 애가 빛이 될 거라고 생각하시는 거예요? 그런 건 아무 의미도 없어요. 1년 전에 나도 저 애와 똑같지 않았나요? 게다가 여기 이 남자애가 하는 말을 들어보니 리나는 빛보다 어둠에 더 다가가고 있던데요. 뇌우를 일으키고, 학교를 공포에 빠뜨렸다면서요?"

바람이 더 강해졌다. 리나의 분노도 더 강해졌다. 리나의 눈에 분노가 가득했다. 창문 하나가 박살났다. 잉글리시 선생님의 수업시간과 똑같았다. 앞으로 일이 어떻게 전개될지 알 것 같았다.

"닥쳐! 알지도 못하면서 함부로 떠들지 마!" 빗줄기가 식당 안으로 쏟아져 들어왔다. 바람도 그 뒤를 따라 들어와 잔과 접시를 바닥에 내동댕이쳤다. 검은 액체가 바닥에 긴 줄무늬 모양의 얼룩을 만들었다. 아무도 움직이지 않았다.

리들리가 메이컨에게 시선을 돌렸다. "삼촌은 항상 저 애를 너무 싸고 돌았어요. 저 애는 아무것도 아니에요."

나는 리들리의 손에서 벗어나 그녀의 몸을 움켜쥐고 이 집 밖으로 끌어 내고 싶었지만 꼼짝도 할 수 없었다.

창문이 또 박살났다. 그리고 하나 더, 또 하나 더. 사방에서 유리가 깨졌다. 도자기, 포도주 잔, 액자 유리. 가구들은 벽에 쿵쿵 부딪혔다. 바람이 어찌나 거센지, 토네이도가 이 방 안으로 빨려들어온 것 같았다. 사방이 워낙 시끄러워서 다른 소리는 하나도 들리지 않았다. 식탁보가 날아갔다. 촛불과 접시를 실은 채로. 그 바람에 식탁 위에 있던 모든 것이 벽에 내동댕이 쳐졌다. 방이 빙빙 돌고 있었다. 그랬던 것 같다. 모든 것이 로비로, 정문 쪽으로 빨려나가고 있었다. 부 래들리가 비명을 질렀다. 공포에 가득 찬 인간의 비명 같았다. 내 팔을 잡고 있던 리들리의 손에서 힘이 조금 빠지는 것 같았다. 나는 기절하지 않으려고 자꾸만 눈을 깜박거렸다.

그런데 그 난장판의 한복판에 리나가 서 있었다. 그녀의 몸은 꼼짝도 하지 않았다. 머리카락이 바람에 날려 그녀의 주위에서 너울거렸다. 이게 대체 어떻게 된 거지?

내 다리에서 힘이 풀렸다. 의식을 잃는 순간 바람이 느껴졌다. 강한 힘이 리들리의 손에서 내 팔을 문자 그대로 뜯어내다시피 했다. 리들리는 방에서 정문 쪽으로 빨려나갔다. 나는 바닥으로 쓰러지면서 리나의 목소리를 들었다. 아니, 리나의 목소리가 들린 것 같았다.

"내 남자 친구한테서 썩 떨어져, 마녀야."

남자 친구.

내가 남자 친구인가?

나는 미소를 지으려고 했지만, 그대로 정신을 잃었다.

회벽의 금

≒ 10.09 ≒

다시 정신을 차렸을 때 나는 여기가 어딘지 전혀 알 수 없었다. 그래서 가장 먼저 눈에 들어온 몇 가지 것들에 초점을 맞추려고 애썼다. 글자였다. 침대 바로 위의 천장에 적혀 있는 글귀. 누군가가 샤피 마커로 아주 정성들여 써 놓은 것 같았다.

순간들이 함께 피를 흘린다. 시간의 틈이 없다.

이런 글귀들이 사방에 수백 개나 있었다. 문장의 일부도 있고, 시 구절도 있고, 단어들을 아무렇게나 모아 놓은 것도 있었다. 닫힌 문에는 '운명이 결정한다'는 말이 써 있었다. 또 다른 문에는 '운명이 정해진 자들의 도전을 받을 때까지'라고 적혀 있었다. 그 문의 위아래에는 '필사적이다/가차없다/저주받았다/힘을 얻었다'는 말이 있었다. 거울에는 '눈을 떠라'가, 창문에는 '그리고 보라'가 적혀 있었다.

심지어 하얀 전등갓에도 '어둠을 밝히라어둠을 밝히라'는 말이 한없이 적혀 있었다.

리나의 시였다. 이제야 내가 리나의 시를 일부 읽게 된 것이다. 이 구절들을 무시하더라도, 이 방은 이 집의 분위기와 달랐다. 처마 밑에 자리 잡은 작고 아늑한 방이었다. 머리 위의 천장에서 천천히 돌아가는 선풍기가 단어들을 차례로 가렸다. 어딜 둘러봐도 스프링노트들이 잔뜩 쌓여 있고, 협탁에는 책이 쌓여 있었다. 시집이었다. 플라스, 엘리엇, 부코우스키, 프로스트, 커밍스…. 나도 이름 정도는 아는 사람들이었다.

내가 누워 있는 곳은 하얀색의 작은 철제 침대였다. 내 다리가 침대 너머까지 뻗어 있었다. 여긴 리나의 방이고, 이 침대도 리나의 것이었다. 리나는 침대 발치의 의자에 몸을 동그랗게 말고 앉아서 팔에 머리를 기대고 있었다.

나는 힘없이 일어나 앉았다. "리나, 어떻게 된 거야?"

내가 정신을 잃은 건 확실했다. 하지만 그 밖의 세세한 상황은 기억나지 않았다. 내가 마지막으로 기억하는 것은 얼어붙을 듯이 차가운 기운이 내 몸을 타고 올라오고 목구멍이 좁아들던 느낌과 리나의 목소리였다. 리나가 나를 남자 친구라고 했던 것 같은데, 그때는 내가 기절하기 직전이었고 그때까지 우리 사이에는 사실 아무 일도 없었기 때문에 확신할 수 없었다. 아무래도 내가 그렇게 되기를 바랐기 때문에 그런 소리가 들린 것 같았다.

"이선!" 리나가 의자에서 벌떡 일어나 내 옆으로 뛰어왔다. 하지만 내 몸에 손을 대지 않으려고 조심하는 것 같았다. "너 괜찮아? 리들리가 널 놓으려고 하질 않는데, 나는 뭘 어떻게 해야 할지 알 수가 없었어. 네가 너무 고통스러워 보여서 내가 그냥 본능적으로 반응해버린 거야."

"식당에 토네이도가 불어온 것 말이야?"

리나가 비참한 표정으로 나를 외면했다. "그런 일이 잘 일어나. 내가 어떤 감정을 느끼거나, 화가 나거나, 겁이 나면… 그냥 그런 일이 일어나."

나는 손을 뻗어 리나의 손을 덮었다. 리나의 온기가 내 팔을 타고 올라왔다. "창문이 깨지는 일 같은 거?"

리나가 다시 나를 바라보았다. 나는 손가락을 구부려 리나의 손을 잡았다. 리나 뒤의 구석에서 낡은 회벽에 간 금이 점점 커지는 것 같더니, 결국은 구불구불 천장을 가로질러 뿌연 유리로 된 샹들리에를 한 바퀴 돌아서 소용돌이 같은 무늬를 그리며 다시 아래로 내려왔다. 하트 모양이었다. 거대하고 소녀 같은 하트가 리나의 침실 천장에 방금 나타난 것이다.

"리나."

"응?"

"지금 천장이 무너지기 직전인 거야?"

리나는 고개를 들어 천장에 난 금을 바라보았다. 그러고는 입술을 깨물었다. 뺨이 분홍색으로 달아올랐다. "아닐걸. 그냥 회벽에 금이 간 거야."

"네가 한 거야?"

"아냐." 분홍색이 리나의 뺨과 코로 점점 넓게 번졌다. 리나는 시선을 돌렸다.

나는 무슨 생각을 하고 있었느냐고 묻고 싶었지만, 리나를 창피하게 만들고 싶지 않았다. 그저 리나가 내게 손을 잡힌 채 내 생각을 하고 있었으면 좋겠다고 바랄 뿐이었다. 내가 정신을 잃기 직전에 리나가 했던 것 같은 그 말을 생각하고 있었으면 좋겠다고.

나는 의심스러운 시선으로 천장의 금을 바라보았다. 거기에 많은 의미가 실려 있었다.

"저거 없앨 수 있어? 이런 일이 그냥… 일어나는 거야?"

리나는 한숨을 내쉬었다. 화제가 바뀌어서 안심이 되는 모양이었다. "가끔. 상황에 따라 달라. 어떤 때는 내가 완전히 압도당해서 전혀 통제를 못해. 나중에 상태를 원래대로 되돌리지도 못하고. 그때 학교에서도 창문을 원래대로 되돌릴 수 없었을 거야. 우리가 만난 날 폭풍도 막을 수 없었을 거고."

"그건 네 잘못이 아냐. 개틀린에 폭풍이 불어올 때마다 그걸 네 탓으로 돌릴 수는 없잖아. 허리케인 시즌은 아직 안 끝났어."

리나는 배를 깔고 엎드려서 내 눈을 똑바로 바라보았다. 리나도 시선을 돌리지 않았고, 나도 시선을 돌리지 않았다. 내 몸 전체가 리나의 온기로 윙윙 울리고 있었다. "오늘 밤에 무슨 일이 있었는지 봤잖아."

"허리케인이 전부 네 탓은 아니라니까."

"여기 개틀린 카운티에 내가 있는 한, 내가 바로 허리케인 시즌이야." 리나는 손을 빼내려고 했지만, 나는 손에 더욱 힘을 주었다.

"웃긴다. 내가 보기에는 그냥 여자애 같은데."

"글쎄, 아니라니까. 난 완전히 폭풍 덩어리야. 통제불능. 대부분의 주술사들은 내 나이쯤 되면 자기 능력을 통제할 수 있어. 하지만 나는 능력이 날 쥐고 흔드는 것 같을 때가 절반이야." 리나는 벽의 거울에 비친 자신의 모습을 가리켰다. 그 위에 글자가 저절로 써졌다. '이 여자애는 누구지?' "난 아직도 뭐가 어떻게 된 건지 알아내려고 애쓰는 중이지만, 아무리 애써도 알아낼 수 없을 것 같을 때가 가끔 있어."

"주술사들은 전부 똑같은 능력인지 재능인지를 갖고 있는 거야?"

"아니. 물건을 움직이는 것 같은 간단한 일은 우리 모두 똑같이 할 수 있지만, 주술사마다 자기만의 특별한 능력을 갖고 있어."

내가 이 말을 이해할 수 있게 도와주는 특수 학원 같은 게 있으면 좋겠다는 생각이 들었다. 주술사 개론 강의 같은 것. 리나와 이야기를 하다 보면 항상 무슨 말인지 이해하기가 힘들었다. 내가 아는 사람 중에 특별한 능력이 있는 사람이라고는 애마 아줌마뿐이었다. 미래를 점치고 악령을 쫓아내는 능력도 능력 아닌가? 잘은 모르지만, 아줌마 역시 생각만으로 물건을 움직이는 능력이 있을 수도 있었다. 시선만으로 날 움직이게 만드는 능력만큼은 확실했다. "그럼 델 이모는? 어떤 능력을 갖고 있어?"

"델 이모는 기록사야. 시간을 읽어."

"시간을 읽어?"

"무슨 말이냐면, 너랑 내가 어떤 방에 들어가면 현재의 모습이 보이잖아. 그런데 델 이모는 과거의 여러 시점과 현재의 모습을 동시에 봐. 어떤 방에 들어갔을 때 지금의 모습, 10년 전의 모습, 20년 전의 모습, 50년 전의 모습을 한꺼번에 볼 수 있다는 뜻이야. 우리가 그 로켓을 만질 때랑 좀 비슷해. 그래서 델 이모가 항상 그렇게 혼란스러워하는 거야. 자기가 정확히 언제를 보고 있는지 모르니까. 심지어 자기가 어디 있는지도 알 수 없고."

나는 로켓을 통해 환영을 본 뒤 내 기분이 어땠는지 생각해보았다. 그리고 사람이 항상 그런 기분이라면 어떨지도 생각해보았다. "말도 안 돼. 리들리는?"

"리들리는 사이렌이야. 설득의 능력을 갖고 있지. 누가 됐든 상대의 머릿속에 자기가 원하는 생각을 불어넣을 수 있고, 그 사람한테서 모든 말을 끌어낼 수 있고, 모든 행동을 하게 만들 수 있어. 만약 리들리가 너한테 자기 능력을 발휘해서 너더러 절벽에서 뛰어내리라고 말한다면, 넌 뛰어내릴 거야." 나는 리들리와 함께 차를 타고 올 때를 떠올렸다. 그때 나는 리들리에게 무슨 얘기든 다 털어놓을 태세였다.

"안 뛰어내려."

"뛰어내릴 거야. 그럴 수밖에 없어. 일반인 남자라면 사이렌의 상대가 안 돼."

"안 뛰어내려." 나는 리나를 바라보았다. 리나의 머리카락이 산들바람에 가볍게 흩날리고 있었다. 열린 창문이 하나도 없었는데도. 나는 그녀의 눈을 바라보며 혹시 그녀도 나와 같은 감정을 느끼고 있는지 열심히 살펴보았다. "이미 훨씬 더 높은 절벽에서 뛰어내린 사람은 또 뛰어내릴 수 없어."

내 입에서 나도 모르게 이런 말이 흘러나왔다. 나는 이 말을 하는 순간 도로 주워 담고 싶었다. 머릿속으로 생각할 때는 근사하게 들렸는데. 리나가 다시 나를 바라보며 이 말이 진심인가 하는 표정을 지었다. 물론 나는 진심이었지만, 그렇다고 말할 수는 없었다. 그래서 그냥 화제를 바꿨다. "그럼 리스의 초능력은 뭐야?"

"리스 언니는 시빌이야. 사람들의 얼굴을 읽어. 상대의 눈만 들여다봐도 그 사람이 무얼 봤는지, 누굴 봤는지, 무얼 했는지 알 수 있어. 책을 펼쳐서 읽듯이 상대의 얼굴을 읽어내는 거야." 리나는 여전히 내 얼굴을 유심히 살피고 있었다.

"그래? 그럼 그 사람은 뭐야? 리들리가 순간적으로 다른 얼굴로 변했잖아. 리스가 빤히 바라보고 있을 때. 너도 그거 봤어?"

리나는 고개를 끄덕였다. "메이컨 삼촌은 말을 안 해주지만, 틀림없이 어둠 쪽의 사람일 거야. 아주 강력한 사람."

나는 계속 질문을 던졌다. 알고 싶은 것이 많았다. 마치 내가 조금 전에 외계인들과 저녁 식사를 함께 한 것 같은 기분이었다. "라킨의 능력은 뭐야? 뱀을 홀리는 거야?"

"라킨은 환영사야. 변형사랑 비슷해. 하지만 우리 가문에서 변형사는 바클레이 삼촌뿐이야."

"그 둘이 어떻게 다른데?"

"라킨은 주문을 걸 수 있어. 무슨 물건이든, 사람이든, 장소든 자신이 원하는 모습으로 바꿔 놓을 수 있다는 얘기야. 환상을 만들어내는 거지. 진짜로 바꿔 놓는 게 아니라. 하지만 바클레이 삼촌은 어떤 물건이든 진짜로 다른 물건으로 바꿔 놓을 수 있어. 자기가 원하는 기간만큼."

"그러니까 네 사촌은 물건들이 사람들의 눈에 실제와 다르게 보이게 만들 수 있고, 네 삼촌은 그 물건들을 실제로 바꿔 놓을 수 있다는 거야?"

"응. 할머니 말씀으로는, 대개 그 두 능력이 아주 비슷대. 그래서 부모와 자식이 그 능력을 나눠 갖는 경우가 가끔 있어. 그런데 둘이 워낙 비슷하다 보니, 항상 싸우는 거야." 리나가 무슨 생각을 하는지 알 수 있었다. 리나 자신은 부모가 어떤 사람이었는지 영영 알 수 없을 거라는 생각을 하고 있을 것이다. 리나의 얼굴이 어두워졌다. 나는 분위기를 바꾸려고 서투르게 말을 꺼냈다.

"라이언은? 능력이 뭐야? 개 패션디자이너인가?"

"아직은 너무 일러. 이제 겨우 열 살인걸."

"그럼 메이컨 삼촌은?"

"삼촌은 그냥… 메이컨 삼촌이야. 삼촌이 할 수 없는 일은 하나도 없어. 나를 위해서라면 무슨 짓이든 할 분이기도 하고. 어렸을 때부터 나는 삼촌하고 같이 보낸 시간이 아주 많아." 리나는 시선을 피하며 내 질문에 즉답을 하지 않았다. 뭔가를 숨기고 있는 것 같았지만, 상대가 리나인 이상 그것이 무엇인지 알아내는 건 불가능했다. "삼촌은 나한테 아버지 같은 분이야. 아니, 내가 생각하는 아버지의 모습이라고나 할까." 리나에게서 더 이상의 설명을 들을 필요는 없었다. 가까운 사람을 잃는 것이 어떤 건지 나는 알고 있었다. 그래도 처음부터 그런 사람이 아예 없는 경우가 더 나쁜 걸까?

"너는 어때? 네 능력은 뭐야?"

리나의 능력이 한 가지가 아니라는 건 이미 알고 있었다. 리나가 처음 학교에 온 날부터 리나의 능력을 내 눈으로 직접 보기도 했다. 하지만 리나가 자주색 잠옷을 입고 우리 집 현관 베란다에 앉아 있던 그날 밤부터 나는 이걸 물어보고 싶어서 용기를 모으고 있었다.

리나는 한동안 가만히 생각을 정리하는 눈치였다. 어쩌면 나한테 말을 해줄까 말까 망설이는 것 같기도 했다. 정확히 어느 쪽인지는 알 수 없었다. 마침내 리나가 그 끝을 알 수 없는 초록색 눈으로 나를 바라보았다. "나는 자연체야. 적어도 메이컨 삼촌과 델 이모는 그렇게 생각해서."

자연체라. 나는 마음이 놓였다. 사이렌처럼 나쁜 건 아닌 것 같았다. 이 정도면 나도 감당할 수 있을 것 같았다. "그게 정확히 무슨 뜻인데?"

"나도 몰라. 정확히 말하면, 한 가지가 아냐. 무슨 말이냐면, 자연체는 다른 주술사들보다 훨씬 더 많은 일을 할 수 있대." 리나는 이 말을 아주 빠르게 해치웠다. 내가 제대로 듣지 못하기를 바라는 것 같았다. 하지만 나는 다 들었다.

다른 주술사들보다 훨씬 더 많은 일?

더 많은 일. 이 표현을 어떻게 받아들여야 할지 알 수 없었다. 더 적은 일이라면 감당할 수 있었다. 지금은 더 적은 일이 좋은 일 같았다.

"그런데 너도 오늘 밤에 봤다시피 내가 뭘 할 수 있는지 나도 몰라." 리나는 우리 둘 사이의 이불을 손으로 뜯었다. 불안한 표정이었다. 나는 리나의 손을 잡아당겨 리나가 나와 나란히 눕게 했다. 리나는 한쪽 팔꿈치로 몸을 지탱했다.

"그런 건 다 상관없어. 난 그냥 지금 있는 그대로의 네가 좋아."

"이선, 넌 나에 대해 거의 모르잖아."

나른한 온기가 내 몸을 휩쓸고 지나갔다. 솔직히 나는 리나가 하는 말에 전혀 귀를 기울이지 않았다. 리나의 손을 잡고 리나의 곁에 가까이 있는 것만으로도 기분이 너무 좋았다. 우리 둘 사이에 있는 것이라고는 하얀 이불뿐이었다. "아냐. 난 네가 시를 쓰는 것도 알고, 네 목걸이에 있는 갈가마귀에 대해서도 알고, 네가 오렌지 음료수와 할머니를 좋아하는 것도 알고, 팝콘에 밀크더드를 섞어 먹는 걸 좋아하는 것도 알아."

순간적으로 리나가 슬며시 웃음을 지을지도 모른다는 생각이 들었다. "그런 건 아무것도 아냐."

"처음에는 그렇게 시작하는 거야."

리나가 내 눈을 똑바로 들여다보았다. 그녀의 초록색 눈이 내 푸른 눈을 탐색하듯 바라보고 있었다. "넌 내 이름도 몰라."

"네 이름은 리나 두케인이잖아."

"그래, 그것부터 문제지. 틀렸어."

나는 벌떡 일어나며 리나의 손을 놓았다. "그게 무슨 소리야?"

"그건 내 이름이 아냐. 리들리가 한 말이 사실이었어." 저녁 때 나눴던 대화가 조금씩 생각나기 시작했다. 리들리가 나더러 리나의 이름조차 모른다고 말하던 것. 하지만 그때 나는 리들리의 말이 문자 그대로의 의미가 아닐 거라고 생각했다.

"그럼 네 이름이 뭔데?"

"나도 몰라."

"이것도 주술사 세계의 일인 거야?"

"꼭 그런 건 아냐. 대부분의 주술사들은 자신의 진짜 이름을 알지만, 우리 집안은 좀 달라. 우리 집안 사람들은 열여섯 살이 돼야 비로소 자기가 타고난 이름을 알 수 있어. 그래서 그때까지는 다른 이름을 써. 리들리는 줄리아였고, 리스 언니는 애너벨이었고, 난 리나야."

"그럼 리나 두케인은 누구야?"

"내 성이 두케인인 건 맞아. 그 정도는 나도 알아. 하지만 리나는 그냥 우리 할머니가 날 부를 때 쓰던 이름이야. 내가 스트링빈(줄콩)처럼 비쩍 말라서 그렇게 부르셨대. 리나 비나라고."

나는 잠시 아무 말도 하지 않았다. 방금 리나가 한 말을 이해하려고 애쓰는 중이었다. "그러니까, 너도 아직 네 이름이 뭔지 모르는데, 두어 달 뒤면 알게 된다는 거지?"

"그렇게 간단한 게 아냐. 난 나 자신에 대해 아는 게 전혀 없어. 그래서 내가 항상 이렇게 이상한 거야. 난 내 이름도 모르고, 우리 부모님이 어떻게 됐는지도 몰라."

"사고로 돌아가셨다며?"

"그렇게 듣기는 했는데, 아무도 자세한 얘기를 안 해줘. 게다가 사고에 관한 기록도 전혀 없어. 부모님 무덤도 본 적 없고, 그러니 정말로 사고였는지 알 수가 없지."

"그렇게 무서운 거짓말을 하는 사람이 어딨어?"

"우리 집안 사람들 봤잖아."

"맞다."

"그리고 아래층의 그 괴물 말이야. 그… 마녀. 하마터면 널 죽일 뻔한. 너는 안 믿겠지만, 옛날에는 나랑 가장 친한 사이었어. 어렸을 때 우리 둘 다 할머니랑 같이 살았거든. 친척들 집을 돌아다닐 때도 함께 움직일 때가 많아서 아예 가방 하나에 짐을 같이 쌀 정도였어."

"그래서 둘 다 사투리를 별로 안 쓰는 거구나. 네 말투만 듣고는 네가 남부에서 산 적이 있다고 믿을 사람이 거의 없을걸."

"그러는 너는?"

"부모님이 교수님이었잖아. 내가 사투리를 쓸 때마다 유리병에 25센트 동전을 하나씩 넣는 벌칙도 있었고." 나는 기가 막힌다는 표정을 지었다. "그럼 리들리가 델 이모랑 같이 산 적은 없는 거야?"

"없어. 델 이모는 명절 때 잠깐 다녀가실 뿐이야. 우리 집안 사람들은 원래 자기 부모랑 같이 안 살아. 너무 위험하거든." 나는 묻고 싶은 것이 수십 가지나 있었지만 참았다. 리나는 자기 얘기를 하고 싶은 걸 백 년 동안이나 꾹 참은 사람처럼 정신없이 말을 이어갔다. "리들리랑 나는 자매 같았어. 같은 방에서 자고, 홈스쿨링으로 공부도 같이 하고…. 버지니아로 이사할 때는 우리 둘이 같이 보통 학교에 다니게 해달라고 할머니를 설득하기도 했어. 친구도 사귀면서 정상적으로 살고 싶었거든. 우리는 할머니가 외출하실 때 우리를 데리고 나가야만 일반인들하고 이야기를 해볼 수 있었어. 할머니는 우리를 데리고 박물관에 가기도 하고, 오페라를 보러 가기도 하고, 올드 핑크하우스에서 점심을 사주기도 하셨지."

"그래서 학교에 가보니 어땠어?"

"완전 재앙이었어. 우린 옷차림도 유행과는 거리가 멀고, 집에 텔레비전도 없고, 숙제란 숙제는 하나도 빼먹지 않고 다 제출했으니까. 학교에서 완전히 재수없는 애들이었지."

"그래도 일반인들하고 어울릴 수는 있었던 거잖아."

리나는 나를 바라보려 하지 않았다. "널 만나기 전에는 일반인이랑 친구가 된 적이 한 번도 없어."

"진짜?"

"나한테는 리들리뿐이었어. 리들리도 나만큼이나 힘들었거든. 하지만 리들리는 별로 신경 안 썼어. 다른 사람들이 날 괴롭히지 못하게 막아주느라 바빴으니까."

리들리가 누군가를 보호하려고 애쓰는 모습은 상상하기 힘들었다.

'사람은 변하는 법이야, 이선.'

'그래도 그렇게까지 변하지는 않아. 아무리 주술사라도 그렇지.'

'특히 주술사들이 그래. 내가 지금 너한테 말하고 싶은 게 바로 그거야.'

리나는 손을 내게서 멀리 떼어냈다. "처음에는 리들리의 행동이 이상해지더니, 옛날에는 리들리를 무시하던 남자애들이 리들리를 졸졸 쫓아다니기 시작했어. 수업이 끝난 뒤에 리들리를 기다리기도 하고, 서로 리들리를 집까지 데려다주겠다며 싸우기도 하고…."

"그래, 뭐, 그런 여자애들이 있지."

"리들리는 그냥 그런 여자애가 아냐. 아까 말했잖아. 사이렌이라고. 리들리는 사람들을 조종해서 평소 같으면 도저히 안 할 일들을 하게 만들 수 있어. 그래서 그 남자애들도 절벽에서 뛰어내리라면 정말로 뛰어내릴 상태로 변한 거야. 하나씩 차례로." 리나는 손가락에 목걸이를 감고 배배 꼬면서 말을 계속했다. "리들리가 열여섯 번째 생일을 맞기 전날 밤에 나는 기차역까지 리들리를 따라갔어. 리들리는 겁에 질려서 제정신이 아니었지. 자기가 어둠이 될 거라는 확신이 든다고 했어. 그래서 자기가 사랑하는 사람을 해치기 전에 도망쳐야겠다는 거야. 날 해치기 전에. 리들리가 진심으로 사랑한 사람은 나뿐이거든. 그날 밤 리들리는 사라져버렸어. 그러고 오늘 리들리를 처음 만난 거야. 너도 오늘 밤에 봐서 알겠지만, 리들리는 확실히 어둠이 된 것 같아."

"잠깐, 그게 무슨 소리야? 어둠이 된다는 게 무슨 뜻인데?"

리나는 깊이 숨을 들이쉬더니 머뭇거렸다. 나한테 답을 해주어야 할지 잘 모르겠다는 표정이었다.

"말해 봐, 리나."

"우리 집안 사람이 열여섯 살이 되면 결정이 내려져. 운명이 결정되는 거야. 델 이모나 리스 언니처럼 빛이 되는 사람도 있고, 리들리처럼 어둠이 되는 사람도 있어. 어둠 아니면 빛. 흑 아니면 백이야. 우리 집안에 회색은 없어. 본인이 직접 선택할 수도 없고, 일단 결정이 내려지면 그걸 되돌릴 수도 없어."

"본인이 선택할 수 없다니?"

"자신이 빛이 되고 싶은지 어둠이 되고 싶은지 결정할 수 없다는 뜻이야. 일반인들이나 다른 주술사들은 선과 악을 직접 선택할 수 있지만 우리 집안에 자유의지는 존재하지 않아. 열여섯 살 생일에 그냥 결정되는 거야."

나는 리나의 말을 이해하려고 애썼지만, 이건 너무 터무니없는 소리였다. 나도 애마 아줌마랑 오래 같이 살았기 때문에 백마법과 흑마법이 있다는 건 알고 있었다. 하지만 리나가 흑과 백 중 자신이 원하는 것을 선택할 권리가 없다는 말은 받아들이기 힘들었다.

리나 자신의 일인데.

리나는 여전히 말을 계속하는 중이었다. "그래서 우리가 부모님이랑 같이 살 수 없는 거야."

"그건 또 무슨 소리야?"

"옛날에는 안 그랬어. 그런데 우리 할머니의 언니인 앨시아가 어둠이 됐을 때 할머니의 엄마는 앨시아를 차마 내보내지 못했어. 그때는 어둠이 된 주술사는 집과 가족을 떠나는 게 법칙이었거든. 이유야 뻔하지. 앨시아의 어머니는 자신이 딸을 도와서 어둠과 싸울 수 있을 거라고 생각했지만, 그건 불가능한 일이었어. 그래서 그 가족이 살던 마을에 끔찍한 일들이 일어나기 시작했어."

"어떤 일?"

"앨시아는 이보였어. 이보는 믿을 수 없을 만큼 능력이 강한 사람들이야. 남들을 조종할 수 있다는 점은 리들리랑 같지만, 그 밖에 누구든 다른 사람으로 변하는 능력까지 갖고 있어. 그래서 앨시아가 어둠이 된 뒤 도저히 설명할 수 없는 사고들이 마을에 일어나기 시작했어. 여러 사람이 다쳤지. 나중에는 어떤 여자애가 물에 빠져 죽는 일까지 벌어졌어. 그래서 결국 앨시아의 어머니도 앨시아를 보낼 수밖에 없었어."

나는 안 그래도 개틀린에는 문제가 많다는 생각을 했다. 그런데 리들리보다 더 강력한 존재가 항상 이곳을 돌아다닌다면 어떤 일이 벌어질지 상상조차 할 수 없었다. "그래서 이제는 너희 집안 사람들이 모두 부모님이랑 같이 살 수 없게 된 거야?"

"자식이 어둠이 돼도 부모들은 차마 등을 돌릴 수 없을 거라고 다들 동의했거든. 그래서 그때부터 아이들은 결정이 내려질 때까지 친척들 집에서 살게 됐어."

"그럼 라이언은 왜 부모랑 같이 사는 거야?"

"라이언은… 라이언이라서 그래. 특별한 경우야." 리나는 어깨를 으쓱했다. "내가 물어볼 때마다 메이컨 삼촌이 항상 하는 말이야."

모든 것이 현실 같지 않았다. 집안 사람들이 전부 초자연적인 힘을 갖고 있다니. 다들 나나 개틀린의 다른 주민들과 똑같이 생겼는데. 아니, 뭐, 다른 주민 모두와 똑같다고 할 수는 없어도, 그렇다고 완전히 다른 것도 아니었다. 그렇지 않은가? 심지어 리들리도 스톱&스틸 앞에 나타났을 때 전혀 이상하게 보이지 않았다.

사내 녀석들 중 어느 누구도 리들리가 믿을 수 없을 만큼 섹시하다는 생각 외에 다른 생각은 전혀 하지 않았다. 리들리가 굳이 나를 찾는 걸 보니 머리가 좀 이상한 것 같다는 생각은 했겠지만. 도대체 어떤 원리가 작용하고 있는 걸까? 이 사람들은 어떻게 해서 그냥 일반인이 되지 않고 주술사가 되는 걸까?

"네 부모님도 능력이 있었어?" 나는 리나의 부모님 이야기를 꺼내기가 정말 싫었다. 상대방의 부모님이 이미 돌아가셨다는 걸 알면서 부모님 이 야기를 꺼내다니. 하지만 지금은 어쩔 수가 없었다.

"응. 우리 집안 사람들은 다 그래."

"그분들은 어떤 능력이 있었는데? 너랑 비슷했어?"

"나도 몰라. 할머니가 한 마디도 안 해주셨거든. 말했잖아. 마치 부모님 이 처음부터 존재하지도 않았던 것 같다고. 그런 걸 보면 짐작이 가는 게 있기는 해."

"무슨 짐작?"

"부모님이 어둠이었는지도 몰라. 그리고 나도 아마 어둠이 될 거야."

"아냐."

"네가 어떻게 알아?"

"난 너랑 같은 꿈을 꾸는 사람이야. 그리고 어떤 방에 들어갔을 때, 네가 그 방에 와본 적이 있는지 아닌지도 알 수 있어."

'이선.'

'진짜야.'

나는 리나의 뺨을 어루만지며 조용히 말했다. "어떻게 아는지는 나도 몰 라. 그냥 알아."

"넌 아는 게 아냐. 그냥 그렇게 믿는 거지. 내가 어떻게 될지는 나도 모르 는걸."

"그런 헛소리는 처음 듣는다." 오늘 밤 일어났던 모든 일과 똑같았다. 내 가 할 생각이 없었던 말이 그냥 튀어나오는 것. 적어도 소리 내서 이런 말 을 할 생각은 없었다. 그래도 이 말을 하기를 잘했다는 생각이 들었다.

"뭐?"

"운명이 어쩌고저쩌고 하는 소리는 전부 쓰레기야. 네 운명을 다른 사람 이 결정할 수는 없어. 네가 결정하는 거야."

"두케인 가문에서는 안 그래, 이선. 다른 주술사들은 스스로 선택할 수 있지만 우리는 아냐. 열여섯 살 때 결정이 내려지는 대로 빛이 되든지 어둠이 되는 수밖에 없어. 자유의지는 존재하지 않아."

나는 손으로 리나의 턱을 들어올렸다. "너 자연체라고 했지? 그게 뭐 어때서?"

나는 리나의 눈을 들여다보았다. 리나에게 키스하게 될 거라는 확신이 들었다. 우리가 함께 있는 한 아무것도 걱정할 필요가 없다는 확신도 있었다. 순간적으로나마 나는 우리가 앞으로 항상 함께 있을 거라고 믿었다.

나는 잭슨 고등학교 농구부의 전술을 생각하는 걸 포기하고 마침내 내 기분을 리나도 느끼게 내버려두었다. 내가 지금 무슨 생각을 하는지, 이제부터 뭘 할 건지, 그걸 하기 위해 용기를 내는 데 시간이 얼마나 걸렸는지 리나도 알 수 있게.

'아.'

리나의 눈이 커졌다. 초록색도 더 짙어졌다. 그건 불가능한 일 같았는데.

'이선… 이건….'

나는 몸을 기울여 리나에게 입을 맞췄다. 짠맛이 났다. 리나의 눈물처럼. 이번에는 온기가 아니라 전기가 내 입에서 발끝까지 온몸을 훑고 지나갔다. 손가락 끝이 찌릿찌릿했다. 플러그를 꽂는 소켓에 펜을 찔러 넣은 것 같았다. 여덟 살 때 링크가 꼬드기는 바람에 나는 실제로 펜으로 소켓을 찌른 적이 있었다. 리나가 눈을 감고 나를 끌어당겼다. 한동안은 모든 것이 완벽했다. 리나도 내게 키스로 응답했다. 내 입술에 닿은 그녀의 입술이 미소를 짓고 있었다. 리나가 그동안 나를 기다리고 있었음을 알 수 있었다. 어쩌면 내가 리나를 기다린 만큼 리나도 나를 기다렸는지 모른다. 그런데 나한테 금방 마음을 열었던 그녀가 또 금방 마음을 닫아버렸다. 아니, 정확히 말하면 나를 아예 밀어냈다.

'이선, 이러면 안 돼.'

'왜? 우리 서로 똑같은 감정을 느끼고 있는 것 아냐?'

아닌 것 같았다. 리나는 다른 것 같았다.

나는 리나를 빤히 바라보았다. 리나는 여전히 내 가슴 위에 팔을 올려놓은 모습이었다. 내 심장이 얼마나 빨리 뛰는지 리나도 느끼고 있을 터였다.

'그런 게 아니라….'

리나는 고개를 돌리려고 했다. 우리가 그린브라이어에서 로켓을 주운 그날처럼 리나가 금방 도망쳐버릴 것 같았다. 우리 집 현관 베란다에 왔던 그날도 리나는 날 혼자 남겨두고 도망쳤다. 나는 리나의 손목 위에 내 손을 올려놓았다. 금방 열기가 느껴졌다. "그럼 이건 뭐야?"

리나가 나를 마주 바라보았다. 나는 리나의 생각을 들어보려고 애썼지만, 머릿속에 들려오는 소리가 하나도 없었다. "넌 내 운명을 내가 스스로 결정할 수 있다고 생각하지만, 그렇지 않아. 오늘 밤에 리들리가 한 행동은 아무것도 아냐. 리들리가 널 죽이려면 죽일 수도 있었어. 내가 막지 않았으면 정말로 죽였을지도 몰라." 리나는 숨을 깊이 들이쉬었다. 눈에 물기가 어려 있었다. "나도 그렇게 될 수 있어…. 괴물로…. 네가 믿든 안 믿든 그래."

나는 리나의 말을 무시하고 다시 팔로 리나의 목을 감았다. 하지만 리나는 말을 계속했다. "너한테 그런 내 모습을 보여주기 싫어."

"상관없어." 나는 리나의 뺨에 입을 맞췄다.

리나가 내 손에서 자기 팔을 스르르 빼내며 침대에서 내려갔다.

"네가 몰라서 그래." 리나는 손을 들어올렸다. 122. 앞으로 남은 날짜를 뜻하는 그 숫자가 파란 잉크로 적혀 있었다. 우리에게 남은 날이 그것뿐이라는 듯이.

"나도 다 알아. 네가 무서워한다는 거. 우리 둘이 방법을 생각해보자. 우린 함께할 운명이야."

"아냐. 넌 일반인이야. 그러니까 날 이해할 수 없어. 난 네가 다치는 걸 보고 싶지 않아. 나한테 너무 가까이 다가오면 네가 다칠 거야."

"이미 늦었어."

리나의 말은 이미 충분히 들었다. 내가 확실히 알고 있는 건 하나뿐이었다.

내가 여기에 모든 걸 걸었다는 것.

조상들

아름다운 여자애가 그 말을 할 때는 말이 되는 것 같았다. 하지만 집으로 돌아와 내 침대에 혼자 있으려니 뭐가 뭔지 알 수 없게 되었다. 심지어 링크조차 전혀 믿지 않을 것 같았다. 링크에게 이 이야기를 해준다면, 우리 대화가 어떻게 진행될지 생각해보았다. 난 그 여자애를 좋아하는데, 진짜 이름은 몰라. 그런데 그 애가 마녀래. 아니, 잘못 말했다. 주술사래. 그런데 걔네 집안 사람들이 전부 주술사래. 그리고 앞으로 5개월 뒤에는 걔가 선인지 악인지 알 수 있을 거래. 게다가 걔는 집 안에서 허리케인을 일으킬 수 있고, 창문 유리를 깰 수 있어. 나도 이상한 로켓에 손을 대면 과거가 보여. 그런데 애마 아줌마와 메이컨 레이븐우드는, 알고 보니까 그 사람은 완전히 집에만 틀어박혀 사는 사람은 아니더라고, 어쨌든 그 두 사람은 나더러 그 로켓을 땅에 묻어버리라고 했어. 그런데 레이븐우드 저택에 걸려 있는 그림 속 여자의 목에 그 로켓이 갑자기 나타나더라. 아, 그리고 보니 레이븐우드 저택은 귀신 들린 집이 아니라 아주 완벽하게 복원된 집인데 내가 갈 때마다 모양이 완전히 바뀌어. 그리고 그 집에 사는 여자애랑 손이 조금 닿기만 해도 나는 몸이 타는 것 같고, 멍해지고, 산산조각 부서지는 것 같아.

내가 그 애한테 키스를 했더니 그 애도 나한테 키스를 해줬어.

모든 게 도저히 믿을 수 없는 일이었다. 심지어 나조차도. 나는 돌아누웠다.

바람이 내 몸을 찢어버릴 것 같았다.

나는 나무에 매달렸다. 바람의 비명이 내 귀를 파고들었다. 사방에서 세찬 바람 줄기들이 소용돌이치며 서로 싸워댔다. 바람의 속도와 힘이 계속 몇 배로 불어나고 있었다. 하늘에 구멍이 뚫린 것처럼 우박이 쏟아져 내렸다. 빨리 여기서 도망쳐야 했다.

하지만 갈 곳이 없었다.

"날 놔, 이선. 너라도 살아!"

내 눈에는 그녀가 보이지 않았다. 바람이 너무 강했다. 그래도 느낌은 있었다. 나는 그녀의 손목을 꼭 붙들고 있었다. 내가 너무 힘을 줘서 그녀의 손목이 부러질 것 같았다. 하지만 그런 건 상관없었다. 나는 그 손을 놓을 생각이 없었다. 바람의 방향이 바뀌어 나를 공중으로 들어올렸다. 나는 나무에 더 세게 매달리고, 그녀의 손목을 더 세게 잡았다. 하지만 바람의 힘이 우리를 떼어놓는 것이 느껴졌다.

바람이 나를 나무에게서, 그녀에게서 떼어내고 있었다. 그녀의 손목이 내 손가락 사이로 스르르 빠져나가는 것이 느껴졌다.

나는 더 이상 그 손을 잡을 수 없었다.

나는 기침을 하며 깨어났다. 바람에 쓸려서 생긴 상처가 느껴졌다. 레이븐우드에서 하마터면 죽을 뻔한 것으로는 모자랐는지, 그 꿈이 다시 나를 찾아왔다. 하룻밤에 이런 일을 다 겪다니. 아무리 나라도 견디기 힘들었다. 내 방 문은 활짝 열려 있었다. 이상한 일이었다. 요즘 나는 밤에 문을 잠그고 자는 버릇이 생겼기 때문이다. 내가 자고 있을 때 애마 아줌마가 들어와 내 몸에 이상한 부두교 부적을 붙여두는 게 싫어서였다. 오늘도 분명히 문을 잠갔다.

나는 천장을 바라보았다. 다시 잠이 올 것 같지 않았다. 나는 한숨을 내쉬며 침대 주위를 더듬어 낡은 방풍등을 켰다. 그리고 《스노 크래시》에서 읽다 만 부분을 펼치려는데 무슨 소리가 들렸다. 발소리인가? 부엌에서 나는 소리였다. 아주 희미했지만 분명히 들렸다. 아빠가 글을 쓰다가 잠시 밖에 나와 쉬고 있는 건가 싶었다. 그렇다면 이 기회에 아빠와 이야기를 나눌 수 있지 않을까?

하지만 계단을 다 내려갔을 때 나는 부엌에 있는 사람이 아빠가 아니라는 것을 깨달았다. 아빠의 서재 문이 닫혀 있고, 문 아래쪽 틈으로 빛이 새어나오고 있었다. 그렇다면 부엌에 있는 사람은 애마 아줌마였다. 내가 문틀에 부딪히지 않으려고 고개를 숙이며 부엌으로 들어가는 순간 아줌마가 복도 아래쪽 자기 방으로 종종걸음을 치는 것이 보였다. 물론 아줌마가 종종걸음을 쳐봤자였지만. 집 뒤쪽의 망사문이 치익 하는 소리를 내며 닫혔다. 누군가가 들어왔거나 나간 모양이었다. 오늘 밤에 워낙 이상한 일을 많이 겪었기 때문에, 이것도 아주 중요한 일 같았다.

나는 집 옆을 돌아서 앞쪽으로 갔다. 낡아빠진 픽업트럭이 시동이 걸린 채 길가에 서 있었다. 스튜드베이커 사가 1950년대에 내놓은 모델이었다. 애마 아줌마가 트럭 창문 안쪽으로 몸을 기울여 운전사와 이야기를 하고 있었다. 얼마 뒤에는 운전사에게 자기 가방을 넘겨주고 트럭에 올라탔다. 이 밤중에 어딜 가는 거지?

애마의 뒤를 따라가 봐야 할 것 같았다. 하지만 내게는 엄마 같은 사람이 한밤중에 낯선 남자가 모는 낡아빠진 차에 올라타는 걸 보고 뒤를 따르는 것이, 자동차가 없는 내게는 힘든 일이었다. 달리 선택의 여지가 없었다. 볼보를 몰고 나가는 수밖에. 우리 집의 볼보는 엄마가 사고를 당할 때 몰던 차였다. 그래서 그 차를 볼 때마다 나는 엄마의 사고를 떠올렸다.

나는 운전석에 앉았다. 차 안에서는 낡은 종이 냄새와 유리 세정제 냄새가 났다. 옛날과 똑같았다.

* * *

헤드라이트를 켜지 않고 운전하는 일은 생각보다 어려웠다. 하지만 픽업트럭이 웨이더스 개울로 가고 있다는 것은 알 수 있었다. 애마 아줌마가 자기 집으로 가려는 모양이었다. 트럭은 9번 도로를 벗어나 시골길로 들어갔다. 마침내 차가 속도를 늦추다가 길가에 멈춰 서자 나도 볼보를 갓길에 세우고 시동을 껐다.

애마 아줌마가 문을 열자 트럭 안의 불이 켜졌다. 나는 어둠 속에서 눈을 가늘게 뜨고 열심히 바라보았다. 운전사의 얼굴이 보였다. 우체국장인 칼튼 이튼이었다. 왜 애마 아줌마가 칼튼 이튼에게 한밤중에 차를 태워달라고 부탁했을까? 나는 지금까지 두 사람이 이야기하는 모습을 한 번도 본 적이 없었다.

아줌마가 칼튼에게 뭐라고 말을 하더니 문을 닫았다. 트럭은 다시 도로로 나섰다. 나는 차에서 내려 아줌마의 뒤를 따라갔다. 애마 아줌마는 항상 습관대로 행동하는 사람이었다. 따라서 한밤중에 습지까지 몰래 나와야 할 만큼 심각한 일이라면, 여느 때처럼 평범한 주술을 의뢰받은 게 아니라는 뜻이었다.

애마 아줌마는 덤불 속으로 자취를 감췄다. 아줌마는 누군가가 아주 공들여 만들어 놓은 자갈길을 따라가고 있었다. 어둠 속에서 그 길을 걷는 아줌마의 발밑에서 자갈이 밟히는 소리가 났다. 나는 소리를 내지 않으려고 자갈길 옆의 풀밭을 걸었다. 나는 아줌마에게 들키지 않으려고 애쓰는 것은 아줌마가 왜 한밤중에 집에서 몰래 빠져나왔는지 알고 싶기 때문이라고 속으로 되뇌었다. 하지만 그보다는 아줌마에게 들킬까 봐 무서운 마음이 더 컸다.

웨이더스 개울이라는 이름이 생긴 연유는 쉽게 알 수 있었다. 그곳에 가려면 검은 물이 고여 있는 연못을 헤치고 나아가야(wade - 옮긴이) 했다. 적어도 애마 아줌마가 지금 가고 있는 길에서는 그랬다. 하늘에 보름달이 없었다면, 나는 이끼로 뒤덮인 떡갈나무와 덤불 때문에 미로처럼 구불구불한 길에서 아줌마의 뒤를 쫓느라 엄청 애를 먹었을 것이다. 우리는 물 근처까지 와 있었다. 공기 중에서 습기가 느껴졌다. 공기가 뜨겁고 끈적끈적한 피부 같았다.

연못 가장자리에는 삼나무를 밧줄로 묶어서 만든 납작한 뗏목들이 줄지어 있었다. 가난한 사람들의 여객선이었다. 물가에 줄지어 있는 뗏목들이 손님을 기다리는 택시 같았다. 애마 아줌마가 한 뗏목에 올라타 능숙하게 중심을 잡으며 긴 장대를 노처럼 이용해 나아가는 것이 달빛에 보였다.

내가 아줌마의 집에 가본 것은 아주 오래전이었지만, 그때도 이렇게 물을 건너갔다면 틀림없이 기억에 남아 있을 터였다. 아마 옛날에는 다른 길을 이용한 것 같았다. 하지만 주위가 어두워서 정확히 알 수는 없었다. 그래도 뗏목의 나무들이 많이 썩어 있다는 건 알 수 있었다. 어느 뗏목이나 하나같이 불안해 보였다. 그래서 나는 그냥 아무거나 골라서 올라탔다.

애마 아줌마가 뗏목을 조종할 때는 쉬워 보였는데, 막상 내가 하려니 훨씬 힘들었다. 몇 분마다 한 번씩 물이 첨벙거렸다. 악어가 물속으로 들어가면서 꼬리로 수면을 치는 소리였다. 내가 이 연못을 걸어서 건너려 하지 않기를 잘했다는 생각이 들었다.

나는 긴 장대로 연못 바닥을 한 번 더 밀었다. 마침내 뗏목 가장자리가 물가에 닿았다. 모래사장에 내려서자 애마 아줌마의 집이 보였다. 작고 소박한 집의 창문 중 딱 한 곳에 불이 들어와 있었다. 창틀은 웨이츠 랜딩의 창틀과 똑같이 하늘색으로 칠해져 있었다. 집을 지은 목재가 삼나무라서 마치 집이 습지의 일부처럼 보였다.

하지만 그것만이 전부는 아니었다. 공기 중에 뭔가가 있었다. 레몬과 로즈마리의 향내가 그랬던 것처럼 강하고 압도적인 냄새. 하지만 그럴 리가 없었다. 이유는 두 가지였다. 우선 마삭줄은 가을에 꽃을 피우지 않는다. 봄에만 꽃이 핀다. 그리고 늪지에서는 자라지 않는다. 하지만 분명히 그 냄새가 났다. 틀림없었다. 오늘 밤에 벌어진 모든 일들과 마찬가지로, 이번에도 왠지 불가능한 일이 일어나고 있는 것 같은 느낌이 들었다.

나는 집을 지켜보았다. 아무런 변화도 일어나지 않았다. 어쩌면 애마 아줌마는 그냥 집에 오고 싶었던 것인지도 모른다. 아빠한테만 미리 이야기하고 이리로 온 것인지도 모른다. 그렇다면 내가 악어에게 잡아먹힐 위험을 무릅쓰고 한밤중에 여기까지 온 것은 공연한 짓이었다.

나는 다시 늪을 건너 돌아가기로 했다. 오는 길에 빵 부스러기라도 떨어뜨려서 길을 표시해둘 걸 그랬다는 생각이 들었다. 그런데 그때 문이 열렸다. 애마 아줌마가 문간의 빛 속에 서서 하얀 에나멜가죽 가방에 뭔지 알 수 없는 것을 집어넣고 있었다. 아줌마는 교회에 갈 때나 입을 만큼 아끼는 라벤더 색 원피스를 입고 하얀 장갑을 꼈으며, 온통 꽃무늬로 뒤덮인 화려한 모자를 쓴 차림이었다.

아줌마는 다시 습지를 건너 어딘가로 갈 생각이었다. 저런 옷을 입고 습지로 들어갈 건가? 애마 아줌마의 집까지 뒤를 쫓아오는 것도 힘들었지만, 청바지 차림으로 습지를 걷는 건 더 힘들었다. 진흙이 어찌나 차진지 한 발씩 내디딜 때마다 시멘트에서 발을 빼내는 것 같은 기분이 들 정도였다. 그런데 애마 아줌마가 그 나이에 저런 옷을 입고 어떻게 그곳을 지나갈 생각인지 알 수 없었다.

아줌마는 확실한 목적지가 있는 사람처럼 움직이다가 풀과 잡초가 높게 자라고 있는 빈터에서 걸음을 멈췄다. 삼나무 가지들이 수양버들처럼 엉켜서 지붕 같은 역할을 하고 있었다. 나는 등골이 오싹해졌다. 기온이 섭씨 20도가 넘는데도 그랬다. 오늘 밤에 이미 이상한 일들을 많이 보았는데도, 이 빈터에는 뭔가 오싹한 분위기가 있었다. 물에서 피어난 안개가 양편에서 스멀스멀 올라왔다. 물이 끓고 있는 주전자에서 주전자 뚜껑을 밀어내는 수증기 같았다. 나는 살금살금 가까이 다가갔다. 애마 아줌마는 가죽 가방에서 뭔가를 꺼내고 있었다. 하얀 에나멜가죽이 달빛을 받아 반짝였다.

뼈였다. 닭뼈 같았다.

아줌마는 뼈에 대고 뭐라고 중얼거리더니 뼈를 작은 주머니에 넣었다. 로켓의 힘을 막으려고 아줌마가 내게 준 것과 비슷한 주머니였다. 아줌마는 다시 가방을 뒤져서 화려한 핸드타올을 꺼냈다. 파우더룸에서 흔히 볼 수 있는 타올이었다. 아줌마는 그것으로 치맛자락에 묻은 진흙을 닦았다. 저 멀리 희미한 불빛들이 하얗게 보였다. 어둠 속에서 개똥벌레들이 깜박거리고 있는 것 같았다. 음악 소리도 들려왔다. 느리고 관능적인 음악 소리. 웃음소리도 있었다. 어딘가 그리 멀지 않은 곳에서 사람들이 술을 마시고 춤을 추며 놀고 있었다.

애마 아줌마가 고개를 들었다. 뭔가가 아줌마의 주의를 끈 것 같은데, 내게는 아무런 소리도 들리지 않았다.

"이제 그만 나오시지. 거기 있는 거 다 알아."

나는 당황해서 그대로 얼어붙었다. 아줌마가 날 본 모양이었다.

하지만 아줌마가 말을 건 상대는 내가 아니었다. 축축한 안개 속에서 메이컨 레이븐우드가 시가를 입에 물고 나타났다. 편안한 표정이었다. 더러운 물을 헤치고 여기까지 온 게 아니라, 운전사가 모는 차를 타고 온 사람 같았다. 옷차림도 흠잡을 데가 없었다. 하얀 셔츠는 여느 때처럼 빳빳하게 다려져 있었다.

옷에 진흙도 한 점 묻지 않았다. 애마 아줌마와 나는 무릎까지 진흙과 젖은 풀에 뒤덮여 있는데, 메이컨 레이븐우드는 티끌 한 점 묻지 않은 깨끗한 모습으로 서 있었다.

"이제야 오셨군. 내가 밤새 여기 있을 수는 없다는 걸 알잖아, 멜기세덱. 곧 가봐야 한다고. 게다가 시내에서부터 여기까지 이렇게 불려오는 것도 별로 안 좋아해. 너무 무례하잖아. 불편한 건 말할 필요도 없고." 애마 아줌마가 코웃음을 쳤다.

"나도 오늘 저녁에 꽤 일이 많았어, 아마리. 하지만 우리가 당장 주의를 기울여야 하는 문제라서 말이야." 메이컨이 앞으로 몇 걸음 나섰다.

애마 아줌마는 몸을 움츠리며 앙상한 손가락으로 메이컨을 가리켰다. "다가오지 마. 이런 밤에 당신네 족속하고 같이 있는 거 별로 안 좋아해. 전혀 안 좋아한다고. 당신은 그냥 거기 있어. 나도 그냥 여기 있을 테니."

메이컨은 아무렇지도 않게 뒤로 물러나며 허공을 향해 고리 모양의 연기를 뿜었다. "방금 말했듯이, 우리가 당장 주의를 기울여야 하는 일이 생겼어." 메이컨이 한숨을 내쉬었다. 연기가 함께 흘러 나왔다. "달은 만월일 때 태양에서 가장 멀다. 우리들의 좋은 친구인 성직자의 말이야."

"나한테 그렇게 고상하고 강한 척하지 마, 멜기세덱. 도대체 무슨 일이기에 한밤중에 사람을 불러낸 거야?"

"우선 무엇보다도 제너비브의 로켓이 문제야."

애마 아줌마는 스카프를 코 위로 잡아당기며 거의 울부짖다시피 했다. '로켓'이라는 말만 들어도 견딜 수가 없는 모양이었다. "그게 뭐? 내가 거기에 속박의 주술을 걸었다고 했잖아. 그 아이더러 그걸 다시 그린브라이어로 가져가서 파묻으라고 말했어. 그게 땅속에 있는 한 아무런 일도 저지를 수 없어."

"당신 말은 첫째도 틀렸고, 둘째도 틀렸어. 그 아이가 아직 그걸 갖고 있거든. 신성한 내 집에서 그걸 나한테 보여줬어. 그건 둘째 치더라도, 그렇게 어두운 부적을 과연 속박의 주술로 묶을 수 있는지 잘 모르겠어."

"당신 집에서…. 그 아이가 언제 당신 집에 간 거야? 레이븐우드에는 가까이 가지 말라고 했는데." 이제 애마 아줌마는 눈에 띄게 동요한 기색이었다. 큰일이었다. 아줌마가 절대로 그냥 넘어가지 않을 텐데.

"글쎄, 그 애한테 고삐를 좀 더 단단히 죄는 게 어떨까? 아무리 봐도 그 아이가 말을 그리 잘 듣는 게 아닌 것 같으니까 말이지. 내가 경고했잖아. 이 '우정'이 위험을 가져올 거라고. 더 심각한 것으로 변할 수도 있다고. 그 두 아이가 함께 하는 미래는 있을 수 없어."

애마 아줌마는 숨을 죽여 뭐라고 중얼거리고 있었다. 내가 말을 잘 듣지 않을 때 아줌마는 항상 그랬다. "당신 조카를 만나기 전에는 항상 내 말을 잘 듣던 아이야. 그러니까 내 탓 하지 마. 애당초 당신이 그 애를 이 마을로 데려오지 않았다면 우리가 지금 이 자리에 있지도 않을 거야. 이번 일은 내가 알아서 할게. 그 애를 다시는 만나지 말라는 말도 할 거야."

"바보 같은 소리. 그 아이들은 십대야. 우리가 떨어뜨리려고 애를 쓰면 쓸수록 그 아이들은 같이 있으려고 기를 쓸걸. 일단 그 아이에게 결정이 내려지고 나면, 지금 이 일은 더 이상 문제가 되지 않을 거야. 우리가 그때까지 버티는 게 문제지. 그때까지는 당신이 그 녀석을 막아, 아마리. 겨우 몇 달밖에 안 남았어. 안 그래도 이미 상황이 위태로운데, 그 녀석이 일을 더 엉망으로 만들고 있어."

"나한테 엉망이니 뭐니 하지 마, 멜기세덱 레이븐우드. 우리 집안은 당신네 집안 사람들이 엉망으로 어질러놓은 걸 치우는 일을 백 년이 넘게 하고 있어. 당신이 내 비밀을 지켜준 것처럼 나도 당신 비밀을 지켜줬어."

"그 아이들이 로켓을 찾아내는 걸 천리안인 당신이 미리 예측했어야지. 어디 한번 해명해보시지. 당신의 친구인 영혼들이 어떻게 그걸 놓쳤는지." 메이컨은 손짓으로 주위를 가리키더니 빈정거리는 표정으로 시가를 털었다.

애마 아줌마는 사나운 눈빛으로 휙 돌아섰다. "조상들을 모욕하지 마. 여기, 이곳에서는 안 돼. 조상들에게는 언제나 이유가 있어. 그걸 미리 알려주지 않은 데에도 틀림없이 이유가 있을 거야."

애마 아줌마는 메이컨을 외면하며 돌아섰다. "저 사람 말은 듣지 마세요. 제가 먹을 것을 좀 가져왔습니다. 새우와 레몬머랭 파이예요." 이건 메이컨에게 하는 말이 아니었다. "가장 좋아하는 음식이잖아요." 애마 아줌마는 작은 플라스틱 그릇에서 음식을 꺼내 접시에 담은 뒤 접시를 땅에 내려놓았다. 접시 옆에 자그마한 묘석이 하나 있었고, 근처에도 여러 개의 묘석들이 흩어져 있었다.

"여긴 우리 조상들의 집이야. 우리 집안은 위대한 집안이야. 알아? 내 고모할머니 시시. 4대조 작은 할아버지 애브너. 6대조 할머니 술라. 우리 조상들의 집에서 조상들에게 무례하게 굴다니. 답을 얻고 싶으면, 예의를 갖춰."

"미안하군."

애마 아줌마는 잠시 기다렸다.

"진심으로."

아줌마가 코웃음을 쳤다. "그 담뱃재 조심해. 이 집에는 재떨이가 없으니까. 그거 아주 고약한 버릇이야."

메이컨은 이끼를 향해 시가를 튕겼다. "자, 이제 본론으로 들어가보자고. 시간이 많지 않아. 우선 새라ㅍ…."

"쉬." 애마 아줌마가 숨죽인 소리로 외쳤다. "그 이름은 말하지 마. 오늘 밤에는 안 돼. 원래는 우리가 여기에 나오면 안 되는 날이잖아. 반달은 백마법, 보름달은 흑마법이야. 오늘은 우리한테 안 맞는 날이라고."

"어쩔 수 없어. 오늘 저녁에 상당히 불쾌한 일이 있었어. 결정이 내려지는 날 그쪽으로 넘어간 내 조카가 오늘 밤 회합에 나타났어."

"델의 아이 말이야? 그 위험 덩어리 어둠?"

"리들리야. 물론 우리는 초대하지 않았지. 그 애가 그 녀석과 함께 내 집 문턱을 넘었어. 난 그게 우연의 일치인지 알아야겠어."

"좋지 않아. 좋지 않아. 정말 좋지 않아." 애마 아줌마가 선 채로 몸을 앞 뒤로 흔들었다. 격렬한 동작이었다.

"그래서?"

"우연의 일치는 없어. 당신도 알잖아."

"적어도 그 점에서는 우리의 의견이 일치하는군."

나는 눈 앞의 상황을 전혀 이해할 수 없었다. 메이컨 레이븐우드는 집 밖으로 한 발짝도 나가지 않는 사람이라고 들었는데, 지금 이곳 습지 한가 운데에서 애마 아줌마와 입씨름을 벌이고 있었다. 나와 리나와 로켓에 대 해서. 게다가 메이컨과 아줌마가 아는 사이인 줄은 전혀 짐작도 못했다.

애마 아줌마가 다시 가방 안을 뒤졌다. "위스키 가져왔어? 애브너 할아 버지는 와일드 터키 위스키를 아주 좋아하셔."

메이컨이 병을 내밀었다.

"그걸 여기다 놔." 아줌마가 땅을 가리켰다. "그리고 저쪽으로 물러나."

"세월이 많이 흘렀는데도 여전히 내 몸에 닿는 걸 무서워하는군."

"내가 무서워하긴 뭘 무서워해? 당신은 그냥 당신 일이나 해. 난 당신 일 에 관해 아무것도 안 물을 거야. 당신 일에 대해서는 전혀 알고 싶지 않아."

메이컨은 아줌마에게서 1미터쯤 떨어진 바닥에 병을 내려놓았다. 아줌 마는 그것을 들어 작은 잔에 위스키를 따른 뒤 자신이 마셨다. 아줌마가 달 콤한 차 외에 뭔가 강한 음료수를 마시는 걸 보는 건 이번이 처음이었다. 아줌마는 무덤을 뒤덮은 풀 위에도 술을 조금 뿌렸다. "애브너 할아버지, 도움이 필요합니다. 여기에 나타나주세요."

메이컨이 기침을 했다.

"내가 참는 데도 한도가 있어, 멜기세덱." 애마 아줌마는 눈을 감고 하늘 을 향해 양팔을 벌렸다. 그리고 달을 향해 직접 말을 걸 것처럼 고개를 뒤로 젖혔다. 그러더니 다시 허리를 숙여 아까 가방에서 꺼낸 작은 주머니를 흔들었다. 주머니 속의 물건들이 무덤 위로 쏟아졌다. 자그마한 닭뼈들이 었다. 내가 오늘 오후에 밀쳐버린 프라이드치킨에서 나온 뼈가 아니었으면 좋겠다는 생각이 들었지만, 왠지 그 뼈일 수도 있겠다는 느낌이 들었다.

"조상들이 뭐래?" 메이컨이 물었다.

애마 아줌마는 손가락으로 뼈를 어루만지며 풀밭 위에 뼈들을 부채꼴로 펼쳤다. "대답이 없어."

차분하기 그지없는 메이컨이 무너지기 시작했다. "이러고 있을 시간이 없어! 아무것도 못 보는 천리안이 무슨 소용이야? 그 아이가 열여섯 살이 될 때까지 다섯 달도 안 남았어. 만약 그 애가 그쪽으로 변하면 우리 모두에게 저주를 내릴 거야. 일반인과 주술사 모두에게. 우리한테는 책임이 있어. 우리 둘 다 기꺼이 그 책임을 맡았잖아. 아주 오래전에. 당신은 일반인들을 책임지고, 나는 주술사들을 책임지기로."

"내 책임이 뭔지는 당신이 말해주지 않아도 잘 알아. 그러니까 목소리 좀 낮춰. 알았어? 우리가 여기서 함께 있는 걸 내 고객들한테 들키고 싶지 않아. 그 사람들 눈에 어떻게 보이겠어? 이 동네에서 훌륭한 평판을 얻고 있는 내가 당신과 함께 있는 게. 그러니까 내 일에 끼어들지 마, 멜기세덱."

"새라프… 그 여자가 어디 있는지, 무슨 생각을 하고 있는지 알아내지 못한다면 당신이 고객들한테 신임을 잃는 것보다 더 심각한 문제를 해결해야 할 거야, 아마리."

"그 여자는 어둠이야. 그 여자한테는 바람이 어느 쪽으로 불지 아무도 알수 없어. 회오리바람이 어딜 강타할지 미리 알아내려고 애쓰는 것과 같아."

"그래도 나는 그 여자가 리나와 접촉하려 할 건지 알아야겠어."

"분명히 할 거야. 언제 할 건지가 문제지." 애마 아줌마는 다시 눈을 감고, 절대 벗지 않는 목걸이의 부적을 손으로 만졌다. 원반 모양인 그 부적에는 꼭대기에 십자가 같은 것이 달린 하트가 새겨져 있었다. 애마 아줌마가 지금까지 수천 번이나 문질러댄 탓에 선이 닳아 있었다. 아줌마는 주문 같은 것을 속삭이고 있었다. 내가 알아들을 수 없는 언어였지만, 언젠가 들은 적이 있는 것 같았다.

메이컨은 기다리기가 힘들다는 듯 서성거렸다. 나는 소리를 내지 않으려고 조심하면서 잡초 속에서 자세를 바꿨다.

"오늘 밤에는 점괘가 안 나와. 모든 게 흐릿해. 애브너 할아버지가 기분이 안 좋은 모양이야. 당신이 한 말 때문이겠지."

이 말이 결정적이었다. 메이컨의 표정이 변하면서 그의 창백한 피부가 어둠 속에서 빛났다. 그가 한 발 앞으로 나서자 날카롭게 각이 진 그의 얼굴이 달빛 속에서 무시무시하게 보였다. "장난은 그만해. 어둠의 주술사가 오늘 밤 내 집에 들어왔어. 그것만으로도 도저히 있을 수 없는 일인데, 그 애가 당신이 맡은 아이 이선이랑 같이 왔어. 그게 의미하는 건 하나뿐이야. 그 녀석한테 능력이 있는데, 당신이 그걸 나한테 감춘 거지."

"웃기는 소리. 그 녀석한테 무슨 능력이 있다고 그래?"

"틀렸어, 아마리. 조상들한테 물어봐. 뼈한테도 물어보고. 달리 설명할 길이 없어. 틀림없이 이선이야. 레이븐우드는 보호를 받는 곳이야. 어둠의 주술사는 그 보호막을 절대 뚫을 수 없어. 누군가의 강력한 도움을 받지 않는 한."

"제정신이 아니군. 그 아이는 아무런 힘도 없어. 내가 직접 기른 아이야. 그 아이한테 힘이 있다면 내가 그걸 모를 것 같아?"

"이번에도 틀렸어. 당신은 그 녀석이랑 너무 가까워. 그래서 시야가 흐려진 거야. 이제는 너무 많은 게 걸려 있기 때문에 실수를 저지를 여유가 없어. 우리 둘 다 나름대로 재능을 갖고 있지. 내 경고하는데, 그 녀석한테는 우리 둘 다 미처 깨닫지 못한 뭔가가 더 있어."

"내가 조상님들한테 여쭤보지. 우리가 알아야 할 것이 있다면, 조상님들이 틀림없이 알려주실 거야. 하지만 잊지 마, 멜기세덱. 우린 죽은 사람은 물론이고 산 사람들과도 겨뤄야 해. 그건 결코 쉬운 일이 아냐." 애마 아줌마는 가방 안을 뒤져서 더러워 보이는 끈을 꺼냈다. 자그마한 구슬이 그 끈에 꿰어져 있었다.

"묘지의 뼈야. 조상님들이 이걸 당신한테 주라고 하셔. 영혼으로부터 영혼을 보호하고, 망자로부터 망자를 보호해줄 거야. 우리 같은 일반인들한테는 아무 소용이 없어. 이걸 당신 조카한테 줘, 메이컨. 이게 그 아이를 해치지는 않을 거야. 오히려 어둠의 주술사가 다가오는 걸 막아줄지도 몰라."

메이컨은 그 끈을 손가락 두 개로 조심스레 받아서 자기 손수건에 떨어뜨렸다. 마치 아주 고약한 벌레를 만지는 것 같았다. "신세를 졌군."

애마 아줌마가 기침을 했다.

"조상들께도 말씀드려줘. 내가 신세를 졌다고. 많이." 메이컨은 시간을 확인하려는 것처럼 달을 올려다보았다. 그러고는 몸을 돌려 사라져버렸다. 산들바람에 날려가듯이 그의 몸이 습지의 안개 속으로 녹아 들어갔다.

빨간 스웨터

≒ 10.10 ≓

나는 해가 뜨기 직전에 간신히 내 방에 도착했다. 피곤했다. 애마 아줌마라면 녹초가 됐다고 말했을 것이다. 이제 나는 길모퉁이에서 링크가 도착하기를 기다리고 있었다. 날씨는 화창했지만, 내 마음속은 그늘이 어둡게 드리워져 있었다. 게다가 배도 엄청 고팠다. 오늘 아침에 나는 부엌에서 애마 아줌마와 얼굴을 마주할 수 없었다. 아줌마라면 내 얼굴을 한 번만 보고도 어젯밤에 내가 뭘 봤는지, 뭘 느꼈는지 모조리 알아차릴 것이다. 그런 위험을 무릅쓸 수는 없었다.

뭘 어떻게 해야 하는지 알 수 없었다. 나는 애마 아줌마를 그 누구보다 믿었다. 우리 부모님만큼, 아니 그보다 더 믿었다. 그런데 아줌마에게는 비밀이 있었다. 메이컨이랑 아는 사이였고, 두 사람 모두 나와 리나를 떼어놓으려고 했다. 이 모든 일에 그 로켓과 리나의 생일이 관련되어 있었다. 위험도 있었다.

나는 이 퍼즐 조각들을 맞출 수 없었다. 혼자 힘으로는 불가능했다. 리나와 이야기를 해볼 필요가 있었다. 내 머릿속에는 온통 그 생각뿐이었다. 그래서 비터 대신 장의차가 모퉁이를 돌아 모습을 드러냈을 때, 내가 놀란 것이 오히려 이상했다.

"너도 들었지?" 나는 자리에 앉으며 가방을 내 앞의 바닥에 쿵 내려놓았다.

"듣다니, 뭘?" 리나가 미소를 지었다. 마치 수줍어하는 것 같았다. 리나가 내 쪽으로 봉지를 들이밀었다. "네가 도넛을 좋아한다는 말을 들었느냐고? 네 뱃속이 꼬르륵거리는 소리가 레이븐우드에서도 들리더라."

우리는 어색하게 서로를 바라보았다. 리나는 당황해서 시선을 내리며 빨간 스웨터에서 실보무라지를 뜯었다. 자수가 놓인 그 부드러운 스웨터는 세 할머니들의 다락방을 찾아보면 나올 물건 같았다. 어쨌든 리나가 이 스웨터를 서머빌의 쇼핑몰에서 사지는 않았을 것이다.

빨간색? 리나가 언제부터 빨간색을 입었지?

리나는 우울한 표정이 아니었다. 방금 우울한 구름 속을 빠져나온 사람 같았다. 리나는 내 생각을 듣지 못했다. 애마 아줌마와 메이컨에 대해서도 알지 못했다. 그냥 나를 보고 싶어 할 뿐이었다. 내가 어젯밤에 한 말이 리나에게 영향을 미친 모양이었다. 혹시 리나가 나와의 관계를 한 번 시도해 보기로 한 걸까? 나는 미소를 지으며 하얀 종이봉지를 열었다.

"네가 배가 고프면 다행일 텐데. 그걸 사려고 뚱뚱한 경찰관이랑 다퉜거든." 리나는 장의차를 출발시켰다.

"학교 가는 길에 그냥 날 데리러 오고 싶어진 거야?" 이건 전에 없던 일이었다.

"아니." 리나가 창문을 내렸다. 오전의 산들바람에 리나의 머리가 동그랗게 말렸다. 오늘 이 바람은 그냥 바람일 뿐이었다.

"학교 가는 것 말고 더 좋은 생각이 있는 거야?"

리나의 얼굴이 환해졌다. "이런 날 스톤월 잭슨 고등학교에서 하루를 보내는 것보다 더 좋은 일이 어디 있겠어?" 리나는 행복했다. 리나가 운전대를 돌릴 때 손이 눈에 들어왔다. 잉크 자국도, 숫자도 없었다. 생일을 표시한 숫자. 리나는 아무런 근심이 없는 사람이었다. 오늘만은.

120. 이 숫자가 내 손에 보이지 않는 잉크로 적혀 있는 것 같았다. 120일. 뭔지는 몰라도 메이컨과 애마 아줌마가 그토록 두려워하는 일이 일어날 때까지 남은 날짜였다.

나는 창밖을 바라보았다. 차가 9번 도로로 접어들었다. 리나가 조금만 더 지금처럼 행복했으면 좋겠다는 생각이 들었다. 나는 눈을 감고 머릿속으로 또 농구 전술을 생각했다.

차가 서머빌에 다다랐을 때 나는 우리가 어디로 향하고 있는지 알 것 같았다. 우리 같은 아이들이 서머빌에서 잘 가는 곳은 하나뿐이었다. 시네플렉스의 맨 뒷자리 세 줄을 빼면.

장의차가 먼지를 일으키며 들판 가장자리의 급수탑 뒤쪽으로 돌아 들어갔다. "차 세울까? 응? 급수탑에? 지금?" 링크한테 이 이야기를 해주면 절대 믿지 않을 것이다.

시동이 꺼졌다. 창문은 내려져 있고, 사방이 조용했다. 산들바람이 리나의 창문으로 들어와 내 창문으로 나갔다.

'이 동네 사람들이 하는 일이 이런 거 아냐?'

'응, 아니. 우리 같은 사람들은 아냐. 학교에 가야 하는 평일 한낮에도 아니고.'

'이번 한 번만 다른 사람들처럼 하면 안 될까? 우리는 항상 우리답게 굴어야 돼?'

'난 우리답게 구는 게 좋아.'

리나가 자기 안전벨트를 풀고 내 것도 풀더니 내 무릎에 올라앉았다. 따스하고 행복한 그녀의 느낌이 내 온몸으로 퍼져나갔다.

'여기 차를 세우고 노는 게 이런 거야?'

리나는 키득거리며 손을 뻗어 눈을 가린 내 머리카락을 밀어올렸다.

"이건 뭐야?" 나는 리나의 오른팔을 움켜쥐었다. 그것이 리나의 손목에 대롱대롱 매달려 있었다. 어젯밤 습지에서 애마 아줌마가 메이컨에게 준 팔찌. 가슴이 갑갑해졌다. 리나의 기분이 바뀔 일을 해야 했기 때문에. 리나에게 사정을 이야기해주어야 했다.

"삼촌이 주신 거야."

"벗어." 나는 매듭을 찾으려고 팔찌를 한 바퀴 돌렸다.

"뭐?" 리나의 미소가 사라졌다. "무슨 소리야?"

"벗어."

"왜?" 리나가 내게서 팔을 빼냈다.

"어젯밤에 무슨 일이 좀 있었어."

"무슨 일?"

"내가 집에 돌아간 뒤에 애마 아줌마가 웨이더스 개울로 가는 걸 보고 뒤를 따라갔어. 거기 애마 아줌마의 집이 있거든. 근데 아줌마가 한밤중에 우리 집에서 몰래 빠져나간 건 습지에서 누굴 만나기 위해서였어."

"누구?"

"네 삼촌."

"두 분이 거기서 왜 만나?" 리나의 얼굴이 백짓장처럼 하얗게 변해 있었다. 이제 여기서 차를 세워 놓고 노는 일은 끝났다는 것을 알 수 있었다.

"너에 대해서 이야기했어. 우리에 대해서. 그 로켓에 대해서도."

이제 리나는 내 말에 완전히 집중하고 있었다. "그 로켓이 뭐?"

"그게 무슨 어둠의 부적이래. 무슨 소리인지는 모르겠지만. 내가 그걸 땅에 파묻지 않았다는 걸 네 삼촌이 애마 아줌마한테 말해줬어. 두 분 모두 그걸 엄청 무서워하더라고."

"그게 부적인지 그분들이 어떻게 알아?"

나는 점점 짜증이 나기 시작했다. 리나는 정말로 집중해야 하는 문제가 뭔지 모르는 것 같았다. "두 분이 어떻게 서로 아는 사이인지부터 궁금해해야 하는 거 아냐? 네 삼촌이 애마 아줌마랑 아는 사이일 거라고 생각이나 해봤어?"

"아니. 하지만 삼촌이 아는 사람을 내가 전부 아는 건 아니니까."

"리나, 두 분이 우리 이야기를 했다니까. 우리가 로켓에 손대지 못하게 해야겠다는 얘기, 우리를 떼어놓아야겠다는 얘기를 했어. 두 분이 날 위협적인 존재로 생각하는 것 같았다고. 마치 내가 뭘 방해하고 있는 것처럼. 네 삼촌은…."

"삼촌이 뭐?"

"나한테 무슨 능력이 있는 줄 아시더라."

리나는 큰 소리로 웃음을 터뜨렸다. 나는 한층 더 짜증이 났다. "삼촌이 왜 그런 생각을 해?"

"내가 리들리를 레이븐우드 안으로 데리고 들어갔으니까. 나한테 능력이 없으면 그럴 수 없대."

리나가 인상을 찌푸렸다. "그 말은 맞아." 이건 내가 기대하던 대답이 아니었다.

"너 농담이지? 나한테 능력이 있다면, 당연히 내가 알고 있을 것 아냐."

"글쎄, 나도 모르겠어."

리나는 모를지 몰라도, 나는 분명히 알고 있었다. 우리 아빠는 작가였고, 엄마는 남북전쟁 때의 장군들이 남긴 일기를 읽으며 하루를 보내던 사람이었다. 나는 주술사와는 거리가 멀어도 한참 멀었다. 애마 아줌마의 화를 부채질하는 것도 능력으로 쳐준다면 또 모르지만. 리들리가 저택 안으로 들어갈 수 있었던 것은 틀림없이 어딘가에 틈이 있었기 때문일 것이다. 주술사들의 보안 시스템과 연결된 퓨즈가 나갔다고나 할까.

리나도 같은 생각을 한 모양이었다. "걱정 마. 다른 이유가 있을 거야. 그러니까 삼촌이랑 애마 아줌마가 서로 아는 사이란 말이지? 이제 우리도 그걸 알게 됐네."

"넌 별로 신경이 안 쓰여?"

"무슨 소리야?"

"그동안 두 분이 우리한테 거짓말을 한 거잖아. 남몰래 만나서 우릴 떼어놓으려고 애쓰면서. 우리더러 로켓을 없애버리라고도 했어."

"두 분한테 서로 아는 사이냐고 우리가 물어본 적도 없잖아." 리나가 왜 이렇게 행동하는 걸까? 왜 불안해하거나 화를 내지 않는 거지?

"그걸 우리가 왜 물어봐? 네 삼촌이 한밤중에 습지에서 애마 아줌마를 만나서 영혼들에게 말을 걸고 닭뼈로 점을 친 게 전혀 안 이상해?"

"이상하지. 하지만 두 분 다 우리를 지켜주려고 그러는 걸 거야."

"지켜주다니 뭘? 진실을 알지 못하게 하려고 그러는 게 아니고? 두 분은 다른 얘기도 했어. 새라 뭐라는 사람을 찾아야 한다고 했다고. 네가 그쪽으로 넘어가면 우리 모두에게 저주를 내릴 거라는 얘기도 하고."

"그게 무슨 소리야?"

"나도 몰라. 네가 삼촌한테 직접 물어보지 그래? 삼촌이 이번에야말로 진실을 얘기해주는지 한번 보게."

아무래도 내 말이 지나쳤던 것 같았다. "삼촌은 목숨을 걸고 날 지켜주시는 분이야. 항상 날 보살펴주셨어. 몇 달만 지나면 내가 괴물로 변할지 모른다는 걸 알고 날 받아들여주신 분이야."

"삼촌이 도대체 무엇으로부터 널 지켜주는 건데? 그게 뭔지 넌 알아?"

"나 자신이지!" 리나가 쏘아붙였다. 그것으로 끝이었다. 리나는 문을 밀어 열고 내 무릎에서 내려가 들판으로 나갔다. 거대한 흰색 급수탑의 그림자가 서머빌로부터 우리를 가려주었다. 하지만 날씨는 이제 아까처럼 화창하지 않았다. 조금 전까지만 해도 파란 하늘에 구름 한 점 없었는데, 지금은 회색 줄무늬처럼 구름이 떠 있었다.

폭풍이 다가오고 있었다. 리나는 이야기하고 싶어 하지 않았지만 나는 신경 쓰지 않았다. "그건 말이 안 되잖아. 네 삼촌이 왜 한밤중에 애마 아줌마를 만나서 우리가 아직 로켓을 갖고 있다고 말해? 우리가 그걸 그냥 갖고 있으면 왜 안 되는데? 게다가 우리가 만나면 안 되는 이유는 또 뭐야?"

들판에는 우리 둘뿐이었다. 산들바람이 소용돌이치며 점점 강해졌다. 리나의 머리카락이 그녀의 얼굴을 후려치기 시작했다. 리나가 쏘아붙였다. "나도 몰라. 부모들은 원래 십대들을 떼어놓으려고 하잖아. 그게 부모야. 이유를 알고 싶으면 네가 애마 아줌마한테 물어봐. 그 아줌마가 날 미워하는 거잖아. 그 아줌마한테 들킬까 봐 네가 무서워하니까 내가 널 데리러 갈 수도 없어."

내 가슴이 더욱 더 갑갑해졌다. 나는 애마 아줌마에게 화가 났다. 평생 아줌마에게 이렇게 화가 나본 적이 없었다. 하지만 아줌마를 사랑하는 마음도 여전했다. 이빨 요정이 보낸 편지를 내 베개 밑에 넣어준 사람도 아줌마였고, 내 무릎이 까졌을 때 항상 반창고를 붙여준 사람도 아줌마였고, 내가 리틀리그에 들어가고 싶다고 했을 때 나랑 수천 번이나 캐치볼을 해준 사람도 아줌마였다. 특히 엄마가 돌아가시고 아빠가 서재에 틀어박힌 뒤에는 애마 아줌마만이 유일하게 날 보살펴주었다. 내가 학교를 빼먹거나 시험에 졌을 때 그걸 알아차리고 신경을 써주는 사람도 아줌마였다. 나는 아줌마가 이 모든 일을 설명해줄 수 있을 거라고 믿고 싶었다.

"네가 애마 아줌마를 잘 몰라서 그래. 아줌마는…."

"아줌마가 뭐? 널 지켜주는 거라고? 우리 삼촌이 날 지켜주는 것처럼? 그 두 분이 우리 둘을 똑같은 것으로부터 지켜주려고 애쓰는 건지 모른다는 생각은 안 해봤어? … 바로 나한테서 지켜주려 하는 거라고."

"왜 항상 얘기가 그렇게 되는 거야?"

리나가 내게서 멀어졌다. 할 수만 있다면 하늘로 날아오르고 싶어 하는 것 같았다. "그럼 무슨 이야기를 해야 하는데? 이게 다 그것 때문인걸. 두 분은 내가 너나 다른 사람을 해칠까 봐 걱정하는 거야."

"틀렸어. 이건 로켓 때문이야. 두 분이 우리한테 알리고 싶어 하지 않는 뭔가가 있어." 나는 호주머니를 뒤지며 손수건에 싸인 친숙한 물건을 찾았다. 어젯밤 이후로는 로켓을 도저히 내 눈에 보이지 않는 곳에 놓아둘 수 없었다. 애마 아줌마가 오늘 틀림없이 이 로켓을 찾으려 할 터였다. 그리고 만약 아줌마가 로켓을 찾아낸다면, 다시는 우리가 볼 수 없는 곳에 감춰버릴 것이다. 나는 로켓을 자동차 보닛 위에 놓았다. "그다음에 무슨 일이 벌어지는지 알아야겠어."

"지금?"

"안 될 것 없잖아."

"생각대로 될지 안 될지도 모르잖아."

나는 손수건을 펼치기 시작했다. "알아보는 방법은 하나뿐이야."

나는 리나의 손을 잡았다. 리나는 손을 빼내려고 했지만 상관없었다. 나는 로켓의 매끈한 금속 표면에 손을 댔다….

아침 햇살이 점점 더 밝아져서 나중에는 내 눈에 빛만 가득해졌다. 나를 150년 전의 과거로 데려가는 친숙한 느낌이 찾아왔다. 그러다 강한 충격이 느껴졌다. 나는 눈을 떴다. 그런데 진흙밭과 멀리서 보이는 불꽃 대신 내 눈에 보이는 것이라고는 급수탑의 그림자와 장의차뿐이었다. 로켓이 우리에게 아무것도 보여주지 않은 것이다.

"너 그거 느꼈어? 그게 시작되더니 끊겨버렸어."

리나가 고개를 끄덕이며 나를 밀어냈다. "나 멀미하는 것 같아."

"네가 그걸 막은 거야?"

"무슨 소리야? 나는 아무것도 안 했어."

"진짜야? 주술사의 능력인지 뭔지를 쓴 게 아냐?"

"아냐. 난 지금 너의 멍청이 능력을 반사시키느라고 엄청 바쁘거든. 그런데 내 능력이 부족한 모양이다."

이해할 수 없었다. 우리를 환영 속으로 끌어들이는 듯하다가 그렇게 쫓아버리다니. 뭐가 달라진 걸까? 리나가 손을 뻗어 손수건으로 로켓을 덮었다. 애마 아줌마가 메이컨에게 준 더러운 가죽 팔찌가 내 눈을 끌었다.

"그거 벗어." 나는 팔찌 밑으로 손가락을 넣어 팔찌와 리나의 팔을 내 눈 높이까지 들어올렸다.

"이선, 이건 보호를 위한 거야. 애마 아줌마가 이런 걸 항상 만든다며."

"아닐 거야."

"무슨 소리야?"

"내 말은, 로켓이 작동하지 못한 원인이 이것일지도 모른다는 거야."

"로켓이 항상 작동하는 건 아니야. 너도 알잖아."

"이번에는 로켓이 작동하려는데 뭔가가 막았어."

리나는 고개를 흔들었다. 자유분방한 곱슬머리가 리나의 어깨를 스쳤다. "정말로 그렇게 믿는 거야?"

"그럼 내가 틀렸다는 걸 증명해 봐. 그걸 벗어."

리나는 미친 사람을 보듯이 나를 바라보았다. 하지만 내 말을 생각해보고 있는 것 같았다. 틀림없었다.

"내 생각이 틀렸으면 네가 그걸 다시 끼면 되잖아."

리나는 잠시 머뭇거리다가 내게 끈을 풀어달라는 듯 팔을 내밀었다. 나는 매듭을 푼 뒤 팔찌를 내 호주머니에 넣었다. 그리고 내가 로켓에 손을 얹자 리나도 내 손 위에 자기 손을 얹었다.

나는 리나의 손을 감싸쥐었다. 우리는 허공 속으로 빙글빙글 떨어졌다….

곧바로 비가 시작되었다. 세찬 폭우였다. 마치 하늘이 열린 것 같았다. 아이비는 항상 비가 하나님의 눈물이라고 말했다. 오늘은 제너비브도 같은 생각이었다. 겨우 몇 피트 거리인데, 제너비브가 달려갔을 때는 이미 늦었다. 제너비브는 이선 옆에 무릎을 꿇고 앉아 양손으로 그의 머리를 받쳤다. 그의 숨소리가 거칠었다. 그는 살아 있었다.

"아냐, 아냐, 이 도련님까지. 너무 많은 걸 가져가. 너무 많아. 이 도련님은 안 돼." 아이비는 열에 들뜬 사람처럼 한껏 목소리를 높이더니 기도를 시작했다.

"아이비, 가서 사람을 좀 불러와. 물이랑 위스키도 필요하고, 총알을 제거할 도구도 필요해."

제너비브는 치마 속에 들어 있던 솜을 꺼내 이선의 가슴에 난 구멍에 대고 눌렀다. 조금 전까지만 해도 없던 구멍이었다.

"사랑해. 네 가족들이 뭐라고 생각하든 너랑 결혼하고 싶었어." 이선이 속삭였다.

"그런 말 하지 마, 이선 카터 웨이트. 금방 죽을 것처럼 말하지 마. 넌 괜찮아질 거야. 괜찮아질 거야." 제너비브는 이선뿐만 아니라 자신도 납득시키려는 듯 같은 말을 되풀이했다.

제너비브는 눈을 감고 정신을 집중했다. 꽃들이 피어났다. 갓난아기들이 울었다. 해가 떠올랐다.

탄생이었다. 죽음이 아니라.

제너비브는 머릿속으로 그런 이미지들을 그리며 의지력으로 그것이 실현되게 만들려고 애썼다. 그녀의 머릿속에서 그 이미지들이 고리처럼 둥글게 늘어서서 자꾸만 빙글빙글 돌았다.

죽음이 아니라 탄생.

이선이 숨이 막히는 소리를 냈다. 제너비브는 눈을 떴다. 두 사람의 눈이 마주쳤다. 순간적으로 시간이 멈춘 것 같았다. 그러더니 이선의 눈이 감기고, 그의 머리가 한쪽으로 맥없이 늘어졌다.

제너비브는 다시 눈을 감고 그 이미지들을 떠올렸다. 뭔가 잘못됐음이 틀림없었다. 이선이 죽을 리가 없었다. 제너비브가 자신의 능력을 불러왔는데. 이건 이미 백만 번도 더 해본 일이었다. 그녀는 엄마의 부엌에서 물건들을 움직여 아이비를 놀리고, 둥지에서 떨어진 아기 새들을 치료해주곤 했다.

그런데 왜 지금은 안 되는 걸까? 지금이야말로 꼭 필요한데.

"이선, 눈 떠. 제발 눈 좀 떠 봐."

나는 눈을 떴다. 우리는 들판 한가운데에 서 있었다. 아까 서 있던 바로 그 자리. 나는 리나를 바라보았다. 리나의 눈에 고인 눈물이 금방이라도 흘러내릴 것 같았다. "세상에."

나는 허리를 숙여 우리가 서 있던 자리의 잡초들을 만져보았다. 불그스름한 얼룩이 잡초와 주위의 땅에 묻어 있었다. "이거 피야."

"그 사람의 피?"

"그런 것 같아."

"네 말이 맞았어. 그 팔찌가 환영을 볼 수 없게 막은 거야. 그런데 메이컨 삼촌은 왜 이게 날 보호해줄 거라고 말한 거지?"

"그게 사실인지도 모르지. 다만 다른 기능이 있는 걸 거야."

"날 위로하려고 애쓸 필요 없어."

"두 분이 우리한테 감추려고 하는 게 분명히 있어. 이 로켓하고 관련된 일이야. 틀림없이 제너비브하고도 관련된 일이고. 로켓과 제너비브에 대해 최대한 많이 알아내야 해. 그것도 네 생일이 오기 전에."

"내 생일은 왜?"

"어젯밤에 애마 아줌마랑 네 삼촌이 하던 말 때문이야. 두 분이 우리한테 감추려는 게 뭔지는 몰라도, 네 생일하고 관련돼 있는 것 같아."

리나는 깊이 숨을 들이쉬었다. 마음을 가라앉히려고 애쓰는 것 같았다. "내가 어둠이 될 거라고 확신하는 거야. 그래서 두 분이 이러는 거야."

"그게 로켓하고 무슨 상관인데?"

"나도 몰라. 하지만 그건 상관없어. 아무것도 상관없어. 넉 달 뒤면 난 더 이상 내가 아닐 거야. 너도 리들리를 봤잖아. 나도 그렇게 될 거야. 아니면 더 나쁘게 되든지. 삼촌 말대로 내가 자연체라면, 내가 변한 뒤에 지금의 리들리는 적십자 자원봉사자처럼 보일 거야."

나는 리나를 끌어당겨 보호하려는 듯이 팔로 감싸 안았다. 하지만 내가 리나를 보호해줄 수 없다는 건 우리 둘 다 알고 있었다. "그런 생각은 하지

마. 그걸 막을 방법이 분명히 있을 거야. 그 말이 정말로 사실이라면."

"네가 몰라서 그래. 그걸 막을 방법은 없어. 그건 그냥 그렇게 되는 거야." 리나의 목소리가 높아졌다. 바람도 강해지기 시작했다.

"알았어, 네 말이 옳다고 치자. 그냥 그렇게 되는 거라고 쳐. 그래도 네가 그렇게 되지 않을 방법을 찾아봐야지."

구름이 낀 하늘처럼 리나의 눈도 어두워졌다. "그냥 우리한테 남은 시간을 즐기면 안 돼?" 이 말이 처음으로 가슴에 와 닿았다.

우리한테 남은 시간.

나는 리나를 잃어버릴 수 없었다. 그러고 싶지 않았다. 리나를 다시는 볼 수 없을 거라는 생각만으로도 나는 미칠 것 같았다. 내 친구들을 모두 잃는 것보다도 더 견딜 수 없었다. 학교에서 가장 인기 없는 녀석이 되는 것보다도 더 견딜 수 없었다. 애마 아줌마가 영원히 나를 용서하지 않게 되는 것보다도 더 견딜 수 없었다. 리나를 잃는 건 내게 최악의 일이었다. 꿈속에서 내가 하염없이 추락할 때처럼. 하지만 이번에는 내가 바닥에 쿵 하고 떨어지게 될 것 같았다.

나는 이선 카터 웨이트가 바닥으로 쓰러지던 것을 떠올렸다. 들판에 묻은 붉은 피도 떠올렸다. 바람이 울부짖는 소리를 내기 시작했다. 이제 이곳을 떠나야 했다. "그런 말은 하지 마. 우리가 방법을 찾아낼 거야."

하지만 이 말을 하면서도 나 자신조차 확신이 없었다.

해방의 메리언

≒ 10.13 ≒

사흘이 지났지만 나는 그 생각을 떨쳐버릴 수 없었다. 이선 카터 웨이트가 총에 맞았다. 십중팔구 죽었을 것이다. 그 광경을 내 눈으로 직접 보았다. 물론 엄밀히 말하면, 그 시대에 살던 사람은 지금은 모두 죽은 사람이었다. 하지만 나도 이선 웨이트이고 보니, 그 남군 병사의 죽음을 극복하기가 힘들었다. 아니, 남군 병사라기보다는 남군 탈영병이었지만. 내 6대조 큰할아버지.

나는 '대수학 II' 수업시간에 이런 생각을 했다. 서배너는 아이들 앞에서 방정식을 풀지 못해 쩔쩔 매고 있었지만 베이츠 선생님은 〈총과 화약〉 최신호를 읽느라 정신이 없어서 눈치채지 못했다. 나는 '미국의 미래 농부들' 수업시간에도 그 생각을 했다. 그 시간에는 리나가 들어오지 않아서 나는 결국 밴드 아이들과 함께 앉았다. 링크는 사내 녀석들과 함께 나보다 몇 줄 뒤에 앉아 있었지만, 나는 션과 에머리가 동물 소리를 흉내내기 전에는 링크가 거기 있는지 알아차리지 못했다. 얼마 뒤에는 션과 에머리의 소리도 더 이상 들리지 않게 되었다. 내 머릿속에는 자꾸만 이선 카터 웨이트만 떠올랐다.

그가 남군이라서가 아니었다. 개틀린 카운티의 주민들은 모두 '주들 사이의 전쟁'에서 편들면 안 되는 편과 관련되어 있었다. 이제는 우리도 익숙한 일이었다. 우리는 제2차 세계대전 뒤에 독일에서 태어난 사람들이나, 진주만 기습 이후 일본에서 건너온 사람들과 같았다. 히로시마 원폭 투하 이후의 미국인들과도 같았다. 역사는 때로 우리에게 아주 못되게 굴었다. 사람이 자기 출신지를 바꿀 수는 없으니까. 하지만 자기가 태어난 곳에서 계속 살아야 할 필요는 없었다. DAR의 아줌마들처럼, 개틀린 역사학회처럼, 또는 우리 할머니들처럼 과거에 얽매여 있을 필요도 없었다. 그리고 리나처럼 원래 세상이 그런 거라며 그냥 받아들일 필요도 없었다. 이선 카터 웨이트는 그러지 않았다. 나도 그럴 수 없었다.

내가 확실히 아는 것이라고는, 이제 과거의 이선 웨이트에 대해 알게 되었으니 제너비브에 대해서도 더 알아봐야 한다는 것뿐이었다. 애당초 우리가 우연히 그 로켓을 발견하게 된 데에는 뭔가 이유가 있을지도 몰랐다. 비록 악몽이라 해도 우리가 꿈속에서 서로를 우연히 만나게 된 데에도 역시 이유가 있을지 몰랐다.

옛날 같으면 엄마에게 어떻게 하면 좋겠느냐고 물었을 것이다. 모든 것이 평범하고 엄마가 아직 살아 있을 때라면. 하지만 엄마는 돌아가셨고, 아빠는 완전히 멀어져서 날 도울 수 있는 상태가 아니었다. 애마 아줌마도 로켓과 관련된 일이라면 절대 우리를 도와주지 않을 터였다. 리나는 여전히 메이컨에게 실망하고 있었다. 밖에 내리는 비가 확실한 증거였다. 나는 지금 숙제를 하고 있어야 했다. 그렇다면 초콜릿 우유 반 통과 내가 한 손으로 잔뜩 움켜쥘 수 있을 만큼의 쿠키가 필요하다는 뜻이었다.

나는 부엌에서 이어진 복도를 내려가다가 서재 앞에서 잠시 걸음을 멈췄다. 아빠는 2층에서 샤워를 하고 있었다. 아빠가 서재를 나서는 유일한 때가 바로 이때였다. 따라서 서재 문은 잠겨 있을 가능성이 높았다. 항상 그랬다 그 원고 사건 이후로는.

나는 문손잡이를 빤히 바라보다가 복도 양편을 살폈다. 그리고 쿠키들을 우유통 위에 아슬아슬하게 얹어 놓고 문을 향해 손을 뻗었다. 그런데 내가 손잡이에 손을 대기도 전에 열쇠 돌아가는 소리가 들렸다. 문의 잠금장치가 저절로 열린 것이다. 마치 안에서 누군가가 나를 위해 문을 열어준 것처럼. 쿠키들이 바닥에 떨어졌다.

한 달 전이었다면 나는 이런 일을 믿지 않았을 것이다. 하지만 지금은 달랐다. 여기는 개틀린이었다. 옛날에 내가 알던 개틀린이 아니라, 처음부터 누구나 훤히 볼 수 있는 곳에 숨어 있던 또 다른 개틀린이었다. 이 마을에서는 내가 좋아하는 여자애가 유서 깊은 주술사 가문 출신이고, 우리 집 가정부는 습지에서 죽은 닭뼈로 점을 치고 죽은 조상들의 영혼을 불러내는 천리안이었다. 심지어 우리 아빠조차 뱀파이어처럼 행동했다.

이 개틀린에서는 무슨 일이든 믿을 수 있을 것 같았다. 평생 한 곳에서 살면서도 그곳의 참모습을 볼 수 없다는 게 우습다.

나는 문을 밀었다. 천천히, 조심스럽게. 서재 내부가 언뜻 눈에 들어왔다. 붙박이 선반들이 있는 구석. 선반에는 엄마의 책들이 잔뜩 있었다. 엄마가 항상 눈에 띄는 대로 수집하던 남북전쟁 유물들도 있었다. 나는 깊이 숨을 들이쉬며 서재 안의 공기를 빨아들였다. 아빠가 이 방에서 절대 나오지 않는 것도 무리가 아니었다.

마치 엄마가 눈에 보이는 듯했다. 엄마가 책을 읽을 때 앉던 창가의 낡은 의자에 동그랗게 몸을 말고 앉아 있는 모습. 어쩌면 문 뒤편에서 타이핑을 하고 있는 것 같기도 했다. 나는 문을 조금 더 열었다. 혹시 엄마가 여기 있을지도 모른다는 생각이 들었다. 하지만 자판을 두드리는 소리는 나지 않았다. 엄마는 여기 없었다. 다시는 여기서 볼 수 없는 사람이었다.

내게 필요한 책들은 구석의 선반에 있었다. 개틀린 카운티의 역사에 대해 세 할머니들보다 더 많이 아는 사람이 있다면, 우리 엄마가 바로 그 사람이었다. 나는 한 발을 앞으로 내디디며 문을 아주 조금만 더 밀었다.

"천하에 이런 일을 봤나, 이선 웨이트. 너 그 방에 한 발이라도 들여놓으면 네 아빠가 널 아주 늘씬하게 패서 다음 주까지 못 일어나게 만들 거다."

나는 하마터면 우유를 떨어뜨릴 뻔했다. 애마 아줌마였다. "난 아무 짓도 안 했어요. 문이 그냥 열린 거예요."

"염치없는 놈. 개틀린 사람이라면 누구든 네 엄마와 아빠의 서재에 감히 발을 못 들여놓지. 네 엄마가 직접 온다면 또 몰라도." 애마 아줌마는 어디한번 해볼 테면 해보라는 듯이 나를 바라보았다. 아줌마의 눈을 보니 혹시 아줌마가 지금 나한테 뭔가 말해주려는 게 아닌가, 혹시 진실을 말하는 게 아닌가 하는 생각이 들었다. 혹시 엄마가 직접 이 문을 열어준 걸까?

한 가지만은 확실했다. 사람인지 다른 존재인지는 몰라도, 어쨌든 뭔가가 나를 이 서재에 들여놓고 싶어했다는 것. 물론 그에 못지않게 날 막으려는 사람도 있었지만.

애마 아줌마가 문을 쾅 닫고는 주머니에서 열쇠를 꺼내 잠갔다. 찰칵 하는 소리와 함께 내게도 기회가 사라졌음을 확실히 알 수 있었다. 문이 열리자마자 이렇게 닫히다니. 아줌마가 자기 가슴 앞에서 팔짱을 끼었다. "오늘은 공부하는 날이야. 너 공부할 거 없어?"

나는 짜증스러운 얼굴로 아줌마를 바라보았다.

"도서관에 또 갈 거야? 링크랑 함께 한다던 그 보고서는 끝냈어?"

그때 생각이 떠올랐다. "맞아요, 도서관. 안 그래도 마침 도서관에 가려던 참이었어요." 나는 애마 아줌마의 뺨에 입을 맞추고 뛰어나갔다.

"메리언한테 인사 전해줘. 저녁 식사 시간에 늦지 말고."

우리 애마 아줌마. 아줌마는 항상 모든 답을 알고 있었다. 본인은 그걸 깨닫지 못할 때도 있었지만. 그리고 그 답을 기꺼이 내놓지 않을 때도 있었지만.

리나는 개틀린 카운티 도서관의 주차장에서 나를 기다리고 있었다. 금이 간 콘크리트 바닥이 여전히 비에 젖어 번들거렸다. 도서관이 문을 닫을 때까지는 아직 두 시간이나 남았는데도, 주차장에는 리나의 장의차뿐이었다. 그밖에는 낡고 친숙한 옥색 트럭뿐이었다. 뭐, 이 마을 사람들이 도서관을 자주 드나드는 편이 아니기는 하다. 이 마을 사람들은 이 마을 외에 다른 마을에 대해서는 별로 알고 싶어 하지 않았다. 게다가 할아버지나 증조할아버지조차 모르는 일이라면, 자기도 굳이 알 필요가 없다고 생각했다.

리나는 도서관 측면 벽에 웅크리고 앉아서 공책에 뭔가를 쓰고 있었다. 낡은 청바지에 부드러운 검은색 티셔츠를 입고, 거대한 장화를 신은 모습이었다. 가늘게 땋은 머리가닥들이 곱슬머리와 섞여서 리나의 얼굴 옆에 늘어져 있었다. 그러고 있으니 평범한 여자애들과 거의 비슷해 보였다. 하지만 리나가 평범해지는 게 내가 바라는 일인지는 잘 알 수 없었다. 내가 리나에게 다시 키스하고 싶은 건 확실했지만, 지금은 때가 아니었다. 메리언 아줌마에게서 우리가 알고 싶은 것을 알아낼 수 있다면, 앞으로 리나에게 키스할 기회는 얼마든지 있을 터였다.

나는 다시 농구 전술을 생각했다.

"정말로 여기에 뭔가 도움이 될 만한 게 있을 거라고 생각하는 거야?" 리나가 공책 너머로 나를 바라보았다.

나는 리나를 일으켜세웠다. "도움이 될 만한 사람이 있어."

도서관 건물 자체는 아름다웠다. 나는 어렸을 때, 도서관 안에서 아주 많은 시간을 보냈다. 도서관이 일종의 신전이라는 엄마의 믿음도 그대로 물려받았다. 우리 마을의 도서관은 셔먼의 진군과 대화재를 이기고 살아남은 소수의 건물들 중 하나였다. 이 도서관은 또한 역사학회 건물과 함께 이 마을에서 가장 오래된 건물이기도 했다. 레이븐우드 저택을 빼면 그렇다는 말이지만. 도서관은 빅토리아 양식의 고색창연한 2층짜리 건물이었다.

워낙 오래된 건물이라 하얀 페인트가 길게 벗겨지고 있었고, 수십 년간 자란 덩굴이 모든 문과 창문 옆에서 잠들어 있었다. 이 건물에서는 오래된 나무와 방부제 냄새, 책에 씌우는 플라스틱 커버 냄새, 낡은 신문 냄새가 났다. 엄마는 낡은 신문 냄새야말로 시간의 냄새라고 말하곤 했다.

"정말 모르겠다. 도서관엔 왜 온 거야?"

"여긴 그냥 도서관이 아냐. 메리언 애시크로프트 아줌마가 있는 곳이라고."

"사서 말이야? 메이컨 삼촌의 친구?"

"메리언 아줌마는 우리 엄마랑 아주 친한 친구였어. 연구 파트너이기도 했고. 그리고 개틀린 카운티에 대해 우리 엄마만큼 많이 아는 유일한 사람이자, 지금 개틀린에서 가장 똑똑한 사람이기도 해."

리나는 믿음이 안 간다는 표정으로 나를 바라보았다. "메이컨 삼촌보다 더 똑똑해?"

"알았어. 개틀린에서 가장 똑똑한 일반인이라고 해두자."

나는 메리언 아줌마 같은 사람이 도대체 왜 개틀린에 있는 건지 도저히 알 수 없었다. "촌구석에 산다고 해서 자기가 사는 곳이 어딘지 모를 수는 없어." 메리언 아줌마는 엄마와 함께 참치 샌드위치를 먹으며 이런 말을 하곤 했다. 나는 이게 무슨 뜻인지 도무지 알 수 없었다. 다른 때에도 나는 메리언 아줌마의 말을 절반밖에 알아듣지 못했다. 메리언 아줌마가 엄마랑 그렇게 친해진 이유가 바로 그것일 가능성이 높았다. 나는 엄마의 말도 절반밖에 알아듣지 못했으니까. 전에도 말했듯이, 엄마는 이 마을에서 가장 똑똑한 사람이거나, 아니면 가장 이상한 사람이었다.

우리가 텅 빈 도서관 안으로 들어갔을 때 메리언 아줌마는 책꽂이들 사이를 방황하며 그리스 비극에 나오는 광인처럼 혼자 울부짖고 있었다. 메리언 아줌마는 그리스 비극을 자주 읊곤 했다. 도서관은 항상 유령마을처럼 비어 있었다. 가끔 DAR의 아줌마들이 족보에 대해 물어보려고 들를 뿐이었다. 그래서 메리언 아줌마는 도서관에서 무슨 일이든 자유롭게 할 수 있었다.

"그대는 아는가?"

나는 메리언 아줌마의 목소리를 따라 책꽂이들 속으로 깊숙이 들어갔다.

"그대는 들었는가?"

나는 '소설' 서가를 향해 모퉁이를 돌았다. 메리언 아줌마가 있었다. 책을 한 아름 안고 몸을 흔들흔들하며 내 뒤의 먼 곳을 바라보고 있었다.

"아니면 그것은 그대에게 숨겨진 비밀인가…."

리나가 내 뒤에 와서 섰다.

"…우리 적의 운명이…."

메리언 아줌마는 빨간색 사각형 안경 너머로 나와 리나를 차례로 바라보았다.

"…우리 친구들을 위협하고 있다는 것이?"

메리언 아줌마는 거기 있었지만, 거기 없기도 했다. 나는 그 표정을 잘 알고 있었다. 비록 메리언 아줌마가 모든 경우에 해당하는 인용구를 알고 있지만 그 인용구들을 가볍게 선택하는 법이 없다는 것도 알고 있었다. 내 적의 어떤 운명이 나나 내 친구들을 위협한다는 걸까? 만약 친구가 리나를 뜻하는 거라면, 나는 그 답을 알고 싶지 않았다.

나도 책을 많이 읽지만, 그리스 비극은 읽지 않았다. "〈오이디푸스〉예요?"

나는 책 너머로 메리언 아줌마를 끌어안았다. 아줌마도 나를 끌어안았다. 아줌마가 팔에 얼마나 힘을 주었는지 나는 숨을 쉬기도 힘들 지경이었다. 셔먼 장군의 커다란 전기가 내 갈비뼈를 파고들었다.

"〈안티고네〉야." 리나가 내 뒤에서 말했다.

'우리한테 자랑하고 싶은 모양이야.'

"정말 잘했다." 메리언 아줌마가 내 어깨 너머로 미소를 보냈다.

내가 리나를 바라보자 리나는 어깨를 으쓱했다. "홈스쿨링을 했어."

"〈안티고네〉를 아는 젊은 사람을 만나는 건 항상 인상적인 일이지."

"제가 기억하는 거라고는 그 여자가 죽은 사람을 땅에 묻고 싶어 했다는 것뿐이에요."

메리언 아줌마는 우리 둘을 향해 미소를 지었다. 그리고 팔에 안고 있던 책들 중 절반을 내 품에, 나머지 절반을 리나의 품에 떠맡겼다. 미소를 지을 때의 메리언 아줌마는 잡지 표지를 장식해도 될 것처럼 보였다. 치아는 하얗고, 갈색 피부는 아름다웠다. 사서라기보다 모델 같은 모습이었다. 그만큼 예쁘고 이국적이었다. 어찌나 많은 혈통이 섞여 있는지 남부의 역사 자체를 바라보고 있는 것 같았다. 서인도제도, 카리브해, 잉글랜드, 스코틀랜드는 물론 심지어 아메리카의 혈통까지 한데 섞여 있기 때문에 가계도를 그리다 보면 나무 모양이 아니라 아예 숲이 될 정도였다.

애마 아줌마는 우리 마을이 남쪽 끝의 벽촌이라고 말했지만, 메리언 애시크로프트는 마치 듀크 대학에서 강의를 하는 사람처럼 옷을 차려 입고 있었다. 메리언 아줌마의 옷, 장신구, 아줌마만의 특징, 밝은색 무늬가 들어간 스카프 등은 모두 어딘가 다른 곳의 물건 같았다. 아무 생각 없이 짧게 잘랐지만 아주 멋있어 보이는 머리모양과도 잘 어울렸다.

메리언 아줌마도 개틀린 카운티에서 낯선 인물이라는 점에서는 리나와 마찬가지였다. 그런데도 아줌마는 우리 엄마만큼 오래 여기서 살았다. 아니, 이제는 엄마보다 더 오래 살고 있었다. "정말 보고 싶었다, 이선. 그리고 너는… 넌 메이컨의 조카 리나겠구나. 마을에 새로 나타났다는 악명 높은 여자애. 창문을 깼다지, 아마? 그래, 나도 네 얘길 들었다. 아줌마들이 이야기를 많이 하거든."

우리는 메리언 아줌마를 따라 앞쪽 카운터로 가서 품에 안은 책들을 정리용 카트에 내려놓았다.

"귀에 들리는 말을 다 믿지는 마세요, 애시크로프트 박사님."

"그냥 메리언이라고 불러라." 나는 하마터면 책 한 권을 떨어뜨릴 뻔했다. 우리 식구들을 제외하면 이 마을의 거의 모든 사람들이 메리언 아줌마를 애시크로프트 박사님이라고 불렀다. 그런데 아줌마가 리나에게는 얼굴을 보자마자 친숙한 호칭을 허락한 것이다. 나는 이유가 뭔지 도무지 알 수 없었다.

"네, 메리언 아줌마." 리나가 활짝 웃었다. 링크와 나를 제외하면, 메리언 아줌마가 이 마을에서 처음으로 리나에게 남부의 저 유명한 친절을 베풀어주고 있었다. 그리고 그런 메리언 아줌마 역시 이 마을에서는 외부인이었다.

"내가 알고 싶은 건 하나뿐이야. 네가 빗자루로 창문을 깰 때, 미래의 DAR 회원들도 없애버린 거야?" 메리언 아줌마는 블라인드를 내리기 시작하면서 우리에게 도와달라고 손짓했다.

"그럴 리가요. 만약 그랬다면 누가 공짜로 절 이렇게 선전해줬겠어요?"

메리언 아줌마는 고개를 젖히고 웃음을 터뜨리며 리나에게 팔을 둘렀다. "유머감각이 있구나, 리나. 이 마을에서 잘 지내려면 그게 반드시 필요하지."

리나는 한숨을 내쉬었다. "저도 우스갯소리를 많이 듣기는 했는데요, 대개 주제가 저더라고요."

"아, 하지만… '재치의 기념비는 권력의 기념비를 이기고 살아남는다.'"

"그거 셰익스피어예요?" 나는 조금 소외감을 느끼고 있었다.

"비슷해. 프랜시스 베이컨 경이야. 하지만 만약 너도 베이컨이 셰익스피어의 희곡을 썼다고 생각한다면, 네 대답이 정답이라고 할 수 있지."

"저는 그냥 포기할래요."

메리언 아줌마가 내 머리를 헝클어뜨렸다. "지난번에 봤을 때보다 40센티미터 넘게 자란 것 같구나, EW. 요즘 애마가 너한테 뭘 먹이기에 이렇게 크는 거니? 아침, 점심, 저녁에 죄다 파이를 먹는 거야? 꼭 백 년 만에 널 보는 것 같다."

나는 메리언 아줌마를 바라보았다. "알아요, 죄송해요. 그냥 별로… 책을 읽을 기분이 아니라서요."

메리언 아줌마는 내 말이 거짓말임을 알고 있었지만, 그 속에 숨은 뜻을 알아들었다. 메리언 아줌마가 문으로 가서 'Open' 표지판을 뒤집어 'Closed'로 바꿔 놓았다. 그리고 찰칵 하는 소리와 함께 문을 잠갔다. 아빠의 서재가 생각났다.

"도서관은 9시까지 열려 있는 거 아니었어요?" 그렇지 않다면, 나는 리나의 집으로 몰래 찾아갈 때 쓸 수 있는 훌륭한 핑계를 잃게 될 터였다.

"오늘은 아냐. 수석 사서가 방금 오늘을 개틀린 카운티 도서관의 휴일로 선포했거든. 그런 면에서 좀 충동적인 사람이라서 말이야." 메리언 아줌마가 윙크를 했다. "사서치고는."

"고마워요, 메리언 아줌마."

"뭔가 이유가 있는 게 아니라면 네가 여기 오지 않았겠지. 그런데 아무래도 메이컨 레이븐우드의 조카가 바로 그 이유인 것 같구나. 이제 저 뒷방으로 가서 차를 끓여 마시며 이성적으로 대화를 나눠볼까?" 메리언 아줌마는 말장난을 아주 좋아했다.

"사실 궁금한 게 있어서 왔어요." 나는 호주머니 속을 더듬었다. 로켓이 예언자 술라의 손수건에 싸인 채 여전히 그 안에 들어 있었다.

"무엇이든 물어라. 뭔가를 배워라. 아무것도 대답하지 마라."

"호메로스예요?"

"유리피데스야. 이제 하나라도 좀 맞혀보는 게 어떠니, EW? 안 그러면 내가 학교 이사회에 나가서 뭐라고 한마디 할지도 몰라."

"하지만 방금 아무것도 대답하지 말라고 하셨잖아요."

메리언 아줌마는 '개인서고'라고 적힌 문의 잠금장치를 열었다. "내가 그랬어?"

애마 아줌마처럼 메리언 아줌마도 항상 대답을 알고 있는 것 같았다. 훌륭한 사서답게.

우리 엄마처럼.

나는 메리언 아줌마의 개인서고, 즉 뒷방에 한 번도 들어와 본 적이 없었다. 이제 생각해보니, 내가 아는 사람 중에도 엄마를 빼면 그 방에 들어갔던 사람이 없었다. 뒷방은 엄마와 메리언 아줌마가 공유하는 공간이었다. 엄마와 아줌마는 이곳에서 함께 글을 쓰고 연구를 했다. 자세히 알 수는 없지만 그밖에도 많은 일을 함께 했을 것이다. 심지어 우리 아빠도 이 방에 발을 들여놓지 못했다. 예전에 메리언 아줌마가 문간에서 아빠를 제지하던 것이 지금도 기억난다. 그때 엄마는 방 안에서 사료를 조사하고 있었다. "개인서고는 문자 그대로 개인 공간이에요."

"여긴 도서관이에요, 메리언. 도서관은 지식을 민주화하고 대중화하기 위해 만들어졌어요."

"이 동네 도서관은 침례교회에서 쫓겨난 알코올 중독자 치료모임에 모임의 장소를 제공해주기 위해 만들어졌어요."

"메리언, 이럴 필요가 없잖아요. 여기도 그냥 서고인데."

"날 사서로 생각하지 말아요. 미친 과학자로 생각해요. 여긴 내 비밀 실험실이에요."

"진짜 미치겠군. 당신들 두 사람은 그저 바스라지기 직전인 낡은 서류만 바라볼 뿐이잖아요."

"당신이 일단 바람에게 비밀을 털어놓은 뒤에는, 바람이 나무에게 그 비밀을 말해도 바람을 탓할 수 없어요."

"칼릴 지브란이잖아요." 아빠가 쏘아붙였다.

"셋 중에 둘이 죽으면 비밀을 지킬 수 있다."

"벤저민 프랭클린."

결국 아빠도 그 방에 들어가는 걸 포기했다. 그날 우리는 집으로 가서 견과류와 마시멜로가 든 아이스크림을 먹었다. 그 뒤로 나는 항상 엄마와 메리언 아줌마를 거역할 수 없는 자연의 힘 같은 것으로 생각했다. 메리언 아줌마가 말한 것처럼, 두 미친 과학자가 실험실 안에서 서로에게 묶여 있는 것 같았다. 두 사람은 왕성하게 책을 써냈다. 한 번은 남부의 퓰리처 상이라고 할 수 있는 '남부의 목소리' 상의 최종 후보자 명단에 올라가기도 했다. 아빠는 엄마를 엄청나게 자랑스러워했다. 아니, 엄마와 메리언 아줌마를 모두 자랑스러워했다. "머리에 활기가 넘치는 사람이야." 아빠는 엄마를 이렇게 표현하곤 했다. 특히 엄마가 프로젝트를 한창 진행 중일 때 이런 표현을 자주 썼다. 그럴 때는 엄마가 가장 자주 자리를 비웠는데도, 아빠는 왠지 그런 엄마를 가장 사랑하는 것 같았다.

그런데 내가 지금 그 개인서고에 들어와 있었다. 아빠도 엄마도 없이. 심지어 아이스크림도 없이. 요즘 이곳에서는 모든 것이 상당히 빠르게 변하고 있었다. 얼마 전까지만 해도 변하는 것이 전혀 없는 마을이었는데.

개인서고는 벽이 패널로 마감되어 있고, 어두웠다. 개틀린에서 세 번째로 오래된 이 건물에서 가장 외지고, 공기가 안 통하고, 창문 하나 없는 방이었다. 긴 떡갈나무 탁자 네 개가 방 한가운데에 평행선을 그리며 놓여 있었다. 모든 벽에는 한 치의 빈틈도 없이 책이 빽빽하게 꽂혀 있었다. 《남북 전쟁의 대포와 탄약》, 《면화 왕: 남부의 하얀 황금》. 납작한 금속판으로 만든 서랍들에는 원고가 들어 있고, 서고 뒤쪽의 작은 부속실에는 속이 흘러넘칠 지경인 서류함들이 벽을 따라 놓여 있었다.

메리언 아줌마는 찻주전자와 핫플레이트로 차를 준비하느라 분주하게 움직였다. 리나는 개틀린 카운티의 지도가 액자에 걸려 있는 벽으로 갔다. 액자 속의 지도는 우리 할머니들만큼이나 오래돼서 금방이라도 바스라질 것 같았다.

"봐…. 레이븐우드야." 리나가 액자 위에서 손가락을 움직였다. "그린브라이어도 있어. 이 지도를 보면 소유지 경계선을 훨씬 더 분명히 알 수 있겠다."

나는 방 안쪽의 구석으로 갔다. 고운 먼지가 덮인 탁자 하나가 외롭게 서 있는 곳이었다. 가끔 거미줄도 보였다. 그 탁자 위에 옛날 역사학회의 헌장이 펼쳐져 있었다. 여러 이름에 동그라미가 쳐 있고, 책등에는 여전히 연필이 하나 꽂힌 채였다. 트레이싱페이퍼로 만든 지도를 현대 개틀린 지도 위에 압정으로 붙여 놓은 것을 보니, 누군가가 머릿속으로나마 지금의 도시 밑에서 옛날 도시를 발굴해내려고 애쓰고 있는 것 같았다. 그런데 그 위에 메이컨 레이븐우드의 집에서 본 그림의 사진이 놓여 있었다.

로켓을 걸고 있던 여자.

'제너비브야. 틀림없어. 메리언 아줌마한테 말해야 돼, L. 물어봐야 돼.'

'안 돼. 아무도 믿으면 안 돼. 우리가 그 환영을 보는 이유도 아직 모르잖아.'

'리나, 날 믿어.'

"이쪽에 있는 이것들은 다 뭐예요, 메리언 아줌마?"

메리언 아줌마가 나를 바라보았다. 순간적으로 구름이 낀 듯 얼굴이 흐려졌다. "그게 우리의 마지막 프로젝트야. 네 엄마와 내가 진행하던 거."

'왜 우리 엄마가 레이븐우드에 걸려 있는 그림의 사진을 갖고 있었던 거지?'

'내가 어떻게 알아?'

리나는 그 탁자로 다가와서 그림을 찍은 사진을 집어 들었다. "메리언 아줌마, 두 분이 이 그림으로 뭘 연구하신 거예요?"

메리언 아줌마는 우리에게 각각 차 한 잔씩을 건네주었다. 받침접시도 함께였다. 이것이 개틀린의 또 다른 특징이었다. 어떤 상황에서든 항상 받침접시를 사용하는 것.

"그래, 너는 그 그림을 알겠구나, 리나. 메이컨 삼촌의 것이니까 말이야. 사실 네 삼촌이 그 사진을 직접 보내줬어."

"이 여자분이 누군데요?"

"제너비브 두케인. 너도 알 텐데."

"몰랐어요."

"네 삼촌이 너희 가계에 대해 아무것도 안 가르쳐줬니?"

"세상을 떠난 친척들에 대해서는 별로 얘기를 안 하거든요. 제 부모님에 대해서 이야기하는 사람도 전혀 없고요."

메리언 아줌마는 납작한 서랍으로 다가가서 뭔가를 찾았다. "제너비브 두케인은 너의 6대조 할머니야. 사실 아주 흥미로운 사람이지. 라일라랑 나는 두케인 가문의 가계도를 추적 중이었어. 너의 메이컨 삼촌도 우리를 도와줬고…." 메리언 아줌마는 시선을 떨어뜨렸다. "작년까지는."

엄마가 메이컨 레이븐우드랑 아는 사이였다고? 메이컨은 엄마의 저작을 통해서 엄마의 이름을 알고 있을 뿐이라고 했던 것 같은데.

"사람은 자기 집안 가계도에 대해 알고 있어야지." 메리언 아줌마는 누렇게 변한 양피지를 몇 장 넘겼다. 리나의 가계도가 메이컨의 가계도와 나란히 우리 눈앞에 있었다.

나는 리나의 가계도를 가리켰다. "이상한데. 네 집안의 모든 여자들은 결혼한 뒤에도 성이 두케인이잖아."

"그게 우리 집안 특징이야. 여자들이 결혼한 뒤에도 성을 그대로 쓰는 거. 항상 그랬어."

메리언 아줌마는 페이지를 넘기고 나서 리나를 바라보았다. "여자들이 특히 강력한 존재로 여겨지던 집안에서는 흔한 일이야."

나는 화제를 바꾸고 싶지 않았다. 리나 집안의 강력한 여자들에 대해 메리언 아줌마와 너무 깊숙한 이야기를 나누고 싶지 않았다. 리나가 그 강력한 여자들 중 한 명이기 때문에 더욱 그랬다. "아줌마랑 엄마가 왜 두케인 가계도를 조사한 거예요? 연구 주제가 뭐였는데요?"

메리언 아줌마는 차를 저었다. "설탕 줄까?"

내가 스푼으로 설탕을 떠서 내 잔에 넣는 동안 아줌마는 시선을 돌렸다. "사실 우리는 이 로켓에 가장 흥미가 있었어." 아줌마는 제너비브를 찍은 또 다른 사진을 가리켰다. 그 사진 속에서는 제너비브가 로켓을 걸고 있었다.

"특히 한 가지 이야기에 관심이 갔지. 사실 아주 간단한 사랑이야기인데…." 메리언 아줌마는 슬픈 미소를 지었다. "네 엄마는 못 말리는 낭만주의자였잖니, 이선."

나는 리나와 눈을 마주쳤다. 메리언 아줌마의 입에서 무슨 이야기가 나올지 우리 둘 다 잘 알고 있었다.

"너희 둘한테도 아주 흥미로운 이야기야. 웨이트와 두케인 사이의 사랑이야기거든. 남군 병사와 그린브라이어의 아름다운 아가씨가 주인공이야."

로켓이 보여준 환영. 그린브라이어의 화재. 우리가 보았던 제너비브와 이선의 이야기가 바로 엄마가 마지막으로 준비하던 책의 주제였다. 리나의 6대조 할머니와 내 6대조 큰할아버지의 이야기.

엄마는 그 책을 준비하다가 돌아가셨다. 내 머리가 빙빙 돌았다. 개틀린은 이런 곳이었다. 여기서는 한 번으로 끝나는 일이 하나도 없었다.

리나는 창백해 보였다. 리나가 앞으로 몸을 기울여 먼지 낀 탁자 위에 놓여 있던 내 손을 잡았다. 순식간에 전기가 통하는 것 같은 친숙한 느낌이 내 몸을 훑고 지나갔다.

"여기 있구나. 우리가 그 연구를 시작하게 된 건 순전히 이 편지 때문이었어." 메리언 아줌마가 우리 옆의 떡갈나무 탁자에 양피지 두 장을 늘어놓았다. 나는 아줌마가 엄마가 작업하던 탁자를 흐트러뜨리지 않은 것이 내심 반가웠다. 내가 보기에는 그 탁자야말로 엄마를 기억하기에 딱 맞는

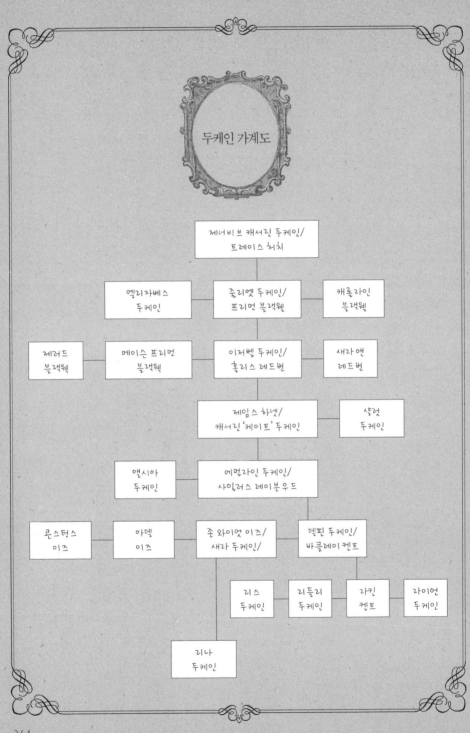

두케인 가계도

제너비브 캐서린 두케인/
트레이스 처치

엘리자베스
두케인

줄리엣 두케인/
프리먼 블랙웰

캐롤라인
블랙웰

제러드
블랙웰

메이슨 프리먼
블랙웰

이저벨 두케인/
홀리스 레드번

새라 앤
레드번

제임스 하넷/
캐서린 '케이트' 두케인

샬럿
두케인

앤시아
두케인

에멀라인 두케인/
사일러스 레이븐우드

콘스턴스
이즈

아델
이즈

존 와이엇 이즈/
새라 두케인/

델핀 두케인/
바클레이 켄트

리스
두케인

리들리
두케인

라킨
켄트

라이언
두케인

리나
두케인

레이븐우드 가계도

에이브러햄 레이븐우드/
애비게일 티어니

애스니
댈리

에이블 레이븐우드/
애눈 댈리

리
레이븐우드

리딕
게이지

샘슨 레이븐우드/
올리비아 게이지

에프레임
레이븐우드

이브
레이븐우드

조너스 레이븐우드/
유지니 호킨스

사일러스 레이븐우드/
에멀라인 두케인

사일러스 레이븐우드/
어겔리아 백런틴

트윌라
백런틴

델핀 두케인

새라
두케인

메이컨 멜기세덱
레이븐우드

헌팅 피니어스
레이븐우드

물건이었다. 장례식에서 모든 사람이 엄마의 관 위에 놓아주었던 카네이션보다 훨씬 더 엄마다운 물건이었으니까. 심지어 DAR 회원들도 엄마의 장례식에 와서 앞 다퉈 카네이션을 바쳤다. 하지만 엄마가 그 광경을 봤다면 무척 싫어했을 것이다. 개틀린에서는 누가 죽거나, 태어나거나, 결혼할 때면 침례교인이든 감리교인이든 오순절 교회파든 상관없이 온 마을 사람이 인사를 하러 왔다.

"읽어봐도 돼. 손만 안 대면 되니까. 개틀린에서 가장 오래된 물건 중 하나거든."

리나는 머리카락이 낡은 양피지에 스치지 않게 손으로 붙들고 편지를 향해 허리를 숙였다. "두 사람은 서로를 미친 듯이 사랑했지만, 여러 면에서 아주 달랐네요." 리나가 편지를 훑어보며 말했다. "남자는 자기들이 '다른 종족'이라고 말했어요. 여자의 가문에서는 두 사람을 떼어놓으려고 했고요. 남자는 전쟁의 대의를 믿지 않는데도 전쟁에 나갔어요. 남부를 위해 싸우면 여자의 집안에서 자기를 받아들여줄 거라고 생각했기 때문에."

메리언 아줌마는 눈을 감고 편지 구절을 외웠다.

"나는 그린브라이어에서 받아들여질 수만 있다면, 사람이 아니라 원숭이가 되어도 좋아. 비록 나는 일반인일 뿐이지만, 너 없이 평생을 보낼 생각을 하면 너무 고통스러워서 가슴이 찢어질 것 같아, 제너비브."

마치 시 구절 같았다. 리나가 썼을 법한 시.

메리언 아줌마가 다시 눈을 떴다. "마치 그 사람이 어깨로 세상을 떠받치고 있는 아틀라스 같아."

"정말 슬픈 얘기예요." 리나가 나를 바라보며 말했다.

"두 사람은 서로를 사랑했어. 그런데 당시 이 나라는 전쟁 중이었지. 이런 말을 하기는 정말 싫지만, 두 사람의 사랑은 불행으로 끝났어. 그랬던 것 같아." 메리언 아줌마는 찻잔을 비웠다.

"그럼 이 로켓은 뭐예요?" 나는 사진을 가리켰다. 속으로는 이 질문을 던지기가 무서웠다.

"이선이 제너비브에게 준 물건인 것 같아. 비밀 약혼의 징표로. 그 로켓이 어떻게 됐는지는 결코 알 수 없을 거야. 그 뒤로 아무도 그 물건을 보지 못했으니까. 이선이 죽은 뒤로. 제너비브의 아버지는 제너비브를 다른 사람과 억지로 결혼시켰어. 하지만 전설에 따르면, 제너비브는 죽을 때까지 그 로켓을 간직했고, 죽은 뒤에도 그 로켓과 함께 땅에 묻혔대. 그 로켓은 아주 강력한 부적으로 일컬어졌지. 깨어진 사랑의 깨어진 징표니까."

나는 몸을 부르르 떨었다. 이 강력한 부적은 제너비브와 함께 묻혀 있지 않았다. 지금 내 호주머니 속에 있었다. 메이컨과 애마 아줌마에 따르면 이 로켓은 어둠의 부적이기도 했다. 로켓이 심장박동처럼 펄떡거리는 것이 느껴졌다. 뜨겁게 달아오른 석탄불로 구워지고 있는 것 같았다.

'이선, 안 돼.'

'해야 돼. 아줌마가 우릴 도와줄 수 있을 거야. 엄마라면 우릴 도와줬을 거야.'

나는 주머니에 한 손을 찔러 넣고 손수건을 옆으로 밀쳐 세월의 풍상에 시달린 카메오에 손을 갖다 댔다. 그리고 메리언 아줌마의 손을 잡았다. 이번에도 로켓이 힘을 발휘해주기를 바라면서. 메리언 아줌마의 찻잔이 바닥으로 떨어졌다. 방이 빙글빙글 돌기 시작했다.

"이선!" 메리언 아줌마가 소리쳤다.

리나가 아줌마의 손을 잡았다. 방 안의 불빛이 흐릿해지면서 밤처럼 어두워졌다. "걱정 마세요. 저희가 계속 함께 있을게요." 리나의 목소리가 아주 멀리서 들리는 것 같았다. 그와 동시에 저 멀리서 총소리가 들려왔다.

도서관 전체에 순식간에 비가 내리기 시작했다….

비가 그들을 두들겼다. 바람이 강해져서 불꽃을 진압하기 시작했다. 하지만 이미 때가 늦은 뒤였다.

제너비브는 저택의 잔해를 멍하니 바라보았다. 오늘 그녀는 모든 것을 잃었다. 엄마. 에반젤린. 이제 이선까지 잃을 수는 없었다.

아이비는 제너비브를 향해 진흙밭을 달렸다. 제너비브가 가져오라고 했던 물건들은 치맛자락에 담아 들었다.

"제가 너무 늦었네요. 오, 주님, 제가 너무 늦었네요." 아이비는 이렇게 소리치며 불안한 표정으로 주위를 둘러보았다. "어서요, 제너비브 아가씨, 이제 저희도 어쩔 수 없어요."

하지만 이건 틀린 말이었다. 아직 한 가지 방법이 남아 있었다.

"아직 늦지 않았어. 아직 늦지 않았어." 제너비브는 계속 이 말을 되풀이했다.

"아가씨는 지금 제정신이 아니에요."

제너비브는 절박한 표정으로 아이비를 바라보았다. "그 책이 필요해."

아이비는 고개를 저으며 뒷걸음질을 쳤다. "안 돼요. 그 책에 손대면 안 돼요. 아가씨가 몰라서 하는 소리예요."

제너비브는 늙은 아이비의 어깨를 움켜쥐었다. "아이비, 그 방법밖에 없어. 그 책을 줘."

"모르는 소리 마세요. 그 책에 대해 아무것도 몰라서 하는…."

"할멈이 주지 않아도 내가 찾아낼 거야."

검은 연기가 뒤에서 꾸역꾸역 솟아올랐다. 불길이 저택의 잔해를 계속 집어삼키며 연기를 내뿜고 있었다.

아이비의 표정이 측은한 듯 누그러지더니 낡아서 해진 치맛자락을 들고 제너비브의 어머니가 길러낸 레몬 숲이 있던 곳으로 그녀를 이끌었다. 제너비브는 그 숲 너머로 가본 적이 한 번도 없었다. 그 너머에 있는 것이라고는 면화밭뿐이었다. 적어도 그녀가 항상 듣던 얘기로는 그랬다. 지금까지 그녀는 그 면화밭에 굳이 나갈 이유가 없었다. 에반젤린과 드물게 숨바꼭질을 할 때만 예외였다.

아이비는 단호하게 걸었다. 어디로 가야 하는지 정확히 알고 있는 걸음걸이였다. 저 멀리서 여전히 포성이 들렸고, 이웃들이 불타는 자기 집을 바라보며 질러대는 찢어지는 비명도 들렸다.

아이비는 야생 덩굴, 로즈마리, 재스민 덤불 옆에서 걸음을 멈췄다. 덩굴은 낡은 돌담 측면을 타고 뱀처럼 구불구불 올라가고 있었다. 거기 웃자란 식물들 속에 작은 아치가 숨어 있었다. 아이비는 허리를 숙이고 그 아치를 통과했다. 제너비브도 뒤를 따랐다. 주위가 담에 둘러싸여 있는 것으로 보아 원래 담과 이어져 있던 아치인 것 같았다. 완벽한 원을 그리고 있는 담들은 오랜 세월 동안 자라난 야생덩굴에 가려져 있었다.

"여긴 어디야?"

"아가씨 어머니가 아가씨에게 절대 알리고 싶어 하시지 않았던 곳이에요."

저 멀리 높게 자란 풀 속에서 자그마한 돌들이 삐죽삐죽 솟아 있었다. 그렇지. 가문의 묘지. 제너비브는 아주 어렸을 때 여기 한 번 와봤던 기억이 났다. 증조할머니가 돌아가셨을 때였다. 장례식은 밤에 치러졌다. 제너비브의 엄마는 높게 자란 풀밭에 서서 달빛을 받으며 뭐라고 속삭이고 있었다. 제너비브 자매는 알아들을 수 없는 언어였다. "여긴 왜 온 거야?"

"그 책을 달라고 하셨잖아요."

"그게 여기 있어?"

아이비는 걸음을 멈추고 어리둥절한 표정으로 제너비브를 바라보았다. "그럼 어디 있겠어요?"

저 멀리 뒤쪽에 또 다른 건물이 야생 덩굴에 휘감겨 있었다. 납골당이었다. 아이비는 그 문 앞에서 걸음을 멈췄다. "정말로 그 책을…."

"이러고 있을 시간이 없어!" 제너비브는 문손잡이를 잡으려고 손을 뻗었지만, 손잡이가 없었다. "이 문을 어떻게 여는 거야?"

아이비가 발끝으로 서서 문 위로 높이 손을 뻗었다. 저 멀리서 타오르고 있는 불빛 덕분에 문 위에 달려 있는 작고 매끈한 돌이 보였다. 돌에는 초승달 모양이 새겨져 있었다. 아이비는 그 자그마한 달에 손을 대고 밀었다. 돌문이 돌과 돌이 긁히는 소리를 내며 열렸다. 아이비는 문간 옆에서 뭔가를 잡았다. 양초였다.

촛불이 작은 방을 밝혔다. 사방의 길이가 몇 피트를 넘지 않는 것 같았다. 하지만 벽마다 달려 있는 낡은 나무 선반에는 작은 병들이 높이 쌓여 있었다. 갖가지 꽃들, 가루, 흐릿한 액체 등이 그 안에 가득 들어 있었다. 방 한가운데에는 낡은 돌 탁자가 있고, 그 위에 낡은 나무상자가 놓여 있었다. 아무리 봐도 소박한 상자였다. 장식이라고는 뚜껑에 새겨진 작은 초승달뿐이었다. 돌문 위에 새겨져 있던 초승달과 똑같았다.

"저는 손대지 않을 거예요." 아이비가 조용히 말했다. 마치 그 상자가 자신의 말을 듣고 있다는 듯이.

"아이비, 이건 그냥 책일 뿐이야."

"그냥 책이라는 건 없어요. 특히 아가씨 가문에는요."

제너비브는 뚜껑을 조심스레 열었다. 책 표지는 금이 간 검은 가죽이었지만, 지금은 검은색보다는 회색에 더 가까웠다. 책 제목은 적혀 있지 않았다. 앞표지에 역시 초승달이 돋을새김으로 새겨져 있을 뿐이었다. 제너비브는 책을 상자에서 조심스레 꺼냈다. 아이비가 미신을 잘 믿는다는 건 알고 있었다. 제너비브는 그런 아이비를 비웃었지만, 아이비가 현명한 사람이라는 사실도 잘 알고 있었다. 아이비는 카드와 찻잎으로 점을 칠 줄 알았다. 제너비브의 어머니는 아이비의 찻잎 점에 많이 의지했다. 채소가 얼지 않게 하려면 언제 땅에 심어야 하는지, 감기를 치료하는 약초가 무엇인지 등 거의 모든 일을 아이비에게 물어보았다.

책은 따뜻했다. 살아서 숨을 쉬고 있는 것 같았다.

"왜 이름이 없어?" 제너비브가 물었다.

"책에 제목이 적혀 있지 않다고 해서 이름이 없는 건 아니에요. 바로 거기 있잖아요.《달의 책》이라고."

더 이상 시간을 낭비할 수 없었다. 제너비브는 어둠 속에서 불꽃을 길잡이로 삼았다. 그린브라이어의 잔해와 이선이 있는 곳으로 돌아가기 위해.

제너비브는 책장을 넘겼다. 수백 가지 주술이 적혀 있었다. 어떻게 하면 지금 필요한 주술을 찾아낼 수 있을까? 그때 그것이 눈에 들어왔다. 라틴어였다. 그녀가 아주 잘 아는 언어. 예전에 어머니는 북부에서 특별히 가정교사를 모셔 와서 제너비브와 에반젤린에게 라틴어를 가르쳤다. 그녀의 집안 사람들에게는 가장 중요한 언어가 바로 라틴어였다.

속박의 주문. 죽음을 삶에 속박하는 주문.

제너비브는 책을 이선 옆의 바닥에 놓고 손가락으로 주문의 첫 줄을 짚었다. 아이비가 제너비브의 손목을 세게 움켜쥐었다. "오늘 밤에는 이런 걸 하면 안 돼요. 백마법은 반달이 떴을 때, 흑마법은 보름달이 떴을 때 하는 거예요. 달이 없는 밤은 또 완전히 달라요."

제너비브는 아이비의 손을 거칠게 뿌리쳤다. "어쩔 수 없어. 오늘 밤밖에 시간이 없다고."

"제너비브 아가씨, 모르는 소리 마세요. 거기 적힌 말들은 단순한 주술이 아니에요. 일종의 거래예요. 대가로 뭔가를 내놓지 않으면《달의 책》을 이용할 수 없어요."

"대가가 뭐든 상관없어. 이선의 목숨을 살려야 하잖아. 난 이미 모든 걸 잃었어."

"이 도련님은 이미 생기를 잃었어요. 총에 맞아서 생기가 빠져나가버렸다고요. 지금 아가씨는 자연에 어긋나는 짓을 하려는 거예요. 그건 절대 옳은 일이 아니에요."

제너비브는 아이비가 옳다는 것을 알고 있었다. 어머니도 제너비브와 에반젤린에게 자연의 법칙을 존중해야 한다고 자주 주의를 주었다. 그런데 지금 제너비브는 가문의 그 어느 주술사도 감히 넘을 엄두를 내지 못했던 선을 넘으려 하고 있었다.

하지만 어차피 가문의 주술사들은 모두 죽어버렸다. 이제 남은 사람은 제너비브뿐이었다.

그러니 시도라도 해봐야 했다.

"안 돼!" 리나가 손을 놓자 우리의 원이 깨졌다. "제너비브는 어둠이 됐어. 모르겠어? 제너비브가 어둠의 마법을 사용하고 있다고."

나는 리나의 손을 잡았다. 리나는 손을 빼내려고 했다. 대개 나는 리나에게서 태양 같은 온기만 느꼈지만, 지금의 리나는 마치 회오리바람 같았다. "리나, 제너비브는 네가 아냐. 환영 속의 이선도 내가 아니고. 이건 모두 백 년도 더 전에 일어난 일이야."

리나는 이미 이성을 잃은 상태였다. "제너비브는 나야. 그래서 이 로켓이 나한테 이걸 보여주는 거야. 너한테 가까이 가지 말라고 경고하는 거라고. 그래야 내가 어둠이 된 뒤에 널 해치지 않을 테니까."

메리언 아줌마는 눈을 떴다. 아줌마의 눈이 그렇게 휘둥그레진 건 처음 보았다. 항상 깔끔하게 정리되어 있던 짧은 머리도 바람에 날린 것처럼 헝클어져 있었다. 아줌마는 피곤한 기색이었지만, 잔뜩 흥분하고 있었다. 내가 아는 표정이었다. 엄마가 아줌마에게 씌인 것 같았다. 특히 눈 주위가 그랬다. "넌 아직 결정이 내려지지 않았어, 리나. 아직은 선도 악도 아냐. 그냥 두케인 가문에서 15살 6개월이 됐다는 사실 때문에 그런 기분을 느끼는 것뿐이야. 나는 많은 주술사들을 만나봤어. 두케인 가문 사람들도 전부 알지. 어둠이든 빛이든 전부."

리나는 경악한 표정으로 메리언 아줌마를 바라보았다.

메리언 아줌마는 숨을 고르려고 애썼다. "넌 어둠이 되지 않을 거야. 너도 메이컨만큼 신파적인 성격이구나. 이제 그만 인정해."

아줌마가 어떻게 리나의 생일을 알고 있는 거지? 주술사에 대해서는 또 어떻게 아는 거야?

"너희 둘이 제너비브의 로켓을 갖고 있다고 왜 말하지 않았어?"

"저희는 어떻게 해야 할지 모르겠어요. 사람마다 다른 말을 하니까요."

"내가 한번 보자."

나는 호주머니 속에 손을 넣었다. 하지만 리나가 손으로 내 팔을 잡는 바람에 나는 잠시 머뭇거렸다. 메리언 아줌마는 엄마의 가장 친한 친구였고, 우리 가족이나 마찬가지였다. 그러니 메리언 아줌마에게 다른 저의가 있을 거라고 의심하면 안 된다는 것을 알고 있었지만, 얼마 전에도 아무 생각 없이 애마 아줌마의 뒤를 쫓아갔다가 메이컨 레이븐우드를 보았다. 내가 전혀 예상치 못한 일이었다. "정말로 아줌마를 믿어도 되는 거예요?" 내가 물었다. 이런 걸 묻는 것만으로도 속이 뒤틀렸다.

"누군가를 믿어도 되는지 알아볼 수 있는 최선의 방법은 일단 그 사람을 믿어보는 거야."

"엘튼 존이에요?"

"비슷해. 어니스트 헤밍웨이의 말이니까. 헤밍웨이도 그 시대에는 나름 대로 록스타 같은 사람이었지."

나는 미소를 지었다. 하지만 리나는 쉽사리 의심을 떨쳐버리려 하지 않았다. "다들 우리한테 숨기는 게 많은데 저희가 왜 아줌마를 믿어야 해요?"

메리언 아줌마의 표정이 진지해졌다. "내가 애마가 아니니까. 네 삼촌 메이컨도 아니니까. 난 네 할머니도 아니고, 델핀 이모도 아냐. 그냥 일반 인이지. 그러니까 중립적이야. 흑마법과 백마법, 빛과 어둠 사이에는 틀림 없이 뭔가가 있어. 빛이나 어둠 쪽으로 끌어당기는 힘에 저항할 수 있는 뭔 가가 있다고. 그게 바로 나야."

리나는 뒷걸음질을 쳤다. 이건 우리 둘 다 생각도 못한 일이었다. 메리 언 아줌마가 어떻게 리나의 가문에 대해 이렇게 잘 알고 있는 걸까?

"아줌마 뭐예요?" 리나의 가문에서 이건 많은 의미가 함축된 중대한 질 문이었다.

"난 개틀린 카운티의 수석사서야. 이리로 이사 온 뒤부터 죽 그랬고, 앞 으로도 죽 그럴 거야. 나는 주술사가 아니라 그냥 기록하는 사람에 불과해. 기록을 할 뿐이야." 메리언 아줌마는 머리카락을 매끈하게 매만졌다. "나 는 보관자야. 오래전부터 일반인들이 결코 들어갈 수 없는 세계의 역사와 비밀을 지키는 임무를 맡은 일반인들의 후예. 세상에는 항상 보관자가 한 명 있어야 하는데, 지금은 그게 나야."

"메리언 아줌마, 도대체 무슨 말씀을 하시는 거예요?" 나는 뭐가 뭔지 알 수 없었다.

"이렇게 말하면 어떨까? 세상에는 두 종류의 도서관이 있다고. 나는 개 틀린의 모든 주민들에게 봉사하는 사람이야. 주술사든 일반인이든 상관 없이. 여기 말고 다른 도서관은 주로 밤에 일하면 되니까 다행이지."

"다른 도서관이라면…?"

"개틀린 카운티 주술사 도서관. 물론 나는 주술사 사서야. 주술사 수석 사서."

나는 생전 처음 보는 사람을 바라보듯이 메리언 아줌마를 바라보았다. 메리언 아줌마도 예전과 똑같은 갈색 눈으로 나를 마주 바라보았다. 다 알고 있다는 듯한 그 미소도 똑같았다. 전혀 달라진 것이 없는 모습이었다. 그런데도 왠지 완전히 다른 사람 같았다. 나는 메리언 아줌마가 왜 이토록 오랫동안 개틀린에 머물러 있는지 항상 궁금했었다. 지금까지 나는 엄마 때문에 아줌마가 여기 있는 줄 알았다. 그런데 이제 보니 다른 이유가 있었다.

내 기분이 어떤 건지 알 수 없었다. 하지만 내 기분이 어떻든, 리나는 나와 정반대의 감정을 느끼고 있었다. "그럼 아줌마가 저희를 도와줄 수 있겠네요. 저희는 이선과 제너비브가 어떻게 됐는지, 그 두 사람이 이선과 저와 무슨 관계가 있는지 꼭 알아내야 해요. 그것도 제 생일 전에." 리나는 기대에 찬 표정으로 메리언 아줌마를 바라보았다. "주술사 도서관에는 기록이 아주 많을 거예요. 어쩌면《달의 책》도 거기 있을지 모르죠. 그 책에 우리가 원하는 답이 있을까요?"

메리언 아줌마는 다른 곳으로 시선을 돌렸다. "그럴 수도 있고, 아닐 수도 있지. 미안하지만 난 너희를 도와줄 수 없겠구나. 정말 미안하다."

"그게 무슨 말씀이에요?" 이건 말이 안 되는 소리였다. 나는 메리언 아줌마가 도와달라는 요청을 거부하는 걸 본 적이 없었다. 특히 나한테는 더욱더 그랬다.

"난 이 일에 끼어들 수 없어. 내가 원한다 해도 안 돼. 내가 맡고 있는 일 때문에. 나는 책을 쓰거나 규칙을 만드는 사람이 아니라, 그 책과 규칙을 보관하는 사람에 불과하니까 개입할 수 없어."

"그 일이라는 게 저희를 돕는 것보다 더 중요해요?" 나는 메리언 아줌마의 정면에 섰다. 아줌마가 내 눈을 똑바로 바라보며 대답하게 만들기 위해서였다. "저보다 더 중요해요?"

"그렇게 단순한 일이 아냐, 이선. 일반인들의 세계와 주술사의 세계, 빛과 어둠 사이에는 균형이 잡혀 있어. 보관자는 그 균형의 일부이자 세상의 이치의 일부야. 만약 내가 나를 묶고 있는 그 법칙에 반항한다면, 두 세계 사이의 균형이 깨질 수 있어." 메리언 아줌마는 나를 마주 바라보았다. 목소리가 떨리고 있었다. "나는 죽는 한이 있어도 개입할 수 없어. 내가 사랑하는 사람들이 상처를 받는 한이 있어도."

나는 메리언 아줌마의 말을 이해할 수 없었다. 하지만 아줌마가 엄마를 사랑했던 것처럼 나를 사랑한다는 건 확실히 알고 있었다. 그러니 우리를 도와줄 수 없다고 말하는 데에는 틀림없이 이유가 있을 터였다. "알았어요. 저희를 도와줄 수 없다는 거죠? 그럼 저를 주술사 도서관에 데려다주기만 하세요. 그럼 제가 직접 답을 찾아볼게요."

"넌 주술사가 아냐, 이선. 그러니 네가 결정을 내릴 수 없어."

리나가 내 옆으로 다가와 서서 내 손을 잡았다. "제가 결정하면 돼요. 전 주술사 도서관에 가고 싶어요."

메리언 아줌마는 고개를 끄덕였다. "알았다. 내가 데려다줄게. 그 도서관이 열릴 때. 주술사 도서관은 개틀린 카운티 도서관과 같은 스케줄로 운영되는 게 아니니까 말이야. 스케줄이 조금 불규칙해."

당연히 그렇겠지.

신성케 하라

⊰ 10.31 ⊱

개틀린 카운티 도서관이 문을 닫는 날은 은행이 쉬는 날뿐이었다. 추수감사절, 크리스마스, 새해, 부활절. 따라서 개틀린 카운티 주술사 도서관이 문을 여는 날은 바로 이 날들뿐이었다. 이 스케줄은 메리언 아줌마도 조절할 수 없는 것 같았다.

"스케줄을 바꾸고 싶으면 카운티 사무실로 가 봐. 아까도 말했지만, 난 규칙을 만드는 사람이 아니야." 메리언 아줌마가 말한 카운티가 어떤 카운티인지 궁금했다. 내가 평생 살아온 이 마을인지, 아니면 그동안 내내 내가 볼 수 없는 곳에 숨어 있던 마을인지.

어쨌든 리나는 희망적인 표정이었다. 자신이 불가피하다고 믿던 일을 막을 방법이 어쩌면 있을지도 모른다고 생전 처음으로 기대를 품게 된 모양이었다. 메리언 아줌마는 우리에게 어떤 답도 해줄 수 없었지만, 우리가 가장 믿던 사람들이 아주 멀어져버린 것 같은 지금 우리를 든든하게 지탱해주었다. 나는 리나에게 아무 말도 하지 않았지만, 애마 아줌마가 없으면 나는 길 잃은 아이나 마찬가지였다. 리나는 메이컨이 없으면, 심지어 길을 잃는 것조차 못할 터였다.

메리언 아줌마가 우리에게 준 것이 있기는 했다. 이선과 제너비브가 주고받은 편지들. 워낙 오래돼서 종이가 거의 투명하게 보일 지경이었다. 메리언 아줌마는 엄마와 함께 수집한, 그 두 사람에 대한 자료도 모두 우리에게 주었다. 먼지를 뒤집어 쓴 갈색 상자에 가득 들어 있는 서류들. 상자 측면에는 마분지에 나무 무늬를 인쇄한 장식이 붙어 있었다. 리나는 아주 즐거워하면서 편지를 자세히 읽어보았지만("네가 없는 나날은 경계를 알 수 없을 만큼 흐릿하게 하나로 뭉뚱그려져서 나중에는 시간이야말로 우리가 극복해야 할 또 다른 장애물이라는 생각이 들어."), 그 속에 들어 있는 것은 아주 불행하고 우울하게 끝난 사랑이야기에 불과한 것 같았다. 그래도 우리가 가진 자료는 이것뿐이었다.

우리는 이 자료들 속에서 무엇을 찾아야 하는지 알아내야 했다. 건초더미에서 바늘 찾기, 아니 마분지 상자에서 바늘 찾기였다. 하지만 방법이 이것밖에 없었기 때문에 우리는 자료를 뒤지기 시작했다.

그 뒤로 2주일 동안 나는 로켓 관련 자료를 검토하느라 리나와 아주 많은 시간을 함께 보냈다. 리나와 이렇게 많은 시간을 붙어 있을 거라고는 상상도 못한 일이었다. 그런데 편지를 읽으면 읽을수록 마치 우리 자신의 이야기를 읽고 있는 것 같았다. 우리는 밤늦게까지 잠을 자지 않고 이선과 제너비브의 미스터리를 풀려고 애썼다. 모든 장애를 극복하고 서로 맺어지기 위해 필사적으로 애쓰는 일반인과 주술사. 학교에 가면 우리 나름의 열악한 조건을 극복해야 했다. 잭슨 고등학교에서 여덟 시간을 보내는 것이 점점 힘들어졌다. 아이들은 매일 리나를 쫓아내거나 우리 둘을 떼어놓으려고 머리를 짜냈다. 핼러윈에는 특히 더했다.

잭슨 고등학교에서 핼러윈은 대개 아주 중요한 의미가 있는 명절이었다. 사내녀석들은 핼러윈 의상을 준비하느라 좌충우돌했다. 또한 서배너 스노가 매년 여는 성대한 파티에 초대되어야 한다는 스트레스도 심했다. 하지만 내가 완전히 푹 빠져 있는 여자애가 주술사라면, 핼러윈의 스트레스도 차원이 달라졌다.

리나가 나와 함께 학교에 가려고 차를 몰고 왔을 때 나는 학교에서 무슨 일이 벌어질지 전혀 모르고 있었다. 리나는 뒤통수에도 눈이 달려 있는 애마 아줌마를 피하려고 우리 집에서 두어 블록 떨어진 모퉁이 뒤에 차를 세웠다.

"의상을 안 입었네." 나는 깜짝 놀라서 말했다.

"무슨 소리야?"

"의상을 입을 줄 알았는데." 하지만 나는 이 말을 하는 순간 바보 같은 소리를 했다는 것을 깨달았다.

"왜, 주술사들이 핼러윈에 옷을 차려입고 빗자루를 타고 날아다닐까봐?" 리나는 웃음을 터뜨렸다.

"그런 뜻이 아니라…."

"실망시켜서 미안하네. 우리는 다른 명절에 하는 것처럼 그냥 옷을 차려입고 저녁 식사를 할 뿐이야."

"오늘은 너희에게도 명절이잖아."

"오늘 밤은 1년 중에 가장 무서운 밤이야. 가장 위험한 밤이기도 하고. 하지만 중요 명절 네 가지 중에 가장 중요하지. 오늘은 우리한테 새해 전날과 같거든. 한 해가 끝나고 새해가 시작되는 날."

"위험하다는 건 무슨 뜻이야?"

"할머니 말씀으로는 오늘 밤에 이 세계와 다른 세계, 그러니까 영혼들의 세계 사이에 드리워진 베일이 가장 얇아진대. 능력을 발휘하는 밤이자, 추억의 밤이기도 하고."

"다른 세상? 내세랑 비슷한 거야?"

"그런 셈이야. 영혼들의 세상이니까."

"사실 핼러윈의 주인공은 영혼과 유령이잖아."

리나는 어이없다는 표정을 지었다. "우리는 오늘 밤에 남들과 다르다는 이유로 박해받았던 주술사들을 추억해. 능력을 사용했다가 화형을 당한 사람들 말이야."

"세일럼 마녀재판을 말하는 거야?"

"그래, 세상 사람들은 그걸 그렇게 부르는 것 같더라. 하지만 세일럼뿐만이 아니라 동해안 전역에서 마녀재판이 있었어. 아니, 전 세계에서 그런 재판이 벌어졌지. 세일럼 마녀재판은 너희 교과서에 언급된 사건일 뿐이야." 리나는 '너희'라는 말에 더러운 뜻이라도 있는 것처럼 말했다. 사실 다른 날도 아니고 오늘 같은 날에는 그럴지도 몰랐다.

우리는 스톱&스틸 앞을 지나갔다. 부가 모퉁이의 신호등 옆에 앉아 있었다. 그는 우리가 탄 장의차를 보고 우리 뒤를 따라 천천히 달리기 시작했다. "아무래도 저 개를 태워줘야겠다. 밤낮으로 널 쫓아다니느라 얼마나 피곤하겠어."

리나는 백미러를 흘깃 바라보았다. "타라고 해도 절대 안 탈걸."

나는 리나의 말이 옳다는 것을 알고 있었다. 그래도 고개를 돌려 부를 바라보았다. 그런데 아무리 봐도 부가 고개를 끄덕인 것 같았다.

나는 주차장에서 링크를 발견했다. 링크는 금발 가발을 쓰고, 와일드캐츠라는 글자를 꿰매서 붙인 파란색 스웨터를 입고 있었다. 심지어 응원용 술까지 들고 있었다. 무서운 모습이었다. 제 엄마와 조금 비슷해 보이기도 했다. 올해 농구부는 잭슨 고등학교 치어리더들처럼 분장하기로 했다. 하지만 나는 워낙 많은 일들에 둘러싸여 있었기 때문에 그걸 깜박 잊어버리고 말았다. 적어도 내가 나 자신을 납득시킨 변명은 바로 이거였다. 오늘 분장을 깜박한 것 때문에 앞으로 학교에서 많은 괴롭힘을 당할 터였다. 그렇지 않아도 얼이 나한테 달려들 구실이 생기기만 기다리고 있었는데 말이다. 나는 리나랑 어울리기 시작한 뒤로 농구 실력이 엄청나게 좋아졌다. 그래서 얼 대신 센터를 맡게 되었기 때문에, 얼은 아주 기분나빠 하고 있었다.

리나는 내 농구 실력이 좋아진 건 결코 마법 덕분이 아니라고 주장했다. 적어도 주술사의 마법은 아니라는 것이었다. 어느 날 리나가 경기를 보러 왔을 때, 나는 모든 슛을 성공시켰다. 하지만 나는 경기 중 내내 머릿속으로 리나와 대화를 나눠야 했다. 리나는 자유투, 어시스트, 3초 룰 등에 관해 오만 가지 질문을 던져댔다. 알고 보니 리나는 경기를 한 번도 본 적이 없었다. 그러니 나는 세 할머니들을 카운티 축제에 모시고 갔을 때보다 더 힘들었다. 그 뒤로 리나는 경기를 보러 오지 않았다. 하지만 내가 시합을 하는 동안 리나가 내 생각을 들을 수 있음은 분명했다. 내 머릿속에서 리나의 존재가 느껴졌기 때문이다.

한편 치어리더 팀이 여느 때보다 힘든 한 해를 보내고 있는 것도 어쩌면 리나 때문인지 몰랐다. 에밀리는 와일드캐츠 피라미드를 쌓을 때 맨 꼭대기 자리에서 오래 버티지 못했다. 하지만 나는 리나에게 치어리더 팀에 대해 한 마디도 묻지 않았다.

오늘은 농구부원들을 알아보기가 힘들었다. 아주 가까이 다가가서 털북숭이 다리와 얼굴에 난 수염을 보아야만 알 수 있었다. 링크가 우리에게 다가왔다. 가까이서 보니 몰골이 한층 더 한심했다. 화장을 하려고 했던 것 같은데, 분홍색 립스틱이 잔뜩 번져 있었다. 링크는 치맛자락을 휙 올리고 팽팽하게 늘어난 팬티스타킹을 잡아당겼다.

"야." 링크가 줄줄이 늘어선 자동차들 너머로 나를 가리켰다. "너 의상은 어쨌어?"

"미안. 잊어버렸어."

"웃기지 마. 그런 걸 입기 싫어서 그냥 온 거지? 내가 널 모를 줄 알고?

년 겁쟁이야."

"진짜야. 잊어버렸다니까."

리나가 링크에게 미소를 지었다. "너 근사해 보인다."

"여자애들은 얼굴에 어떻게 이런 걸 바르고 다니는지 모르겠어. 가려워 죽겠네."

리나는 얼굴을 찡그렸다. 리나는 화장을 하는 경우가 거의 없었다. 그럴 필요가 없기 때문이었다. "여자애들이 열세 살 때부터 전부 화장품에 달려드는 건 아냐."

링크는 가발을 툭툭 두드린 뒤 스웨터 안에 양말 한 짝을 또 쑤셔 넣었다. "서배너한테 가서 그 말을 한번 해보시지."

우리는 정면 계단을 올라갔다. 부는 잔디밭에서 깃대 옆에 앉아 있었다. 나는 저 개가 어떻게 우리보다 먼저 학교에 와 있는 거냐고 물어볼 뻔했지만, 이제는 굳이 그런 걸 물어볼 필요가 없다는 걸 잘 알고 있었다.

복도에는 아이들이 가득했다. 학생들 중 절반이 1교시를 빼먹은 것 같았다. 농구부원들은 링크의 사물함 앞에 모여 있었다. 다들 여장을 한 모습이 대히트였다. 나한테는 아니었지만.

"너 술은 어딨어, 웨이트?" 에머리가 내 면전에서 술을 하나 흔들었다. "왜 그래? 다리가 닭다리라 치마를 입으니 영 아니야?"

션이 자기 스웨터를 잡아당겼다. "치어리더들 중에 저 녀석한테 치마를 빌려주겠다는 애가 하나도 없었을걸." 사내 녀석들 몇 명이 웃음을 터뜨렸다.

에머리가 나를 팔로 감싸며 내게 몸을 기울였다. "그런 거냐, 웨이트? 아니면 귀신 나오는 집에서 사는 여자애랑 그 짓을 하다 보니 매일이 핼러윈인 거냐?"

나는 에머리의 스웨터 뒷덜미를 잡았다. 에머리가 브래지어 안에 채워 넣은 양말 한 짝이 바닥으로 떨어졌다. "지금 한 판 할래, 엠?"

에머리는 어깨를 으쓱했다. "네가 정해. 어차피 조만간 한 판 할 텐데, 뭐."

링크가 우리 사이에 끼어들었다. "이봐요, 아가씨들, 우린 치어리더야. 그 예쁜 얼굴을 망치면 안 되지, 엠."

얼이 고개를 절레절레 저으며 에머리의 등을 밀고 저쪽으로 가버렸다. 여느 때처럼 얼은 한 마디도 하지 않았지만, 나는 얼의 표정을 보고 무슨 생각을 하는지 알 수 있었다.

'한 번 그 길로 접어들면 다시는 돌아설 수 없어, 웨이트.'

농구부가 학교 안의 화젯거리가 된 것 같았다. 하지만 진짜 치어리더들이 나타나자 얘기가 달라졌다. 알고 보니 다 함께 의상을 갖춰 입자는 아이디어를 낸 건 농구부만이 아니었다. 리나와 나는 잉글리시 선생님의 교실로 가다가 치어리더들을 보았다.

"이런 세상에." 링크가 손등으로 내 팔을 쳤다.

"왜?"

치어리더들이 한 줄로 늘어서서 복도를 당당하게 걸어오고 있었다. 에밀리, 서배너, 이든, 샬럿, 그리고 잭슨 와일드캐츠 치어리더 팀의 나머지 팀원들이 한 명도 빠짐없이 그 뒤를 따랐다. 다들 말도 안 되게 짧은 검은 원피스에 끝이 뾰족한 검은 부츠를 신고, 끝이 구부러진 높다란 마녀 모자를 똑같이 쓰고 있었다. 하지만 그게 전부가 아니었다. 다들 꼬불꼬불한 긴 검은색 가발을 쓰고 있는 것이 가장 나빴다. 게다가 검은색 위주의 화장 중에서도 오른쪽 눈 밑에는 아주 공들여 과장되게 그린 초승달이 있었다. 리나의 점을 흉내냈음이 분명했다. 그들은 또한 빗자루를 들고서 사람들의 발밑을 정신없이 쓰는 시늉을 하며 복도를 걸어오고 있었다.

'마녀? 핼러윈에? 참 창의적이기도 하다.'

나는 리나의 손을 꼭 잡았다. 리나의 표정은 그대로였지만, 손은 떨고 있었다.

'미안해, 리나.'

'저 애들이 사정을 몰라서 그런 거지.'

나는 건물이 흔들리든지, 창문이 깨지든지 무슨 일이 벌어질 줄 알았다. 하지만 아무 일도 없었다. 리나는 그냥 가만히 서서 화만 내고 있었다.

앞으로 DAR의 회원이 될 치어리더들이 우리에게 다가왔다. 나는 가만히 있는 대신, 그들에게 마주 다가가기로 했다. "너 의상은 어쩄어, 에밀리? 오늘이 핼러윈이라는 걸 잊은 거야?"

에밀리는 어리둥절한 표정이었다. 그러더니 내게 미소를 지었다. 자신이 자랑스러워 죽겠다는 듯, 느끼할 정도로 달콤한 미소였다. "무슨 소리야, 이선? 너 요새 이런 거에 빠져 있잖아."

"우린 네 여자 친구를 편안하게 해주려고 이러는 거야." 서배너가 껌을 짝짝 씹으며 말했다.

리나가 나를 쏘아보았다.

'이선, 그만해. 괜히 긁어 부스럼만 될 뿐이야.'

'상관없어.

'내가 알아서 할게.'

'네가 당하는 일은 나도 당하는 거야.'

링크가 스타킹을 추켜올리며 내 옆으로 다가왔다. "야, 애들아, 난 우리가 못된 년 흉내를 내는 건 줄 알았는데. 아, 잠깐, 너희들은 그게 일상이지?"

리나가 자기도 모르게 링크를 향해 미소를 지었다.

"입 닥쳐, 웨슬리 링컨. 네가 저 괴물이랑 같이 다닌다고 네 엄마한테 말할 거야. 그럼 넌 크리스마스 때까지 집에 갇혀 있을걸."

"저 애 얼굴에 있는 저게 뭔지는 너도 알지?" 에밀리가 리나의 점과 자신이 뺨에 그린 초승달을 차례로 가리키며 이죽거렸다. "마녀의 표식이라는 거야."

"어젯밤에 인터넷을 찾아보기라도 한 거야? 너희들이 이 정도로 멍청한 줄은 정말 몰랐다." 나는 웃음을 터뜨렸다.

"멍청한 건 너지. 저 애랑 사귀니까." 내 얼굴이 점점 붉게 달아올랐다. 그러면 안 되는데. 나는 모든 학생들 앞에서 이런 대화를 나누고 싶지 않았다. 더구나 리나와 내가 사귀는 사이인지는 나도 아직 잘 모르고 있었다. 우리가 한 번 키스를 하기는 했다. 그리고 어떤 식으로든 항상 붙어다니는 것도 사실이었다. 하지만 리나는 내 여자 친구가 아니었다. 적어도 나는 그렇게 생각했다. 비록 회합에서 리나가 그렇게 말하는 걸 들은 것 같기는 하지만. 그렇다고 리나한테 정말 그런 말을 했느냐고 물어볼 수는 없는 노릇이었다. 그리고 물어보더라도 아니라는 대답이 나올 것 같았다. 리나의 마음속에는 아직도 내게 열어 보이지 않은 부분이 남아 있는 것 같았다. 나는 그 부분에 도저히 도달할 수 없었다.

에밀리가 빗자루 끝으로 나를 찔렀다. 지금 에밀리는 "심장에 말뚝을 박는" 행위에 아주 마음이 끌리는 모양이었다.

"에밀리, 다들 창문에서 뛰어내려보지 그래? 하늘을 날 수 있는지 보게. 안 되면 말고."

에밀리가 눈을 가늘게 떴다. "오늘 밤에 너희 둘만 집 근처에서 놀게 되더라도 재미있게 보내. 우린 모두 서배너의 파티에 갈 거니까. 오늘은 서배너가 잭슨 고등학교에서 보내는 마지막 명절이 될 거야." 에밀리는 휙 돌아서서 자기 사물함을 향해 당당히 걸어갔다. 서배너와 그 부하들이 에밀리의 뒤를 따랐다.

링크는 리나에게 농담을 던지며 리나의 기분을 풀어주려고 애썼다. 링크의 몰골이 워낙 우스웠기 때문에 그리 어려운 일은 아니었다. 전에도 말했듯이, 링크는 항상 믿음직한 친구였다.

"애들이 날 정말로 미워해. 절대 누그러지지 않겠지?" 리나가 한숨을 내쉬었다.

링크는 갑자기 치어리더 흉내를 내며 펄쩍펄쩍 뛰어다니고 술을 흔들어댔다. "걔들은 정말로 널 미워해. 정말로. 그런데 걔들은 안 미워하는 사람이 없어. 넌 어떠냐?"

"걔들이 널 좋아한다면 그게 더 걱정스럽지." 나는 몸을 기울여 팔로 어색하게 리나의 몸을 감쌌다. 아니 그러려고 했다. 하지만 리나가 몸을 돌렸기 때문에 내 손은 리나의 어깨를 간신히 스쳤을 뿐이었다. 아, 이런.

'여기선 안 돼.'

'왜?'

'그러면 네 입장만 더 곤란해질 거야.'

'난 그런 거 아주 좋아해.'

"닭살 돋는 짓은 그만해라." 링크가 팔꿈치로 내 옆구리를 찔렀다. "내 기분도 좀 생각해줘야지. 난 또 한 해를 데이트도 못하고 보내게 생겼는데. 이러다 잉글리시 선생님 수업에 늦겠다. 난 가는 길에 이 팬티스타킹을 벗어버려야지. 이게 진짜 엉덩이에 꼈어."

"난 사물함에 가서 책을 가져와야 돼." 리나가 말했다. 리나의 머리카락이 어깨 위에서 둥글게 구부러지기 시작했다. 수상쩍다는 생각이 들었지만, 나는 아무 말도 하지 않았다.

에밀리, 서배너, 샬럿, 이든이 각자 자기 사물함 앞에 서서 문 안쪽에 달린 거울을 보며 몸단장을 하고 있었다. 리나의 사물함도 바로 그 근처에 있었다.

"쟤들은 그냥 무시해." 내가 말했다.

에밀리는 클리넥스로 뺨을 문지르고 있었다. 하지만 검은 초승달이 번져서 더 크고 검게 변하기만 할 뿐, 전혀 지워지지 않았다. "샬럿, 화장 지우는 거 있어?"

"당연하지."

에밀리는 뺨을 몇 번 더 닦았다. "이거 안 지워져. 서배너, 이거 비누로 닦으면 지워진다고 했잖아."

"맞아."

"그럼 왜 안 지워지는 거야?" 에밀리는 짜증을 내며 사물함 문을 쾅 닫았다.

이 소란이 링크의 주의를 끌었다. "저 네 명은 저기서 뭘 하는 거냐?"

"문제가 좀 있는 것 같은데." 리나가 자기 사물함에 몸을 기대며 말했다.

서배너도 자기 뺨에 그린 검은 초승달을 지우려고 했다. "내 것도 안 지워져." 이제 초승달이 크게 번져서 서배너의 뺨을 절반이나 차지하고 있었다. 서배너가 자기 가방을 뒤지기 시작했다. "이걸 그린 펜슬이 여기 있는데."

에밀리도 사물함에서 자기 가방을 꺼내 뒤졌다. "됐어. 내 건 내 가방에 있어."

"이게 무슨…." 서배너가 가방에서 뭔가를 꺼냈다.

"너 샤피를 쓴 거야?" 에밀리가 웃음을 터뜨렸다.

서배너가 마커를 자기 얼굴 앞으로 들어올렸다. "그럴 리가 없잖아. 이게 왜 내 가방 안에 있지?"

"너 진짜 웃긴다. 샤피로 그린 거면 오늘 밤 파티 전에는 절대 안 지워질 거야."

"밤새 이 꼴로 있을 수는 없어. 오늘 밤에 난 아프로디테로 분장할 거란 말이야. 이것 때문에 내 분장이 엉망이 되게 생겼어."

"그러니까 조심했어야지." 에밀리는 자신의 자그마한 은색 가방 안을 좀 더 뒤졌다. 그러다 가방을 바닥에 던져버렸다. 립글로스와 매니큐어 병들이 바닥에서 또르르 굴렀다. "틀림없이 이 안에 있을 텐데."

"무슨 소리야?" 샬럿이 물었다.

"내가 오늘 아침에 쓴 화장품. 그게 여기 없어." 이제 에밀리 주위에 학생들이 모여들고 있었다. 다들 무슨 일인가 보려고 걸음을 멈췄다. 에밀리의 가방에서 샤피가 굴러나왔다.

"너도 샤피를 썼어?"

"그럴 리가 없잖아!" 에밀리가 찢어지는 소리로 고함을 질렀다. 그러면서 얼굴을 미친 듯이 문질렀다. 하지만 다른 아이들과 마찬가지로 검은 초승달은 더 크고 검게 변할 뿐이었다. "도대체 뭐가 어떻게 된 거야?"

"내 건 분명히 여기 있어." 샬럿이 자기 사물함을 열쇠로 열면서 말했다. 하지만 문을 연 뒤에는 그냥 사물함 안을 빤히 바라보며 가만히 서 있기만 했다.

"왜 그래?" 서배너가 다그치듯 물었다. 샬럿이 사물함 안에 집어넣었던 자기 손을 꺼냈다. 샤피가 들려 있었다.

링크가 술을 흔들어댔다. "치어리더 만세!"

나는 리나를 바라보았다.

'샤피?'

짓궂은 미소가 리나의 얼굴에 번졌다.

'네 능력을 조절할 수 없다고 했잖아.'

'초보자가 운 좋게 성공한 거지.'

그날 수업이 끝날 무렵에는 잭슨 고등학교의 모든 사람이 치어리더들에 대해 떠들어대고 있었다. 어찌 된 일인지 리나처럼 분장했던 치어리더들이 모두 얼굴에 재미 삼아 초승달을 그릴 때 펜슬 대신 샤피를 쓴 모양이었다. 치어리더들이 그렇지, 뭐. 다들 치어리더들을 소재로 한없이 우스갯소리를 주고받았다.

치어리더들은 앞으로 며칠 동안 얼굴에 샤피 자국이 있는 채로 학교에 다니고, 동네를 돌아다니고, 교회 성가대에서 노래를 부르고, 시합을 응원해야 할 터였다. 그 자국이 저절로 희미해질 때까지. 링컨 부인과 스노 부인이 알면 까무러칠 일이었다.

나는 그저 그 두 아줌마가 까무러칠 때 그 자리에 있을 수 있다면 정말 좋겠다는 생각뿐이었다.

방과 후에 나는 리나를 장의차가 있는 곳까지 바래다주었다. 하지만 사실 그건 리나의 손을 조금이라도 더 오래 잡고 있고 싶어서 내세운 핑계일 뿐이었다. 리나에게 내 손이 닿았을 때 내 몸에 느껴지는 강렬한 감각은 나를 제지하는 역할을 전혀 하지 못했다. 그 느낌이 어떻든, 내가 불에 타든 전구를 터뜨리든 번개에 맞든, 나는 리나와 가까이 있고 싶었다. 음식을 먹는 일이나 숨 쉬는 일처럼 내게는 그것이 꼭 필요했다. 나도 어쩔 수 없었다. 그리고 그것이 핼러윈으로만 가득 찬 한 달을 보내는 일보다 더 무서웠다. 죽을 것 같았다.

"오늘 밤에 뭐 할 거야?" 리나는 아무 생각 없이 손으로 자기 머리카락을 쓸어넘기며 말했다. 리나는 장의차 보닛에 앉아 있고, 나는 리나 앞에 서 있었다.

"혹시 네가 우리 집에 오지 않을까 했지. 나랑 같이 집에 있다가 애들이 과자를 얻으러 오면 문을 열어주는 게 어때? 우리 집 잔디밭에서 누가 십자가를 태우지나 않는지 감시하는 걸 네가 도와줄 수도 있고." 나는 나의 다른 계획에 대해서는 분명히 말하지 않았다. 애마 아줌마가 밤에 집을 비운 틈을 타서 리나와 함께 소파에 앉아 옛날 영화를 보는 것이 내 계획이었다.

"안 돼. 오늘은 중요 명절이라. 사방에서 친척들이 찾아올 거야. M 삼촌은 내가 단 5분도 밖에 나가는 걸 허락하지 않을걸. 위험하기도 하고. 이렇게 어둠의 힘이 강한 밤에는 낯선 사람들한테 절대 문을 열어주면 안 돼."

"그런 생각은 한 번도 안 해봤는데."

내가 집에 돌아와 보니 애마 아줌마는 외출준비를 하고 있었다. 스토브에서는 닭 요리가 끓고 있고, 아줌마는 빵 반죽을 손으로 치대고 있었다. "자존심이 있는 여자라면 꼭 이렇게 빵을 만들어야 한다"는 게 아줌마의 지론이었다. 나는 닭 요리가 끓고 있는 냄비를 수상쩍게 바라보았다. 저 요리가 오늘 밤 우리 식탁에 오를 건지, 아니면 조상들에게 바칠 음식인지 궁금했다.

내가 반죽을 손끝으로 살짝 꼬집자 애마 아줌마가 내 손을 잡았다.

"P.U.R.L.O.I.N.E.R." 내가 미소를 지으며 말했다.

"그래, 그 도둑질하는 손 얼른 치워, 이선 웨이트. 굶주린 사람들을 먹여야 하니까." 아무래도 내가 오늘 밤에 닭고기와 작은 빵을 먹게 될 것 같지는 않았다.

애마 아줌마는 핼러윈에 항상 자기 집으로 갔다. 아줌마는 교회에서 특별한 밤을 보낸다고 했지만, 엄마는 핼러윈이 아줌마의 사업에 아주 좋은 날이라고 말하곤 했다. 카드 점을 치기에 핼러윈만큼 좋은 날이 어디 있겠는가? 부활절이나 밸런타인데이에 점을 쳐달라는 손님들이 몰려들지는 않을 터였다.

하지만 최근에 있었던 일들을 생각하면, 혹시 다른 이유가 있는 게 아닐까 하는 의심이 들었다. 어쩌면 핼러윈은 묘지에서 닭뼈로 점을 치기에도 좋은 날인지 모른다. 하지만 아줌마에게 물어볼 수는 없었다. 사실 내가 답을 정말 듣고 싶은 건지도 판단하기 힘들었다. 나는 옛날의 애마 아줌마가 그리웠다. 아줌마를 믿고, 아줌마와 이야기를 나누던 시절이 그리웠다. 내가 조금 달라진 것을 아줌마가 눈치챘는지는 모르겠지만, 어쨌든 겉으로는 아무런 내색도 하지 않았다. 어쩌면 아줌마는 내가 한창 자라는 나이라 그런 것이라고 생각할지도 모른다. 사실 그 생각이 옳을 수도 있었다.

"오늘 스노네 집에서 열리는 파티에 갈 거야?"

"아뇨. 올해는 그냥 집에 있을래요."

애마 아줌마는 한쪽 눈썹을 치떴지만 내게 이유를 묻지는 않았다. 내가 집에 있으려는 이유를 이미 알고 있기 때문이었다. "가서 네 침대나 정리해. 거기 누워서 빈둥거리려면."

나는 아무 말도 하지 않았다. 아줌마도 내 대답을 기대하지 않는다는 걸 알기 때문이었다.

"난 금방 나갈 거야. 아이들이 오면 네가 문을 열어줘. 네 아빠는 일을 하느라 바쁘니까 말이야." 어차피 아빠는 과자를 달라고 찾아온 아이들에게 문을 열어주려고 스스로 틀어박힌 서재에서 나올 사람이 아니었다.

"알았어요."

사탕 봉지들이 복도에 있었다. 나는 봉지를 뜯어서 커다란 유리그릇에 사탕을 옮겨 담았다. 리나의 말이 머릿속에서 지워지지 않았다. '어둠의 힘이 강한 밤.' 스톱&스틸 밖에서 자기 차 앞에 서 있던 리들리가 생각났다. 그 끈적끈적한 미소와 다리도 생각났다. 아무래도 나한테 어둠의 힘을 식별하는 능력은 없는 모양이었다. 그러니 문을 열어줘도 되는 사람과 안 되는 사람을 식별할 능력도 없을 터였다. 전에도 말했듯이, 내 머릿속에서 도무지 지워지지 않는 여자애가 주술사다 보니 핼러윈은 완전히 다른 의미를 지닌 날이 되었다. 나는 손에 들고 있는 사탕그릇을 바라보았다. 그러고는 문을 열어 그릇을 현관 베란다에 놓아두고 다시 안으로 들어갔다.

나는 영화 〈샤이닝〉을 보려고 자리를 잡으면서, 나도 모르게 리나를 그리워하고 있다는 것을 깨달았다. 나는 생각이 흘러가는 대로 내버려두었다. 대개 그러다 보면 리나가 어디 있든 그곳을 머리로 찾아가게 되기 때문이었다. 하지만 이번에는 아니었다. 나는 리나가 내 꿈을 꾸든지, 하여튼 무슨 일이 있기를 기다리다 소파에서 잠이 들었다.

그러다 문을 두드리는 소리에 화들짝 놀라서 깼다. 시계를 보니 10시가 다 된 시각이었다. 아이들이 과자를 달라고 오기에는 너무 늦은 시간이었다.

"애마 아줌마?"

아무 대답이 없었다. 다시 문을 두드리는 소리가 들렸다.

"아줌마예요?"

아버지의 서재는 어두웠다. 텔레비전 화면의 빛만이 깜박거리고 있었다. 마침 〈샤이닝〉에서 아빠가 가족들을 죽이려고 피 묻은 도끼로 호텔 방문을 때려부수는 장면이었다. 밖에 와 있는 사람이 누구든 문을 열어주기에 좋은 순간은 아니었다. 특히 오늘이 핼러윈이니 더욱 그랬다. 또 문을 두드리는 소리가 들렸다.

"링크?" 나는 텔레비전을 끄고 뭐든 무기가 될 만한 것이 없는지 주위를 둘러보았지만 아무것도 눈에 띄지 않았다. 나는 비디오게임 더미와 함께 바닥에 놓여 있는 낡은 게임 조종기를 집어 들었다. 비록 야구방망이는 아니지만, 그래도 구식 일본 기술로 만든 꽤 단단한 물건이었다. 무게가 적어도 2킬로그램은 넘을 것 같았다. 나는 그것을 머리 위로 쳐들고 서재와 복도 사이의 벽으로 한 걸음 다가갔다. 그리고 또 한 걸음. 나는 문에 난 유리창을 가린 레이스 커튼을 살짝 젖혔다. 겨우 1밀리미터가 될까 말까한 정도였다.

현관 베란다에 불을 켜 놓지 않아서 어두웠기 때문에 밖에 서 있는 여자의 얼굴이 보이지 않았다. 하지만 우리 집 앞 거리에 아직 시동이 걸린 채로 서 있는 낡은 베이지색 승합차는 어디서든 알아볼 수 있었다. 그 차의 주인은 그걸 '사막의 모래'라고 불렀다. 링크의 엄마. 링컨 부인이 브라우니가 담긴 접시를 들고 문 밖에 서 있었다. 나는 아직 게임 조종기를 들고 있는 상태였다. 링크가 이걸 봤다면, 난 놀림을 견디다 못해 아예 이 동네를 떠나야 했을 것이다.

"잠깐만요, 아줌마." 나는 현관 베란다의 전등 스위치를 올리고 문의 잠금장치를 풀었다. 하지만 문을 열려고 해도 열리지 않았다. 잠금장치를 확인했더니 여전히 잠긴 채였다. 방금 내가 풀었는데도.

291

"이선?"

나는 다시 잠금장치를 풀었다. 그런데 내가 손을 떼기도 전에 다시 찰칵하는 소리와 함께 문이 잠겨버렸다. "아줌마, 죄송한데요, 문이 걸렸나봐요." 나는 온 힘을 다해 문을 흔들었다. 그 바람에 게임 조종기가 손에서 떨어질 뻔했다. 뭔가가 내 앞의 바닥으로 떨어졌다. 나는 문에서 손을 떼고 그것을 집어 들었다. 마늘이었다. 애마 아줌마의 손수건에 싸여 있는 마늘. 아마도 우리 집의 문이란 문, 창문이란 창문에는 모두 이런 것이 하나씩 달려 있을 터였다. 핼러윈마다 애마 아줌마가 지키는 전통 같은 것이었다.

문은 여전히 열리지 않았다. 며칠 전 뭔가가 나를 위해 서재 문을 열어주려고 했을 때와 똑같았다. 이 집의 잠금장치들은 도대체 왜 제멋대로 열렸다 풀렸다 하는 거야? 도대체 뭐가 어떻게 돌아가는 거냐고.

나는 한 번 더 잠금장치를 풀고 마지막으로 문을 잡아당겼다. 문이 활짝 열리면서 벽에 쾅 하고 부딪혔다. 링컨 부인이 등 뒤에서 불빛을 받으며 서 있었다. 창백한 가로등 불빛 속에 링컨 부인의 형체가 검게 보였다. 그 실루엣을 보니 마음이 불안해졌다.

링컨 부인은 내가 쥐고 있는 게임 조종기를 빤히 바라보았다. "비디오게임을 하면 뇌가 썩는다, 이선."

"네, 알아요."

"내가 브라우니를 좀 가져왔다. 평화의 선물이야." 링컨 부인은 기대에 찬 표정으로 브라우니를 내밀었다. 이런 경우에는 내가 링컨 부인더러 안으로 들어오시라고 해야 마땅했다. 모든 일에는 정해진 공식이 있는 법이었다. 그런 걸 예의라고 불러도 될 것이다. 아니면 남부인 특유의 친절이거나. 하지만 나는 리들리 때 그 친절을 발휘했다가 별로 좋은 꼴을 보지 못했다. 그래서 머뭇거렸다. "오늘 밤에 여긴 어쩐 일이세요? 링크는 여기 없어요."

"그거야 당연하지. 링크는 스노의 집에 가 있는걸. 잭슨 고등학교의 홀룽한 학생이라면 당연히 거기 가 있어야 하잖니. 링크가 초대받게 하려고 내가 전화를 꽤나 걸었단다. 요즘 개 행동이 좀 그래서 말이야."

그래도 나는 이해할 수 없었다. 나는 태어나서부터 줄곧 링컨 부인과 아는 사이였다. 링컨 부인은 옛날부터 항상 이상한 사람이었다. 도서관에 진열된 책을 없애거나, 학교에서 멀쩡히 일하는 교사들을 해고시키거나, 단 하루 만에 남의 평판을 엉망으로 만들어버리느라 바삐 돌아다녔다. 하지만 최근에는 조금 달랐다. 리나를 상대로 벌이는 운동도 달랐다. 링컨 부인은 항상 신념에 따라 행동했지만, 이번에는 개인적인 감정이 있는 것 같았다.

"아줌마?"

링컨 부인은 격앙된 표정이었다. "내가 널 주려고 이 브라우니를 만들었어. 네 집에서 너랑 이야기나 좀 나눌까 하고. 내 싸움의 상대는 네가 아냐, 이선. 그 여자애가 너한테 악마의 술수를 쓰는 건 네 잘못이 아니지. 너도 친구들과 같이 지금쯤 파티에 가 있어야 하는 건데. 이 동네에 어울리는 아이들랑 같이 놀고 있어야 하는 건데." 링컨 부인은 브라우니를 내밀었다. 침례교회의 빵 바자회에서 항상 가장 먼저 없어지는 초콜릿칩 퍼지 브라우니였다. 나도 어려서부터 그 브라우니를 먹었다. "이선?"

"네."

"내가 좀 들어가도 될까?"

나는 꼼짝도 하지 않았다. 게임 조종기를 쥔 손에 힘이 들어갔다. 나는 브라우니를 빤히 바라보았다. 갑자기 출출함이 사라졌다. 그 브라우니 접시는 물론이고 이 여자가 들고 있는 과자 부스러기 하나도 내 집에 들이고 싶지 않았다. 레이븐우드와 마찬가지로 내 집도 점점 자기 의지를 드러내고 있었다. 지금은 내 집도 나도 링컨 부인을 안에 들일 생각이 전혀 없었다.

"아뇨."

"뭐라고, 이선?"

"아뇨."

링컨 부인의 눈이 가늘어졌다. 링컨 부인은 내가 뭐라든 무작정 밀고 들어오려는 것처럼 접시를 내게 불쑥 밀었다. 그런데 링컨 부인과 나 사이에 보이지 않는 벽이 있어서 접시가 그 벽에 부딪힌 것 같았다. 접시가 천천히 바닥으로 떨어져 깨지는 것이 보였다. 수백만 개는 될 것 같은 사기 조각과 초콜릿 조각이 '행복한 핼러윈'이라고 써 있는 깔개 위에 마구 흩어졌다. 애마 아줌마가 아침에 보면 발작을 일으킬 것이다.

링컨 부인은 지친 듯 뒷걸음질로 현관 베란다를 내려가 낡은 '사막의 모래'의 어둠 속으로 사라졌다.

'이선!'

리나의 목소리가 나를 잠에서 확 끌어냈다. 나도 모르게 깜박 잠이 든 모양이었다. 텔레비전에서 방영되던 호러 영화 마라톤이 끝났는지 회색으로 변한 텔레비전 화면에서는 '즈즈즈' 하는 소리만 흘러나왔다.

'메이컨 삼촌! 이선! 도와줘!'

리나가 비명을 지르고 있었다. 어딘가에서. 겁에 질린 목소리였다. 나는 머리가 어찌나 욱신거리는지 순간적으로 여기가 어딘지 잊어버렸다.

'누가 좀 도와줘요!'

우리 집 문이 활짝 열려서 바람에 흔들리며 벽에 쾅쾅 부딪히고 있었다. 그 소리가 벽을 타고 울려 퍼졌다. 대포소리처럼.

'여기 있으면 안전하다고 했잖아요!'

레이븐우드였다.

나는 낡은 볼보자동차의 열쇠를 움켜쥐고 달려나갔다.

내가 어떻게 레이븐우드까지 갔는지는 기억나지 않는다. 하지만 내가 하마터면 도로를 벗어날 뻔한 적이 몇 번이나 된다는 건 알고 있다. 내 시야에 초점이 잘 잡히지 않았다. 리나의 고통이 워낙 강렬하고 우리 사이의 유대가 워낙 긴밀해서 나는 리나를 통해 느껴지는 그 고통만으로도 거의 정신을 잃을 지경이었다.

게다가 그 비명까지.

비명이 그치질 않았다. 내가 잠에서 깨어난 순간부터 레이븐우드 저택에 도착해 초승달을 누르고 안으로 들어가는 순간까지.

문이 열리자 레이븐우드가 또 다른 모양으로 바뀌었음을 알 수 있었다. 오늘 밤에는 마치 아주 오래된 성 같았다. 나뭇가지 모양의 촛대들이 검은 로브, 검은 드레스, 검은 재킷 등을 걸친 손님들 위에 기묘한 그림자를 던졌다. 회합 때의 손님들보다 훨씬 숫자가 많았다.

'이선! 빨리! 난 더 이상 버틸 수….'

"리나!" 나는 고함을 질렀다. "메이컨 아저씨! 리나는 어디 있어요?"

아무도 나를 거들떠보지도 않았다. 손님들 중에 내가 아는 얼굴은 하나도 없었다. 홀이 손님들로 북적거렸는데도. 그들은 귀신 들린 디너파티에 온 유령들처럼 이 방 저 방으로 흐르듯 돌아다녔다. 그들은 이 근처 사람들이 아니었다. 적어도 수백 년 동안은 이 근처에 살아본 적이 없는 사람들이었다. 검은 킬트와 거친 천으로 만든 게일식 로브를 입은 남자들과 코르셋으로 허리를 조이고 드레스를 입은 여자들이 보였다. 모든 것이 검은색이고, 어둠이 그들을 감싸고 있었다.

나는 사람들 사이를 뚫고 대무도장처럼 생긴 곳으로 들어갔다. 내가 아는 얼굴은 여전히 보이지 않았다. 델 이모도, 리스도, 심지어 어린 라이언도 없었다. 방의 귀퉁이에서 촛불들이 퍼덕거리며 불꽃을 피워 올렸다. 이상한 악기들의 투명한 오케스트라 같은 것이 보였다 말았다 하면서 스스로 연주를 하고 있었다. 그림자 같은 커플들이 그 음악에 맞춰 지금은 바닥이 돌로 변한 무도장에서 빙글빙글 돌기도 하고 미끄러지듯 움직이기도 했다. 그들은 내가 있다는 사실을 아예 모르는 것 같았다.

음악은 주술사 음악임이 분명했다. 스스로 주문을 거는 능력이 있는 것 같았다. 악기들은 대부분 현악기였다. 바이올린, 비올라, 첼로 소리가 들렸다. 춤을 추는 사람들 사이로 마치 줄이 연결되어 있는 것 같았다. 그들은 그 줄을 따라 움직이는 것처럼 서로를 밀고 당겼다. 그 모든 움직임이 어떤 디자인의 일부인 것 같았다. 하지만 나는 아니었다.

'이선…'

나는 리나를 찾아야 했다.

갑자기 통증이 몰려왔다. 이제 리나의 목소리가 점점 잦아들고 있었다. 나는 휘청거리다가 내 옆에 있던 손님의 어깨를 움켜쥐었다. 그냥 그의 어깨를 잡았을 뿐인데, 내가 느끼던 고통, 리나의 고통이 나를 통해 그 남자에게 전달되었다. 그는 휘청거리면서 옆에서 춤추던 커플과 부딪혔다.

"메이컨 아저씨!" 나는 있는 힘껏 소리쳤다.

계단 꼭대기에 부 래들리가 보였다. 마치 나를 기다리고 있는 것 같았다. 왠지 사람의 눈 같은 그 둥근 눈이 겁에 질린 것 같았다.

"부! 리나는 어디 있어?" 부는 나를 바라보았다. 메이컨 레이븐우드의 구름이 낀 듯 흐릿하고 강철 같은 회색을 띤 눈이 나를 보는 것 같았다. 적어도 내가 보기에는 틀림없이 그랬다. 부가 몸을 돌려 뛰어갔다. 나는 부의 뒤를 쫓았다. 아니, 내 생각에는 그런 것 같았다. 나는 이제 레이븐우드 성으로 변한 건물의 나선형 계단을 뛰어 올라갔다. 부는 층계참에서 내가 오기를 기다리다가 복도 끝의 어두운 방으로 뛰어갔다. 부의 이런 행동은 사실상 자기를 따라오라는 초대장이나 마찬가지였다.

부가 짖어대자 거대한 떡갈나무 문 두 짝이 신음소리를 내며 저절로 열렸다. 파티장에서 아주 멀리 떨어진 곳이라 음악 소리나 손님들의 이야기 소리는 들리지 않았다. 마치 우리가 다른 시간, 다른 장소로 들어온 것 같았다. 심지어 성도 내 발 밑에서 변하고 있었다. 바위가 부스러지고, 벽은 이끼가 생기면서 차가워졌다. 불빛은 벽에 걸린 횃불로 바뀌었다.

나도 오래된 것에 대해서는 좀 알고 있었다. 개틀린도 오래된 곳이었다. 어려서부터 나는 오래된 것들과 함께였다. 하지만 이건 완전히 달랐다. 리나가 말했던 것처럼, 새해 같았다. 시간에서 빠져나온 하룻밤.

중앙의 방으로 들어간 나는 하늘을 보고 깜짝 놀랐다. 천장이 하늘을 향해 활짝 열려 있었다. 온실처럼. 하늘은 검었다. 그렇게 새까만 하늘은 본적이 없었다. 마치 우리가 끔찍한 폭풍의 한가운데에 있는 것 같았지만, 방안은 조용했다.

리나는 무거운 돌 탁자 위에 태아처럼 몸을 둥글게 말고 누워 있었다. 몸은 흠뻑 젖어 있었다. 자신이 흘린 땀으로 흠뻑 젖어 고통에 몸부림치고 있었다. 모두들 리나를 둘러싸고 서 있었다. 메이컨, 델 이모, 바클레이, 리스, 라킨, 라이언까지. 내가 모르는 여자도 하나 있었다. 그들은 모두 손을 잡고 둥글게 늘어서 있었다.

다들 눈을 뜨고 있었지만 앞을 보지는 않았다. 그들은 심지어 내가 들어온 것도 알아차리지 못했다. 그들이 입을 움직이며 뭐라고 중얼거리는 것이 보였다. 메이컨에게 가까이 다가가던 나는 그들이 하는 말이 영어가 아님을 깨달았다. 확실치는 않았지만, 그래도 메리언 아줌마와 많은 시간을 함께 보낸 덕분에 라틴어인 것 같다는 생각이 들었다.

"상귀스 상귀니스 메이, 투텔라 투아 에스트.

상귀스 상귀니스 메이, 투텔라 투아 에스트.

상귀스 상귀니스 메이, 투텔라 투아 에스트.

상귀스 상귀니스 메이, 투텔라 투아 에스트."

내 귀에 들리는 것이라고는 그들이 조용히 중얼거리듯 읊조리는 이 소리뿐이었다. 리나의 목소리는 더 이상 들리지 않았다. 내 머릿속은 텅 비어 있었다. 리나가 사라져버린 것이다.

'리나! 대답해!'

아무 대답도 없었다. 리나는 그냥 탁자 위에 누워서 가볍게 신음하며 천천히 몸을 비틀고 있을 뿐이었다. 마치 허물을 벗으려고 애쓰는 것 같았다. 땀이 계속 흘러서 눈물과 섞였다.

델이 침묵을 깨고 신경질적으로 소리쳤다. "메이컨, 어떻게 좀 해 봐! 효과가 없어."

"나도 노력하고 있어요, 델핀 누님." 메이컨의 목소리에 그렇게 두려움이 깃든 건 처음이었다.

"도대체 어떻게 된 거지? 우리가 함께 여기에 속박의 주문을 걸었잖아. 적어도 이 집에서는 리나의 안전을 지킬 수 있어야 하는 건데." 델 이모는 대답을 바라듯이 메이컨을 바라보았다.

"우리 생각이 틀렸던 거야. 여기에 리나를 위한 안전한 피난처는 없어." 우리 할머니와 비슷한 나이로 보이는 아름다운 여자가 말했다. 검은 머리카락이 나선형을 그리고 있는 그 여자는 목에 구슬 목걸이 여러 개를 겹쳐서 걸고 있었다. 양쪽 엄지에는 장식이 화려한 은반지를 꼈다. 메리언 아줌마처럼 이국적인 인상의 여자였다. 어딘가 아주 먼 데서 온 사람 같았다.

"어렐리아 아줌마가 그걸 어떻게 알아요?" 델이 이렇게 쏘아붙이고는 리스에게 고개를 돌렸다. "리스, 어떻게 돼 가고 있니? 뭐가 좀 보여?"

리스의 감은 눈에서 눈물이 줄줄 흘러내렸다. "아무것도 안 보여요, 엄마."

리나의 몸이 경련하고, 리나가 비명을 질렀다. 아니, 리나가 입을 벌리고 비명을 지르는 것처럼 보이기는 했지만 소리는 전혀 나지 않았다. 나는 더 이상 참을 수 없었다.

"어떻게 좀 해봐요! 리나를 도와줘요!" 내가 고함을 질렀다.

"넌 여기 왜 왔어? 얼른 가. 여긴 안전하지 않아." 라킨이 경고했다. 그때야 사람들이 처음으로 내 존재를 알아차렸다.

"정신을 집중해!" 메이컨의 목소리가 절박했다. 그의 목소리가 점점 커져서 다른 사람들의 목소리를 압도했다. 나중에는 거의 고함을 지르는 것 같았다.

"상귀스 상귀니스 메이, 투텔라 투아 에스트.
상귀스 상귀니스 메이, 투텔라 투아 에스트.
상귀스 상귀니스 메이, 투텔라 투아 에스트.
내 피의 피, 보호는 그대의 것!"

둥글게 늘어선 사람들이 모두 팔에 힘을 주었다. 원에 더욱 힘을 실으려는 것처럼. 하지만 아무 소용이 없었다. 리나는 여전히 비명을 지르고 있었다. 공포에 질린 침묵의 비명. 이건 꿈보다 더했다. 이건 현실이었다. 만약 이 사람들이 이걸 멈출 수 없다면, 내가 멈출 생각이었다. 나는 리스와 라킨의 팔 밑으로 고개를 숙이고 들어가 리나에게 뛰어갔다.

"이선, 안 돼!"

원 안으로 들어서자 내 귀에 그 소리가 들렸다. 아우성. 불길하고, 무서웠다. 바람의 아우성 같았다. 아니, 혹시 목소리인가? 판단하기가 힘들었다. 리나가 누워 있는 탁자까지는 겨우 1미터쯤 되는 거리인데도, 마치 수백만 킬로미터쯤 떨어져 있는 것 같았다. 뭔가가 나를 밀어내려 하고 있었다. 이렇게 강력한 힘은 느껴본 적이 없었다. 리들리가 나를 얼려서 생기를 빼앗아가려 했을 때보다도 훨씬 더 강력한 힘이었다. 나는 온 힘을 다해 그 힘을 밀어냈다.

'내가 갈게, 리나! 조금만 버텨!'

나는 몸을 앞으로 던지며 손을 뻗었다. 꿈에서 손을 뻗었던 것처럼. 검은 심연 같은 하늘이 빙빙 돌기 시작했다.

나는 눈을 감고 앞으로 돌진했다. 우리 손가락이 맞닿았다. 간신히.

리나의 목소리가 들렸다.

'이선. 나는….'

원 안의 공기가 우리 주위에서 격렬하게 휘몰아쳤다. 소용돌이 같았다. 그 바람이 하늘을 향해 올라가고 있었다. 비록 그걸 아직도 하늘이라고 부를 수 있을지는 잘 알 수 없었지만. 하늘은 칠흑 같은 어둠이었다. 뭔가가 폭발할 때처럼 엄청난 힘이 메이컨, 델 이모를 비롯한 모든 사람을 후려쳐서 벽에 내동댕이쳤다. 바로 그 순간 깨어진 원 안에서 빙글빙글 돌던 공기가 머리 위의 암흑 속으로 빨려 올라갔다.

그러고는 모든 것이 끝났다. 성이 녹듯이 사라진 자리에 평범한 다락방이 나타났다. 평범한 창문이 처마 밑에서 밖으로 열렸다. 리나는 바닥에 누워 있었다. 머리카락과 팔다리가 엉망으로 헝클어지고 의식도 없었지만 숨은 쉬고 있었다.

메이컨이 바닥에서 몸을 일으키며 경악한 표정으로 나를 빤히 바라보았다. 그러고는 창가로 걸어가서 창문을 쾅 닫았다.

델 이모도 나를 바라보았다. 여전히 눈물을 줄줄 흘리고 있었다. "내가 직접 보지 않았더라면…."

나는 리나의 옆에 무릎을 꿇고 앉았다. 리나는 움직일 수도, 말을 할 수도 없었다. 하지만 살아 있었다. 나는 리나를 느낄 수 있었다. 리나의 손에서 약하게 고동치는 맥박도 느낄 수 있었다. 나는 리나 옆에 머리를 대고 누웠다. 쓰러지지 않으려면 어쩔 수 없었다.

리나의 가족들이 서서히 우리 주위로 다가왔다. 그들이 검은 원을 그린 채 우리 머리 위에서 이야기를 나눴다.

"내가 뭐랬어? 이 아이가 힘을 가지고 있다고 했잖아."

"그럴 리가 없어요. 이 아이는 일반인이에요. 우리 같은 사람이 아니라고요."

"일반인이 어떻게 상귀니스 원을 깰까? 일반인이 레이븐우드 저택에 걸린 속박의 주문마저 거의 깰 뻔한 멘템 인테르피케레를 어떻게 물리쳐?"

"나도 몰라. 하지만 틀림없이 이유가 있을 거야." 델 이모가 손을 머리 위로 들어올리며 말했다. "에빈코, 콘티네오, 콜리고, 인클루도." 델 이모가 눈을 떴다. "이 집에 걸린 속박의 주문은 아직 그대로야, 메이컨. 느낌이 와. 그런데도 그 여자가 리나한테 손을 뻗을 수 있었어."

"그거야 당연하죠. 우린 그 여자가 저 아이를 노리고 오는 걸 막을 수 없어요."

"새라핀의 힘은 날이 갈수록 강해지기만 해. 이제는 리스가 그 여자를 볼 수 있대. 리나의 눈을 볼 때마다." 델 이모의 목소리가 떨리고 있었다.

"여기서 우리를 공격하다니. 오늘 밤에. 그 여자가 우리한테 뭔가 보여준 거예요."

"그 뭔가가 뭔데, 메이컨?"

"자기가 그렇게 할 수 있다는 거죠."

누군가의 손이 내 관자놀이에 닿았다. 그 손이 내 이마를 어루만졌다. 나는 사람들의 이야기에 귀를 기울이려고 했지만, 그 손이 나를 졸리게 만들었다. 나는 내 집의 침대 안으로 기어 들어가고 싶었다.

"아니, 그 여자가 할 수 없을지도 몰라." 나는 시선을 들었다. 어렐리아가 내 관자놀이를 어루만지고 있었다. 다친 참새를 어루만지듯이. 내가 알 수 있는 거라고는 어렐리아가 나를 탐색하고 있다는 것, 내 안에 무엇이 있는지 탐색하고 있다는 것뿐이었다. 어렐리아는 잃어버린 단추나 낡은 양말을 찾는 사람처럼 내 머릿속을 뒤지며 뭔가를 찾고 있었다. "그 여자는 멍청했어. 아주 결정적인 실수를 저질렀어. 우린 반드시 알아야 하는 유일한 사실을 알게 됐어." 어렐리아가 말했다.

"그럼 메이컨이랑 같은 생각이에요? 이 아이한테 힘이 있다고요?" 델 이모는 아까보다 더욱 더 광기를 부리고 있었다.

"그래요, 누님 말이 옳겠죠. 틀림없이 이유가 있을 거라는 말. 이 아이는 일반인이에요. 일반인이 스스로 힘을 지닐 수 없다는 건 우리 모두 아는 사실이죠, 안 그래요?" 메이컨이 쏘아붙였다. 다른 누구보다도 자신을 납득시키려고 애쓰는 것 같았다.

하지만 나는 전부터 이미 내게 힘이 있다는 말이 틀린 것 같다는 생각을 하고 있었다. 메이컨은 습지에서 애마 아줌마에게도 같은 말을 했다. 내게 모종의 힘이 있다고. 하지만 그건 말이 안 되는 소리였다. 나는 저들과 달랐다. 나는 주술사가 아니었다.

어렐리아가 고개를 들어 메이컨을 바라보았다. "집에 속박의 주술을 걸고 싶다면 얼마든지 그렇게 해도 좋다, 메이컨. 네 어머니로서 말하는데, 네가 두케인과 레이븐우드 가문의 사람들을 모조리 끌어들여서 이 외진 마을 전체를 덮을 만큼 커다란 원을 만들 수도 있겠지. 하지만 리나를 보호하는 건 이 집이 아냐. 이 아이다. 이런 건 나도 한 번도 본 적이 없어. 그 어떤 주술사도 이 두 아이를 떼어놓을 수 없을 거다."

"그렇게 보이겠죠." 메이컨은 화난 목소리였지만, 자기 어머니에게 대들지는 않았다. 나는 너무 피곤해서 그런 일에 신경을 쓸 여유가 없었다. 심지어 머리를 들 힘도 없었다.

어렐리아가 내 귓가에서 뭐라고 속삭였다. 또 라틴어를 하는 것 같았지만, 발음이 라틴어와는 달랐다.

"크루오르 펙토리스 메이, 투텔라 투아 에스트!

내 심장의 피, 보호는 그대의 것!"

벽 위의 글귀

≒ 11.01 ≒

아침에 잠을 깼을 때 나는 여기가 어디인지 알 수 없었다. 그런데 그때 벽을 뒤덮은 글자들과 낡은 철제침대와 창문과 거울이 눈에 들어왔다. 창문과 거울 역시 리나가 샤피로 쓴 글자들로 뒤덮여 있었다. 그제야 여기가 어딘지 기억이 났다.

나는 고개를 들고 뺨에 흘러내린 침을 닦았다. 리나는 아직 자고 있었다. 내 눈에는 침대 옆으로 늘어져 있는 리나의 발끝만 보였다. 나는 몸을 일으켰다. 바닥에서 잔 탓에 허리가 뻣뻣했다. 누가 어떻게 우리를 다락방에서 여기까지 데려왔는지 궁금했다.

내 휴대전화가 울렸다. 내가 설정해둔 자명종 소리였다. 그 자명종 덕분에 애마 아줌마는 나더러 일어나라고 계단 밑에서 고함지르는 일을 하루에 세 번만 하면 되었다. 그런데 오늘은 여느 때처럼 '보헤미안 랩소디'가 휴대전화에서 흘러나오지 않았다. 대신 그때 그 노래가 흘러나왔다. 리나가 깜짝 놀라서 졸린 얼굴로 일어나 앉았다.

"이게 무슨…."

"쉬, 들어 봐."

노래의 가사가 달라져 있었다.

열여섯 개의 달, 열여섯 해
너는 나의 두려움을 열여섯 번 꿈꾸고
열여섯이 구들을 속박하려 할 것이다
열여섯 번의 비명, 하지만 듣는 사람은 하나뿐…

"빨리 꺼!" 리나가 내 휴대전화를 휙 빼앗아가서 꺼버렸다. 그런데도 노래는 계속 흘러나왔다.

"이거 너에 관한 노래인 것 같아. 그런데 구들을 속박하는 게 뭐야?"

"난 어젯밤에 죽다 살아났어. 지금은 나에 관한 거라면 뭐든지 진저리가 나. 나한테 이런 괴상한 일들이 계속 일어나는 게 진저리가 나. 그 웃기지도 않는 노래가 이번만은 너에 관한 것일 수도 있잖아. 여기서 열여섯 살인 사람은 너뿐이니까." 리나는 화를 내며 한 손을 들어 올려 펼쳤다가 주먹을 쥐었다. 그리고 거미를 죽일 때처럼 바닥을 쾅 내려쳤다.

음악이 멈췄다. 오늘은 리나를 건드리면 안 될 것 같았다. 솔직히 그럴 만도 하다는 생각이 들었다. 리나는 얼굴이 핼쑥하고 몸에도 힘이 없어 보였다. 링크가 3년 전 겨울 방학 전날에 서배너의 부추김에 넘어가 서배너가 제 엄마의 찬장에서 가져온 페퍼민트 슈냅스(독일의 독한 술—옮긴이) 한 병을 마신 다음 날보다 더 상태가 나쁜 것 같았다. 링크는 3년이 지난 지금도 막대사탕을 먹지 않았다.

리나는 머리카락이 사방으로 뻗치고, 눈은 울어서 잔뜩 부은 모습이었다. 아, 아침이면 여자애들은 이런 모습이구나. 나는 아침에 잠자리에서 막 일어난 여자애를 가까이서 본 적이 없었다. 나는 집에 돌아가면 애마 아줌마한테 얼마나 혼날지에 대해서는 생각하지 않으려고 했다.

나는 침대로 기어 올라가 리나를 끌어 내 무릎에 앉히고 제멋대로 뻗친

머리카락을 손가락으로 빗어주었다. "너 괜찮아?"

리나는 눈을 꼭 감고 내 셔츠에 얼굴을 묻었다. 지금 내 몸에서는 주머니쥐 같은 냄새가 날 텐데. "그런 것 같아."

"네 비명이 들렸어. 우리 집에 있을 때부터."

"켈팅이 내 목숨을 구할 줄이야."

나는 이번에도 리나의 말을 잘 알아들을 수 없었다. "켈팅이 뭐야?"

"그걸 그렇게 불러. 우리가 어디 있든 서로 이야기를 나눌 수 있는 거. 주술사들 중에도 켈팅을 할 수 있는 사람이 있고, 할 수 없는 사람이 있어. 옛날에는 리들리랑 내가 학교에서 그런 식으로 이야기를 나눌 수 있었는데…."

"옛날에는 이런 적이 한 번도 없었다고 했잖아."

"일반인하고는 그런 적이 없었어. 메이컨 삼촌 말로는 이건 진짜 드문 경우래."

'그거 마음에 드는 얘긴데.'

리나가 나를 팔꿈치로 쿡 찔렀다. "이건 우리 가문 조상들 중에 켈트족 피를 지닌 사람들에게서 유래한 거야. 옛날에 마녀재판 때 주술사들은 이 방법으로 서로 연락을 주고받았어. 미국 주술사들은 이걸 '속삭임'이라고 불렀대."

"그런데 난 주술사가 아니잖아."

"알아. 그러니까 진짜 이상하다는 거야. 원래 일반인들한테는 작용하지 않아야 하는 거거든." 그래, 그렇겠지.

"그럼 이건 그냥 이상한 정도가 아닌 거 아냐? 우리 둘이 켈팅인지 뭔지를 할 수 있고, 리들리가 나 때문에 레이븐우드에 들어올 수 있었어. 게다가 네 삼촌조차 어찌된 영문인지 내가 너를 보호할 수 있을 것 같다고 말했고. 이런 일들이 어떻게 가능한 거야? 난 주술사가 아니잖아. 우리 부모님이 남들과 다르긴 해도, 그렇게까지 다르진 않아."

리나가 내 어깨에 몸을 기댔다. "어쩌면 꼭 주술사가 아니어도 능력을 가질 수 있는 건지도 모르지."

나는 리나의 머리카락을 귀 뒤로 넘겨주었다. "아니면 주술사한테 반하거나."

말해버렸다. 이렇게 간단하게. 그러고 나서 멍청한 우스갯소리도 하지 않고, 화제를 바꾸지도 않았다. 이번만은 전혀 당황스럽지 않았다. 내가 한 말이 진실이었기 때문에. 난 정말로 반했다. 아무래도 나는 줄곧 리나를 향해 빠져들고 있었던 것 같다. 이젠 리나도 알아야 할 것 같았다. 이미 알고 있는지도 모르지만. 이제 와서 뒷걸음질을 칠 생각은 없었다.

리나가 나를 올려다보았다. 그 순간 온 세상이 사라져버렸다. 오로지 우리 둘만 존재하는 것 같았다. 앞으로도 항상 우리 둘만 존재할 것 같았다. 이건 마법의 힘이 아니었다. 나는 행복하면서도 슬펐다. 리나 옆에 있으면 항상 모든 것이 느껴졌다.

'무슨 생각해?'

리나는 미소를 지었다.

'네가 직접 알아낼 수 있을걸. 벽에 써진 글자를 읽을 수 있잖아.'

리나가 이 말을 하는 동안 벽에 글귀가 나타났다. 한 번에 한 단어씩 천천히.

너만

빠져든

게

아냐.

이 문장이 저절로 써졌다. 방 안의 다른 글자들과 마찬가지로 둥글게 구부러진 검은 글자였다. 리나의 뺨이 살짝 붉어졌다. 리나는 손으로 얼굴을 가렸다. "내가 생각하는 게 전부 벽에 저렇게 나타나기 시작하면 진짜 창피할 텐데."

"네가 일부러 쓴 게 아냐?"

"아냐."

'창피하게 생각할 필요 없어, L.'

나는 얼굴을 가린 리나의 손을 밀었다.

'나도 너한테 똑같은 감정을 느끼고 있으니까.'

리나가 눈을 감고 있었다. 나는 몸을 기울여 리나에게 입을 맞췄다. 아주 가벼운 키스, 아무것도 아닌 키스였다. 그래도 내 심장은 마구 두근거렸다.

리나가 눈을 뜨고 미소를 지었다. "나머지 얘기도 듣고 싶어. 네가 어떻게 내 생명을 구했는지 말해 봐."

"난 어떻게 여기까지 왔는지도 기억 안 나. 어쨌든 여기 온 뒤에 너는 안 보이는데, 가장파티에 온 사람들처럼 이상하게 차려입은 으스스한 사람들이 집 안에 가득한 거야."

"파티하러 온 사람들은 아냐."

"나도 그런 것 같았어."

"그러다 날 찾은 거야?" 리나가 내 무릎을 베고 누워 미소를 지으며 나를 올려다보았다. "백마를 타고 방 안으로 들어와서 어둠의 주술사에게 죽임을 당할 운명이던 나를 구한 거야?"

"웃을 일이 아냐. 진짜 무서웠어. 말도 없었고. 개가 있었다고 해야겠지."

"내가 마지막으로 기억하는 건, 메이컨 삼촌이 속박의 주문에 대해 뭐라고 이야기하던 광경이야." 리나가 머리카락을 배배 꼬면서 생각에 잠겼다.

"사람들이 둥글게 늘어선 건 뭐야?"

"그건 상귀니스 서클이야. 피의 원."

나는 겁에 질린 표정을 짓지 않으려고 애썼다. 애마 아줌마가 닭뼈로 점을 친다는 사실조차 쉽사리 받아들이기가 힘든데, 닭피까지 등장한다면 감당이 안 될 것 같았다. 게다가 그것이 닭피이길 바라는 것도 내 희망사항일 뿐이었다. "피는 안 보였는데."

"진짜 피를 말하는 게 아냐, 바보. 혈육이라고 할 때의 그 피, 가족을 말하는 거야. 우리 가문 사람들이 모두 명절을 맞아서 여기 와 있잖아. 몰라?"

"맞아, 그렇지. 미안."

"말했잖아. 핼러윈은 주술사들에게 강력한 밤이라고."

"그럼 다들 그 다락방에서 그걸 하고 있었던 거야? 원 안에서?"

"메이컨 삼촌이 레이븐우드에 속박의 주문을 걸고 싶어 했어. 여기에는 항상 속박의 주문이 걸려 있지만, 삼촌은 새해를 대비해서 매년 핼러윈 때 다시 속박의 주문을 걸거든."

"그러다 뭔가가 잘못된 거구나."

"그런 것 같아. 다 같이 둥글게 서 있었는데, 메이컨 삼촌이 델 이모한테 뭐라고 말하는 소리가 들리더니 다들 고함을 질러대는 거야. 죄다 어떤 여자에 관한 이야기뿐이었어. 새라 뭐라고 하던데."

"새라핀. 나도 들었어."

"새라핀? 그런 이름이었나? 한 번도 못 들어본 이름인데."

"틀림없이 어둠의 주술사일 거야. 다들, 뭐랄까, 무서워하는 것 같았어. 네 삼촌이 그런 말을 하는 건 처음 봤어. 넌 그때 무슨 일이 벌어졌던 건지 알아? 그 여자가 정말로 널 죽이려고 한 거야?" 내가 정말로 이 질문의 답을 알고 싶은 건지는 나 자신도 확신할 수 없었다.

"나도 몰라. 기억나는 게 별로 없어. 어떤 목소리만 빼고. 아주, 아주 먼 데서 누가 나한테 이야기를 하는 것 같았어. 하지만 무슨 말을 한 건지는 기억 안 나." 리나가 몸을 꼼지락거려서 내 무릎 위에 앉으며 내 가슴에 어색하게 몸을 기댔다. 내 심장소리와 함께 리나의 심장소리까지도 느껴지는 것 같았다. 새장에서 퍼덕거리는 작은 새 같았다. 우리는 서로를 바라보지 않은 채 최대한 밀착되어 있었다. 오늘 아침에는 이것이 우리 둘에게 필요한 일 같았다. "이선, 시간이 별로 없어. 무슨 수를 써도 소용없어. 그 여자가 어디 있는지는 몰라도, 날 데리러 올 것 같지 않아? 넉 달 뒤면 내가 어둠으로 넘어갈 운명이니까?"

"아냐."

"아니라고? 내 평생 최악의 밤을 보내면서 하마터면 죽을 뻔했는데 네가 할 수 있는 말이 그것뿐이야?" 리나가 뒤로 물러났.

"생각해 봐. 그 새라핀이라는 여자가 누군지는 모르지만, 만약 네가 나쁜 놈들과 한 패라면 굳이 널 데리러 오겠어? 아니지, 착한 사람들이 네 뒤를 쫓아야 맞지. 리들리를 봐. 너희 가문 사람들 중 어느 누구도 리들리를 환영하지 않았잖아."

"그래, 너만 빼고, 바보야." 리나가 장난스럽게 내 옆구리를 쿡 찔렀다.

"난 주술사가 아니라 하잘것없는 일반인이니까 어쩔 수 없었지. 리들리가 나더러 절벽에서 뛰어내리라고 하면 내가 정말로 뛰어내릴 거라며?"

리나가 머리카락을 뒤로 젖혔다. "이선 웨이트, 네 엄마는 그런 것도 안 물어보셨니? 친구들이 절벽에서 뛰어내리려고 하면 너도 같이 뛰어내릴 거냐고?"

나는 리나의 몸에 팔을 둘렀다. 어젯밤 일을 생각하면 행복한 기분이 될 수 없는데도 행복했다. 어쩌면 리나의 기분이 훨씬 밝아져서 나도 덩달아 기분이 좋아진 것일 수도 있었다. 요즘은 우리 둘 사이에 워낙 강한 전류 같은 것이 흐르고 있기 때문에, 어디까지가 나고 어디까지가 리나인지 구분하기가 힘들었다.

내가 확실히 아는 거라고는 지금 리나에게 입을 맞추고 싶다는 것뿐이었다.

'넌 빛이 될 거야.'

그래서 난 키스를 했다.

'틀림없어. 빛이야.'

나는 다시 키스를 하면서 리나를 끌어안았다. 리나에게 입을 맞추는 건 호흡과 같아서 반드시 해야만 했다. 나도 어쩔 수 없었다. 나는 리나에게 내 몸을 밀착시켰다. 리나의 숨소리가 들리고, 리나의 심장박동이 내 가슴에 느껴졌다. 내 몸의 모든 신경들이 동시에 살아났다. 머리카락이 곤두섰다. 리나의 검은 머리카락이 내 양손 위로 흘러넘치고, 리나는 몸에 힘을 빼며 내게 녹아들었다. 리나의 머리카락이 닿을 때마다 전기가 통한 것처럼 찌릿찌릿했다. 이건 내가 리나를 처음 만났을 때부터, 처음 리나에 관한 꿈을 꿨을 때부터 줄곧 리나와 하고 싶던 일이었다.

마치 번개가 치는 것 같았다. 우리는 하나였다.

'이선.'

머릿속에 울리는 목소리인데도 다급함이 느껴졌다. 나도 느낌이 왔다. 아무리 애써도 리나에게 가까이 다가갈 수 없을 것 같다는 느낌. 리나의 피부는 부드럽고 뜨거웠다. 찌릿찌릿한 느낌이 점점 더 강렬해졌다. 우리 입술은 상처가 난 것처럼 쓰라렸다. 이보다 더 세게 키스할 수는 없다 싶을 정도로 강렬한 키스였다. 침대가 흔들리기 시작하더니 허공으로 떠올랐다. 침대가 그네처럼 흔들리는 것이 느껴졌다. 내 허파가 짜부라질 것 같았다. 피부는 차가워졌다. 방 안의 전등들은 깜박거리며 꺼졌다 켜지기를 반복했다. 방도 빙빙 돌고 있었다. 아니, 점점 어두워지는 것 같기도 했다. 내가 그냥 그렇게 느끼는 건지, 아니면 방 안이 정말로 어두워지는 건지 알 수 없었다.

'이선!'

침대가 바닥으로 추락했다. 저 멀리서 유리가 산산조각 나는 소리가 들렸다. 창문이 깨질 때 나는 소리 같았다. 리나가 우는 소리가 들렸다.

그러더니 아이의 목소리가 들렸다. "왜 그래, 리나 비나? 왜 그렇게 슬퍼하는 거야?"

내 가슴에 작고 따뜻한 손이 닿았다. 그 손에서부터 뻗어나간 온기가 내 온몸으로 번졌다. 방도 이제 빙빙 돌지 않았고, 나는 다시 숨을 쉴 수 있었다. 나는 눈을 떴다.

라이언.

나는 일어나 앉았다. 머리가 욱신거렸다. 리나는 내 옆에서 내 가슴에 머리를 기대고 있었다. 한 시간 전과 똑같은 모습이었다. 다만 지금은 창문이 깨져 있고, 침대가 부서졌고, 금발의 열 살짜리 아이가 내 앞에 서서 내 가슴에 손을 얹고 있다는 게 다를 뿐이었다. 리나는 여전히 훌쩍거리며 깨진 거울조각을 내게서, 부서진 침대 위에서 밀어내려고 애썼다.

"라이언의 능력이 뭔지 이제 알아낸 것 같은데."

리나는 눈물을 닦으며 미소를 지었다. 그리고 라이언을 가까이 끌어당겼다. "소머터지야. 우리 가문에는 지금까지 없던 능력이야."

"그거 주술사들이 괜히 치유사한테 붙여준 화려한 이름이지?" 나는 머리를 문지르며 말했다.

리나는 고개를 끄덕이며 라이언의 뺨에 입을 맞췄다.

"비슷해."

아주 평범한 미국 명절

⊰ 11.27 ⊱

핼러윈이 지나고 나자 폭풍이 왔다 간 뒤처럼 모든 것이 차분히 가라앉은 느낌이 들었다. 우리는 다시 일상으로 돌아갔다. 하지만 남은 시간이 점점 줄어들고 있다는 건 알고 있었다. 내가 애마 아줌마에게 들키지 않으려고 길모퉁이까지 걸어가면, 리나가 장의차를 몰고 와서 나를 태웠다. 부래들리는 스톱&스틸 앞에서 우리를 따라잡은 뒤 학교까지 따라왔다. 잭슨 토론팀의 유일한 팀원(팀원이 하나라서 토론을 하기가 힘들었다)인 위니 레이드나 철자 맞추기 주(州) 대회에서 2년 연속 우승을 차지한 로버트 레스터 테이트가 가끔 우리를 상대해주는 것을 제외하면, 카페테리아에서 우리랑 같이 앉는 사람은 링크뿐이었다. 그래서 우리는 운동장 관중석에서 점심을 먹곤 했다. 하퍼 교장선생님은 우리를 계속 주시했다. 학교 수업이 끝나면 우리는 도서관에 틀어박혀서 로켓 관련 서류들을 읽고 또 읽었다. 메리언 아줌마가 말실수로 우리에게 뭔가를 알려주지 않을까 하는 희망도 있었다. 막대사탕을 물고 다니며 남자들에게 추파를 던질 뿐만 아니라 손아귀 힘도 엄청난 사이렌 사촌들도 전혀 나타나지 않았고, 갑자기 원인을 알 수 없는 3급 폭풍이 몰아치지도 않았다. 하늘에 검은 구름이 나타나지도 않았다. 심지어 메이컨과 괴상한 식사를 한 적도 없었다. 모든 것이 평범했다.

딱 한 가지만 빼고. 그런데 그것이 무엇보다 중요했다. 내가 어떤 여자애한테 푹 빠져 있고, 그 여자애도 나한테 푹 빠져 있다는 것. 역사가 시작된 이래 이런 일이 과연 있었을까? 그 여자애가 세상에 존재한다는 사실이 너무 고맙고 신기해서 그 여자애가 주술사라는 사실은 차라리 믿기가 쉬울 정도였다.

리나는 나의 것이었다. 리나는 강력하고 아름다웠다. 하루하루가 무섭고, 하루하루가 완벽했다.

그러던 어느 날 느닷없이 생각조차 할 수 없는 일이 일어났다. 애마 아줌마가 추수감사절 저녁 식사에 리나를 초대한 것이다.

"네가 왜 추수감사절에 우리 집에 오려는 건지 모르겠어. 진짜 지루할 텐데." 나는 불안했다. 애마 아줌마에게 뭔가 꿍꿍이가 있음이 분명했다.

리나는 미소를 지었다. 그러자 나도 긴장이 풀렸다. 리나의 미소만큼 좋은 건 세상에 없었다. 리나의 미소를 보면 언제나 모든 생각이 사라졌다. "지루할 것 같지 않은데."

"추수감사절에 우리 집에 와본 적 없잖아."

"추수감사절에 누구 집에도 가본 적 없어. 주술사들은 추수감사절을 축하하지 않거든. 추수감사절은 일반인들의 명절이야."

"뭐? 칠면조도 없고, 호박파이도 없다고?"

"응."

"너 오늘 많이 안 먹었지?"

"별로."

"그럼 괜찮을 거야."

나는 할머니들이 냅킨에 작은 빵을 싸서 가방에 슬쩍 집어넣어도 놀라지 말라고 리나에게 미리 말해두었다. 캐롤라인 이모와 메리언 아줌마가 미국 최초의 공립도서관 위치(찰스턴)나 '찰스턴 그린' 페인트의 올바른 비율['양키(미국 북부 사람을 가리키는 말─옮긴이)' 검은색 2와 '레블(남부 사람─옮긴이)' 노란색 1의 비율]을 놓고 밤이 깊도록 토론을 벌인다는 것도 미리 말해주었다. 캐롤라인 이모는 서배너에서 박물관 큐레이터로 일하고 있는데, 우리 엄마가 남북전쟁 당시의 탄약 종류와 전술에 대해 모르는 게 없었던 것처럼 이모는 옛날 건축물과 골동품에 관해 모르는 것이 없었다. 내가 리나한테 이런 이야기를 해준 것은 우리 이상한 친척들과 애마 아줌마, 메리언 아줌마, 게다가 할런 제임스까지 참석하게 될 추수감사절 만찬에 대해 마음의 준비를 시켜야 할 것 같아서였다.

하지만 리나가 알아야 하는 사실들 중 하나는 말하지 않았다. 최근 우리 집의 상황을 생각해보면, 아빠는 추수감사절에도 잠옷 바람으로 만찬에 참석할 가능성이 높았다. 이것만은 나도 리나에게 뭐라고 설명할 길이 없었다.

애마 아줌마는 추수감사절을 아주 중요하게 생각했다. 여기에는 두 가지 의미가 있었다. 첫째, 아빠가 마침내 서재에서 나올 것이라는 사실. 어차피 아빠는 해가 진 뒤에야 서재에서 나올 테니까 엄밀히 말하면 그다지 큰 변화라고 할 수 없지만, 그래도 우리와 함께 식탁에서 식사를 하기는 할 것이다. 평소처럼 간단히 시리얼만 먹는 건 애마 아줌마가 허락하지 않을 테니까. 아줌마는 아빠가 세상을 향해 순례를 나오는 것을 기념해서 정신없이 요리를 했다. 칠면조, 그레이비소스를 뿌린 으깬 감자, 버터를 바른 콩과 크림을 바른 옥수수, 마시멜로를 곁들인 고구마, 꿀이 들어간 햄과 작은 빵, 호박과 레몬으로 만든 머랭 파이. 특히 머랭 파이는, 내가 지난번에 습지에서 목격한 것을 생각하면, 애마 아줌마가 틀림없이 애브너 할아버지를 위해 우리 모두가 먹고도 한참 남을 만큼 많이 만들 것 같았다.

나는 현관 베란다에서 잠시 걸음을 멈췄다. 내가 처음으로 레이븐우드를 찾아갔던 날 베란다에 섰을 때의 기분이 생각났다. 이제는 리나가 그런 기분을 느낄 차례였다. 리나는 검은 머리카락을 뒤로 묶어서 얼굴을 드러낸 모습이었다. 나는 혼자 도망쳐서 리나의 턱 근처에 구불구불하게 늘어져 있는 머리카락을 만졌다.

'준비됐어?'

리나는 허벅지에 달라붙은 검은 원피스 자락을 떼어냈다. 떨리는 모양이었다.

'아니.'

'그러면 어떡해?'

나는 히죽 웃으며 문을 밀어 열었다. "준비가 안 됐어도 할 수 없어." 집에서는 내가 어렸을 때와 같은 냄새가 났다. 으깬 감자 냄새와 누군가가 열심히 일하는 냄새.

"이선 웨이트, 너니?" 애마 아줌마가 부엌에서 소리쳤다.

"네, 아줌마."

"그 여자애도 같이 왔어? 이리 데려와 봐라. 우리가 한번 보게."

부엌에는 온통 지글거리는 소리뿐이었다. 애마 아줌마는 앞치마를 두르고 불 앞에 서서 양손에 각각 나무 숟가락을 들고 있었다. 프루 할머니는 어정버정 돌아다니면서 조리대 위의 양푼들에 손가락을 찔러 넣곤 했다. 머시 할머니와 그레이스 할머니는 식탁에서 스크래블 게임(영어 단어게임—옮긴이)을 하고 있었는데, 자기들이 단어를 하나도 만들지 못하고 있다는 걸 전혀 모르는 눈치였다.

"거기 그렇게 서 있지만 말고 이리 데려와."

내 몸의 모든 근육이 긴장했다. 애마 아줌마나 할머니들이 무슨 말을 할지 도무지 짐작할 수 없었다. 애마 아줌마가 애당초 리나를 데려오라고 고

집을 부린 이유조차 나는 아직 모르고 있었다.

리나가 앞으로 나섰다. "안녕하세요?"

애마 아줌마는 앞치마에 양손을 닦으며 리나를 위아래로 훑어보았다. "우리 애가 저렇게 바삐 돌아다니는 게 바로 너 때문이구나. 우체국장 말이 맞았어. 그림처럼 예쁘군." 칼튼 이튼이 웨이더스 개울까지 아줌마를 태워다주며 그런 말을 한 건지 궁금했다.

리나는 얼굴을 붉혔다. "감사합니다."

"네가 학교를 흔들어 놓고 있다면서?" 그레이스 할머니가 미소를 지으며 말했다. "좋은 일이지. 난 아무리 봐도 그 학교에서 아이들한테 가르치는 게 뭔지 모르겠더라고."

머시 할머니가 글자 카드를 하나씩 차례로 내려놓았다. I-T-C-H-I-N.

그레이스 할머니는 눈을 가늘게 뜨고 단어판을 향해 몸을 기울였다. "머시 린, 너 또 속임수를 쓸 거야? 이게 무슨 단어야? 문장으로 만들어 봐."

"나는 저 하얀 케이크를 맛보고 싶어서 몸이 근질거린다itchin'."

"철자가 틀렸잖아." 그래도 그레이스 할머니는 철자를 제대로 아시는 모양이었다. 그레이스 할머니가 글자 카드를 하나 치웠다. "itchin'에는 T가 없어." 아, 모르시는구나.

'네 말이 과장인 줄 알았는데.'

'그러게 미리 말했잖아.'

"지금 이거 이선 목소리니?" 캐롤라인 이모가 마침 그때 부엌으로 들어왔다. 양팔을 활짝 벌린 모습이었다. "어서 이리 와라. 이모가 한번 안아보자." 나는 이모를 볼 때마다 순간적으로 당황하기 일쑤였다. 이모가 엄마와 워낙 많이 닮은 탓이었다. 이모도 엄마처럼 길게 기른 갈색 머리를 항상뒤로 당겨서 묶었고, 눈동자도 엄마와 마찬가지로 짙은 갈색이었다. 하지만 엄마는 항상 맨발에 청바지 차림을 즐긴 반면, 캐롤라인 이모는 원피스에 작은 스웨터를 걸친 남부 아가씨 같은 차림이었다. 내 생각에 이모는 자신이 늦은 나이에 사교계에 데뷔한 여자가 아니라 서배너 역사박물관의 큐레이터라는 사실을 사람들이 알았을 때의 표정을 즐겼던 것 같다.

"그래, 북쪽은 어때?" 캐롤라인 이모는 개틀린을 항상 '북쪽'이라고 불렀다. 개틀린이 서배너의 북쪽에 있기 때문이었다.

"괜찮아요. 프랄린(아몬드나 호두 등을 설탕에 조린 과자 – 옮긴이)을 가져오셨어요?"

"내가 언제는 안 가져왔나?"

나는 리나의 손을 잡고 이모와 내 쪽으로 끌어당겼다. "리나, 이분은 캐롤라인 이모님이고, 이쪽은 우리 할머니들이셔. 프루던스 할머니, 머시 할머니, 그레이스 할머니."

"안녕하세요?" 리나가 한 손을 내밀었지만, 캐롤라인 이모는 리나를 끌어당겨 안아버렸다.

출입문에서 쾅 하는 소리가 났다.

"추수감사절을 축하해요." 메리언 아줌마가 캐서롤(냄비요리 – 옮긴이)을 담은 그릇과 여러 층으로 쌓은 파이 접시를 들고 들어왔다. "내가 없는 동안 무슨 일이 있었어요?"

"다람쥐 말인데." 프루 할머니가 다가가서 메리언 아줌마의 팔짱을 꼈다. "걔들에 대해서 좀 알아?"

"자, 자, 이제 다들 내 부엌에서 나가요. 내가 솜씨를 부리려면 공간이 좀 있어야지. 그리고 머시 스태덤, 내 레드핫을 먹는 거 다 봤어요." 머시 할머니는 레드핫을 우적우적 씹다가 순간적으로 딱 멈췄다. 리나가 웃음을 참으며 나를 바라보았다.

'내가 우리 집에서 "주방"을 불러올까 봐.'

'그럴 필요 없어. 애마 아줌마는 요리에 관한 한 어느 누구의 도움도 필요하지 않은 사람이니까. 아줌마도 나름대로 마술을 부리거든.'

다들 북적북적 거실로 나갔다. 캐롤라인 이모와 프루 할머니는 일광욕실에서 감나무를 기르는 법을 이야기하고 있었고, 그레이스 할머니와 머시 할머니는 여전히 itchin'의 철자를 놓고 다투는 중이었다. 메리언 아줌마가 두 분 사이에서 심판 역할을 했다. 이건 누구라도 돌게 만들기에 충분한 상황이었지만, 할머니들 사이에 끼어 있는 리나는 행복한 표정이었다. 아주 만족스러워하는 것 같기도 했다.

'정말 좋다.'

'그거 농담이지?'

리나는 가족들이 함께 모여 보내는 명절이 바로 이런 거라고 생각하는 걸까? 캐서롤을 먹고, 스크래블 게임을 하고, 할머니들이 서로 입씨름을 벌이는 게? 그건 알 수 없었지만, 우리 집의 추수감사절 만찬이 레이븐우드의 '회합'과 전혀 다른 것만은 확실했다.

'적어도 여기서는 누가 누구를 죽이려 들지 않잖아.'

'15분만 더 기다려 봐, L.'

부엌 문간을 통해 애마 아줌마의 시선이 느껴졌다. 하지만 아줌마가 보고 있는 것은 내가 아니라 리나였다.

아줌마에게 뭔가 꿍꿍이가 있음이 분명했다.

올해의 추수감사절 만찬도 여느 해와 똑같이 진행되었다. 아니, 다른 해와 똑같은 건 하나도 없었다. 아빠는 잠옷 차림이고, 엄마의 의자는 비어 있고, 나는 식탁 밑에서 주술사 여자애와 손을 잡고 있었다. 순간적으로 행복감과 슬픔이 동시에 감당할 수 없을 만큼 밀려왔다. 그 두 개의 감정이 하나로 묶여 있는 것 같았다. 하지만 그런 생각을 하고 있을 여유가 없었다. 기도가 끝나고 '아멘' 소리가 끝나자마자 할머니들은 작은 빵을 쓸어 담기 시작했다. 애마 아줌마는 우리 접시에 그레이비소스를 곁들인 으깬 감자를 산더미처럼 담아주었고, 캐롤라인 이모는 가벼운 잡담을 시작했다.

지금 이 상황이 무엇을 의미하는지 나는 알고 있었다. 다들 바쁘게 자기

할 일을 하고, 이야기를 많이 나누고, 파이도 실컷 먹는다면 아무도 자리가 하나 빈 것을 알아차리지 못할 거라고 생각하는 것 같았다. 하지만 파이가 아무리 많아도 그건 불가능했다. 아무리 애마 아줌마라도 그렇게 많은 파이를 만들 수는 없었다.

어쨌든 캐롤라인 이모는 계속 나한테 말을 시키기로 작심한 모양이었다. "이선, 전투 재연 때문에 뭐 빌려야 하는 것 없니? 우리 집 다락에 정말 진짜처럼 보이는 포탄 탄피가 좀 있는데."

"그런 얘기는 마세요." 나는 올해 역사수업에서 낙제를 하지 않으려면 허니힐 전투 재연행사에서 남군병사로 분장해야 한다는 사실을 거의 잊고 있었다. 개틀린에서는 매년 2월에 남북전쟁을 재연하는 행사가 있었다. 그나마 관광객들을 불러들일 수 있는 유일한 행사였다.

리나가 작은 빵을 향해 손을 뻗었다. "전투 재연이 왜 그렇게 중요한지 저는 잘 모르겠어요. 백 년도 더 전에 벌어진 전투를 재연하는 게 많이 힘들 텐데요. 그냥 역사책에서 그 전투에 대해 읽으면 되잖아요."

'아, 이런.'

프루 할머니가 기겁한 표정을 지었다. 프루 할머니에게 리나의 말은 신성모독과 마찬가지였다. "아무래도 너희가 다니는 학교를 싹 태워버려야겠구나! 거기서 역사를 이따위로 가르치고 있다니. 교과서로는 남부 독립전쟁에 대해 전혀 배울 수 없어. 눈으로 직접 봐야 한다고. 너희들 아이들도 꼭 봐야 돼. 미국 독립전쟁 때는 함께 싸웠던 사람들이 그 전쟁에서는 서로 확실하게 등을 돌렸으니까 말이야."

'이선, 뭐라고 말 좀 해 봐. 화제를 바꿔.'

'너무 늦었어. 이제 할머니가 언제 국가를 부를지 몰라.'

메리언 아줌마가 작은 빵을 하나 쪼개서 햄을 끼워 넣었다. "스태덤 할머니 말씀이 맞아요. 남북전쟁은 이 나라 사람들이 서로 등을 돌리게 만들었어요. 형제들이 서로 적이 되는 경우가 많았죠. 미국 역사에서 아주 비극적인 시대였어요. 50만 명이 넘는 남자들이 목숨을 잃었으니까요. 비록 전투보다는 병 때문에 죽은 사람이 더 많았지만."

"그래, 맞아, 비극적인 시대야." 프루 할머니가 고개를 끄덕였다.

"너무 그렇게 빠져들지 마, 프루던스 제인." 그레이스 할머니가 프루 할머니의 팔을 토닥거렸다.

프루 할머니는 저리 치우라는 듯이 그레이스 할머니의 손을 찰싹 쳤다. "내가 빠져들긴 뭘 빠져들어. 난 그저 저 애들한테 꼭 필요한 걸 얘기해주는 거야. 애들한테 뭘 가르치려고 애쓰는 사람은 그나마 나밖에 없잖아. 그 놈의 학교에서 나한테 월급을 줘야 하는 건데."

'할머니들한테 말조심을 해야 한다고 내가 미리 말해두는 건데.'

'그러게 말이야.'

리나가 불편한 표정으로 의자에서 자세를 바꿨다. "죄송해요. 무시하는 뜻은 아니었어요. 전쟁에 대해 잘 아는 분을 한 번도 만난 적이 없어서 그런 거예요."

'잘했어. 저 할머니들은 전쟁에 대해 잘 아는 정도가 아니라 집착하는 수준이지만.'

"그럴 것 없다, 애야. 프루던스 제인이 가끔 주책없는 짓을 해." 그레이스 할머니가 프루 할머니를 팔꿈치로 쿡 찔렀다.

'그래서 우리가 프루 할머니 차에 위스키를 타는 거야.'

"칼튼이 가져온 그 땅콩과자 때문이야." 프루 할머니가 미안한 표정으로 리나를 바라보았다. "설탕이 너무 많아서 힘들거든."

'설탕을 입에서 떼는 게 힘들다는 거야.'

아빠가 기침을 하더니 생각이 다른 곳에 가 있는 표정으로 접시 위의 으깬 감자를 이리저리 밀었다. 리나는 마침 화제를 바꿀 기회가 왔다고 생각한 모양이었다. "이선이 저한테 아버지가 작가라고 말해줬어요. 어떤 책을 쓰세요?"

아빠는 고개를 들어 리나를 바라보았지만, 아무 말도 하지 않았다. 십 중팔구 아빠는 리나가 자기한테 말을 건넸다는 사실조차 모르고 있을 터 였다.

"미첼은 새 책을 쓰고 있어. 아주 중요한 책이야. 아마 미첼이 지금까지 썼던 모든 책보다 훨씬 중요할걸. 미첼이 쓴 책이 이미 한두 권이 아닌데 말이야. 모두 몇 권이지, 미첼?" 애마 아줌마가 아이에게 말을 걸 듯이 아빠 에게 물었다. 아빠가 발표한 책이 몇 권인지는 아줌마도 이미 알고 있었다.

"열세 권이요." 아빠가 중얼거렸다.

리나는 기가 막히는 아빠의 반응을 보고도 기가 죽지 않았다. 하지만 나 는 기가 막혀서 아빠를 바라보았다. 머리는 빗지 않아 헝클어졌고, 눈 밑에 는 검은 그림자가 겹겹이 드리워져 있었다. 어쩌다 아빠가 이렇게까지 나 빠진 거지?

리나가 계속 질문을 던졌다. "책의 주제가 뭐예요?"

아빠는 이 말을 듣고 처음으로 생기를 되찾았다. "사랑 이야기야. 사실 은 여행이나 마찬가지였지. 이번 책은. 위대한 미국 소설. 아마 어떤 사람 들은 내가 《음향과 분노》(윌리엄 포크너의 3대 걸작 중 하나 – 옮긴이)에 필 적하는 작품을 썼다고 할 거야. 하지만 지금은 줄거리에 대해 이야기할 수 없어. 지금은 안 돼. 지금은 내가 아주… 거의…" 아빠는 횡설수설하더니 갑자기 말을 멈췄다. 마치 누가 아빠의 등에 있는 스위치를 꺼버린 것 같 았다. 아빠는 엄마의 빈 의자를 빤히 바라보며 혼자만의 세계로 빠져 들어 갔다.

애마 아줌마는 걱정스러운 표정이었다. 캐롤라인 이모는 내 인생에서 가장 당황스러운 밤으로 변해가고 있는 오늘의 만찬에서 사람들의 주의 를 돌리려고 애썼다. "리나, 여기로 이사 오기 전에 어디서 살았다고 했지?"

하지만 나는 리나의 대답을 들을 수 없었다. 아무 소리도 들리지 않았 다. 모든 것이 슬로모션으로 움직이는 것만 눈에 보일 뿐이었다. 모든 것이 흐릿하게 팽창하기도 하고 수축하기도 했다. 아지랑이 때문에 세상이 일그러져 보일 때처럼.

그러다가….

방이 그대로 얼어붙었다. 아니, 내가 얼어붙었다. 아빠도 얼어붙었다. 아빠는 눈을 가늘게 뜨고 입술을 둥글게 벌린 모습이었다. 뭔가 소리를 내려고 한 것 같은데 그 소리는 결코 밖으로 나오지 못했다. 아빠는 전혀 손을 대지 않아 여전히 접시에 한 가득 담겨 있는 으깬 감자를 빤히 바라보고 있었다. 할머니들, 캐롤라인 이모, 메리언 아줌마는 조각상 같았다. 심지어 공기조차 전혀 움직이지 않았다. 할아버지 시계의 추도 중간에 멈춰 있었다.

'이선? 너 괜찮아?'

나는 대답하려고 했지만, 그럴 수가 없었다. 리들리가 그 엄청난 힘으로 나를 붙들고 있을 때, 나는 틀림없이 얼어 죽을 거라고 생각했다. 지금도 나는 얼어붙어 있었지만, 춥지도 않고 죽지도 않았다.

"내가 이런 거야?" 리나가 큰 소리로 물었다.

리나의 말에 대답할 수 있는 사람은 애마 아줌마뿐이었다. "시간의 속박 주술 말이냐? 네가? 칠면조 알에서 악어가 나온다면 또 모르지." 애마 아줌마는 코웃음을 쳤다. "아니, 네가 한 게 아니다. 이건 너보다 훨씬 더 강한 사람들이 한 거야. 조상들께서 이제 우리가 여자 대 여자로 이야기를 나눌 때가 됐다고 생각하신 게지. 지금은 아무도 우리 얘기를 못 듣는다."

'난 아니에요. 난 다 들린다고요.'

하지만 이 말을 입 밖에 낼 수가 없었다. 리나와 애마 아줌마가 말하는 소리는 들을 수 있었지만, 내가 소리를 낼 수는 없었다.

아줌마가 천장을 올려다보며 말했다. "고맙습니다, 딜라일라 고모. 도와주셔서 고마워요." 애마 아줌마는 조리대로 가서 호박파이를 한 조각 잘랐다. 그리고 그것을 화려한 도자기 접시에 담아 식탁 한가운데에 놓았다.

"고모님과 조상들을 위해 드리는 거예요. 제가 이걸 드린 걸 반드시 기억해주세요."

"왜 이러세요? 이분들한테 무슨 짓을 하신 거예요?"

"난 이 사람들한테 아무 짓도 안 했어. 그냥 우리가 이야기할 시간을 좀 번 것뿐이지."

"아줌마도 주술사예요?"

"아니, 난 그냥 천리안이야. 나는 반드시 보아야 하는 것, 다른 사람들은 볼 수 없거나 보기 싫어하는 것을 봐."

"아줌마가 시간을 멈춘 거예요?" 주술사들이 시간을 멈출 수 있다고 리나가 내게 말해준 적이 있었다. 하지만 믿을 수 없을 만큼 강력한 주술사들만 할 수 있는 일이라고 했다.

"난 아무 짓도 안 했어. 다만 조상들께 도움을 좀 청했더니, 딜라일라 고모가 내 부탁을 들어주신 거야."

리나는 혼란스러운 표정이었다. 겁에 질린 것 같기도 했다. "조상들이 누구예요?"

"조상들은 다른 세계에서 온 내 가족들이야. 가끔 나를 도와주시지. 하지만 그분들뿐만이 아냐. 다른 분들도 함께 있어." 애마 아줌마는 식탁 위로 몸을 기울여 리나의 눈을 들여다보았다. "너 왜 그 팔찌를 차지 않았지?"

"네?"

"멜기세덱이 팔찌를 줬을 텐데. 네가 그걸 차야 한다고 내가 말했으니까."

"삼촌이 주시긴 했는데, 제가 벗어버렸어요."

"왜 그런 짓을 했지?"

"우리 생각에 그게 환영을 막는 것 같았거든요."

"그게 뭔가를 막는 건 사실이야. 그걸 차고 있기만 하면."

"뭘 막는데요?"

애마 아줌마는 손을 뻗어 리나의 손을 잡고서 손바닥이 위로 오게 뒤집었다. "내가 너한테 이런 말을 하게 되는 건 원하지 않았는데. 하지만 멜기세덱도 네 가족들도 너한테 이 말을 해주지 않을 거다. 아무도. 네가 꼭 들어야 하는 이야기인데도. 너도 미리 준비를 해야 하니까."

"무슨 준비요?"

애마 아줌마는 천장을 바라보며 숨죽인 소리로 뭐라고 중얼거렸다. "그 여자가 오고 있다. 그 여자가 널 데리러 오고 있어. 그 여자의 힘을 무시하면 안 돼. 밤처럼 어두운 힘이야."

"누군데요? 누가 절 데리러 오는 건데요?"

"그 사람들이 직접 말해줬으면 좋으련만. 내가 이 말을 하는 건 싫었는데. 하지만 조상들께서 때가 늦기 전에 누군가가 너한테 말해줘야 한다고 하시는구나."

"말해주다니 뭘요? 누가 절 데리러 오는 거예요, 아줌마?"

애마 아줌마는 가죽끈에 매달아 목에 걸고 있던 작은 주머니를 셔츠 속에서 꺼내 꼭 움켜쥐고 목소리를 낮췄다. 누가 자기 말을 들을까 봐 무서워하는 것 같았다. "새라핀. 어둠의 여자."

"새라핀이 누구예요?"

애마 아줌마는 머뭇거리며 주머니를 더욱 더 세게 움켜쥐었다.

"네 엄마다."

"그게 무슨 소리예요? 제 부모님은 제가 어렸을 때 돌아가셨어요. 제 어머니 이름은 새라고요. 우리 가계도에서 봤어요."

"네 아빠가 죽은 건 사실이다. 하지만 네 엄마는 지금 여기 서 있는 나처럼 살아 있어. 남부의 가계도가 어떤 건지는 너도 알 테지? 항상 정확하다고 주장하지만, 사실은 절대 그렇지 않아."

리나의 얼굴에서 핏기가 사라졌다. 나는 손을 뻗어 리나의 손을 잡으려고 기를 썼지만 내 손가락만 떨릴 뿐이었다. 나는 무력했다. 리나가 혼자서 어둠 속으로 굴러 떨어지는 걸 그냥 지켜보는 것 외에는 그 무엇도 할 수 없었다. 꿈속과 똑같았다. "그런데 그 사람이 어둠이라고요?"

"지금 살아 있는 어둠의 주술사들 중 최고지."

"그럼 삼촌이 왜 그런 얘기를 안 해준 거죠? 우리 할머니는요? 다들 엄마가 돌아가셨다고 했어요. 그분들이 왜 저한테 거짓말을 하겠어요?"

"진실이라고 다 같은 게 아냐. 아마 그분들은 널 보호하려고 그런 말을 하셨을 거다. 아직도 자기들이 널 보호할 수 있다고 생각하지. 하지만 조상님들은 확신할 수 없다고 말씀하신다. 내가 너한테 이런 말을 해주는 사람이 되고 싶지는 않았지만, 멜기세덱이 워낙 고집이 세서 말이지."

"아줌마는 왜 저를 도우려고 하시는 거예요? 저는… 저는 아줌마가 저를 좋아하지 않는 줄 알았어요."

"이건 좋아하고 싫어하는 것과는 전혀 상관이 없어. 그 여자가 널 데리러 오고 있으니, 넌 정신이 흐트러질 일을 만들면 안 돼." 애마 아줌마는 한쪽 눈썹을 올렸다. "저 아이에게 무슨 일이 생기는 건 싫다. 이건 네가 감당할 수 있는 일이 아냐. 너희 둘 다 마찬가지야."

"감당할 수 없다니, 뭘요?"

"모든 것. 너와 이선은 서로 운명이 아냐."

리나는 혼란스러운 표정이었다. 애마 아줌마가 또 수수께끼 같은 말을 하고 있었다. "그게 무슨 뜻이에요?"

애마 아줌마는 등 뒤에서 누가 어깨를 두드리기라도 한 것처럼 홱 고개를 돌려 뒤를 보았다. "뭐라고요, 딜라일라 고모?" 애마는 다시 리나에게 시선을 돌렸다. "남은 시간이 얼마 없어."

시계추가 거의 알아차리기 힘들 만큼 살짝 움직이기 시작했다. 방 안의 다른 것들도 다시 살아나기 시작했다. 아빠의 눈이 천천히 깜박였다. 속눈썹이 위에서 내려와 눈 밑을 스칠 때까지 몇 초가 걸릴 만큼 느린 속도였다.

"그 팔찌를 다시 차라. 뭐든 도움이 될 수 있는 건 다 동원해야 돼."

시간이 순식간에 제자리를 찾았다….

나는 몇 번 눈을 깜박거리며 주위를 둘러보았다. 아빠는 여전히 자기 접시의 감자요리를 빤히 바라보고 있었다. 머시 할머니는 아직 냅킨에 빵을 싸는 중이었다. 나는 양손을 얼굴 앞으로 들어 올려 손가락을 꼼지락거렸다. "젠장, 그거 뭐예요?"

"이선 웨이트!" 그레이스 할머니가 기겁한 표정으로 소리쳤다.

애마 아줌마는 작은 빵을 갈라서 그 안에 햄을 끼우는 중이었다. 그러다가 당황한 표정으로 시선을 들어 나를 바라보았다. 내가 자기들의 이야기를 들을 줄은 전혀 예상하지 못했음이 분명했다. 애마 아줌마는 예의 그 표정으로 나를 바라보았다. '입 다물고 가만히 있어, 이선 웨이트'라는 뜻이었다.

"내 식탁에서 그런 단어를 쓰다니. 네 나이가 몇 살이든, 한 번만 더 그런 말을 쓰면 비누로 그 입을 박박 씻어줄 테니 그리 알아. 이게 뭐 같아? 빵이랑 햄이잖아. 속을 채운 칠면조 고기도 있고. 내가 하루 종일 만든 요리니까 어서 먹어."

나는 리나를 바라보았다. 이제는 미소가 보이지 않았다. 리나는 자신의 접시만 빤히 바라보고 있었다.

'리나 비나, 나한테 돌아와. 내가 너한테 아무 일도 생기지 않게 할게. 넌 괜찮을 거야.'

하지만 리나는 너무 멀리 있었다.

리나는 집으로 가는 동안 내내 한 마디도 하지 않았다. 레이븐우드에 도착하자 리나는 자동차 문을 거칠게 열고 내린 뒤, 다시 문을 쾅 닫았다. 그리고 한 마디 말도 없이 문으로 향했다.

나는 리나를 따라가지 않으려고 했다. 머릿속이 너무 어지러웠다. 지금 리나가 어떤 기분일지 짐작도 가지 않았다. 엄마를 잃는 것도 힘든 일인데, 자기 엄마가 자기를 죽이려 한다는 걸 알면 어떤 기분일지 상상할 수 없었다.

나는 엄마를 잃었지만 혼란에 빠지지는 않았다. 엄마는 세상을 떠나기 전에 내가 애마 아줌마, 아빠, 링크, 개틀린 덕분에 중심을 잃지 않게 해주었다. 나는 거리에서, 집에서, 도서관에서 엄마를 느꼈다. 심지어 우리 집 식품 창고에서도 엄마를 느낄 수 있었다. 리나는 그런 걸 경험한 적이 없었다. 애마 아줌마라면, 리나가 닻을 내리기도 전에 줄이 끊어진 배 같다고 말할 것이다.

나는 리나에게 닻이 되어주고 싶었다. 하지만 지금은 어느 누구도 그런 역할을 할 수 없을 것 같았다.

리나는 성큼성큼 부의 옆을 지나쳤다. 부는 앞쪽 베란다에 앉아 있었다. 집까지 오는 동안 내내 충실하게 우리 차 뒤를 따라 뛰었는데도 숨이 전혀 가쁘지 않은 모양이었다. 부는 우리가 저녁 식사를 하는 동안에는 우리 집 앞마당에 앉아 있었다. 애마 아줌마가 그레이비소스를 더 가지러 부엌으로 간 틈에 내가 문 밖으로 고구마와 마시멜로를 획 던져주었더니 좋아하는 것 같았다.

집 안에서 리나의 고함 소리가 들렸다. 나는 한숨을 내쉬며 차에서 내려 부와 나란히 현관 베란다 계단에 앉았다. 머리가 아까부터 욱신거렸다. 혈당이 떨어진 탓이었다. "메이컨 삼촌! 메이컨 삼촌! 일어나세요! 해가 졌어요. 삼촌이 지금 안 자는 거 다 알아요!"

내 머릿속에서도 리나의 고함 소리가 들렸다.

'해가 졌어요. 삼촌이 지금 안 자는 거 다 알아요!'

나는 리나가 어느 날 갑자기 생각을 바꿔서 메이컨에 대한 진실을 이야기해주기를 기다리고 있었다. 전에 자신의 이야기를 내게 해준 것처럼. 메이컨이 어떤 존재인지는 몰라도 하여튼 평범한 주술사 같지는 않았다. 애당초 평범한 주술사라는 게 있을 것 같지도 않았지만, 메이컨이 낮에는 계속 잔다는 점, 어디든 마음이 내키는 곳에 그냥 나타났다가 사라질 수 있다는 점을 생각하면 굳이 천재가 아니어도 결론을 내릴 수 있을 터였다. 하지만 나는 오늘은 그런 결론을 내리고 싶지 않았다.

부가 나를 빤히 바라보았다. 나는 녀석을 쓰다듬어주려고 손을 뻗었다. 녀석은 우리는 괜찮다, 날 건드리지 마라, 아이야 하고 말하는 것처럼 고개를 외로 꼬았다. 안에서 뭔가가 깨지는 소리가 들려오기 시작하자 부와 나는 일어서서 그 소리를 따라갔다. 리나가 2층의 방문들 중 한 곳을 손으로 마구 두드리고 있었다.

집 안은 세월의 흐름에 많이 낡았지만 아직 화려함을 잃지 않은 남북전쟁 이전의 스타일로 돌아가 있었다. 아무래도 메이컨이 이런 스타일을 좋아하는 모양이었다. 나는 집 안이 성처럼 바뀌지 않은 것에 내심 안도했다. 시간을 멈춰서 세 시간 전으로 돌아갈 수 있는 능력이 내게 있다면 좋을 텐데. 솔직히 말해서, 리나의 집이 아주 널찍한 트레일러로 변해서 우리 모두 개틀린의 다른 사람들처럼 칠면조 속을 채우고 남은 음식을 앞에 놓고 앉아 있게 되었다면 정말 행복했을 것이다.

"우리 엄마라고요? 진짜 엄마?"

문이 벌컥 열렸다. 메이컨이 잔뜩 헝클어진 모습으로 문간에 서 있었다. 입고 있는 리넨 잠옷은 구깃구깃했다. 그런데, 이런 말을 하기는 정말 싫지만, 잠옷 모양이 여자 것 같았다. 메이컨의 눈은 평소보다 더 빨갛고, 피부는 평소보다 더 희었다. 머리는 헝클어져 있었다. 마치 방금 트럭에 치인 사람 같았다.

어떤 의미에서는 우리 아빠와 그리 다르지 않은 모습이었다. 아주 훌륭하게 헝클어졌다는 점에서. 아니, 아빠보다 더 훌륭하게 헝클어진 것 같기도 했다. 그 여자 옷 같은 잠옷만 빼면. 아빠라면 그런 옷을 입고 있다가 사람들에게 들키지는 않을 것이다.

"우리 엄마가 새라핀이에요? 핼러윈에 날 죽이려고 했던 그게? 어떻게 그걸 나한테 숨길 수가 있어요?"

메이컨은 고개를 절레절레 저으며 짜증스러운 표정으로 자신의 머리카락을 문질렀다. "아마리군." 메이컨과 애마 아줌마가 한 판 붙는 모습을 볼수만 있다면 나는 무엇이든 내놓을 것이다. 물론 나는 애마 아줌마가 이긴다는 쪽에 돈을 걸 터였다.

메이컨이 문 밖으로 나와 등 뒤로 문을 닫았다. 나는 메이컨의 침실을 언뜻 볼 수 있었다. 마치 〈오페라의 유령〉의 무대 같았다. 내 키보다 더 큰 철제 세공 촛대가 서 있고, 네 개의 기둥이 서 있는 검은 침대 위에는 회색과 검은색이 섞인 벨벳이 드리워져 있었다. 창문에도 같은 천이 드리워져서, 농장저택 스타일의 검은 덧창 위에 뚱하니 매달려 있었다. 심지어 벽에도 검은색과 회색이 섞인 낡아빠진 천이 걸려 있었다. 아무래도 백 년은 된 천인 것 같았다. 방 안은 칠흑같이 어두웠다. 밤처럼 어두웠다. 몸이 오싹했다.

어둠, 진정한 어둠은 단순히 빛이 없는 상태가 아니었다.

메이컨은 문 밖으로 나오는 순간 완벽하게 옷을 차려입은 모습으로 변했다. 머리카락 한 올도 흐트러지지 않았고, 바지에는 주름 하나 없었으며, 하얀 와이셔츠도 빳빳하게 다려져 있었다. 심지어 매끈한 사슴가죽 신발에도 닳은 부분이 전혀 없었다. 조금 전과는 완전히 다른 모습이었다. 그저 침실에서 복도로 나왔을 뿐인데.

나는 리나를 바라보았다. 리나는 신경도 쓰지 않는 눈치였다. 처음부터 줄곧 리나의 삶이 나와는 완전히 달랐을 거라는 생각이 들면서 순간적으로 가슴이 내려앉았다. "엄마가 살아 있어요?"

"그건 그렇게 간단히 말할 수 있는 일이 아닌 것 같구나."

"우리 엄마가 날 죽이려고 했다는 말을 간단히 할 수는 없다는 뜻이죠? 도대체 언제 저한테 말해주실 생각이었어요? 제 운명이 이미 결정된 다음에요?"

"그런 얘기는 하지 마라. 넌 어둠이 되지 않아." 메이컨은 한숨을 내쉬었다.

"어떻게 그런 생각을 하실 수 있는지 모르겠네요. 제가, 누군가의 표현을 빌리면, '지금 살아 있는 어둠의 주술사들 중 최고'인 사람의 딸인데 말이에요."

"네가 화가 나는 건 이해한다. 받아들이기가 힘들겠지. 내가 직접 말해줬어야 하는 건데. 하지만 내가 널 보호하려고 했다는 말은 진심이야."

리나는 이제 단순히 화가 난 정도가 아니었다. "날 보호한다고요! 삼촌은 핼러윈 때 그 일이 그냥 우연한 공격인 것처럼 말했어요. 하지만 그 사람은 우리 엄마였잖아요! 엄마가 살아 있고, 날 죽이려고 했는데, 삼촌은 내가 그걸 몰라도 괜찮다고 생각하신 거예요?"

"그 여자가 널 죽이려 한 건지는 확실히 몰라."

액자들이 벽에 쾅쾅 부딪히기 시작했다. 복도 벽에 부착된 전등들이 하나씩 꺼졌다. 저 멀리 복도 끝까지. 빗소리가 덧창을 세차게 두들겼다.

"지난 몇 주 동안 나쁜 날씨라면 이미 지겨울 정도로 겪었잖아."

"저한테 또 어떤 거짓말을 하셨어요? 앞으로 제가 또 어떤 사실을 발견하게 될까요? 아버지도 살아 있는 건가요?"

"그렇지는 않아." 그것이 아주 비극적인 일이라는 말투였다. 너무 슬퍼서 입에 올리기도 힘든 일. 사람들이 우리 엄마의 죽음을 이야기할 때와 똑같은 말투였다.

"절 좀 도와주세요." 리나의 목소리가 갈라졌다.

"널 돕기 위해서라면 내가 할 수 있는 일은 뭐든지 할 거다, 리나. 지금까지도 줄곧 그랬어."

"그렇지 않아요." 리나가 쏘아붙였다. "제 능력에 대해 이야기해주지도 않았고, 저 자신을 보호하는 방법도 가르쳐주지 않았어요."

"네 능력이 어느 정도인지는 나도 모른다. 넌 자연체야. 뭔가 해야 할 때가 되면, 넌 자연스럽게 그 일을 하게 될 거다. 너만의 방식으로, 네가 원하는 시간에."

"친엄마가 날 죽이려고 해요. 저한테는 시간이 없어요."

"조금 전에도 말했지만, 그 여자가 널 죽이려고 하는지 아직은 확실히 몰라."

"그럼 핼러윈 때의 그 일은 뭔데요?"

"다른 원인이 있을 수도 있어. 델 누님과 내가 지금 알아내려고 애쓰는 중이다." 메이컨은 다시 방으로 들어가려는 것처럼 리나에게서 돌아섰다. "먼저 마음부터 가라앉혀. 그다음에 이야기하자."

리나는 복도 끝의 장식장 위에 놓여 있는 꽃병을 향해 돌아섰다. 누가 끈을 묶어 잡아당기기라도 한 것처럼 꽃병이 리나의 시선을 따라 메이컨의 침실 문 바로 옆의 벽으로 날아와서는 쾅 하고 부딪혔다. 메이컨에게서 아주 멀리 떨어진 위치였기 때문에 애당초 메이컨을 해칠 의도가 없었음은 분명했지만, 어쨌든 리나는 그 꽃병을 통해 자신의 뜻을 확실히 밝힌 셈이었다. 꽃병이 날아온 것은 결코 우연이 아니었다.

리나가 통제력을 잃는 바람에 그 일이 그냥 벌어진 게 아니었다. 리나가 일부러 저지른 일이었다. 리나는 지금 자신의 능력을 통제하고 있었다.

메이컨이 획 돌아섰다. 그 속도가 얼마나 빨랐는지 내 눈에는 메이컨의 움직임이 들어오지도 않았다. 어쨌든 그는 순식간에 리나 앞에 서 있었다. 메이컨도 나만큼이나 충격을 받은 얼굴이었다. 나와 똑같은 결론, 즉 그 일이 우연히 일어난 것이 아니라는 결론을 내린 모양이었다. 리나의 얼굴을 보니, 리나도 우리만큼 놀란 표정이었다. 메이컨은 상처받은 표정이었다. 메이컨 레이븐우드가 상처를 받는 게 가능하다면 말이지만. "방금 말했던 것처럼 뭔가 해야 할 때가 되면, 넌 자연스럽게 그 일을 하게 될 거다."

메이컨은 내게 돌아섰다. "앞으로 몇 주 동안은 지금까지보다 훨씬 더 위험해질 거다. 상황이 바뀌었어. 이 애를 혼자 두지 마라. 이 애가 여기 있을 때는 내가 보호해줄 수 있지만, 그래도 우리 어머니 말씀이 옳았어. 너도 이 애를 보호해줄 수 있을 것 같다. 어쩌면 나보다 더 잘."

"당사자는 저예요!" 리나는 의도적으로 힘을 쓴 충격과 메이컨의 표정을 보고 받은 충격에서 완전히 회복해 있었다. 나중에 리나는 틀림없이 이 일로 자신을 괴롭히겠지만, 지금은 너무 화가 나서 그런 생각을 할 여유가 없었다. "저를 없는 사람으로 취급하지 마세요."

전구 하나가 메이컨의 뒤에서 폭발했다. 하지만 메이컨은 꿈쩍도 하지 않았다.

"삼촌이 지금 무슨 말씀을 하시는 건지 아세요? 이건 저도 알아야 하는 일이에요! 사냥감이 된 건 저예요. 그 여자가 원하는 사람이 저라고요. 그런데 저는 이유도 몰라요."

두 사람은 서로를 노려보았다. 레이븐우드와 두케인. 같은 뿌리에서 구불구불 뻗어 나온 주술사 가계의 두 가문. 이제 나는 그만 가봐야 하는 게 아닌가 하는 생각이 들었다.

메이컨이 나를 바라보았다. 그의 얼굴은 내 생각이 옳다고 말하고 있었다.

리나가 나를 바라보았다. 리나의 얼굴은 아니라고 말하고 있었다.

리나가 내 손을 움켜쥐었다. 타오르는 듯한 열기가 느껴졌다. 리나는 불타고 있었다. 리나가 이렇게 화를 내는 건 처음이었다. 집 안의 모든 창문이 깨져버리지 않은 게 신기할 따름이었다.

"그 여자가 왜 저를 쫓는지 알고 있죠?"

"그건…."

"복잡한 얘기라고요?" 두 사람은 또 서로를 노려보았다. 리나의 머리가 구불구불하게 변하고 있었다. 메이컨은 자신의 은반지를 이리저리 비틀었다.

부가 배를 깔고 엎드린 채로 뒷걸음질을 쳤다. 똑똑한 녀석 같으니. 나도 기어서 이 방을 나갈 수 있으면 좋을 텐데. 마지막 전구가 터진 뒤 우리는 어둠 속에 계속 서 있었다.

"제 능력에 대해 아는 대로 전부 얘기해주세요." 이것이 리나가 내놓은 조건이었다.

메이컨이 한숨을 내쉬었다. 그러자 어둠이 흩어지기 시작했다. "리나, 너한테 말해주기 싫어서 이러는 게 아니다. 네가 방금 보여준 힘을 통해서 나 역시 네 능력이 어디까지인지 모른다는 걸 확실히 알게 됐어. 그걸 아는 사람은 아무도 없다. 아마 너도 알 수 없을 거다." 리나는 납득한 얼굴이 아니었지만, 그래도 열심히 귀를 기울였다. "자연체가 원래 그런 거야. 그게 네 재능의 일부다."

리나가 조금 누그러졌다. 싸움은 끝났다. 이 싸움의 승리자는 리나였다. "그럼 저는 어떻게 해야 하죠?"

메이컨은 내가 5학년 때 새와 꿀벌에 관해 설명해주려고 내 방에 왔을 때의 아버지처럼 괴로운 표정이었다. "네 능력을 찾아가는 동안에는 아주 혼란스러울 수 있다. 어쩌면 그 주제에 관한 책이 있을지도 모르지. 원한다면, 나랑 같이 메리언한테 가자."

그래요, 어련하시겠어요. 《선택과 변화》, 《현대여성을 위한 주술 지침서》, 《엄마가 날 죽이려고 해요: 10대들을 위한 안내서》 같은 게 도서관에 잘도 있겠네요.

앞으로 몇 주가 아주 길게 느껴질 것 같았다.

도무스 루나에 리브리

11.28

"오늘요? 오늘은 휴일이 아닌데요." 내가 문을 열었더니 뜻밖에도 메리언 아줌마가 외투 차림으로 우리 집 문 앞에 서 있었다. 지금 나는 메리언 아줌마의 낡은 옥색 트럭 안에서 차가운 좌석에 리나와 나란히 앉아 주술사 도서관으로 가는 길이었다.

"약속은 약속이야. 오늘은 추수감사절 다음 날이니까 검은 금요일이야. 휴일처럼 보이지 않겠지만, 은행은 쉬어. 우리한테는 그거면 충분해." 메리언 아줌마의 말이 옳았다. 애마 아줌마는 추수감사절 직후의 세일 상품을 사려고 아마 동이 트기도 전부터 쿠폰을 한 다발 들고 쇼핑몰에서 줄을 서고 있을 터였다. 이제 날이 어두워졌는데도 애마 아줌마는 아직 집으로 돌아오지 않았다. "개틀린 카운티 도서관이 문을 닫았으니, 주술사 도서관은 문을 열었지."

"열고 닫는 시간은 같아요?" 나는 메리언 아줌마에게 물었다. 메리언 아줌마 메인 거리로 차를 몰고 들어서려는 참이었다.

아줌마가 고개를 끄덕였다. "맞아. 9시부터 6시까지." 그러고는 윙크를 하며 말을 덧붙였다. "저녁 9시부터 아침 6시까지야. 내 고객들 중에는 한

낮의 햇빛 속으로 나오기 힘든 사람들도 있거든."

"너무 불공평해요." 리나가 투덜거렸다. "일반인들은 활동할 수 있는 시간이 훨씬 많은데도 책을 안 읽잖아요."

메리언 아줌마는 어깨를 으쓱했다. "전에도 말했지만, 나는 개틀린 카운티에서 월급을 받아. 그러니까 문제를 제기하려면 그 사람들한테 가. 하지만 너의 루나에 리브리가 돌아올 때까지 시간이 얼마나 남았는지 생각해 봐."

나는 또 멍한 표정을 지었다.

"루나에 리브리를 대충 번역하면 달의 책이라는 뜻이야. 주문 두루마리라고 해도 돼."

그 책의 이름이 무엇이든 상관없었다. 나는 주술사 도서관의 책들을 통해 우리가 무엇을 알게 될지 궁금해서 견딜 수가 없었다. 우리에게는 두 가지가 부족하기 때문이었다. 우리가 품고 있는 모든 의문의 해답과 시간.

트럭에서 내린 나는 믿을 수가 없었다. 메리언 아줌마의 트럭이 서 있는 곳은 개틀린 역사학회에서 3미터도 떨어지지 않은 길가였다. 엄마와 메리언 아줌마는 개틀린 역사학회를 개틀린 히스테리 협회라고 부르곤 했다. 역사학회 건물은 DAR의 본부이기도 했다. 트럭은 가로등에서 도로를 향해 쏟아지는 빛을 피할 수 있는 곳에 서 있었다.

부 래들리가 마치 미리 알고 있었다는 듯 인도에 앉아 있었다.

"여기예요? 그 루나에 어쩌고 하는 책이 DAR 본부에 있다고요?"

"도무스 루나에 리브리. 달의 책의 집. 간단히 줄여 부르면, 그냥 루나에 리브리. 하지만 여기는 그냥 개틀린 쪽의 입구일 뿐이야." 나는 웃음을 터뜨렸다. "너도 네 엄마처럼 아이러니를 즐길 줄 아는구나." 우리는 인적이 끊긴 건물로 다가갔다. 오늘 밤이야말로 우리에게 딱 맞았다.

"그래도 그냥 웃어 넘길 수만은 없어. 역사학회는 개틀린에서 가장 오래된 건물이고, 레이븐우드 바로 옆에 있어. 이 건물만 빼고 다른 건 전부 대화재 때 타버렸어." 메리언 아줌마가 말을 덧붙였다.

"그래도 그렇지, DAR 건물에 주술사 도서관이라니요? 그 둘 사이에는 공통점이 전혀 없잖아요." 리나는 기가 막힌 표정이었다.

"잘 보면 네가 생각하는 것보다 훨씬 더 공통점이 많을걸." 메리언 아줌마는 항상 들고 다니는 열쇠고리를 꺼내며 낡은 석조건물인 역사학회 쪽으로 서둘러 걸어갔다. "예를 들어, 나만 해도 두 곳에 모두 회원으로 가입돼 있어." 나는 믿을 수 없다는 표정으로 아줌마를 바라보았다. "난 중립적인 사람이야. 전에도 분명히 이야기한 것 같은데. 난 너와 달라. 넌 라일라처럼 너무 깊이 빠져들지…." 그다음 말이 무엇인지는 나도 짐작할 수 있었다. 그래서 결국 네 엄마가 어떻게 됐는지 보라는 말.

메리언 아줌마도 그 사실을 깨닫고 그대로 얼어붙었지만, 이미 뱉은 말은 어쩔 수 없었다. 무슨 짓을 해도 그 말을 되돌릴 수는 없을 것이다. 나는 멍해졌지만 아무 말도 하지 않았다. 리나가 내 손을 향해 손을 뻗었다. 리나가 속으로 움츠러든 나를 밖으로 다시 끌어내는 것이 느껴졌다.

'이선, 너 괜찮아?'

메리언 아줌마가 다시 손목시계를 보았다. "8시 55분이야. 엄밀히 말하면, 아직 너희를 안에 들이면 안 되는 시각이지. 하지만 난 9시까지 아래층에 가 있어야 돼. 오늘 저녁에 혹시 다른 손님들이 책을 보러 올지도 모르니까. 날 따라와."

우리는 건물 뒤의 어두운 마당으로 나갔다. 메리언 아줌마는 열쇠고리를 더듬다가 뭔가를 골라냈다. 전혀 열쇠처럼 생기지 않았기 때문에 내가 옛날부터 또 다른 열쇠고리인가 보다고 짐작했던 물건이었다. 한쪽에 경첩이 있는 철제 고리 모양이었다. 메리언 아줌마는 능숙한 솜씨로 경첩을 비틀어 찰칵 하고 접히게 만들었다. 원이 초승달로 바뀌었다. 주술사들의 달.

메리언 아줌마는 그 열쇠를 건물 뒤쪽 기초 부분에 있는, 철망처럼 생긴 것에 찔러 넣었다. 그리고 열쇠를 돌리자 철망처럼 생긴 문이 열렸다. 문 뒤에는 어두운 돌계단이 훨씬 더 짙은 어둠 속으로 이어져 있었다. DAR의 지하실 밑에 있는 또 다른 지하실이었다. 메리언 아줌마가 열쇠를 한 번 더 왼쪽으로 돌리자 벽에 줄줄이 걸려 있는 횃불들이 저절로 켜졌다. 이제 너울거리는 불빛이 계단을 환히 비췄기 때문에, 저 아래쪽 입구의 석조 아치에 새겨진 '도무스 루나에 리브리'라는 글자마저 언뜻 눈에 들어왔다. 메리언 아줌마가 열쇠를 한 번 더 돌리자 계단이 사라지고 다시 철망이 나타났다.

"이게 다예요? 안으로 들어가는 게 아니예요?" 리나는 화가 난 모양이었다.

메리언 아줌마가 철망 안으로 손을 집어넣었다. 철망은 환상이었다. "너도 알다시피 나는 주술을 쓸 수 없어. 그래도 뭔가 조치를 취할 필요는 있지. 밤이면 이런저런 사람들이 계속 주위를 헤매다가 안으로 들어오니까 말이야. 메이컨이 라킨을 시켜서 이걸 만들어줬어. 가끔 여기 들러서 이 장치에 이상이 없는지 점검도 해주고 있고."

메리언 아줌마는 갑자기 표정이 어두워지더니 우리를 바라보았다. "자, 너희들이 정말로 여기에 들어가고 싶다면 난 너희를 말릴 수 없어. 너희가 일단 저 아래로 내려간 뒤에는 내가 어떤 식으로든 너희를 이끌어줄 수도 없고. 너희가 책을 가져가는 걸 내가 미리 막을 수도 없고, 루나에 리브리가 다시 저절로 열리기 전에 너희에게서 책을 빼앗을 수도 없어."

메리언 아줌마는 내 어깨에 손을 얹었다. "알겠니, 이선? 이건 게임이 아냐. 저 아래에 있는 책들은 강력한 힘을 지니고 있어. 속박의 책, 주문 두루마리, 어둠과 빛의 부적, 힘을 지닌 물건. 나와 내 전임자들을 제외하면, 그 어떤 일반인도 보지 못한 것들이야. 마법이 걸려 있는 책들도 많고, 불행을 가져오는 책들도 있어. 그러니까 조심해야 돼. 아무것도 손대지 말고, 리나가 혼자서 책을 만지게 해."

리나의 머리카락이 물결치고 있었다. 이곳이 지닌 마법의 힘이 벌써 느껴지는 모양이었다. 나는 고개를 끄덕였다. 신경이 곤두섰다. 나는 마법 같은 것은 느끼지 못했지만, 술을 너무 많이 마셨을 때처럼 속이 울렁거렸다. 링컨 부인을 비롯한 여러 아줌마들은 발밑에 뭐가 있는지도 모르고 저 위층에서 수없이 돌아다녔을 것이다.

"저 아래에서 뭘 찾아내든, 해가 뜨기 전에 반드시 여기서 나와야 한다는 걸 잊지 마. 9시부터 6시까지야. 그 시간이 지나면 도서관의 문을 절대열 수 없어. 해는 정확히 6시에 떠오를 거다. 도서관의 날에는 항상 그러니까. 해가 뜨기 전에 계단을 올라오지 않으면, 다음 도서관의 날까지 저 안에 갇히게 돼. 그런데 일반인이 저 아래에서 겪게 될 일들을 얼마나 잘 이겨낼 수 있을지는 나도 전혀 몰라. 무슨 말인지 알겠니?"

리나가 내 손을 잡으며 고개를 끄덕였다. "이제 들어가도 돼요? 더 이상지체할 수 없어요."

"내가 이런 짓을 하고 있다는 걸 나도 믿을 수가 없다. 너의 메이컨 삼촌과 애마가 알면 날 죽이려고 들 거야." 메리언 아줌마는 손목시계를 또 확인했다. "먼저 들어가라."

"메리언 아줌마, 혹시… 엄마도 이걸 본 적이 있어요?" 나는 그냥 넘어갈수가 없었다. 이 생각만이 내 머리를 가득 채우고 있었다.

메리언 아줌마가 나를 바라보았다. 눈이 이상하게 반짝였다. "이 자리를나한테 준 사람이 바로 네 엄마야."

이 말과 함께 메리언 아줌마는 우리 앞의 철망 환영 속으로 사라져 저아래의 루나에 리브리로 내려갔다. 부 래들리가 컹컹 짖었지만, 이제 와서돌아설 수는 없었다.

계단은 차갑고 이끼가 끼어 있었다. 공기도 습했다. 축축한 것들, 허겁

지겹 움직이는 것들, 땅을 파고 들어가는 것들…. 이런 녀석들이 이 아래에서 편안히 자리를 잡고 있을 터였다.

나는 메리언 아줌마의 마지막 말을 생각하지 않으려고 애썼다. 엄마가 이 계단을 내려가는 모습은 상상도 되지 않았다. 내가 어쩌다가 우연히 알게 된, 아니 더 정확히 말하면 어쩌다 우연히 내 앞에 모습을 드러낸 이 세계에 대해 엄마가 조금이라도 알고 있었을 것 같지도 않았다. 하지만 엄마는 알고 있었다. 도대체 어떻게 알게 된 건지 궁금해서 다른 생각을 할 수 없었다. 엄마도 나처럼 우연히 이 세계를 알게 된 걸까? 아니면 누군가가 엄마를 이 세계로 초대했을까? 이유는 모르겠지만, 비록 지금 이 자리에 엄마가 없어도 나와 엄마가 똑같은 비밀을 공유하게 되었다는 사실이 훨씬 더 현실적으로 느껴졌다.

어쨌든 지금 여기서 오래된 교회의 바닥처럼 평평하고 조각이 새겨져 있는 돌계단을 내려가고 있는 사람은 바로 나였다. 계단 양편에 거친 바위들이 보였다. DAR 건물이 세워지기 훨씬 전에 이 자리에 존재했던 방의 초석이었다. 나는 계단 아래쪽을 내려다보았지만, 어둠 속에서 여러 형체들의 어렴풋한 윤곽만 보일 뿐이었다. 도서관 같지 않은 모습이었다. 오히려 납골당과 더 흡사했다. 실제로 이곳의 정체가 바로 그것일 가능성이 높았다. 아주 오래전부터 쭉.

계단을 다 내려가니 납골당의 그림자들 속에서 머리 위에 자그마한 돔들이 둥글게 커브를 그리며 헤아릴 수 없이 많이 늘어서 있는 것이 보였다. 각각의 돔에서 둥근 천장을 향해 기둥들이 뻗어 나갔다. 모두 합해 40~50개쯤 되는 것 같았다. 눈이 어둠에 익숙해지자 각각의 기둥이 모두 다른 모습이라는 것을 알 수 있었다. 줄기가 휘어진 늙은 떡갈나무처럼 한쪽으로 기울어진 것들이 몇 개 있었다. 그 기둥들의 그림자 때문에 둥근 방이 조용하고 어두운 숲처럼 보였다. 무서운 방이었다. 방이 어디까지 얼마나 뻗어 있는지도 전혀 알 수 없었다. 어느 쪽을 봐도 방이 어둠 속으로 녹아든 것처럼 보였다.

메리언 아줌마가 첫 번째 기둥에 열쇠를 넣었다. 달이 그려진 기둥이었다. 벽에 걸린 횃불들이 또 저절로 켜져서 너울거리는 빛으로 방을 밝혔다.

"아름다워요." 리나가 탄성을 질렀다. 리나의 머리는 여전히 구불거리고 있었다. 리나에게 이곳이 어떻게 느껴질지 궁금했다. 아마 나는 결코 알 수 없을 것이다.

'살아 있어. 강력해. 진실이, 모든 진실이 여기 어딘가에 있는 것 같아.'

"내가 태어나기 훨씬 전에 온 세상에서 모아들인 것들이야. 저건 이스탄불에서 온 거야." 메리언 아줌마는 기둥들의 꼭대기에 새겨진 장식과 글자들을 가리켰다. "저건 바빌론이고." 아줌마는 또 다른 기둥을 가리켰다. 매의 머리 네 개가 4면에 튀어나와 있었다. "이건 이집트, 신의 눈." 아줌마는 사자의 머리가 과장되게 새겨진 또 다른 기둥을 톡톡 쳤다. "이건 아시리아."

나는 손으로 벽을 쭉 훑어보았다. 벽을 이루고 있는 돌덩이들에도 조각이 새겨져 있었다. 몇몇 돌덩이에는 남자, 정체를 알 수 없는 생물, 새 등의 얼굴이 새겨져 있었다. 그 얼굴들이 숲처럼 늘어선 기둥들 사이로 먹이를 노리는 육식동물처럼 허공을 노려보았다. 내가 알 수 없는 상징들이 새겨진 돌도 있었다. 내가 결코 알 수 없는 여러 문명들과 주술사들의 상형문자 같았다.

우리는 방 안으로 더 깊숙이 들어가서 납골당을 벗어났다. 납골당은 일종의 로비 역할을 하는 것 같았다. 횃불들이 우리 뒤를 따라오듯이 하나씩 차례로 타올랐다. 방 한가운데에서 돌로 만든 탁자를 기둥들이 둥글게 둘러싸고 있는 것이 보였다. 서가들, 아니 내가 보기에 서가라고 짐작되는 것들이 이 둥근 방에서 바큇살처럼 사방으로 뻗어 있었다. 높이도 거의 천장까지 닿은 것 같았다. 그 무시무시한 미로 속에서 일반인들은 쉽사리 길을 잃어버릴 것 같았다. 하지만 이 방 안에는 둥근 돌탁자와 그것을 둘러싼 기둥들밖에 없었다.

메리언 아줌마가 벽에 초승달 모양으로 걸려 있는 철제 받침대에서 횃불을 하나 들어 내게 차분하게 건네주었다. 리나에게도 횃불을 하나 주고, 아줌마 자신도 횃불을 하나 들었다. "둘러보고 있어. 나는 우편물을 확인해야 돼. 다른 지부에서 대출 요청이 와 있을지도 몰라."

"여기 루나에 리브리로요?" 나는 여기 말고 다른 주술사 도서관들이 있을 거라고는 미처 생각하지 못했다.

"당연하지." 메리언 아줌마가 계단을 향해 돌아섰다.

"잠깐만요. 여기서는 우편물을 어떻게 받아요?"

"너희랑 똑같아. 칼튼 이튼이 배달해줘. 비가 오나 눈이 오나." 칼튼 이튼은 이걸 안다는 얘기였다. 그럴 만도 했다. 한밤중에 칼튼 이튼이 애마 아줌마를 태우러 온 것도 이제 이해가 갔다. 내가 개틀린과 이곳 주민들에 대해 모르는 것이 또 있는지 궁금해졌다. 하지만 군이 물어볼 필요는 없었다.

"우리 같은 사람들이 많지는 않아. 그래도 네가 생각하는 것보다는 많을 거야. 명심해. 레이븐우드는 이 오래된 건물보다 훨씬 더 오래전부터 여기 있었다는 걸. 여긴 일반인들의 마을이 되기 전에 이미 주술사 마을이었어."

"그래서 여기 사람들이 그렇게 이상한가 봐." 리나가 팔꿈치로 날 쿡 찔렀다. 나는 여전히 칼튼 이튼의 이름을 들은 충격에서 벗어나지 못하고 있었다.

개틀린, 아니 또 다른 개틀린에 대해 누가 또 알고 있을까? 이 또 다른 개틀린에는 마법의 지하 도서관이 있고, 여자애들은 날씨를 마음대로 부리거나 사람의 마음을 조종해서 절벽에서 뛰어내리게 만들 수도 있다. 메리언 아줌마나 칼튼 이튼처럼 이 주술사 세계에 대해 아는 사람이 누가 또 있을까? 우리 엄마도 그중 하나였다.

'패티? 잉글리시 선생님? 리 선생님?'

'리 선생님은 절대 아냐.'

"걱정 마. 너희에게 필요할 때 그 사람들이 너희를 찾아낼 테니까. 그게 이 세계의 법칙이야. 옛날부터 쭉 그랬어."

"잠깐만요." 나는 메리언 아줌마의 팔을 잡았다. "아빠도 아세요?"

"아니." 우리 집에 이중생활을 하지 않는 사람이 적어도 한 명은 있다는 뜻이었다. 비록 제정신은 아니었지만.

메리언 아줌마가 마지막 충고를 했다. "이제 얼른 조사를 시작해야지. 루나에 리브리는 너희가 봤던 그 어떤 도서관보다 몇 천배나 방대한 곳이야. 혹시 길을 잃으면 즉시 온 길을 되짚어 나와야 돼. 그래서 이 방에서부터 방사형으로 서가들이 뻗어 있는 거야. 앞뒤로만 왔다 갔다 한다면 길을 잃을 위험이 적어지지."

"항상 직선으로 움직일 수밖에 없는데 어떻게 길을 잃어요?"

"네가 한번 해 봐. 그럼 알 수 있을 테니."

리나가 끼어들었다. "서가들 끝에는 뭐가 있어요? 그러니까, 여기 이 통로들 끝이요."

메리언 아줌마는 이상한 표정으로 리나를 바라보았다. "그건 아무도 몰라. 거기까지 가본 사람이 없거든. 어떤 통로는 중간에 굴로 바뀌기도 해. 루나에 리브리에는 아직 아무도 가보지 못한 곳이 여럿 있어. 나조차도 한 번도 못 본 것들이 많아. 언젠가는 보게 될지도 모르지."

"무슨 말씀이세요? 모든 건 어디선가 끝나게 돼 있어요. 이 마을 전역의 지하에 책들이 줄줄이 늘어서 있다고요? 책들을 따라가다가 링컨 부인의 집에 차를 한 잔 마시러 올라갈 수도 있는 건가요? 왼쪽으로 방향을 틀어서 옆 마을의 델 이모님한테 책을 한 권 주는 건 어때요? 아니면 굴 속에서 오른쪽으로 방향을 틀어서 애마 아줌마랑 수다를 떠는 건요?" 나는 메리언 아줌마의 말을 믿을 수 없었다.

메리언 아줌마가 재미있다는 표정으로 나를 향해 미소를 지었다. "메이컨이 어디서 책을 구해 읽을 것 같니? DAR 사람들이 도서관을 드나드는 사람들을 한 번도 보지 못한 이유가 뭐 같아? 개틀린은 개틀린이야. 사람들은 지금 이대로가 아주 좋다고 생각하지. 자기들이 생각하는 지금 이대로의 모습. 일반인들은 자기들이 보고 싶은 것만 봐. 남북전쟁 이전부터 개틀린과 그 일대에서는 주술사들의 세계가 번성하고 있었어. 수백 년 전부터. 그게 하루아침에 바뀔 리가 없지. 네가 그 세계에 대해 알게 됐다는 이유만으로 바뀔 리가 없어."

"메이컨 삼촌이 왜 저한테 이 도서관 얘기를 안 해주신 건지 모르겠어요. 그동안 굉장히 많은 주술사들이 여길 드나들었을 텐데." 리나는 횃불을 높이 들고 서가에서 제본된 책을 하나 꺼냈다. 화려하게 장식되어 있는 그 책은 묵직해 보였다. 리나가 그 책을 손에 들자 회색 먼지 구름이 사방으로 폭발하듯 번졌다. 나는 기침을 하기 시작했다.

"《주술, 간략한 역사Casting, A Briefe Historie》." 리나는 또 다른 자료를 꺼냈다. "우리가 C로 시작하는 구역에 있는 것 같네요." 이번에 리나가 꺼낸 자료는 가죽상자 모양이었는데, 뚜껑을 열자 그 안에 두루마리가 서 있었다. 리나는 그 두루마리를 꺼냈다. 거기에서 피어오르는 먼지조차 아까 것보다 더 오래되고 더 짙은 것 같았다. "《창조와 혼돈을 위한 주술Castying to Creyate & Confounde》. 이건 진짜 오래된 책인데요."

"조심해. 몇 백 년이나 된 거니까. 구텐베르크는 1455년에야 비로소 인쇄술을 발명했어." 메리언 아줌마는 리나의 손에서 두루마리를 조심스레 빼앗았다. 마치 갓 태어난 아기를 안는 것 같았다.

리나는 회색 가죽으로 제본된 또 다른 책을 꺼냈다. "《남부의 주술》. 주술사들이 전쟁에도 나갔어요?"

메리언 아줌마는 고개를 끄덕였다. "북군, 남군 양편에 전부. 주술사 세계가 아주 심하게 갈라졌지. 우리 일반인들의 세계와 마찬가지로."

리나는 먼지투성이 책을 다시 서가에 꽂으며 메리언 아줌마를 바라보았다. "우리 집안의 주술사들은 아직도 전쟁을 벌이고 있는데요, 뭐. 안 그래요?"

메리언 아줌마는 슬픈 표정으로 리나를 바라보았다. "링컨 대통령이 봤으면, 분열된 집이라고 했겠지. 그래, 네 말이 맞는 것 같다, 리나." 아줌마는 리나의 뺨을 만졌다. "그래서 네가 여기 온 거잖니. 너한테 필요한 걸 알아내려고, 말이 안 되는 걸 이해해보려고. 이제 그만 조사를 시작해."

"책이 너무 많아요, 아줌마. 저희한테 방향만 가르쳐주시면 안 돼요?"

"나한테 기대지 마. 전에도 말했듯이, 난 의문의 답을 내놓는 사람이 아냐. 책을 관리할 뿐이지. 어서 움직여. 여기서는 달시계를 따르기 때문에, 자칫하면 시간이 얼마나 흘렀는지 모르고 지나갈 수 있어. 이 아래에서는 눈에 보이는 걸 그대로 믿으면 안 돼."

나는 리나와 메리언 아줌마를 차례로 바라보았다. 두 사람 모두 내 시야에서 벗어나면 무슨 일이 생길 것 같았다. 루나에 리브리는 내가 상상했던 것보다 더 위협적인 곳이었다. 도서관이라기보다는, 글쎄, 지하묘지에 더 가까웠다. 게다가 《달의 책》이 어디 있는지는 오리무중이었다.

리나와 나는 한없이 늘어선 서가들을 바라보았지만, 우리 둘 다 한 걸음도 떼지 않았다.

"그걸 어떻게 찾지? 여기 있는 책이 백만 권은 될 텐데."

"나도 몰라. 혹시…." 리나가 무슨 생각을 하는지 알 것 같았다.

"로켓으로 시도해볼까?"

"그거 가져왔어?" 나는 고개를 끄덕이며 청바지 호주머니에서 내 체온으로 따뜻해진 주머니를 꺼냈다. 그리고 리나에게 내 횃불을 넘겨주었다.

"이걸 펼치면 무슨 일이 일어나는지 봐둬야 돼. 틀림없이 뭔가 다른 게 있을 거야." 나는 로켓에서 손수건을 벗긴 뒤, 로켓을 방 한가운데의 둥근 돌탁자에 놓았다. 메리언 아줌마의 눈에 내게 익숙한 표정이 떠오르는 것이 보였다. 엄마와 함께 아주 좋은 자료를 파헤칠 때 보여주던 표정이었다. "아줌마도 보실래요?"

"그걸 말이라고 해?" 메리언 아줌마는 천천히 내 손을 잡았다. 나는 리나의 손을 잡고 깍지를 꼈다. 그리고 손을 뻗어 로켓에 갖다 댔다.

눈이 멀 것 같은 섬광 때문에 나는 눈을 감을 수밖에 없었다.

그러고는 연기와 타는 냄새가 느껴졌다. 우리는 그곳에 있었다….

제너비브는 빗속에서 글자가 잘 보이게 책을 들어올렸다. 거기 적힌 단어들을 소리 내어 말하는 것이 자연의 법칙에 반항하는 짓이라는 건 알고 있었다. 그만두라고, 지금 무슨 짓을 하려는 건지 잘 생각해보라고 외치는 어머니의 목소리가 들리는 듯했다.

하지만 제너비브는 그만둘 수 없었다. 이선을 잃을 수는 없었다.

제너비브는 주문을 외우기 시작했다.

"크루오르 펙토리스 메이, 투텔라 투아 에스트.

비타 비타에 메아에, 코리피엔스 투암, 코리피엔스 메암.

코르푸스 코르포리스 메이, 메둘라 멘스쿠에,

아니마 아니마데 메아에, 아니맘 노스트람 코넥테.

크루오르 펙토리스 메이, 루나 메아, 아에스투스 메우스.

크루오르 펙토리스 메이. 파툼 메움, 메아 살루스."

"너무 늦기 전에 그만둬요." 아이비가 필사적으로 외쳤다.

비가 억수같이 쏟아지고, 번개가 자욱한 연기를 갈랐다. 제너비브는 숨을 멈추고 기다렸다. 아무 일도 일어나지 않았다. 자신이 뭔가 실수를 저지른 모양이었다. 제너비브는 어둠 속에서 글자를 더 자세히 보려고 눈을 가늘게 떴다. 그리고 어둠을 향해 비명처럼 그 글자들을 읽었다. 자신이 가장 잘 아는 언어로.

"내 심장의 피, 보호는 그대의 것.

내 생명의 생명, 당신의 것을 가져가고, 내 것을 가져가고.

내 몸의 몸, 골수와 마음.

내 영혼의 영혼, 우리의 영적인 유대를 향해.
내 심장의 피, 나의 물결, 나의 달.
내 심장의 피. 나의 구원, 나의 파멸."

자기 눈이 장난을 치는 것 같았다. 이선의 눈꺼풀이 움직이는 것이 보였다.
이선이 눈을 뜨려고 애쓰는 것 같았다.
"이선!" 순간적으로 둘의 시선이 마주쳤다.
이선은 어떻게든 숨을 고르려고 애썼다. 뭔가 말을 하려는 모양이었다. 제
너비브는 이선의 입술에 귀를 바짝 갖다 댔다. 이선의 따스한 숨결이 뺨에
닿았다.
"네 아버지가 주술사와 일반인이 맺어지는 건 불가능하다고 했지만 난 절
대 믿지 않았어. 우리가 방법을 찾아냈을 거야. 사랑해, 제너비브." 이선은
뭔가를 제너비브의 손에 꼭 쥐어주었다. 로켓이었다.
그러고는 눈을 뜰 때와 마찬가지로 갑자기 눈을 감아버렸다. 오르락내리
락하던 이선의 가슴 움직임이 점점 약해지고 있었다.
제너비브가 뭘 어찌 해보기도 전에 강력한 전기가 그녀의 몸을 훑고 지나
갔다. 혈관 속에서 피가 급류처럼 흐르는 것이 느껴졌다. 번개에 맞은 모양
이었다. 고통이 파도처럼 제너비브를 후려쳤다.
제너비브는 어떻게든 버텨보려고 했다.
그런데 모든 것이 검게 변해버렸다.

"하늘에 계신 다정하신 하나님, 아가씨마저 데려가지 마세요."
아이비의 목소리였다. 여긴 어디지? 제너비브는 냄새 덕분에 정신을 차렸
다. 불에 탄 레몬 냄새. 제너비브는 말을 하려고 했지만, 모래를 삼킨 것처
럼 목구멍이 깔깔했다. 제너비브의 눈꺼풀이 퍼덕거렸다.
"오, 주님, 감사합니다!" 아이비가 흙바닥 위에 무릎을 꿇고 앉아 제너비브
를 내려다보고 있었다.
제너비브는 기침을 하며 손을 뻗어 아이비를 가까이 끌어당겼다.
"이선은…." 제너비브가 속삭이듯 말했다.

"죄송해요, 아가씨. 돌아가셨어요."

제너비브는 눈을 뜨려고 애썼다. 아이비가 벌떡 일어섰다. 악마라도 본 사람 같았다.

"주님, 자비를!"

"왜? 왜 그래, 아이비?"

아이비는 자기 눈앞의 광경을 어떻게든 받아들이려고 애썼다. "아가씨 눈이… 눈이 변했어요."

"그게 무슨 소리야?"

"이젠 초록색이 아니에요. 노란색이에요. 태양 같은 노란색."

제너비브는 자기 눈 색깔이 무엇이든 상관하지 않았다. 이선을 잃은 지금은 그 어떤 것도 중요하지 않았다. 그녀는 울음을 터뜨렸다.

빗줄기가 점점 거세져서 땅이 진흙으로 변하고 있었다.

"어서 일어나세요, 제너비브 아가씨. 다른 세계의 분들과 의논해봐야 돼요." 아이비는 제너비브를 일으키려고 했다.

"아이비, 그게 무슨 소리야?"

"아가씨 눈 말이에요. 제가 말했잖아요. 달 있는 밤과 달 없는 밤에 대해서. 이게 뭘 의미하는지 알아내야 돼요. 그러니까 영들에게 물어봐야 돼요."

"내 눈이 잘못 됐다면, 틀림없이 번개에 맞은 탓일 거야."

"뭘 보신 거예요?" 아이비는 겁에 질린 표정이었다.

"아이비, 왜 그래? 왜 이렇게 이상하게 구는 거야?"

"아가씨는 번개에 맞지 않았어요. 번개가 아니라 다른 거라고요."

아이비는 불타는 면화밭을 향해 달려갔다. 제너비브는 아이비의 이름을 부르며 일어나려고 했지만, 여전히 머리가 어지러웠다. 제너비브는 걸쭉한 진흙탕에 다시 머리를 뉘였다. 빗줄기가 계속 얼굴로 떨어졌다. 빗물에 패배의 눈물이 섞였다. 제너비브는 현실과 비현실, 의식과 무의식을 오락가락했다. 아이비의 목소리가 들렸다. 멀리서 희미하게. 아이비가 제너비브의 이름을 부르고 있었다. 제너비브가 다시 시선에 초점을 맞추고 둘러보니, 아이비가 치맛자락을 손으로 모아 쥐고 옆에 있었다.

아이비의 치맛폭 속에 뭔가가 있었다. 아이비는 그것을 제너비브 옆의 젖은 땅에 쏟았다. 가루가 들어 있는 작은 병들과 모래나 흙처럼 보이는 것이 들어 있는 병들이 서로 부딪히며 쓰러졌다.

"이게 뭐야?"

"공물을 바치는 거예요. 영들에게. 이게 무슨 뜻인지 말해줄 수 있는 건 영들밖에 없어요."

"아이비, 진정해. 무슨 말도 안 되는 소리를 하는 거야?"

아이비는 자기 옷의 주머니에서 뭔가를 꺼냈다. 깨진 거울 조각이었다. 아이비는 그것을 제너비브 앞으로 불쑥 내밀었다.

날이 어두웠지만 틀림없었다. 제너비브의 눈이 불타오르고 있었다. 짙은 초록색이었던 눈동자가 불타는 황금색으로 변했다. 이건 확실히 제너비브의 눈이 아니었다. 검은 동공은 고양이 눈의 동공처럼 아몬드 모양으로 변했다. 제너비브는 거울을 땅에 던져버리고 아이비를 바라보았다.

하지만 아이비는 다른 데 정신이 팔려 있었다. 아이비는 병에 들어 있던 가루와 흙을 섞어 한 손에서 다른 손으로 체질하듯 옮기기를 반복하며 자기 조상들이 쓰던 굴라 어로 중얼거렸다.

"아이비, 무슨…."

"쉬." 아이비가 숨죽인 소리로 말했다. "지금 영들의 말을 듣고 있어요. 영들은 아가씨가 한 짓을 알고 있어요. 이제 이게 무슨 뜻인지 말해줄 거예요."

"그녀의 뼈로 된 흙과 내 피의 피." 아이비는 깨진 거울 조각 가장자리로 자기 손가락을 찌른 뒤 상처에서 배어나온 피 한 방울을 자기 손에 있는 흙반죽에 묻혔다. "말씀을 들려주세요. 무엇을 보셨는지. 무엇을 아시는지."

아이비는 하늘을 향해 양팔을 벌린 채 일어섰다. 비가 아이비의 몸으로 억수같이 쏟아지고, 더러운 빗물이 아이비의 옷을 타고 흘러내렸다. 아이비는 다시 낯선 언어로 말하기 시작했다. 그러고는….

"그럴 리가 없어요. 아가씨는 그런 거 몰라요." 아이비는 머리 위의 어두운 하늘을 향해 울부짖었다.

"아이비, 왜 그래?"

아이비는 팔로 자신의 몸을 끌어안고 부들부들 떨면서 신음했다. "그럴 리가 없어요. 그럴 리가 없어요."

제너비브는 아이비의 어깨를 움켜쥐었다. "뭐야? 왜 그래? 내가 어떻게 된 건데?"

"그 책에 함부로 손대지 말라고 했잖아요. 오늘 밤에는 주술을 하면 안 된다고 했잖아요. 이젠 너무 늦었어요. 다시 되돌릴 방법이 없어요."

"그게 무슨 소리야?"

"아가씨는 이제 저주받았어요. 결정이 내려졌다고요. 아가씨는 변했어요. 그걸 막을 방법은 없어요. 이건 거래예요. 뭔가 대가를 내놓지 않으면《달의 책》에게서 아무것도 얻을 수 없어요."

"뭐? 내가 뭘 내놓았는데?"

"아가씨의 운명이요. 앞으로 태어날 두케인 가문 아이들의 운명도 함께."

제너비브는 무슨 말인지 알 수 없었다. 하지만 자신이 저지른 짓을 되돌릴 방법이 없다는 건 이해했다. "그게 무슨 뜻이야?"

"열여섯 번째 달, 열여섯 번째 해에 그 책이 약속대로 대가를 가져갈 거예요. 아가씨가 흥정을 하며 내놓은 것, 두케인 가문 아이의 피 말이에요. 그 아이는 어둠이 될 거예요."

"두케인 가문의 모든 아이들이?"

아이비는 머리를 조아렸다. 오늘 밤의 패배자는 제너비브만이 아니었다. "전부는 아니에요."

제너비브의 표정이 희망적으로 변했다. "그럼 어떤 아이들이야? 어떤 아이가 어둠으로 변할지 어떻게 알지?"

"책이 선택할 거예요. 열여섯 번째 달, 아이의 열여섯 번째 생일에."

"효과가 없었어." 리나의 목소리가 멀리서 들리는 것 같았다. 목이 졸린 것 같은 목소리였다. 내 눈에 보이는 것이라고는 연기뿐이고, 내 귀에 들리는 것이라고는 리나의 목소리뿐이었다. 우리는 도서관에 있는 것도 아니고, 환영 속에 있는 것도 아니었다. 우리는 그 중간 어디쯤에 있었다. 끔찍했다.

"리나!"

그때 순간적으로 연기 속에서 리나의 얼굴이 보였다. 리나의 눈이 엄청 크고 검게 보였다. 지금은 초록색이 거의 검은색으로 변해 있었다. 리나의 목소리가 거의 속삭임처럼 변했다. "2초뿐이야. 그 사람은 겨우 2초 동안 살아 있었어. 그리고 제너비브는 그 사람을 다시 잃었어."

리나가 눈을 감자 리나의 모습이 내 눈 앞에서 사라져버렸다.

"L! 어디 있어?"

"이선. 로켓." 메리언 아줌마의 목소리가 들렸다. 아주 멀리서 들려오는 소리 같았다.

내 손에 쥐고 있는 딱딱한 로켓이 느껴졌다. 나는 아줌마의 말을 이해했다.

그래서 로켓을 떨어뜨렸다.

나는 눈을 떴다. 허파에 아직 연기가 차서 기침이 나왔다. 방 안이 빙빙 돌고 있었기 때문에 주위가 흐릿했다.

"너희들 여기서 도대체 뭣 하는 거냐?"

나는 로켓에 시선을 고정시켰다. 그러자 방 안의 풍경이 다시 선명해졌다. 돌바닥에 놓여 있는 로켓은 아주 작고 무해하게 보였다. 메리언 아줌마가 내 손을 놓았다.

메이컨 레이븐우드가 납골당 한가운데에 서 있었다. 그의 외투가 몸 주위에서 비틀렸다. 애마 아줌마도 그 옆에 서 있었다. 아끼는 외투를 입었지만 단추를 엇갈리게 잠갔고, 손에는 가방을 움켜쥐고 있었다. 두 사람 중 누가 더 화가 났는지 분간하기 어려울 정도였다.

"미안해요, 메이컨. 규칙을 알잖아요. 아이들이 도움을 요청했어요. 난 속박의 주문에 따라 아이들을 도와줄 수밖에 없어요." 메리언 아줌마는 아연실색한 표정이었다.

애마 아줌마는 메리언 아줌마에게 거침없이 화를 냈다. 메리언 아줌마가 우리 집에 휘발유를 끼얹기라도 한 것 같았다. "아냐, 당신은 속박의 주문에 따라 라일라의 아들과 메이컨의 조카를 돌봐줘야 하는 사람이야. 그런데 이런 짓을 하면서 이 아이들을 돌봐줄 수 있을 것 같아?"

나는 메이컨도 메리언 아줌마에게 비난을 퍼부을 줄 알았다. 하지만 메이컨은 아무 말도 하지 않았다. 이유는 금방 분명해졌다. 메이컨은 리나의 몸을 흔들고 있었다. 리나가 방 한가운데의 돌탁자 위에 쓰러져 있기 때문이었다. 리나는 양팔을 활짝 벌린 채 거친 돌 위에 얼굴을 대고 엎드린 자세였다. 의식이 없는 것 같았다.

"리나!" 나는 메이컨을 무시하고 리나를 끌어안았다. 여전히 검은색인 리나의 눈이 나를 뚫지게 바라보았다.

"죽은 건 아냐. 떠돌고 있는 거야. 내가 리나에게 닿을 수 있을 것 같다." 메이컨은 조용히 움직이고 있었다. 그가 자기 반지를 비트는 것이 보였다. 눈이 묘하게 불타오르고 있었다.

"리나! 돌아와!" 나는 축 늘어진 리나의 몸을 가슴에 꼭 끌어안았다.

메이컨은 뭐라고 중얼거리고 있었다. 나는 한 마디도 알아들을 수 없었지만, 리나의 머리카락이 움직이기 시작하는 것이 보였다. 이미 익숙해진 그 초자연적인 바람 때문이었다. 내 생각에 그 바람은 주술의 바람인 것 같았다.

"여기선 안 돼요, 메이컨. 여기서는 주술이 말을 안 들을 거예요." 메리언 아줌마는 먼지투성이 책을 한 권 꺼내서 책장을 찢을 듯이 넘기고 있었다. 목소리가 떨렸다.

"주술을 거는 게 아냐, 메리언. 여행을 하고 있는 거야. 이건 주술사도 할 수 없는 일이야. 저 애가 간 곳에 갈 수 있는 건 메이컨 같은 종족들밖에 없어. 저 아래 말이야." 애마 아줌마는 우리를 안심시키려고 애쓰는 중이었지만, 그다지 효과는 없었다.

리나의 텅 빈 몸이 점점 차가워지는 것이 느껴졌다. 애마 아줌마의 말이 옳았다. 리나가 어디 있는지는 몰라도, 지금 내 품에 있는 이 몸속에는 없었다. 리나는 아주 멀리 있었다. 나는 일반인인데도 그것을 느낄 수 있었다.

"말했잖아요, 메이컨. 여긴 중립적인 곳이에요. 흙의 방에서는 속박의 주문을 쓸 수 없어요." 메리언 아줌마는 아까 그 책을 꼭 움켜쥔 채 서성거리고 있었다. 그 책을 끌어안고 있으면 어떻게든 이번 일에 도움이 될 거라는 생각이 드는 모양이었다. 하지만 그 책에는 해답이 없었다. 이건 메리언 아줌마가 아까 직접 한 말이었다. 주술로는 우리를 도울 수 없다고.

나는 꿈을 떠올렸다. 진흙 속에서 리나를 끌어당기던 꿈. 내가 여기서 이렇게 리나를 잃어버리는 건가 하는 생각이 들었다.

메이컨이 입을 열었다. 그는 눈을 뜨고 있었지만, 앞을 보고 있지 않았다. 눈이 내면을 바라보고 있는 것 같았다. 어디든 리나가 가 있는 곳을 보고 있는 것 같았다. "리나, 내 말 잘 들어라. 그 여자는 널 붙잡을 수 없어."

그 여자. 나는 리나의 텅 빈 눈을 들여다보았다.

새라핀.

"넌 강한 아이다, 리나. 뚫고 나와. 그 여자는 내가 여기서 널 도와줄 수 없다는 걸 알고 있다. 그동안 내내 네가 그림자들 속으로 들어오기를 기다리고 있었어. 그러니 네 힘으로 해내야 한다."

메리언 아줌마가 물 한 잔을 들고 나타났다. 메이컨이 그 물을 리나의 얼굴과 입안에 부었지만, 리나는 꼼짝도 하지 않았다.

나는 더 이상 참을 수가 없었다.

그래서 리나의 입을 손으로 잡고 입을 맞췄다. 세게. 물이 우리의 입가로 똑똑 흘러내렸다. 마치 내가 물에 빠진 사람에게 인공호흡을 하고 있는 것 같았다.

'정신 차려, L. 날 두고 가면 안 돼. 이렇게는 안 돼. 그 여자보다 내가 더 너를 원해.'

리나의 눈꺼풀이 퍼덕였다.

'이선, 난 지쳤어.'

리나가 기침을 하고 물을 뱉어내며 다시 깨어났다. 나는 나도 모르게 미소를 지었다. 리나도 마주 웃어주었다. 만약 지금 이 일이 꿈과 관련된 것이라면, 우리가 꿈의 결말을 바꾼 셈이었다. 이번에는 내가 리나를 놓치지 않았다. 하지만 그런 게 아니라는 사실을 내가 속으로는 알고 있었던 것 같다. 리나가 꿈에서처럼 내 품에서 스르르 빠져나가는 순간은 지금이 아니라는 것을. 지금 이것은 시작에 불과했다.

설사 그렇다 해도, 이번에는 내가 리나를 구했다.

나는 리나를 끌어안았다. 우리 둘 사이의 그 친숙한 전류를 느끼고 싶었다. 그런데 내가 팔로 리나를 감싸기도 전에 리나가 화들짝 놀라며 내 품을 벗어나 벌떡 일어나 앉았다. "메이컨 삼촌!"

메이컨은 납골당 벽에 몸을 기대고 서 있었다. 자기 몸조차 지탱하기 힘든 것 같은 모습이었다. 메이컨은 돌 벽에 머리를 기댔다. 얼굴은 땀투성이고, 숨도 가쁘고, 안색이 백짓장처럼 창백했다.

리나가 메이컨에게 달려가서 매달렸다. 아버지를 걱정하는 아이 같았다. "왜 그러셨어요? 그 여자 때문에 삼촌이 죽을 수도 있었는데." 메이컨이 여행을 한다는 말이 무슨 뜻인지, 여행을 하면서 뭘 했는지는 잘 모르겠지만, 그에게는 아주 힘든 일임이 분명했다.

이것이 바로 새라핀의 힘이었다. 그 여자가 어떤 사람인지는 몰라도, 리나의 엄마였다.

겨우 도서관에 왔을 뿐인데 이런 일이 일어날 정도라면, 앞으로 몇 달 동안 일어날 일들을 내가 감당할 수 있을지 자신이 없었다.

내일 아침부터 따진다면, 앞으로 74일이 남아 있었다.

리나는 여전히 물에 흠뻑 젖은 채 담요로 몸을 감싸고 앉아 있었다. 다섯 살짜리 아이처럼 보였다. 나는 리나 뒤쪽의 낡은 떡갈나무 문을 흘깃 바라보며 혼자 여기서 나가는 길을 찾을 수 있을지 생각해보았다. 찾을 수 없을 것 같았다. 우리는 어떤 통로를 서른 걸음쯤 걷다가 계단을 내려와 작은 문들을 여러 개 지나서 아늑한 서재로 들어왔다. 일종의 열람실인 것 같았다. 여기까지 이어진 통로는 끝이 없는 것 같았고, 일정한 간격으로 나타나는 문들은 지하 호텔의 방문 같았다.

메이컨이 자리에 앉자마자 은제 찻잔세트가 탁자 한가운데에 나타났다. 정확히 잔 다섯 개와 달콤한 빵이 담긴 접시가 있었다. 여기에도 '주방'이 있는 모양이었다.

나는 주위를 둘러보았다. 여기가 어딘지 전혀 알 수 없었지만, 한 가지는 확실했다. 여기가 개틀린 안이라는 것. 하지만 그와 동시에 개틀린에서 아주 멀리 떨어진 곳이기도 했다. 내가 이렇게 멀리까지 나와 본 건 처음이라는 생각이 들 만큼.

어쨌든 지금 이건 내가 감당할 수 있는 일이 아니었다.

나는 헨리 8세 시대의 물건처럼 보이는 의자에서 어떻게든 편안한 자세를 취해보려고 애썼다. 사실 이 의자가 헨리 8세 시대의 물건이 아니라는 증거도 없었다. 벽걸이도 오래된 성이나 레이븐우드 같은 곳에서 온 물건 같았다. 한밤중의 하늘 같은 파란색과 은색 실로 별자리 모양을 짜 넣은 벽걸이였다. 그런데 그걸 볼 때마다 달의 모양이 변하는 것 같았다.

메이컨, 메리언 아줌마, 애마 아줌마는 탁자를 사이에 두고 마주 보는 자리에 앉았다. 리나와 나의 상황은 '큰일 났다'는 말만으로는 부족한 것 같았다. 메이컨이 어찌나 화가 났는지, 그의 찻잔이 덜거덕거리고 있었다. 애마 아줌마는 그보다 더했다. "우리 애가 지하세계를 감당할 수 있을지 당신이 결정할 수 있다고 생각한 거야? 도대체 왜? 라일라가 여기 있었으면, 산 채로 당신 껍질을 벗기려고 들었을 거야. 당신 배짱이 이렇게 두둑

한 줄 몰랐어, 메리언 애시크로프트."

찻잔을 들어올리는 메리언 아줌마의 손이 덜덜 떨렸다.

"당신 아이? 내 조카는 어떻고? 공격을 받은 건 내 조카야." 이미 우리를 갈기갈기 찢어버릴 것처럼 혼낸 메이컨과 애마 아줌마는 이제 서로를 향해 달려들고 있었다. 나는 감히 리나를 바라볼 수 없었다.

"당신은 태어나던 날부터 골칫거리였어, 메이컨." 애마 아줌마는 리나에게 시선을 돌렸다. "그런데 네가 내 아이를 이런 일에 끌어들이다니 믿을 수가 없구나, 리나 두케인."

리나는 냉정을 잃었다. "제가 이선을 끌어들이면 안 되나요? 저는 원래 나쁜 짓을 잘해요. 아직도 그걸 모르시겠어요? 전 앞으로 계속 더 나빠질 거예요!"

찻잔 세트가 탁자에서 허공으로 날아올라 얼어붙은 듯이 멈췄다. 메이컨은 눈 하나 깜짝하지 않고 찻잔을 바라보았다. 도전이었다. 찻잔 세트 전체가 똑바로 균형을 잡더니 탁자 위에 부드럽게 내려앉았다. 리나는 메이컨을 바라보았다. 방 안에 두 사람만 있는 것 같았다. "저는 어둠이 될 거예요. 삼촌이 무슨 짓을 해도 그걸 막을 수는 없어요."

"그렇지 않아."

"그래요? 저는 결국 제 엄…." 리나는 차마 그 말을 하지 못했다.

담요가 리나의 어깨에서 떨어졌다. 리나가 내 손을 잡았다. "넌 나한테서 떨어져야 돼, 이선. 너무 늦기 전에."

메이컨이 화난 얼굴로 리나를 바라보았다. "넌 어둠이 되지 않아. 남의 말에 그렇게 쉽게 넘어가다니. 네가 그런 생각을 하는 게 바로 그 여자가 바라는 거야." 메이컨이 '그 여자'라는 말을 할 때의 말투는 '개틀린'을 말할 때의 말투를 연상시켰다.

메리언 아줌마가 자신의 찻잔을 탁자에 내려놓았다. "십대들이란…. 모든 걸 세상의 종말로만 보지."

애마 아줌마는 고개를 저었다. "세상에는 처음부터 그렇게 되게 되어 있는 일도 있고, 사람이 어느 정도 노력을 해야 이루어지는 일도 있어. 지금 이 일은 아직 끝나지 않았어."

내가 잡고 있는 리나의 손이 덜덜 떨고 있었다. "옳은 말씀이야, L. 다 괜찮을 거야."

리나가 자신의 손을 홱 빼냈다. "다 괜찮을 거라고? 우리 엄마, 변이체인 우리 엄마가 날 죽이려고 해. 백 년 전의 일을 보여준 환영은 우리 집안 전체가 남북전쟁 때부터 저주받았다는 걸 분명히 알려주었을 뿐이야. 내 열여섯 번째 생일은 이제 두 달 남았어. 그런데 네가 할 수 있는 말이 고작 그거야?"

나는 리나의 손을 잡았다. 부드럽게. 리나가 나를 뿌리치려 하지 않았기 때문에. "나도 너랑 똑같은 환영을 봤어. 그 책은 자신이 데려갈 사람을 스스로 선택한다고 했잖아. 어쩌면 그 책이 널 선택하지 않을 수도 있어." 나는 지푸라기라도 잡는 심정이었다. 달리 방법이 없었다.

애마 아줌마는 메리언 아줌마를 바라보며 자신의 접시를 바닥에 쾅 내려놓았다. 찻잔이 덜컹거렸다.

"그 책?" 메이컨의 눈이 나를 꿰뚫어버릴 것 같았다.

나는 그의 시선을 정면으로 맞받으려고 했지만 그럴 수 없었다. "환영 속에 나왔던 책이요."

'아무 말도 하지 마, 이선.'

'말해야 돼. 이건 우리끼리 해결할 수 없는 일이야.'

"아무것도 아니에요, M 삼촌. 그 환영의 의미가 뭔지도 모르는데요, 뭐." 리나는 고집을 꺾을 생각이 없는 것 같았지만, 나는 조금 전의 그 일을 겪고 나서 생각이 바뀌었다. 어른들에게 말해야 할 것 같았다. 모든 일이 제멋대로 굴러가고 있었다. 리나와 내가 물에 빠져 죽어가고 있는데, 나는 리나를 구하기는커녕 내 목숨조차 구할 힘이 없는 것 같았다.

"어쩌면 그 환영의 의미는, 네 집안 사람들이 모두 어둠이 되지는 않는다는 건지도 몰라. 델 이모님을 봐. 리스는 어떻고? 귀여운 라이언이 사람들을 치료해주는 능력을 갖고 있는데도 어둠으로 넘어갈 것 같아?" 나는 리나에게 가까이 다가가며 말했다.

리나는 의자 속으로 더욱 깊숙이 몸을 움츠렸다. "넌 우리 집안에 대해 아무것도 모르니까 그러는 거야."

"그래도 틀린 말은 아니다, 리나." 메이컨이 화가 머리끝까지 솟은 얼굴로 리나를 바라보았다.

"넌 리들리가 아냐. 네 엄마도 아니고." 나는 최대한 자신 있는 말투로 말했다.

"그걸 네가 어떻게 알아? 넌 우리 엄마를 만난 적도 없잖아. 사실 따지고 보면 나도 없어. 아무도 막을 수 없는 영적인 공격을 당한 게 전부야."

메이컨은 리나를 안심시키려고 애썼다. "그때 우리는 그런 공격에 대비가 되어 있지 않았어. 그 여자가 여행을 할 수 있는 줄은 몰랐다. 그 여자가 나와 같은 능력들을 몇 가지 갖고 있는 줄도 몰랐어. 그건 주술사들한테 주어지는 재능이 아니니까 말이야."

"제 엄마에 대해 아는 사람이 하나도 없는 것 같네요. 저에 대해서도 그렇고요."

"그래서 우리한테 그 책이 필요한 거예요." 이 말을 하면서 나는 메이컨의 눈을 똑바로 바라보았다.

"그 책이라니 도대체 뭘 말하는 거냐?" 메이컨의 인내심이 거의 바닥난 것 같았다.

'말하지 마, 이선.'

'말해야 돼.'

"제너비브에게 저주를 내린 책이요." 메이컨과 애마 아줌마는 서로를 바라보았다. 내 입에서 어떤 말이 이어질지 알고 있는 눈치였다. 《달의 책》. 원래 저주가 그렇게 내려지는 거라면, 그걸 푸는 법도 그 안에 있을 거예요. 맞죠?" 방 안이 침묵에 잠겼다.

메리언 아줌마가 메이컨을 바라보았다. "메이컨…."

"메리언, 당신은 끼어들지 말아요. 이미 넘칠 만큼 끼어들었으니까. 게다가 몇 분만 있으면 해가 뜰 거요." 메리언 아줌마는 알고 있었다. 《달의 책》이 어디 있는지. 그래서 메이컨은 메리언 아줌마의 입을 막으려고 애쓰고 있었다.

"메리언 아줌마, 그 책은 어디 있어요?" 나는 메리언 아줌마의 눈을 똑바로 바라보았다. "우릴 도와주셔야 돼요. 엄마라면 도와주셨을 거예요. 게다가 아줌마는 어느 편도 들면 안 되잖아요." 내가 비겁한 술수를 쓰고 있는 건 사실이었지만, 그래도 틀린 말은 아니었다.

애마 아줌마가 양손을 들어 올렸다가 자기 무릎에 털썩 내려놓았다. 항복의 표시였다. 애마 아줌마에게서 항복의 표시를 보게 되다니. "이미 저질러진 일은 어쩔 수 없지. 애들이 이미 실을 잡아당기기 시작했어, 멜기세덱. 그 낡은 스웨터는 어떻게든 풀릴 수밖에 없어."

"메이컨, 규정이라는 게 있어요. 저 애들이 물어보면, 나는 속박의 주문에 따라 말해줄 수밖에 없어요." 메리언 아줌마가 말했다. 그리고 내게 시선을 돌렸다. "《달의 책》은 루나에 리브리에 없어."

"그걸 어떻게 알아요?"

메이컨이 자리를 뜨려고 일어섰다가 우리 둘을 향해 돌아섰다. 턱에 잔뜩 힘을 주고 있었다. 어두운 눈에는 분노가 가득했다. 그가 마침내 입을 열자 그의 목소리가 우리 모두의 머리 위로 울려 퍼졌다. "이 서고의 이름이 바로 그 책의 제목을 따서 지은 거니까. 그건 여기서부터 다른 세상에 이르기까지 가장 강력한 책이다. 우리 가문에 영원한 저주를 내린 책이기도 하고. 그런데 그 책이 백 년 넘게 행방불명이야."

마녀와 운이 맞아

⇥ 12.01 ⇤

    월요일 아침에 링크와 나는 차를 타고 9번 도로를 달리다가 갈림길에서 리나를 태웠다. 링크는 리나를 좋아했지만, 레이븐우드 저택까지 차를 몰고 가는 것만은 절대 하려고 하지 않았다. 링크에게 레이븐우드 저택은 여전히 귀신 들린 집이었다.

    링크가 사실을 알기만 한다면. 추수감사절 연휴는 그저 긴 주말에 불과했지만, 내게는 더 길게 느껴졌다. 환상의 세계를 연상시킨 추수감사절 만찬에서는 메이컨과 리나 사이에서 꽃병들이 날아다녔고, 우리는 개틀린의 시 경계를 전혀 넘지 않았는데도 지구의 중심까지 갔다 왔다. 미식축구를 보고, 사촌들을 패고, 올해의 치즈볼에는 양파가 들었는지 안 들었는지 알아내려고 애쓰며 주말을 보낸 링크와는 달랐다.

    하지만 링크의 주장에 따르면, 또 다른 종류의 골칫거리가 우리를 기다리고 있었다. 그런데 그것이 추수감사절 때의 사건들 못지않게 위험해 보였다. 링크는 자기 엄마가 부엌문을 닫아 놓은 채 24시간 동안 꼬박 전화통에 매달려 있었다고 말했다. 그리고 저녁 식사가 끝난 뒤 스노 부인과 애셔 부인이 링크의 집에 나타났고, 세 아줌마는 부엌으로 사라졌다. 부엌은

야전 작전실이었다. 링크는 음료수를 가지러 가는 척하면서 부엌에 들어가 보았지만, 별로 많은 얘기를 들을 수 없었다. 하지만 엄마가 무슨 일을 꾸미고 있는 건지는 알 수 있었다. "어떻게든 그 애를 학교에서 몰아내야 돼요." 아줌마들은 그 애를 쫓아다니는 개도 함께 쫓아내야 한다고 말했다.

그리 대단한 일이 아닌 것 같겠지만, 나는 링컨 부인이 어떤 사람인지 알기 때문에 걱정스러웠다. 링컨 부인 같은 아줌마들은 자기가 가장 싫어하는 것, 즉 누구든 자기들과는 다른 사람으로부터 마을과 자식을 보호하기 위해서라면 못할 일이 없었다. 엄마가 이 마을로 처음 이사 온 뒤 몇 해 동안 어떤 일들이 있었는지 내게 이야기해주었기 때문에 나는 잘 알고 있었다. 엄마의 이야기에 따르면, 엄마는 이 동네에서 하나님을 가장 두려워하는 교회 아줌마들조차 지쳐서 더 이상 고발을 할 수 없을 만큼 쉬지 않고 나쁜 짓을 저지르는 범죄자였다. 일요일에 일하는 것, 어디든 마음이 내키는 교회에 들르거나 아예 교회에 발걸음도 하지 않는 것, 여성주의자인 것(애서 부인은 가끔 여성주의자와 공산주의자를 혼동했다), 민주당 지지자인 것(링컨 부인은 이 말이 '악마'와 동의어라고 말했다)이 모두 범죄였다. 무엇보다 나쁜 것은 엄마가 채식주의자라는 점이었다(그래서 엄마는 스노 부인의 파티에 결코 초대받지 못했다). 엄마가 DAR나 전국 총기협회의 회원이 아닌 것도 문제였다. 하지만 이 모든 것을 뛰어넘는 범죄는 엄마가 외부인이라는 것이었다.

아빠는 여기서 자랐기 때문에 개틀린의 아들이었다. 그래서 엄마가 돌아가신 뒤, 엄마가 살아 있을 때는 엄마를 그토록 백안시하던 아줌마들이 이런저런 요리를 해서 열심히 우리 집을 찾아왔다. 자기들이 마침내 이겼다고 생각한 모양이었다. 엄마가 살아 있었다면 그런 모습을 아주 싫어했을 것이다. 그 아줌마들도 그것을 알고 있었다. 그때 처음으로 아빠는 서재에 틀어박혀 며칠 동안 나오지 않았다. 애마 아줌마와 나는 아줌마들이 가져온 요리를 현관 베란다에 그냥 쌓아 두었다. 결국 아줌마들은 요리를 도로 찾아간 뒤, 옛날부터 그랬던 것처럼 다시 우리를 백안시하기 시작했다.

그 아줌마들은 항상 이겼다. 링크와 나는 그걸 잘 알고 있었다. 비록 리나는 모르는 것 같았지만.

리나는 비터의 앞좌석에서 나와 링크 사이에 샌드위치처럼 끼어 앉아 손에 뭔가를 쓰고 있었다. 나는 '다른 모든 것처럼 부서졌다'는 구절만 간신히 알아보았다. 리나는 항상 뭔가를 썼다. 껌을 씹는 버릇이나 머리카락을 꼬는 버릇이 있는 사람들이 항상 껌을 씹거나 머리카락을 꼬는 것처럼. 아마 리나는 자신이 항상 뭔가를 쓰고 있다는 사실을 몰랐을 것이다. 나는 언젠가 리나가 자신의 시를 내게 보여줄지, 그 중에 나에 관한 시가 하나라도 있을지 궁금했다.

링크가 리나를 흘깃 바라보았다. "너 언제 나한테 노래 가사를 써줄 거야?"

"지금 내가 밥 딜런의 노랫말을 쓰고 있는데, 이걸 끝내자마자."

"이건 또 뭐야." 링크는 주차장 정문 앞에서 갑자기 브레이크를 밟았다. 그럴 만도 했다. 아침 8시 이전에 링크의 엄마가 학교 주차장에 서 있는 모습은 무시무시했다.

주차장에는 사람들이 우글거렸다. 평소보다 훨씬 많았다. 학부모들도 있었다. 지난번에 창문이 깨진 사건이 벌어졌을 때를 제외하면, 학교 주차장에 학부모가 나타난 적은 한 번도 없었다. 옛날에 우리가 '인간의 성장' 강의 시간에 번식주기에 관한 시청각자료를 보고 있을 때, 조슬린 워커의 엄마가 나타나 조슬린을 끌고 나간 뒤로는 처음이었다.

뭔가 일이 벌어지고 있음이 분명했다.

링크의 엄마가 에밀리에게 어떤 상자를 넘겨주었다. 에밀리는 치어리더들을 전부 끌고 나와서 주차장의 모든 차에 형광색 전단지 같은 것을 붙이고 있었다. 전단지들 중 일부는 바람에 펄럭이기도 했지만, 나는 비교적 안전한 비터 안에서 몇 구절을 읽을 수 있었다. 다들 무슨 선거운동이라도 하는 것 같았다. 다만 후보자가 없을 뿐이었다.

'잭슨 고등학교에 폭력이 웬 말이냐!'

'절대 용서하지 말자!'

링크의 얼굴이 발갛게 달아올랐다. "미안하지만, 너희들 그만 내려야겠다." 링크는 운전석에서 몸을 웅크렸다. 밖에서 보면 운전석에 사람이 없는 것처럼 보이기 위해서였다. "치어리더들 앞에서 엄마가 날 죽도록 패는 꼴은 당하고 싶지 않거든."

나는 조심스레 몸을 웅크리며 리나에게 문을 열어주려고 좌석 너머로 손을 뻗었다. "이따 저 안에서 보자, 링크."

나는 리나의 손을 꼭 쥐었다.

'준비됐어?'

'그럼.'

우리는 주차장 가장자리에 세워진 자동차들 사이로 허리를 숙이고 지나갔다. 에밀리의 얼굴은 보이지 않았지만, 에머리의 픽업트럭 뒤에서 에밀리가 떠드는 소리가 들렸다.

"우리 모두 정신 차려야 돼!" 에밀리는 캐리 젠슨의 자동차로 다가가고 있었다. "우리는 학교에 새 동아리를 만들 거야. 잭슨 고등학교 수호천사 클럽. 학교의 안전을 지키기 위해, 학교에서 폭력적인 행동이나 이례적인 행동이 눈에 띄면 신고하는 모임이야. 학교를 안전하게 지키는 건 잭슨 고등학교에 다니는 모든 학생의 책임이라는 게 내 생각이야. 우리 동아리에 들어오고 싶은 사람들은 8교시 이후에 카페테리아에서 열리는 회의에 나오면 돼." 에밀리의 목소리가 점점 멀어지는 동안 리나는 내 손을 잡은 손에 더욱 힘을 주었다.

'저게 무슨 뜻이지?'

'나도 몰라. 어쨌든 다들 제정신이 아냐. 어서 가자.'

나는 리나의 손을 잡아당겼지만, 오히려 리나가 내 손을 잡아당겼다. 그러고는 자동차 타이어 옆에 털썩 주저앉았다. "잠깐만."

"너 괜찮아?"

"저 사람들한테 난 괴물이야. 저 사람들이 동아리까지 만들었어."

"원래 외부인을 끔찍하게 싫어하는 사람들이야. 그런데 네가 새로 나타난 거고. 게다가 창문까지 깨졌지. 저 사람들은 누구한테든 그 죄를 뒤집어씌우고 싶을 뿐이야. 이건 그냥…."

"마녀사냥이야."

'내가 하려던 말은 그게 아닌데.'

'그래도 생각은 하고 있었잖아.'

나는 리나의 손을 더 꼭 쥐었다. 머리카락이 곤두서는 것 같았다.

'네가 이럴 필요는 없어.'

'없긴 왜 없어? 지난번 학교에서는 내가 저런 사람들한테 그냥 쫓겨났지만, 다시 그런 일을 당할 생각은 없어.'

우리가 마지막 자동차 뒤에서 걸어 나오는 순간 그들이 바로 앞에 있었다. 애셔 부인과 에밀리는 남은 전단이 들어 있는 상자들을 미니밴 뒤에 싣고 있는 중이었다. 이든과 서배너는 치어리더들에게 전단지를 나눠주었다. 서배너의 다리나 가슴골을 조금이라도 보고 싶어서 모여든 사내 녀석들도 전단지를 받았다. 링컨 부인은 1미터쯤 떨어진 곳에서 다른 아줌마들과 이야기를 하는 중이었다. 그 아줌마들이 하퍼 교장선생님에게 전화를 두어 통 걸어서 항의를 해준다면, '남부의 유산 둘러보기' 프로그램에 그 아줌마들의 가족을 넣어주겠다고 약속하고 있을 터였다. 링컨 부인은 얼 페티의 엄마에게 펜이 끼워져 있는 클립보드를 건네주었다. 나는 1분쯤 시간이 흐른 뒤에야 그게 무엇인지 알아차렸다…. 그럴 리가….

그것은 일종의 청원서 같았다.

링컨 부인은 한쪽에 서 있는 우리를 발견하고 노려보았다. 다른 아줌마들도 그 뒤를 따랐다. 잠시 동안 아줌마들은 아무 말도 하지 않았다. 아줌마들이 나를 안쓰럽게 여겨서 전단지를 내려놓고 각자 집으로 돌아갈지도 모른다는 생각이 들었다. 링컨 부인의 집은 내가 수시로 가서 잠을 자고 올 만큼 친숙한 곳이었다. 우리 집에서 잔 날과 링컨 부인의 집에서 잔 날을 세면 거의 비슷할 터였다. 스노 부인은 엄밀히 말하면 내게 먼 친척뻘이었다. 애셔 부인은 내가 열 살 때 낚싯바늘에 손을 베였을 때 반창고를 붙여주었다. 엘러리 선생님은 태어나서 처음으로 내 머리를 제대로 이발해준 사람이었다. 다들 나를 잘 아는 사람들이었다. 내가 아주 어렸을 때부터 나를 알던 사람들이었다. 그런 사람들이 내게 이런 짓을 할 리가 없었다. 그러니 뒤로 물러날 터였다.

괜찮다는 말을 자꾸 되풀이하면 정말로 괜찮아질지도 모른다는 생각이 들었다.

'다 괜찮아질 거야.'

하지만 나는 내 생각이 틀렸다는 것을 너무 늦게 알아차렸다. 아줌마들은 우리를 보고 순간적으로 놀랐을 뿐, 금방 평소의 모습으로 돌아왔다.

링컨 부인의 눈이 가늘어졌다. "하퍼 교장선생님이…." 링컨 부인은 리나와 나를 차례로 바라보며 고개를 절레절레 저었다. 아무래도 가까운 시일 안에 링크의 집에 가서 저녁을 먹는 일은 없을 것 같았다. 링컨 부인이 목소리를 높였다. "하퍼 교장선생님이 우리를 전폭적으로 지원하겠다고 약속했어요. 이 나라의 도시에서 학교에 만연해 있는 폭력이 잭슨 고등학교에까지 번지는 걸 우리는 결코 가만히 두고 보지 않을 겁니다. 지금 우리를 돕고 있는 학생들은 옳은 일을 하는 겁니다. 자신의 학교를 보호하는 거예요. 우리는 의식 있는 학부모로서…." 링컨 부인은 우리를 바라보았다. "이 학생들을 돕기 위해 무슨 짓이든 할 겁니다."

리나와 나는 여전히 손을 잡은 채로 아줌마들 옆을 지나갔다. 에밀리가 우리 앞에 불쑥 나타나서 리나를 무시한 채 나를 향해 전단지를 흔들어댔다. "이선, 오늘 모임에 나와. 수호천사 클럽에 네가 필요해."

에밀리가 내게 말을 건 것은 몇 주 만에 처음이었다. 나는 에밀리가 무슨 말을 하려는 건지 깨달았다. 너는 우리들과 같은 사람이니 마지막으로 한 번 더 기회를 주겠다는 뜻이었다.

나는 에밀리의 손을 밀어냈다. "잭슨 고등학교에 딱 필요한 게 바로 그거지. 네가 좀 더 천사처럼 행동하는 거. 가서 애들이나 좀 괴롭히지 그래? 나비 날개를 잡아 뜯든지. 아니면 새 둥지에서 새끼를 떨어뜨리든지." 나는 리나를 끌고 에밀리 옆을 지나갔다.

"불쌍한 네 엄마가 아시면 뭐라고 하겠어, 이선 웨이트? 지금 너랑 같이 다니는 애에 대해서 네 엄마가 어떻게 생각할 것 같아?" 나는 돌아섰다. 링컨 부인이 바로 내 뒤에 서 있었다. 항상 그렇듯이, 영화 속의 무서운 사서 같은 옷차림이었다. 거기에 잡화점에서 산 싸구려 안경을 썼다. 잔뜩 화가 난 것처럼 보이는 머리카락은 갈색인지 회색인지 알 길이 없었다. 링컨 부인을 보면 링크는 도대체 누구를 닮은 건지 궁금해질 수밖에 없었다. "네 엄마가 뭐라고 했을지 내가 말해줄까? 울음을 터뜨렸을 거야. 지금쯤 무덤 속에서 돌아눕고 있을 거다."

이건 해서는 안 되는 말이었다.

링컨 부인은 엄마에 대해 아무것도 몰랐다. 미국에서는 금서를 지정하는 것이 규칙에 어긋난다고 판결한 판례를 모두 복사해 장학사에게 보낸 사람이 엄마라는 것도, 링컨 부인이 부인회나 DAR 모임에 초대할 때마다 엄마가 몸을 움츠렸다는 것도 링컨 부인은 몰랐다. 엄마가 부인회나 DAR를 싫어해서 그런 것이 아니었다. 링컨 부인이 상징하는 이 마을 분위기가 싫어서였다. 개틀린의 여자들이 편협한 마음으로 자기들이 남보다 우월하다고 믿는 것. 링컨 부인과 애셔 부인이 바로 그런 분위기의 대표자였다.

엄마는 항상 이렇게 말했다. "옳은 일과 쉬운 일은 결코 같은 게 아니야." 지금 바로 이 순간 나는 반드시 해야 하는 옳은 일이 무엇인지 알고 있었다. 그것이 쉬운 일이 아니어도 반드시 해야 했다.

나는 링컨 부인을 향해 돌아서서 눈을 똑바로 바라보았다. "잘했어, 이 선. 엄마가 살아계셨다면 이렇게 말씀하셨을 거예요, 아줌마."

나는 다시 학교 행정건물 입구를 향해 돌아서서 리나의 손을 잡고 걸어 갔다. 입구까지의 거리는 겨우 1미터 남짓이었다. 리나는 전혀 겁먹은 표 정이 아니었지만, 몸은 부들부들 떨고 있었다. 나는 리나를 안심시키려고 계속 손을 꼭 쥐어주었다. 리나의 긴 검은 머리가 둥그렇게 말렸다가 풀리 기를 반복했다. 금방이라도 리나가 폭발할 것 같았다. 아니면 내가 폭발하 거나. 내가 잭슨 고등학교 건물 안에 발을 들이면서 이렇게 반가운 마음이 든 건 생전 처음이었다. 하지만 문간에 하퍼 교장선생님이 서 있었다. 교장 선생님은 교장의 자리를 버리고 직접 전단지를 나눠주러 나설 수만 있으 면 좋겠다고 생각하는 사람처럼 이글거리는 눈으로 우리를 노려보았다.

우리가 교장선생님 옆을 지나가는 순간 리나의 머리카락이 어깨 근처 에서 휘날렸다. 하지만 교장선생님은 우리를 거들떠보지도 않았기 때문 에 그걸 보지 못했다. 교장선생님은 우리 뒤쪽만 바라보고 있었다. "저건 무슨…."

나는 어깨 너머로 뒤를 돌아보았다. 자동차 유리창에 끼워져 있거나, 한 데 쌓여 있거나, 상자에 들어 있거나, 승합차에 실려 있거나, 사람들의 손 에 들려 있던 형광 초록색 전단지 수백 장이 둥글게 구부러져서 날아오르 고 있었다. 갑작스레 불어온 바람에 날려서 새떼처럼 구름을 향해 솟아오 르고 있었다. 자유롭게 날아가는 모습이 아름다웠다. 히치콕 감독의 영화 〈새〉의 한 장면 같았다. 새들이 날아가는 방향이 반대일 뿐이었다.

우리 등 뒤로 두꺼운 금속 문이 닫힐 때까지 바깥의 사람들이 질러대는 비명이 계속 들렸다.

리나가 머리카락을 매끈하게 가다듬었다. "이 동네 날씨는 진짜 이상해."

분실물

≒ 12.06 ≒

오늘이 토요일이라는 생각에 마음이 좀 놓였다. 마술적인 능력이라고는 전혀 없고, 오히려 자기 이름마저 잊어버리는 할머니들과 하루를 보낸다고 생각하니 왠지 마음에 위안이 되었다. 내가 할머니들 집에 도착했을 때, 앞마당에서는 머시 할머니의 샴 고양이인 루실 볼[할머니들은 옛날 코미디 프로그램인 〈말괄량이 루시〉를 아주 좋아했다(루실 볼은 〈말괄량이 루시〉의 주연을 맡았던 코미디 배우−옮긴이)]이 "운동"을 하고 있었다. 마당에는 끝에서 끝까지 연결된 빨랫줄이 하나 있었는데, 머시 할머니는 아침마다 루실 볼의 목줄을 빨랫줄에 걸어 놓고 운동을 시켰다. 나는 고양이는 그냥 밖에 내놓아도 언제든 마음이 내키면 집으로 돌아온다고 몇 번이나 설명했지만, 머시 할머니는 마치 유부남하고 불륜을 저지르라는 말을 들은 사람 같은 얼굴로 나를 바라보곤 했다. "루실 볼이 혼자 거리를 헤매게 내버려두란 말이야? 그랬다가 누가 저 애를 채가면 어쩌려고?" 이 마을에서 고양이 유괴사건이 일어나는 경우는 별로 없었지만, 할머니와 입씨름을 해봤자 내가 이길 가망은 전혀 없었다.

나는 여느 때처럼 소란이 일고 있을 거라고 기대하며 출입문을 열었다.

하지만 오늘은 집 안이 유난히 조용했다. 나쁜 징조였다. "프루 할머니?"

집 뒤쪽에서 할머니 특유의 느릿느릿한 목소리가 들려왔다. "우린 일광욕실에 있다, 이선."

나는 허리를 살짝 구부리며 망사문이 달린 일광욕실 문간을 지나갔다. 할머니들은 털 없는 쥐처럼 생긴 것들을 들고 방 안을 허둥지둥 돌아다니고 있었다.

"젠장, 그게 뭐예요?" 미처 생각도 하기 전에 이 말이 내 입에서 튀어나왔다.

"이선 웨이트, 말투가 그게 뭐냐? 내가 비누로 그 입을 씻어줘야겠구나. 그런 말을 쓰다니." 그레이스 할머니가 말했다. 할머니는 팬티, 알몸, 방광 같은 단어들도 천박하다고 생각하는 분이었다.

"죄송해요, 할머니. 어쨌든 손에 들고 계신 그거 뭐예요?"

머시 할머니가 앞으로 달려 나와서 손을 불쑥 내밀었다. 쥐 두 마리가 손바닥 위에서 자고 있었다. "새끼 다람쥐야. 루비 윌콕스가 지난 화요일에 자기 집 다락방에서 발견했어."

"야생 다람쥐요?"

"전부 여섯 마리다. 이렇게 귀여운 녀석들은 본 적이 없지?"

내 눈에 보이는 것이라고는 이제 또 무슨 일이 일어날지 모른다는 불안감뿐이었다. 늙은 할머니들이 새끼든 뭐든 야생동물을 데리고 있다는 것은 생각만 해도 무서운 일이었다. "그런데 애들이 왜 여기 있어요?"

"그게, 루비가 애들을 돌볼 수 없다고 해서…." 머시 할머니가 입을 열었다.

"그 못된 남편 때문이지, 뭐. 그 사람은 루비가 자기한테 미리 말하지 않고 스톱&샵에 가는 것도 싫어하는 인간이잖아."

"그래서 루비가 이리로 데려왔어. 여기에는 이미 우리가 있지 않으냐면서."

세 할머니들은 허리케인이 지나간 뒤 부상당한 너구리를 구출해서 건강해질 때까지 보살펴준 적이 있었다. 건강을 되찾은 너구리는 프루던스 할머니가 애지중지하며 기르던 새 소니와 셰어를 잡아먹었고, 셀마가 그 너구리를 집 밖으로 쫓아낸 뒤에는 아무도 그 얘기를 입에 올리지 않았다. 하지만 너구리가 있던 우리는 아직 남아 있었다.

"다람쥐가 광견병을 옮길 수 있다는 건 아시죠? 얘들을 할머니들이 돌볼 수는 없어요. 한 놈이 할머니를 물기라도 하면 어쩌시려고요?"

프루 할머니가 미간에 주름을 잡았다. "이선, 얘들은 우리 아가들이야. 얼마나 귀여운데. 얘들이 우리를 물지는 않을 거야. 우리가 엄마잖아."

"얘들은 진짜 얌전해, 그렇지?" 그레이스 할머니가 다람쥐 한 마리에게 코를 비비며 말했다.

하지만 내 머릿속에는 이 자그마한 녀석들이 할머니들의 목을 무는 바람에 결국 내가 할머니들을 싣고 응급실로 달려가는 모습만 떠올랐다. 광견병에 걸린 동물에게 물리면 배에 주사를 스무 방이나 맞아야 했다. 하지만 할머니들은 연세가 많아서 그 주사를 맞다가 돌아가실 가능성도 있었다.

나는 할머니들을 차분히 설득하려 했지만, 그건 완전히 시간낭비였다. "그건 절대 모르는 일이에요. 얘들은 야생동물이잖아요."

"이선 웨이트, 넌 정말이지 동물을 사랑하는 마음이 없는 아이로구나. 이 아기들은 절대 우리를 해치지 않아." 그레이스 할머니가 마뜩잖다는 듯이 나를 향해 인상을 썼다. "그럼 너는 우리가 얘들을 어떻게 해야 한다는 거니? 얘들은 엄마를 잃었어. 우리가 보살펴주지 않으면 얘들은 죽어버릴 거야."

"제가 얘들을 ASPCA(미국 동물애호협회 – 옮긴이)로 데려다줄게요."

머시 할머니는 다람쥐들을 보호하려는 듯이 가슴에 꼭 끌어안았다. "ASPCA! 그 도살자들 같으니. 놈들은 얘들을 그냥 죽여버릴 거야!"

"ASPCA 얘기는 그만해. 이선, 거기 점안기 좀 집어주겠니?"

"그건 어디에 쓰시게요?"

"그걸로 네 시간마다 한 번씩 애들한테 먹이를 줘야 하거든." 그레이스 할머니가 설명했다. 프루 할머니가 다람쥐 한 마리를 손에 들었고, 녀석은 점안기 끝을 사납게 빨아댔다. "그리고 하루에 한 번씩 면봉으로 애들의 은밀한 부위를 씻어줘야 해. 그래야 애들이 스스로 몸을 씻는 법을 배우게 될 테니까 말이야." 나는 그런 것까지 상상하고 싶지는 않았다.

"그런 걸 다 어떻게 아셨어요?"

"우리가 이-인터넷을 찾아봤지." 머시 할머니가 의기양양한 미소를 지으며 말했다.

세 할머니들이 인터넷에 관해 알고 있을 거라고는 상상하기가 힘들었다. 할머니들은 오븐토스터조차 쓰지 않는 분들이었다. "인터넷에는 어떻게 들어가셨는데요?"

"셀마가 우리를 도서관에 데려다줬어. 거기서 메리언 양이 우리를 도와줬지. 거기 컴퓨터가 있더라. 너 알고 있었니?"

"거기선 뭐든지 찾아볼 수 있어. 아주 못된 사진들까지도. 가끔 이렇게 못될 수가 있을까 싶은 사진들이 화면에 뜨더라. 세상에!" 그레이스 할머니가 말한 '못된 사진'이란 십중팔구 알몸 사진일 터였다. 나는 할머니들이 그런 사진들 때문에라도 인터넷에 다시는 손을 대지 않을 거라고 생각했다.

"저는 이게 그다지 좋은 생각이 아니라고 분명히 말했어요. 할머니들이 애들을 영원히 키울 수는 없어요. 애들은 점점 커지고 사나워질 거예요."

"물론 우리도 애들을 영원히 돌봐줄 생각은 없어." 프루 할머니는 고개를 절레절레 저었다. 다람쥐들을 영원히 돌보는 게 말도 안 되는 소리라는 듯이. "애들이 자신을 돌볼 수 있게 되자마자 우리가 애들을 뒤뜰에 놓아줄 거야."

"하지만 애들은 스스로 먹이를 찾아먹는 방법도 모를 거예요. 그러니까 야생동물을 집에서 기르는 게 별로 안 좋은 거라고요. 할머니들이 얘들을 놓아주면, 얘들은 굶어죽을 걸요." 할머니들도 이 말에는 귀를 기울일 것 같았다. 그러면 나도 할머니들을 모시고 응급실로 달려갈 필요가 없어질 것이다.

"그게 틀린 생각이야. 이-인터넷에 전부 있더라." 그레이스 할머니가 말했다. 야생 다람쥐를 키우는 법과 면봉으로 녀석들의 은밀한 부위를 닦아주는 법이 도대체 어떤 웹사이트에 있다는 거지?

"우리가 얘들한테 열매 모으는 법을 가르쳐야 돼. 마당에 열매를 묻어놓고, 얘들한테 그걸 찾는 연습을 시키는 거지."

이제 앞으로 어떤 일이 벌어질지 눈에 보이는 듯했다. 결국 내가 새끼 다람쥐들을 위해 이런저런 열매들을 섞어서 뒤뜰에 묻는 일을 하게 될 터였다. 내가 마당에 구멍을 몇 개나 파야 할머니들이 만족하실지 모르겠다는 생각이 들었다.

땅을 파기 시작한 지 30분쯤 지나자 이런저런 물건들이 땅 속에서 모습을 드러냈다. 골무, 은수저, 그다지 값비싸 보이지 않는 자수정 반지… 이 물건들은 뒤뜰에 땅콩을 숨기는 작업을 그만둘 좋은 구실이 되어주었다. 내가 다시 집 안으로 들어와 보니 프루 할머니는 엄청나게 두꺼운 돋보기 안경을 쓰고 노란색 종이 더미를 열심히 읽고 있었다. "뭘 읽고 계세요?"

"네 친구 링크의 엄마한테 줄 물건을 찾는 중이야. '남부의 유산 둘러보기' 프로그램 때문에 DAR에 개틀린의 역사에 관한 자료가 필요하다더라." 할머니는 종이 더미 하나를 뒤적였다. "그런데 개틀린 역사에서 레이븐우드가 등장하지 않는 자료를 찾기가 힘들어." 레이븐우드는 DAR 사람들이 가장 듣기 싫어하는 이름이었다.

"무슨 말씀이세요?"

"그게, 그 집 사람들이 아니었으면 개틀린은 지금 존재하지도 않았을 거야. 그러니 이 마을 역사를 쓰면서 그 이름을 빼버리기가 힘든 거지."

"그 사람들이 정말로 이 마을에 처음으로 왔어요?" 메리언 아줌마에게서 그런 말을 들은 적이 있지만, 사실로 믿기가 힘들었다.

머시 할머니가 종이 더미에서 서류 하나를 들어 얼굴에 가까이 대고 읽었다. 얼굴과의 거리가 어찌나 가까웠는지 글자가 둘로 겹쳐 보일 것 같았다. 프루 할머니가 그 서류를 홱 빼앗았다. "이리 줘. 나도 나름대로 체계가 있는 사람이야."

"그래? 도움이 필요 없다면야." 머시 할머니는 내게 시선을 돌렸다. "레이븐우드가 이 지역에 처음 나타난 사람들인 건 맞아. 1800년쯤에 스코틀랜드 왕한테서 땅을 하사받았거든."

"1781년이야. 그 서류가 바로 여기 있다고." 프루 할머니가 노란 종이를 허공에서 흔들어댔다. "그 사람들은 농부였어. 그런데 알고 보니 여기 개틀린 카운티 땅이 사우스캐롤라이나 전역에서 가장 비옥한 거야. 면화, 담배, 쌀, 쪽… 모두 여기서 잘 자랐지. 이상한 일이야. 그 식물들은 대개 같은 지역에서 자라지 않거든. 여기서는 거의 모든 식물이 잘 자란다는 걸 알아차린 레이븐우드 사람들은 여기다 마을을 만들었어."

"그 사람들이 그걸 원했는지 어쨌는지는 모르겠지만." 그레이스 할머니가 십자뜨기를 하다가 고개를 들고 말을 덧붙였다.

아이러니한 일이었다. 레이븐우드 가문이 없었다면, 개틀린은 아예 존재하지 않았을 수도 있다니. 메이컨 레이븐우드와 그 가족들을 따돌리고 있는 마을 사람들은 이 마을을 세워준 것에 대해 오히려 레이븐우드 일가에게 고마워해야 하는 처지였다. 링컨 부인이 그 사실을 알면 뭐라고 할지 궁금했다. 아니, 링컨 부인은 그 사실을 이미 알고 있을 터였다. 사람들이 메이컨 레이븐우드를 그토록 싫어하는 이유도 틀림없이 그 사실과 관련되어 있는 것 같았다.

나는 논리적으로 설명하기 힘들 만큼 비옥하다는 흙으로 뒤덮인 내 손을 물끄러미 내려다보았다. 나는 뒤뜰에서 파낸 잡동사니들을 여전히 손에 쥐고 있었다.

"프루 할머니, 이거 혹시 할머니들 거예요?" 나는 반지를 수돗물로 씻어서 들어 보였다.

"이런, 그건 내 두 번째 남편인 월러스 프리처드가 우리의 첫 번째이자 단 한 번뿐이었던 결혼기념일에 준 반지야." 프루 할머니는 목소리를 낮춰 속삭이듯 말을 이었다. "월러스는 정말 싸구려 중의 싸구려였어. 도대체 그건 어디서 찾았니?"

"뒤뜰에 묻혀 있던데요. 은수저랑 골무도 있었어요."

"머시, 이선이 뭘 찾아냈는지 좀 봐. 네가 갖고 있던 테네시 컬렉터의 수저야. 그러게 내가 안 가져갔다고 말했지!" 프루 할머니가 소리쳤다.

"어디 좀 보자." 머시 할머니는 안경을 쓰고 수저를 자세히 살폈다. "그래, 맞네. 이제야 11개 주가 다 갖춰졌어."

"미국의 주는 11개보다 많아요, 머시 할머니."

"난 남부연방에 속한 주들만 모아." 그레이스 할머니와 프루 할머니도 맞다는 듯 고개를 끄덕였다.

"그게 땅에 묻혀 있었다니 하는 말인데, 유니스 허니컷은 사람들한테 자기 요리책을 무덤에 함께 묻어달라고 했잖아, 세상에! 그 엉터리 요리법에 교회 사람들이 손을 대는 게 싫었던 게지." 머시 할머니는 고개를 절레절레 저었다.

"유니스는 아주 못된 애였어. 제 언니랑 똑같아." 그레이스 할머니는 테네시 컬렉터 수저로 휘트먼즈 샘플러 초콜릿 상자를 억지로 열려고 애쓰고 있었다.

"게다가 그 요리법도 별로였어." 머시 할머니가 말했다.

그레이스 할머니는 휘트먼즈 샘플러 뚜껑을 열어젖히고 그 안에 들어 있는 초콜릿 사탕들의 이름을 읽었다. "머시, 버터크림이 어떤 거야?"

"나는 나중에 모피 목도리랑 성경책을 무덤에 같이 넣어주면 좋겠어."

프루 할머니가 말했다.

"그런다고 주님이 너한테 점수를 더 주실 줄 알아, 프루던스 제인?"

"점수를 얻으려고 그러는 게 아냐. 그냥 기다리는 동안 읽을 게 필요하니까 그렇지. 어쨌든 주님이 정말로 점수를 매기시는 거라면, 내가 너보다는 점수가 높을걸, 그레이스 앤."

요리책과 함께 묻혔다….

만약 《달의 책》도 어딘가에 묻혀 있다면? 아무도 찾지 못하게 누군가가 숨겨버렸다면? 그렇다면 그 사람은 아마 그 책의 힘을 누구보다 잘 알고 있었을 것이다. 제너비브.

'리나, 그 책이 어디 있는지 알 것 같아.'

1초 동안은 침묵뿐이었다. 하지만 이내 리나의 생각이 내 머릿속으로 통하는 길을 찾아냈다.

'그게 무슨 소리야?'

'《달의 책》 말이야. 제너비브랑 같이 있을 것 같아.'

'제너비브는 죽었잖아.'

'알아.'

'그게 무슨 뜻이야, 이선?'

'무슨 뜻인지 너도 알잖아.'

할런 제임스가 절뚝거리며 탁자로 다가왔다. 불쌍한 모습이었다. 다리에는 여전히 붕대가 감겨 있었다. 머시 할머니가 상자에서 꺼낸 다크초콜릿을 할런 제임스에게 먹이기 시작했다.

"머시, 개한테 초콜릿 좀 먹이지 마! 개를 죽일 작정이야? 내가 오프라쇼에서 봤다고. 초콜릿은 안 돼. 아니, 양파소스였나?"

"이선, 내가 과자 좀 남겨줄까?" 머시 할머니가 물었다. "이선?"

하지만 난 이제 할머니들의 말에는 관심이 없었다. 나는 어떻게 하면 무덤을 파헤칠 수 있을지 생각하고 있었다.

도굴

그건 리나의 생각이었다. 오늘은 델 이모의 생일이었는데, 리나는 레이 브운드에서 식구들끼리 파티를 열기로 급히 결정했다. 애마 아줌마를 초대한 사람도 리나였다. 하나님이 직접 나서지 않는 한 애마 아줌마가 레이브운드 저택에 발을 들여놓을 리가 없다는 걸 잘 알면서도. 메이컨의 어떤 점이 문제인지는 모르겠지만, 애마 아줌마가 메이컨에게 보여주는 반응은 로켓을 봤을 때의 반응보다 아주 조금 나은 정도에 불과했다. 애마 아줌마는 메이컨을 가능한 한 멀리하고 싶어 했다.

오후에 부 래들리가 입에 두루마리를 하나 물고 우리 집 앞에 나타났다. 두루마리는 장식서체로 공들여 쓴 편지였다. 애마 아줌마는 그것이 초대장이라는데도 손도 대지 않으려 했다. 나도 못 가게 막으려고 할 정도였다. 내가 옛날에 엄마가 정원을 가꿀 때 쓰던 삽을 들고 장의차에 올라타는 걸 애마 아줌마가 못 본 것이 다행이었다. 아줌마가 그걸 봤다면 가만히 있지 않았을 것이다.

이유를 불문하고, 나는 집에서 벗어난 것이 기뻤다. 설사 남의 무덤을 도굴하러 가는 길이라 해도 상관없었다. 추수감사절 이후로 아빠는 또 서재에 틀어박혔다. 그리고 루나에 리브리에서 나와 리나를 발견한 뒤로 애마 아줌마는 나를 무서운 눈으로 흘겨보기만 할 뿐이었다.

리나와 나는 루나에 리브리에 다시 갈 수 없는 처지였다. 적어도 앞으로 68일 동안은 그랬다. 메이컨과 애마 아줌마는 자기들이 애당초 우리에게 말해줄 생각이 없었던 정보를 우리가 직접 파헤치는 것도 원치 않는 것 같았다.

"2월 11일 이후에는 뭐든 네 마음대로 해도 돼." 그날 애마 아줌마는 투덜거리듯이 말했다. "그때까지는 그냥 네 또래 아이들처럼 굴어. 음악도 듣고, 텔레비전도 보고. 이 책들 근처에는 얼씬도 하지 마."

엄마가 이 말을 들었다면 웃음을 터뜨렸을 것이다. 내게 책을 금지하다니. 상황이 아주 나쁘긴 나쁜 모양이었다.

'여긴 더 심해, 이선. 요즘은 부가 아예 내 침대 발치에서 자.'

'그게 뭐 어때서?'

'내가 화장실에 가면 부가 문 밖에서 기다려.'

'메이컨 아저씨다운 일이네. 뭐.'

'가택연금을 당한 것 같아.'

맞는 말이었다. 리나는 가택연금 상태였다.

우리는 《달의 책》을 찾아야 했다. 그 책은 틀림없이 제너비브와 함께 있을 터였다. 제너비브는 그린브라이어에 묻혔을 가능성이 아주 높았다. 정원 바로 바깥의 빈터에 낡은 묘비가 몇 개 있었다. 우리가 평소에 자주 앉던 바위에서도 그 묘비들이 보였다. 우리가 자주 앉는 바위는 알고 보니 난로의 바닥 돌이었다. 나는 그 바위를 우리 자리로 생각했다. 비록 소리 내서 말한 적은 없지만. 제너비브는 틀림없이 거기 어딘가에 묻혀 있을 것 같았다. 전쟁이 끝난 뒤 제너비브가 이 마을을 떠나 다른 곳으로 이주하지만 않았다면. 개틀린에서는 누구든 외지로 이사를 가는 법이 없었다.

나는 항상 내가 외지로 나가는 첫 번째 사람이 될 거라고 생각했다.

막상 집을 나서고 보니 사라진 주술 책을 어떻게 찾을 수 있을지 막막했다. 그 책이 리나의 목숨을 구해줄지도 확실치 않았다. 그 책이 주술사 집안의 저주받은 조상 무덤에 함께 묻혀 있다는 확신도 없었다. 게다가 그 조상의 무덤이 어쩌면 메이컨 레이븐우드의 집 바로 옆에 있을 수도 있었다. 내가 리나의 삼촌에게 들켜서 제지당하거나 죽임을 당하지 않고 책을 찾아낼 수 있을까?

책을 찾아내고 나면 나머지는 리나에게 달려 있었다.

"도대체 무슨 역사숙제기에 밤중에 묘지에 가야 한다는 거니?" 델 이모가 덩굴에 발이 걸려 휘청거리며 물었다. "아이고, 이런!"

"엄마, 조심하세요." 리스가 엄마의 팔에 제 팔을 끼워 웃자란 덤불들을 헤치고 나아갈 수 있게 도와주었다. 델 이모는 낮에도 걷다가 이런저런 물건에 곧잘 부딪히곤 했기 때문에, 밤에 제대로 걸을 수 있기를 바라는 건 지나친 일이었다.

"조상의 묘비를 하나 골라서 탁본을 만들어야 돼요. 가계도를 공부하고 있거든요." 뭐, 딱히 틀린 말은 아니었다.

"그런데 왜 제너비브야?" 리스가 수상쩍다는 표정으로 물었다.

리스는 리나를 바라보았지만, 리나는 곧장 시선을 피했다. 리나는 내게도 리스에게 얼굴을 응시당하면 안 된다고 미리 주의를 주었다. 시빌의 능력을 지닌 리스는 남의 얼굴을 한 번 보는 것만으로도 그 사람의 말이 거짓인지 아닌지 알아차릴 수 있는 모양이었다. 시빌에게 거짓말을 하는 것은 애마 아줌마에게 거짓말을 하는 것보다 훨씬 더 힘든 일이었다.

"홀에 걸려 있는 그림 속의 여자잖아. 그래서 그 사람 무덤에서 탁본을 뜨면 근사할 것 같았어. 어차피 우리 가문 묘지가 엄청 큰 것도 아니니까,

고를 대상이 그리 많지도 않은데, 뭐. 이 동네 사람들이 대부분 그렇지만."

가만히 듣고 있으면 최면에 걸릴 것 같은 주술사 음악이 파티장에서 흘러나오고 있었지만, 우리가 계속 움직이고 있었기 때문에 음악 소리가 멀어지면서 발밑에서 마른 낙엽들이 바삭거리는 소리가 그 자리를 대신 채웠다. 우리는 이미 그린브라이어의 울타리 안에 들어와 있었다. 목적지가 점점 가까워졌다. 밤이었지만 보름달이 워낙 밝아서 손전등을 켤 필요가 없었다. 묘지에서 애마 아줌마가 메이컨에게 한 말이 생각났다. '반달은 백마법, 보름달은 흑마법.' 우리가 마법을 쓸 필요는 없을 거라는 게 내 희망 사항이었지만, 그래도 겁이 나기는 마찬가지였다.

"우리가 어둠 속에서 여길 돌아다니는 걸 메이컨이 좋아할지 모르겠다. 우리가 이리로 나올 거라고 메이컨한테 얘기했니?" 델 이모는 걱정스러운 표정으로 목이 높은 레이스 블라우스의 깃을 잡아당겼다.

"그냥 산책을 나간다고 말했어요. 삼촌은 저더러 이모님 곁에서 떨어지지 말라고 했고요."

"내가 이런 일을 할 수 있는 상태인지 잘 모르겠다. 솔직히 좀 숨이 차서 말이야." 델 이모는 숨을 가쁘게 몰아쉬고 있었다. 항상 중앙에서 약간 벗어난 위치로 말아 올려 고정시킨 머리모양이 조금 흐트러져 있었다.

그때 익숙한 냄새가 났다. "다 왔어요." 내가 말했다.

"아이고, 다행이다."

우리는 정원의 다 무너져가는 돌담을 향해 걸었다. 학교에서 창문이 깨진 날 내가 울고 있는 리나를 발견한 곳이 바로 여기였다. 나는 허리를 숙이며 덩굴이 얽혀 있는 아치 밑을 지나 정원 안으로 들어갔다. 밤이라서 그런지 조금 달라보였다. 가만히 앉아서 구름을 바라볼 수 있는 곳이라기보다는 저주받은 주술사가 묻혀 있을 만한 곳처럼 보였다.

'여기야, 이선. 제너비브가 여기 있어. 느껴져.'

'나도야.'

'제너비브의 무덤이 어디 있을까?'

내가 로켓을 찾았던 난로 바닥돌 위를 지나갈 때 바로 몇 미터 앞의 빈터에 또 다른 돌이 있는 것이 보였다. 묘비였다. 안개처럼 흐릿한 형체가 그 위에 앉아 있었다.

리나가 헉 하고 숨을 들이키는 소리가 들렸다. 나만 간신히 들을 수 있을 만큼 작은 소리였다.

'이선, 너도 보여?'

'응.'

제너비브였다. 몸이 불완전하게 물질화되었기 때문에 흐릿한 안개와 빛이 뒤섞여 있는 것처럼 보였다. 바람이 불 때마다 그 유령 같은 몸이 더욱 흐릿해졌다가 선명해지기를 반복했다. 하지만 틀림없었다. 제너비브였다. 그림 속에 있던 그 여자. 황금색 눈과 길고 구불구불한 빨간 머리가 그림과 똑같았다. 제너비브의 머리카락이 바람에 부드럽게 날렸다. 묘지의 묘비 위에 앉아 있는 유령이 아니라, 버스 정류장 벤치에 앉아 있는 평범한 여자 같았다. 안개처럼 흐릿한 모습인데도 제너비브는 아름다웠다. 하지만 그와 동시에 무섭기도 했다. 내 목덜미의 솜털이 곤두섰다.

우리가 잘못 생각한 건지도 모른다는 생각이 들었다.

델 이모가 우뚝 멈춰 섰다. 델 이모도 제너비브를 본 것이다. 하지만 자기 말고 다른 사람은 제너비브를 못 볼 거라고 생각하고 있음이 분명했다. 델 이모는 아마 자신이 너무 많은 시간대를 동시에 보기 때문에, 지금 이곳의 여러 시대 모습이 한꺼번에 겹쳐서 그런 유령 같은 모습이 나타났다고 생각하는 것 같았다.

"그만 집으로 돌아가야겠다. 몸이 별로 좋지 않아." 델 이모는 주술사 묘지에 나타난 150년 전의 유령에게 손을 댈 생각이 전혀 없는 모양이었다.

리나가 덩굴에 발이 걸려 휘청거렸다. 나는 리나가 쓰러지지 않게 팔을 잡아주었지만, 내 움직임이 생각만큼 빠르지 못했다. "괜찮아?"

리나는 중심을 잡으면서 순간적으로 나를 올려다보았다. 그 짧은 시간 만으로도 리스에게는 충분했다. 리스는 리나의 눈에 초점을 맞추고, 리나의 표정과 생각을 들여다보았다.

"엄마, 리나랑 이선이 거짓말을 했어요! 이건 역사숙제랑은 전혀 상관없는 일이에요. 여기 뭘 찾으러 온 거예요." 리스는 장비를 조종하려는 듯이 자기 관자놀이에 한 손을 댔다. "책이에요!"

델 이모는 혼란스러운 표정이었다. 원래 평소에도 혼란스러워하는 사람이지만, 지금은 그보다 훨씬 더 혼란스러워하는 것 같았다. "묘지에서 무슨 책을 찾는다는 거야?"

리나는 리스의 시선에서 빠져나왔다. "제너비브가 갖고 있던 책이에요."

나는 들고 온 가방의 지퍼를 열어 삽을 꺼냈다. 그리고 제너비브의 유령이 나를 내내 지켜보고 있다는 사실을 무시하려고 애쓰면서 천천히 무덤으로 다가갔다. 내가 이 자리에서 번개 같은 것에 맞는다 해도 전혀 이상하지 않을 것 같았다. 하지만 기왕 여기까지 왔으니 어쩔 수 없었다. 나는 삽을 땅속에 밀어 넣고 흙을 퍼냈다.

"아이고, 이를 어째! 이선, 너 뭣 하는 거니?" 실제로 무덤을 파는 모습을 보고 델 이모가 현재로 돌아온 모양이었다.

"책을 찾으려고요."

"그 안에서?" 델 이모는 기절 직전이었다. "그 안에 무슨 책이 있다는 거야?"

"주술 책이에요. 아주 오래된 거. 그 책이 정말로 이 안에 있는지는 잘 몰라요. 그냥 육감을 따라 온 거예요." 리나가 제너비브를 힐끔거리며 말했다. 제너비브는 겨우 30센티미터 떨어진 묘비 위에 여전히 앉아 있었다.

나는 제너비브를 보지 않으려고 했다. 제너비브의 몸이 나타났다 사라졌다 하는 것이 무서웠다. 우리를 뚫어지게 바라보는 제너비브의 황금색 고양이 눈도 소름끼쳤다. 유리로 만든 눈처럼 공허하고 생기가 없는 눈이었다.

땅은 그다지 딱딱하지 않았다. 지금이 12월이라는 점을 감안하면 특히 그랬다. 몇 분도 안 돼서 나는 30센티미터 깊이의 구덩이를 팠다. 델 이모는 걱정스러운 표정으로 서성거렸다. 그러다가 가끔 주위를 둘러보며 우리들 중 아무도 자기를 보지 않고 있다는 걸 확인한 뒤 제너비브 쪽을 흘긋 바라보았다. 나만 제너비브를 무서워하는 건 아닌 것 같았다.

"그만 돌아가자. 이건 역겨운 짓이야." 리스가 나와 눈을 마주치려고 애쓰며 말했다.

"그렇게 너무 모범생처럼 굴지 마." 리나가 구덩이 옆에 무릎을 꿇고 앉으며 말했다.

'리스가 제너비브를 봤을까?'

'아닐걸. 그냥 리스 언니랑 눈이나 마주치지 마.'

'리스가 델 이모의 표정을 읽으면 어쩌지?'

'못 읽어. 아무도 못 읽어. 델 이모가 한꺼번에 너무 많은 걸 보거든. 기록사가 아니면 델 이모가 갖고 있는 그 모든 정보를 처리해서 해석할 수 없어.'

"엄마, 쟤들이 무덤을 파게 그냥 내버려둘 거예요?"

"별을 걸고 말하지만, 이건 말도 안 되는 일이야. 당장 멍청한 짓 그만두고 파티장으로 돌아가자."

"안 돼요. 그 책이 이 안에 있는지 확인해야 돼요." 리나는 델 이모에게 시선을 돌렸다. "이모가 우리한테 보여주셔도 돼요."

'그게 무슨 소리야?'

'이 안에 뭐가 있는지 이모가 보여줄 수 있어. 이모가 보는 걸 영사기처럼 우리한테도 보여줄 수 있거든.'

"글쎄다. 메이컨이 싫어할 텐데." 델 이모는 불안한 표정으로 입술을 깨물었다.

"그럼 우리가 무덤을 파는 걸 삼촌이 더 좋아하실 것 같아요?" 리나가 반박했다.

"그래, 그래, 알았다. 구덩이에서 나와라, 이선."

나는 구덩이에서 나와 바지에 묻은 흙을 털었다. 그리고 제너비브를 바라보았다. 표정이 묘했다. 마치 앞으로 무슨 일이 벌어질지 흥미로워하는 것 같았다. 아니면 우리를 그냥 수증기로 날려버릴 생각을 하고 있는 것 같기도 했다.

"자, 다들 앉아. 머리가 조금 어지러워질지도 모른다. 속이 메스꺼워지면 머리를 무릎 사이에 넣어." 델 이모가 초자연세계의 비행기 승무원처럼 우리에게 지시했다. "처음이 항상 제일 힘들어." 델 이모가 손을 뻗자 우리는 그 손을 잡았다.

"엄마까지 이러시면 어떻게 해요?"

델 이모는 머리를 틀어 올려 고정시킨 핀을 풀었다. 머리카락이 어깨 근처로 쏟아져 내려왔다. "그렇게 너무 모범생처럼 굴지 마, 리스."

리스는 어이없다는 표정으로 내 손을 잡았다. 나는 제너비브를 흘긋 바라보았다. 제너비브는 나를 꿰뚫어버릴 듯이 똑바로 바라보며 손가락 하나를 입술에 댔다. 조용히 하라고 말하는 것 같았다.

우리 주위의 공기가 녹아서 사라지기 시작했다. 그러더니 금방 토할 것 같다는 생각이 들 정도로 빙글빙글 도는 놀이기구를 탄 것처럼 우리가 빙빙 돌기 시작했다.

그리고 섬광이 번쩍….

문이 열렸다 닫히는 것처럼 빛이 차례로 나타났다 사라졌다. 계속 연달아서.

하얀 페티코트 차림의 여자아이 두 명이 손을 잡고 크게 웃으며 잔디밭을 달린다. 머리에 노란색 리본이 묶여 있다.

또 다른 문이 열렸다.

캐러멜 색 피부의 젊은 여자가 조용히 콧노래를 부르며 빨랫줄에 빨래를 넌다. 이불보들이 산들바람에 가볍게 흩날린다. 여자가 웅장한 하얀색 북부식 주택을 향해 돌아서서 소리친다. "제너비브 아가씨! 에반젤린 아가씨!"

또 다른 문이 열렸다.

젊은 아가씨가 어스름 무렵에 여기 빈 터를 걷고 있다. 아가씨는 뒤를 돌아보며 누가 쫓아오지 않는지 확인한다. 빨간 머리카락이 등 뒤에서 흔들린다. 제너비브다. 제너비브는 키가 크고 호리호리한 청년의 품에 뛰어든다. 나라고 해도 될 것 같은 청년이다. 그가 고개를 숙여 제너비브에게 입을 맞춘다. "사랑해, 제너비브. 언젠가 너랑 꼭 결혼할 거야. 네 부모님이 뭐라고 해서도 상관없어. 그게 불가능할 리가 없어." 제너비브는 청년의 입술을 손으로 부드럽게 만진다.

"쉬. 시간이 별로 없어."

그 문이 닫히고 또 다른 문이 열린다.

비, 연기, 그리고 탁탁거리며 불이 타는 소리. 불이 주위의 것들을 먹어 치우고, 숨을 쉬는 소리. 제너비브는 어둠 속에 서 있다. 검은 연기와 눈물이 뺨에 줄무늬를 그린다. 제너비브의 손에 검은색 가죽으로 제본한 책이 들려 있다. 제목은 없고 표지에 초승달이 새겨져 있을 뿐이다. 제너비브가 여자를 바라본다. 아까 빨래를 널고 있던 여자다. 아이비. "왜 이름이 없어?" 아이비의 눈에 눈물이 그렁그렁하다. "책에 제목이 적혀 있지 않다고 해서 이름이 없는 건 아니에요. 바로 거기 있잖아요.《달의 책》이라고."

문이 쾅 닫힌다.

조금 전보다 더 나이가 든 얼굴에 더 슬픈 표정을 지은 아이비가 새로 판 무덤가에 서 있다. 소나무 관이 구덩이 속에 깊숙이 놓여 있다. "내가 사망의 음침한 골짜기로 다닐지라도 해를 두려워하지 않을 것은 주께서 나와 함께 하심이라." 아이비의 손에 뭔가가 있다. 그 책이다. 검은 가죽 표지에 초승달이 새겨진 책. "이걸 함께 가져가세요, 제너비브 아가씨. 이 책이 다른 사람을 또 해치지 않게." 아이비는 구덩이 속에 책을 던진다.

또 문이 열린다.

우리 넷이 반쯤 파다 만 구덩이 주위에 둘러앉아 있다. 델 이모의 도움이 없다면 볼 수 없는 저 아래 흙 속에 소나무 관이 보인다. 책은 그 위에 놓여 있다. 그보다 더 아래쪽 관 속에는 제너비브의 시신이 어둠 속에 누워 있다. 눈은 감겼고, 피부는 창백한 도자기 같다. 마치 지금도 숨을 쉬고 있는 듯하다. 시신이 이토록 완벽히 보존될 수는 없다. 불꽃 같은 긴 머리카락이 어깨 위로 폭포처럼 흘러내린다.

우리의 시선이 나선형을 그리며 다시 위로 올라와 땅속을 빠져나온다. 반쯤 파다 만 구덩이 주위에 둘러앉아 손을 잡고 있는 우리 네 명이 다시 보인다. 묘비와 그 위에 앉아 우리를 빤히 바라보고 있는 제너비브의 흐릿한 형체도 보인다.

리스가 비명을 질렀다. 마지막 문이 쾅 닫혔다.

* * *

나는 눈을 뜨려고 애썼다. 하지만 머리가 어지러웠다. 델 이모의 말이 옳았다. 금방이라도 토할 것 같았다. 나는 정신을 차리려고 했지만 눈에 초점이 잡히지 않았다. 리스가 내 손을 놓고 뒷걸음질치는 것이 느껴졌다. 리스는 무시무시한 황금색 눈으로 우리를 바라보는 제너비브에게서 멀어지려고 애쓰고 있었다.

'너 괜찮아?'

'그런 것 같아.'

리나는 무릎 사이에 머리를 끼우고 있었다.

"다들 괜찮니?" 델 이모가 물었다. 평온한 목소리였다. 델 이모는 이제 혼란스럽거나 서투르게 보이지 않았다. 내가 뭔가를 볼 때마다 방금 본 것들을 한꺼번에 볼 수밖에 없다면 나는 기절해버리거나 미쳐버릴 것이다.

"이런 걸 보신다니 믿을 수가 없어요." 나는 델 이모를 바라보며 말했다. 이제야 눈에 초점이 잡히기 시작했다.

"기록사의 재능은 커다란 영광이야. 그보다 더 커다란 짐이기도 하고."

"그 책이요. 그게 이 아래에 있어요." 내가 말했다.

"그래. 하지만 그 책은 이 여자의 것인 것 같구나." 델 이모는 제너비브의 유령을 가리키며 말했다. "너희 둘은 이 여자를 보고도 그리 놀라지 않는 것 같은데."

"전에도 본 적이 있어요." 리나가 고백했다.

"그렇다면 이 여자가 스스로 원해서 너희에게 모습을 나타낸 거로군. 죽은 사람을 보는 건 주술사의 능력이 아니다. 자연체라 해도 마찬가지야. 일반인들의 능력이 아닌 건 말할 필요도 없지. 사람이 죽은 사람을 볼 수 있는 건, 죽은 사람의 의지가 작용할 때뿐이야."

나는 무서웠다. 레이븐우드의 계단에 서 있을 때나 리들리가 나를 얼려서 목숨을 빼앗으려고 했을 때의 두려움과는 달랐다. 이건 그 꿈에서 깨어났을 때 느끼는 두려움과 더 비슷했다. 리나를 잃어버릴 거라고 생각할 때의 두려움과도 비슷했다. 온몸이 마비될 것 같은 두려움이었다. 저주받은 어둠의 주술사의 강력한 유령이 한밤중에 나를 내려다보고 있다는 걸 깨달았을 때의 두려움. 그 유령은 내가 자기 관 위에 놓인 책을 훔치려고 자기 무덤을 파는 걸 지켜보고 있었다. 내가 무슨 생각으로 이런 짓을 저지른 거지? 보름달이 뜬 밤에 무덤을 파겠다고 이리로 나오다니.

'넌 잘못을 바로잡으려고 했던 거야.' 내 머릿속에서 누군가의 목소리가 들려왔다. 리나의 목소리가 아니었다.

나는 리나를 바라보았다. 안색이 창백했다. 리스와 델 이모는 둘 다 제너비브의 유령을 뚫어지게 바라보고 있었다. 두 사람도 제너비브의 목소리를 들을 수 있는 모양이었다. 나는 계속 흐릿해졌다가 선명해지기를 반복하고 있는 제너비브의 타오르는 황금색 눈을 바라보았다. 제너비브는 우리가 여기에 왜 왔는지 감지한 것 같았다.

'가져가.'

나는 무슨 뜻인가 싶어서 제너비브를 바라보았다. 제너비브는 눈을 감고 아주 살짝 고개를 끄덕였다.

"우리더러 그 책을 가져가래." 리나가 말했다. 내가 미쳐서 환청을 들은 건 아닌 모양이었다.

"제너비브를 믿어도 될까?" 제너비브도 어둠의 주술사였다. 게다가 리들리처럼 황금색 눈을 갖고 있었다.

리나가 나를 돌아보았다. 짜릿한 스릴을 즐기는 사람처럼 눈이 반짝였다. "그거야 모르지."

우리가 할 일은 하나뿐이었다.

무덤을 파는 것.

책은 환영 속에서 보았을 때와 똑같은 모습이었다. 갈라진 검은 가죽에 자그마한 초승달이 새겨진 표지. 필사적이고 절박한 느낌이 났고, 무겁게 느껴졌다. 실제로도, 정신적으로도. 이것은 어둠의 책이었다. 이 책을 손에 드는 순간 그냥 알 수 있었다. 책에 손끝이 긁혀서 살갗이 벗겨지기 전에 이미. 내가 숨을 들이쉴 때마다 이 책이 내 숨결을 조금씩 훔쳐가는 것 같았다.

나는 구덩이 밖으로 손을 뻗어 책을 머리 위로 들어올렸다. 리나가 책을 받아갔고, 나는 구덩이에서 기어 나왔다. 가능한 한 빨리 거기서 나오고 싶었다. 내가 제너비브의 관 위에 서 있다는 사실을 잘 알고 있기 때문이었다.

델 이모가 놀라서 숨을 집어삼켰다. "세상에, 내가 이 책을 보게 될 줄이야.《달의 책》이라니. 조심해라. 이 책은 시간의 역사만큼이나 오래된 물건이야. 어쩌면 더 오래됐을 수도 있고. 메이컨도 놀라서…."

"삼촌한테는 절대 알리지 않을 거예요." 리나가 표지에 쌓인 먼지를 부드럽게 쓸어내며 말했다.

"세상에, 너 정말로 제정신이 아니구나. 우리가 메이컨 삼촌한테 이 말을 안 할 거라고 생각한 모양인데…" 리스는 아이를 돌보다가 짜증이 난 보모 같은 표정으로 팔짱을 꼈다.

리나는 그 책을 들어올려 리스의 면전에 들이댔다. "무슨 말?" 리나는 회합에서 리스가 리들리의 눈을 뚫어지게 바라보았을 때처럼 리스를 바라보고 있었다. 단호하고 강한 시선으로. 리스의 표정이 변했다. 혼란스럽다 못해 뭐가 뭔지 전혀 모르겠다는 표정이었다. 리스는 책을 빤히 바라보았다. 하지만 리스의 눈에는 그 책이 보이지 않는 것 같았다.

"무슨 말을 하겠다는 거야, 리스 언니?"

리스는 눈을 꼭 감았다. 나쁜 꿈의 기억을 머리에서 떨쳐버리려는 사람처럼. 리스는 뭔가 말을 하려고 입을 벌렸다가 갑자기 다물어버렸다. 엷은 미소가 리나의 얼굴을 스치고 지나갔다. 리나는 델 이모를 향해 천천히 돌아섰다. "델 이모?"

델 이모도 리스처럼 혼란스러운 표정이었다. 물론 델 이모는 항상 그런 표정이었지만 지금은 조금 달랐다. 델 이모도 리나에게 아무런 대답을 하지 않았다.

리나는 살짝 돌아서서 그 책을 내 가방 위에 털썩 내려놓았다. 그 순간 나는 리나의 눈에서 초록색 불꽃을 보았다. 달빛을 받은 리나의 머리카락도 구불구불하게 휘어져 있었다. 주술의 산들바람이 불고 있는 것이다. 어둠 속에서 리나의 주위를 소용돌이치는 마법의 힘이 눈에 보이는 듯했다. 나는 뭐가 어떻게 된 건지 알 수 없었지만, 나를 제외한 세 사람은 내가 들을 수도 이해할 수도 없는 침묵과 어둠의 대화에 빠져 있는 것 같았다.

이내 대화가 끝나고 달빛은 다시 그냥 달빛이 되었다. 밤도 그냥 밤이 되었다. 나는 리스 뒤쪽에 있는 제너비브의 묘비를 바라보았다. 제너비브가 보이지 않았다. 처음부터 거기에 있지 않았던 것처럼.

리스가 체중을 한 발에서 다른 발로 옮겼다. 경건한 척하는 평소 때의 표정으로 돌아와 있었다. "우리가 메이컨 삼촌한테 이 말을 안 할 거라고 생각한 모양인데, 웃기지도 않는 학교 숙제 때문에 우리를 묘지로 끌고 나오다니. 숙제를 제대로 하지도 않을 거면서…" 도대체 무슨 소리를 하는 거지? 하지만 리스의 표정은 진지하기 짝이 없었다. 리스는 방금 일어난 일을 전혀 기억하지 못했다.

'너 방금 어떻게 한 거야?'

'메이컨 삼촌이랑 같이 연습하던 게 있어.'

리나는 책을 내 가방에 넣고 지퍼를 잠갔다. "나도 알아. 미안해. 밤이 되니까 여기가 너무 으스스해서 그래. 빨리 나가자."

리스가 델 이모를 잡아끌며 레이븐우드를 향해 돌아섰다. "어린애 같으니."

리나가 나를 향해 한쪽 눈을 찡긋했다.

'연습하다니 뭘? 생각 조종?'

'별것 아냐. 생각으로 자갈 움직이기. 실내에서 환상 만들기. 시간 속박. 그래도 어렵긴 하더라.'

'이번 일은 쉬웠고?'

'델 이모랑 리스 언니의 머릿속에서 이 책을 빼냈어. 지웠다고 표현해도 될 거야. 델 이모랑 리스 언니는 그 책을 기억하지 못할 거야. 두 사람이 생각하는 현실 속에서는 오늘 일이 결코 일어나지 않았으니까.'

우리에게 그 책이 필요하다는 건 나도 알고 있었다. 리나가 왜 그런 재주를 부렸는지도 알고 있었다. 그래도 리나가 넘어서는 안 되는 선을 넘어버린 것 같은 기분이 들었다. 이제 나는 우리가 어느 쪽에 서 있는지, 내가 서 있는 쪽으로 리나가 다시 넘어올 수 있을지 알 수 없었다. 조금 전까지는 리나도 나와 같은 쪽에 서 있었는데.

리스와 델 이모는 벌써 정원까지 가 있었다. 나는 시빌이 아니지만, 리스가 한시라도 빨리 여기서 벗어나고 싶어 한다는 건 알 수 있었다. 리나가 두 사람을 향해 걷기 시작했다. 하지만 뭔가가 내 마음에 걸렸다.

'L, 잠깐만.'

나는 구덩이로 돌아가서 내 호주머니에 손을 넣었다. 그리고 친숙한 이 니셜이 새겨진 손수건을 펼쳐 로켓의 줄을 잡고 들어올렸다. 아무 일도 일어나지 않았다. 환영이 보이지 않았다. 이제는 더 이상 환영을 볼 수 없을 거라는 생각이 들었다. 이 로켓은 우리를 이리로 이끌어주었고, 우리에게 필요한 것을 이미 다 보여주었다.

나는 로켓을 무덤 위로 들어올렸다. 이래야 공정할 것 같았다. 내가 로 켓을 막 떨어뜨리려는데 제너비브의 목소리가 다시 들렸다. 아까보다 좀 더 부드러운 목소리였다.

'안 돼. 그건 내 것이 아냐.'

나는 다시 묘비를 바라보았다. 제너비브가 다시 앉아 있었다. 바람이 불 때마다 제너비브의 흐릿한 형체가 깨져서 거의 사라지다시피 했다. 아까 만큼 무섭게 보이지도 않았다.

제너비브는 비탄에 빠져서 망가진 사람 같았다. 유일하게 사랑했던 사 람을 잃은 사람처럼.

나는 이해했다.

허리까지 잠겨서

≒ 12.08 ≒

문제를 너무 많이 겪다 보면, 나중에는 또 문제가 생길 것 같아도 별로 겁이 나지 않게 된다. 이미 물속으로 너무 깊이 들어왔기 때문에 그냥 계속 노를 저어서 한복판을 지나쳐 반대편까지 무사히 갈 수 있기를 바라는 수밖에 없게 되는 것이다. 이것은 링크가 항상 내세우는 논리였지만, 이제는 나도 이 논리가 천재의 산물임을 알 것 같았다. 누구든 자신이 직접 물속에 허리까지 잠기기 전에는 이 논리를 진심으로 이해할 수 없는 것 같다.

무덤에 다녀온 다음 날 리나와 내가 바로 그랬다. 허리까지 물속에 잠긴 상태. 애마 아줌마의 2번 연필로 메모를 위조한 것이 시작이었다. 우리는 이 가짜 메모를 핑계로 학교를 빼먹었다. 애당초 갖고 있지 말아야 할 책, 우리가 무덤에서 훔쳐온 그 책을 읽기 위해서였다. 우리는 추가 점수를 얻을 수 있는 '프로젝트'를 우리가 함께 진행 중이라며 거짓말을 잔뜩 늘어놓았다. 나는 애마 아줌마가 추가 점수라는 말을 듣자마자 틀림없이 사실을 알아차릴 거라고 생각했지만, 아줌마는 캐롤라인 이모와 통화하면서 아빠의 '상태'에 대해 의논하는 중이었다.

나는 거짓말을 한 것에 대해 죄책감을 느꼈다. 책을 훔친 것, 메모를 위

390

조한 것, 기억을 지워버린 것에 대해서는 말할 필요도 없었다. 하지만 우리는 학교에 가서 앉아 있을 시간이 없었다. 학교 공부 외에 반드시 공부해야 하는 것이 너무 많았다.

우리에게 《달의 책》이 있었으니까. 진짜로 그 책이 있었다. 내 손으로 그 책을 들 수도….

"아얏!" 그 책이 내 손을 태웠다. 뜨거운 스토브를 만진 것 같았다. 책은 리나의 침실 바닥으로 떨어졌다. 집 안 어디선가 부 래들리가 컹컹 짖었다. 녀석이 발톱 긁히는 소리를 내며 계단을 올라오고 있었다. 우리를 향해서.

"문." 리나가 낡은 라틴어 사전에 시선을 고정시킨 채 말했다. 침실 문이 쾅 닫혔다. 부가 막 층계참에 도달했을 때였다. 부는 성난 소리로 짖어댔다. "내 방에 들어오지 마, 부. 우린 아무것도 안 해. 난 이제 연습을 시작할 거야."

나는 깜짝 놀라서 문을 빤히 바라보았다. 이것도 메이컨에게서 배운 기술인 모양이었다. 리나는 이미 수천 번이나 이 기술을 써본 사람처럼 태평했다. 리나가 어젯밤에 리스와 델 이모에게 부린 재주가 생각났다. 리나의 생일이 가까워질수록, 주술사의 면모가 더 강해지는 것 같았다.

나는 모르는 척하려고 애썼다. 하지만 애를 쓰면 쓸수록 자꾸만 의식이 되었다.

리나가 나를 바라보았다. 나는 청바지에 손을 문지르고 있었다. 책에 덴 곳이 아직도 아팠다. "주술사가 아니면 만질 수 없는 책이라고 했잖아."

"맞아. 그랬지."

리나는 낡은 검은색 상자를 열어 비올라를 꺼냈다. "5시가 다 됐어. 연습을 시작하지 않으면, 메이컨 삼촌이 깨어났을 때 눈치를 챌 거야. 항상 그러니까."

"뭐? 지금 연습한다고?" 리나는 방긋 웃으며 구석에 놓인 의자에 앉았다. 그리고 악기를 턱에 대고 자리를 잡은 뒤 긴 활을 들어 줄에 갖다 댔다.

잠시 가만히 있던 리나는 자기 침실이 아니라 교향곡 연주회장에 앉아 있는 사람처럼 눈을 감았다. 그리고 연주를 시작했다. 음악이 리나의 손에서 방 안으로 풀려나와 허공을 떠다녔다. 이것도 아직 발견되지 않은 리나의 수많은 능력 중 하나인 것 같았다. 창문에 걸려 있는 순백의 커튼이 조금씩 흔들리기 시작했다. 그 노래가 들렸다.

열여섯 개의 달, 열여섯 해
결정의 달, 그 시간이 다가온다
이 페이지에서 어둠이 맑아진다
불이 태우는 것을 능력들이 속박한다…

리나는 의자에서 슬그머니 내려와 비올라를 조심스레 의자 위에 놓았다. 이제는 리나가 연주를 하고 있지 않은데도, 음악이 계속 흘러나왔다. 리나는 활을 의자에 기대어 세워놓고 바닥에 나와 나란히 앉았다.

'쉬.'

'이게 연습이야?'

"M 삼촌은 이렇게 해도 모르는 것 같아. 그리고 저길 봐…." 리나는 문을 가리켰다. 그림자 같은 것이 보였다. 리듬에 맞춰 쿵쿵거리는 소리도 들렸다. 부의 꼬리였다. "부는 이걸 좋아해. 나는 부가 내 방 문 앞에 있는 게 좋아. 어른들을 막아주는 경보기 같은 거라고나 할까." 일리 있는 말이었다.

리나는 책 옆에 무릎을 꿇고 앉아서 손으로 수월하게 책을 들어올렸다. 리나가 책을 펼치자 우리가 하루 종일 들여다보던 것들이 또 나타났다. 수백 가지 주문들. 영어, 라틴어, 게일어, 그 밖에 내가 알 수 없는 여러 언어들로 정성들여 적어 놓은 주문들이었다. 내가 한 번도 본 적이 없는, 이상하게 구부러진 글자들로 이루어진 언어도 있었다. 얄팍한 갈색 양피지 책장은 아주 약해서 거의 투명하게 보일 정도였다. 짙은 갈색 잉크로 쓴 고대의 섬세한 필체가 책장을 뒤덮고 있었다. 나는 그 갈색 잉크가 정말로 잉크이기를 바랐다.

리나가 그 이상한 글자들을 손가락으로 톡톡 두드리며 내게 라틴어 사전을 건네주었다. "이건 라틴어가 아냐. 네가 직접 찾아봐."

"내가 보기에는 게일어 같은데. 이런 글자 본 적 있어?" 나는 둥글게 구부러진 글자들을 가리켰다.

"아니. 혹시 옛날 주술사 언어 같은 건지도 몰라."

"주술사 사전이 있으면 좋을 텐데."

"있어. 그러니까, 삼촌은 틀림없이 갖고 있을 거야. 주술사 책이 수백 권이나 있거든. 삼촌 서재에. 루나에 리브리에 비하면 아무것도 아니지만, 거기 우리한테 필요한 사전이 있을 거야."

"삼촌이 일어나려면 시간이 얼마나 남았어?"

"얼마 안 돼."

나는 셔츠 소매를 손바닥까지 내려서 손을 감싼 뒤 책을 들었다. 그리고 얄팍한 책장을 넘겼다. 책장이 바삭거리는 소리를 내며 구부러졌다. 양피지가 아니라 마른 낙엽 같았다. "너도 여기 적혀 있는 걸 전혀 모르겠어?"

리나는 고개를 저었다. "우리 집안에서는 결정이 내려지기 전에는 아무것도 알면 안 돼." 리나는 책을 열심히 들여다보는 척했다. "혹시 어둠이 될지도 모르니까 그러는 거겠지." 이제 이 이야기는 그만해야 할 것 같았다.

아무리 책장을 넘겨도 우리가 이해할 수 있는 내용은 하나도 없었다. 그림들도 있었는데, 어떤 것은 무섭고 어떤 것은 아름다웠다. 이상한 생물들, 기호들, 동물들. 《달의 책》에서는 인간처럼 보이는 얼굴들도 왠지 전혀 인간 같지 않게 보였다. 내가 보기에 이 책은 다른 행성에서 온 백과사전 같았다.

리나가 책을 무릎 위로 잡아당겼다. "내가 모르는 게 너무 많아. 머리가…."

"멍해?"

나는 리나의 침대에 등을 기대고 천장을 올려다보았다. 사방에 글자들이 있었다. 새로 생겨난 글자들. 숫자도 있었다. 리나가 날짜를 헤아리고 있기 때문이었다. 죄수들이 감방 벽에 숫자를 새기듯이, 리나의 방 벽에도 숫자들이 써있었다.

100, 78, 50….

우리가 이렇게 함께 앉아서 보낼 수 있는 시간이 얼마나 남았을까? 리나의 생일이 점점 다가오고 있었다. 그리고 리나의 힘은 이미 강해지는 중이었다. 만약 리나의 생각이 옳다면? 리나가 알아볼 수도 없을 만큼 어두운 존재로 변해서 날 알지도 못하고, 내게 신경을 쓰지도 않게 된다면? 나는 구석에 놓인 비올라를 빤히 바라보았다. 조금 있으니 비올라를 보기가 싫어져서 눈을 감고 비올라에서 흘러나오는 주술사 음악을 들었다. 그때 리나의 목소리가 들렸다.

"…열여섯 번째 달에 어둠이 결정의 시간을 가져올 때까지. 그날 능력을 지닌 사람은 하루의 끝, 또는 마지막 시간의 마지막 순간에 결정의 달 아래에서 영원한 선택의 주술을 부릴 수 있는 의지와 행동의 자유를 갖는다…."

우리는 서로를 바라보았다.

"그걸 어떻게…." 나는 리나의 어깨 너머로 책을 바라보았다.

리나가 책장을 넘겼다. "이건 영어야. 여기에 적힌 글은 영어로 되어 있어. 누가 여기 뒤쪽에 번역을 해놓았나 봐. 봐, 여긴 잉크 색깔이 다르잖아."

리나의 말이 옳았다.

영어로 되어 있는 부분도 수백 년은 된 것 같았다. 이곳의 필체도 우아했지만, 앞부분과는 달랐다. 잉크도 앞부분 같은 갈색이 아니었다. 그게 정말로 잉크인지는 잘 모르겠지만.

"뒤로 넘겨 봐."

리나는 책을 받쳐 들고 뒷장을 읽었다.

"결정에 속박의 주문을 걸고 나면 다시는 그 주문을 풀 수 없다. 일단 선택의 주술을 부리고 나면, 다시 주술을 부릴 수 없다. 능력을 지닌 사람은 위대한 어둠 또는 위대한 빛으로 떨어진다. 영원히. 시간이 흘러 열여섯 번째 달의 마지막 시간이 속박되지 않은 채 달아나버리면, 세상의 이치가 무너진다. 이것은 절대로 있어서는 안 된다. 이 책이 속박되지 않은 것을 속박할 것이다. 영원히."

"그럼 그 결정이라는 걸 피할 길이 없는 거야?"

"처음부터 내가 계속 그렇게 말했잖아."

나는 책 속의 글자들을 빤히 바라보았다. 그래도 뭐가 뭔지 모르기는 처음과 마찬가지였다. "그럼 결정이 내려질 때 정확히 무슨 일이 벌어지는 건데? 이 결정의 달이라는 게 무슨 주술의 광선 같은 거라도 쏘아 보내는 거야?"

리나는 책장을 훑어보았다. "여기에는 정확히 안 나와 있어. 내가 아는 거라고는 그 일이 한밤중에 달 아래에서 일어난다는 것뿐이야. '위대한 어둠의 한복판, 위대한 빛 아래에서. 그곳이 바로 우리가 온 곳.' 하지만 장소는 어디든 될 수 있어. 실제로 눈으로 볼 수 있는 일은 아니야. 그냥 일어나는 거야. 주술의 광선 같은 것도 없어."

"그래도 무슨 일이 일어나기는 할 거 아냐." 나는 모든 걸 알고 싶었다. 아직도 리나가 뭔가를 숨기고 있다는 느낌이 들었다. 리나는 책장에서 눈을 떼지 않았다.

"대부분의 주술사들한테 그 일은 의식적으로 이루어져. 여기 적혀 있는 그대로야. 능력을 지닌 사람, 그러니까 주술사가 영원한 선택의 주술을 부리는 거야. 주술사는 스스로 빛이 되고 싶은지 어둠이 되고 싶은지 선택해. 자유의지와 행동이라는 게 바로 그거야. 일반인들도 착한 사람이 될지 나쁜 사람이 될지 선택하잖아. 주술사들은 한 번의 선택으로 평생이 결정된다는 게 다를 뿐이야. 주술사들은 자기가 살고 싶은 삶을 선택해. 마법의 우주와, 그리고 다른 주술사들과 어떻게 관계를 맺을 건지. 이건 주술사들이 자연계와 맺는 계약이야. 그게 세상의 이치야. 이게 허무맹랑한 소리로 들린다는 건 나도 알아."

"열여섯 살 때 그런 일이 벌어진다고? 그 나이에 자기가 어떤 사람인지, 평생 어떤 삶을 살아갈 건지 어떻게 알아?"

"그래도 그 사람들은 운이 좋은 거야. 난 아예 선택권도 없어."

나는 다음 질문을 차마 입 밖에 내기 힘들었다. "그럼 너는 어떻게 되는데?"

"리스 언니 말로는 그냥 변할 거래. 순식간에 벌어지는 일이라고 했어. 심장이 한 번 뛰는 찰나에 벌어지는 일이라고. 무슨 힘 같은 게 내 몸속을 돌아다니는 게 느껴질 거래. 마치 생전 처음으로 생명을 얻는 것 같은 느낌이 들 거라고 하던데." 리나는 뭔가를 간절히 기원하는 듯한 표정이었다. "적어도 리스 언니가 해준 얘기로는 그래."

"그렇게 나쁜 일 같지는 않은데."

"리스 언니는 그걸 압도적인 온기라고 묘사했어. 햇빛이 오로지 자기한테만 쏟아지는 것 같았대. 그 순간에 자신에게 선택된 길이 뭔지 그냥 알게 된다고 했어." 이 말이 맞다면, 그것은 너무 쉽고, 너무 고통이 없는 일이었다. 아무래도 리나가 빼먹고 하지 않은 이야기가 있는 것 같았다. 이를테면, 주술사가 어둠으로 넘어간 뒤의 느낌 같은 것. 하지만 나는 그 이야기를 꺼내고 싶지 않았다. 우리 둘 다 그 생각을 하고 있다는 건 알고 있었지만.

'그게 다야?'

'그게 다야. 전혀 아프지 않아. 네가 걱정하는 게 그거라면.'

내가 그 문제를 걱정한 건 맞지만, 걱정거리는 그것 말고도 더 있었다.

'걱정 안 해.'

'나도 마찬가지야.'

우리는 머릿속의 생각을 자신에게조차 감추려고 애썼다.

햇빛이 리나의 침실 바닥에 깔린, 실을 땋아서 만든 깔개 위로 슬금슬금 기어갔다. 오렌지색 햇빛 때문에 깔개의 다양한 색깔들이 수백 가지 황금색으로 바뀌었다. 리나의 얼굴, 눈, 머리카락 등 그 빛이 닿은 리나의 모든 것이 순간적으로 황금색으로 변했다. 리나는 아름다웠다. 백 년 전, 백 킬로미터쯤 떨어진 곳에 존재했던 사람 같은 느낌도 들었다. 그리고 책 속에 그려져 있는 얼굴들처럼 왠지 인간이 아닌 것 같았다.

"해가 졌네. 메이컨 삼촌이 이제 곧 일어날 거야. 책을 치워야겠다." 리나는 책을 덮어서 내 가방에 넣고 지퍼를 잠갔다. "네가 가져가. 삼촌이 이 책을 보면 내가 손을 못 대게 숨겨버릴 거야. 다른 것도 그랬던 것처럼."

"네 삼촌이랑 애마 아줌마가 도대체 뭘 숨기고 있는 건지 모르겠어. 이 모든 일이 어차피 일어날 수밖에 없고, 정말로 어느 누구도 그걸 막을 수 없다면 차라리 우리한테 전부 털어놓아도 되잖아."

리나는 나를 보려 하지 않았다. 나는 리나를 끌어안았다. 리나는 내 가슴에 머리를 기댔다. 리나는 아무 말도 하지 않았지만, 우리가 입고 있는 스웨터를 통해 리나의 심장박동과 내 심장박동이 여전히 느껴졌다.

리나는 음악이 저절로 잦아들 때까지 비올라를 바라보았다. 창문을 통해 들어오고 있는 햇빛처럼 음악이 점점 희미해졌다.

다음 날 학교에 가 보니, 어떤 종류의 책이 됐든 그래도 책에 대해 생각하고 있는 것은 우리 둘뿐인 것 같았다. 수업 시간에 선생님이 질문을 던져도 손을 드는 학생은 한 명도 없었다. 수업 중에 화장실에 가야겠다고 손을 드는 학생만 있을 뿐이었다. 어느 누구도 종이에는 손도 대지 않았다. 누가 파트너 신청을 받았는지, 파트너 신청을 받게 해달라고 간절히 기도했는데도 소원이 이루어지지 않은 사람은 누구인지, 이미 경쟁에서 탈락한 사람은 누구인지에 관해 메모를 쓸 때만 예외였다.

잭슨 고등학교에서 12월의 의미는 딱 하나뿐이었다. 겨울 무도회. 카페테리아에서 식사를 하던 중에 리나가 처음으로 그 이야기를 꺼냈다.

"파트너 신청은 했어?" 리나는 여자 육상부의 크로스 코치에게 작업을 걸기 위해서 모든 무도회에 파트너 없이 가는 링크의 전략을 아직 모르고 있었다. 그 전략은 그다지 비밀도 아니었는데 말이다. 링크는 매기 크로스 코치에게 푹 빠져 있었다. 크로스 코치는 5년 전 우리가 5학년 때 대학을 졸업하고 모교인 이곳으로 돌아와 계속 육상부를 맡고 있었다.

"아니, 난 혼자 다니는 게 좋아." 링크는 입안에 튀김을 가득 문 채로 히죽 웃었다.

"크로스 코치가 여자애들 보호자로 무도회에 따라오거든. 그래서 링크는 항상 무도회에 혼자 가서 밤새 크로스 코치 주위를 얼쩡거려." 내가 설명했다.

"숙녀들을 실망시키고 싶지 않아서 그래. 내가 누군가를 고르면, 다들 날 서로 차지하려고 싸움을 벌일걸."

"난 학교 무도회에 한 번도 안 가봤어." 리나는 자신의 쟁반을 내려다보며 샌드위치를 쿡쿡 찔러댔다. 실망한 것 같았다.

나는 리나에게 무도회에 같이 가자고 청하지 않았다. 리나가 무도회에 가고 싶어 할 거라는 생각을 미처 못 했기 때문이었다. 우리 둘 사이에서 워낙 많은 일이 벌어지고 있는 데다가, 그 모든 일이 학교 무도회 따위에 비하면 엄청나게 대단한 일이기 때문이기도 했다.

링크가 나를 의미심장하게 바라보았다. 이런 일이 생길 거라고 링크가 이미 전에 내게 주의를 준 적이 있었다. "여자애들은 전부 무도회의 파트너로 신청을 받고 싶어 해. 이유는 나도 모르겠지만, 여자애들이 그걸 바란다는 정도는 알아." 링크의 충고가 옳을 줄이야. 크로스 코치를 차지하려는 웅대한 계획은 한 번도 제대로 효과를 발휘한 적이 없는데.

링크가 남은 콜라를 다 마셨다. "너처럼 예쁜 애가? 무도회에서 스노 여왕도 될 수 있겠다."

리나는 미소를 지으려고 했지만, 얼굴이 전혀 움직이지 않았다. "그 스노 여왕이라는 건 뭐야? 다른 학교들처럼 그냥 축제의 여왕을 뽑는 게 아니야?"

"응. 이건 겨울 무도회니까 얼음 여왕이 있어야지. 하지만 서배너의 사촌인 수잰이 졸업할 때까지 매년 얼음 여왕으로 뽑혔고, 작년에는 서배너가 뽑혔으니까 다들 그냥 스노 여왕이라고 불러." 링크는 손을 뻗어 내 접시에 있던 피자 한 조각을 집었다.

리나는 분명히 무도회에 파트너로 같이 가자는 신청을 받고 싶어 했다. 이것도 여자애들에게서 이해할 수 없는 점들 중 하나였다. 무도회에 가고 싶어 하지 않으면서도 파트너 신청을 받고 싶어 하는 것. 하지만 리나의 경우는 얘기가 좀 다른 것 같았다. 리나는 평범한 여자애들이 고등학교 때 경험해보아야 하는 일들을 목록으로 정리해두고, 그걸 모두 해보겠다고 굳게 결심한 사람 같았다. 미칠 노릇이었다. 무도회는 지금 내가 가장 가기 싫은 행사였다. 요즘 우리는 잭슨 고등학교에서 그다지 호감을 사는 편이 아니었다. 우리가 복도를 걸어갈 때 다들 우리를 빤히 바라보는 건 상관없었다. 우리가 손을 잡고 걷지 않아도 아이들은 우리를 뚫어지게 바라보곤 했다. 사람들은 지금도 북적거리는 카페테리아에서 유일하게 비어 있던 식탁에 달랑 우리 셋만 앉아 있는 것을 보고 우리에 대해 쑥덕거리면서 잔인한 말을 늘어놓고 있겠지만, 그것도 상관없었다. 잭슨 고등학교 수호천사 클럽의 모든 팀원들이 복도를 돌아다니며 우리가 실수를 저지르기만 기다리고 있는 것 역시 상관없었다.

사실 리나가 나타나기 전의 나라면 이런 상황에서 겁을 먹었을 것이다. 그런 생각을 하다 보니, 혹시 지금 내가 무슨 주문 같은 것에 걸려 있는 건 아닌지 모르겠다는 생각이 슬그머니 들었다.

'난 그런 짓 안 해.'

'네가 했다고 안 그랬어.'

'방금 그랬잖아.'

'네가 주문을 걸었다는 말은 안 했어. 그냥 내가 주문에 걸린 게 아닌지 모르겠다고 했지.'

'내가 리들리인 줄 알아?'

'나는… 관두자.'

리나는 아주 열심히 내 얼굴을 살펴보았다. 마치 내 표정을 읽으려고 애쓰는 것 같았다. 어쩌면 이제는 그런 능력까지 생겼는지도 모른다.

'말해 봐.'

'핼러윈 다음 날 아침에 네 방에서 네가 한 말 있잖아. 그거 진심이었어, L?'

'무슨 말?'

'벽에 글로 썼던 거.'

'무슨 벽?'

'네 침실 벽 말이야. 내 말이 무슨 뜻인지 모르는 척하지 마. 너도 나랑 같은 감정을 느낀다고 말했잖아.'

리나는 목걸이를 만지작거리기 시작했다.

'무슨 소리를 하는 거야?'

'빠져드는 거.'

'빠져드는 거?'

'빠져드는 거…. 알잖아.'

'뭘?'

'관두자.'

'말해, 이선.'

'방금 말했잖아.'

'날 봐.'

'지금 널 보고 있잖아.'

나는 내 앞의 초콜릿 우유를 내려다보았다.

"알아들었어? 서배너 스노와 얼음 여왕의 관계?" 링크는 감자튀김 위에 바닐라 아이스크림을 얹으면서 말했다.

리나는 나와 시선이 마주치자 얼굴을 붉혔다. 그리고 식탁 밑으로 손을 뻗었다. 나는 그 손을 잡았지만 하마터면 손을 홱 뿌리칠 뻔했다. 리나의 손이 닿았을 때의 충격이 너무 강했다. 마치 벽의 전기 소켓에 손가락을 집어넣은 것 같았다. 리나가 나를 바라보는 표정을 보고 알아차렸어야 했다. 설사 리나의 생각이 내 머릿속에서 들려오지 않는다 해도.

'할 말이 있으면 그냥 해, 이선.'

'그래, 바로 그거야.'

'말해.'

하지만 우리가 굳이 그 말을 할 필요는 없었다. 우리는 북적이는 카페테리아 한복판에서 링크와 한창 대화를 나누는 중이었지만, 사실은 우리 둘만의 세계에 빠져 있었다. 우리는 링크가 지금 무슨 얘기를 하고 있는지 더이상 주의를 기울이지 않았다. "알겠어? 그게 사실이니까 웃기는 일이지. 얼음 여왕이라면 서배너가 딱이잖아."

리나는 내 손을 놓고 링크에게 당근을 던졌다. 리나의 얼굴에서 웃음이 가시지 않았다. 링크는 리나의 미소가 자신을 향한 것이라고 생각했다. "그래, 알았어, 얼음 여왕. 멍청한 일이기는 하지." 링크는 자기 쟁반에서 질척한 아이스크림을 뒤집어쓰고 있는 감자튀김에 포크를 꽂아 넣었다.

"말도 안 되는 일이야. 개틀린에는 눈도 안 오는데."

링크는 아이스크림 감자튀김 너머로 나를 향해 싱글거렸다. "리나가 질투하나 봐. 너 조심해야겠다. 리나가 얼음 여왕으로 뽑히고 싶은 모양이야. 내가 얼음 왕으로 뽑히면 나랑 같이 춤을 추려고."

리나는 자기도 모르게 웃음을 터뜨렸다. "너랑? 너 육상부 코치를 위해서 정조를 지킨다고 하지 않았어?"

"맞아. 올해는 코치가 나한테 빠져들 거야."

"링크는 코치가 지나갈 때 건넬 재치 있는 말을 생각해내느라 밤을 꼬박 새워."

"코치가 나더러 재미있는 사람이랬어."

"웃기게 생겼다는 뜻이겠지."

"올해는 나의 해야. 느낌이 와. 올해는 내가 눈의 왕이 될 거야. 그리고 크로스 코치도 내가 서배너 스노와 함께 무대 위에 서 있는 걸 보게 될 거야."

"그다음에는 일이 어떻게 될지 짐작도 안가는걸." 리나가 핏빛 오렌지 껍질을 벗기며 말했다.

"그거야 쉽지. 코치는 내 잘생긴 얼굴과 매력과 음악적 재능에 깜짝 놀랄 거야. 네가 나한테 노래가사를 써주면 내가 재능을 신나게 발휘할 텐데. 그러면 코치도 콧대를 꺾고 나랑 춤을 출 거야. 내가 졸업한 뒤에는 뉴욕까지 날 따라와서 내 팬이 될 거고."

"뭔 소리를 하는 거야?" 오렌지 껍질이 긴 나선형을 그리며 벗겨졌다.

"네 여자 친구는 날 특별하게 생각해, 멍청아." 링크의 입에서 감자튀김 조각들이 떨어졌다.

리나가 나를 바라보았다. 여자 친구. 우리 둘 다 그 말을 들었다.

'내가 그거야?'

'그렇게 되고 싶어?'

'너 지금 나한테 뭘 청하는 거야?'

내가 그 생각을 안 해본 건 아니었다. 리나는 이미 얼마 전부터 내 여자 친구처럼 행동했다. 우리가 지금까지 함께 겪은 일들을 생각해보면, 그건 당연한 일이라고 해도 될 정도였다. 그런데 내가 왜 그 말을 입 밖에 낸 적이 한 번도 없는지 알 수 없었다. 지금 리나에게 그 말을 하기가 어려운 이유도 알 수 없었다. 그 말을 입 밖에 내면, 그것이 정말로 현실이 될 것 같았다.

'그런 것 같아.'

'별로 확신은 없다는 투네.'

나는 식탁 밑에서 리나의 다른 손을 잡고, 리나의 초록색 눈을 바라보았다.

'확실해, L.'

'그럼 내가 네 여자 친구라는 말이 맞겠네.'

링크는 여전히 떠들고 있었다. "크로스 코치가 무도회 때 나한테 매달리는 걸 보면 너도 나를 특별한 사람으로 생각하게 될 거야." 링크는 쟁반을 들고 일어섰다.

"내 여자 친구가 너랑 춤을 춰줄 거라고 생각하지나 마." 나도 쟁반을 들고 가서 반납했다.

리나의 눈이 순간적으로 반짝였다. 내 짐작이 옳았다. 리나는 파트너 신청을 받고 싶어 할 뿐만 아니라, 무도회에도 가고 싶어 했다. 그 순간 나는 리나가 생각하는 '평범한 여고생들이 반드시 해야 하는 일'이 무엇이든 그 일들을 다 이루게 해주겠다고 결심했다.

"너희들 갈 거야?"

나는 기대에 찬 시선으로 리나를 바라보았다. 리나가 내 손을 꼭 쥐었다.

"응."

이번에는 리나가 진심에서 우러나온 미소를 지었다. "링크, 내가 너랑 두 번 춤을 춰줄게. 내 남자 친구는 별로 신경 안 쓸 거야. 나더러 누구랑 춤을 춰라 마라 잔소리를 할 애가 아니거든." 나는 어이없다는 표정을 지었다.

링크는 주먹을 들어 올려 내 손마디에 부딪혔다. "맞아."

점심시간이 끝났음을 알리는 종이 울렸다. 이제 나는 겨울 무도회에 같이 갈 파트너뿐만 아니라 여자 친구까지 생겨버렸다. 그것도 그냥 여자 친구가 아니었다. 내 평생 처음으로 하마터면 '사'로 시작하는 낯간지러운 단어까지 말할 뻔했다. 카페테리아에서 링크가 보고 있는데.

정말 뜨거운 점심이었다.

용해

"그 애가 왜 이리로 올 수 없다는 건지 모르겠다. 멜기세덱의 조카가 화려한 드레스로 잔뜩 치장한 모습을 보고 싶었는데." 나는 애마 아줌마 앞에 서 있었다. 아줌마는 내게 나비넥타이를 매주는 중이었다. 아줌마의 키가 워낙 작았기 때문에 나보다 세 계단 높은 곳에 서야 비로소 내 옷깃에 손이 닿았다. 내가 어렸을 때 일요일이면 아줌마는 내 머리를 빗겨주고 넥타이를 매준 뒤 함께 교회에 갔다. 그때마다 아주 뿌듯한 표정이었는데, 지금도 바로 그런 표정으로 나를 바라보고 있었다.

"죄송해요. 여기서 기념촬영을 할 시간이 없어요. 내가 그 애 집으로 데리러 갈 거예요. 원래 남자가 여자를 데리러 가야 하는 거잖아요." 사실 이건 좀 무리가 있는 주장이었다. 내가 링크의 비터를 몰고 리나를 데리러 가는 거니까. 링크는 션의 차를 타고 갈 예정이었다. 농구부 녀석들은 지금도 점심때 새로 차지한 자기들 식탁에 링크의 자리를 남겨두었다. 링크가 보통 리나와 내가 앉는 자리에서 함께 점심을 먹는데도.

애마 아줌마는 내 넥타이를 잡아당기며 코웃음을 쳤다. 왜 웃는 건지는 모르겠지만, 그 소리를 들으니 불안해졌다.

"너무 조였어요. 숨 막혀 죽겠어요." 나는 벅스 턱스에서 빌려온 재킷 옷 깃과 목 사이로 손가락을 집어넣으려고 했지만, 손가락이 들어가지 않았다.

"넥타이 때문이 아냐. 네가 긴장해서 그런 거지. 괜찮아." 애마 아줌마는 흡족한 표정으로 나를 훑어보았다. 엄마가 이 자리에 있었다면 바로 그런 표정으로 나를 바라보았을 것 같았다. "자, 이제 그 꽃 좀 보자." 나는 등 뒤의 작은 상자로 손을 뻗었다. 그 안에는 하얀 안개꽃으로 둘러싸인 빨간 장미 한 송이가 있었다. 내 눈에는 전혀 예뻐 보이지 않았지만, 캐틀린의 유일한 꽃집인 에덴동산에 있는 꽃들은 다 비슷한 수준이었다.

"내 평생 이렇게 한심한 꽃은 처음 본다." 애마 아줌마는 꽃을 한 번 보고는 계단 발치의 쓰레기통에 던져버렸다. 그리고 휙 돌아서서 부엌으로 사라졌다.

"왜 그러세요?"

애마 아줌마는 냉장고를 열고 손목 코르사주를 꺼냈다. 작고 섬세한 꽃이었다. 하얀 마삭줄과 야생 로즈마리가 연한 은색 리본으로 묶여 있었다. 은색과 흰색은 겨울 무도회의 색이었다. 완벽했다.

애마 아줌마는 내가 리나와 사귀는 걸 탐탁지 않게 생각하면서도 이걸 미리 마련해둔 모양이었다. 나를 위해서. 엄마가 계셨다면 이렇게 했을 것이다. 나는 엄마가 돌아가신 뒤에야 비로소 내가 옛날부터 애마 아줌마에게 얼마나 많이 의지했는지 깨달았다. 내가 무너지지 않은 건 순전히 아줌마 덕분이었다. 아줌마가 없었다면 나도 아빠처럼 생기를 잃어버렸을 것이다.

"모든 것에 의미가 있어. 야생의 것을 얌전하게 바꾸려고 하지 마라."

나는 부엌의 불빛 속으로 코르사주를 들어올렸다. 그리고 손가락으로 조심스레 리본을 만져보았다. 리본 밑에 자그마한 뼈가 하나 있었다.

"아줌마!"

아줌마는 어깨를 으쓱했다. "왜? 그렇게 작은 뼛조각 하나를 가지고 트

집이라도 잡으려고? 이 집에 태어나서 지금까지 온갖 것들을 봤으면서 아직도 정신을 못 차린 거야? 작은 부적 하나쯤 갖고 있다고 누가 다치는 것도 아니잖아, 이선 웨이트."

나는 한숨을 내쉬며 코르사주를 상자에 다시 넣었다. "나도 아줌마를 사랑해요."

애마 아줌마는 뼈가 으스러질 정도로 나를 꼭 안아주었다. 나는 계단을 달려 내려가 밤공기 속으로 나갔다. "조심해, 알았어? 분위기에 휩쓸리지 마."

그게 무슨 뜻인지 전혀 알 수 없었지만, 어쨌든 나는 아줌마에게 미소를 지었다. "네, 아줌마."

내가 차를 출발시키면서 보니 아빠의 서재에 불이 들어와 있었다. 오늘 겨울 무도회가 열린다는 사실을 아빠가 알고나 있는지 궁금했다.

리나가 문을 열었을 때 나는 심장이 멎는 줄 알았다. 리나의 손이 내 몸에 닿지도 않았는데 그 정도였다. 오늘 밤 무도회장의 다른 여자애들은 리나와 상대가 되지 않을 것이다. 개틀린 카운티에 무도회용 드레스는 딱 두 가지밖에 없었다. 이 동네의 미인대회용 드레스 가게인 리틀 미스의 물건 아니면 두 마을 너머에 있는 신부용품점인 서던벨의 물건이 전부였다.

리틀 미스의 드레스는 헤픈 여자들이나 입는 인어 드레스였다. 사방에 긴 슬릿이 있고, 목은 깊이 파이고, 전체적으로 반짝이가 달린 디자인이었다. 애마 아줌마는 겨울 무도회는 고사하고 교회 소풍 때에도 그런 옷을 입는 여자애들과는 절대 어울리지 못하게 했다. 그 애들은 가끔 동네 미인대회에 나가기도 했다. 엄마가 미인대회 출신인 아이들도 있었다. 예를 들어 이든의 엄마는 미스 사우스캐롤라이나 선발대회에서 2등을 한 적이 있었다. 하지만 그런 아이들보다는 그저 미인대회에 나가서 상을 타는 것이 소원이었던 여자들의 딸이 더 많았다. 그런 아이들은 결국 2년쯤 뒤 고등학교 졸업식에 아이를 안고 나타날 가능성이 높았다.

서던벨의 드레스는 스칼렛 오하라의 드레스처럼 거대한 쇠방울 모양이었다. 서던벨의 드레스를 입는 아이들은 DAR와 부인회에서 활동하는 사람들의 딸이었다. 에밀리 애서나 서배너 스노 같은 아이들. 그 아이들을 참아낼 수만 있다면, 그 아이들과 춤을 추는 것이 마치 그 아이들의 결혼식장에서 신부와 춤을 추는 것처럼 보인다는 사실을 참아낼 수만 있다면, 그 아이들은 괜찮은 데이트상대가 될 수 있었다.

어쨌든 모든 드레스가 형형색색으로 반짝거렸다. 모든 드레스의 가장자리에는 금속성 반짝이가 잔뜩 달려 있었고, 색깔은 개틀린 복숭아색이라는 독특한 오렌지색이었다. 개틀린 카운티를 제외하면 세상 어디서든 볼품없는 신부 들러리 의상에나 쓰이는 색일 것 같았다.

남자아이들은 옷차림에 대해 여자들보다 부담을 덜 느끼는 것 같았지만, 사실 여자들보다 편한 것도 아니었다. 대개 파트너와 같은 색으로 옷을 맞춰야 했기 때문에, 때로는 저 끔찍한 개틀린 복숭아색 옷을 입어야 했다. 올해 농구부원들은 은색 나비넥타이와 은색 허리띠를 매기로 했다. 그 덕분에 분홍색이나 보라색이나 복숭아색 나비넥타이를 매는 굴욕을 피할 수 있었다.

리나는 평생 개틀린 복숭아색 옷을 입어본 적이 틀림없이 한 번도 없을 터였다. 리나를 바라보고 있으려니 내 무릎에서 힘이 빠지기 시작했다. 이젠 아주 익숙한 일이었다. 리나가 너무 예뻐서 눈이 아플 지경이었다.

'와우.'

'마음에 들어?'

리나가 빙글 한 바퀴를 돌았다. 머리카락은 구불구불하게 다듬어서 어깨 길이로 만든 다음 반짝이는 핀으로 느슨하게 묶었다. 머리를 올린 것 같으면서 동시에 머리카락이 흘러내린 것처럼 보이게 만드는, 여자애들 특유의 마법을 부린 것이다. 나는 손가락으로 리나의 머리를 쓸어보고 싶었지만, 감히 머리카락 한 올도 만질 용기가 나지 않았다. 리나의 드레스는 흐르는 듯 아래로 떨어지는 디자인이었는데, 리틀 미스의 드레스처럼 천박해 보이지 않으면서도 몸매를 잘 강조해주었다. 은빛이 도는 회색 천은 은색 거미가 뽑아낸 은색 거미줄로 짠 것처럼 섬세했다.

'그런 거야? 은색 거미가 실을 뽑아줬어?'

'그거야 모르지. 그럴 수도 있어. 메이컨 삼촌이 주신 선물이니까.'

리나는 웃음을 터뜨리며 나를 집 안으로 데리고 들어갔다. 레이븐우드 저택조차 겨울 무도회의 테마를 따르고 있는 것 같았다. 오늘 밤 레이븐우드의 입구 쪽 홀은 옛날 할리우드 분위기가 났다. 검은색과 하얀색 타일들이 바닥에 체커판처럼 깔려 있고, 은빛 눈송이들이 허공에 떠서 반짝거렸다. 진주빛이 도는 은색 커튼 앞에는 래커를 칠한 검은 골동품 탁자가 놓여 있고, 커튼 뒤로 햇빛을 받은 바다처럼 반짝이는 것이 보였다. 거기에 바다가 있을 리가 없는데도. 너울거리는 촛불 빛이 가구들 위에 어른거리며 사방에 작은 달빛 그림자를 던졌다.

"진짜야? 거미들이 짰다고?"

리나의 반짝이는 입술에 촛불 빛이 반사되었다. 나는 그 생각을 하지 않으려고 했다. 광대뼈에 있는 작은 초승달 모양에 입을 맞추고 싶다는 생각을 하지 않으려고 했다. 리나의 어깨, 얼굴, 머리카락에는 은빛 가루들이 지극히 섬세하게 뿌려져 있었다. 오늘 밤에는 리나의 점조차 은색으로 보였다.

"농담이야. 아마 삼촌이 파리나 로마나 뉴욕에 갔다가 작은 상점에서 찾아낸 옷일 거야. 메이컨 삼촌은 아름다운 걸 좋아하시거든." 리나는 추억의 물건들을 매달아 놓은 목걸이 바로 위에서 대롱거리는 은색 초승달 목걸이를 손으로 만졌다. 그것도 메이컨의 선물인 모양이었다.

어두운 복도에서 친숙한 목소리가 들려왔다. 은색 촛대가 목소리와 함께 나타났다. "부다페스트야. 파리가 아니라. 그것만 빼면, 네 생각이 맞다." 메이컨이 깔끔한 검은 바지와 하얀 와이셔츠 위에 끽연실에서 입는 재킷을 입고 나타났다. 와이셔츠에 박힌 은색 징이 촛불 빛을 받아 반짝였다.

"이선, 오늘 밤에 내 조카를 아주 조심스레 보살펴주면 고맙겠다. 너도 알다시피 나는 저녁에는 이 아이가 집에 있는 편이 낫다고 생각하는 사람이니까 말이야." 메이컨은 내게 리나를 위한 코르사주를 건네주었다. 마삭줄로 만든 작은 화환 모양이었다. "최대한 조심해야 한다."

"삼촌!" 리나가 짜증스러운 목소리로 외쳤다.

나는 코르사주를 자세히 살펴보았다. 꽃들을 묶은 핀에 은색 반지가 대롱대롱 매달려 있었다. 반지에는 내가 읽을 줄은 모르지만《달의 책》에서 본 적이 있는 문자가 새겨져 있었다. 그다지 자세히 살펴보지 않아도, 이것이 메이컨이 지금까지 항상 밤이나 낮이나 끼고 다니던 반지임을 쉽게 알아볼 수 있었다. 나는 이것과 거의 똑같은 애마 아줌마의 코르사주를 꺼냈다. 아마도 이 반지에 속박되어 있을 수많은 주술사들과 애마 아줌마의 모든 조상들이 이렇게 우리를 지켜주고 있으니, 이 마을에서 우리를 건드릴 영은 하나도 없을 것 같았다. 내 희망사항이지만.

"아저씨와 애마 아줌마 덕분에 리나가 잭슨 고등학교의 겨울 무도회를 무사히 마칠 것 같네요." 나는 미소를 지었다.

하지만 메이컨은 아니었다. "내가 걱정하는 건 무도회가 아니야. 그래도 아마리에게는 고맙구나."

리나는 미간에 주름을 잡고 자기 삼촌과 나를 차례로 바라보았다. 아마 우리가 그다지 행복한 표정이 아닌 모양이었다. "네 차례야." 리나는 탁자에서 단춧구멍에 꽂는 꽃을 집어 들었다. 작은 재스민 가지가 달린 흰 장미였다. 리나가 그것을 내 재킷에 꽂아주었다. "다들 1분만이라도 걱정을 좀 그만뒀으면 좋겠어. 이젠 아주 창피해 죽겠어. 나도 내 몸 하나쯤은 돌볼 수 있어."

메이컨은 여전히 불안한 표정이었다. "어쨌든 오늘 아무도 다치지 않았으면 좋겠다."

메이컨이 잭슨 고등학교의 마녀 같은 아이들을 걱정하는 건지 아니면 강력한 어둠의 주술사인 새라핀을 걱정하는 건지 알 수 없었다. 어쨌든 나도 지난 몇 달간 많은 일을 겪었기 때문에 메이컨의 경고를 허투루 넘길 수 없었다.

"자정까지는 리나를 집에 데려다줘야 한다."

"그 시간이 되면 강력한 주술사가 깨어나기라도 하나요?"

"아니. 리나의 통금시간이야."

나는 빙긋 웃음이 나오려는 것을 억지로 참았다.

학교로 가는 동안 리나는 불안한 표정이었다. 리나는 조수석에 뻣뻣하게 앉아서 라디오, 드레스, 안전띠를 만지작거렸다.

"긴장 풀어."

"우리가 오늘 밤에 무도회에 가는 게 미친 짓일까?" 리나는 혹시나 하는 기대가 깃든 얼굴로 나를 바라보았다.

"그게 무슨 소리야?"

"다들 날 미워하잖아." 리나는 자기 손을 내려다보았다.

"다들 우리를 미워한다는 뜻이겠지."

"그래, 다들 우리를 미워한다고 해두자."

"가기 싫으면 안 가도 돼."

"싫어. 난 가고 싶어. 그게 문제지…." 리나는 손목에 묶은 코르사주를 몇 번 빙빙 돌렸다. "작년에 리들리랑 같이 무도회에 갈 계획을 짰는데…."

나는 리나의 다음 말을 들을 수 없었다. 머릿속에도 아무 소리가 들리지 않았다.

"이미 상황이 많이 어긋난 뒤였어. 리들리가 열여섯 살이 돼서 금방 사라져버렸거든. 나도 그 학교를 그만둬야 했고."

"올해는 작년과 달라. 이건 그냥 무도회야. 뭐가 잘못될 리가 없어."

리나는 인상을 찌푸리며 거울을 닫았다.

'아직은 그렇지.'

체육관에 들어섰을 때, 학생회가 주말 내내 정말 열심히 일한 흔적이 역력하게 드러나 있어서 대단하다는 생각이 들었다. 체육관에는 '한겨울 밤의 꿈'이라는 주제가 철저하게 구현되어 있었다. 천장에는 종이를 작게 잘라서 만든 수백 개의 눈송이가 낚싯줄로 매달려 있었다. 하얀색 눈송이도 있고, 알루미늄 포일이나 반짝이를 붙여서 은은하게 반짝이는 것도 있었다. 가루비누 눈송이가 체육관 귀퉁이로 한들한들 날렸고, 반짝이는 하얀 불빛들이 줄에 매달려 있었다.

"이선. 리나. 정말 예쁘구나." 크로스 코치가 개틀린 복숭아 펀치가 담긴 컵을 우리에게 건네주었다. 코치는 검은 드레스 차림이었는데, 내가 보기에는 링크의 마음을 생각했을 때 다리가 지나치게 많이 드러난 것 같았다.

나는 레이븐우드에서 낚싯줄이나 알루미늄 포일도 없이 허공에 떠 있던 은색 눈송이들을 생각하며 리나를 바라보았다. 리나는 여전히 눈을 반짝이며 내 손을 꼭 붙잡고 있었다. 처음으로 생일파티의 주인공이 된 아이 같았다. 링크는 학교 무도회가 여자애들에게 말로 설명할 수 없는 영향을 미친다고 주장했지만, 나는 그 말을 믿지 않았다. 하지만 이제 보니 그 말이 모든 여자애들에게 적용되는 것 같았다. 심지어 주술사인 여자애도 예외가 아니었다.

"아름다워." 솔직히 아름답지는 않았다. 이건 그냥 옛날부터 항상 보던 평범한 잭슨 고등학교 무도회일 뿐이었다. 하지만 리나에게는 아름답게 보일 것 같았다. 어렸을 때부터 마법을 접한 사람에게는 '마법 같은 일'의 개념이 다른 것인지도 몰랐다.

그때 익숙한 목소리가 들렸다. 설마.

"이제 파티를 시작합시다!"

'이선, 저기….'

나는 고개를 돌렸다. 그 순간 하마터면 펀치가 목에 걸려서 사레가 들릴 뻔했다. 링크가 상어가죽을 연상시키는 은색 턱시도 같은 것을 입고 나를 향해 활짝 웃고 있었다. 턱시도 속에는 턱시도용 와이셔츠 모습을 프린트한 검은 티셔츠를 입었고, 발에는 검은 하이탑 운동화를 신은 차림이었다. 마치 찰스턴의 거리 공연가 같은 모습이었다.

"어이, 남자 친구! 어이, 사촌!" 아까 그 목소리가 또 들렸다. 수많은 사람들의 웅성거리는 목소리와 디제이의 목소리와 쿵쿵거리는 악기 소리와 춤추는 커플들의 소음을 뚫고. 꿀, 설탕, 당밀, 체리 맛 막대사탕이 모두 하나로 뒤섞인 것 같은 목소리였다. 무엇이 됐든 너무 달콤하다는 생각이 든 건 그때가 평생 처음이었다.

리나가 내 손을 한층 더 꼭 쥐었다. 잭슨 고등학교 무도회는 물론이고, 아마 그 어떤 무도회에서도 저렇게 손바닥만 한 옷을 입은 여자를 볼 수 있을까 싶을 정도로 야하고 화려한 은색 반짝이 옷을 입은 리들리가 링크와 팔짱을 끼고 서 있었다. 믿을 수가 없었다. 나는 시선을 어디다 두어야 할지 알 수 없었다. 다리가 훤히 드러나고, 몸의 굴곡도 훤히 드러난 옷차림에 풍성한 금발이 물결치는 모습이라니. 리들리를 보기만 해도 체육관 안의 온도가 올라가는 것이 느껴질 정도였다. 웨딩케이크 꼭대기에 장식된 인형처럼 생긴 파트너들과 춤을 추다가 멈춰버린 남자아이들의 표정을 보니, 나만 그렇게 느끼는 게 아니었다. 그 남자애들의 파트너는 잔뜩 골이 난 표정이었다. 안 그래도 개틀린에는 무도회 드레스를 고를 수 있는 가게가 두 군데밖에 없는데, 리들리의 드레스는 리틀 미스의 드레스보다 한 술 더 뜨는 디자인이었다. 리들리에 비하면 크로스 코치는 여자 목사님처럼 보일 지경이었다. 다시 말해서, 링크는 이제 가망이 없다는 뜻이었다.

리나는 아픈 사람 같은 표정으로 나와 사촌언니를 차례로 바라보았다.
"리들리, 여긴 웬 일이야?"

"사촌, 이제야 우리가 무도회에 오게 됐네. 정말 신나지 않아? 환상적
이지?"

실제로는 존재하지도 않는 바람 때문에 리나의 머리카락이 또 구불구불
하게 변하기 시작하는 것이 보였다. 리나가 눈을 깜박하자 줄에 매달려 반
짝이던 하얀 불빛들 중 절반이 깜깜해졌다. 내가 빨리 행동에 나서야 했다.
나는 링크를 펀치그릇 옆으로 끌고 갔다. "너 왜 저 여자랑 같이 온 거야?"

"진짜 굉장하지 않냐? 개틀린에서 제일 섹시한 애잖아. 삼도화 섹시. 그
런데 내가 이리로 오는 길에 군것질거리를 좀 사려고 스톱&스틸에 들렀더
니 쟤가 거기서 빈둥거리고 있는 거야. 심지어 드레스까지 다 차려 입고서."

"어째 좀 이상하다는 생각 안 들어?"

"내가 그런 걸 왜 신경 써?"

"저 애가 일종의 사이코라면 어쩔 거야?"

"저 애가 날 묶어버리거나 뭐 그럴까 봐?" 링크는 히죽 웃었다. 벌써 그
런 광경을 상상하는 모양이었다.

"농담 아냐."

"넌 항상 농담만 하잖아. 왜 그래? 아, 알았다. 너 질투하는 거지? 너도 옛
날에 저 애 차에 냉큼 올라탔던 걸 내가 기억하는 것 같으니까. 너도 저 애
한테 응큼한 마음을 품은 적이 없다고는…."

"그럴 리가 없잖아. 저 애는 리나의 사촌이야."

"그러거나 말거나. 내가 아는 건, 내가 지금 이 근처 카운티 세 개를 다
합쳐서 가장 섹시한 애랑 같이 무도회에 왔다는 것뿐이야. 이 마을에 운석
이 떨어질 확률만큼 희귀한 일이라고나 할까? 이런 일이 다시는 없을 거
야. 그러니까 진정해, 응? 나도 기분 좀 내자." 링크는 벌써 리들리의 주문
에 걸려 있었다. 어차피 리들리가 주문을 많이 쓸 필요도 없었던 것 같지

만. 내가 무슨 말을 해도 링크에게는 이미 소용이 없었다.

나는 안 될 줄 알면서도 한 번 더 시도해보았다. "저 애는 불길해. 저 애가 네 머릿속을 조종하고 있다고. 일이 다 끝나면 저 애가 너한테서 단물을 다 빨아먹고 너는 그냥 뱉어버릴 거야."

링크는 양손으로 내 어깨를 움켜쥐었다. "그러라고 해."

링크는 리들리의 허리를 팔로 감고 춤을 추러 나갔다. 크로스 코치 옆을 지날 때도 코치에게 눈길 한 번 주지 않았다.

나는 리나를 반대편으로 끌었다. 사진사가 가짜 눈사람과 가짜 눈더미 앞에서 커플들의 사진을 찍고 있는 귀퉁이 쪽이었다. 학생회 아이들이 돌아가며 가짜 눈을 허공에 흩뿌렸다. 나는 그쪽으로 향하다가 에밀리와 부딪혔다.

에밀리가 리나를 바라보며 말했다. "리나, 너… 반짝반짝하네."

리나도 에밀리를 마주 바라보았다. "에밀리, 너는… 부어 보인다."

사실이었다. 서던 벨의 드레스를 입은 에밀리는 은색과 복숭아색의 부풀린 크림 같았다. 작은 돼지꼬리처럼 구불구불하게 말아 놓아서 조금 무서운 모양이 되어버린 머리카락은 노란색 리본 같았다. 얼굴은 미용실에서 머리를 뒤로 잡아당겨 묶을 때 지나치게 힘을 주는 바람에 피부가 덩달아 당겨진 것 같았고, 머리에 핀을 꽂을 때도 두피를 잔뜩 찔린 것 같은 표정이었다.

내가 도대체 뭘 보고 저 애를 만났던 걸까?

"너 같은 애들도 춤을 추는 줄은 몰랐어."

"당연히 춤을 추지." 리나는 에밀리를 노려보았다.

"모닥불을 피워놓고?" 에밀리가 얼굴을 일그러뜨리며 고약한 미소를 지었다.

리나의 머리카락이 또 구불구불해지기 시작했다. "왜? 그 드레스를 태워버리고 싶어서 모닥불을 찾아다니나 보지?" 아직 남아 있던 불빛들이 모조리 꺼져버렸다. 학생회 아이들이 허겁지겁 전선을 확인하러 달려가는 것이 보였다.

'저 애한테 휘둘리지 마. 여기서는 저 애가 마녀야.'

'마녀가 저 애만 있는 게 아니잖아, 이선.'

서배너가 에밀리 옆에 나타났다. 얼이 뒤에서 끌려오고 있었다. 서배너는 에밀리와 똑같은 모습이었다. 은색과 복숭아색 옷 대신 은색과 분홍색 옷을 입었다는 점만 다를 뿐이었다. 서배너의 치마도 에밀리의 것 못지않게 부풀어 있었다. 잘 생각해보면 에밀리와 서배너의 결혼식이 어떤 모습일지 지금 당장 상상해볼 수 있을 것 같았다. 끔찍했다.

얼은 나와 시선이 마주치는 것을 피하려고 바닥을 내려다보았다.

"가자, 엠, 지금 궁정을 열고 있어." 서배너는 의미심장한 시선으로 에밀리를 바라보았다.

"난 신경 쓰지 말고 줄 서." 서배너는 사진을 찍으려고 줄을 선 아이들을 가리켰다. "사진을 찍으면 네 얼굴이 사진에 나오기는 하니, 리나?" 서배너는 거대하게 부풀린 크림 같은 드레스를 펄럭이며 가버렸다.

"다음 사람!"

리나의 머리카락은 여전히 구불거리고 있었다.

'저 애들은 바보야. 신경 쓰지 마. 아무것도.'

사진사의 목소리가 또 들렸다. "다음 사람!"

나는 리나의 손을 잡고 가짜 눈더미 쪽으로 끌었다. 리나가 나를 올려다보았다. 눈이 구름이 낀 것처럼 흐릿했다. 하지만 이내 구름이 사라지고, 리나는 다시 원래 모습으로 돌아왔다. 폭풍이 가라앉는 것이 느껴졌다.

"시작해." 뒤에서 누군가의 목소리가 들렸다.

'네 말이 맞아. 신경 쓸 필요 없어.'

나는 고개를 숙여 리나에게 입을 맞췄다.

'너한테만 신경 쓰면 돼.'

갑자기 카메라 플래시가 터졌다. 꼬박 1초 동안 이 세상에 우리 둘만 존재하는 것 같았다. 완벽한 1초였다. 다른 건 하나도 중요하지 않았다.

눈이 멀 것처럼 환한 플래시 불빛이 터진 뒤 끈적끈적하고 걸쭉한 하얀 반죽 같은 것이 사방에서 우리 머리 위로 쏟아졌다.

'이게 무슨…?'

리나가 헉 하고 놀라는 소리를 냈다. 나는 반죽을 눈에서 걷어내려고 했지만, 사방이 반죽투성이였다. 리나의 모습은 더 참담했다. 아름답게 다듬은 머리, 얼굴, 아름다운 드레스, 리나의 첫 번째 무도회, 모든 것이 망가져버렸다.

팬케이크 반죽과 비슷한 그 하얀 반죽은 머리 위의 양동이에서 뚝뚝 떨어지고 있었다. 반죽에 거품이 생기기 시작했다. 원래 그 양동이는 사진을 찍을 때 눈송이가 부드럽게 흩날리는 효과를 내려고 준비해둔 것이었다. 나는 위를 올려다보았지만, 또 얼굴 한가득 반죽만 맞았을 뿐이다. 양동이가 시끄러운 소리를 내며 바닥으로 떨어졌다.

"누가 눈 속에 물을 넣었어?" 사진사는 화가 나서 펄펄 뛰었다. 모두들 입을 다물고 가만히 있었다. 잭슨 수호천사 클럽의 아이들은 틀림없이 전혀 모르는 일이라고 발뺌할 터였다.

"쟤 좀 봐! 녹고 있어!" 누군가가 소리쳤다. 우리는 비눗물인지 아교인지 알 수 없는 하얀 반죽 웅덩이 속에 서 있었다. 이대로 몸이 줄어들어서 그냥 사라져버렸으면 좋겠다는 생각이 들었다. 적어도 우리 주위에 늘어서서 웃어대고 있는 아이들의 눈에는 이미 우리가 그렇게 보이는 것 같았다. 시배니와 에밀리는 한쪽 옆에 서서 마음껏 즐거워하고 있었다. 리나에게는 지금이 아마도 평생 가장 굴욕적인 순간일 텐데.

소음 속에서 어떤 남자의 목소리가 들렸다. "그러니까 그냥 집에 있었어야지."

그 멍청한 목소리는 내가 아주 잘 아는 사람의 것이었다. 농구장에서 이미 많이 들은 적이 있기 때문에. 그 녀석은 농구장에서만 그런 목소리를 냈다. 얼이었다. 얼은 서배너의 어깨에 한 팔을 걸치고 서배너에게 귓속말을 하고 있었다.

그 순간 나는 이성을 잃었다. 내가 어찌나 빨리 움직였는지 얼은 내가 자신에게 다가오는 것을 미처 보지도 못했다. 나는 비눗물로 뒤덮인 주먹으로 얼의 턱을 후려쳤다. 얼이 바닥으로 쓰러지면서, 고리를 넣어 빳빳하게 부풀린 드레스를 입은 서배너도 함께 넘어졌다.

"너 뭐야? 너 미쳤냐, 웨이트?" 얼은 일어서려고 했지만, 나는 발로 얼을 다시 밀었다.

"그대로 있어."

얼은 일어나 앉아서 상의 깃을 매끈하게 폈다. 체육관 바닥에 앉아 있어도 여전히 멋있는 모습을 유지할 수 있다는 듯이. "네가 이런 짓을 하고도 무사할 줄 알아?" 하지만 얼은 다시 일어서지 않았다. 입으로야 마음대로 떠들어댈 수 있지만, 얼이 일어서봤자 다시 바닥에 쓰러지는 신세가 되리라는 걸 우리 둘 다 알고 있었다.

"당연하지." 나는 점점 넓어지고 있는 반죽 웅덩이에서 리나를 끌어냈다.

"가자, 얼. 궁정이 열리고 있어." 서배너가 화난 표정으로 말했다. 얼은 일어서서 옷을 털었다.

나는 눈에 묻은 반죽을 닦고, 젖은 머리를 흔들었다. 리나는 하얀 반죽을 뚝뚝 떨어뜨리면서 부들부들 떨고 있었다. 사람들이 많이 모여 있었는데도, 리나 주위는 동그랗게 비어 있었다. 아무도 감히 리나에게 가까이 다가가지 못했다. 나만 빼고. 나는 소매로 리나의 얼굴을 닦아주려고 했지만, 리나는 뒷걸음질을 쳤다.

'항상 이런 식이야.'

"리나."

'이렇게 될 줄 미리 알았어야 하는 건데.'

리들리가 리나 옆에 나타났다. 링크도 리들리 바로 뒤에 있었다. 리들리는 머리끝까지 화가 나 있었다. 나도 그 정도는 분명히 알 수 있었다. "정말 이해가 안 간다, 사촌. 도대체 왜 저런 종족하고 어울리고 싶어 하는 거야?" 리들리는 뱉듯이 이 말을 했다. 에밀리와 똑같은 말투였다. "감히 우리를 이렇게 취급하다니. 빛이든 어둠이든 쟤들이 이럴 수는 없어. 네 자존심은 다 어디 간 거야, 리나 비나?"

"화낼 가치도 없어. 오늘 밤에는. 그냥 집에 갈래." 리나는 너무 창피해서 리들리처럼 화를 낼 기운도 없었다. 지금은 싸우거나 도망치는 방법 중 하나를 선택해야 하는 상황인데, 리나는 도망치는 쪽을 택했다. "나 좀 데려다줘, 이선."

링크가 은색 재킷을 벗어 리나의 어깨에 둘러주었다. "옷이 엉망이 됐어."

리들리는 도저히 분을 삭일 수 없는 모양이었다. 아니면 삭이기 싫거나. "쟤들은 못됐어, 사촌. 네 남자 친구만 빼고. 내 새 남자 친구인 작은 고추도 빼고."

"링크라니까. 내 이름은 링크야."

"그만둬, 리들리. 리나가 이제 질렸다잖아." 리들리의 사이렌 효과는 이제 내게 먹히지 않았다.

리들리는 내 어깨 너머를 바라보며 미소를 지었다. 어둠의 미소였다. "그러고 보니, 나도 좀 지겹네."

나는 리들리의 시선이 향한 곳을 보았다. 얼음 여왕과 신하들이 무대 위로 올라가 아래를 내려다보며 활짝 웃고 있었다. 이번에도 역시 서배너가 스노 여왕이었다. 여기서는 무엇이든 변하는 법이 없었다. 서배너는 역시 작년과 마찬가지로 얼음 공주로 뽑힌 에밀리를 향해 환하게 웃었다.

리들리는 연예인들이 쓰는 것 같은 선글라스를 살짝 내렸다. 아주 조금. 리들리의 눈이 빛나기 시작했다. 리들리에게서 열기가 뿜어져 나오는 것이 금방이라도 느껴질 것 같았다. 리들리의 손에 막대사탕이 나타나자, 속이 뒤집힐 만큼 짙은 달콤한 냄새가 허공에 퍼졌다.

'그러지 마, 리들리.'

'너 때문에 이러는 거 아냐, 사촌. 그렇게 단순한 일이 아니라고. 이 후진 마을에도 이제 변화가 좀 생길 거야.'

리들리의 목소리가 내 머릿속에서 리나의 목소리만큼이나 선명하게 들렸다. 나는 고개를 흔들었다.

'끼어들지 마, 리들리. 네가 나서봤자 상황이 나빠지기만 하잖아.'

'눈을 떠. 여기서 더 나빠질 게 어디 있다고 그래? 아니, 있기는 한가.'

리들리는 리나의 어깨를 툭툭 두드렸다.

'잘 보고 배워.'

리들리는 여왕과 신하들을 빤히 바라보며 체리 맛 막대사탕을 빨았다. 나는 아이들이 어두운 조명 때문에 리들리의 무서운 고양이 눈을 보지 못하기를 바랄 뿐이었다.

'안 돼! 그랬다가는 다들 내 탓으로 돌릴 거야, 리들리. 그러지 마.'

'개똥도 교훈을 좀 배워야 돼. 내가 그걸 가르쳐줄 거야.'

리들리는 무대를 향해 성큼성큼 걸어갔다. 반짝이는 하이힐이 또각또각 소리를 냈다.

"어이, 예쁜이, 어디 가는 거야?" 링크가 곧바로 뒤를 따라갔다.

샬럿이 무대 위로 올라가는 중이었다. 반짝이는 연보라색 드레스가 샬럿의 몸에 비해 두 사이즈는 작아 보였다. 풍성하게 퍼진 드레스를 입은 샬럿은 은색으로 반짝이는 플라스틱 왕관을 향해, 그리고 여왕의 궁정에서 제가 항상 차지하던 네 번째 자리를 향해 걸어가는 중이었다. 이든의 뒤인 그 자리의 이름은 얼음 시녀인가 그랬다. 샬럿이 막 마지막 걸음을 내딛는 순간, 어딘가의 저임금 공장에서 만들어졌을 그 거대한 연보라색 드레스 자락이 계단 가장자리에 걸렸다. 그래서 샬럿이 마지막 계단에 올라서자 드레스 등판이 북 찢어졌다. 대충 꿰매 놓은 솔기가 터진 것이다. 샬럿은 2

초쯤 지난 뒤에야 사실을 알아차렸다. 이미 그 자리에 있는 사람들 중 절반이 샬럿의 핫핑크 팬티를 빤히 바라보고 있었다. 팬티가 텍사스 주만큼이나 큼직했다. 샬럿은 소름끼치는 비명을 질렀다. '이제 내가 얼마나 뚱뚱한지 다들 알게 됐으니 어쩌면 좋아'라는 뜻의 비명이었다.

리들리가 히죽 웃었다.

'이런!'

'리들리, 그만해!'

'이제 시작인걸.'

샬럿은 계속 비명을 질렀고, 에밀리, 이든, 서배너는 웨딩드레스 같은 자기들 옷으로 샬럿을 가려주려고 애썼다. 레코드 긁히는 소리가 스피커에서 기분 나쁘게 울려 퍼졌다. 그러다가 이미 돌아가고 있던 노래 대신, 롤링스톤스의 노래가 갑자기 흘러나왔다.

'악마에게 연민을.' 이건 리들리의 테마곡이라고 해도 될 정도였다. 리들리는 아주 거창하게 자기소개를 하고 있는 중이었다.

춤을 추던 아이들은 서른다섯 살의 디제이인 디키 윅스가 학교 무도회를 돌아다니는 디제이들 중에서 가장 유명한 인물이 되려고 쇼를 벌인 모양이라고 생각해버렸다. 하지만 그 아이들도 곧 제물이 됐다. 조금 전에 장식용 불이 모조리 나간 일은 아무것도 아니었다. 몇 초도 안 돼서 무대 위의 모든 전구와 댄스플로어 가장자리를 따라 설치해둔 조명등이 하나씩 차례로 터지기 시작했다. 도미노 같았다.

리들리는 링크를 댄스플로어로 끌고 갔다. 불꽃이 소나기처럼 쏟아지는 가운데 아이들이 비명을 질러대며 앞 다퉈 댄스플로어에서 도망치는 동안 링크는 리들리를 빙빙 돌리며 춤을 췄다. 다들 전선이 잘못 연결돼서 이 난리가 났다고 생각했을 것이다. 개틀린의 유일한 전기기사인 레드 스위트가 분명히 뭔가 실수를 저질렀을 거라고. 리들리는 고개를 뒤로 젖히고 마구 웃어대며, 그 손바닥만 한 드레스 차림으로 링크의 주위를 빙빙 돌왔다.

'이선, 어떻게든 해야겠어!'

'어떻게?'

이미 손을 쓸 수 없는 지경이었다. 리나가 몸을 돌려 달리기 시작하자 나도 곧장 그 뒤를 따랐다. 우리가 체육관 문에 다다르기 전에 천장에 설치된 스프링클러들이 일제히 작동했다. 물이 체육관으로 쏟아져 내렸다. 오디오 장비가 물에 젖어 죽어가기 시작했다. 이러다 누가 감전되지나 않을까 싶을 정도로 오디오 장비들에서 불꽃이 튀었다. 젖은 눈송이들이 물에 흠뻑 젖은 팬케이크처럼 바닥으로 떨어졌고, 비누로 만든 눈송이들은 엉망진창으로 헝클어진 거품 덩어리로 변했다.

모두들 비명을 지르기 시작했다. 여자애들은 흠뻑 젖은 드레스 차림으로 문을 향해 뛰었다. 검은 마스카라와 머리에 발랐던 스프레이나 젤 등이 물과 뒤섞여 여자애들의 얼굴과 머리에서 뚝뚝 떨어졌다. 이런 난장판 속에서는 리틀 미스의 드레스와 서던벨의 드레스가 모두 똑같아 보였다. 여자애들은 모두 물에 흠뻑 젖은 파스텔 색깔의 생쥐 같았다.

내가 문에 다다랐을 때, 우지끈 하는 소리가 크게 들려왔다. 뒤를 돌아보니, 반짝이는 눈송이들을 붙여놓은 거대한 무대배경이 쓰러져 있었다. 에밀리는 미끄러운 무대에서 균형을 잃고 벌렁 넘어졌다. 그래도 에밀리는 여전히 사람들을 향해 손을 흔들며 균형을 잡으려고 애썼지만, 발이 미끄러져서 체육관 바닥으로 떨어졌다. 복숭아색과 은색 천 더미 속에 에밀리가 푹 파묻힌 것 같았다. 크로스 코치가 그쪽으로 달려갔다.

나는 에밀리가 안됐다는 생각이 전혀 들지 않았다. 하지만 오늘의 난리 때문에 비난을 받게 될 사람들에게는 연민을 느꼈다. 학생회는 무대배경을 제대로 설치하지 않아서 위험을 초래했다는 비난을 받을 것이고, 디키 윅스는 뚱뚱한 치어리더의 속옷이 드러나는 사고를 꾸며서 명성을 쌓으려 했다는 비난을 받을 것이고, 레드 스위트는 체육관 조명을 서투르게 설치해서 하마터면 사람을 죽일 뻔했다는 비난을 받을 것이다.

'또 보자, 사촌. 그냥 무도회보다 훨씬 더 즐거웠어.'

나는 리나를 뒤에서 밀며 문 밖으로 나갔다. "얼른 가!"

리나의 몸이 어찌나 차가운지 내가 손을 대기도 무서울 정도였다. 우리는 차가 있는 곳으로 갔다. 부 래들리는 이미 우리 뒤를 따라오고 있었다.

메이컨은 리나가 통금시간을 어길까 봐 걱정할 필요가 없었다.

아직 9시 반도 안 된 시각이었다.

메이컨은 화가 나서 펄펄 뛰었다. 아니, 그냥 걱정스러워서 그러는 것 같기도 했다. 메이컨이 나를 바라볼 때마다 내가 시선을 피했기 때문에, 나는 메이컨이 정확히 어떤 상태인지 알 수 없었다. 심지어 부도 감히 메이컨을 바라보지 못하고 리나의 발치에 누워 꼬리로 바닥을 철썩철썩 내리쳤다.

집 안은 이제 무도회장 같은 분위기가 아니었다. 메이컨은 은색 눈송이가 레이븐우드의 문 안으로 들어오는 것을 다시는 허락하지 않을 것 같았다. 이제는 모든 것이 검은색이었다. 바닥, 가구, 커튼, 천장… 모든 것이. 서재 벽난로에서 꾸준히 타오르는 불길만이 방에 빛을 던지고 있었다. 이집이 메이컨의 기분에 따라 변하는 것 같았다. 지금 이 집의 분위기는 아주 어두웠다.

"주방!" 코코아가 담긴 검은 머그잔이 메이컨의 손에 나타났다. 메이컨은 그것을 리나에게 건넸다. 낡은 모직 담요로 몸을 감싼 채 불 앞에 앉아 있던 리나는 양손으로 머그잔을 감싸 쥐었다. 리나는 젖은 머리카락을 귀 뒤로 넘긴 모습으로 따뜻한 벽난로 앞에서 떨어질 줄 몰랐다. 메이컨이 리나 앞으로 걸어갔다. "개를 보자마자 거기서 나왔어야지, 리나."

"비누를 뒤집어쓰고 애들의 웃음거리가 되느라고 아주 바빴거든요."

"뭐, 앞으로는 그렇게 바빠지지 않을 거다. 네 생일까지 외출금지야. 널 위해서다."

"저를 위한다는 말은 전혀 요점이 아닌 것 같은데요." 리나는 여전히 몸을 떨고 있었지만, 이제는 추워서 떠는 것 같지 않았다.

메이컨이 나를 노려보았다. 차갑고 어두운 눈이었다. 메이컨이 분노하고 있음을 이제 확실히 알 수 있었다. "네가 리들리를 내보냈어야지."

"어떻게 해야 할지 알 수가 없었어요. 리들리가 체육관을 망가뜨릴 줄도 몰랐고요. 게다가 리나는 무도회가 처음이었잖아요." 나는 이 말을 하면서도 멍청한 말이라는 생각이 들었다.

메이컨은 스카치가 담긴 잔을 손으로 빙빙 돌리면서 나를 노려보기만 했다. "그러고 보니, 너희는 춤도 안 췄구나. 한 번도."

"그걸 어떻게 아세요?" 리나가 머그잔을 내려놓았다.

메이컨은 방 안을 서성거렸다. "그건 중요하지 않아."

"저한테는 중요해요."

메이컨은 어깨를 으쓱했다. "부 덕분이다. 달리 좋은 표현이 없어서 이렇게 말할 수밖에 없다만, 부는 내 눈이야."

"네?"

"내가 보는 걸 부도 보고, 부가 보는 걸 나도 본다. 부는 주술사 개야. 너도 알다시피."

"메이컨 삼촌! 그동안 저를 염탐하고 있었던 거예요?"

"특별히 널 염탐한 게 아냐. 온 마을이 나를 피하는데 내가 지금까지 어떻게 살아온 것 같니? 이 개가 없다면 나도 오래 버티지 못할 거다. 부가 보는 거라면 나도 모두 볼 수 있어." 나는 부를 바라보았다. 녀석의 눈, 사람의 눈 같은 그 눈이 보였다. 짐작했어야 하는 건데. 아니, 어쩌면 나는 처음부터 알고 있었던 건지도 모른다. 부의 눈은 메이컨의 눈과 똑같았다.

그것만이 아니었다. 부가 뭔가를 씹고 있었다. 공처럼 둥글게 뭉친 것.

나는 허리를 숙여 녀석의 입에서 그것을 꺼냈다. 잔뜩 구겨져서 침에 흠뻑 젖은 폴라로이드 사진이었다. 체육관에서부터 여기까지 그 사진을 가져온 것이다.

무도회에서 찍은 단 한 장의 사진. 가짜 눈 더미 한복판에 나와 리나가 서 있는 사진이었다. 에밀리의 말은 틀렸다. 리나의 일족도 사진에 찍혔다. 다만 반쯤 투명하게 빛난다는 점이 다를 뿐이었다. 리나의 허리 아래쪽이 유령처럼 흐릿해진 것 같았다. 눈 더미가 반죽이 되어 리나를 덮치기 전인데도 리나는 이미 녹고 있는 것 같았다.

나는 부의 머리를 두드려주고 사진을 주머니에 넣었다. 지금은 리나에게 굳이 이 사진을 보여줄 필요가 없었다. 리나의 생일까지는 두 달이 남았다. 이 사진이 아니어도 나는 우리에게 시간이 얼마 없다는 것을 이미 알고 있었다.

성자들의 행진

＝ 12.16 ＝

내가 차를 세웠을 때 리나는 현관 베란다에 앉아 있었다. 링크가 우리랑 같이 차를 타고 싶어 했기 때문에 나는 내가 운전하겠다고 고집을 피웠다. 링크가 우리와 함께 장의차에 타고 있는 모습을 남에게 들키는 건 위험했다. 그렇다고 리나가 혼자 걸어가게 내버려둘 수도 없었다. 사실 나는 리나를 보내고 싶지 않았지만, 리나를 설득할 길이 없었다. 리나는 전투 준비를 마친 사람 같았다. 검은 터틀넥 스웨터에 검은 진바지를 입고, 가장자리에 모피를 댄 후드가 달린 검은 조끼를 그 위에 걸친 차림이었다. 리나는 이제부터 자신을 향해 잔뜩 총을 겨눈 사람들과 맞서야 한다는 사실을 잘 알고 있었다.

오늘은 무도회로부터 겨우 사흘 뒤였다. DAR는 소식을 듣자마자 한시도 지체하지 않았다. 오늘 오후에 열릴 잭슨 고등학교 징계위원회는 마녀 재판과 크게 다르지 않을 터였다. 그건 주술사가 아니라도 금방 알 수 있었다. 에밀리는 다리에 깁스를 하고 절룩거리며 돌아다녔다. 온 마을 사람들이 겨울 무도회가 재앙으로 끝난 일을 입에 올렸고, 링컨 부인은 마침내 자신이 원하는 일을 해낼 힘을 얻게 되었다. 목격자들이 앞으로 나섰다. 목격자들이 보고, 듣고, 기억한다고 주장하는 일들을 아주 많이 왜곡한 다음, 자기만의 색안경을 끼고 해석해보면 답이 나왔다. 리나 두케인이 원흉이라는 답.

리나가 마을에 나타나기 전에는 모든 것이 순조로웠다는 것이 사람들의 결론이었다.

링크가 차에서 뛰어내려 리나를 위해 문을 열어주었다. 링크는 죄책감에 푹 빠져서 금방이라도 먹은 걸 토할 것 같은 표정이었다. "리나, 괜찮아?"

"괜찮아."

'거짓말.'

'링크가 미안해하는 건 싫어. 링크 잘못이 아니잖아.'

링크가 헛기침을 했다. "정말 미안해. 주말 내내 엄마랑 싸웠는데, 소용이 없더라. 원래 엄마는 항상 제정신이 아니지만, 이번에는 좀 달라."

"네 잘못이 아냐. 그래도 네 엄마를 설득하려고 애써줘서 고마워."

"DAR의 마녀들이 엄마한테 계속 떠들어대지만 않았어도 조금 달랐을지 몰라. 스노 부인이랑 애셔 부인이 이틀 동안 우리 집에 전화를 백 번은 걸었을 거야."

우리는 차를 몰고 스톱&스틸 앞을 지나갔다. 패티도 그곳에 나와 있지 않았다. 도로에는 인적이 끊겨서 마치 우리가 유령마을을 지나가고 있는 것 같았다. 징계위원회는 오후 5시 정각으로 예정되어 있었다. 우리는 딱 그 시간에 도착할 예정이었다. 회의장은 체육관이었다. 오늘 회의에 많은 사람이 나올 텐데, 잭슨 고등학교에서 그만한 인원을 수용할 수 있는 장소는 체육관밖에 없기 때문이었다. 이렇게 모든 일에 모든 사람이 끼어드는 것도 개틀린의 특징이었다. 여기서는 밀실회의라는 것이 없었다. 거리에 인적이 없는 것을 보니 온 마을 사람들이 일상적인 일을 거의 중단한 모양이었다. 그렇다면 거의 모든 사람이 회의에 나올 거라는 뜻이었다.

"네 엄마가 어떻게 이렇게 빨리 이 일을 해냈는지 모르겠다. 아무리 네 엄마라도 너무 빠르잖아."

"내가 통화내용을 조금 들었는데, 애셔 박사님이 나선 것 같아. 박사님이 하퍼 교장선생님이랑 학교 이사회의 거물들과 함께 움직이고 있어." 애셔 박사는 에밀리의 아빠이고, 이 마을에 하나뿐인 진짜 의사였다.

"끝내주는군."

"내가 여기서 쫓겨날 가능성이 높다는 건 너희도 알지? 회의 결과는 이미 정해져 있을 거야. 오늘 회의는 그냥 쇼에 불과해."

링크는 혼란스러운 표정을 지었다. "네 얘기도 들어보지 않고 널 쫓아낼 수는 없어. 넌 아무 짓도 안 했잖아."

"그런 건 전혀 상관없어. 이런 일은 원래 밀실에서 결정되는 법이야. 내가 무슨 말을 하든 달라질 게 없어."

리나의 말이 옳았다. 우리 둘 다 아는 사실이었다. 그래서 나는 아무 말도 하지 않았다. 대신 리나의 손을 끌어당겨 입을 맞췄다. 리나 대신 내가 학교 이사회에 불려나가는 거라면 좋겠다는 생각을 한 게 벌써 백 번은 되는 것 같았다.

하지만 내가 그 자리에 불려나가는 일은 결코 벌어지지 않을 터였다. 내가 무슨 짓을 하든, 무슨 말을 하든, 나는 항상 이 마을 사람이었다. 하지만 리나는 결코 그렇게 될 수 없었다. 내가 가장 화가 나고, 가장 창피하게 생각한 것이 바로 그 점이었던 것 같다. 나는 그들이 나를 여전히 자기들의 무리에 속한 사람으로 보고 있기 때문에 그들이 더욱 더 미웠다. 내가 레이븐우드 노친네의 조카와 데이트를 하고, 링컨 부인에게 대들고, 서배너 스노의 파티의 초대를 받지 못해도 달라지는 건 없었다. 나는 여전히 이 마을 사람이었다. 그들의 일족이었다. 내가 무슨 짓을 해도 그걸 바꿀 수는 없었다. 그들의 논리를 따른다면, 리나와 대적하는 사람들의 무리 속에는 나도 포함되어 있었다.

이런 생각을 하면 죽을 것 같았다. 리나는 열여섯 번째 생일에 빛인지 어둠인지 결정이 내려진다지만, 나는 태어났을 때 이미 운명이 결정된 거나 마찬가지였다. 내 운명을 스스로 결정할 수 없다는 점에서는 나도 리나와 똑같았다. 아니, 어쩌면 세상 모든 사람이 똑같은 것 같기도 했다.

나는 주차장으로 들어갔다. 차들이 꽉 차 있었다. 체육관 입구 앞에 사람들이 길게 줄을 서 있었다. 역사상 가장 길고 가장 지루한 남북전쟁 영화인 〈신들과 장군들〉이 개봉했을 때를 빼면, 한 장소에 이렇게 많은 사람이 모인 건 처음 보았다. 그 영화에는 내 친척들 중 절반이 남군 군복을 소유하고 있다는 이유로 엑스트라로 출연했다.

링크는 뒷좌석에서 몸을 아래로 숙였다. "난 여기서 몰래 빠져나갈게. 이따 저 안에서 보자." 링크는 문을 열고 나가 주차장의 자동차들 사이에 몸을 숨겼다. "행운을 빌어줄게."

리나가 자기 무릎에 올려놓은 손이 덜덜 떨리고 있었다. 리나가 이렇게 긴장한 것을 보니 나는 죽을 것 같았다. "들어가기 싫으면 안 가도 돼. 여기서 그냥 차를 돌려서 널 다시 집으로 데려다줄 수도 있어."

"아냐, 들어갈 거야."

"왜 고생을 사서 하려고 그래? 너도 네 입으로 그랬잖아. 이건 그냥 쇼에 불과할 거라고."

"내가 겁이 나서 못 나왔다고 저 사람들이 생각하는 게 싫어. 지난번 학교에서는 내가 떠났지만, 이번에는 도망치지 않을 거야." 리나는 깊이 숨을 들이쉬었다.

"여기서 돌아서도 도망치는 건 아냐."

"나한테는 도망치는 거야."

"네 삼촌은 나오신대?"

"삼촌은 못 나와."

"도대체 왜?" 리나는 혼자 이 일을 헤쳐 나가야 했다. 내가 바로 옆에 서 있었지만 소용없었다.

"아직 시간이 너무 일러. 내가 일부러 삼촌한테 말도 안 했어."

"너무 이르다니? 그게 무슨 뜻이야? 네 삼촌이 납골당 같은 데에 갇혀 있기라도 한 거야?"

"비슷해."

지금은 그 이야기를 더 파고 들 때가 아니었다. 조금만 있으면 리나는 힘든 일과 맞닥뜨려야 했다.

우리는 건물을 향해 걸어갔다. 비가 내리기 시작했다. 나는 리나를 바라보았다.

'걱정 마, 나도 애쓰고 있어. 내가 힘을 빼버리면 토네이도가 불어올 거야.'

사람들은 우리를 빤히 바라보았다. 심지어 손가락질을 하는 사람도 있었다. 놀랄 일도 아니었다. 상식적인 예의는 다 어디로 간 건지. 나는 주위를 둘러보았다. 혹시 문 옆에 부 래들리가 앉아 있을지도 모른다는 생각이 들었지만, 오늘은 부의 모습이 어디서도 보이지 않았다.

우리는 측면에 난 문을 통해 체육관으로 들어갔다. 방문객 출입구인 그 문을 이용하자는 건 링크의 생각이었는데, 결과적으로 좋은 생각이었다. 안에 들어가 보니, 정문 앞에 줄을 서 있던 사람들이 안으로 들어오려고 기다리는 것이 아님을 알 수 있었기 때문이다. 그 사람들은 회의의 내용을 조금이라도 엿들을 수 있을까 싶어서 밖에 줄을 서 있는 모양이었다. 체육관 안에는 이미 빈 좌석이 전혀 없었다.

텔레비전 법정 드라마에 나오는, 대배심 청문회 장면을 엉터리로 재현해 놓은 것 같은 광경이 펼쳐져 있었다. 체육관 앞쪽에 플라스틱으로 만든 커다란 접이식 탁자가 놓여 있고, 선생님들 몇 명이 거기에 앉아 있었다. 시대에 뒤떨어진 편견을 잔뜩 갖고 있는 리 선생님은 빨간색 나비넥타이를 맨 차림으로 당연한 듯 앉아 있었고, 하퍼 교장선생님도 있었다. 그 밖에 학교 이사들로 보이는 사람이 두어 명 있었다. 다들 나이가 많아 보였으며, 화가 난 것 같은 표정이었다. 집에서 홈쇼핑 채널이나 종교방송을 보고 있어야 하는 데 이 자리에 끌려나온 것이 싫은 모양이었다.

객석에는 개틀린 최고의 주민들이 가득 앉아 있었다. 링컨 부인과 DAR의 폭도들이 맨 앞의 세 줄을 차지했고, 그다음 몇 줄에는 '남부연방의 자매들', '제일 감리교 성가대', '역사학회' 등의 회원들이 앉아 있었다. 바로 그 뒤에는 일명 '에밀리와 서배너가 되고 싶어 하는 여자애들'이라고 불리는 잭슨 수호천사 클럽이 있었다. 그리고 에밀리와 서배너의 팬티 속에 손을 집어넣고 싶어 하는 사내 녀석들도 함께 있었다. 다들 수호천사의 모습을 방금 새로 찍어 넣은 수호천사 클럽 티셔츠 차림이었다. 어딘지 모르게 에밀리 애서와 많이 닮아 보이는 수호천사는 거대한 흰색 날개를 활짝 펼치고… 잭슨 고등학교 와일드캐츠 티셔츠를 입은 모습이었다. 티셔츠 등판에는 그 옷을 입은 사람의 등에서 돋아난 것처럼 그려진 하얀 날개 한 쌍과 함께, 수호천사 클럽의 구호가 적혀 있었다. "우리가 너희를 지켜보고 있다."

에밀리는 애서 부인과 나란히 앉아 있었다. 거대한 깁스를 한 다리를 오렌지색 카페테리아 의자에 걸쳐 놓은 모습이었다. 링컨 부인은 우리를 보자 눈을 가늘게 떴고, 애서 부인은 에밀리를 보호하려는 듯 팔로 감쌌다. 우리가 그리로 달려가서 무방비상태의 아기 물개를 후려치는 사람들처럼 에밀리를 곤봉으로 후려치기라도 할 거라고 생각하는 모양이었다. 에밀리가 자그마한 은색 가방에서 전화기를 꺼내 문자를 보낼 준비를 하는 것이 보였다. 조금만 있으면 에밀리의 손가락이 날듯이 움직일 것이다. 여기 학교 체육관에서 오늘 벌어지는 일은 오늘 밤에 인근 네 카운티에서 모두 사람들의 입에 오르내릴 가능성이 높았다.

애마 아줌마는 몇 줄 뒤에 앉아서 목에 건 부적을 만지작거리고 있었다.

그 부적 덕분에 링컨 부인이 그동안 줄곧 솜씨 좋게 숨기고 있던 악마의 뿔이 드러난다면 좋을 텐데. 물론 아빠의 모습은 보이지 않았다. 하지만 애마 아줌마와 통로를 사이에 두고 세 할머니들이 셀마와 함께 앉아 있었다. 상황이 생각보다 심각한 것 같았다. 세 할머니들이 1980년 이후로 이렇게 늦은 시각에 외출한 적은 없었다. 1980년에는 그레이스 할머니가 매운 베이컨 스튜를 너무 많이 먹는 바람에 금방이라도 심장마비를 일으킬 것 같았기 때문에 어쩔 수 없었다. 머시 할머니가 나와 눈이 마주치자 손수건을 흔들었다.

나는 리나의 것으로 마련되었음이 분명한 앞줄 좌석으로 리나를 데려갔다. 공격부대를 정면으로 마주 보는 자리였다.

'괜찮을 거야.'

'약속할 수 있어?'

밖에서 빗줄기가 지붕을 두드리는 소리가 들렸다.

'이게 중요한 일이 아니라는 건 확실히 말할 수 있어. 이 사람들이 멍청이라는 것도 확실히 말할 수 있어. 이 사람들이 무슨 말을 해도 너를 대하는 내 감정이 바뀌지 않을 거라는 것도 확실히 말할 수 있어.'

'약속할 수 없다는 뜻이구나.'

지붕을 두드리는 빗줄기가 더욱 거세어졌다. 좋은 징조가 아니었다. 나는 리나의 손을 잡고 뭔가를 쥐어주었다. 리나의 조끼에서 떨어진 은색 단추였다. 우리가 빗속에서 만났던 날, 비터의 갈라진 좌석 커버 속에서 내가 찾아낸 단추. 별로 쓸모가 없는 물건 같았지만, 나는 그 뒤로 줄곧 그 단추를 청바지 주머니에 넣고 다녔다.

'받아. 일종의 행운의 부적이야. 적어도 나한테는 행운을 좀 가져다줬어.'

리나가 무너지지 않으려고 얼마나 애를 쓰는지 나는 알 수 있었다. 리나는 아무 말 없이 자기 목걸이를 벗어 자신이 이미 수집해둔 소중한 잡동사니들 틈에 그 단추를 끼웠다.

'고마워.' 지금 리나가 미소를 지을 수 있는 상태였다면, 정말로 미소를 지었을 것 같았다.

나는 할머니들과 애마 아줌마가 앉아 있는 뒷줄로 갔다. 그레이스 할머니가 지팡이에 몸을 의지하며 일어섰다. "이선, 이쪽으로 와라. 우리가 자리를 맡아놨어."

"얼른 앉아요, 그레이스 스태덤." 머리를 파랗게 염색한 아줌마가 할머니들의 뒷줄에 앉아 있다가 기분 나쁘다는 듯이 말했다.

프루 할머니가 뒤를 돌아보았다. "넌 그저 네 일이나 알아서 해, 세이디 허니컷. 나한테 한소리 듣기 전에."

그레이스 할머니는 허니컷 부인을 바라보며 미소를 지었다. 그리고 내게 말했다. "얼른 이리로 와라, 이선."

나는 머시 할머니와 그레이스 할머니 사이의 자리로 비집고 들어갔다. "너 괜찮니, 애야?" 셀마가 미소를 지으며 내 팔을 살짝 꼬집었다.

밖에서 천둥이 치더니 전등이 깜박거렸다. 아줌마들 몇 명이 놀라서 숨을 들이쉬었다.

아주 완고해 보이는 남자가 앞쪽의 커다란 탁자 중앙에 앉아 있다가 헛기침을 했다. "그냥 잠깐 전압이 불안해진 것뿐입니다. 이제 회의를 시작해야 하니 모두 자리에 앉아주시면 고맙겠습니다. 저는 버트런드 홀링스워스라고 합니다. 학교 이사회 의장입니다. 오늘의 회의는 잭슨 고등학교의 학생인 리나 두케인 양의 퇴학을 요청한 청원서를 논의하기 위해 소집되었습니다. 맞습니까?"

하퍼 교장선생님이 탁자에 앉은 채로 홀링스워스 의장에게 말했다. 교장선생님은 검사 측, 아니 좀 더 정확히 말하자면 링컨 부인의 형 집행인역할을 맡고 있었다. "네, 맞습니다. 여러 학부모님들이 걱정스럽다면서제게 청원서를 가져오셨습니다. 개틀린에서 가장 존경받는 학부모와 시민 2백 여 명, 그리고 잭슨 고등학교 학생들 여러 명이 서명한 청원서였습니다." 당연히 그러셨겠지.

"퇴학을 요구하는 근거는 무엇입니까?"

하퍼 교장선생님은 전과기록을 조회하기라도 하듯이 자기 앞에 놓아둔 노란색 종이철을 뒤적거렸다. "폭행. 학교 기물파손. 게다가 두케인 양은 이미 근신 중입니다."

'폭행? 난 아무도 폭행한 적 없어.'

'그냥 혐의를 씌운 거야. 증명할 수는 없을걸.'

나는 교장선생님의 말이 끝나기도 전에 일어섰다. "그건 모두 진실이 아닙니다!"

탁자 반대편 끝에 앉아 있던, 신경질적인 표정의 남자가 빗소리 때문에 목소리를 높여 내게 말했다. "학생, 어서 앉아. 여긴 아무나 일어서서 말할 수 있는 자리가 아냐." 20~30명의 아줌마들이 나더러 버릇이 없다며 웅성거리는 소리도 시끄러웠다.

홀링스워스 의장은 시끄러운 소음을 무시하고 계속 질문을 던졌다. "두케인 양의 혐의를 입증할 증인이 있습니까?" 수많은 사람들이 또 웅성거리기 시작했다. 그들은 '입증하다'가 무슨 뜻이냐고 서로에게 귓속말로 묻고 있었다.

하퍼 교장선생님이 어색한 표정으로 헛기침을 했다. "네. 그리고 두케인 양이 예전에 다녔던 학교에서도 비슷한 문제를 일으켰다는 정보도 최근에 알게 되었습니다."

'저건 무슨 소리야? 내가 옛날에 다니던 학교에 대해서 뭘 안다는 거야?'

'그러게. 옛날 학교에서 무슨 일이 있었는데?'

'아무 일도 없었어.'

학교 이사회에 소속된 여자가 자기 앞에 놓인 서류들을 뒤적였다. "잭슨 고등학교의 학부모회 회장이신 링컨 부인의 이야기를 먼저 듣는 게 좋을 것 같습니다."

링크의 엄마가 배우처럼 과장된 몸짓으로 일어서서 개틀린 대배심이 앉아 있는 앞쪽을 향해 통로를 걸어갔다. 링컨 부인도 텔레비전에서 법정 드라마를 몇 번 본 적이 있는 모양이었다. "안녕하세요, 신사숙녀 여러분."

"링컨 부인, 지금 상황에 대해 아시는 대로 말씀해주시겠습니까? 부인이 청원서를 제출하신 분이니까 말입니다."

"물론입니다. 레이븐우드 양, 아니 두케인 양은 몇 달 전에 이곳으로 이사를 왔습니다. 그런데 그 뒤로 잭슨 고등학교에는 온갖 종류의 문제들이 발생했습니다. 첫째, 두케인 양은 영어 수업시간에 유리창을 깨뜨렸…."

"하마터면 우리 아가가 만신창이가 될 뻔했어요." 스노 부인이 소리쳤다.

"여러 아이들이 하마터면 심한 부상을 입을 뻔했습니다. 많은 아이들이 깨진 유리에 여기저기를 베였으니까요."

"리나 외에는 다친 사람이 하나도 없었어요. 게다가 그 일은 그냥 사고였다고요!" 링크가 체육관 뒤쪽에 서서 소리쳤다.

"웨슬리 제퍼슨 링컨, 너 당장 집으로 돌아가는 게 네 신상에 좋을 거다!" 링컨 부인이 이를 악물고 소리쳤다.

그러고 나서 링컨 부인은 다시 침착한 모습으로 돌아와 치맛자락을 매끈하게 펴며 징계위원회 사람들을 향해 돌아섰다. "두케인 양의 능력은 연약한 여자아이들에게 아주 효과가 좋은 것 같습니다." 링컨 부인은 미소를 지으며 말을 이었다. "조금 아까 말씀드렸듯이, 두케인 양은 영어 수업시간에 창문을 깨뜨렸습니다. 그래서 학생들이 심하게 겁을 집어먹자 공공의식이 투철한 여학생들이 스스로 나서서 잭슨 고등학교 수호천사 클럽을 결성했습니다. 잭슨 고등학교의 학생들을 보호하는 것이 이 동아리의 유일한 목적입니다. 일종의 자경단 같은 거죠."

수호천사 클럽의 타락한 천사들은 객석에서 동시에 고개를 끄덕였다. 마치 누군가가 눈에 보이지 않는 끈을 그들의 머리에 매달아 놓고 한꺼번에 잡아당기는 것 같았다. 어떤 의미에서는 정말로 그렇다고 할 수도 있었다.

홀링스워스 의장은 노란색 종이철에 뭔가를 마구 갈겨쓰고 있었다. "두 케인 양과 관련된 사건은 그것 하나입니까?"

링컨 부인은 충격받은 표정을 지으려고 애썼다. "세상에, 그럴 리가요! 겨울 무도회에서 두케인 양이 화재경보기를 울리는 바람에 무도회가 중단되고, 4천 달러 상당의 오디오장비가 망가졌습니다. 그런데 그걸로도 충분하지 않았는지, 두케인 양이 애셔 양을 무대에서 밀어버렸기 때문에 애셔 양의 다리가 부러졌습니다. 훌륭한 권위자의 말에 따르면, 낫는 데 몇 달이 걸릴 거라고 합니다."

리나는 어느 누구와도 시선을 마주치지 않으려고 똑바로 앞만 바라보았다.

"고맙습니다, 링컨 부인." 링크의 엄마는 고개를 돌려 리나를 향해 미소를 지었다. 진정한 미소도 아니고 심지어 냉소적인 미소도 아니었다. '나는 너를 파멸시킬 거고 그게 즐겁다'는 뜻의 미소였다.

링컨 부인은 자기 자리로 돌아가다가 갑자기 걸음을 멈추고 리나를 똑바로 바라보았다. "하마터면 잊을 뻔했네. 마지막으로 한 가지 더 말씀드릴 것이 있습니다." 링컨 부인은 자기 가방에서 종이를 몇 장 꺼냈다. "두케인 양이 전에 버지니아에서 다니던 학교의 기록을 제가 갖고 있습니다. 사실 학교라는 말보다는 '기관'이라는 말이 더 어울리는 곳이죠."

'난 기관에 다닌 적 없어. 거긴 사립학교였어.'

"하퍼 교장선생님이 언급하신 것처럼, 두케인 양이 폭력을 휘두른 건 이번이 처음이 아닙니다."

내 머릿속에 울리는 리나의 목소리는 히스테리를 일으키기 직전이었다. 나는 리나를 달래려고 애썼다.

'걱정 마.'

하지만 나는 걱정스러웠다. 어떤 식으로든 증명할 자신이 없다면 링컨 부인이 이런 이야기를 꺼내지 않았을 것이다.

"두케인 양은 아주 불안정한 아이입니다. 정신병에 시달리고 있어요. 어디 보자…." 링컨 부인은 뭔가를 찾는 사람처럼 손가락으로 종이를 짚어 내려갔다. 나는 링컨 부인이 정신병 진단서를 읽을 거라고 생각했다. 리나가 다른 사람들과 다르기 때문에 정신병자라는 내용의 진단서. "아, 여기 있군요. 두케인 양은 양극성 장애에 시달리고 있는 것 같습니다. 애셔 박사님께 물어보면 아시겠지만, 이건 아주 심각한 정신병입니다. 이 병에 시달리는 사람들은 폭력과 예측할 수 없는 행동을 저지르기 쉽습니다. 집안 내력으로 내려오는 병인데, 두케인 양의 어머니도 같은 병에 시달렸습니다."

'말도 안 돼.'

빗줄기가 망치처럼 지붕을 두드렸다. 바람도 한층 강해져서 체육관 문을 후려쳤다.

"사실 두케인 양의 어머니가 14년 전 두케인 양의 아버지를 살해했습니다." 체육관 안의 모든 사람이 놀라서 헉 하고 숨을 들이쉬었다.

게임은 이미 끝난 거나 마찬가지였다.

다들 한꺼번에 떠들어대기 시작했다.

"여러분, 조용히 해 주십시오." 하퍼 교장선생님은 사람들을 진정시키려고 애썼지만, 마치 마른 덤불에 성냥불을 갖다 댄 것 같았다. 일단 불이 붙은 뒤에는 불길을 막을 길이 없었다.

체육관 안의 분위기가 다시 가라앉는 데는 10여 분이 걸렸다. 하지만 리나는 결코 차분해지지 못했다. 리나의 심장이 쿵쾅거리는 것이 내 심장처럼 생생하게 느껴졌다. 리나가 목이 꽉 메어서 눈물을 참으려고 애쓰는 것도 느껴졌다. 하지만 밖에 폭우가 내리는 것을 보면, 리나가 감정을 쉽게 다스리지 못하는 것 같았다. 리나가 체육관에서 뛰쳐나가지 않은 것이 오히려 놀라울 정도였다. 리나가 지금 움직이지 않는 것은 지나치게 용감해서도 아니고, 지나치게 놀라서도 아니었다.

나는 링컨 부인의 말이 거짓이라는 걸 알고 있었다. 리나가 기관에 있었다는 말은 거짓말이었다. 수호천사 클럽 아이들이 잭슨 고등학교의 학생들을 지키려고 한다는 말이 거짓말인 것처럼. 하지만 링컨 부인의 다른 말, 즉 리나의 어머니가 아버지를 살해했다는 말도 거짓인지는 알 수 없었다.

어쨌든 나는 링컨 부인을 죽이고 싶었다. 링크의 엄마와는 아주 어렸을 때부터 알고 지낸 사이지만, 요즘은 링컨 부인을 링크의 엄마로 생각하기가 힘들었다. 링컨 부인은 벽에서 케이블 텔레비전 중계기를 떼어내거나 우리에게 금욕의 미덕을 몇 시간 동안이나 늘어놓던 옛날의 그 아줌마가 아닌 것 같았다. 비록 짜증스럽기는 해도 궁극적으로는 순수한 마음에서 우러난 예전의 활동들과 이번 일은 달랐다. 지금 링컨 부인의 행동에는 개인적인 원한이 더 많이 작용하는 것 같았다. 링컨 부인이 리나를 왜 그토록 미워하는지 도저히 알 수 없었다.

홀링스워스 의장은 분위기를 가라앉히려고 애썼다. "자, 여러분, 진정하세요. 링컨 부인, 오늘 밤 이 자리에 나와주셔서 감사합니다. 괜찮다면 제가 그 서류를 직접 검토해보고 싶은데요."

나는 다시 일어섰다. "전부 웃기는 얘기입니다. 리나한테 그냥 불을 붙여서 몸이 불에 타는지 한번 보시지 그러세요?"

홀링스워스 의장은 텔레비전의 저질 토크쇼처럼 난장판이 된 분위기를 가라앉히려고 애썼다. "웨이트 군, 자리에 앉지 않으면 퇴장명령을 내릴 거야. 회의가 진행되는 동안 제멋대로 발언하는 일은 더 이상 용납하지 않겠습니다. 저는 그동안 있었던 일들에 관해 목격자들이 서면으로 제출한 증언을 검토해보았습니다. 그 결과 사건의 정황이 명확하므로, 현명하게 대처하는 방법은 하나뿐이라고 생각합니다."

쾅 하는 소리가 들리더니 사람들 뒤쪽의 거대한 금속 문이 벌컥 열렸다. 돌풍과 함께 세찬 빗줄기가 들이쳤다.

그것뿐만이 아니었다.

메이컨 레이븐우드가 태평하게 체육관 안으로 걸어 들어왔다. 검은 캐시미어 외투와 말쑥한 회색 줄무늬 양복 차림에 메리언 애시크로프트와 팔짱을 끼고 있었다. 메리언 아줌마는 간신히 폭우를 가려줄 수 있을 만큼 크기가 크지 않은 체크무늬 우산을 들고 있었다. 메이컨은 우산이 없었지만 몸에는 물기 하나 없었다. 부가 두 사람 뒤에서 쿵쿵 걸어 들어왔다. 검은 털이 비에 젖어서 곤두서 있었기 때문에, 부가 개보다는 늑대와 더 흡사하다는 사실이 유난히 도드라졌다.

리나는 오렌지색 플라스틱 의자에 앉은 채 뒤를 돌아보았다. 순간적으로 약해진 마음이 겉으로 드러나는 것 같았다. 리나의 눈에 안도감이 떠올랐다. 삼촌의 품에 뛰어들어 흐느끼고 싶은 것을 참고 자리를 지키느라 속으로 얼마나 애쓰고 있는지 알 것 같았다.

메이컨의 눈이 리나 쪽을 향하자 리나는 의자에서 다시 차분하게 자세를 잡았다. 메이컨은 학교 이사들을 향해 통로를 걸어 내려갔다. "늦어서 정말 죄송합니다. 오늘 밤에는 이쪽 날씨가 예측불능이군요. 회의를 방해할 생각은 없습니다. 제가 제대로 들었다면, 지금 막 현명한 대처를 하시려던 참인 것 같은데요."

홀링스워스 의장은 혼란스러운 표정이었다. 사실 체육관 안에 있는 사람들 대부분이 혼란스러운 표정이었다. 지금까지 메이컨 레이븐우드를 실제로 본 사람은 하나도 없었다. "죄송합니다만, 누구신지 몰라도 지금 저희는 회의 중입니다. 그… 그 개를 데리고 들어오시면 안 됩니다. 학교 안에는 장애인들에게 봉사하는 동물들만 들어올 수 있습니다."

"저도 잘 압니다. 여기 부 래들리는 저를 위해 눈 역할을 해주는 개입니다." 나도 모르게 슬며시 웃음이 나왔다. 엄밀히 말하면, 틀린 말도 아니었다. 부는 그 거대한 몸을 흔들었다. 통로 근처에 앉아 있던 모든 사람에게 부의 흠뻑 젖은 몸에서 튄 물방울들이 소나기처럼 쏟아졌다.

"저, 성함이….."

"레이븐우드입니다. 메이컨 레이븐우드."

사람들이 또 헉 하고 놀라는 소리가 들리더니 여기저기서 웅성거리는 소리가 일었다. 내가 태어나기도 전부터 온 마을 사람들이 기다리던 일이 벌어진 것이다. 메이컨을 직접 보았다는 사실만으로 사람들의 흥분이 한 층 높아지는 것이 느껴졌다. 개틀린 사람들이 근사한 구경거리만큼 좋아하는 건 하나도 없었다. 하나도.

"개틀린의 신사숙녀 여러분, 마침내 여러분을 만나게 돼서 반갑습니다. 다들 저의 절친한 친구와는 잘 아는 사이시죠? 아름다운 애시크로프트 박사 말입니다. 박사는 오늘 저녁에 친절하게 저와 동행해주었습니다. 제가 이 훌륭한 마을의 길을 잘 모르니까요."

메리언 아줌마가 손을 흔들었다.

"모임에 늦게 온 것을 다시 한 번 사과드립니다. 이제 회의를 계속 진행하시기 바랍니다. 제 조카에게 씌워진 혐의들이 전적으로 근거 없는 것임을 설명하고, 이 아이들에게 내일 등교를 위해 그만 집으로 돌아가서 푹 자라고 말씀하실 참이었겠죠?"

홀링스워스 의장은 약 1분 동안 정말로 그렇게 할 것처럼 보였다. 혹시 메이컨 삼촌도 리들리처럼 설득의 능력을 지닌 게 아닌가 하는 생각이 들 정도였다. 머리를 올린 여자가 홀링스워스 의장에게 뭐라고 속삭이자, 의장은 자기가 원래 하려던 일이 무엇인지 비로소 기억난 표정을 지었다. "아닙니다, 제가 하려던 말은 그것이 아닙니다. 전혀. 사실 댁의 조카가 받고 있는 혐의들은 상당히 심각합니다. 증인도 여럿 있는 것 같고요. 증인들의 서면 증언과 오늘 회의에서 제출된 정보를 볼 때, 댁의 조카를 퇴학시키는 것 외에는 달리 방법이 없는 것 같습니다."

메이컨은 손짓으로 에밀리, 서배너, 샬럿, 이든을 가리켰다. "이 아이들이 증인이라는 겁니까? 아주 심각한 시기심에 시달리는, 상상력이 풍부한 어린 소녀들 무리가요?"

스노 부인이 벌떡 일어섰다. "내 딸이 거짓말을 하고 있다고 암시하는 겁니까?"

메이컨은 영화배우처럼 미소를 지었다. "그럴 리가 있겠습니까, 부인. 저는 댁의 따님이 거짓말을 하고 있다고 '말하는' 겁니다. 부인도 그 차이를 분명히 아시겠죠?"

"어떻게 감히!" 링크의 엄마가 들고양이처럼 달려들었다. "당신은 여기 나타나서 이 회의에 제멋대로 끼어들 권리가 없어."

메리언 아줌마가 미소를 지으며 앞으로 나섰다. "어떤 위인의 말씀처럼, '어디서든 불의가 발생하면 세상 모든 곳의 정의가 위협을 받습니다.' 그런데 지금 이곳에서는 정의가 전혀 보이지 않는군요, 링컨 부인."

"하버드를 나왔다고 여기서 잘난 척할 생각은 하지도 마."

메리언 아줌마는 탁 하는 소리와 함께 우산을 접었다. "마틴 루서 킹 주니어가 하버드를 나온 것 같지는 않은데요."

홀링스워스 의장이 권위 있는 목소리로 입을 열었다. "증인들에 따르면, 두케인 양이 화재경보기를 울려서 잭슨 고등학교 재산에 수천 달러의 피해를 입히고, 애셔 양을 무대에서 밀어 떨어뜨리는 바람에 애셔 양이 부상을 입은 건 사실입니다. 이 두 가지 사건만으로도 두케인 양을 퇴학시킬 근거가 됩니다."

메리언 아줌마는 또 탁 하는 소리와 함께 우산을 폈다 접으며 큰 소리로 한숨을 내쉬었다. "사슬을 숭상하는 바보들을 사슬에서 해방시키는 건 힘든 일이다." 메리언 아줌마는 날카로운 시선으로 링컨 부인을 바라보았다. "볼테르의 말입니다. 역시 하버드를 나오지 않은 사람이죠."

메이컨은 계속 차분하고 침착한 태도를 유지했다. 체육관 안의 모든 사람이 그것 때문에 더 화를 내고 있는 것 같았다. "성함이…?"

"홀링스워스입니다."

"홀링스워스 씨, 방금 말씀하신 조치를 계속 고집한다면 참으로 안타까운 일이 될 겁니다. 아시겠지만, 사우스캐롤라이나 주에서 미성년자가 학교에 다니는 것을 막는 행위는 불법입니다. 교육은 의무사항입니다. 아무런 근거도 없이 무고한 아이를 학교에서 쫓아낼 수는 없습니다. 그런 시절은 이미 지났어요. 여기 남부에서조차."

"방금 설명드렸듯이, 근거는 분명히 있습니다, 레이븐우드 씨. 그러니 우리는 댁의 조카를 얼마든지 퇴학시킬 수 있어요."

링컨 부인이 벌떡 일어섰다. "느닷없이 나타나서 마을 일에 간섭하는 건 안 될 일입니다. 댁은 오랫동안 집 밖으로 나온 적이 없어요! 그런데 무슨 권리로 이 마을이나 우리 아이들 일에 끼어드는 겁니까?"

"아이들이란 부인이 수집하신 꼭두각시 인형들을 말씀하시는 건가요? 옷차림을 보니, 뭐랄까…. 유니콘인가요? 제가 시력이 좀 나빠서 말입니다." 메이컨은 수호천사 클럽 아이들을 손짓으로 가리켰다.

"저 애들은 천사입니다, 레이븐우드 씨. 유니콘이 아니에요. 물론 댁은 우리 주님의 전령들을 알아볼 수 없겠죠. 댁을 교회에서 본 기억이 전혀 없으니 말입니다."

"죄 없는 자가 가장 먼저 돌을 던지게 하라는 말씀이 있습니다, 링컨 부인." 메이컨은 잠시 말을 멈췄다. 마치 링컨 부인이 이 말을 이해하려면 시간이 좀 필요할 거라고 생각하는 것 같았다.

"처음에 지적하신 부분은 절대적으로 옳습니다, 링컨 부인. 저는 집에서 보내는 시간이 아주 많습니다. 그것이 즐겁기도 하고요. 제 집은 사실 아주 매혹적인 곳입니다. 하지만 아무래도 마을 일에 시간을 좀 더 쏟아야 할 것 같습니다. 여러분과 보내는 시간도 좀 늘려야 할 것 같고요. 달리 좋은 표현이 생각나지 않아서 하는 말입니다만, 개혁이 좀 필요한 것 같습니다."

링컨 부인은 경악한 표정이었다. DAR 회원들도 서로를 바라보며 불안한 표정을 지었다. 마을 일에 참여하겠다는 메이컨의 발언 때문이었다.

"만약 리나가 잭슨 고등학교에 계속 다닐 수 없다면, 집에서 공부를 해야 할 겁니다. 그러면 리나의 사촌들 몇 명도 제 집으로 불러서 같이 지내게 해야 할 것 같습니다. 교육과정에서 여러 사람과 어울리는 측면 또한 놓칠 수 없으니까요. 리나의 사촌들 중에는 아주 매혹적인 아이들이 몇 명 있습니다. 한겨울 전야의 가면무도회에서 여러분이 그 아이들 중 한 명을 이미 만나보신 걸로 아는데요."

"그건 가면무도회가 아니…."

"죄송합니다. 저는 그 드레스들이 모두 일부러 만든 의상인 줄 알았습니다. 깃털장식들이 워낙 번쩍거려서요."

링컨 부인의 얼굴이 붉게 변했다. 이제 링컨 부인은 마음에 안 드는 책을 도서관에서 몰아내려고 애쓰던 예전의 모습이 아니었다. 지금의 링컨 부인은 함부로 건드리면 안 되는 위험한 사람이었다. 나는 메이컨이 걱정스러웠다. 우리 모두가 걱정스러웠다.

"솔직히 말하죠, 레이븐우드 씨. 댁은 이 마을 일에 끼어들 권리가 없습니다. 이 마을의 일원이 아니니까요. 댁의 조카도 마찬가지입니다. 댁은 여기 나타나서 이래라저래라 요구를 할 처지가 아닙니다."

메이컨의 표정이 살짝 변했다. 그는 손가락에 낀 반지를 돌리며 입을 열었다. "링컨 부인, 솔직하게 말씀해주셔서 감사합니다. 저도 부인처럼 솔직해지려고 애써보겠습니다. 이번 일을 계속 추진하는 것은 부인뿐만 아니라 이 마을 사람 모두의 커다란 실수입니다. 아시다시피 저는 재산이 아주 많습니다. 게다가 돈 씀씀이가 헤픈 편이죠. 여러분이 제 조카를 스톤월 잭슨 고등학교에서 쫓아내려고 하신다면, 저는 제가 가진 돈을 좀 쓸 수밖에 없습니다. 누가 알겠습니까? 제가 월마트를 이 동네로 끌어올지." 객석에서 사람들이 또 헉 하고 놀라는 소리가 들렸다.

"지금 협박하는 겁니까?"

"그럴 리가 있겠습니까? 우연의 일치인지 몰라도, 저는 서던컴포트 호텔이 자리 잡고 있는 땅도 소유하고 있습니다. 그 호텔이 문을 닫는다면 아주 불편해지시겠죠, 스노 부인. 부인의 남편께서 애인들을 만나실 때 훨씬 더 멀리까지 차를 몰고 가야 할 테니 말입니다. 그러면 남편께서 저녁 식사에 늦는 일이 잦아지겠죠. 그런 일이 생기면 안 되지 않습니까?"

스노 씨는 얼굴이 시뻘개져서 미식축구부원 두 명 뒤로 몸을 움츠렸다. 하지만 메이컨의 말은 이제 시작일 뿐이었다. "그리고 홀링스워스 씨, 얼굴이 아주 낯익습니다. 댁의 왼쪽에 계신, 저 눈부신 남부연방의 꽃도 마찬가지고요." 메이컨은 홀링스워스와 나란히 앉아 있는 학교 이사를 가리켰다. "제가 두 분을 어디선가 본 적이 있는 것 같은데요. 틀림없이…."

홀링스워스 의장이 조금 동요하는 것 같았다. "그럴 리가 없습니다, 레이븐우드 씨. 저는 기혼자예요!"

메이컨은 홀링스워스 의장의 반대편에 앉은 대머리 남자에게 시선을 돌렸다. "그리고 에빗 씨, 만약 제가 웨이워드 도그에 대한 토지대여 계약을 철회한다면 댁은 저녁에 어디서 술을 드시겠습니까? 비록 그 시간에 댁의 부인은 댁이 성서그룹에서 공부를 하는 줄 알고 계시지만 말입니다."

"윌슨, 어떻게 그럴 수가! 우리 전능하신 하나님을 핑계로 이용하다니. 당신은 지옥 불에 떨어질 거야. 틀림없어!" 에빗 부인은 가방을 들고 사람들을 밀치며 통로로 나가려고 했다.

"저 사람 말은 사실이 아냐, 로절리!"

"그런가요?" 메이컨은 미소를 지었다. "여기 있는 우리 부가 말을 할 수만 있다면 무슨 말을 할지 저조차도 상상이 안 가는데요. 부는 이 훌륭한 마을의 모든 주차장과 마당을 돌아다닙니다. 그러니 그동안 본 것이 몇 가지 있겠지요." 나는 웃음이 터지려는 것을 간신히 참았다.

부가 제 이름을 듣고 귀를 쫑긋 세웠다. 이제 객석에서 적잖은 사람들이 동요하고 있었다. 마치 부가 입을 열어 정말로 말을 하기라도 할 것처럼 보이는 모양이었다. 핼러윈 밤의 일들을 이미 겪은 나는 부가 정말로 말을 하더라도 놀라지 않을 것 같았다. 사실 메이컨 레이븐우드의 평판을 생각하면, 개틀린 사람들 중 어느 누구도 놀라지 않을 것 같았다.

"아시다시피, 이 마을에는 정직하지 못한 사람들이 적잖이 있습니다. 그러니 우리 집안의 아이에게 씌워진 통렬한 혐의를 증명해줄 증인이 십대 여자아이 네 명뿐이라는 말을 들었을 때 제가 얼마나 걱정스러웠는지 짐작하실 겁니다. 이번 일을 그냥 이쯤에서 접는 것이 우리 모두에게 이롭지 않겠습니까? 그것이 신사다운 일이 아니겠습니까, 의장님?"

홀링스워스 의장은 금방이라도 토할 것 같은 얼굴이었고, 그 옆에 앉은 여자는 땅속으로 꺼졌으면 하고 바라는 것 같은 표정이었다. 에빗 씨는 이미 아내를 쫓아 밖으로 나간 뒤였다. 그러고 보니, 메이컨이 에빗 씨의 이름을 말하기 전에는 어느 누구도 그 이름을 입에 담은 적이 없었다. 체육관에 남아 있는 사람들은 죽도록 겁에 질린 얼굴이었다. 지금 당장이라도 메이컨 레이븐우드나 그의 개가 온 마을 사람들 앞에서 그들의 더러운 비밀을 떠벌릴까 봐 걱정스러운 모양이었다.

"옳은 말씀인 것 같습니다, 레이븐우드 씨. 조치를 취하기 전에 이번 일을 더 조사해봐야 할 것 같기도 하군요. 사실, 앞뒤가 맞지 않는 부분이 있을지도 모릅니다."

"현명한 선택이십니다, 홀링스워스 씨. 아주 현명한 선택이에요." 메이컨은 리나가 앉아 있는 작은 탁자로 걸어가서 팔을 벌렸다. "가자, 리나. 늦었다. 내일 학교에 나와야지." 리나는 평소보다 더 허리를 꼿꼿이 펴고 일어섰다. 빗줄기가 부드럽게 지붕을 톡톡 두드리는 수준으로 가늘어졌다. 메리언 아줌마는 머리에 스카프를 맸다. 세 사람이 통로를 올라가자 부가 그 뒤를 따랐다. 세 사람은 체육관 안에 있는 어느 누구에게도 시선을 주지 않았다.

링컨 부인이 일어섰다. "쟤 엄마는 살인자야!" 링컨 부인이 리나를 손가락질하며 고함을 질렀다.

메이컨이 휙 돌아섰고, 두 사람의 시선이 마주쳤다. 메이컨의 표정이 아까와는 조금 달랐다. 내가 제너비브의 로켓을 보여줬을 때의 그 표정이었다. 부가 위협적으로 으르렁거렸다.

"조심해요, 마사. 우리가 언제 또 마주칠지 아무도 모르는 일이니까."

"어머, 나는 알아요, 메이컨." 링컨 부인이 미소를 지었지만, 전혀 미소 같지 않은 미소였다. 두 사람 사이에 무엇이 오갔는지는 몰라도, 이제는 메이컨이 단순히 링컨 부인과 힘겨루기를 하고 있는 것 같지 않았다.

메리언 아줌마가 우산을 폈다. 아직 밖에 나가기 전인데도. 메리언 아줌마는 사람들을 향해 외교관 같은 미소를 지었다. "자, 여러분 모두 도서관에서 뵙게 되기를 바랍니다. 잊지 마세요. 도서관은 평일 6시까지 문을 엽니다."

메리언 아줌마는 체육관 안의 사람들을 향해 고갯짓을 하면서 말을 이었다. "'도서관이 없다면 우리에게 무엇이 있겠는가? 과거도 없고 미래도 없을 것이다.' 레이 브래드버리의 이 말 그대로입니다. 샬럿에 가서 거기 공공도서관 벽에 적혀 있는 이 말을 여러분이 직접 한번 읽어보세요." 메이컨이 메리언 아줌마의 팔을 잡았지만, 아줌마는 아직 말을 끝낸 것이 아니었다. "브래드버리도 하버드에 다니지 않았답니다, 링컨 부인. 아예 대학에 다니질 않았어요."

이 말을 끝으로 세 사람은 밖으로 사라졌다.

화이트 크리스마스

12.19

    징계위원회가 열린 다음 날 리나가 학교에 나올 거라고 생각한 사람은 하나도 없었을 것이다. 하지만 리나는 학교에 나왔다. 물론 나는 그럴 줄 알고 있었다. 나 외에 어느 누구도 리나가 이미 한 번 학교에 갈 권리를 포기한 적이 있다는 걸 모르고 있었다. 리나는 다시는 그 권리를 빼앗길 생각이 없었다. 다른 사람들에게 학교는 감옥이었지만, 리나에게 학교는 자유였다. 하지만 지금은 그런 것이 문제가 되지 않았다. 그날부터 리나가 학교에서 유령 같은 존재가 되었으니까. 다들 리나를 바라보지도 않고, 말을 걸지도 않고, 가까이 앉지도 않았다. 목요일이 되자 등판에 하얀 날개가 그려진 잭슨 수호천사 클럽 티셔츠를 입은 아이들이 절반으로 늘어났다. 리나를 바라보는 시선을 보면, 선생님들 중에도 그 옷을 입고 싶어 하는 사람이 절반은 되는 것 같았다. 금요일에 나는 농구부 유니폼을 반납했다. 이제는 다른 부원들과 내가 한 팀인 것 같지 않았다.

    감독님은 화가 나서 펄펄 뛰었다. 실컷 호통을 친 뒤, 감독님은 그냥 고개를 절레절레 저었다. "너 제정신이냐, 웨이트? 이번 시즌에 그렇게 잘했으면서, 여자애 때문에 그걸 팽개치겠다는 거야?" '여자애'라고 말할 때 감독님의 목소리에서 나는 숨은 뜻을 알아차릴 수 있었다. '레이븐우드 노친네의 조카'라는 뜻.

하지만 리나나 내게 못된 말을 하는 사람은 하나도 없었다. 적어도 우리 앞에서는 하지 않았다. 링컨 부인이 사람들의 머릿속에 하나님에 대한 두려움을 심었다면, 메이컨 레이븐우드는 하나님이 아닌 다른 것, 즉 진실을 훨씬 더 두려워할 이유를 개틀린 사람들에게 주었다.

리나의 방 벽과 손에 적힌 숫자가 점점 줄어들면서, 전에는 가능성에 불과했던 것이 좀 더 현실처럼 느껴졌다. 우리가 그걸 저지할 수 없다면 어쩌지? 리나의 생각이 옳으면? 그래서 생일이 지난 뒤에 지금의 리나가 사라져버리면? 지금의 리나가 아예 처음부터 존재하지도 않았던 것처럼 변해버린다면?

우리가 매달릴 것이라고는 《달의 책》밖에 없었다. 하지만 나는 리나와 내 머릿속에서 한 가지 생각을 몰아내려고 점점 더 애를 써야 했다.

《달의 책》만으로 그것을 막아낼 수 있을지 자신이 없다는 생각.

"능력을 지닌 사람 사이에는 꼬인 힘들이 있고, 거기서 어둠과 빛의 모든 마법이 나온다."

"어둠과 빛의 얘기는 이제 전부 이해한 것 같아. 그럼 중요한 해답도 알아낼 수 있을까? '결정이 내려지는 날의 허점들' 말이야. '제멋대로 날뛰는 변이체 물리치는 법', '시간의 흐름을 되돌리는 법'도 필요해." 나는 답답했다. 리나는 아무 말이 없었다.

우리가 앉아 있는 차가운 관중석에서 보면, 학교에 인적이 없는 것 같았다. 원래 지금쯤 우리는 과학 박람회에서 앨리스 밀크하우스가 달걀을 식초에 담그는 걸 구경하거나, 지구온난화 같은 건 존재하지 않는다고 외치는 잭슨 프리먼의 강연을 듣거나, 잭슨 고등학교를 녹색학교로 만드는 방안을 반박하는 애니 허니컷의 주장을 듣고 있어야 했다. 어쩌면 수호천사클럽 아이들이 자기들이 나눠준 전단지를 재활용하게 될지도 몰랐다.

나는 내 배낭에서 삐죽 나와 있는 대수학 II 교과서를 빤히 바라보았다. 이제 이 학교에는 배울 가치가 있는 것이 하나도 없는 것 같았다. 나는 지난 몇 달 동안 너무나 많은 것을 배웠다. 리나는 여전히 《달의 책》에 파묻혀서 백만 킬로미터쯤 떨어져 있는 것 같았다. 나는 《달의 책》을 내 방에 놔두면 애마 아줌마한테 들킬까 봐 배낭에 넣어서 가지고 다녔다.

"변이체를 설명한 내용이 또 있어. '어둠 중의 최고는 이 세상과 지하 세상에 가장 가까운 능력, 즉 변이체다. 빛 중의 최고는 이 세상과 지하 세상에 가장 가까운 능력, 즉 자연체다. 변이체가 없으면 자연체도 없다. 어둠이 없으면 빛도 있을 수 없기 때문이다.'"

"봤지? 넌 어둠이 되지 않을 거야. 자연체니까 빛이야."

리나는 고개를 저으며 다음 문단을 가리켰다. "꼭 그렇지는 않아. 우리 삼촌도 방금 네가 말한 것과 같은 생각이지만, 이걸 봐…. '결정이 내려질 때가 되면, 진실이 분명히 드러날 것이다. 어둠처럼 보이는 것이 최고의 빛일 수도 있고, 빛처럼 보이는 것이 최고의 어둠일 수도 있다.'"

리나가 옳았다. 도저히 확신할 길이 없었다.

"그다음 내용은 진짜 복잡해. 무슨 소리인지 이해를 못하겠어. '어둠의 물질이 어둠의 불을 만들고, 어둠의 불이 어둠과 빛의 주술사들과 악마 세계에서 모든 릴룸의 능력을 만들었기 때문이다. 모든 능력이 없다면, 어떤 능력도 있을 수 없다. 어둠의 불은 위대한 어둠과 위대한 빛을 만들었다. 모든 능력은 어둠의 능력이다. 어둠의 능력이 빛이기 때문이다.'"

"어둠의 물질? 어둠의 불? 이게 뭐야? 주술사들의 빅뱅이론이라도 돼?"

"릴룸은 또 어떻고? 이런 말은 한 번도 못 들어봤어. 하기야 나한테 뭘 제대로 말해주는 사람이 하나도 없으니까…. 우리 엄마가 살아 있다는 사실도 몰랐는데, 뭐." 리나는 냉소적인 목소리를 내려고 애썼지만, 나는 그 목소리에 묻어 있는 고통을 느낄 수 있었다.

"혹시 릴룸이 주술사를 뜻하는 고어 같은 게 아닐까?"

"새로운 걸 알면 알수록 점점 더 이해할 수가 없어."

'게다가 남은 시간도 점점 줄어들고 있지.'

'그런 말은 하지 마.'

종이 울리자 나는 일어섰다. "같이 갈래?"

리나는 고개를 저었다. "난 여기 좀 더 있을래." 추위 속에서 혼자. 이런 날이 점점 늘어났다. 징계위원회 이후로 리나는 심지어 내 눈조차 똑바로 바라본 적이 없었다. 나까지도 그들과 한통속이라고 보는 게 아닐까 하는 생각이 들 정도로. 리나를 탓할 수는 없었다. 학교 전체와 마을 사람들 절반이 기본적으로 리나가 정신병원에 입원한 적이 있는 양극성 장애자이며, 살인자의 아이라고 결론을 내려버렸으니까 말이다.

"그래도 곧 수업에 들어와야 할 거야. 하퍼 교장선생님한테 또 무기를 쥐어주면 안 되잖아."

리나는 학교 건물 쪽을 돌아보았다. "지금 그게 무슨 문제가 되겠어?"

오후 내내 리나는 어디서도 보이지 않았다. 내 생각에 귀를 기울이지도 않았다. 화학시간에 우리는 주기율표에 관한 쪽지시험을 보았지만, 리나는 수업에 들어오지 않았다.

'넌 어둠이 아냐, L. 네가 어둠이라면 내가 알아차릴 거야.'

역사시간에 우리는 링컨과 더글러스의 토론을 재연했지만, 리나는 그 자리에 없었다. 리 선생님은 나를 노예제도 찬성 쪽에 집어넣으려고 애썼다. 내가 장차 틀림없이 "자유주의적" 리포트를 써낼 거라고 짐작하고 미리 벌을 주려고 하는 것 같았다.

'이 사람들 수작에 이런 식으로 휘둘리지 마. 이 사람들은 아무것도 아냐.'

수화 수업 시간에도 리나는 보이지 않았다. 나는 선생님의 지시로 앞에 나가 '반짝반짝 작은 별'의 가사를 수화로 말해야 했다. 나와 같은 수업을 듣는 농구부원들은 능글맞게 웃으며 나를 지켜보았다.

'난 포기하지 않아, L. 네가 밀어내도 밀려나지 않을 거야.'

하지만 바로 그때, 나는 리나가 나를 마음에서 밀어낼 수 있음을 깨달았다.

점심때가 되자 나는 더 이상 참을 수 없었다. 나는 삼각법 수업을 마치고 나오는 리나를 기다렸다가 복도 한쪽으로 끌고 가서 내 배낭을 바닥에 털썩 내려놓고 양손으로 리나의 얼굴을 감싸 쥐었다. 그리고 리나를 내게 끌어당겼다.

'이선, 뭐 하는 거야?'

'이런 거.'

나는 양손으로 리나의 얼굴을 내 쪽으로 끌어당겼다. 우리의 입술이 맞닿자 내 몸의 온기가 리나의 냉기 속으로 스며들어가는 것이 느껴졌다. 리나의 몸이 녹아 내 몸과 섞이는 것도 느껴졌다. 처음부터 우리를 묶어주었던 그 설명할 수 없는 힘도 느껴졌다. 리나는 책들을 떨어뜨리고 양팔로 내 목을 감으며 내 키스에 반응했다. 나는 점점 머리가 붕 뜨는 것 같았다.

종이 울렸다. 리나는 숨을 헐떡이며 나를 밀쳤다. 나는 허리를 숙여 리나가 떨어뜨린 부코우스키의 《저주받은 자들의 기쁨》과 낡은 스프링노트를 주웠다. 노트는 사실상 낱낱이 떨어져나가기 직전이었다. 하기야 요즘은 리나가 쓸 것이 아주 많았을 터였다.

'왜 그랬어?'

'안 될 것 없잖아. 넌 내 여자 친구야. 난 네가 보고 싶었다고.'

'54일이야, 이선. 나한테 남은 시간은 그것밖에 없어. 그러니까 이제 우리가 상황을 바꿀 수 있는 척하는 건 그만둬. 우리 둘 다 현실을 받아들이

면 더 편해질 거야.'

이 말을 내 머릿속에 전달하는 리나의 모습이 조금 이상했다. 단순히 자신의 생일 얘기를 하는 것 같지 않았다. 리나는 우리가 바꿀 수 없는 다른 것들에 대해서도 말하고 있었다.

리나가 시선을 돌렸지만, 나는 리나가 등을 돌리기 전에 리나의 팔을 잡았다. 리나의 말 속에 숨은 뜻에 대한 내 짐작이 옳다면, 나는 최소한 그 말을 할 때 리나가 나를 똑바로 바라봐주기를 원했다.

"그게 무슨 뜻이야, L?" 차마 입 밖에 내기 힘든 질문이었다.

리나는 나를 외면했다. "이선, 넌 이 일이 해피엔딩으로 끝날 수 있다고 생각하는 거 알아. 한동안은 나도 그랬던 것 같아. 하지만 우리는 서로 다른 세계에 살고 있어. 그리고 내 세계에서는 누가 뭔가를 간절히 원한다고 해서 그 일이 이루어지는 않아." 리나는 계속 내 시선을 피했다. "우린 서로 너무 달라."

"우리가 서로 너무 다르다고? 함께 온갖 일들을 겪었는데도?" 내 목소리가 점점 커졌다. 두어 명의 사람들이 고개를 돌려 나를 노려보았다. 리나에게는 눈길도 주지 않았다.

'우린 서로 달라. 넌 일반인이고 난 주술사야. 우리 둘의 세계가 가끔 교차할 수는 있어도, 결코 같아질 수는 없어. 우린 두 세계에서 동시에 살 수 없어.'

리나의 말은, 리나 자신이 두 세계에서 동시에 살 수 없다는 뜻이었다. 에밀리와 서배너, 농구부, 링컨 부인, 하퍼 교장선생님, 잭슨 고등학교 수호천사 클럽, 이들 모두가 마침내 소원을 이루게 된 것 같았다.

'징계위원회 때문이지? 그렇게 휘둘리면….'

'징계위원회 때문만은 아냐. 다른 것도 다 그래. 난 여기에 어울리지 않아, 이선. 넌 어울리지만.'

'그러니까 이젠 나도 그 사람들과 한통속이다? 그런 뜻이야?'

리나는 눈을 감았다. 나는 리나의 머릿속에 복잡하게 얽혀 있는 생각들이 눈에 보이는 듯했다.

'네가 그 사람들이랑 똑같다는 얘기는 아냐. 하지만 그 사람들과 어울릴수 있기는 해. 넌 평생 여기서 살았어. 그리고 이번 일이 모두 끝나서 내 운명이 결정된 뒤에도 넌 여전히 여기서 살 거야. 앞으로도 이 복도와 저 밖의 거리를 걸어야 할 거야. 그때쯤 난 아마 여기 없겠지. 하지만 넌 아냐. 네가 앞으로 여기서 얼마나 오랜 세월을 보내게 될지 누가 알겠어? 게다가 너도 네 입으로 그랬잖아. 개틀린 사람들은 뭐든 잊는 법이 없다고.'

'2년이야.'

'뭐?'

'내가 앞으로 여기서 2년 동안 살 거라고.'

'2년이면 투명인간처럼 살기에는 오랜 세월이야. 내가 겪어봐서 알아.'

1분 동안 우리 둘 다 아무 말도 하지 않았다. 리나는 가만히 서서 자기 공책의 스프링에 걸린 종잇조각들을 뽑아냈다. "난 이제 싸우는 게 지겨워. 내가 일반인인 척하는 것도 지겨워."

"포기하면 안 돼. 이미 온갖 일들을 다 겪었잖아. 그 사람들한테 승리를 안겨줄 수는 없어."

"그 사람들이 이미 이겼어. 내가 영어 수업시간에 유리창을 깨뜨렸을 때 이미 끝난 일이야."

리나의 목소리에는 단순히 잭슨 고등학교뿐만이 아니라 그 밖의 다른 것들도 포기하겠다는 뜻이 배어 있었다. "나랑 헤어지겠다는 거야?" 나는 숨을 죽였다.

"제발 날 힘들게 하지 마. 나도 원해서 이러는 게 아냐."

'그럼 안 하면 되잖아.'

나는 숨을 쉴 수 없었다. 생각도 할 수 없었다. 또 시간이 멈춘 것 같았다. 추수감사절 만찬 때처럼. 다만 이번에는 마법이 아니라는 게 달랐다. 이건 마법과는 정반대의 일이었다.

"이렇게 하면 더 편안해질 것 같아. 그래도 널 생각하는 내 마음은 변하지 않을 거야." 리나가 나를 올려다보았다. 커다란 초록색 눈이 눈물에 젖어 반짝이고 있었다. 리나는 이내 몸을 돌려 복도를 달려갔다. 복도가 어찌나 조용한지 연필 떨어지는 소리도 들릴 것 같았다.

'메리 크리스마스, 리나.'

하지만 아무런 대답도 들려오지 않았다. 리나는 가버렸다. 나는 이런 일이 생길 줄은 짐작도 하지 못했다. 앞으로 53일이 지난다 해도, 53년이 지난다 해도, 53세기가 지난다 해도 마찬가지일 것 같았다.

53분 뒤 나는 혼자 앉아서 창밖을 빤히 바라보고 있었다. 카페테리아가 아주 붐비는 시간이었으므로, 내가 혼자 앉아 있다는 것 자체만으로도 이미 의미심장했다. 개틀린은 온통 회색이었다. 하늘에 구름이 잔뜩 끼어 있는 탓이었다. 정확히 말해서 겨울폭풍은 아니었다. 개틀린에는 이미 오랫동안 눈이 내린 적이 없었다. 운이 좋으면, 1년에 한 번쯤 눈송이가 한두 개 휘날리는 정도였다. 그나마 내가 열두 살 때 이후로는 그런 눈조차 단 한 번도 온 적이 없었다.

눈이 왔으면 좋겠다는 생각이 들었다. 되감기 버튼을 눌러서 아까 리나와 함께 복도에 서 있던 순간으로 돌아갈 수 있다면 얼마나 좋을까. 온 마을 사람들이 날 미워해도 나는 상관없다고 말해주고 싶었다. 사람들이 날 미워하든 말든 그런 건 별로 중요하지 않았다. 꿈속에서 리나를 만나기 전에 나는 방향을 모르고 헤매고 있었다. 그런데 리나가 빗속에서 나를 찾아냈다. 항상 내가 리나를 구하려고 애쓰는 것처럼 보였지만, 사실은 리나가 나를 구해줬다는 걸 나는 알고 있었다. 이제 리나는 날 구하는 걸 그만두고 떠나려 하지만, 나는 마음의 준비가 되어 있지 않았다.

"야, 이선." 링크가 내 맞은편 의자에 주저앉았다. "리나는 어디 있냐? 고맙다고 인사를 하고 싶었는데."

"고맙다니?"

링크는 주머니에서 공책에서 찢어낸 종이를 접은 것을 꺼냈다. "나한테 노래가사를 써줬거든. 근사하지?" 나는 그 종이를 차마 바라볼 수 없었다. 리나는 그동안 나하고만 이야기를 나눈 것이 아니라 링크와도 이야기를 나누고 있었다.

링크가 손도 대지 않은 내 피자 한 조각을 덥석 집었다. "야, 내 부탁 하나만 들어주라."

"그래, 뭔데?"

"방학 때 리들리랑 같이 뉴욕에 갈 거거든. 혹시 누가 묻거든 교회캠프에 참가하려고 서배너에 갔다고 말해줘."

"서배너에 교회캠프가 어디 있다고 그래?"

"그거야 그렇지만, 우리 엄마는 그걸 모르거든. 내가 엄마한테 거기 침례교 록밴드가 있어서 가기로 했다고 말해놨어."

"엄마가 그 말을 믿으셔?"

"요새 엄마가 조금 이상하잖냐. 나야 상관없지만. 나더러 그냥 가라고 하시던데."

"네 엄마가 뭐라고 하시든 가면 안 돼. 네가 리들리를 잘 몰라서 그러는데, 리들리는… 위험해. 네가 무슨 일을 당할 수도 있어."

링크의 눈에 반짝 불이 들어왔다. 이런 링크의 모습은 처음이었다. 하기야 요즘은 링크를 자주 만난 적이 없으니…. 그동안 나는 리나와 함께 있거나, 리나에 대해 생각하거나, 《달의 책》과 리나의 생일에 대해 생각하는 데 모든 시간을 쏟았다. 그것들이 지금 내 세계의 중심이었다. 아니, 한 시간 전까지는 그랬다.

"내가 바라는 게 바로 그런 거야. 게다가 내가 개한테 지독하게 걸린 건 맞아. 개가 나한테 정말로 뭘 한 것 같거든." 링크는 내 쟁반에 마지막으로 남아 있던 피자 조각을 가져갔다.

잠시 동안 나는 옛날처럼 링크에게 모든 걸 털어놓을까 생각해보았다. 리나와 리나의 집안에 대해서, 리들리, 제너비브, 이선 카터 웨이트에 대해서. 처음에는 내가 링크에게 모든 이야기를 털어놓았지만, 그다음에 벌어진 일들은 링크가 믿어줄 것 같지 않았다. 아무리 친한 친구라도 지나친 기대를 할 수는 없는 법이다. 지금 링크를 잃어버릴지도 모르는 위험을 무릅쓸 수는 없었다. 그래도 내가 뭔가를 하기는 해야 했다. 링크가 뉴욕이든 어디든 리들리와 함께 여행을 가게 내버려둘 수는 없었다. "잘 들어. 내 말을 믿어야 돼. 걔랑 어울리지 마. 걔는 그냥 널 이용할 뿐이야. 네가 나중에 상처를 받을 거야."

링크는 손으로 코카콜라 캔을 우그러뜨렸다. "아, 그러셔? 이 마을에서 제일 섹시한 애가 나랑 어울리는 걸 보니, 날 이용하려는 게 틀림없다? 섹시한 계집애를 잡을 수 있는 건 너뿐이라고 생각하는 모양인데, 너 언제부터 그렇게 잘난 척하는 애가 됐냐?"

"그런 뜻이 아냐."

링크가 일어섰다. "그런 뜻이 아니긴 뭐가 아냐. 내 부탁은 그냥 잊어버려라."

이미 어쩔 수가 없었다. 리들리가 이미 링크를 지배하고 있었다. 내가 무슨 말을 해도 링크의 마음은 바뀌지 않을 터였다. 하루에 여자 친구와 가장 친한 친구를 모두 잃을 수는 없었다. "야, 그런 뜻이 아냐. 내가 그냥 아무 말도 하지 말아야지. 어쨌든 네 엄마가 요새 나한테 하는 것처럼 하지는 않을게."

"다행이네. 나처럼 잘생기고 재능 있는 사람이랑 친구로 지내는 건 아주 힘든 일일 테니까." 링크는 내 쟁반에서 쿠키를 집어 반으로 잘랐다. 그 옛날 버스 바닥에 떨어져서 먼지가 묻은 트윙키를 주었을 때와 똑같았다. 더 이상 이러쿵저러쿵 이야기할 필요가 없었다. 아무리 사이렌이라 해도 우리 사이를 갈라놓을 수는 없었다.

에밀리가 링크를 힐끔거리고 있었다. "에밀리가 네 엄마한테 일러바치기 전에 얼른 가라. 엄마한테 들키면 진짜든 가짜든 교회캠프에는 갈 수 없잖아."

"난 저 애는 신경 안 써." 말은 그렇게 했지만, 사실은 링크도 신경을 쓰고 있었다. 겨울 방학 내내 엄마랑 집 안에 틀어박혀 있고 싶은 생각이 전혀 없었으니까. 사실 농구부나 잭슨 고등학교의 모든 사람들에게 따돌림을 당하는 것도 링크에게는 견디기 힘든 일일 터였다. 링크 본인은 너무 멍청한 건지 아니면 의리가 너무 강한 건지 그 사실을 알아차리지 못하는 것 같았지만.

월요일에 나는 애마 아줌마를 도와 다락에 있던 크리스마스 장식품 상자들을 가지고 내려왔다. 먼지 때문에 눈물이 났다. 어쨌든 내가 속으로 되뇐 핑계는 바로 그거였다. 한 마을의 풍경을 재현해 놓은 작은 장식품이 눈에 들어왔다. 엄마는 전선을 연결하면 작은 하얀색 전구에 불이 들어오는 그 장식품을 매년 크리스마스트리 아래에 놓아두었다. 눈이랍시고 깔아놓은 솜 위에. 그 마을은 엄마의 할머니가 살던 곳이었다. 엄마가 그 마을을 워낙 좋아했기 때문에 나도 좋아했다. 비록 얇은 마분지를 풀로 붙여서 형태를 만들고 반짝이를 뿌린 장식품이지만 그런 건 상관없었다. 내가 집들을 똑바로 세우려고 하면 그냥 쓰러져버릴 때가 절반이었지만, 그것도 상관없었다. "옛것이 새것보다 좋아, 이선. 옛것에는 이야기가 있거든." 엄마는 낡은 장난감 자동차를 들고 말했다. "내 증조할머니가 바로 이 차를 갖고 노셨어. 지금 우리처럼 크리스마스트리 밑에 바로 이 마을을 장식하기도 하셨고."

내가 그 마을을 마지막으로 본 건… 언제였더라? 적어도 엄마를 마지막으로 본 뒤로는 본 적이 없었다. 마을은 전보다 작아 보였고, 마분지는 전보다 더 찌그러지고 너덜너덜해진 것 같았다. 마을의 집들 안에는 사람이 전혀 보이지 않았다. 심지어 동물도 없었다. 마을은 외로워 보였다. 그래서 나도 슬퍼졌다. 리나가 사라지고 나니 마법이 사라져버린 것 같았다. 나는 지금도 여전히 리나를 향해 손을 뻗고 있었다.

'모든 게 사라졌어. 이 장난감 마을의 집들은 다 그대로 있지만, 모든 게 이상해. 리나가 여기 없으니까. 이제 이건 마을도 아냐. 리나는 다시는 날 만나주지 않을 거야.'

내가 이런 생각을 해도 아무런 응답이 없었다. 리나는 사라져버렸다. 아니면 자기 머릿속에서 나를 쫓아내버렸거나. 어느 편이 더 나쁜 건지 알 수 없었다. 나는 완전히 혼자였다. 이렇게 혼자가 되는 것보다 나쁜 일이라고는 내가 외롭다는 사실을 다른 사람들에게 들키는 것밖에 없었다. 그래서 나는 우리 마을에서 어느 누구와도 마주칠 염려가 없는 유일한 장소로 갔다. 개틀린 카운티 도서관으로.

"메리언 아줌마?"

도서관은 얼어붙을 듯이 춥고, 인적이 전혀 없었다. 여느 때와 똑같았다. 징계위원회에서 있었던 일을 감안하면, 메리언 아줌마를 찾아올 사람이 전혀 없을 거라고 나도 짐작하고 있었다.

"난 여기 뒤쪽에 있어." 메리언 아줌마는 외투를 입은 채 바닥에 앉아 있었다. 펼쳐진 책 더미가 사방에 높이 쌓여서 마치 아줌마 주위의 서가에서 책들이 우수수 떨어진 것처럼 보였다. 메리언 아줌마는 책 한 권을 손에 들고 여느 때처럼 책에 푹 빠져서 소리 내어 읽고 있었다.

"우리는 그분이 오는 것을 보고, 그분이 우리 것임을 안다.

그분의 햇빛, 그분의 소나기에

참을성 많은 땅이 모두 꽃밭으로 변한다.

이 세상의 애인이 왔다…."

메리언 아줌마는 책을 덮었다. "로버트 헤릭이야. 크리스마스 캐롤 가사인데, 화이트홀 궁전에서 왕을 위해 부른 노래야." 메리언 아줌마는 최근의 리나처럼, 그리고 지금의 나처럼 생각이 아주 멀리 가 있는 사람 같았다.

"죄송하지만 저는 모르는 사람이에요." 도서관 안이 어찌나 추운지 메리언 아줌마가 말을 할 때마다 입에서 하얀 입김이 나왔다.

"이 가사를 듣고 생각나는 사람 없어? 땅을 꽃밭으로 바꿔 놓는 이 세상의 애인."

"리나 말이에요? 링컨 부인이 들으면 가만히 안 있을 걸요." 나는 바닥에 떨어진 책들을 통로 쪽으로 흩어버리고는 메리언 아줌마 옆에 앉았다.

"링컨 부인이라. 참으로 가엾은 사람이야." 메리언 아줌마는 고개를 절레절레 젓고는 다른 책을 꺼냈다. "디킨스는 크리스마스가 사람들이 '닫아 걸었던 마음을 자유로이 열어젖히고, 자기보다 아래에 있는 사람들을 자신과는 다른 생물이 아니라 무덤으로 향해 가는 동료 승객으로 생각하는' 시기라고 봤어."

"난방이 고장 난 거예요? 개틀린 전기에 전화를 걸까요?"

"내가 난방을 아예 켜지도 않았어. 아마 내가 정신이 딴 데 팔렸나보다." 메리언 아줌마는 주위의 책 더미 위에 들고 있던 책을 던졌다. "디킨스가 개틀린에 와본 적이 없는 게 유감이야. 여기에는 마음을 닫아건 사람들이 아주 많은데 말이지."

나는 책 한 권을 집어 들었다. 리처드 윌버의 책이었다. 나는 책을 펼치고 종이 냄새 속에 얼굴을 파묻었다. 그리고 책 속의 어떤 구절을 흘깃 바라보았다. "둘의 반대는 무엇인가? 고독한 나, 고독한 당신." 묘했다. 지금 내가 느끼고 있는 기분과 똑같은 구절이라니. 나는 그 책을 탁 닫고는 메리언 아줌마를 바라보았다.

"징계위원회에 와주셔서 고마워요, 메리언 아줌마. 공연히 아줌마가 곤란해지시지 않았으면 좋겠어요. 모든 게 제 잘못 같아요."

"그렇지 않아."

"그래도 그런 기분이 들어요." 나는 책을 바닥에 던져버렸다.

"뭐야? 네가 이 마을의 무지를 만들어내기라도 했다는 거야? 링컨 부인한테 증오를 가르치고, 홀링스워스 씨한테 두려움을 가르친 게 너야?"

우리는 산처럼 쌓인 책에 둘러싸여 가만히 앉아 있었다. 메리언 아줌마가 손을 뻗어 내 손을 꼭 쥐었다. "이 싸움의 시작은 네가 아냐, 이선. 유감이지만, 너로 인해 끝나지도 않을 거야. 사실 그 점에선 나도 마찬가지지." 메리언 아줌마의 표정이 심각해졌다. "오늘 아침에 도서관에 들어왔더니 이 책들이 바닥에 쌓여 있었어. 그 사람들이 어떻게, 왜 여기에 들어왔는지 모르겠다. 어젯밤에 퇴근할 때 내가 문을 잠갔고, 오늘 아침에도 문은 여전히 잠겨 있었어. 내가 아는 거라고는 내가 앉아서 이 책들을 훑어보았는데, 모든 책에 지금 이 순간 지금 이 마을에 있는 나를 향한 모종의 메시지 같은 것이 있다는 사실뿐이야. 리나와 너에 관한 메시지는 말할 것도 없지."

나는 고개를 저었다. "그냥 우연의 일치예요. 책이 원래 그렇잖아요."

메리언 아줌마는 책 더미에서 아무 책이나 하나 뽑아서 내게 건네주었다. "그럼 네가 한번 시험해 봐."

나는 책을 받아 들었다. "이건 무슨 책이에요?"

"셰익스피어. 《율리우스 카이사르》."

나는 책을 펼쳐서 읽기 시작했다.

"인간은 가끔 자기 운명의 주인이 되지.

친애하는 브루투스, 우리가 하찮은 존재가 된 건

우리의 별이 아니라, 우리 안에 있는 잘못 때문이라네."

"이게 저랑 무슨 상관이에요?"

메리언 아줌마는 안경 너머로 나를 바라보았다. "난 그냥 사서일 뿐이야. 내가 할 수 있는 일은 너한테 책을 주는 것뿐. 너한테 대답까지 줄 수는 없어." 그래도 메리언 아줌마는 미소를 지으며 말을 이었다. "운명에 대해 말하자면, 네가 운명의 주인이니, 아니면 별들이 운명의 주인이니?"

"리나 얘기예요, 아니면 율리우스 카이사르 얘기예요? 정말 고백하기는 싫지만, 저는 그 희곡을 읽은 적이 없거든요."

"어느 쪽인지 네가 말해 봐."

우리는 번갈아 책을 골라서 서로에게 구절들을 읽어주며 시간을 보냈다. 마침내 내가 여기에 왜 왔는지 알 것 같았다. "메리언 아줌마, 개인서고에 다시 들어가야겠어요."

"오늘? 너 다른 할 일은 없어? 하다못해 크리스마스 쇼핑이라도 해야 하는 것 아냐?"

"전 원래 쇼핑 같은 거 안 해요."

"현명하네. 나로 말하면, '나는 크리스마스를 대체로 좋아해… 서투르기는 해도 크리스마스가 평화와 선의에 접근하는 계기인 건 사실이거든. 하지만 매년 더 서툴러진다는 게 문제지.'"

"또 디킨스예요?"

"E. M. 포스터야."

나는 한숨을 내쉬었다. "설명할 수는 없지만, 엄마랑 같이 있어야 할 것 같아요."

"그래, 나도 네 엄마가 보고 싶어." 내 기분에 대해 메리언 아줌마에게 어떻게 설명할지 나는 미리 제대로 생각해보지 않았다. 이 마을에 대해 내가 품고 있는 생각과 모든 게 잘못된 것 같다는 느낌을 어떻게 설명할지. 그래서 막상 이야기를 하려고 하니 말이 목구멍에 꽉 막혀서 나오지 않았다. 누군가 다른 사람이 내 생각들 속을 휘청거리며 돌아다니는 것 같았다. "그냥 생각한 건데요, 엄마의 책들 옆에 있으면 예전의 느낌을 다시 느낄 수 있을 것 같아요. 어쩌면 엄마한테 말을 걸 수 있을 것도 같고요. 엄마 산소에도 가봤지만, 엄마가 거기 땅속에 있는 것 같은 느낌은 들지 않았어요." 나는 카펫의 얼룩들 중 아무거나 하나를 골라서 빤히 바라보았다.

"알아."

"지금도 엄마가 거기 있다는 생각이 안 들어요. 말이 안 되잖아요. 왜 사랑하는 사람을 흙 속의 구덩이에 혼자 내버려둬요? 거긴 춥고, 더럽고, 벌레들도 우글거리는데. 엄마가 어떤 사람인데 그렇게 인생이 끝날 수는 없잖아요." 나는 엄마의 몸이 땅속에서 뼈와 흙으로 변해가는 모습을 생각하지 않으려고 애썼다. 엄마가 혼자서 그 일을 겪어야 한다는 게 너무 싫었다. 지금 내가 혼자 모든 일을 겪고 있는 게 싫은 것처럼.

"그럼 너는 엄마의 인생이 어떻게 끝났으면 좋겠는데?" 메리언 아줌마가 내 어깨에 손을 얹으며 말했다.

"모르겠어요. 내가, 아니 누군가가 엄마한테 기념비 같은 거라도 지어줘야 할 것 같아요."

"장군처럼? 네 엄마가 들었으면 한참 웃었겠다." 메리언 아줌마는 한 팔로 나를 감쌌다. "네 말이 무슨 뜻인지 알아. 네 엄마는 거기 있는 게 아니라, 여기 있어."

메리언 아줌마가 한 손을 내밀었고, 나는 그 손을 잡고 아줌마를 일으켜 세웠다. 우리는 개인서고까지 내내 손을 잡고 걸었다. 아직 내가 어린아이라서 엄마가 서고에서 일하는 동안 메리언 아줌마가 나를 돌봐주고 있는 것 같았다. 아줌마는 두툼한 열쇠고리를 꺼내서 문을 열었다. 하지만 나를 따라 안으로 들어오지는 않았다.

서고로 들어온 나는 엄마의 책상 앞에 있는 의자에 털썩 주저앉았다. 엄마의 의자였다. 듀크 대학의 로고가 새겨진 나무의자. 엄마가 우등생으로 그 학교를 졸업한 기념으로 받은 의자였던가, 뭐 그랬던 것 같다. 편안한 의자는 아니었지만, 내게는 위안이 되고 친숙했다. 오래된 니스 칠 냄새가 났다. 내가 아기였을 때 그 니스 칠을 씹어 먹은 적이 분명히 있을 것이다. 그 냄새를 맡자마자 몇 달 만에 처음으로 기분이 좀 나아졌다. 숨을 쉴 때마다 바스락거리는 비닐로 포장한 책 더미, 낡아서 바스라지기 직전인 양피지, 먼지, 싸구려 파일함 등의 냄새가 느껴졌다. 엄마만의 특별한 세계에 존재하던 특별한 공기를 호흡하는 것 같았다. 내가 다시 일곱 살이 되어서 엄마의 무릎에 앉아 엄마의 어깨에 얼굴을 묻고 있는 것 같았다.

집으로 가고 싶어졌다. 리나가 없으면, 내게는 달리 갈 곳이 없었다.

나는 엄마의 책상에서 작은 사진액자를 집어 들었다. 책들에 거의 가려져 있던 액자였다. 우리 집 서재에서 엄마와 아빠가 함께 찍은 사진이 거기 들어 있었다. 아주 오래전에 누군가가 찍은 흑백사진. 아마도 엄마와 아빠가 초창기에 함께 진행했던 연구를 책으로 펴내면서 표지에 실으려고 찍은 사진일 것이다. 그때 아빠는 아직 역사가로 활동하면서 엄마와 공동작업을 했다. 사진 속의 엄마와 아빠는 모두 웃기는 머리모양을 하고 보기 싫은 바지를 입고 있었다. 얼굴에는 행복이 가득했다. 사진을 보기가 힘들었지만, 내려놓기는 더 힘들었다. 그래도 사진을 엄마의 책상에서 원래 있던 자리, 그러니까 먼지 덮인 책 더미 바로 옆에 돌려놓으려고 했다. 그런데 그때 책 한 권이 내 시선을 끌었다. 나는 남북전쟁 때의 무기 백과사전과 사우스캐롤라이나의 토종식물 카탈로그 밑에서 그 책을 꺼냈다. 무슨 책인지는 알 수 없었다. 긴 로즈마리 잔가지가 책갈피에 꽂혀 있는 것이 특이할 뿐이었다. 나는 미소를 지었다. 그래도 양말이나 먹다 만 푸딩 숟가락이 아닌 게 다행이다 싶어서.

개틀린 카운티 주니어리그 요리책,《프라이드치킨과 신선한 채소》. 책이 저절로 열렸다. "베티 버튼의 버터밀크 토마토 볶음"이라는 요리법 페이지가 펼쳐졌다. 엄마가 가장 좋아하던 요리였다. 로즈메리 향기가 책에서 피어올랐다. 나는 로즈메리를 자세히 들여다보았다. 바로 어제 정원에서 꺾어 온 것처럼 신선했다. 그렇다면 엄마가 꽂아놓은 것일 리가 없는데, 로즈마리를 서표로 이용하는 사람은 엄마뿐이었다. 엄마가 가장 좋아하는 요리법 페이지에 리나의 친숙한 향기가 나는 서표가 꽂혀 있다니. 혹시 여기 책들이 정말로 내게 뭔가 말을 하려고 애쓰고 있는 걸까.

"메리언 아줌마? 토마토 볶음을 하려고 요리책을 보시던 중이에요?"

메리언 아줌마가 문간에 얼굴을 들이밀었다. "내가 토마토에 손을 댈 사람으로 보이니? 요리는 말할 것도 없지."

나는 손에 들린 로즈마리를 빤히 바라보았다. "그러게요."

"네 엄마랑 내가 의견이 다른 게 바로 그 부분이었을걸."

"제가 이 책 좀 빌려가도 돼요? 그냥 며칠이면 돼요."

"이선, 그런 건 묻지 않아도 돼. 어차피 거기 있는 건 다 네 엄마 물건이잖아. 이 방에 있는 물건이라면 전부 네 엄마가 너한테 주려고 했을 거야."

나는 메리언 아줌마에게 요리책 안에 로즈메리가 꽂혀 있었다는 말을 하려고 했지만 할 수 없었다. 로즈메리 가지를 다른 사람에게 보여주거나 그냥 여기에 놓고 가는 걸 견딜 수가 없었다. 나는 지금까지 토마토 볶음을 해본 적이 없고, 십중팔구 앞으로도 평생 하지 않을 것이다. 그래도 나는 그 책을 겨드랑이에 끼고 나왔다. 메리언 아줌마가 나를 문까지 배웅해주었다.

"내가 필요하면 언제든지 이리로 와. 너랑 리나 모두. 알지? 너를 위해서라면 나는 무슨 짓이든 할 거야." 메리언 아줌마는 내 눈에 들어간 머리카락을 밀어 올리며 미소를 지었다. 엄마의 미소는 아니었지만, 엄마가 가장 좋아하던 미소였다.

메리언 아줌마가 나를 끌어안다가 콧잔등에 주름을 잡았다. "너 로즈마리 냄새가 난다?"

나는 어깨를 으쓱하고 밖으로 나왔다. 날이 우중충했다. 어쩌면 율리우스 카이사르가 옳았던 건지도 모른다. 이제 내 운명과 리나의 운명에 맞서야 할 때가 된 건지도…. 우리 운명이 우리에게 달린 것이든 별들에게 달린 것이든, 나는 그냥 가만히 앉아서 두고 볼 수만은 없었다.

밖으로 나왔더니 눈이 내리고 있었다. 믿을 수가 없었다. 나는 하늘을 올려다보며 얼어붙을 듯이 차가운 얼굴에 눈을 맞았다. 굵은 흰색 가루 같은 눈송이들이 이렇다 할 목적도 없이 한들한들 떨어져 내리고 있었다. 눈보라는 아니었다. 전혀. 이건 선물이었다. 어쩌면 기적 같기도 했다. 화이트 크리스마스라니. 노래와 똑같잖아.

내가 집에 도착했을 때, 리나가 현관 베란다 계단에 앉아 있었다. 맨머리에 두건을 쓰고서. 리나를 본 순간 나는 눈의 정체를 깨달았다. 눈은 평화를 바라는 선물이었다.

리나가 나를 향해 미소를 지었다. 그 순간 제멋대로 흩어지고 있던 내 삶의 조각들이 다시 제자리를 찾았다. 잘못 됐던 것들이 모두 바로잡혔다. 아니, 모두는 아닐 수도 있었지만 그래도 그 정도면 충분했다.

나는 계단에 리나와 나란히 앉았다. "고마워, L."

리나가 내게 몸을 기댔다. "그냥 네 기분이 좀 좋아졌으면 해서. 난 너무 혼란스러워, 이선. 네가 다치는 게 싫어. 너한테 무슨 일이 생기면 내가 무슨 짓을 할지 나도 모르겠어."

나는 리나의 젖은 머리를 손으로 빗었다. "부탁이니까 날 밀어내지 마. 내가 좋아하는 사람을 또 잃는 건 참을 수 없어." 나는 리나의 파카 지퍼를 열고 그 안으로 손을 넣어 팔로 허리를 감싸 안으며 리나를 내게 끌어당겼다. 리나도 내게 몸을 기댔다. 나는 리나에게 입을 맞췄다. 우리가 키스를 멈추지 않으면 우리 집 앞마당이 전부 녹아버릴 것 같다는 생각이 들 때까지.

"어떻게 된 거야?" 리나가 숨을 몰아쉬며 물었다. 나는 더 이상 계속할 수 없을 때까지 오랫동안 또 입을 맞췄다.

"이게 운명이라는 거야. 겨울 무도회 때부터 이렇게 하고 싶어서 기다렸어. 이젠 더 이상 기다리지 않을 거야."

"그래?"

"그래."

"글쎄, 좀 더 기다려야 할걸. 난 지금도 외출금지야. M 삼촌은 내가 지금 도서관에 있는 줄 알아."

"네가 외출금지건 아니건 상관없어. 난 아니니까. 필요하다면 내가 네 집으로 아예 이사를 가서 부의 개집에서 부랑 함께 자기라도 할 거야."

"부한테는 침실이 따로 있어. 기둥이 네 개 달린 침대에서 잔다고."

"그럼 훨씬 낫겠네."

리나는 미소를 지으며 내 손을 꼭 잡고 내게 매달렸다. 우리의 따스한 살갗에 닿은 눈송이들이 스르르 녹았다.

"보고 싶었어, 이선 웨이트." 리나가 내게 다시 입을 맞췄다. 눈이 점점 심해져서 눈송이들이 우리 몸에서 뚝뚝 떨어졌다. 마치 우리가 눈을 뿜어내는 것 같았다. "네 말이 맞는지도 모르겠다. 우리가 가능한 한 많은 시간을 함께 보내야 나중에…." 리나는 말을 멈췄다. 하지만 나는 리나가 무슨 생각을 하는지 알고 있었다.

"우리가 방법을 찾아내면 돼, L. 내가 약속할게."

리나는 건성으로 고개를 끄덕이며 내 품속으로 파고들었다. 우리 사이에 차분한 분위기가 스며들기 시작했다. "오늘은 그 생각을 하고 싶지 않아." 리나는 장난스럽게 나를 밀어냈다. 다시 살아 있는 사람들의 세계로 밀어내듯이.

"그래? 그럼 무슨 생각을 하고 싶은데?"

"눈밭에 쓰러져서 천사무늬 만들기. 한 번도 해본 적이 없거든."

"진짜? 너희는 천사를 안 만드는 거야?"

"천사가 문제가 아냐. 우리가 버지니아에 산 건 겨우 몇 달뿐이야. 그 외에는 눈이 내리는 곳에서 살아본 적이 없어."

한 시간 뒤 우리는 눈에 흠뻑 젖은 채 부엌 식탁에 앉아 있었다. 애마 아줌마는 스톱&스틸에 갔고, 우리는 내가 직접 서투른 솜씨로 만든, 형편없는 핫초콜릿을 마시고 있었다.

"원래 핫초콜릿은 이렇게 만드는 게 아닌 것 같은데." 내가 초콜릿칩을 전자레인지로 데워서 뜨거운 우유에 긁어 넣는 동안 리나가 나를 놀렸다. 결국 내가 만든 것은 흰색과 갈색이 얼룩지고 초콜릿 덩어리들이 떠다니는 액체였다. 내가 보기에는 근사했다.

"그래? 그걸 네가 어떻게 알아? 그냥 '주방, 핫초콜릿 부탁해,' 이렇게 말만 하면 되는 주제에." 나는 여자 목소리를 흉내내려고 했지만, 이상하게 갈라진 가성이 되고 말았다. 리나는 미소를 지었다. 그동안 내가 그리워하던 미소였다. 비록 그게 며칠뿐이었다 해도. 사실 나는 며칠이 아니라 몇 분만 지나도 그 미소가 다시 보고 싶어질 정도였다.

"주방 얘기가 나와서 말인데, 이제 그만 가봐야겠다. 삼촌한테 도서관에 가겠다고 했는데, 지금쯤이면 도서관이 문을 닫았을 거야."

나는 식탁에 앉은 채 리나를 내 무릎 위로 끌어당겼다. 다시 리나와 가까워지고 나니, 잠시라도 리나의 몸을 만지지 않고는 견딜 수가 없었다. 그래서 이런저런 핑계를 대서 리나를 간질였다. 리나의 머리카락, 손, 무릎을 만질 수만 있다면 무엇이든 상관없었다. 우리 둘 사이에는 자석 같은 인력이 작용하고 있었다. 리나가 내 가슴에 몸을 기댔다. 우리는 위층에서 타박타박 발소리가 들려올 때까지 그렇게 가만히 앉아 있었다. 리나가 발소리를 듣고 겁에 질린 고양이처럼 화들짝 놀라 내 무릎에서 내려갔다.

"걱정 마. 우리 아빠야. 샤워를 하시는 거야. 요즘은 아빠가 샤워를 할 때만 서재에서 나오시거든."

"점점 심해지시는 거지?" 리나가 내 손을 잡았다. 리나가 정말로 몰라서 물은 게 아니라는 걸 우리 둘 다 알고 있었다.

"엄마가 돌아가시기 전에는 아빠가 저렇지 않아. 그냥 순식간에 변해 버린 거야." 나머지 이야기는 굳이 할 필요가 없었다. 내 머릿속 생각을 리나가 이미 여러 번 들었으니까. 엄마가 돌아가신 일, 우리가 토마토 볶음을 더 이상 만들지 않게 된 일, 크리스마스트리에 장식하던 작은 마을에서 작은 조각들이 없어진 일에 대해 리나는 이미 알고 있었다. 링컨 부인이 나를 공격할 때 내가 나를 위해 나서줄 엄마가 없다고 생각했던 것, 다시는 옛날로 돌아갈 수 없다고 생각했던 것도 알고 있었다.

"어떡해?"

"그러게."

"그래서 오늘 도서관에 간 거야? 네 엄마를 느끼려고?"

나는 리나를 바라보며 얼굴로 흘러내린 머리카락을 밀어냈다. 그리고 고개를 끄덕이며 주머니에서 로즈마리 가지를 꺼내 조리대 위에 조심스레 놓았다. "이리 와. 너한테 보여주고 싶은 게 있어." 나는 의자에 앉아 있던 리나를 일으켜서 손을 잡았다. 그리고 젖은 양말바람으로 낡은 나무 바닥을 미끄러지듯 지나서 서재 문 앞에 멈춰 섰다. 나는 아빠의 침실이 있는 계단 위쪽을 바라보았다. 아직 샤워기에서 물이 쏟아지는 소리도 들리지 않았다. 시간이 많다는 뜻이었다. 나는 문손잡이를 돌려보았다.

"잠겼어." 리나가 인상을 찌푸렸다. "열쇠 있어?"

"잠깐만 기다려 봐." 우리는 가만히 서서 문을 빤히 바라보았다. 왠지 내가 바보가 된 기분이었다. 리나도 같은 기분이 들었는지 키득거리기 시작했다. 나도 막 따라서 웃으려는데 문의 잠금장치가 저절로 열리기 시작했다. 리나는 웃음을 멈췄다.

'이건 주술이 아냐. 주술이었다면 내가 느꼈을 거야.'

'아무래도 나더러 들어오라는 뜻인 것 같아. 아니면 우리 둘 다 들어오라는 뜻이거나.'

내가 뒤로 물러서자 문이 다시 저절로 잠겼다. 리나는 자기 능력을 이용해서 문을 열어주려는 것처럼 손을 들어올렸다. 나는 리나의 등에 부드럽게 손을 얹었다. "L, 이건 내가 해야 할 것 같아."

나는 다시 문손잡이를 잡았다. 문의 잠금장치가 풀리더니 문이 활짝 열렸다. 나는 몇 년 만에 처음으로 서재 안에 발을 들여놓았다. 여전히 어둡고 무서웠다. 천으로 가려둔 그 그림도 색바랜 소파 위에 여전히 걸려 있었다. 창문 앞에 놓여 있는, 조각이 새겨진 아빠의 마호가니 책상은 아빠가 가장 최근에 쓴 소설 원고로 뒤덮여 있었다. 컴퓨터 위, 의자 위, 바닥의 페르시아 융단 위에도 원고가 쌓여 있었다.

"아무것도 건드리지 마. 아빠가 알아차릴 거야."

리나는 쪼그리고 앉아서 가장 가까이 있는 원고 더미를 빤히 바라보았다. 그러더니 종이 한 장을 들고 책상 위의 놋쇠 램프를 켰다. "이선."

"불 켜지 마. 아빠가 내려와서 난리를 치면 어쩌려고 그래. 우리가 여기 들어온 걸 알면 아빠는 날 죽이려 들 거야. 아빠한테 소중한 건 책뿐이란 말이야."

리나는 한 마디 말도 없이 종이를 내게 건네주었다. 나는 그것을 받아 들었다. 낙서 같은 것이 종이를 뒤덮고 있었다. 갈겨 쓴 단어들이 아니라 그냥 낙서였다. 나는 가장 가까이에 있던 종이 더미에서 종이를 한 줌 움켜쥐었다. 꿈틀거리는 선과 도형들, 그리고 낙서가 종이에 가득했다. 나는 바닥에 쌓여 있는 종이도 들어서 살펴보았다. 자그마한 원들이 줄지어 그려져 있을 뿐이었다. 나는 책상과 바닥에 흩어진 하얀 종이 더미들을 헤집었다. 역시 낙서와 도형들뿐이었다. 종이마다 전부. 단어는 하나도 없었다.

이제 알 것 같았다. 여기에 책은 없었다.

아빠는 작가가 아니었다. 뱀파이어도 아니었다.

그냥 미친 사람이었다.

나는 허리를 숙여 손으로 무릎을 짚었다. 속이 뒤집힐 것 같았다. 이럴 줄 짐작했어야 하는 건데. 리나가 내 등을 문질러주었다.

'괜찮아. 그냥 어려운 시기를 겪고 계시는 거야. 다시 돌아오실 거야.'

'아냐. 아빠는 이미 선을 넘었어. 엄마가 돌아가셨는데, 이젠 아빠까지 잃을 판이야.'

그동안 내내 나를 피하면서 아빠는 뭘 하고 계셨던 걸까? 낮에는 내내 자고 밤에 일한 건 도대체 무엇을 위해서였을까? 위대한 미국 소설을 쓸 것도 아니면서. 그냥 동그라미만 줄줄이 그려대고 있었으면서. 하나밖에 없는 자식에게서 도망치려고? 애마 아줌마도 알고 있었을까? 나만 빼고 다들 이 웃기지도 않은 일을 알고 있었던 걸까?

'이건 네 잘못이 아냐. 그렇게 자신을 몰아붙이지 마.'

이번에는 내가 이성을 잃었다. 내 안에서 분노가 차올라서 나는 아빠의 노트북컴퓨터를 책상에서 밀어버렸다. 그 바람에 종이들이 사방으로 날렸다. 나는 놋쇠 램프도 쓰러뜨렸다. 그리고 아무 생각 없이 소파 위에 걸린 그림에서 천을 홱 떼어냈다. 그림이 바닥으로 떨어지면서 나지막한 책꽂이에 부딪혔다. 책들이 책장이 펼쳐진 채 융단 위로 떨어졌다.

"이 그림 좀 봐." 리나가 바닥에 떨어진 책들 한가운데서 그림을 똑바로 세웠다.

그것은 내 그림이었다.

1865년의 남군병사처럼 차려입은 나. 어쨌든 나였다.

그 사람이 누군지는 액자 뒤쪽 라벨에 연필로 쓴 글을 읽지 않아도 우리 둘 다 알 수 있었다. 사진 속 남자의 얼굴에는 심지어 갈색 머리카락이 실없이 늘어져 있기까지 했다.

"우리가 이제야 당신을 만났네요, 이선 카터 웨이트." 내가 이 말을 하는 순간 아빠가 계단을 쿵쿵 내려오는 소리가 들렸다.

"이선 웨이트!"

리나는 당황해서 문을 바라보며 소리쳤다. "문!" 문이 쾅 하고 닫히더니 잠금장치가 저절로 걸렸다. 나는 한쪽 눈썹을 올렸다. 이런 일에는 아무래도 익숙해질 것 같지 않았다.

문을 두드리는 소리가 났다. "이선, 너 괜찮니? 그 안에 무슨 일이야?" 나는 아빠를 무시했다. 달리 어떻게 해야 할지 알 수 없었다. 게다가 지금은 아빠를 바라보는 걸 참을 수 없었다. 그때 책들이 눈에 들어왔다.

"이것 좀 봐." 나는 가장 가까운 책 옆에 무릎을 꿇고 앉았다. 3쪽이 펼쳐져 있었다. 내가 4쪽을 펼쳤더니 책장이 저절로 돌아가서 다시 3쪽이 펼쳐졌다. 서재 문의 잠금장치가 저절로 움직이는 것과 똑같았다. "방금 이거네가 한 거야?"

"무슨 소리야? 여기 밤새 있을 거야?"

"도서관에서 메리언 아줌마하고 하루를 보냈어. 미친 소리처럼 들리겠지만, 아줌마는 책들이 우리한테 뭔가 말하려고 하는 것 같다고 했어."

"무슨 말?"

"나도 몰라. 운명에 관한 것, 링컨 부인에 관한 것, 너에 관한 것."

"나?"

"이선! 문 열어!" 아빠가 문을 두드렸다. 하지만 아빠가 오랫동안 나를 따돌렸으니 이제는 내가 아빠를 따돌릴 차례였다.

"도서관 개인서고에서 엄마가 이 서재에서 찍은 사진이랑 요리책을 봤는데, 엄마가 가장 좋아하던 요리법 페이지가 펼쳐졌어. 로즈메리 가지가 책갈피에 꽂혀 있었거든. 금방 꺾어온 가지였어. 그래도 무슨 뜻인지 모르겠어? 모르긴 몰라도, 이건 분명히 너랑 우리 엄마와 관련된 일이야. 게다가 지금 우리가 이 방에 들어온 것도, 내가 여기 들어오기를 뭔가가 원해서 그렇게 된 것 같잖아. 뭔가가 아니라⋯ 사람일 수도 있고."

"네가 엄마 사진을 봐서 그런 생각을 하게 된 건지도 몰라."

"그럴지도 모르지. 하지만 이걸 좀 봐." 나는 내 앞에 있는 《헌법의 역사》의 책장을 3쪽에서 4쪽으로 넘겼다. 이번에도 내가 책장을 넘기자마자 책장이 저절로 움직여서 3쪽이 다시 펼쳐졌다.

"이상하네." 리나는 그 옆에 있는 《사우스캐롤라이나: 요람에서 무덤까지》로 시선을 돌렸다. 12쪽이 펼쳐져 있었다. 리나가 책장을 11쪽으로 넘기자, 책장이 저절로 움직여서 다시 12쪽이 펼쳐졌다.

나는 눈을 가린 머리카락을 넘겼다. "그런데 이 페이지에는 아무 말도 없어. 그냥 도표뿐이야. 메리언 아줌마의 책들은 우리한테 뭔가 메시지를 전하려고 펼쳐져 있었는데, 엄마의 책들은 할 말이 없는 것 같아."

"혹시 무슨 암호 같은 게 아닐까?"

"엄마는 수학 실력이 형편없었어. 작가였으니까." 나는 그것만으로도 충분한 설명이 되지 않느냐는 듯이 말했다. 하지만 나는 작가가 아니었다. 엄마도 그 사실을 누구보다 잘 알고 있었다.

리나가 그 옆의 책을 바라보았다. "1쪽. 여긴 그냥 제목만 있어. 그러니까 내용이 중요한 게 아닐 거야."

"엄마가 왜 나한테 암호 같은 걸 남겨?" 나는 머릿속에 생각이 떠오르는 대로 그냥 말했다. 하지만 이번에도 리나는 답을 내놓았다.

"넌 항상 영화의 결말을 짐작한다며. 어렸을 때부터 애마 아줌마 손에 자랐고, 미스터리 소설과 낱말 맞추기가 항상 옆에 있었잖아. 그러니까 네 엄마는 다른 사람이라면 전혀 이해하지 못할 암호라도 너는 해석할 거라고 생각했는지 몰라."

아빠가 건성으로 문을 두드렸다. 나는 또 다른 책을 바라보았다. 9쪽. 그 옆의 책은 13쪽. 26보다 높은 숫자는 하나도 없었다. 원래 책들은 26쪽보다 더 두껍게 마련인데….

"알파벳이 스물여섯 글자지?"

"맞아."

"바로 그거야. 내가 어렸을 때 교회에 가면 세 할머니들이랑 얌전히 앉아 있질 못하니까 엄마가 교회 주보 뒷면에 나를 위한 게임을 만들어주곤 했어. 글자 맞추기, 단어 맞추기, 그리고 이 알파벳 암호도 있었어."

"잠깐, 펜 좀 가져올게." 리나는 책상에서 펜을 집어 들었다. "A가 1이고 B가 2라면…. 종이에 써보자."

"조심해야 돼. 가끔 거꾸로 할 때도 있었거든. Z가 1이 되는 식으로."

리나와 나는 책들에 둘러싸인 채 바닥에 앉아서 이 책, 저 책을 계속 펼쳤다. 밖에서는 아빠가 계속 문을 두드렸다. 나는 아빠를 무시했다. 그동안 줄곧 아빠가 나를 무시했던 것처럼. 아빠에게 대답을 할 생각도, 지금 상황을 설명할 생각도 없었다. 무시당하는 게 어떤 기분인지 아빠도 한번 느껴보라지.

"3, 12, 1, 9, 13….."

"이선! 그 안에서 뭘 하는 거냐? 아까 그 시끄러운 소리는 다 뭐야?"

"25, 15, 21, 18, 19, 5, 12, 6."

나는 리나를 바라보며 종이를 내밀었다. 나는 이미 리나보다 한 발 앞서서 암호를 푼 다음이었다. "이건… 너한테 하는 말인 것 같아."

엄마가 지금 이 서재에 서서 직접 우리한테 말해주는 것처럼 의미가 명확한 말이었다.

'스스로 결정을 내려라.'

이건 리나에게 주는 메시지였다.

엄마가 여기 있었다. 어떤 형태인지, 어떤 의미로 존재하는 건지, 어떤 우주에 존재하는 건지는 모르겠지만. 엄마는 지금도 엄마였다. 책과 문 잠금장치와 토마토 볶음 냄새와 오래된 종이 냄새 속에만 살아 있다 해도.

어쨌든 엄마는 살아 있었다.

내가 마침내 문을 열었더니, 아빠가 욕실 가운 차림으로 문밖에 서 있었다. 아빠는 내 뒤쪽의 서재 안을 바라보았다. 아빠가 상상 속에서만 쓰고 있던 소설 원고가 바닥에 온통 흩어져 있고, 이선 카터 웨이트의 초상화가 덮개가 벗겨진 채 소파 위에 기대어져 있는 모습을.

"이선, 나는…."

"무슨 말을 하려고요? 몇 달 동안 서재 문을 잠그고 틀어박혀서 이런 걸 하고 있었다고 말하시게요?" 나는 구겨진 종이 한 장을 들어올렸다.

아빠는 바닥을 내려다보았다. 그동안 미친 짓을 했는지는 몰라도, 내가 진실을 알아냈다는 걸 깨달을 정도의 정신은 아직 남아 있는 모양이었다. 리나는 불편한 표정으로 소파에 앉았다.

"왜요? 제가 궁금한 게 뭔지 아세요? 정말로 책을 쓰신 거예요, 아니면 그냥 나를 피하신 거예요?"

아빠가 천천히 고개를 들었다. 눈이 피로로 충혈되어 있었다. 늙어 보였다. 인생이 한 번에 하나씩 실망스러운 일들을 던져주면서 아빠를 지치게 만든 것 같았다. "그냥 네 엄마랑 가까이 있고 싶었어. 저 안에서 네 엄마의 책들이며 물건들과 같이 있으면, 네 엄마가 정말로 가버린 게 아닌 것 같은 느낌이 들어서. 아직도 네 엄마의 냄새를 맡을 수 있어. 토마토 볶음이랑…." 아빠의 목소리가 점점 잦아들었다. 다시 자기만의 세계로 빠져든 것 같았다. 아빠가 맑은 정신을 되찾는 희귀한 순간은 이미 사라져버렸다.

아빠는 내 옆을 지나쳐서 다시 서재 안으로 들어가 허리를 굽혀 동그라미들로 뒤덮인 종이를 한 장 집어 들었다. 아빠의 손이 떨리고 있었다. "나도 글을 쓰려고 했다." 아빠는 엄마의 의자를 바라보았다. "그런데 이제는 뭘 써야 할지 모르겠어."

나 때문이 아니었다. 나 때문이었던 적은 한 번도 없었다. 엄마 때문이었다. 몇 시간 전에 나도 도서관에서 엄마의 물건들 속에 앉아 엄마와 함께 있는 기분을 다시 느껴보려고 애쓰면서 아빠와 같은 것을 느꼈다. 하지만 나는 엄마가 돌아가셨고, 모든 게 달라졌다는 걸 확실히 알고 있었다. 아빠는 그걸 몰랐다. 엄마가 잠긴 문을 열어주고 메시지를 전해준 건 아빠를 위해서가 아니었다. 아빠는 엄마에게서 그것조차 받을 수 없었다.

그다음 주 크리스마스이브가 되자 낡고 구겨진 마분지 마을이 그렇게 작아 보이지 않았다. 뒤집힌 뾰족탑은 여전히 교회 위에 달려 있었고, 농가는 심지어 잘 세워두면 혼자 똑바로 서 있기까지 했다. 반짝이가 섞인 하얀 풀이 반짝였다. 그리고 낡은 솜으로 만든 눈이 옛날처럼 한결같이 그 마을을 지켜주었다.

나는 바닥에 배를 깔고 엎드려서 굵은 하얀색 소나무의 가장 낮은 가지 밑에 머리를 집어넣고 있었다. 옛날부터 항상 그랬던 것처럼. 내가 자그마한 흰색 전등들이 달린 끈을 마분지 마을 뒤쪽의 둥근 구멍들 속으로 살살 집어넣는 동안 푸른 바늘 같은 이파리들이 내 목을 긁어댔다. 나는 뒤로 물러나 앉아서 트리를 살펴보았다. 부드러운 하얀색 불빛이 마을의 색종이 창문을 통과하면서 색색으로 변했다. 마을 안의 사람들이 어디로 갔는지는 찾을 수 없었다. 양철 자동차와 동물들도 마찬가지였다. 마을은 텅 비어 있었지만, 생전 처음으로 인적이 끊긴 것 같다는 느낌이 들지 않았다. 나도 외롭지 않았다.

나는 가만히 앉아서 애마 아줌마의 연필이 종이에 긁히는 소리를 들었다. 아빠의 낡은 캐럴 레코드가 직직 긁히는 소리를 내며 돌아가는 소리도 들렸다. 그때 뭔가가 내 시선을 끌었다. 작고 어두운 것이 솜으로 만든 눈의 층들 속에 걸려 있었다. 별이었다. 1페니 동전만 한 크기에 은색과 금색이 칠해진 별. 종이 클립인 것 같은 물건으로 만든, 뒤틀린 후광이 별을 둘러싸고 있었다. 원래는 마분지 마을의 작은 크리스마스트리에 달려 있었지만, 몇 년 전부터 종적을 알 수 없던 물건이었다. 엄마가 서배너에서 살던 어린 시절에 학교에서 직접 만든 것이기도 했다.

나는 그 별을 주머니에 넣었다. 다음에 리나를 만나면 부적 목걸이에 달고 다니라고, 잘 보관하라고 줄 생각이었다. 그래야 이 별이 다시 사라지지 않을 테니까. 그래야 나도 다시 길을 잃지 않을 테니까.

엄마가 알면 좋아했을 것이다. 정말로. 엄마는 리나를 봤으면, 리나도 좋아했을 것이다. 아니, 어쩌면 지금도 좋아하고 있는 것 같기도 했다.

'스스로 결정을 내려라.'

이 해답은 내내 우리 앞에 있었다. 처음부터. 엄마의 책들과 함께 아빠의 서재에 갇혀 있었을 뿐이었다. 엄마의 요리책 책갈피에 꽂혀 있었을 뿐이었다.

때 묻은 눈 속에 살짝 걸려 있었을 뿐이었다.

약속

❧ 1.12 ❧

공기 중에 뭔가가 있었다. 대개는 뭔가 소리를 듣고 귀를 기울여보면, 사실은 아무것도 없다는 사실을 알게 되는 법이었다. 하지만 리나의 생일이 가까워질수록 나는 점점 더 의심이 들었다. 겨울 방학을 마치고 학교에 다시 나가 보니, 복도와 사물함과 벽에 온통 스프레이페인트가 뿌려져 있었다. 하지만 일반적인 낙서는 아니었다. 스프레이페인트로 써 있는 단어들은 심지어 영어처럼 보이지도 않았다. 《달의 책》을 보지 못한 사람이라면, 그것이 글자라는 생각도 못할 터였다.

일주일 뒤 잉글리시 선생님 교실의 모든 창문이 깨져버렸다. 이번에도 바람 때문이라고 둘러댈 수도 있었겠지만, 산들바람조차 불지 않았다는 게 문제였다. 게다가 설사 바람이 불었다 해도, 어떻게 교실 하나만 골라서 공격할 수 있단 말인가?

이제 나는 농구를 하지 않기 때문에 체육수업을 들어야 했다. 체육수업은 지금까지 내가 잭슨 고등학교에서 겪은 최악의 수업이었다. 나는 단거리 달리기를 한 시간 동안 하고, 체육관 천장에 매달린 밧줄을 올라가야 했다. 군데군데 매듭을 묶어 놓은 밧줄을 오르느라 손바닥이 까졌다. 그런데 수업을 마치고 내 사물함으로 가보니, 사물함 문이 열려 있고 그 안에 있던 종이들이 복도에 온통 흩어져 있었다. 내 배낭도 보이지 않았다. 비록 링크가 몇 시간 뒤에 체육관 밖의 쓰레기통에 버려져 있는 내 배낭을 찾아내기는 했지만, 이 일에 담긴 의미가 무엇인지는 분명히 알 수 있었다. 잭슨 고등학교는《달의 책》이 있을 곳이 아니라는 것.

그때부터 우리는 그 책을 내 벽장 속에 보관했다. 나는 애마 아줌마가 그 책을 찾아내고 내게 잔소리를 하면서 내 방에 소금을 잔뜩 뿌리지나 않을까 긴장했지만, 그런 일은 일어나지 않았다. 나는 리나가 옆에 있든 없든 엄마의 낡은 라틴어 사전을 뒤져가며 지난 6주 동안 그 낡은 책을 열심히 연구했다. 애마 아줌마의 오븐장갑 덕분에 책을 만질 때마다 입는 화상을 최대한 방지할 수 있었다. 책에는 주술이 수백 가지나 적혀 있었지만, 영어로 된 것은 몇 개밖에 없었다. 나머지는 모두 내가 읽을 수 없는 언어들이었다. 우리가 도저히 해석할 수 없는 주술사 언어도 있었다. 우리가 그 책의 내용에 대해 점점 많이 알아갈수록 리나는 점점 더 불안해했다.

"스스로 결정을 내려라. 이건 아무 의미도 없는 말이야."

"의미가 없긴 왜 없어?"

"여기 책에는 그런 내용이 전혀 없잖아. 운명을 결정하는 일에 관한 모든 설명을 뒤져봐도 없어."

"그러니까 계속 더 찾아봐야지. 어차피 이건 어려운 책이잖아."《달의 책》에 틀림없이 해답이 있을 터였다. 우리가 그걸 찾을 수만 있다면 좋을 텐데. 우리는 다른 일에 대해서는 전혀 생각할 수 없었다. 앞으로 한 달 뒤면 모든 걸 잃게 될 수도 있다는 생각뿐이었다.

밤늦게까지 우리는 각자 침대에 누워서 이야기를 나눴다. 매일 밤마다 우리의 마지막 밤이 가까이 다가오고 있다는 생각이 들었다.

'무슨 생각해, L?'

'정말로 알고 싶어?'

'나야 항상 알고 싶지.'

그런가? 나는 내 방 벽에 걸린, 구겨진 지도를 빤히 바라보았다. 가느다란 초록색 선들이 내가 책에서 읽었던 모든 곳들을 연결하고 있었다. 내가 상상했던 미래 속의 모든 도시들이 테이프와 마커와 핀으로 한데 연결되어 있었다. 6개월 만에 참 많은 것이 변했다는 생각이 들었다. 이제 나를 미래로 연결해주는 건 초록색 선이 아니었다. 어떤 여자아이였다.

하지만 지금은 그 여자아이의 목소리가 너무 작아서 나는 열심히 귀를 기울여야 했다.

'우리가 아예 만나지 않았으면 좋았을 거라는 생각이 들 때도 있어.'

'그거 농담이지?'

리나는 대답하지 않았다. 잠깐 동안.

'그냥 모든 게 훨씬 더 힘들어지기만 하잖아. 전에도 나한테 잃을 것이 많다고 생각했는데, 이젠 너까지 생겼어.'

'알아. 무슨 소리인지.'

나는 내 침대 옆에 놓인 램프의 갓을 밀어버리고 전구를 똑바로 바라보았다. 그걸 그렇게 똑바로 바라보면, 너무 밝은 빛 때문에 눈이 아파올 것이고, 그 덕분에 울음을 참을 수 있을 터였다.

'어쩌면 너를 잃게 될지 몰라.'

'그런 일은 없어, L.'

리나는 조용했다. 전구의 불빛이 내 눈 앞에서 소용돌이치며 줄무늬를 그리는 바람에 나는 순간적으로 눈이 멀었다. 천장을 똑바로 바라보는데도 파란색 천장이 전혀 보이지 않았다.

'약속해?'

'약속해.'

어쩌면 내가 이 약속을 지킬 수 없을지도 모른다는 걸 리나도 알고 있었다. 그래도 나는 어떻게든 약속을 지킬 방법을 찾아낼 생각이었기 때문에 그냥 약속을 했다.

　나는 램프의 불을 끄려다가 손을 데었다.

잠귀신 또는 비슷한 것

≒ 2.04 ≒

일주일 뒤면 리나의 생일이었다.

7일.

168시간.

10,008초.

'스스로 결정을 내려라.'

리나와 나는 지칠 대로 지쳐 있었지만, 그래도 학교를 빼먹고 《달의 책》을 파고들었다. 나는 애마 아줌마의 서명을 위조하는 전문가가 되었다. 헤스터 선생님은 리나한테 메이컨 레이븐우드의 결석사유서 같은 건 감히 요구하지 못할 사람이었다. 차갑고 맑은 날씨였다. 우리는 얼어붙을 듯이 추운 그린브라이어의 정원에 비터에서 꺼내 온 낡은 침낭을 펴고 들어가 함께 웅크린 채 또 그 책을 들여다보며 우리에게 도움이 될 만한 것을 찾았다.

리나가 이제 포기하려 한다는 것을 알 수 있었다. 리나의 방 천장은 온통 글자로 뒤덮여 있었다. 리나가 입으로 차마 할 수 없는 말과 너무 무서워서 차마 표현하지 못하는 생각이 벽지처럼 천장을 완전히 뒤덮었다.

어둠의 불길, 밝은어둠(lightdark)/어둠의 몸짓, 무슨 몸짓? 최고의 어둠이 최고의 빛을 집어삼킨다. 내 삶을 집어삼키는 것처럼/주술사/슈퍼 걸/전에는 자연스러웠는데/처음 보았을 때 7이, 7이, 7이, 77777777777.

리나가 그럴 만도 했다. 상황은 절망적이었다. 하지만 나는 포기하고 싶지 않았다. 절대로. 리나가 낡은 돌담에 몸을 기대고 축 늘어졌다. 돌담은 금방이라도 무너질 것처럼 보였다. 우리에게 희망이 없는 것처럼, 돌담도 희망이 없는 것 같았다. "안 되겠어. 주술이 너무 많아. 게다가 우리는 여기서 뭘 찾아야 하는 건지도 모르잖아."

책에는 온갖 주술이 다 있었다. '믿지 않는 자를 눈멀게 하는 주술', '바다에서 물을 끌어오는 주술', '룬 문자를 묶는 주술'.

하지만 '어둠의 속박에 걸린 가문의 저주를 푸는 주술'이나 '6대조 할머니 제너비브가 전쟁영웅을 되살리려 했던 행위를 되돌리는 주술'이나 '결정이 내려지는 날 어둠이 되는 걸 피하는 주술'은 없었다. 내가 진심으로 찾고 있는 주술, 그러니까 '너무 늦기 전에 여자 친구를 구하는(이제야 여자 친구가 생겼는데) 주술'도 없었다.

나는 책의 목차를 다시 훑어보았다. OBSECRATIONES, INCANTAMINA, NECTENTES, MALEDICENTES, MALEFICIA.

"걱정 마, L. 어떻게든 방법을 찾아낼 거야." 하지만 이 말을 하는 나도 그다지 자신이 없었다.

《달의 책》이 내 방 벽장 안의 맨 위 선반에 있는 기간이 길어질수록 점점 내 방에 귀신이 들린 것 같은 기분이 들었다. 우리 둘 다 매일 밤 그걸 느꼈다. 악몽에 가까운 꿈들이 점점 더 심해졌기 때문이다. 나는 며칠 동안 두어 시간 이상 잔 적이 없었다. 눈을 감을 때마다, 잠이 들 때마다 악몽이 거기서 기다리고 있었다. 하지만 그보다 더 견디기 힘든 건, 똑같은 악몽이 끊임없이 되풀이된다는 점이었다. 밤마다 꿈속에서 나는 리나를 잃어버렸다. 정말이지 죽을 것 같았다.

악몽에 저항하는 내 전략은 잠을 자지 않는 것뿐이었다. 나는 콜라와 에너지드링크 등을 잔뜩 마셔서 당분과 카페인을 몸속에 가득 채우고 비디오게임을 했다. 《어둠의 심장》에서부터 만화 《실버서퍼》 중 내가 가장 좋아하는 이야기에 이르기까지 읽을 수 있는 건 죄다 읽었다. 갤럭터스가 우주를 자꾸만 집어삼키는 이야기였다. 하지만 며칠 동안 잠을 안 자본 사람이라면 다 알 듯이, 사흘이나 나흘쯤 되면 너무 피곤해서 선 채로도 잠이 들 수 있는 상태가 된다.

갤럭터스조차 상대가 되지 않았다.

화재.

사방에서 불길이 솟았다.

연기도 있었다. 나는 연기와 재 때문에 숨이 막혔다. 사방이 칠흑 같이 어두워서 앞이 전혀 보이지 않았다. 열기는 또 어쩌나 강한지 누가 샌드페이퍼로 내 살갗을 긁어대는 것 같았다.

불꽃의 포효 외에는 아무 소리도 들리지 않았다.

심지어 리나의 비명도 내 머릿속에서만 울려 퍼졌다.

'포기해! 너라도 도망쳐!'

내 손목의 뼈들이 뚝 부러지는 것이 느껴졌다. 작은 기타 줄들이 하나씩 차례로 끊어지는 것 같았다. 리나가 먼저 내 손목을 놓았다. 하지만 나는 리나를 놓지 않았다.

'이러지 마, L! 손을 놓지 마!'

'날 놔! 제발… 너라도 살아!'

나는 절대로 리나를 놓을 수 없었다.

하지만 리나의 손이 내 손가락 사이로 미끄러지는 것이 느껴졌다. 나는 리나의 손을 더 세게 움켜쥐려고 했지만, 리나는 계속 미끄러져서….

나는 침대에서 벌떡 일어나 앉았다. 기침이 나왔다. 꿈이 너무 생생했다. 연기의 맛까지 느껴졌다. 하지만 내 방은 뜨겁지 않았다. 오히려 추웠다. 창문이 또 열려 있었다. 달빛 덕분에 나는 평소보다 빨리 어둠에 적응할 수 있었다.

시야 가장자리에 뭔가가 들어왔다. 뭔가가 움직이고 있었다. 어둠 속에서.

내 방에 누군가가 있었다.

"이런 젠장!"

그는 내가 눈치채기 전에 방을 나가려고 했지만 동작이 빠르지 못했다. 그는 내가 자기를 봤다는 걸 알고 있었다. 그래서 이 상황에서 할 수 있는 유일한 행동을 했다. 몸을 돌려 나와 마주 보는 것.

"방금 네 말이 특별히 점잖은 것 같지는 않다만, 나 역시 점잖지 못하게 나가려 했으니 네 말을 바로잡을 자격이 없겠지." 메이컨이 영화배우 케리 그랜트 같은 미소를 지으며 내 침대 끝으로 다가왔다. 메이컨은 긴 검은색 외투와 어두운 색 바지를 입고 있었다. 남의 집에 몰래 들어가기 위해서가 아니라, 세기말을 기념하기 위해 시내로 외출하려고 옷을 잘 차려입은 사람 같았다. "잘 있었니, 이선?"

"제 방에는 도대체 웬일이세요?"

메이컨은 당황한 표정이었다. 메이컨이 그런 표정을 짓는다는 건, 곧바로 매력적인 설명을 내놓을 준비가 되어 있지 않다는 뜻이었다. "말하자면 복잡해."

"그럼 안 복잡하게 해보세요. 한밤중에 제 방 창문으로 몰래 들어오셨으니까, 뱀파이어 아니면 변태라고 볼 수밖에 없어요. 아니면 둘 다든지. 어느 쪽이에요?"

"일반인들은 항상 모든 걸 흑백으로 나누려고 들지. 난 사냥꾼도 아니고 가해자도 아냐. 사람들은 나를 사냥 중인 내 형으로 오해하곤 하는데, 난 피에 관심 없다." 메이컨은 생각만 해도 진저리가 난다는 듯 몸을 부르르 떨었다. "피도 육체도 싫어." 그는 시가에 불을 붙인 뒤 손가락 사이에서 시가를 굴렸다. 애마 아줌마가 내일 이 냄새를 맡으면 난리가 날 텐데. "사실 나한테 그런 건 전부 역겨워."

나는 더 이상 참을 수 없었다. 며칠 동안 잠을 못 잔 데다가, 모든 사람이 내 질문을 피하려고만 드는 것에 이미 지쳐 있었다. 나는 의문의 답을 원했다. 지금 당장. "아저씨의 수수께끼에는 이제 질렸어요. 그냥 묻는 말에 대답이나 해주세요. 제 방에는 왜 오신 거예요?"

메이컨은 내 책상 옆의 싸구려 회전의자로 다가가서 단 한 번의 움직임으로 의자에 앉았다. "내가 엿듣고 있었다고나 할까?"

나는 바닥에 뭉쳐 있는 낡은 잭슨 고등학교 농구부 티셔츠를 들어 입었다. "엿듣다니 뭘요? 여긴 아무도 없어요. 저는 자고 있었고요."

"아니, 사실 넌 자는 게 아니라 꿈을 꾸고 있었지."

"그걸 아저씨가 어떻게 아세요? 그것도 아저씨의 주술사 능력이에요?"

"그렇지는 않아. 난 주술사가 아니거든. 엄밀히 말하자면."

나는 헉 하고 숨을 집어삼켰다. 메이컨 레이븐우드는 낮에 집 밖으로 나오는 법이 없었다. 어디든 느닷없이 나타나는 능력이 있었고, 개로 변장한 늑대의 눈을 통해 사람들을 지켜보았으며, 눈 하나 깜짝하지 않고 어둠의 주술사에게서 생기를 완전히 짜내버릴 뻔한 적도 있었다. 따라서 그가 주술사가 아니라면, 가능성은 하나뿐이었다.

"아저씨는 뱀파이어군요."

"그건 절대 아니다." 메이컨은 짜증스러운 표정이었다. "그건 너무 흔하고, 진부하고, 적나라한 표현이야. 세상에 뱀파이어라는 건 존재하지 않는다. 넌 아마 늑대인간이나 외계인의 존재도 믿겠지? 다 텔레비전 탓이다." 메이컨은 시가를 깊이 빨아들였다. "널 실망시키기는 정말 싫지만, 나는 몽마(夢魔: 잠자는 여자를 덮친다고 알려진 남자 악령─옮긴이)다. 틀림없이 아마리가 조만간 너한테 직접 말해줬을 거야. 아마리는 내 비밀을 폭로하는 데 아주 열성인 것 같으니까 말이지."

몽마? 지금 내가 이 말을 듣고 겁을 내야 하는 건지조차 알 수 없었다. 내가 혼란스러운 표정을 짓고 있었는지, 메이컨이 좀 더 자세히 설명해주었다. "나와 같은 능력을 지닌 신사들은 선천적으로 특정한 능력들을 지니고 있지만, 그 능력은 각자가 지닌 힘에 비례한다. 그러니까 우리는 반드시 정기적으로 힘을 보충해야 해." '보충'이라는 말이 왠지 거슬렸다.

"보충한다는 게 무슨 뜻이에요?"

"더 좋은 표현이 떠오르지 않아서 어쩔 수 없다만, 일반인들을 먹이로 힘을 보충하는 거지."

방이 흔들리기 시작했다. 아니, 메이컨이 흔들리고 있는 것 같기도 했다.

"이선, 앉아라. 얼굴에 핏기가 하나도 없구나." 메이컨이 다가와서 나를 침대 가장자리로 데려다주었다. "방금 말했듯이, 내가 '먹이'라는 말을 쓴 건 달리 좋은 표현이 떠오르지 않아서야. 일반인들의 피를 먹는 건 피의 몽마뿐이다. 난 피의 몽마가 아냐. 비록 나도 피의 몽마도 릴룸, 그러니까 절대 어둠 속에서 사는 존재들인 건 사실이지만, 나는 피의 몽마에 비하면 훨씬 더 진화한 존재다. 난 너희 일반인들이 아주 풍부하게 갖고 있지만 사실 너희에게는 별로 필요하지도 않은 걸 먹이로 삼아."

"그게 뭔데요?"

"꿈. 꿈의 조각들. 생각, 욕망, 두려움, 추억. 없어져도 너희가 전혀 곤란해하지 않을 것들이지." 단어들이 주문처럼 그의 입에서 술술 흘러나왔다.

나는 나도 모르게 그 단어들을 받아들여서 그의 말을 이해하려고 애쓰고 있었다. 내 머릿속 생각들이 두꺼운 모직 담요에 싸인 것 같았다.

하지만 순간적으로 이해가 되었다. 모든 조각들이 내 머릿속에서 착착 제자리를 찾아 들어가는 것이 느껴졌다. "꿈이라면…. 아저씨가 줄곧 제 꿈에 들어와 계셨던 거예요? 제 머릿속에서 꿈을 빨아낸 거예요? 그래서 제가 꿈을 처음부터 끝까지 전부 기억할 수 없었던 거예요?"

메이컨은 미소를 지으며 내 책상 위의 빈 콜라 깡통에 시가를 비벼 껐다. "맞다. '빨아낸다'는 부분만 빼고. 그건 그다지 예의바른 표현이 아니지."

"아저씨가 꿈을 빨아내… 훔쳐가셨다면, 꿈의 나머지 내용을 알고 계시 겠네요. 꿈이 어떻게 끝나는지 아시죠? 말해주세요. 저희가 막을 수 있게."

"그건 안 된다. 나는 내가 가져갈 꿈의 조각들을 의도적으로 선별하는 편이거든."

"저희한테 왜 꿈의 결말을 말해주시지 않으려는 거예요? 저희가 꿈의 결말을 알면, 그 일이 실제로 벌어지는 걸 막을 수 있을지도 몰라요."

"넌 이미 너무 많은 걸 알고 있다. 나도 그 일을 완전히 이해하지는 못하 는데 말이지."

"제발 수수께끼 같은 말은 그만두세요. 제가 리나를 보호할 수 있다고, 저한테 능력이 있다고 계속 말씀하시면서, 지금 정확히 무슨 일이 벌어지 고 있는지는 왜 말해주시지 않는 거예요? 저는 이제 지쳤고, 더 이상 남들 한테 휘둘리고 싶지도 않아요."

"내가 모르는 걸 너한테 말해줄 수는 없다, 아이야. 너는 사실 수수께끼 같은 존재야."

"전 아저씨 아이가 아니에요."

"멜기세덱 레이븐우드!" 애마 아줌마의 목소리가 종소리처럼 울려 퍼 졌다.

메이컨의 침착한 표정이 흔들리기 시작했다.

"감히 내 허락도 없이 이 집에 들어오다니!" 애마 아줌마는 목욕가운 차림으로 구슬이 꿰어진 긴 줄을 들고 서 있었다. 모르는 사람이 봤으면 목걸이인 줄 알았을 것이다. 애마 아줌마는 그 구슬 부적을 주먹에 쥐고 성난 표정으로 흔들어댔다. "서로 약속했잖아. 이 집은 출입금지라고. 그 더러운 짓은 어디 다른 데 가서 해."

"이건 그렇게 단순한 일이 아냐, 아마리. 이 아이가 꿈에 뭘 보고 있어. 두 아이 모두에게 위험한 것들이야."

애마 아줌마의 눈이 사나워졌다. "내 아이를 먹이로 삼은 거야? 지금 그 얘기야? 날 달래자고 한다는 소리가 고작 그거야?"

"진정해. 그렇게 문자 그대로 받아들이지 말라고. 난 그저 두 아이를 보호하기 위해 꼭 필요한 일을 하고 있을 뿐이야."

"난 당신의 정체를 알아, 멜기세덱. 때가 되면 당신은 악마와 대면하게 될 거야. 내 집에 그 사악한 기운을 들여놓을 생각은 하지도 마."

"난 아주 오래전에 선택을 했어. 그리고 지금까지 줄곧 내 운명에 맞서 싸우고 있지. 평생 동안 밤마다 싸우고 있어. 난 어둠이 아냐. 내가 걱정해야 할 아이가 있는 한은."

"그렇다고 당신 정체가 바뀌지는 않아. 그건 당신이 선택할 수 있는 일이 아냐."

메이컨의 눈이 가늘어졌다. 메이컨과 애마 아줌마가 아주 조심스러운 흥정을 했음이 분명했다. 그런데 메이컨이 내 방에 들어옴으로써 그 흥정이 위태로워진 것이다. 지금까지 몇 번이나 내 방에 들어왔던 걸까? 나는 짐작조차 할 수 없었다.

"그냥 꿈의 결말을 얘기해주세요. 저는 알 권리가 있어요. 그건 제 꿈이에요."

"아주 강력한 꿈이다. 거슬리는 꿈이기도 하고. 리나는 그 꿈을 볼 필요가 없어. 아직 그걸 볼 준비가 안 되어 있다. 그런데 너희 둘은 설명할 수 없을 만큼 밀접하게 서로 연결되어 있으니, 네가 보는 거라면 리나도 볼 수 있지. 내가 왜 그 꿈을 가져갈 수밖에 없었는지 이제 너도 이해하겠지?"

속에서 분노가 치밀어 올랐다. 화가 나서 견딜 수가 없었다. 링컨 부인이 징계위원회에서 리나에 대한 거짓말을 늘어놓았을 때보다, 아빠의 서재에서 온통 낙서뿐인 종이 더미들을 발견했을 때보다 더 화가 났다.

"아뇨, 이해 못 해요. 리나에게 도움이 될 수 있는 걸 알고 계시면서 왜 말을 안 해주세요? 아니, 그 제다이 같은 술수만 저한테 부리시지 않아도 제가 꿈을 직접 볼 수 있잖아요."

"난 리나를 보호하려고 이러는 거야. 나는 리나를 사랑한다. 그러니 결코…."

"…알아요. 그 소리는 이미 들었어요. 리나에게 해가 될 일은 결코 안 할 거라는 말. 하지만 리나에게 도움이 되는 일도 전혀 안 할 거라는 말은 깜박 잊고 안 하셨네요."

메이컨의 턱이 딱딱하게 굳었다. 이제는 그가 화를 내고 있었다. 나도 이제는 메이컨의 화난 표정을 알아볼 수 있었다. 그래도 그는 자신의 겉모습을 깨뜨리지 않았다. 단 1분도. "난 리나를 보호하려고 이러는 거다, 이선. 너도 함께 보호하려는 거고. 네가 리나에게 마음을 쓴다는 건 안다. 네가 리나를 어느 정도 보호해주는 것도 사실이지. 하지만 네가 지금 당장은 볼 수 없는 것들이 있어. 우리 모두 통제할 수 없는 것들. 언젠가 너도 이해할 거다. 너와 리나는 서로 너무나 달라."

다른 종이라는 뜻이겠지. 과거의 이선이 제너비브에게 쓴 편지 속의 내용과 똑같았다. 물론 나는 이해했다. 백 년이 넘는 세월이 흘렀어도 변한 건 전혀 없다는 걸.

메이컨의 눈빛이 부드러워졌다. 혹시 나를 가엾게 여기는 건가 싶었지만, 그건 아니었다. "궁극적으로 그 짐을 져야 하는 건 너다. 항상 일반인들이 그 짐을 지지. 정말이다. 내가 잘 알아."

"저는 아저씨를 안 믿어요. 잘못 생각하신 거예요. 우린 그렇게 다르지 않아요."

"일반인들이란…. 네가 부럽구나. 너희는 세상을 바꿀 수 있다고 생각하지. 우주를 멈출 수도 있고, 자기가 태어나기 훨씬 전에 이미 이루어진 일을 되돌릴 수도 있다고 생각해. 정말로 아름다운 생물들이다." 메이컨은 나를 바라보며 이 말을 했지만, 이제는 단순히 내 얘기가 아닌 것 같았다. "네 방을 침범한 걸 사과하마. 네가 다시 잠들 수 있게 나는 가야겠다."

"다시는 제 방에 오지 마세요, 레이븐우드 아저씨. 제 머릿속에도 들어오지 마시고요."

메이컨은 문을 향해 돌아섰다. 놀라운 일이었다. 들어올 때와 똑같은 방법으로 나갈 줄 알았는데.

"한 가지만 더요. 리나도 아저씨의 정체를 알아요?"

메이컨은 미소를 지었다. "물론이지. 우리 둘 사이에는 비밀이 하나도 없다."

나는 마주 미소 짓지 않았다. 비록 리나가 메이컨의 정체를 안다 해도, 두 사람 사이에는 이것 말고 비밀이 한두 개가 아니었다. 메이컨도 나도 잘 아는 사실이었다.

메이컨은 외투자락을 휘날리며 돌아서서 사라져버렸다.

홀연히.

허니힐 전투

≒ 2.05 ≒

다음 날 아침 눈을 뜰 때부터 머리가 욱신거렸다. 소설 속에 자주 등장하는 장면들처럼, 어젯밤의 일들이 현실이 아니라는 생각은 들지 않았다. 어젯밤에 메이컨 레이븐우드가 내 방에 나타났다 사라진 것은 꿈이 아니었다. 엄마가 사고를 당한 뒤 몇 달 동안 아침마다 나는 그 모든 게 악몽일 거라고 생각하며 잠에서 깨었다. 이제 다시 그런 실수를 반복할 생각은 없었다.

이번에는 실제로 모든 게 변했기 때문에 다르게 보인다는 걸 나도 확실히 알고 있었다. 상황이 점점 이상해지는 것처럼 보이는 건 실제로 이상해지고 있기 때문이었다. 그리고 리나와 내게 남은 시간이 점점 줄어드는 건 실제로 남은 시간이 얼마 되지 않기 때문이었다.

엿새. 상황은 좋지 않았다. 할 수 있는 말은 그것뿐이었다. 그래서 우리는 당연히 그 말을 입 밖에 내지 않았다. 학교에서 우리는 항상 하던 대로 행동했다. 손을 잡고 복도를 걸어다니고, 뒤쪽 사물함 옆에서 입술이 아프도록 키스를 했다. 나는 마치 전기에 감전된 것 같은 기분이었다. 우리는 스스로 만든 거품 속에 틀어박혀서 평범한 생활을 하는 척하며 그 생활을 즐겼다. 우리에게는 그럴 시간이 얼마 남지 않았으니까. 하루 종일 이야기도 나눴다. 수업시간에도, 심지어 함께 수업을 듣지 않을 때에도, 우리의 이야기는 멈추지 않았다.

리나는 바베이도스에 대해 이야기해주었다. 하늘과 바다가 얇은 파란색 선을 사이에 두고 맞닿아 있기 때문에 어디가 하늘이고 어디가 바다인지 분간할 수 없다는 이야기. 나는 그때 밧줄처럼 길게 늘인 찰흙으로 그릇을 만드는 수업을 받고 있었다.

리나는 자기 할머니에 대해서도 이야기해주었다. 할머니는 리나가 빨간 막대사탕을 빨대처럼 이용해서 세븐업을 마시게 해주었다고 했다. 그때 우리는 영어 수업을 들으면서 《지킬 박사와 하이드 씨》에 관한 에세이를 쓰고 있었다. 서배너 스노가 짝짝 소리를 내며 껌을 씹었다.

리나는 메이컨에 대해서도 이야기해주었다. 리나가 어디서 살든, 매년 생일에 메이컨이 와주었다는 이야기. 리나가 기억하는 한 메이컨은 항상 그 자리에 있었다.

그날 밤 잠도 안 자고 몇 시간 동안이나 《달의 책》을 본 우리는 일출을 지켜보았다. 비록 리나는 레이븐우드에 있고, 나는 집에 있었지만.

'이선?'

'듣고 있어.'

'나 무서워.'

'알아. 잠을 좀 자 봐, L.'

'잠에 시간을 낭비하고 싶지 않아.'

'나도 그래.'

하지만 그런 게 아니라는 걸 우리 둘 다 알고 있었다. 우리 둘 다 꿈을 꾸기 싫어서 잠을 피하고 있었다.

"결정이 내려지는 날 밤은 가장 취약한 밤이다. 내면의 어둠이 바깥의 어둠과 힘을 합하고, 능력을 지닌 사람은 최고의 어둠에 노출된다. 모든 보호조치, 속박, 방패와 면역의 주술이 모두 떨어져나간 상태로. 결정이 내려지는 순간 죽음은 가장 결정적이고 영원한…."

리나가 책을 덮었다. "이제 더는 못 읽겠어."

"웃기지 마. 그러니 네 삼촌이 항상 걱정하시지."

"내가 무슨 악마 같은 걸로 변하는 것도 모자라서 이제는 영원한 죽음까지 겪을지 모른다잖아. 내게 닥쳐올 파멸의 운명 목록에 그것도 덧붙여."

"알았어. 악마, 죽음, 파멸의 운명이란 말이지?"

우리는 다시 그린브라이어의 정원에 와 있었다. 리나가 내게 책을 건네주고 벌렁 드러누워 하늘을 바라보았다. 매일 오후에 이 책을 잡고 씨름했는데도 알아낸 것이 거의 없다는 생각을 하는 대신, 리나가 구름을 가지고 장난을 치고 있는 거라면 좋겠다는 생각이 들었다. 나는 《달의 책》의 책장을 넘기면서 리나에게 도움을 청하지 않았다. 애마 아줌마가 옛날에 정원을 손질할 때 쓰던 장갑을 끼고 있었지만, 내 손에는 너무 작았다.

《달의 책》은 수천 쪽이나 되었다. 그리고 한 쪽에 한 가지 이상의 주술이 실려 있는 경우도 있었다. 주술들이 어떤 순서로 배열되어 있는지는 알 길이 없었다. 적어도 내 눈에는 아무런 원칙도 보이지 않았다. 목차는 책의 실제 내용과 그다지 딱 떨어지지 않는 엉터리였다. 나는 우연히 뭔가를 발견하기를 바라며 책장을 넘겼다. 하지만 대부분의 내용이 내게는 그저 횡설수설일 뿐이었다. 나는 도저히 이해할 수 없는 단어들을 빤히 바라보았다.

I DDARGANFOD YR HYN SYDD AR GOLL

DATODWCH Y CWLWM, TROELLWCH A THROWCH EF

BWRIWCH Y RHWYMYN HWN

FEL Y CAF GANFOD

YR HYN RWY'N DYHEU AMDANO

YR HYN RWY'N EI GEISIO.

그 순간 뭔가가 갑자기 눈에 확 들어왔다. 부모님 서재 벽에 압정으로 꽂혀 있던 인용문에서 본 단어였다. "PETE ET INVENIES." 구하라, 그러면 찾을 것이다. 'INVENIES'는 '찾다'였다.

UT INVENIAS QUOD ABEST

EXPEDI NODUM, TORQUE ET CONVOLVE

ELICE HOC VINCULUM

UT INVENIAM

QUOD DESIDERO

QUOD PETO.

나는 엄마의 라틴어 사전을 정신없이 뒤지며 단어들의 뜻을 종이 뒷면에 갈겨썼다. 주문의 내용이 내 눈 앞에 드러났다.

없어진 것을 찾으려면

매듭을 풀어서 비틀고 감아

이 속박의 주문을 걸라

그러면 내가

갈망하던 것

내가 구하던 것을

찾을 수 있으리라.

"내가 뭘 알아냈어!"

리나가 벌떡 일어나 앉아서 내 어깨 너머로 종이를 바라보았다. "무슨 소리야?" 내 말을 그다지 믿지 못하겠다는 목소리였다.

나는 괴발개발 갈겨쓴 쪽지를 들어올렸다. "내가 이걸 번역했어. 뭘 찾을 때 쓰는 것 같아."

리나가 몸을 기울여 내 번역을 자세히 살펴보았다. 그러더니 눈이 휘둥그레졌다. "이건 탐지 주문이야."

"그럼 해답을 찾고 싶을 때 사용할 수 있겠네. 저주를 되돌리는 방법을 찾을 수 있어."

리나는 책을 무릎 위로 잡아당겨 그 페이지를 열심히 바라보았다. 그리고 그 주문 위의 다른 주문을 가리켰다. "이건 같은 주문을 웨일스어로 써 놓은 것 같아."

"그게 우리한테 도움이 될까?"

"몰라. 우린 지금 뭘 찾아야 하는 건지도 모르잖아." 리나는 갑자기 흥분이 가라앉은 듯 인상을 찌푸렸다. "게다가 구술 주문은 보기만큼 쉽지 않아. 난 한 번도 해본 적 없어. 그러니까 일이 잘못될 수도 있어." 설마, 농담이겠지.

"일이 잘못된다고? 열여섯 살 생일에 어둠의 주술사로 변하는 것보다 더 나쁜 일도 있어?" 나는 리나의 손에서 《달의 책》을 빼앗았다. 장갑 끝의 데이지 꽃무늬가 검게 탔다. "시도도 안 해볼 거라면, 우리가 기껏 무덤을 파서 이걸 찾아내고 지난 몇 주 동안 내용을 알아보려고 애쓴 게 죄다 시간 낭비라는 거잖아." 나는 《달의 책》을 들어올렸다. 장갑에서 연기가 나기 시작했다.

리나는 고개를 저었다. "그거 이리 줘." 그리고 심호흡을 하며 말을 이었다. "알았어, 해볼게. 하지만 어떤 결과가 나올지는 나도 전혀 몰라. 난 보통 이런 식으로 하지도 않아."

"하다니, 뭘?"

"뭐긴, 내 능력을 쓰는 거지. 자연체한테 어울리는 일. 내 말은, 그 말이 원래 그런 뜻이잖아, 안 그래? 자연스러우니까 자연체겠지. 내가 뭘 하는 건지도 모르고 힘을 쓸 때가 절반은 돼."

"알았어. 그래도 이번에는 한번 해 봐. 내가 도와줄게. 난 어떻게 해야 돼? 원을 그릴까? 촛불이라도 켤까?"

리나가 눈을 흘겼다. "저쪽에 가서 앉아 있기나 해." 리나는 1미터쯤 떨어진 곳을 가리켰다. "혹시 모르니까."

나는 좀 더 준비가 필요할 거라고 생각했었다. 하기야 난 그냥 일반인이니, 뭘 알겠는가. 나는 좀 떨어져 있으라는 리나의 명령을 무시했다. 하지만 몇 걸음 뒤로 물러나기는 했다. 리나는 한 손으로 책을 들었다. 책이 믿을 수 없을 만큼 무겁기 때문에 그것만도 놀라운 재주였다. 리나는 심호흡을 한 뒤 눈으로 천천히 페이지를 훑어 내려가며 주문을 읽었다.

"매듭을 풀어서 비틀고 감아

이 속박의 주문을 걸라

그러면 내가

갈망하던 것

내가 구하던 것을…."

리나는 고개를 들고 마지막 줄을 분명하고 강한 목소리로 말했다.

"찾을 수 있으리라."

한 1초 동안은 아무 일도 일어나지 않았다. 구름은 여전히 머리 위에 걸려 있고, 날은 여전히 차가웠다. 주술이 효과가 없는 모양이었다. 리나는 어깨를 으쓱했다. 나와 같은 생각을 하고 있음이 분명했다. 그런데 그때 어떤 소리가 들렸다. 바람이 몰려오는 소리가 터널 안에서 메아리치는 것 같은 소리. 내 뒤의 나무에 불이 붙었다. 정말로 밑에서부터 위로 불이 타올랐다. 불길이 포효하며 순식간에 줄기를 타고 올라가 모든 가지로 번져나갔다. 무엇이 됐든 그렇게 빨리 화르르 불이 붙는 건 처음 보았다.

나무에서 금방 연기가 나기 시작했다. 나는 기침을 하며 리나를 불길에서 떨어진 곳으로 잡아당겼다. "너 괜찮아?" 리나도 기침을 하고 있었다. 나는 리나의 구불구불한 검은 머리를 얼굴에서 치웠다. "뭐, 주술이 효과가 없었던 건 확실하다. 엄청나게 큰 마시멜로를 구우려고 그 주술을 쓴 거라면 또 몰라도."

리나가 희미한 미소를 지었다. "내가 일이 잘못될 수도 있다고 했잖아."

"그 정도가 아닌걸."

우리는 불타는 삼나무를 올려다보았다. 이제 닷새가 남았다.

남은 시간은 나흘. 폭풍을 품은 구름이 밀려왔다. 리나는 아파서 집에 있었다. 샌티 강이 범람해서 마을 북쪽의 도로가 유실되었다. 지방방송국의 뉴스에서는 이걸 지구온난화 탓으로 돌렸지만, 나는 그런 게 아니라는 걸 알고 있었다. 나는 대수학 II 수업을 들으면서 《달의 책》때문에 리나와 말다툼을 벌였다. 아무래도 쪽지시험에서 좋은 점수를 받기는 틀린 것 같았다.

'그 책은 이제 잊어버려, 이선. 이젠 지긋지긋해. 아무 도움도 안 되잖아.'

'그 책을 잊으면 안 돼. 너한테 유일한 희망이잖아. 네 삼촌 말씀을 생각해봐. 주술사 세계에서 가장 강력한 책이라고 했어.'

'우리 집안 전체에 저주를 내린 책이기도 해.'

'포기하지 마. 그 책 속 어딘가에 틀림없이 해답이 있을 거야.'

리나는 내 말을 들으려 하지 않았다. 그리고 나는 이번 학기에만 벌써 세 번째로 쪽지시험에서 낙제점을 받을 판이었다. 죽겠네, 정말.

'그건 그렇고, $7x-2(4x-6)$을 풀 수 있어?'

나는 리나가 그렇게 할 수 있다는 걸 알고 있었다. 리나는 벌써 삼각법을 배우는 중이었다.

'그게 무슨 소리야?'

'아무것도 아냐. 이번 쪽지시험에 낙제할 것 같아.'

리나는 한숨을 내쉬었다.

주술사 여자 친구도 뻐길 때는 뻐기기도 하는 모양이었다.

남은 시간은 사흘. 산사태가 시작되어서 위쪽 밭에 있던 흙이 체육관 안으로 밀려 들어왔다. 치어리더들은 한동안 연습을 하지 못할 것이고, 징계위원회도 마녀재판을 열려면 다른 장소를 알아봐야 할 것 같았다. 리나는 아직도 학교에 나오지 않았지만, 하루 종일 내 머릿속에서 나와 함께 있었다. 리나의 목소리가 점점 작아졌다. 학교의 혼란스러운 소음 속에서 간신히 들릴 정도였다.

나는 점심시간에 카페테리아에 혼자 앉아 있었다. 음식을 먹을 수가 없었다. 리나를 만난 뒤 처음으로 나는 주위의 사람들을 하나씩 차례로 바라보았다. 뭔지는 모르겠지만, 하여튼 뭔가가 느껴졌다. 이게 뭘까? 질투? 다른 아이들의 삶은 너무나 단순하고 편안했다. 그들이 고민하는 문제들은 모두 일반인에게 걸맞은 사소한 것들이었다. 옛날에는 나도 그랬다. 에밀리가 나를 바라보는 것이 눈에 띄었다. 서배너가 에밀리의 무릎으로 뛰어들었다. 그리고 곧이어 친숙한 고함 소리가 들려왔다. 내가 느낀 것은 질투가 아니었다. 나는 이런 생활을 하려고 리나를 포기하지는 않을 것이다.

이렇게 하찮은 삶으로 돌아가는 건 상상도 할 수 없었다.

남은 시간은 이틀. 리나는 이제 나와 말도 하지 않았다. 거센 바람에 DAR 본부의 지붕 절반이 날아가 버렸다. 링컨 부인과 애셔 부인이 몇 년 동안 정리한 회원명단, 메이플라워호와 독립전쟁 시대까지 거슬러 올라가는 가계도 등이 모두 파괴되었다. 개틀린 카운티의 애국자들은 자기들의 혈통이 다른 사람들보다 우월하다는 사실을 처음부터 다시 증명해야할 터였다.

나는 학교로 가는 길에 차를 몰고 레이븐우드로 가서 있는 힘껏 문을 두드렸다. 리나는 집 밖으로 나오려 하지 않았다. 한참 만에 리나가 문을 열어주었을 때, 나는 그 이유를 알 수 있었다.

레이븐우드는 또 다른 모습이 되어 있었다. 경비가 삼엄한 감옥 같은 모습이었다. 창문에는 창살이 달렸고, 벽은 매끈한 콘크리트였다. 현관 앞 복도의 벽만 푹신한 패딩이 있었다. 색깔도 거기만 오렌지색이었다. 리나는 자신의 생일을 뜻하는 0211이라는 숫자가 찍힌 오렌지색 점프수트를 입고 있었다. 양손은 온통 글자투성이였다. 솔직히 좀 멋져 보이기는 했다. 헝클어진 검은 머리카락은 리나의 얼굴을 감싸고 있었다. 리나는 죄수복조차 멋지게 만드는 재주가 있었다.

"이게 다 뭐야, L?"

리나는 내 시선을 따라 뒤를 돌아보았다. "아, 이거? 아무것도 아냐. 그냥 장난이야."

"메이컨 아저씨가 장난도 치시는 줄은 몰랐는데."

리나는 소매에 헐렁하게 매달려 있는 끈을 잡아당겼다. "삼촌은 장난 안 쳐. 내가 장난 친 거야."

"언제부터 네가 레이븐우드를 마음대로 바꿀 수 있게 됐는데?"

리나는 어깨를 으쓱했다. "어제 아침에 일어났더니 그냥 이렇게 돼 있던

데. 아마 내가 줄곧 이걸 생각하고 있었나 봐. 집이 그걸 들었나보지."

"여기서 나가자. 감옥에 있어봤자 기분만 우울해져."

"이틀만 지나면 나도 리들리처럼 될지 몰라. 그게 얼마나 우울한데." 리나는 슬픈 표정으로 고개를 저으며 베란다 가장자리에 앉았다. 나도 리나와 나란히 앉았다. 리나는 나를 바라보는 대신 죄수들이 신는 하얀 운동화를 신은 자기 발을 내려다보았다. 죄수들의 운동화 모양을 리나가 어떻게 알았는지 궁금했다.

"끈이 잘못됐어."

"뭐?"

나는 손가락으로 운동화 끈을 가리켰다. "진짜 감옥에서는 운동화 끈을 뺏어."

"이제 그만 포기해, 이선. 다 끝났어. 내 생일이 다가오는 걸 막을 길이 없어. 저주도 마찬가지고. 이제는 내가 평범한 아이인 척할 수도 없어. 난 서배너 스노나 에밀리 애셔랑 달라. 주술사니까."

나는 베란다 맨 아래 계단에서 자갈을 한 줌 집어 그 중 하나를 최대한 멀리 휙 던졌다.

'난 작별 인사 안 할 거야, L. 그럴 수는 없어.'

리나는 내 손에서 자갈을 하나 가져가서 던졌다. 리나의 손가락이 내 손가락에 스칠 때, 나는 아주 희미한 박동 같은 온기를 느꼈다. 나는 그것을 기억 속에 새겨두려고 애썼다.

'그럴 기회도 없을 거야. 난 그냥 사라질 테니까. 내가 널 소중하게 여겼다는 기억조차 없을걸.'

나는 고집을 꺾을 생각이 없었다. 이런 말에 넘어갈 수는 없었다. 자갈을 또 하나 던졌더니, 자갈이 나무를 때렸다. "무슨 일이 있어도 우리가 서로에게 느끼는 감정은 변하지 않을 거야. 그것만은 확실해."

"이선, 난 어쩌면 감정을 느끼는 능력까지 잃어버릴지도 몰라."

"그럴 리가 없어." 나는 잡초가 웃자란 마당을 향해 남은 자갈을 한꺼번에 팽개쳤다. 각각의 자갈이 어디에 떨어졌는지는 지금도 모른다. 자갈이 떨어지는 소리가 나지 않았기 때문이다. 하지만 나는 돌멩이들이 날아간 방향을 죽어라 바라보며 자꾸만 침을 삼켰다. 목이 메는 걸 막으려고.

리나가 내게 손을 뻗으려다가 머뭇거렸다. 그러고는 내 몸은 건드리지도 않은 채 손을 그냥 내렸다. "나한테 화내지 마. 내가 원해서 이렇게 된 게 아니잖아."

이 말을 듣는 순간 이성의 끈이 끊어졌다. "그럴지도 모르지. 그래서 내일이 우리가 함께 보낼 수 있는 마지막 날이라면? 내일 하루를 우리가 함께 보낼 수도 있는데, 넌 집에 틀어박혀서 이미 결정이 내려지기라도 한 것처럼 처져 있잖아."

리나가 일어섰다. "모르는 소리 하지 마." 뒤에서 문이 쾅 하고 닫히는 소리가 났다. 리나가 집인지 감옥인지, 하여튼 그 안으로 다시 들어간 것이다.

나는 여자 친구를 사귀어본 적이 없기 때문에, 이런 일에 어떻게 대처해야 하는지 준비가 되어 있지 않았다. 이런 일을 뭐라고 불러야 하는지도 알 수 없었다. 특히 주술사 여자애와 얽힌 일이니 더욱 그랬다. 달리 뭘 해야 좋을지 알 수 없었기 때문에 나는 포기하고 일어서서 다시 차를 몰고 학교로 갔다. 여느 때처럼 지각이었다.

남은 시간은 24시간. 저기압대가 개틀린 상공에 자리를 잡았다. 눈이 올지 우박이 떨어질지는 알 수 없었지만, 하늘이 심상치 않은 건 확실했다. 오늘 같은 날은 무슨 일이 일어날지 알 수 없었다. 역사 수업 시간에 나는 창밖을 바라보았다. 장례행렬 같은 것이 눈에 들어왔다. 메이컨 레이븐우드의 장의차가 앞장을 서고, 검은색 링컨 타운카 일곱 대가 그 뒤를 따르고 있었다. 그들은 잭슨 고등학교를 지나 마을을 가로질러서 레이븐우드로 향했다. 곧 열리게 될 허니힐 전투 재연에 관해 졸린 목소리로 이야기하는 리 선생님에게는 아무도 귀를 기울이지 않았다. 허니힐 전투는 남북전쟁의 전투들 가운데 그다지 유명한 편은 아니지만, 개틀린 카운티 사람들이 가장 자랑스러워하는 전투였다.

"1864년에 셔먼 장군은 북군의 존 해치 소장에게 찰스턴과 서배너 철도를 막아서 남군 병사들이 장군의 '바다를 향한 행군'을 방해하지 못하게 하라고 지시했다. 하지만 몇 차례에 걸친 '경로계산 오류' 때문에 북군 병사들은 생각만큼 속도를 내지 못했다."

리 선생님은 칠판에 '경로계산 오류'라고 쓰면서 의기양양하게 웃었다. 그래, 북군이 멍청한 짓을 했다는 뜻은 우리도 알아들었다. 허니힐 전투의 요점이 바로 그거였다. 우리 모두 유치원 때부터 배웠듯이, '주들 사이의 전쟁'이 일어난 원인이 바로 그거였다. 물론 북군이 전쟁에서 이겼다는 사실을 무시한 결론이었다. 개틀린에서는 모두들 북부보다 더 신사다웠던 남부가 신사답게 양보했다는 식으로 이야기했다. 적어도 리 선생님에 따르면, 역사적으로 봤을 때 남부가 먼저 적극적인 결단을 내렸다는 것이었다.

하지만 오늘은 아무도 칠판을 바라보지 않았다. 다들 창밖을 바라보고 있었다. 장의차와 검은 링컨 타운카 행렬이 운동장 뒤를 지나가고 있었다. 한 번 집 밖으로 나온 메이컨은 사람들이 놀란 표정으로 자신을 바라보는 걸 즐기는 것 같았다. 밤에만 활동하면서도 그는 무슨 수를 썼는지 아주 많은 주목을 끌었다.

누가 내 정강이를 찼다. 링크가 리 선생님에게 얼굴을 보이지 않으려고 책상 위로 몸을 웅크린 채 물었다. "야, 저 차에 전부 누가 탔을까?"

"링컨 군, 그다음에 어떤 일이 있었는지 말해 봐. 안 그래도 네 아버지가 내일 기병대를 지휘하실 텐데 말이야." 리 선생님이 팔짱을 끼고 우리를 노려보았다.

링크는 기침하는 척했다. 링크의 아빠는 주눅이 들어서 껍데기만 남은 사람이었지만, 빅 얼 이튼이 작년에 세상을 떠나는 바람에 전투 재연에서 기병대를 지휘하는 영광을 얻었다. 전임자의 사망은 재연에 참가하는 사람들의 계급이 올라가는 유일한 방법이었다. 누군가가 반드시 죽어야 했다. 서배너 스노의 식구들이라면 계급이 올랐다며 한바탕 난리를 피웠겠지만, 링크는 역사 재연에 그다지 의미를 두지 않았다.

"글쎄요, 리 선생님. 잠깐만요, 아, 알았어요. 우리가, 어, 그 전투에서는 이겼지만 전쟁에서는 졌죠. 아니, 그 반대였나요? 이 동네에서는 가끔 어느 쪽이 맞는지 헷갈려서요."

리 선생님은 링크의 말을 무시했다. 리 선생님은 십중팔구 자기 집 앞에 남부연방의 깃발을 1년 내내 걸어두고 있을 터였다. 집이라기보다는 이동 주택 두 채를 연결한 것이었지만. "링컨 군, 해치와 북군이 허니힐에 도착했을 때 콜콕 대령은⋯." 학생들이 키득거리자 리 선생님은 학생들을 노려보았다. "그래, 그게 본명이었다. 대령은 남군 병사들과 민병대를 이끌고 도로에 대포 일곱 문을 늘어놓아 통행을 막았다." 이 대포 일곱 문 이야기를 앞으로 몇 번이나 더 들어야 하는 걸까? 마치 누가 물고기와 떡으로 기적을 일으키기라도 한 것 같았다.

링크가 다시 나를 바라보며 중앙로 쪽을 고갯짓으로 가리켰다. "누구야?"

"리나의 집안 사람들일 거야. 리나의 생일 때문에 모이기로 되어 있었거든."

"그래, 리들리한테서 얼핏 들은 것 같다."

"너희 아직도 만나?" 나는 대답을 듣기가 두려웠다.

"그럼. 비밀 지켜줄 거지?"

"내가 언제는 안 그랬냐?"

링크는 레이먼스 티셔츠 소매를 걷어 올려 문신을 보여주었다. 리들리를 만화 주인공처럼 묘사한 그림이었는데, 가톨릭 여학교 학생들이 입는 미니스커트와 니삭스까지 완벽하게 그려져 있었다. 나는 그동안 리들리에 대한 링크의 관심이 좀 시들해졌기를 바랐지만, 사실 속으로는 그렇지 않다는 것을 알고 있었다. 링크는 리들리에게 이용가치가 없어진 뒤에야 비로소 리들리에게서 벗어날 수 있을 것이다. 어쩌면 리들리에게 조종당해 절벽에서 뛰어내리게 될지도 몰랐다. 그런 상황에서도 링크는 리들리의 손에서 벗어나지 못할 가능성이 있었다.

"크리스마스 연휴 때 이 문신을 했어. 멋지지? 리들리가 직접 그림을 그려줬어. 솜씨가 죽여줘." 죽여준다는 표현에는 믿음이 갔다. 하지만 내가 뭐라고 할 수 있을까? 네가 팔에 그려 넣은 만화 풍 문신의 주인공은 어둠의 주술사이고, 너한테 사랑의 주술 같은 걸 걸어서 널 조종하고 있다고? 넌 지금 그런 애랑 사귀고 있는 거라고?

"네 엄마가 그걸 보면 기절초풍하시겠다."

"엄마가 못 보게 해야지. 소매로 가리면 돼. 그리고 우리 집에 사생활 규칙이 새로 생겼거든. 엄마가 미리 노크하기로."

"노크만 하면 무작정 쳐들어와서 뭐든 마음대로 해도 되는 걸로?"

"그거야, 뭐. 그래도 최소한 먼저 노크는 하기로 했어."

"널 위해서라도 그 규칙이 지켜지면 좋겠다."

"어쨌든, 리들리랑 내가 리나를 깜짝 놀래줄 거야. 리드한테는 내가 말했다고 하지 마. 알면 날 죽이려 들 거야. 우리가 내일 리나한테 파티를 열어줄 거야. 레이븐우드의 그 넓은 뜰에서."

"설마, 농담이겠지."

"깜짝 파티야." 링크는 정말로 신이 난 표정이었다. 파티가 정말로 열리지도 않을 테고, 리나가 그 자리에 나올 리도 없고, 메이컨이 리나를 그 자리에 내보낼 리도 없는데.

"너 생각이 있는 녀석이냐? 리나는 그런 거 싫어할걸. 리들리하고 말도 안 하는 사이잖아."

"그거야 리나의 문제지. 리나가 해결해야 돼. 친척이잖아." 링크가 리들리의 힘에 휘둘리는 좀비 같은 상태라는 건 알고 있었지만, 그래도 화가 나는 건 어쩔 수 없었다.

"아무것도 모르면 그냥 가만히 있어. 끼어들지 말라고. 내 말을 들어."

링크는 과자를 꺼내서 한입 먹었다. "뭐, 그러시든지. 우린 그냥 리나한테 좋은 일을 해주고 싶을 뿐이야. 리나를 위해서 기꺼이 파티를 열어줄 사람이 많은 것도 아니잖아."

"그러니까 더욱더 파티를 하지 말아야지. 아무도 안 올 거 아냐."

링크는 히죽 웃으며 남은 과자를 몽땅 입에 쑤셔 넣었다. "전부 올 거야. 이미 오겠다고 했어. 적어도 리드 말로는 그래."

그래, 리들리가 그랬겠지. 리들리라면 그 막대사탕을 한 번 빠는 것만으로도 피리 부는 사나이처럼 이 빌어먹을 마을 사람들을 전부 몰고 다닐 수도 있을 것이다.

하지만 링크는 이런 상황을 알지 못하는 것 같았다. "우리 밴드 홀리 롤러스도 사상 처음으로 거기서 연주할 거야."

"홀리 뭐?"

"내가 새로 만든 밴드야. 내가 만들었어. 교회캠프에서." 겨울 방학 동안 또 무슨 일이 있었는지 더 이상 알고 싶지도 않았다. 링크가 무사히 돌아왔다는 사실이 그저 다행일 뿐이었다.

리 선생님이 학생들의 주의를 끌려고 칠판을 쾅쾅 두드리고는 분필로 8자를 크게 썼다. "결국 해치는 남군 병사들을 밀어내지 못해서 철수할 수밖에 없었다. 해치 부대의 사망자는 89명, 부상자는 629명이었지. 남군은 전투에서 이겼을 뿐만 아니라, 전사자도 여덟 명밖에 되지 않았다. 바로 그 때문에…." 리 선생님은 자랑스러운 표정으로 숫자 8을 두드렸다. "너희 모두 내일 허니힐 전투의 살아 있는 역사 재연에 나와 함께 참여해야 한다."

살아 있는 역사라. 리 선생님 같은 사람들은 남북전쟁 재연행사를 그렇게 불렀다. 농담 삼아 붙인 이름이 아니었다. 군복에서부터 탄약과 병사들의 배치상황까지 모든 것이 정확하게 재연되었다.

링크가 과자를 입에 가득 문 채로 나를 바라보며 히죽 웃었다. "리나한테는 말하지 마. 리나를 놀래주고 싶으니까. 우리 둘이 주는 생일 선물 같은 거야."

나는 그냥 링크를 빤히 바라보기만 했다. 오렌지색 죄수복을 입고 우울한 기분에 푹 빠져 있는 리나의 모습이 떠올랐다. 틀림없이 형편없을 링크의 밴드, 잭슨 고등학교 스타일의 파티, 에밀리 애셔와 서배너 스노, 타락한 수호천사 클럽 아이들, 리들리, 레이븐우드에 관한 생각들도 줄줄이 떠올랐다. 어딘가 멀리에서 울려 퍼질 허니힐 전투의 포성은 말할 필요도 없었다. 마뜩잖은 표정의 메이컨, 리나의 미친 친척들, 그리고 리나를 죽이려하는 어머니 앞에서 이런 일을 벌이다니. 메이컨이 모든 사람의 움직임을 자기 대신 보게 한 개도 그 자리에 있을 터였다.

종소리가 울렸다. 리나가 파티에서 느낄 감정을 표현하려면, '깜짝'이라는 말로는 어림도 없었다. 그런데 이런 이야기를 리나에게 알려줘야 할 사람이 바로 나였다.

"재연행사장에 도착했을 때 명부에 이름을 등록하는 걸 잊지 마라. 이름을 적지 않으면 학점을 받을 수 없어! 그리고 안전구역을 벗어나면 안 된다는 것도 명심하고. 총에 맞아도 A 학점을 받을 수는 없다." 리 선생님은 줄지어 복도로 나가는 우리들을 향해 소리쳤다.

지금은 총에 맞는 것이 최악의 일처럼 보이지 않았다.

남북전쟁 재연행사는 정말이지 이상한 현상이다. 허니힐 전투 재연도 예외가 아니었다. 땀에 흠뻑 젖은 모직으로 만든 핼러윈 의상처럼 생긴 옷을 차려 입는 일에 정말로 관심이 있는 사람이 누가 있을까? 워낙 불안정해서 간혹 총을 쏜 사람의 팔다리가 날아가는 사건이 벌어지기도 하는 골동품 무기를 쏘아대며 이리저리 뛰어다니고 싶어 하는 사람이 누가 있을까? 참고로 하는 말이지만, 빅 얼 이튼이 목숨을 잃은 것도 바로 그 총 때문이었다. 거의 150년 전에 일어났을 뿐만 아니라, 그나마 남부가 이기지도 못한 전쟁의 전투들을 재연하는 일에 신경을 쓰는 사람이 누가 있을까? 그런 짓을 하고 싶어 하는 사람이 어디 있을까?

개틀린뿐만 아니라 남부의 대부분 지역에서는 평범한 의사, 변호사, 목사, 자동차 정비공, 집배원, 모든 가정의 아버지, 삼촌, 사촌, 역사 교사(특히 리 선생님 같은 사람들) 등이 바로 그런 짓을 하고 싶어 했다. 마을에서 총기 상점을 소유하고 있는 사람은 말할 것도 없었다. 2월 둘째 주가 되면 비가 오든 눈이 오든, 개틀린 사람들은 모두 허니힐 전투 재연행사에 대해서만 생각했다. 화제도 그것뿐이고, 모두들 분주히 준비하는 일도 그것뿐이었다.

허니힐은 '우리의 전투'였다. 사람들이 왜 그런 결론을 내렸는지는 잘 모르겠지만, 아무래도 대포 일곱 문과 관련이 있는 것 같았다. 마을 사람들은 허니힐 전투 재연을 준비하는 데 몇 주를 쏟았다. 이제 행사가 코앞에 다가왔으므로, 사람들은 남군 군복을 다림질하고 있었다. 따뜻한 모직 냄새가 허공을 떠다녔다. 사람들은 구식 라이플도 청소하고, 검에 광을 냈다. 마을의 남자들 중 절반은 마지막 주말에 버포드 래드포드의 집에서 수제 탄약을 만들었다. 래드포드의 아내가 탄약을 만들 때 나는 냄새에 개의치 않았기 때문이다. 과부들은 살아 있는 역사를 보러 마을로 찾아올 수백 명의 관광객들을 위해 이불을 빨고, 파이를 만들어 냉동해두었다. DAR 회원들도 자기들 나름의 재연행사인 '남부의 유산 둘러보기' 프로그램을 몇 주 전부터 준비했다. 그들의 딸들은 프로그램이 끝난 뒤 참가자들에게 내놓을 파운드케이크를 2주 동안 토요일마다 구웠다.

링컨 부인을 비롯한 DAR 회원들이 남북전쟁 시대의 드레스를 입고 이 프로그램의 가이드 역할을 한다는 점이 특히 재미있었다. 거들에 간신히 몸을 끼워 넣고, 그 위에 몇 겹이나 되는 페티코트를 입은 모습은 금방이라도 터질 것처럼 속이 꽉 찬 소시지 같았다. 의상을 차려입은 건 그 아줌마들뿐만이 아니었다. 서배너와 에밀리 등 미래의 DAR 회원인 그들의 딸들도 옛날 텔레비전 드라마 〈초원의 집〉의 등장인물처럼 옷을 차려 입고 역사적인 농장주택들 주위를 어슬렁거려야 했다. '남부의 유산 둘러보기'는 항상 DAR 본부에서부터 시작됐다. 그곳이 개틀린에서 두 번째로 오래된 건물이기 때문이었다. '남부의 유산 둘러보기'가 시작되기 전에 건물 지붕을 고칠 수 있을지 궁금했다. 아줌마들이 개틀린 역사학회 건물 안을 돌아다니며 별이 폭발하는 것 같은 무늬가 새겨진 퀼트들을 가리키는 모습이 나도 모르게 머리에 떠올랐다. 그들의 발밑에서는 수백 개의 주술 두루마리와 문서들이 은행이 쉬는 날을 기다리고 있을 터였다.

재연행사를 맞아 행동에 나서는 것은 DAR뿐만이 아니었다. '주들 사이의 전쟁'은 '최초의 현대전쟁'으로 일컬어졌다. 하지만 재연행사 일주일 전에 개틀린을 돌아다녀 보면, 현대적인 면모가 전혀 없다는 것을 알 수 있을 것이다. 말이 끄는 수레에서부터 곡사포에 이르기까지 마을에 남아 있는 모든 남북전쟁 유물들이 전시되어 있었다. 누가 곡사포가 뭐냐고 물어보면, 마을의 유치원생들조차 낡은 수레바퀴 위에 걸쳐져 있는 대포라고 말할 수 있을 정도였다. 심지어 세 할머니들도 오리지널 남부 깃발을 꺼내 출입문에 압정으로 꽂았다. 원래는 나더러 현관 베란다에 깃발을 내걸어달라고 부탁했지만, 내가 거절했기 때문에 다른 방법을 택한 것이다. 비록 모든 것이 쇼에 불과하다고 해도, 나는 그렇게까지 장단을 맞춰줄 수는 없었다.

재연행사 전날 대규모 퍼레이드가 열렸다. 재연행사 참가자들은 이 기회를 틈타서 의상을 완전히 차려입고 관광객들 사이를 행진했다. 다음 날 재연행사에서는 연기와 흙먼지로 온몸이 뒤범벅돼서 진품 재킷의 반짝이는 놋쇠 단추를 아무도 알아보지 못할 터였다.

퍼레이드가 끝난 뒤 거대한 축제가 열렸다. 통돼지 바비큐, 키싱 부스(돈을 받고 키스를 해주는 곳―옮긴이), 구식 파이 판매대 등이 마련된 파티였다. 애마 아줌마는 며칠 전부터 파이를 구웠다. 카운티 축제를 빼면, 이 행사야말로 아줌마가 자신의 파이를 뽐낼 수 있는 최고의 기회였다. 적들을 향해 승리를 외칠 수 있는 최고의 기회이기도 했다. 애마 아줌마의 파이는 항상 최고의 인기를 누렸기 때문에, 링컨 부인과 스노 부인은 마구 화를 냈다. 애마 아줌마가 애당초 그렇게 열심히 파이를 굽는 이유가 바로 이것이었다. DAR의 아줌마들에게 무안을 주고, 2등에 머무른 그들의 파이에 코를 박아주는 것은 애마 아줌마가 세상에서 가장 좋아하는 일이었다.

그래서 매년 2월 둘째 주가 다가오면, 평범한 세상은 사라지고 우리 모두 허니힐 전투가 벌어진 1864년으로 돌아갔다. 그런데 올해에는 포신이 두 개인 대포들과 말을 실은 트레일러들(자존심이 있는 기병대 재연자라면 누구나 말을 소유하고 있었다)이 픽업트럭에 이끌려 마을로 들어오는 동안, 또 다른 전투를 위한 준비 또한 착착 진행되고 있었다.

다만 이 전투는 개틀린에서 두 번째로 오래된 건물이 아니라 가장 오래된 건물에서 시작된다는 점이 다를 뿐이었다. 이 전투는 대포나 말과는 상관이 없었지만, 그렇다고 전투로서 수준이 떨어지지는 않았다. 솔직히 말해서, 이 전투야말로 마을에서 진짜로 벌어지는 유일한 전투였다.

허니힐 전투의 전사자 여덟 명과 이 전투의 희생자들을 비교할 수는 없었다. 내가 걱정하는 사람은 딱 한 명뿐이었다. 그녀를 잃는다면, 나 역시 길을 잃고 방황하게 될 터였다.

그러니 허니힐 전투가 어찌 되든 상관없었다. 내게는 이 전투가 더 의미심장했다.

달콤한 열여섯

⊱ 2.11 ⊰

'간섭하지 마세요! 이미 말했잖아요! 그 누구도 어쩔 수 없는 일이에요!'

리나의 목소리가 몇 시간 동안 자다 깨다를 반복하던 나를 깨웠다. 나는 깊이 생각해보지도 않고 무작정 청바지와 회색 티셔츠를 입었다. 내가 생각하는 건 딱 하나뿐이었다. '바로 오늘이야. 이제 마지막 순간이 다가오는 걸 더 이상 기다리지 않아도 돼.'

마지막 순간은 이미 다가와 있었다.

'엄청난 충격이 아니라 흐느낌과 함께 엄청난 충격이 아니라 흐느낌과 함께 엄청난 충격이 아니라 흐느낌과 함께.'

리나가 혼란 속으로 빠져들고 있었다. 아직 날이 채 밝지도 않았는데.

그 책. 젠장, 그걸 깜박 잊었다. 나는 계단을 한 번에 두 개씩 건너뛰어서 다시 방으로 달려 올라갔다. 그리고 책을 숨겨둔 벽장 맨 위 선반으로 손을 뻗으며, 그 책을 만질 때마다 입는 화상에 대비했다.

하지만 이번에는 아무 느낌도 없었다. 책이 거기 없었기 때문에.

우리들의 책,《달의 책》이 없었다. 우리에게는 그 책이 꼭 필요했다. 특히 오늘은 더욱더. 리나의 목소리가 내 머리를 두드렸다.

'세상은 이렇게 끝나는 거야 엄청난 충격이 아니라 흐느낌과 함께.'

리나가 T. S. 엘리엇의 시 구절을 중얼거리고 있는 것은 좋은 징조가 아니었다. 나는 볼보 자동차의 열쇠를 움켜쥐고 달려나갔다.

내가 차를 몰고 도브 거리를 달리는 동안 해가 떠올랐다. 그린브라이어, 그러니까 마을의 모든 사람들이 개틀린의 유일한 공터로 생각하는 그곳이 오늘 허니힐 전투의 재연 장소라서 서서히 활기를 띠고 있었다. 하지만 내 머릿속에서 울려 퍼지는 포성 때문에 내 귀에는 밖의 포성이 전혀 들리지 않았다.

내가 레이븐우드의 베란다 계단을 뛰어 올라가는 동안 부가 이미 나를 기다리며 짖어대고 있었다. 라킨도 계단에 서서 기둥에 몸을 기대고 있었다. 그는 가죽 재킷 차림으로 자기 팔을 돌돌 감은 뱀과 장난을 치고 있었다. 뱀은 그의 팔을 감았다가 다시 몸을 풀기를 반복했다. 처음에 볼 때는 분명히 팔이었는데, 다시 보면 뱀으로 바뀌어 있었다. 라킨은 카드를 섞는 딜러처럼 여러 모양들 사이를 한가로이 오갔다. 그 모습에 나는 순간적으로 당황했다. 라킨 때문에 부가 짖고 있다는 점도 마찬가지였다. 지금 생각해 보면, 부가 나를 향해 짖은 건지 라킨을 향해 짖은 건지 잘 모르겠다. 부는 메이컨에게 속해 있었고, 메이컨과 나는 지금 서로 대화를 주고받는 사이가 아니었다.

"안녕하세요, 라킨." 라킨은 무심한 얼굴로 고개를 끄덕였다. 날이 차가웠다. 라킨이 눈에 보이지 않는 담배를 피우고 있는 것처럼, 입에서 하얀 숨결이 기어 나왔다. 그 입김은 동그랗게 원을 그렸다가 이내 작은 흰색 뱀으로 변했다. 뱀은 제 꼬리를 물더니 계속 제 몸을 먹어치워 스스로 사라져 버렸다.

"나라면 저 안에 안 들어갈 거다. 네 여자 친구가 조금, 뭐랄까, 독을 품었다고나 할까?" 뱀이 그의 목을 감았다가 가죽 재킷의 깃으로 변했다.

델 이모가 문을 활짝 열었다. "이제 왔구나. 아까부터 기다리고 있었다. 리나가 제 방에서 아무도 못 들어오게 하고 있어."

나는 델 이모를 바라보았다. 스카프는 한쪽 어깨에 간신히 매달려 있고, 안경은 비뚤어져 있고, 틀어 올린 머리조차 반쯤 풀려서 아주 혼란스러운 모습이었다. 나는 델 이모를 안아주었다. 세 할머니들 집에 있는 골동품 캐비닛 같은 냄새가 났다. 대대로 물려받은 낡은 리넨 이불보와 라벤더 향낭이 가득 들어 있는 캐비닛. 리스와 라이언이 우울한 병원 로비에서 나쁜 소식을 예상하고 슬픔에 잠긴 가족들처럼 델 이모 뒤에 서 있었다.

이번에도 레이븐우드는 메이컨보다 리나의 기분에 맞춰 모양을 바꾼 것 같았다. 아니, 어쩌면 두 사람이 같은 기분을 느끼고 있는 것일 수도 있었다. 하지만 메이컨의 모습이 어디서도 보이지 않았기 때문에 메이컨의 기분이 어떤지는 알 수 없었다. 분노에도 색깔이 있다면 바로 이런 색일 것이라고 짐작되는 색깔이 모든 벽에 흩뿌려져 있었다. 분노가 모든 샹들리에에 매달려 있었다. 아니, 분노 못지않게 강렬하게 끓어오르는 다른 감정 같기도 했다. 바닥에 깔린 두꺼운 카펫에도 노기가 서려 있었고, 모든 램프의 갓 아래에서는 증오가 깜박거렸다. 바닥은 슬금슬금 넓어지고 있는 그림자로 뒤덮여 있었다. 그 어두운 그림자가 벽까지 스며들어가서 지금은 내 컨버스 운동화 위로 기어 올라오고 있었다. 그래서 하마터면 보지 못할 뻔했다. 그 절대적인 어둠을.

집 안의 모습이 어땠는지는 잘 모르겠다. 나는 집에서 풍기는 느낌 때문에 모습을 살필 정신이 없었다. 집 안의 느낌은 아주 고약했다. 나는 리나의 방으로 통하는 웅장한 계단에 조심스레 발을 올려놓았다. 이미 수백 번이나 올라가본 적이 있기 때문에, 나는 이 계단이 어디로 통하는지 분명히 알고 있었다. 그런데도 오늘은 왠지 느낌이 달랐다. 델 이모가 내 뒤를 따라오면서 리스와 라이언을 바라보았다. 마치 내가 미지의 전선을 향해 앞장서서 나아가고 있는 것 같았다.

내가 계단의 두 번째 단에 발을 올려놓자 집 전체가 흔들렸다. 내 머리 위에서 흔들리던 골동품 샹들리에의 수많은 촛불들이 몸을 부르르 떨면서 내 얼굴에 촛농을 떨어뜨렸다. 나는 움찔 하면서 뒤로 물러났다. 그러자 갑자기 계단이 내 발밑에서 둥글게 구부러지면서 딱 닫혀버리는 바람에 나는 엉덩방아를 찧으며 쓰러져 입구 현관의 반짝이는 바닥을 절반이나 미끄러졌다. 리스와 델 이모는 나를 피했지만, 가엾은 라이언은 동네 볼링장에서 공에 맞아 쓰러지는 핀처럼 나와 함께 굴러 떨어졌다.

나는 일어서서 계단 위쪽을 향해 소리쳤다. "리나 두케인. 너 이 계단으로 나를 또 공격하면, 내가 직접 너를 징계위원회에 고발할 거야."

나는 계단의 첫 번째 단과 두 번째 단에 차례로 발을 올려놓았다. 아무 일도 일어나지 않았다. "내가 홀링스워스 의장님한테 전화해서 네가 위험한 정신병자라고 직접 증언할 거야." 나는 첫 번째 층계참이 나올 때까지 계속 계단을 두 칸씩 뛰어 올라갔다. "나한테 또 그런 짓을 하면, 네가 정말로 위험한 정신병자가 된 거니까. 내 말 듣고 있어?" 그녀의 목소리가 내 머릿속에서 조그맣게 들려왔다.

'네가 몰라서 그래.'

'네가 겁에 질려 있다는 건 나도 알아, L. 하지만 사람들을 전부 쫓아낸다고 해서 상황이 좋아지지는 않아.'

'오지 마.'

'싫어.'

'진담이야, 이선. 오지 마. 너한테 무슨 일이 생기는 건 싫어.'

'그럴 수는 없어.'

이제 나는 리나의 침실 문 앞에 서서 차가운 하얀색 나무문에 뺨을 대고 있었다. 나는 리나와 함께 있고 싶었다. 최대한 가까이. 만약 리나가 나를 허락해줄 수 있는 거리가 딱 이만큼이라면, 이것만으로도 충분했다. 지금은.

'거기 있어, 이선?'

'여기 있어.'

'난 무서워.'

'알아, L.'

'네가 다치는 건 싫어.'

'안 다칠 거야.'

'이선, 너랑 헤어지기 싫어.'

'안 헤어지면 되지.'

'내가 널 그냥 떠나버리면 어쩌지?'

'내가 널 기다려줄게.'

'내가 어둠이 돼도?'

'네가 아주, 아주 짙은 어둠이 돼도.'

리나는 문을 열고 나를 안으로 끌어당겼다. 음악이 고막이 터질 것처럼 울려 퍼지고 있었다. 내가 아는 노래였다. 분노에 찬, 거의 메탈 느낌이 나는 연주였지만 그래도 어떤 노래인지 확실히 알 수 있었다.

열여섯 개의 달, 열여섯 해
너의 가장 깊은 두려움 열여섯 개
네가 꾼 내 눈물의 꿈 열여섯 개
떨어진다, 세월을 뚫고 떨어진다…

리나는 밤새 운 것 같은 얼굴이었다. 실제로 울었을 가능성이 높았다. 리나의 얼굴을 만져보니, 지금도 눈물자국이 있었다. 나는 리나를 품에 안고 가볍게 몸을 앞뒤로 흔들었다. 노래가 계속되었다.

열여섯 개의 달, 열여섯 해

귀에 들려오는 천둥소리
그녀가 다가오기까지 16마일
열여섯이 두려워하는 것을 열여섯이 찾는다…

리나의 어깨 너머로 보이는 방 안은 난장판이었다. 회벽에는 금이 가서 회칠 덩어리가 떨어져 내리고 있었고, 화장대는 뒤집어져 있었다. 도둑이 들어 와서 한 바탕 뒤집어 놓고 나간 것 같았다. 창문도 산산조각이 나 있었다. 유리가 없어진 금속 창틀이 고대의 성에서 본 감옥 창살처럼 보였다. 이 방에 죄수처럼 갇혀 있던 사람은 지금 내게 매달려 있었다. 노래의 멜로디가 우리를 감쌌다.

음악은 멈추지 않고 계속되었다.

열여섯 개의 달, 열여섯 해
너는 나의 두려움을 열여섯 번 꿈꾸고
열여섯이 구들을 속박하려 할 것이다
열여섯 번의 비명, 하지만 듣는 사람은 하나뿐…

내가 지난번 여기 왔을 때는 천장이 리나의 속마음을 상세하게 드러내는 글귀들로 거의 뒤덮여 있었다. 하지만 지금은 천장뿐만 아니라 방의 모든 면이 리나 특유의 검은 글씨로 뒤덮여 있었다. 천장 가장자리에는 '고독이 네가 사랑하는 사람을 붙들고 있다/다시는 그를 안지 못할 지도 모른다는 걸 알면서도'라는 구절이, 벽에는 '어둠 속에서 길을 잃어도/내 심장이 너를 찾아낼 거야'라는 구절이, 문설주에는 '영혼을 품고 있는 자의 손에 영혼이 죽는다'는 구절이, 거울에는 '도망칠 곳을 찾을 수 있다면/안전하게 숨어 있을 수 있다면, 난 오늘 그곳에 가 있을 것이다'라는 구절이 써 있었다. 심지어 화장대에도 글자들이 있었다. '가장 어두운 햇빛이 여기서 나를 찾고,

515

기다리던 자들이 항상 지켜보고 있다.' 특히 리나의 심정을 가장 잘 드러낸 구절은 이거였다. '너 자신에게서 어떻게 도망치지?' 나는 이 글귀들 속에서, 음악 속에서 리나가 하고 싶은 말을 알아볼 수 있었다.

열여섯 개의 달, 열여섯 해
결정의 달, 그 시간이 다가온다
이 페이지에서 어둠이 맑아진다
불이 태우는 것을 능력들이 속박한다…

이내 전자기타 소리가 느려지더니 새로운 가사가 들려왔다. 노래의 끝 부분이었다. 하다못해 이 노래라도 이제 결말이 지어지려는 모양이었다. 나는 흙, 불, 물, 바람에 대한 꿈들을 내 머릿속에서 몰아내고 노래에 귀를 기울이려고 애썼다.

열여섯 개의 달, 열여섯 해
이제 네가 두려워하는 날이 왔다
결정하거나 결정되거나
피를 흘리고, 눈물을 흘리고
달 혹은 해 - 파괴하라, 숭배하라

기타 소리가 잦아들었다. 우리는 아무 말 없이 서 있었다.
"넌 무슨 생각…"
리나가 손으로 내 입술을 막았다. 그 얘기를 차마 할 수 없는 모양이었다. 리나가 이렇게까지 속내를 다 드러낸 건 처음이었다. 차가운 바람이 리나에게 불어와서 리나를 둘러싸더니, 내 뒤의 열린 문을 통해 한숨처럼 흘러나갔다. 리나의 뺨이 빨갛게 달아오른 것이 추위 때문인지 눈물 때문인지 알 수 없었다. 리나에게 물어보지도 않았다. 우리는 리나의 침대에 함께 쓰러져 공처럼 둥글게 몸을 말았다. 나중에는 서로의 팔다리가 잘 구분되지도 않을 정도였다. 키스를 하지는 않았지만, 마치 키스를 하는 것 같았다. 우리는 두 사람이 이렇게까지 가까워질 수 있을까 싶을 만큼 가까이 밀착해 있었다.

누군가를 사랑하는 것이, 그리고 그 사람을 잃어버렸다고 느낄 때의 기분이 바로 그런 것 같다. 사랑하는 사람을 품에 안고 있는데도 그 사람을 잃어버린 것 같은 느낌.

리나는 몸을 떨고 있었다. 리나의 몸에 있는 모든 뼈가 고스란히 느껴졌다. 리나는 자기 몸을 스스로 억제할 수 없는 것 같았다. 나는 리나의 목을 감싸고 있던 한 팔을 푼 뒤 몸을 뒤틀어서 침대 발치에 있던 조각보를 끌어당겨 우리 몸을 덮었다. 리나는 내 가슴으로 파고들었고, 나는 조각보를 더 높이 끌어당겼다. 이제 조각보가 우리의 머리를 완전히 덮었기 때문에, 우리는 작고 어두운 동굴에 함께 있는 것 같았다. 우리 둘이서만.

우리의 숨결로 동굴이 따뜻해졌다. 내가 리나의 차가운 입술에 입을 맞추자 리나도 내게 입을 맞췄다. 우리 둘 사이를 흐르는 전류가 더 강해졌다. 리나는 내 목덜미를 잡고 내 품속으로 더욱 더 파고들었다.

'우리가 영원히 이렇게 있을 수 있을까, 이선?'

'네가 원하는 거라면 뭐든지 할 수 있어. 오늘은 네 생일이잖아.'

내 품에서 리나의 몸이 딱딱하게 굳었다.

'그 얘기는 하지 마.'

'내가 선물을 가져왔는데.'

리나가 이불을 살짝 들춰서 빛이 아주 조금 들어오게 했다. "선물? 가져오지 말랬잖아."

"내가 언제 네 말을 잘 들은 적 있냐? 게다가 링크 말로는 여자애가 생일선물을 가져오지 말라고 말하는 건, 반드시 선물을 가져오라는 뜻이라던데? 그것도 꼭 보석으로 가져와야 한다는 뜻이랬어."

"여자애들이 다 그런 건 아냐."

"그래? 그럼 그건 신경 쓰지 마."

리나는 이불을 다시 놓고 내 품으로 또 파고들었다.

'그거야?'

'뭐?'

'보석.'

'선물은 바라지 않는다며?'

'그냥 궁금해서.'

나는 혼자 슬며시 웃으며 이불을 끌어 내렸다. 차가운 공기가 동시에 우리 둘을 강타했다. 나는 청바지에서 재빨리 작은 상자를 꺼낸 뒤 다시 이불 밑으로 뛰어들었다. 그리고 리나가 상자를 볼 수 있게 이불을 살짝 들췄다.

"이불을 봐. 너무 추워."

내가 이불을 놓자 다시 어둠이 우리를 감쌌다. 상자가 초록색으로 빛나기 시작했다. 리나가 가느다란 손가락으로 은색 리본을 푸는 것이 어렴풋이 보였다. 초록색 빛이 따뜻하고 밝게 번져나가서 리나의 얼굴을 부드럽게 비췄다.

"이건 새로운 기술이네." 나는 초록색 빛 속에서 리나에게 미소를 지었다.

"나도 알아. 오늘 아침에 일어난 뒤로 계속 이런 식이야. 내가 생각만 하면 그대로 되는 것 같아."

"괜찮은데."

리나는 뭔가를 간절히 바라는 듯한 얼굴로 상자를 빤히 바라보았다. 상자를 여는 순간을 가능한 한 늦추고 싶은 모양이었다. 리나가 오늘 이것 외에는 생일선물을 전혀 받을 수 없을 거라는 사실이 퍼뜩 머리에 떠올랐다. 링크가 계획한 깜짝 파티도 있지만, 나는 그 얘기를 마지막 순간까지 미루고 싶었다.

'깜짝 파티?'

'이런.'

'설마, 농담이겠지.'

'리들리랑 링크한테 그런 말을 해보시지.'

'그래? 깜짝 놀랄 일이 있다면, 파티가 열리지 않을 거라는 사실뿐이야.'

'상자나 열어 봐.'

리나는 나를 쏘아보고는 상자를 열었다. 더 많은 빛이 쏟아져 나왔다. 내 선물은 빛과 아무런 상관이 없는 물건인데도. 리나의 표정이 부드러워졌다. 이제 파티 얘기로 나를 괴롭히지는 않을 것 같았다. 여자애들이 보석을 좋아한다더니. 링크 말이 정말로 옳을 줄이야.

리나는 상자 안에 들어 있던 목걸이를 들어올렸다. 반지가 하나 걸려 있는 섬세한 목걸이가 빛나고 있었다. 장미색, 노란색, 하얀색의 세 가닥을 땋아서 화환을 만든 것 같은 모양이 조각된 금목걸이였다.

'이선! 너무 예뻐.'

리나는 내게 백 번쯤 입을 맞췄다. 하지만 나는 리나에게 키스세례를 받으면서도 뭔가 말을 하려고 했다. 리나가 그 목걸이를 걸기 전에, 무슨 일이 일어나기 전에 미리 해야 할 말이 있었다. "그거 원래 우리 엄마 거였어. 내가 엄마의 보석상자에서 꺼내 온 거야."

"정말 내가 걸어도 돼?" 리나가 물었다.

나는 고개를 끄덕였다. 별일 아닌 척하기는 힘들었다. 리나는 내가 엄마를 생각하는 마음이 어떤지 알고 있었다. 그러니까 이건 아주 중요한 일이었다. 우리 둘 다 그 사실을 감추지 않아도 된다는 게 다행이라는 생각이 들었다. "뭐, 다이아몬드처럼 귀한 건 아냐. 하지만 나한테는 아주 소중한 거야. 엄마도 내가 이걸 너한테 주는 걸 개의치 않을 것 같아. 왜냐하면, 뭐, 너도 알잖아."

'뭘?'

'아.'

"나더러 직접 말하라고?" 내 목소리가 이상하게 들렸다. 덜덜 떨리는 것 같았다.

내가 힘들어한다는 걸 알면서도 리나는 기어코 내게서 직접 그 말을 들을 태세였다. 나는 머릿속으로만 주고받는 대화가 더 좋았다. 나 같은 남자들은 그 편이 대화를 하는 데, 진짜 대화를 하는 데 훨씬 더 편했다. 나는 리나의 목덜미를 가린 머리카락을 치우고 목걸이를 걸어주었다. 목걸이가 리나의 목에서 빛을 받아 반짝였다. 리나가 결코 벗지 않는 원래 목걸이 바로 위에서. "왜냐하면 넌 나한테 정말로 특별한 사람이니까."

'얼마나 특별한데?'

'네 목에 걸려 있는 게 그 대답이야.'

'내 목에는 아주 많은 게 걸려 있는걸.'

나는 리나의 부적 목걸이를 만졌다. 거기 걸려 있는 것들은 죄다 잡동사니처럼 보였다. 사실 잡동사니가 대부분이었다. 하지만 세상에서 가장 중요한 잡동사니들이었다. 그리고 이제 그 잡동사니들은 내 것이기도 했다. 구멍이 뚫린 납작한 1센트 동전은 우리가 처음으로 데이트를 했던 영화관 맞은편의 식당가 자동판매기에서 나온 것이었다. 우리가 급수탑 옆에 차를 세우고 시간을 보냈던 그날 리나가 입었던 빨간 스웨터의 실 조각도 있었다. 그날 일은 우리 둘만의 농담거리가 되었다. 내가 징계위원회 때 리나에게 행운을 빌며 건넨 은색 단추도 있었다. 엄마의 페이퍼클립으로 만든 별도 있었다.

'넌 이미 대답을 알고 있잖아.'

리나는 몸을 기울여 내게 입을 맞췄다. 진짜 키스였다. 사실은 키스라는 말이 어울리지 않는 키스, 팔과 다리와 목과 머리카락이 모두 동원되는 키스. 우리 몸을 덮고 있던 이불이 마침내 바닥으로 미끄러졌다. 깨졌던 창문들이 다시 원래 모습으로 돌아오고, 쓰러졌던 책상이 저절로 일어서고, 옷들은 옷걸이로 돌아가고, 얼어붙을 듯이 추운 방도 마침내 따뜻해졌다. 작고 차가운 벽난로에서 불꽃이 일었지만, 내 몸속을 돌아다니고 있는 열기에 비하면 아무것도 아니었다. 내가 이미 익숙해진 전류보다 더 강렬한 전류가 내 몸에 생겨나고, 내 심장박동도 빨라졌다.

나는 숨을 헐떡거리며 몸을 뒤로 뺐다. "라이언이 필요할 때 어떻게 하면 돼? 라이언을 부르는 방법을 생각해내야 돼."

"걱정 마. 라이언은 아래층에 있어." 리나는 나를 다시 잡아당겼다. 벽난로 속의 불꽃이 훨씬 더 큰 소리로 타닥거리며 타올랐다. 연기와 불꽃이 금방이라도 굴뚝을 점령해버릴 것 같았다.

그래, 보석이 최고였다. 그리고 사랑도.

어쩌면 위험도.

"가요, 메이컨 삼촌!" 리나가 나를 바라보며 한숨을 내쉬었다. "이제 더는 못 미루겠다. 아래층에 내려가서 가족들을 만나야겠어." 리나는 문을 바라보았다. 잠금장치가 저절로 열렸다. 나는 얼굴을 찡그리며 리나의 등을 문질렀다. 이제 끝이었다.

우리가 리나의 방을 나섰을 때는 어스름 무렵이었다. 나는 점심 무렵에 몰래 아래층으로 내려가서 주방을 찾아가야 하는 게 아닌가 생각했지만, 리나가 눈을 감자 룸서비스 카트가 문을 지나 방 한가운데로 저절로 굴러 들어왔다. 오늘은 주방도 리나를 안쓰럽게 생각하는 모양이었다. 아니면, 리나가 새로 얻은 힘에 나와 마찬가지로 저항할 기운이 없거나. 나는 초콜릿 시럽이 뚝뚝 떨어지는 초콜릿칩 팬케이크를 내 몸무게만큼 먹었다. 그리고 초콜릿 우유로 입가심을 했다. 리나는 샌드위치와 사과를 먹었다. 그러고는 모든 것이 우리의 키스 속으로 눈 녹듯이 사라져버렸다.

우리가 리나의 방에 이렇게 누워서 빈둥거릴 수 있는 게 어쩌면 오늘이 마지막일 수도 있다는 사실을 우리 둘 다 알고 있었던 것 같다. 달리 우리가 할 수 있는 일이 없는 것 같았다. 상황이 이러했으므로, 만약 우리에게 남은 시간이 오늘뿐이라면 최소한 이 정도는 누리고 싶었다.

사실 나는 기분이 들뜨면서도 동시에 겁에 질려 있었다. 어쨌든 아직 저녁 식사 시간도 되지 않았는데, 오늘은 내 인생 최고의 날이자 최악의 날이었다.

나는 계단을 내려가면서 리나의 손을 잡았다. 리나의 손은 아직 따뜻했다. 그렇다면 리나의 기분이 좀 나아졌다는 뜻이었다. 리나의 목에 걸린 목걸이가 반짝였다. 우리는 허공에 떠 있는 은색과 금색 촛불들 사이를 걸어 계단을 내려갔다. 레이븐우드 저택이 빛으로 가득 차서 축제 분위기에 들뜬 모습이 내게는 낯설었다. 순간적으로 진짜 생일파티에 온 것 같은 기분이 잠깐 들기는 했다. 모두들 경쾌하고 행복한 마음으로 모여서 축하해주는 자리 같은 느낌. 하지만 그건 순간적인 느낌일 뿐이었다.

메이컨과 델 이모가 눈에 들어왔다. 두 사람 모두 촛불을 들고 있었고, 그 뒤쪽은 그림자와 어둠에 둘러싸여 있었다. 뒤쪽에서 다른 검은 형체들이 역시 촛불을 들고 돌아다니는 것이 보였다. 그보다 더 무서운 것은 메이컨과 델 이모가 길고 검은 로브를 입고 있다는 점이었다. 이상한 교단의 신도나 드루이드교 사제 같았다. 아무리 봐도 생일파티와는 거리가 멀었다. 아주 오싹한 장례식이라고 하는 편이 더 나을 것 같았다.

'참 행복한 열여섯 살 생일이네. 이러니 네가 방에서 안 나오려고 한 거구나.'

'내 말이 무슨 뜻인지 이제 알겠어?'

리나는 마지막 계단에서 걸음을 멈추고 나를 돌아보았다. 낡은 청바지와 지나치게 큰 내 잭슨 고등학교 티셔츠를 입은 모습이 이곳의 분위기와 너무나 안 어울렸다. 리나가 지금 같은 옷차림을 한 건 아마 오늘이 처음이지 싶었다. 리나는 나의 일부를 가능한 한 오랫동안 간직하고 싶은 것 같 았다.

'겁내지 마. 이건 그냥 속박의 주술이야. 달이 뜰 때까지 날 안전하게 지 켜주려는 거야. 결정이 내려지는 건 달이 높이 떠오른 뒤야.'

'겁내는 거 아냐, L.'

'알아. 나 자신한테 한 말이야.'

리나는 내 손을 놓고 마지막 계단에서 내려섰다. 리나의 발이 반짝이는 검은색 바닥에 닿자 리나의 모습이 변했다. 속박의 주술을 뜻하는 검은 로 브가 리나의 몸을 흐르듯이 감싸서 몸의 굴곡을 가렸다. 리나의 검은 머리 와 검은 로브는 머리부터 발끝까지 얼굴만 빼고 리나의 온몸을 뒤덮은 그 림자 속으로 섞여 들어갔다. 리나의 얼굴은 달처럼 창백하게 빛나고 있었 다. 리나가 자기 목을 만졌다. 엄마의 금반지가 아직도 목에 걸려 있었다. 내가 이 자리에 함께 있음을 그 반지가 리나에게 일깨워줬으면 좋겠다는 생각이 들었다. 그동안 내내 우리를 도우려고 애쓴 사람이 엄마였으면 좋 겠다는 생각도 들었다.

'저 사람들이 너한테 뭘 할 건데? 설마 이교도들의 괴상한 섹스 의식 같 은 건 아니지?'

리나는 웃음을 터뜨렸다. 델 이모가 경악한 얼굴로 리나를 바라보았다. 리스는 잘난 척하는 표정으로 새침을 떨며 자기 로브 자락을 매끈하게 폈 고, 라이언은 키득거렸다.

"마음을 가다듬어야지." 메이컨이 숨죽인 소리로 질책했다. 검은 로브 를 입고 있는데도 가죽 재킷을 입었을 때와 똑같이 멋있어 보이는 라킨은 킬킬거렸다. 리나는 로브 자락으로 입을 막고 웃음을 삼켰다.

촛불들이 움직이자 내게 가까이 서 있는 사람들의 얼굴이 보였다. 메이 컨, 델, 리나, 라킨, 리스, 라이언, 바클레이. 그다지 친숙하지 않은 얼굴들도 있었다. 메이컨의 어머니인 어렐리아, 그리고 그보다 나이가 더 많고 주름이 지고 그을린 얼굴. 하지만 내가 봐도 그 할머니의 얼굴이 누군가와 꼭 닮았기 때문에, 나는 그 할머니가 누군지 금방 알아차렸다.

리나도 나와 동시에 그 할머니를 보았다. "할머니!"

"생일 축하한다!" 사람들의 원이 순간적으로 깨졌다. 리나가 백발의 할머니에게 달려가 온몸을 끌어안은 탓이었다.

"할머니가 오실 줄은 몰랐어요!"

"당연히 와야지. 널 놀래주고 싶었다. 바베이도스야 금방 오갈 수 있지. 눈 깜짝할 사이에 여기 와 있더라."

'이거 진담이지? 할머니 능력은 뭐야? 여행자? 메이컨 같은 몽마?'

'비행기를 자주 이용하는 승객이야, 이선. 유나이티드 에어라인 승객.'

리나의 기분을 나도 느낄 수 있었다. 아주 잠깐 동안의 안도감. 하지만 나는 점점 더 기분이 이상해지기만 했다. 그래, 우리 아빠는 미쳤다고 치자. 엄마도 죽었다고 치자. 그리고 나를 길러준 애마 아줌마가 주술에 대해 조금 아는 게 있다고 치자. 그런 건 다 괜찮았다. 하지만 로브를 입고 촛불을 든 진짜 주술사들에게 둘러싸여 서 있다 보니, 애마 아줌마와 함께 살면서 배운 것보다 알아야 할 것이 훨씬 더 많은 것 같다는 생각이 들었다. 그것도 이 사람들이 라틴어로 주문을 외우기 전에 배워야 할 것 같았다.

다른 사람들과 함께 둥글게 원을 그리며 서 있던 메이컨이 한 발 앞으로 나섰다. 내가 새로운 것을 배우기에는 이미 너무 늦었다. 메이컨이 촛불을 높이 들었다. "쿠르 루나 학 빙크툼 콘베니무스?"

델 이모가 메이컨 옆에 와서 섰다. 델 이모 역시 촛불을 들어 올리자 불꽃이 깜박거렸다. 델 이모는 메이컨의 말을 번역했다. "이 달밤에 우리가 속박의 주술을 위해 한자리에 모인 이유가 무엇인가?"

둥글게 늘어선 사람들은 저마다 촛불을 높이 들어올리며 주문을 외우듯 화답했다. "섹스투스데키마 루나, 섹스투스데키모 안노, 일라 카피에투르."

리나는 그들에게 영어로 대답했다. 리나가 들고 있는 촛불이 화르르 타올라서 금방이라도 리나의 얼굴을 태워버릴 것처럼 보였다. "열여섯 번째 달, 열여섯 번째 해에 그녀의 운명이 결정될 것이다." 리나는 고개를 높이 들고 원의 중앙에 서 있었다. 사방에서 촛불빛이 리나의 얼굴을 비췄다. 리나의 촛불이 이상한 초록색 불꽃으로 타오르기 시작했다.

'뭐가 어떻게 된 거야, L?'

'걱정 마. 이건 그냥 속박의 주술이야.'

이것이 그냥 속박의 주술에 불과하다면, 결정이 내려지는 순간은 내가 도저히 감당할 수 없을 것 같았다.

메이컨이 주문을 외기 시작했다. 핼러윈 때 들었던 그 주문이었다. 저 사람들이 이걸 뭐라고 불렀더라?

"상귀스 상귀니스 메이, 투텔라 투아 에스트.

상귀스 상귀니스 메이, 투텔라 투아 에스트.

상귀스 상귀니스 메이, 투텔라 투아 에스트.

내 피의 피, 보호는 그대의 것!"

리나의 얼굴이 창백해졌다. 상귀니스 서클. 그거였다. 리나는 촛불을 머리 위로 높이 들고 눈을 감았다. 초록색 불꽃이 폭발하듯 타오르며 불그스름한 오렌지색의 거대한 불꽃으로 변했다. 그 불꽃이 리나의 촛불에서 원을 그리고 선 다른 사람들의 촛불을 향해 뻗어나가 그들까지 함께 비췄다.

"리나!" 나는 폭발음보다 더 큰 소리로 외쳤지만 리나는 대답하지 않았다. 불꽃이 머리 위의 어둠 속으로 흩뿌려지듯 타올랐다. 불꽃이 워낙 높이 솟아올랐기 때문에 나는 그제야 오늘 밤 레이븐우드에는 지붕도 천장도 없다는 사실을 깨달았다. 불꽃이 뜨겁게 타올라서 눈이 멀 지경이었기 때문에 나는 한 팔로 눈을 가렸다. 핼러윈 때의 일이 내 머리를 가득 채웠다.

그 일이 또 일어나면 어쩌지? 나는 그날 밤 이 사람들이 새라핀을 물리치기 위해 어떤 행동을 했는지 기억해보려고 했다. 이 사람들이 어떤 주문을 외웠더라? 메이컨의 어머니가 그걸 뭐라고 했는데.

상귀니스. 하지만 주문의 내용은 기억나지 않았다. 라틴어를 모르기 때문이었다. 생전 처음으로 학교의 고전연구 클럽에 들 걸 그랬다는 생각이 들었다.

출입문을 두드리는 소리가 났다. 그러자 순식간에 불꽃들이 사라져버렸다. 로브, 불길, 촛불, 어둠, 빛이 모두 사라졌다. 그냥 휙 사라져버렸다. 그리고 바로 그 순간에 내 앞의 사람들은 그냥 평범한 가족의 모습이 되었다. 평범한 생일 케이크 주위에 둘러서서 노래를 부르고 있는 사람들.

'이게 무슨…?'

"…생일 축하합니다!" 노래의 마지막 소절이 끝났지만 문을 두드리는 소리는 계속되었다. 분홍색, 하얀색, 은색의 세 층으로 이루어진 거대한 생일 케이크가 거실 한가운데의 커피탁자 위에 놓여 있었고, 정식 찻잔 세트도 하얀 식탁보 위에 놓여 있었다. 리나가 촛불을 불어 끄고는 손을 저어 연기를 흩어버렸다. 조금 전만 해도 폭발하듯 타오르는 불꽃이 리나의 바로 앞에 있었는데. 가족들이 모두 박수를 쳤다. 다시 나의 잭슨 고등학교 티셔츠와 청바지 차림으로 돌아온 리나는 평범한 열여섯 살짜리 여자아이처럼 보였다.

"그래, 잘했다!" 리나의 할머니가 뜨개질감을 내려놓고 케이크를 자르기 시작했다. 델 이모는 서둘러 차를 따랐다. 리스와 라이언은 엄청나게 많은 선물들을 들고 왔고, 메이컨은 빅토리아 양식의 안락의자에 앉아 자신과 바클레이가 먹을 스카치를 잔에 따랐다.

'어떻게 된 거야, L? 방금 무슨 일이 있었던 거야?'

'누가 밖에 와 있었어. 그래서 혹시 모르니까 조치를 취한 거야.'

'너희 식구들 일은 도저히 따라갈 수가 없다.'

'케이크나 먹어. 어쨌든 이건 생일 파티잖아. 안 그래?'

문을 두드리는 소리는 계속되었다. 라킨은 빨간 벨벳 같은 두툼한 케이크 조각을 받아 들고 서 있다가 시선을 들었다. 리나가 가장 좋아하는 케이크였다. "누가 나가서 문 좀 열어주지 그래요?"

메이컨은 캐시미어 재킷에 묻은 빵 부스러기를 손으로 털면서 차분한 표정으로 라킨을 바라보았다. "그래, 네가 나가서 누군지 좀 봐라, 라킨."

메이컨은 리나를 바라보며 고개를 저었다. 오늘은 리나가 문을 열어주면 안 된다는 뜻이었다. 리나는 고개를 끄덕이고, 할머니에게 몸을 기댔다. 케이크를 앞에 두고 웃고 있는 리나는 귀여움을 독차지하고 있는 손녀의 모습 그대로였다. 리나가 자기 옆의 쿠션을 손으로 툭툭 쳤다. 아이고. 이제 내가 할머니에게 인사를 해야 할 차례였다.

그때 문 쪽에서 익숙한 목소리가 들렸다. 그 순간 지금 저 밖에서 벌어지고 있는 일과 대면하느니, 할머니와 인사를 나누는 편이 훨씬 더 낫겠다는 생각이 들었다. 문 쪽에서 들려온 목소리의 주인공은 리들리, 링크, 서배너, 에밀리, 이든, 샬럿, 그리고 그들의 팬클럽 전원과 잭슨 고등학교 농구부원들이었다. 매일 제복처럼 입고 다니던 잭슨 고등학교 수호천사 클럽 티셔츠를 입은 아이는 하나도 없었다. 그 이유는 금방 알 수 있었다. 에밀리의 뺨에 흙이 묻어 있었기 때문에. 재연행사. 나는 리나와 내가 재연행사를 빼먹었음을 그제야 알아차렸다. 이제 우리는 역사 과목에서 낙제점을 받을 것이다. 지금은 재연행사가 모두 끝났을 시간이었다. 저녁 행진과 불꽃놀이만 남아 있을 터였다. 다른 날 같으면 F 학점을 받는 게 정말로 심각한 일처럼 보였을 텐데.

"놀랐지!"

지금 상황을 설명하는 데 놀랐다는 말은 턱도 없이 모자랐다. 이번에도 내가 레이븐우드에 혼돈과 위험을 끌어들인 것이다. 모두들 현관 앞 홀로 들어왔다. 할머니는 소파에 앉은 채 손을 흔들어주었다. 메이컨은 언제나 그렇듯이 침착한 태도로 스카치를 한 모금 마셨다. 메이컨이 이성을 잃기 직전이라는 사실은 그를 잘 아는 사람들만이 눈치챌 수 있었다.

사실 생각해 보니 애당초 라킨이 이 아이들을 왜 집 안에 들여놓았는지 이해가 가지 않았다.

'말도 안 돼.'

'깜짝 파티야. 내가 완전히 잊어버리고 있었어.'

에밀리가 맨 앞으로 나섰다. "생일을 맞은 애는 어디 있어?" 에밀리는 기대에 찬 표정으로 양팔을 벌렸다. 마치 리나를 힘껏 안아주기라도 할 것처럼. 리나는 몸을 움츠리며 피했지만, 에밀리는 그렇게 쉽게 물러날 애가 아니었다.

에밀리는 오래전에 헤어진 친구를 다시 만나기라도 한 것처럼 리나의 팔에 자신의 팔을 끼었다. "우리가 일주일 내내 이 파티를 준비했어. 라이브 음악도 있고, 샬럿이 야외조명도 빌려왔어. 그래야 다들 볼 수 있을 테니까. 레이븐우드의 마당은 너무 어둡잖아." 에밀리는 암시장에서 거래금지 품목을 판매하는 사람처럼 목소리를 낮췄다. "그리고 복숭아술도 좀 가져왔어."

"너도 가서 봐야 돼." 샬럿이 느릿느릿 말했다. 너무 꼭 끼는 청바지를 입은 탓에 말을 하는 중간에 계속 숨을 헐떡이고 있었다. "레이저 기계도 있어. 레이븐우드에서 레이브 파티(젊은이들이 레이저 조명 속에서 전자음악에 맞춰 춤을 추며 노는 떠들썩한 파티 — 옮긴이)를 여는 거야. 멋지지? 서머빌의 대학생들이 여는 파티랑 똑같아."

레이브? 이 일을 꾸미려고 리들리가 갖은 재주를 부린 모양이었다. 에밀리와 서배너가 리나를 위해 파티를 열어주고, 리나가 스노 여왕이라도 되는 것처럼 리나에게 아첨을 하다니. 이건 이 아이들을 전부 절벽으로 끌고 가서 떨어지게 만드는 것보다 더 힘든 일이었다.

"얼른 네 방으로 가서 몸단장부터 하자, 주인공!" 샬럿은 평소보다 더 치어리더처럼 굴었다. 그렇지 않아도 항상 지나치게 들뜬 행동을 하는 아이인데.

리나는 하얗게 질린 얼굴이었다. 방으로 가자고? 벽에 써 있는 글귀들 중 절반은 이 아이들에 관한 것일 텐데?

"무슨 소리야, 샬럿? 지금 이 모습도 멋지기만 한데. 안 그래, 서배너?" 에밀리는 리나와 팔짱을 낀 팔에 지그시 힘을 주며 나무라듯이 샬럿을 바라보았다. 너야말로 살을 좀 빼서 이렇게 멋진 몸매를 만들어보라는 듯이.

"당연하지. 난 이런 머리카락을 가질 수만 있다면 죽어도 좋아." 서배너가 리나의 머리카락을 조금 집어서 손가락에 감으며 말했다. "정말 기가 막히게… 까만색이야."

"내 머리도 작년에는 까만색이었어. 적어도 뿌리 쪽은." 이든이 항의하듯 말했다. 작년에 이든은 겉으로 드러난 머리카락은 금발로 놔둔 채 뿌리 쪽만 검은색으로 염색했었다. 남들보다 돋보이려는 노력이었지만, 결과는 좋지 않았다. 서배너와 에밀리는 이든이 하루 뒤에 머리를 다시 원래 색깔로 염색할 때까지 무자비하게 놀려댔다.

"넌 그때 스컹크 같았어." 서배너는 이 말을 하고 나서 리나를 바라보며 흡족한 미소를 지었다. "애는 이탈리아인 같아."

"가자. 다들 널 기다리고 있어." 에밀리가 리나의 팔을 잡으며 말했다. 리나는 어깨를 으쓱하며 아이들을 떨쳐버렸다.

'애들이 틀림없이 무슨 수작을 부릴 거야.'

'수작인 건 맞는데, 네가 생각하는 그런 건 아닐걸. 아마 사이렌이 막대 사탕을 빨면서 꾸민 일일 거야.'

'리들리. 그러면 그렇지.'

리나는 델 이모와 메이컨 삼촌을 바라보았다. 두 사람 모두 경악한 표정이었다. 라틴어 주문을 아무리 많이 읽었어도 이런 일이 생길 줄은 미처 몰랐다는 표정이었다. 할머니는 이 아이들이 누군지 몰랐기 때문에 미소를 지었다. "뭘 그렇게 서두르니? 너희들도 여기 앉아서 차 한 잔 하려무나."

"어머, 할머니!" 리들리가 문간에서 소리쳤다. 리들리는 지금까지 아이들 뒤쪽의 베란다에 서서 빨간 막대사탕을 빨고 있었다. 아주 세게. 만약 리들리가 사탕 빨기를 멈추면, 이 모든 일이 모래성처럼 와르르 무너질 터였다. 이번에 리들리는 이 집의 문턱을 넘기 위해 내 도움을 얻을 수 없었다. 리들리는 라킨과 겨우 몇 센티미터 거리에 서 있었는데, 라킨은 재미있다는 표정을 짓고 있으면서도 리들리 바로 앞을 가로막고 있었다. 리들리는 잡지 표지의 섹시한 여자들이 입는 옷과 속옷을 합친 것 같은 조끼를 금방이라도 터질 것처럼 몸에 꼭 끼게 입고, 그 밑에 골반에 간신히 걸친 청치마를 입은 차림이었다.

리들리가 문틀에 몸을 기댔다. "정말 놀랐어요!"

할머니는 찻잔을 내려놓고 뜨개질감을 집어 들었다. "리들리, 널 보니 정말 기쁘구나! 새로운 옷차림이 아주 잘 어울린다, 얘야. 많은 신사들이 널 찾아다니겠는걸." 할머니는 리들리에게 아무것도 모르는 사람처럼 미소를 지어 보였지만, 눈은 웃고 있지 않았다.

리들리는 뽀로통하게 입을 내밀면서도 막대사탕을 빠는 건 멈추지 않았다. 나는 리들리 옆으로 다가갔다. "몇 번이나 빨아야 돼, 리드?"

"무슨 소리야, 남자 친구?"

"서배너 스노랑 에밀리 애셔한테 리나를 위한 파티를 열게 시키려면 몇 번이나 빨아야 하냐고."

"네가 생각하는 것보다 많이 필요해, 남자 친구." 리들리는 나를 향해 혀를 쏙 내밀었다. 혀에 빨간색과 자주색 줄무늬가 나 있었다. 그걸 보고 있자니 머리가 핑핑 돌았다.

라킨이 한숨을 내쉬며 바깥을 바라보았다. "저 밖에 애들이 백 명쯤은 와 있는 것 같아. 무대랑 스피커도 있고, 길에 차들이 줄줄이 서 있어."

"진짜?" 리나는 창밖을 내다보았다. "목련 나무들 한가운데에 무대가 있어."

"내 목련 나무 말이냐?" 메이컨이 일어서 있었다.

나는 이 모든 일이 어릿광대극과 같다는 걸 알고 있었다. 리들리가 막대
사탕을 열심히 빨아대며 이 파티를 진행시키고 있을 뿐이었다. 리나도 그
걸 알고 있었다. 하지만 리나의 눈에는 마음 한 자락이 드러나 있었다. 밖
에 나가서 같이 놀고 싶어 하는 마음.

학교의 모든 학생들이 참가하는 깜짝 파티라니. 이것도 리나가 작성한
'평범한 여고생이 해야 할 일 목록'에 분명히 포함되어 있을 터였다. 리나
는 주술사로 살아가는 건 얼마든지 감당할 수 있었지만, 항상 따돌림을 당
하는 데는 지쳐 있었다.

라킨이 메이컨을 바라보았다. "무슨 수를 써도 얘들을 내보낼 수는 없을
걸요. 그냥 빨리 끝내버리죠. 제가 계속 리나랑 같이 있을게요. 제가 아니
면 이선이 같이 있을 거예요."

링크가 아이들을 밀치며 앞으로 나섰다. "야, 가자. 우리 밴드 홀리 롤러
스가 오늘 잭슨 고등학교 애들 앞에서 데뷔할 거야. 끝내주는 연주를 보여
주지." 링크가 이렇게 즐거워하는 건 본 적이 없었다. 나는 의심을 담은 시
선으로 리들리를 바라보았다. 리들리는 막대사탕을 씹으며 어깨를 으쓱
했다.

"우릴 쫓아내도 소용없어. 오늘 밤에는 안 돼." 나는 링크가 여기 와 있는
걸 믿을 수가 없었다. 링크의 엄마가 이 사실을 알면 심장발작을 일으킬 것
이다.

라킨이 메이컨과 델 이모를 차례로 바라보았다. 메이컨은 짜증스러운
표정이었고, 델 이모는 당황한 표정이었다. 다른 날이라면 몰라도 특히 오
늘 밤에는 리나를 내보내는 것이 내키지 않을 터였다. "안 돼." 메이컨은 생
각해보지도 않고 단박에 거절해버렸다.

라킨은 한 번 더 시도해보았다. "5분만요."

"절대 안 돼."

"학교 친구들이 언제 또 얘한테 파티를 열어주겠어요?"

메이컨은 잠시도 망설이지 않았다. "그런 일은 절대 없는 게 좋겠지."

리나는 풀이 죽었다. 내 생각이 옳았다. 리나는 이게 진짜가 아니라는 걸 알면서도 이 파티에 참가하고 싶어 했다. 무도회나 농구경기에 가고 싶어 했던 것과 똑같았다. 리나가 애당초 끔찍한 취급을 당하면서도 학교에 다닌 이유가 이거였다. 리나가 매일 카페테리아 대신 농구장 관중석에서 점심을 먹고, 선생님의 눈이 잘 보이는 쪽 자리에 앉으면서도 하루도 빼놓지 않고 학교에 나온 이유가 바로 이거였다. 주술사든 아니든 리나는 열여섯 살이었다. 단 하룻밤만이라도 리나는 그냥 열여섯 살 소녀가 되고 싶어 했다.

메이컨 레이븐우드에 못지않게 고집이 센 사람은 딱 하나뿐이었다. 내가 리나를 제대로 알고 있는 거라면, 메이컨은 조카의 상대가 되지 않았다. 특히 오늘은.

리나가 메이컨에게 다가가서 팔짱을 끼었다. "말도 안 되는 소리인 건 나도 알아요, M 삼촌. 그래도 아주 잠깐만 파티에 참가하면 안 돼요? 그냥 링크의 밴드 연주만 듣고 올게요." 나는 리나의 머리카락이 구불구불해지는 것을 지켜보았다. 분명한 주술사 바람이었다. 하지만 머리카락은 그대로 움직이지 않았다. 리나가 지금 주술사 마법을 쓰고 있지 않다는 뜻이었다. 이건 완전히 다른 재주였다. 리나가 주술로 메이컨의 눈을 벗어날 수는 없을 터였다. 그렇다면 그보다 더 오래된 마법, 더 강력한 마법을 써야 했다. 리나가 레이븐우드로 처음 이사 왔을 때부터 메이컨에게 가장 효과가 좋았던 마법. 바로 평범하고 일반적인 사랑이었다.

"이 사람들한테 그런 꼴을 당했으면서도 왜 같이 나가고 싶다는 거냐?" 메이컨의 목소리가 점점 부드러워지는 것이 느껴졌다.

"변한 건 하나도 없어요. 저도 이 여자애들과는 어울리고 싶지 않아요.

그래도 나가고 싶어요."

"그건 말이 안 되잖아." 메이컨은 갑갑한 모양이었다.

"알아요. 제가 멍청한 소리를 한다는 것도 알아요. 그래도 그냥 평범해 지는 게 어떤 건지 알고 싶어요. 제가 무도회에 가도 무도회장이 난장판이 되지 않았으면 좋겠어요. 정말로 초대를 받아서 파티에 가보고도 싶어요. 이게 다 리들리가 꾸민 일이라는 건 저도 알아요. 하지만 그런 건 신경 쓰지 않는다고 말하는 게 잘못된 일이에요?" 리나는 입술을 깨물며 메이컨을 올려다보았다.

"허락하고 싶어도 허락할 수가 없다. 이건 너무 위험해."

두 사람의 시선이 마주쳤다. "이선하고 저는 춤을 춰보지도 못했어요, M 삼촌. 삼촌이 직접 그렇게 말씀하셨잖아요."

순간적으로 메이컨이 양보할 것처럼 보였다. 하지만 그건 순간적인 느낌에 불과했다. "그때 내가 안 한 말을 마저 해야겠구나. 너도 이제 그런 일에 익숙해져야 돼. 나는 단 하루도 학교에 가본 적이 없다. 일요일 오후에 마을을 걸어본 적도 없어. 누구나 하고 싶은 일을 다 하면서 살 수는 없다."

리나가 마지막 카드를 꺼냈다. "그래도 오늘은 제 생일이잖아요. 이제부터 무슨 일이 생길지 아무도 몰라요. 어쩌면 이게 저한테는 마지막 기회일수도 있어요…." 이 마지막 문장이 허공에 매달려 있었다.

남자 친구와 춤출 수 있는 마지막 기회. 본연의 모습을 즐길 수 있는 마지막 기회. 행복해질 수 있는 마지막 기회.

리나가 굳이 이런 말을 할 필요는 없었다. 우리 모두 알고 있었으니까.

"리나, 네 기분은 이해한다. 하지만 널 안전하게 지키는 게 내 책임이야. 특히 오늘 밤에는 반드시 여기에 나랑 같이 있어야 한다. 일반인들은 너한테 피해를 입히기만 할 거야. 아니면 네게 고통을 주거나. 넌 평범해질 수 없다. 원래 평범하게 태어나질 않았어." 메이컨이 리나에게 이런 식으로 말한 적은 없었다. 나는 메이컨이 지금 파티 얘기를 하는 건지 내 얘기를 하는 건지 판단이 서지 않았다.

리나의 눈이 반짝였지만, 우는 건 아니었다. "왜 안 되는데요? 저 애들이 가진 걸 갖고 싶어 하는 게 그렇게 잘못이에요? 저 애들한테도 뭔가 좋은 점이 있을 거라고 생각해보신 적이 한 번이라도 있어요?"

"좋은 점이 있으면 어쩔 건데? 그게 무슨 의미가 있어? 넌 자연체다. 언젠가 너는 이선이 절대 따라올 수 없는 곳으로 가게 될 거야. 지금 너희가 함께 보내는 시간은 나중에 네가 평생 짊어져야 할 짐이 될 뿐이다."

"이선은 짐이 아니에요."

"아니, 짐이야. 이선이 널 약하게 만들잖니. 그래서 그 녀석이 위험한 거다."

"이선은 절 강하게 만들어요. 그러니까 삼촌한테만 위험하게 보이겠죠."

나는 두 사람 사이에 끼어들었다. "레이븐우드 아저씨, 오늘 밤에는 이러지 마세요."

하지만 이미 늦은 뒤였다. 리나는 분노하고 있었다. "삼촌이 그런 일에 대해 뭘 안다고 그러세요? 삼촌은 평생 '짐'이 되는 사람을 만든 적이 없잖아요. 심지어 친구도 없었어요. 삼촌은 아무것도 몰라요. 알 수가 없죠. 낮에는 내내 방에서 잠만 자고, 밤에는 줄곧 서재를 어슬렁거리기만 하니까. 삼촌은 세상 사람들을 전부 증오해요. 그리고 자기가 세상에서 제일 잘났다고 생각해요. 사람을 진심으로 사랑해본 적도 없으면서, 제가 저 자신의 모습을 지키는 기분을 삼촌이 어떻게 알아요?"

리나는 메이컨에게, 우리 모두에게 등을 돌리고 계단을 뛰어 올라갔다. 부가 그 뒤를 따랐다. 리나의 침실 문이 쾅 하고 닫혔다. 그 소리가 복도에 울려 퍼졌다. 부는 리나의 문 앞에 드러누웠다.

메이컨은 리나가 간 쪽을 빤히 바라보았다. 리나는 이미 보이지 않는데도. 그가 천천히 내게 몸을 돌렸다. "난 허락할 수 없었다. 넌 이해할 거라고 믿는다." 오늘 밤이 리나의 인생에서 가장 위험한 밤일 수도 있다는 건 나도 알고 있었다. 하지만 오늘이 리나가 우리 모두가 사랑하는 소녀의 모습으로 있을 수 있는 마지막 기회일 수도 있다는 것 역시 알고 있었다. 나는 다 이해할 수 있었다. 다만 지금은 메이컨과 같은 공간에 있고 싶지 않을 뿐이었다.

링크가 여전히 홀에 서 있는 아이들 앞으로 슬금슬금 나왔다. "파티를 하는 거야, 마는 거야?"

라킨이 링크의 외투를 움켜쥐었다. "이미 파티를 하고 있잖아. 밖으로 나가자. 우리가 리나를 위해 축하하는 거야."

에밀리가 아이들을 밀치며 라킨 옆으로 가자 다들 두 사람 뒤를 따랐다. 리들리는 여전히 문간에 서 있다가 나를 바라보며 어깨를 으쓱했다. "나는 그래도 노력했어."

링크는 문 옆에서 나를 기다리고 있었다. "이선, 얼른 가자."

나는 계단을 올려다보았다.

'리나?'

"난 여기 있어야겠다."

할머니가 뜨개질감을 내려놓았다. "리나가 곧 내려올 것 같지는 않구나, 이선. 친구들하고 같이 나갔다가 잠시 후에 돌아와서 리나를 확인하면 되지 않겠니?" 하지만 나는 나가고 싶지 않았다. 어쩌면 오늘은 우리가 함께 보낼 수 있는 마지막 밤이 될지도 몰랐다. 비록 리나의 방에 틀어박혀서 시간을 보내더라도, 나는 리나와 함께 있고 싶었다.

"최소한 내 노래라도 듣고 가라, 야. 그러고 나서 다시 들어와서 리나가 내려올 때까지 기다리면 되잖아." 링크는 드럼스틱을 손에 들고 있었다.

"그래, 그게 좋을 것 같다." 메이컨이 스카치를 한 잔 더 따르면서 말했다. "조금 있다가 다시 오너라. 그동안 우리끼리 할 얘기도 좀 있으니까." 내가 이의를 제기할 여지는 없었다. 메이컨은 지금 나를 쫓아내는 중이었다.

"딱 한 곡이에요. 그것만 듣고 다시 와서 문 앞에서 기다릴 거예요." 나는 메이컨을 바라보았다. "얼마 동안만."

레이븐우드 저택 뒤편의 들판에 사람들이 빽빽했다. 한쪽 끝에 마련된 임시무대에는 휴대용 조명등이 설치되었다. 허니힐 전투의 밤 장면을 재연할 때 사용한 것과 똑같은 조명이었다. 스피커에서는 귀를 찢어버릴 것처럼 큰 소리로 음악이 흘러나왔지만, 멀리서 들리는 대포 소리 때문에 음악이 잘 들리지 않았다.

나는 링크를 따라 무대로 갔다. 홀리 롤러스가 연주 준비를 하고 있었다. 팀원은 세 명이었는데, 서른 살쯤 되어 보였다. 기타 앰프를 조정하고 있는 남자는 양팔이 문신으로 뒤덮였고, 목에는 자전거 체인 같은 것을 감고 있었다. 베이스 연주자는 검은 머리를 못처럼 뾰족뾰족하게 세웠고, 눈 주위도 머리와 어울리게 검은 아이섀도로 화장한 모습이었다. 세 번째 남자는 피어싱을 어찌나 많이 했는지 보기만 해도 내가 아플 지경이었다. 리들리가 무대 위로 펄쩍 뛰어 올라가서 가장자리에 앉아 링크에게 손짓했다.

"우리 노래를 한번 들어 봐. 끝내줘. 리나도 여기 있으면 좋을 텐데."

"그러게, 나도 실망시키고 싶지는 않아서 말이지." 리나가 우리 뒤로 다가와서 양팔로 내 허리를 감쌌다. 리나의 눈은 빨갛게 충혈돼서 운 흔적이 역력했지만, 주위가 어두웠기 때문에 다른 사람들과 그냥 똑같아 보였다.

"어떻게 된 거야? 네 삼촌이 생각을 바꾸신 거야?"

"그런 건 아냐. 하지만 삼촌이 모르는 일로 속상해하시지는 않겠지? 나야 삼촌이 속상해하시더라도 상관없지만. 오늘 삼촌은 정말 너무했어." 나는 아무 말도 하지 않았다. 나는 리나와 메이컨의 관계를 앞으로도 결코 이해하지 못할 것이다. 리나가 나와 애마 아줌마의 관계를 이해하지 못하는 것처럼. 하지만 이 밤이 지나고 나면 리나가 못된 행동을 했다며 자책하리라는 걸 나는 알고 있었다. 리나는 누구든 자기 삼촌에 대해 나쁘게 말하는 사람이 있으면 도저히 참지 못했다. 그게 나라도 마찬가지였다. 그런데 리나 자신이 삼촌에 대해 나쁘게 말한 꼴이 됐으니 더욱더 견디기 힘들 터였다.

"몰래 나온 거야?"

"응. 라킨이 도와줬어." 라킨이 플라스틱 컵을 들고 우리에게 다가왔다. "열여섯 살 생일은 평생 딱 한 번뿐이잖아, 안 그래?"

'이건 좋은 생각이 아냐, L.'

'난 그냥 춤만 한 번 출 거야. 그러고 나서 들어가자.'

링크는 무대로 향했다. "내가 네 생일을 기념해서 노래를 만들었어, 리나. 너도 좋아할 거야?"

"제목이 뭔데?" 나는 왠지 수상쩍은 생각이 들어서 링크에게 물었다.

"'열여섯 개의 달.' 기억나? 네가 옛날에 아이팟에서 들었는데 도저히 못 찾겠다던 이상한 노래 있잖아. 지난주에 갑자기 그 노래가 생각났어. 전곡이 다. 뭐, 리드가 조금 도와주기는 했지만." 링크는 히죽 웃었다. "리드가 뮤즈 역할을 했다고나 할까?"

나는 말문이 막혔다. 하지만 리나가 내 손을 잡았고, 링크는 마이크를 잡았다. 이제는 링크를 막을 길이 없었다. 링크는 마이크가 자기 입 앞에 오게 높이를 조절했다. 뭐, 솔직히 말하자면 마이크가 링크의 입안에 들어가 버린 것 같았지만. 왠지 징그러웠다. 링크가 얼의 집에서 MTV를 너무 많이 본 모양이었다. 모든 걸 감안하면, 링크가 무대에 선 것은 아주 용감한 일이었다.

링크는 드럼 뒤에 앉아서 눈을 감고 스틱을 허공에 들어올렸다. "하나, 둘, 셋."

리드 기타리스트, 그러니까 자전거 체인을 목에 감은 무뚝뚝한 표정의 남자가 기타로 음표 하나를 연주했다. 끔찍한 소리였다. 게다가 무대 양편의 앰프들이 징징거리기 시작했다. 나는 몸을 움찔했다. 연주가 제대로 이루어질 것 같지 않았다. 기타리스트가 음표를 또 하나, 또 하나 연주했다.

"신사숙녀 여러분, 아, 지금 이 자리에 신사나 숙녀가 계시는지 잘 모르겠군요." 링크가 한쪽 눈썹을 올리며 이렇게 말하자 웃음소리가 사람들 사이로 잔물결처럼 퍼져나갔다. "리나에게 생일을 축하한다는 말을 하고 싶습니다. 자, 이제 제가 만든 새로운 밴드 홀리 롤러스의 세계 최초 공연을 위해 박수를 쳐주세요."

링크는 리들리에게 윙크를 했다. 링크는 자기가 믹 재거(록그룹 롤링스톤즈의 리더─옮긴이)인 줄 알고 있었다. 링크가 안됐다는 생각이 들었다. 나는 리나의 손을 잡았다. 그런데 마치 겨울 호수에 손을 집어넣은 것 같았다. 수면은 햇볕을 받아 따뜻하지만, 몇 센티미터 안쪽은 꽁꽁 얼어붙은 호수. 나는 몸을 부르르 떨면서도 리나의 손을 놓지 않았다. "너도 미리 각오해두는 게 좋을 거야. 링크는 장렬하게 산화할 테니까. 우린 5분 만에 네 방으로 돌아가게 될걸. 틀림없어."

리나는 생각에 잠긴 얼굴로 링크를 올려다보았다. "글쎄, 꼭 그럴 것 같지는 않은데."

리들리가 무대 가장자리에 앉아 미소를 지으며 열성 팬처럼 손을 흔들어댔다. 리들리의 머리가 바람에 구부러져서 어깨 주위에 분홍색과 황금색 머리카락 고리들이 만들어지기 시작했다.

이내 친숙한 멜로디가 들려왔다. '열여섯 개의 달'이 앰프에서 귀를 찢어버릴 것처럼 울려 퍼졌다. 그런데 옛날에 링크의 데모 테이프로 들었던 노래들과는 전혀 달랐다. 이 노래는 아주 좋았다. 정말로 좋았다. 관중들도 난리가 났다. 잭슨 고등학교 학생들이 이제야 춤을 출 수 있게 됐다고 좋아하는 것 같았다. 지금 우리가 있는 곳은 개틀린 카운티에서 가장 악명 높고, 가장 큰 두려움의 대상인 레이븐우드의 풀밭인데도. 성난 파도처럼 밀어닥치는 사람들의 에너지가 놀라울 정도였다. 다들 춤을 추고 있었고, 노래를 따라 부르는 사람도 절반쯤 되었다. 아무도 이 노래를 들어본 적이 없다는 점을 감안하면, 말도 안 되는 일이었다. 심지어 리나도 슬그머니 미소를 지었다. 우리는 다른 사람들과 마찬가지로 몸을 흔들기 시작했다. 저항하려고 해도 도저히 저항할 수가 없었다.

"우리 노래를 연주하고 있어." 리나가 내 손을 잡았다.

"나도 똑같은 생각을 했어."

"알아." 리나가 내 손에 깍지를 끼자 내 몸에 전율이 일었다. "게다가 연주도 상당히 잘해." 리나는 수많은 사람들의 소음 때문에 고함을 지르듯이 말했다.

"잘한다고? 끝내주지! 링크의 인생 최대의 날일걸." 이건 말도 안 되는 일이었다. 이 모든 게. 홀리 롤러스, 링크, 이 파티, 모두. 리들리는 무대 가장자리에 앉아서 막대사탕을 빨며 고개를 주억거리고 있었다. 내가 오늘 본 일 중에 가장 터무니없는 광경은 아닐지언정, 그래도 터무니없기는 마찬가지였다.

리나와 내가 춤을 추는 동안 5분이 다 흘러갔다. 5분은 이내 25분, 35분으로 늘어났지만 우리 모두 그걸 알아차리지도, 신경 쓰지도 않았다. 우리가 시간을 멈춰버린 것 같았다. 적어도 우리 느낌으로는 그랬다. 우리가 춤을 출 수 있는 건 딱 한 번뿐이었기 때문에, 그 춤을 가능한 한 길게 끌어야 했다. 다시는 기회가 없을지도 모르니까.

라킨도 조급해하는 기색이 전혀 없었다. 라킨은 에밀리와 한 덩어리로 엉켜서 누군가가 낡은 쓰레기통 속에 불을 피워 놓은 곳으로 향하고 있었다. 에밀리는 라킨의 재킷을 입었고, 라킨은 가끔 재킷의 어깨를 내리며 목을 빼는 식의 징그러운 행동을 했다. 라킨은 정말로 뱀이었다.

"라킨! 걔는, 그러니까, 열여섯 살이야." 리나가 나와 춤을 추며 불이 피워진 곳을 향해 소리쳤다. 라킨은 혀를 쑥 내밀었다. 평범한 인간들은 도저히 상상할 수 없을 만큼 길게 혀가 늘어졌다.

에밀리는 눈치채지 못한 것 같았다. 에밀리는 라킨에게서 몸을 떼어내고 서배너에게 손짓했다. 서배너는 샬럿과 이든을 뒤에 거느린 채 여러 사람들과 춤을 추고 있었다. "자, 자, 얘들아, 리나에게 선물을 줘야지."

서배너가 작은 은색 가방에서 삐죽 나와 있던 작은 은색 꾸러미를 꺼냈다. 은색 리본이 묶여 있었다. "그냥 별것 아냐." 서배너가 그것을 내밀었다.

"여자애라면 당연히 갖고 있어야 하는 물건이지." 에밀리의 혀가 꼬이고 있었다.

"메탈 색깔은 어디에든 잘 어울려." 이든은 직접 포장지를 뜯고 싶은 걸 참기가 힘든 모양이었다.

"그냥 휴대전화랑 립글로스만 넣으면 딱 맞을 거야." 샬럿이 꾸러미를 리나에게 밀었다. "얼른 열어 봐."

리나는 꾸러미를 받아 들고 아이들에게 미소를 지었다. "서배너, 에밀리, 이든, 샬럿, 너희는 이게 나한테 어떤 의미가 있는지 전혀 모를 거야." 이건 비꼬려고 한 말이었지만, 아이들은 알아듣지 못했다. 나는 그 물건이 정확히 무엇인지, 리나에게 어떤 의미가 있는지 알고 있었다.

'얘들은 멍청이 제곱이야.'

리나는 내 눈을 똑바로 바라보지 못했다. 그랬다가는 우리 둘 다 웃음을 터뜨릴 것 같았다. 리나는 나와 함께 춤추는 군중들 속으로 돌아오면서 그 은색 꾸러미를 불길 속에 던져버렸다. 오렌지색과 노란색 불꽃이 먼저 포장지를 먹어치웠고, 메탈 색깔의 작은 가방은 이내 연기와 재로 변했다.

홀리 롤러스가 잠시 쉬는 동안 링크는 우리에게 와서 자신의 찬란한 데뷔를 마음껏 즐겼다. "우리가 잘한다고 했잖아. 조금 있으면 기획사랑 계약도 맺게 될걸." 링크가 옛날처럼 팔꿈치로 내 갈비뼈를 쿡쿡 찔렀다.

"그래, 잘하더라. 정말 굉장했어." 나도 그건 인정할 수밖에 없었다. 비록 막대사탕의 도움을 얻은 일이기는 해도.

서배너 스노가 한가로이 다가왔다. 아무래도 한껏 부풀어 오른 링크의 기분을 펑 터뜨려버릴 것 같았다. "야, 링크." 서배너는 의미심장하게 눈을 깜박거렸다.

"왜, 서배너?"

"나랑 춤 한 번 출래?" 믿을 수 없는 일이었다. 서배너가 진짜 록스타를 바라보듯이 링크를 바라보며 서 있다니.

"너랑 춤을 못 추면 내가 무슨 짓을 할지 나도 모르겠어." 서배너는 스노 여왕의 미소를 던졌다. 나는 링크의 꿈속에 갇혀버린 것 같았다. 아니, 리들리의 꿈인가?

내가 이 생각을 하기 무섭게 리들리가 나타났다. "꺼져, 무도회 여왕. 얘는 내 섹시 가이야." 리들리는 자신의 말을 강조하기 위해 팔을 비롯한 여러 중요 부위들을 링크에게 밀착시켰다.

"미안, 서배너. 다음에 해야겠다." 링크는 드럼스틱을 뒷주머니에 찔러 넣고 리들리와 함께 춤을 추는 사람들 속으로 들어갔다. 리들리는 성인 영화에서나 볼 수 있는 춤을 춰댔다. 아마 지금이 링크의 인생에서 최고의 순간일 것이다. 모르는 사람이 보면 오늘이 링크의 생일인 줄 알 것 같았다.

노래가 끝나자 링크가 무대 위로 펄쩍 뛰어 올라갔다. "마지막 한 곡이 남았습니다. 제 친한 친구가 잭슨 고등학교의 아주 특별한 사람들을 위해 쓴 곡입니다. 당사자들은 들으면 자기 얘기라는 걸 알 겁니다." 무대가 어두워졌다. 링크는 후드 재킷의 지퍼를 열었다. 기타 소리와 함께 조명이 다시 켜졌다. 링크는 잭슨 고등학교 수호천사 클럽의 티셔츠를 입고 있었다. 소매를 뜯어버렸기 때문에 아주 우스꽝스럽게 보였다. 링크가 의도한 대로였다. 링크의 엄마가 지금 이 모습을 봐야 하는 건데.

링크는 마이크를 향해 몸을 기울이고 자기 나름의 주술을 부리기 시작했다.

"추락하는 천사들이 사방에 있어

불행은 불행을 퍼뜨리고

너희의 부러진 화살들이 나를 죽이고 있어.

너희는 왜 못 보는 거니?

너희가 미워하는 그것이 너희의 운명이 된다는 걸

너희의 운명은 타락한 천사."

리나의 노래였다. 리나가 링크에게 써준 노래.

음악 소리가 점점 커지면서 수호천사 클럽의 모든 아이들이 자기들을 겨냥한 이 노래에 맞춰 몸을 흔들었다. 이 모든 일이 리들리의 수작인 것 같기도 했고, 아닌 것 같기도 했다. 어쨌든 노래가 끝날 무렵 링크는 이미 날개가 그려진 티셔츠를 불길 속에 던져버린 뒤였다. 그런데 티셔츠뿐만 아니라 다른 것들도 함께 타오르고 있는 것 같았다. 그토록 오랫동안 도저히 극복할 수 없을 만큼 힘들어 보였던 모든 일들이 그냥 연기 속으로 사라져버리는 것 같았다.

홀리 롤러스의 연주가 끝나고 한참 뒤, 리들리와 링크는 이미 보이지 않는데도 서배너와 에밀리는 여전히 리나에게 친절하게 굴었다. 농구부원들도 갑자기 내게 말을 걸어왔다. 나는 어딘든 막대사탕이 있을 것 같아서 사방을 두리번거렸다. 실 한 가닥을 잘못 잡아당기면 스웨터 전체가 풀어져버리듯이, 지금 이 상황의 실체를 밝혀줄 작은 단서라도 찾으려고.

하지만 아무것도 없었다. 그냥 달과 별, 음악, 조명, 사람들이 있을 뿐이었다. 리나와 나는 이제 춤을 추지 않는데도 여전히 서로를 끌어안고 있었다. 우리는 앞뒤로 천천히 몸을 흔들었다. 열기와 냉기, 전기와 두려움이 맥박처럼 내 혈관을 흘렀다. 음악이 없다면, 우리는 우리만의 작은 거품 속에 들어와 있는 것이나 마찬가지였다. 리나의 방에서 단둘이 이불로 작은 동굴을 만들었을 때와는 다르지만, 그래도 여전히 완벽한 우리만의 세상이었다.

리나가 부드럽게 몸을 빼냈다. 뭔가 생각이 났을 때 그러는 것처럼. 그러고는 나를 올려다보았다. 생전 처음으로 나를 보는 사람 같았다.

"왜 그래?"

"아무것도 아냐. 나는…." 리나는 불안한 표정으로 아랫입술을 깨물다가 깊이 숨을 들이쉬었다. "그냥, 너한테 말하고 싶은 게 있어서."

나는 리나의 생각, 표정을 읽어보려고 했다. 무엇이든 좋았다. 크리스마스 연휴 직전의 분위기로 다시 돌아간 것 같은 느낌이 들었기 때문에. 우리가 지금 그린브라이어의 들판이 아니라 잭슨 고등학교의 복도에 서 있는 것 같았다. 내 팔은 여전히 리나의 허리를 감싸고 있었다. 나는 리나가 도망치지 못하게 팔에 힘을 주고 싶은 충동을 참았다.

"뭐야? 나한테는 무슨 말이든 해도 돼."

리나는 양손을 내 가슴에 얹었다. "오늘 밤에 혹시 무슨 일이 있을지도 모르니까 너한테 미리 말해두고 싶어…."

리나는 내 눈을 들여다보았다. 나는 리나가 내 귀에 직접 속삭여줄 때처럼 리나의 말을 분명히 들을 수 있었다. 하지만 리나가 직접 소리를 내어 말하는 것보다 이렇게 전달하는 편이 훨씬 더 의미가 있는 것 같았다. 리나는 우리가 항상 소중하게 생각했던 대화 방식으로 내게 말했다. 처음부터 우리가 서로를 찾을 수 있게 해주었고, 우리가 항상 서로에게 돌아갈 수 있게 해주었던 그 방식.

'사랑해, 이선.'

순간적으로 나는 무슨 말을 해야 할지 알 수 없었다. '사랑해'라고 똑같이 대답하는 것으로는 충분하지 않은 것 같았기 때문에. 그 말로는 내가 하고 싶은 말을 다 할 수 없었다. 리나가 이 마을에서, 내 인생에서, 아빠에게서 나를 구해주었다는 말. 나 자신에게서 구해주었다는 말. 사랑한다는 한마디로 어떻게 이 모든 뜻을 전달할 수 있겠는가? 그건 불가능한 일이었지만, 그래도 나는 그 말을 했다. 진심이었기 때문에.

'나도 사랑해, L. 옛날부터 항상 널 사랑했던 것 같아.'

리나는 다시 내게 몸을 기대고, 내 어깨에 머리를 기댔다. 내 턱에 닿은 리나의 머리카락이 따뜻했다. 하지만 다른 것도 느껴졌다. 내가 결코 닿을 수 없을 거라고 생각했던 리나의 마음 한 자락, 리나가 세상을 향해 꽁꽁 닫아두었던 그곳이 열리는 것이 느껴졌다. 딱 내가 들어갈 수 있을 만큼만. 리나는 내게 자신의 일부를 나눠주고 있었다. 자신의 진정한 자아라고 할 수 있는 유일한 부분을. 나는 지금 이 느낌, 지금 이 순간을 기억해두고 싶었다. 언제든 보고 싶을 때 꺼내 볼 수 있는 사진처럼.

영원히 이 순간이 계속되었으면 좋겠다는 생각이 들었다.

하지만 그 순간이 계속된 건 정확히 5분뿐이었다.

막대사탕 아가씨

┥ 2.11 ┝

리나와 내가 여전히 음악에 맞춰 몸을 흔들고 있을 때, 링크가 팔꿈치로 사람들을 밀치며 다가왔다. "야, 어디 갔다 왔어?" 링크는 허리를 굽히고 손으로 무릎을 짚으며 숨을 골랐다.

"불은 꺼진 거야?"

링크는 걱정스러운 표정이었다. 항상 엄마한테 들키지 않게 숨는 것과 여자를 꼬시는 것만 생각하는 녀석이 그런 표정을 짓는 건 드문 일이었다. "너희 아빠한테 문제가 생겼어. 잠옷 바람으로 '쓰러진 병사들'의 발코니에 올라가 있어."

《사우스캐롤라이나 관광가이드》에 따르면, '쓰러진 병사들'은 남북전쟁 박물관이었다. 하지만 사실 그곳은 게일런 에반스의 집이었다. 자신의 낡은 집에 남북전쟁 기념품들을 가득 수집해 놓은 게일런은 이 집과 수집품들을 딸인 베라에게 물려주었고, 베라는 DAR의 회원이 되고 싶어서 몸이 단 나머지 링컨 부인과 그 친구들에게 집을 수리해서 개틀린의 유일한 박물관으로 만들어도 된다고 허락했다.

"미치겠네." 아빠는 집 안에서 날 당황하게 만든 것만으로는 부족한 모양이었다. 이제 밖으로 나갈 생각까지 하다니. 링크는 혼란스러운 표정이었다. 아빠가 잠옷 바람으로 돌아다닌다는 얘기를 듣고 내가 놀랄 줄 알았을 것이다. 내게는 이런 일이 일상이라는 걸 링크는 전혀 모르고 있었다. 요즘 링크가 내 생활에 대해 아는 것이 거의 없다는 생각이 새삼 들었다. 그래도 나랑 제일 친한 친구, 아니 내 유일한 친구인데.

"이선, 네 아빠가 발코니에 올라가 계신다니까. 금방 뛰어내릴 것처럼."

나는 꼼짝도 할 수 없었다. 링크의 말은 들었지만, 반응을 보일 수 없었다. 요즘 나는 아빠가 부끄러웠다. 하지만 아빠가 미쳤든 아니든 여전히 아빠를 사랑했기 때문에 아빠를 잃을 수는 없었다. 이제 내게 부모라고는 아빠뿐이었다.

'이선, 너 괜찮아?'

나는 리나를 바라보았다. 커다란 초록색 눈동자에 걱정이 가득했다. 오늘 밤에 나는 리나까지 잃어버릴 수도 있었다. 두 사람 모두를 잃어버릴 가능성이 있었다.

"이선, 내 말 들었어?"

'이선, 얼른 가 봐. 아무 일 없을 거야.'

"야, 어서!" 링크가 나를 끌어당겼다. 록스타의 모습은 이제 보이지 않았다. 링크는 그냥 나를 나 자신에게서 구하려고 애쓰는, 나의 가장 친한 친구일 뿐이었다. 하지만 나는 리나를 두고 갈 수 없었다.

'널 여기 남겨두고 갈 수는 없어. 너 혼자 두고 갈 수는 없어.'

라킨이 우리에게 다가오는 것이 언뜻 눈에 띄었다. 그는 조금 전에 에밀리에게서 떨어져 나온 참이었다. "라킨!"

"응, 왜?" 라킨도 무슨 일이 있다는 걸 느낀 모양이었다. 심지어 걱정스러운 표정을 짓기까지 했다. 언제나 무심한 표정을 짓는 사람인데.

"리나를 데리고 집 안으로 들어가요."

"왜?"

"그냥 리나를 꼭 집으로 데리고 들어가겠다고 약속이나 해요."

"이선, 난 괜찮으니까 너나 어서 가!" 리나가 나를 링크에게 밀었다. 내가 속으로 느끼고 있는 것만큼이나 겁에 질린 표정이었다. 하지만 나는 꼼짝도 하지 않았다.

"그래, 알았다. 내가 당장 리나를 데리고 들어갈게."

링크가 마지막으로 한 번 더 나를 잡아당겼다. 우리는 사람들을 거칠게 밀치며 움직이기 시작했다. 몇 분만 있으면, 내가 부모를 모두 잃어버리게 될지도 모른다는 걸 우리 둘 다 알고 있었기 때문에.

우리는 레이븐우드 들판의 웃자란 풀들을 헤치며 '쓰러진 병사들'로 이어진 길을 향해 뛰었다. 허공에는 벌써 대포 연기가 자욱했다. 경사스러운 허니힐 전투 때문이었다. 몇 초마다 한 번씩 라이플이 발사되는 소리가 들렸다. 저녁 전투가 한창 진행 중이었다. 우리는 레이븐우드 농장의 가장자리에 점점 가까워지고 있었다. 거기에서 레이븐우드 영지가 끝나고 그린브라이어 영지가 시작되었다. 안전지대를 표시한 노란 밧줄들이 어둠 속에서 빛나는 것이 보였다.

우리가 이미 너무 늦은 거라면 어쩌지?

'쓰러진 병사들'은 어두웠다. 링크와 나는 계단을 두 칸씩 건너뛰면서 4층까지 최대한 빨리 뛰어 올라가려고 안간힘을 썼다. 하지만 세 번째 층계참에 다다랐을 때 나는 본능적으로 걸음을 멈췄다. 링크도 알아차린 모양이었다. 농구 시합 중에 내가 시간을 끌려고 자기한테 공을 패스하려는 걸 알아차릴 때와 똑같았다. 링크가 내 옆에서 걸음을 멈췄다. "저 위에 계셔."

하지만 나는 움직일 수 없었다. 링크는 내 표정을 읽고, 내가 무엇을 두려워하는지 깨달은 것 같았다. 링크는 엄마의 장례식 때 내 옆에 서서 사람들에게 관 위에 놓을 하얀 카네이션을 일일이 나눠주었다. 나와 아빠는 그냥 무덤만 빤히 바라보고 있었다. 우리도 엄마처럼 죽어버린 것 같았다.

"혹시… 혹시 이미 뛰어내렸으면 어쩌지?"

"그럴 리가 없어. 내가 리드를 옆에 남겨두고 왔거든. 리드가 가만히 있었을 리가 없어." 갑자기 바닥이 내 발밑에서 푹 꺼져버린 것 같았다.

'리드가 자기 힘을 발휘해서 너한테 절벽에서 뛰어내리라고 하면, 넌 정말로 뛰어내릴 거야.'

나는 링크를 밀치고 계단을 올라가 복도를 훑어보았다. 모든 문이 닫혀 있었다. 딱 하나만 빼고. 완벽하게 염색된 소나무 마룻널에 달빛이 쏟아졌다.

"저 안에 계셔." 링크가 말했다. 하지만 나는 그 말을 듣기 전에도 이미 알고 있었다.

방 안으로 들어가자 마치 시간을 거꾸로 거슬러 온 것 같았다. DAR 회원들이 정말로 일을 열심히 한 모양이었다. 방 한쪽 끝에는 돌로 지은 거대한 벽난로가 있고, 그 위에는 나무로 길게 짠 선반이 있었다. 선반 위에 줄지어 늘어선, 끝이 점점 가늘어지는 모양의 양초들은 촛농을 뚝뚝 떨어뜨리며 타오르고 있었다. 전사한 남군 병사들이 벽에 걸린 초상화들 속에서 우리를 마주 노려보았다. 벽난로 맞은편에는 기둥이 네 개인 골동품 침대가 있었다. 하지만 진짜 과거를 재현해 놓은 것 같은 이 광경과 어울리지 않는 것이 있는 것 같았다. 냄새였다. 사향 냄새와 달콤한 냄새. 너무 달콤했다. 위험과 순수가 뒤섞인 냄새. 하지만 리들리는 순수한 것과는 거리가 멀었다.

리들리가 열린 발코니 문 옆에 서 있었다. 금발 머리가 바람에 배배 꼬였다. 문은 활짝 열려 있었고, 먼지투성이 커튼이 바람을 받아 방 안으로 크게 부풀어 있었다. 아빠는 이미 뛰어내린 것 같았다.

"내가 데려왔어." 링크가 다시 숨을 고르며 리들리에게 소리쳤다.

"그건 말 안 해도 알아. 거긴 어때, 남자 친구?" 리들리는 진저리가 나게 달콤한 특유의 미소를 지었다. 그걸 보니 함께 미소를 짓고 싶은 기분과 토할 것 같은 기분이 동시에 들었다.

나는 발코니 문을 향해 천천히 걸어갔다. 아빠가 거기에 없을까 봐 무서웠다. 하지만 있었다. 아빠는 난간 바깥쪽의 좁은 발판 위에 서 있었다. 플란넬 잠옷 차림에 맨발이었다. "아빠! 움직이지 마세요."

오리. 아빠의 잠옷에 그려진 청둥오리들이 이곳과 전혀 어울리지 않는 것 같았다. 아빠는 지금 건물에서 뛰어내리기 직전이었으니까.

"가까이 오지 마라, 이선. 가까이 오면 뛰어내릴 거야." 정신이 또렷하고 결의에 찬 목소리였다. 아빠가 그렇게 분명한 목소리로 말한 건 몇 달 만에 처음이었다. 예전의 아빠와 거의 비슷했다. 그래서 나는 지금 말하고 있는 사람이 아빠가 아니라는 걸 알았다. 적어도 아빠 혼자서 이런 일을 벌인 건 아니었다. 모두 리들리의 짓이었다. 리들리는 그 설득의 힘을 실컷 발휘하고 있었다.

"아빠, 그러시면 안 돼요. 내가 도와드릴게요." 나는 아빠를 향해 몇 걸음 내디뎠다.

"거기 서!" 아빠가 자기 말이 허튼소리가 아니라는 걸 보여주기 위해 한 손을 앞으로 내밀며 소리쳤다.

"당신은 아들의 도움을 원하지 않지, 그렇지, 미첼? 당신이 원하는 건 그저 약간의 평화뿐이야. 당신은 그저 라일라를 다시 보고 싶을 뿐이야." 리들리는 막대사탕을 언제라도 입에 집어넣을 수 있게 들고 벽에 기대서 있었다.

"우리 엄마 이름을 입에 담지 마, 이 마녀야!"

"리드, 너 뭐 하는 거야?" 링크가 문간에 서서 말했다.

"넌 빠져, 작은 고추. 이건 너하고는 차원이 한참 다른 일이야."

나는 리들리 앞에 서서 아빠를 가렸다. 마치 내 몸으로 리들리의 힘을 조금이라도 튕겨낼 수 있기라도 한 것처럼. "리들리, 왜 이런 짓을 하는 거야? 아빠는 리나나 나하고는 아무 상관도 없어. 날 해치고 싶으면, 그냥 날

해쳐. 아빠한테는 손대지 마."

리들리는 머리를 뒤로 젖히고 웃음을 터뜨렸다. 음탕하고 사악한 웃음이었다. "널 해치는 일 따위에는 관심 없어, 남자 친구. 난 그냥 내 일을 할 뿐이야. 개인적인 감정이 아니야."

내 피가 차갑게 식었다.

리들리의 일.

"새라핀을 위해서 이렇게 하는 거구나."

"왜 이래, 남자 친구? 그럼 나한테 뭘 기대했는데? 삼촌이 날 어떻게 대하는지 너도 봤잖아. 가문이니 뭐니, 지금 나한테는 사실 달리 선택의 여지가 없어."

"리드, 그게 무슨 소리야? 새라핀은 누구야?" 링크가 리들리를 향해 걸어왔다. 리들리가 링크를 바라보았다. 순간적으로 리들리의 얼굴에 뭔가가 스치고 지나간 것 같았다. 순식간에 사라지긴 했어도, 그건 진짜였다. 진정한 감정과 거의 비슷한 어떤 것.

하지만 리들리는 그것을 떨쳐버렸다. "넌 파티장으로 돌아가고 싶은 것 같은데, 안 그래, 작은 고추? 밴드가 두 번째 무대를 위해 준비를 하고 있잖아. 잊으면 안 돼. 우리가 이번 공연을 녹음해서 데모 테이프로 만들기로 했잖아. 내가 그걸 들고 직접 뉴욕으로 가서 음반회사들을 돌아다닐 거야." 리들리는 링크를 강렬하게 바라보며 유혹하듯이 말했다. 링크는 어떻게 해야 할지 잘 모르겠다는 표정이었다. 파티장으로 돌아가야 할 것 같기는 한데, 그래도 잘 모르겠다는 표정.

"아빠, 내 말 좀 들어요. 아빠가 하고 싶어서 이러는 게 아니에요. 얘가 아빠를 조종하는 거예요. 얘는 사람들 마음을 움직일 수 있어요. 그게 얘가 하는 일이에요. 엄마는 아빠가 이러는 걸 절대 원하지 않을 거예요." 나는 내 말이 아빠의 마음에 가닿는지 열심히 살펴보았지만, 아빠는 내 말을 듣고 있지 않았다. 아빠의 얼굴에는 아무것도 없었다. 아빠는 그냥 어둠을 빤히 바라보기만 할 뿐이었다. 저 멀리서 중년 남자들이 전투의 함성을 질러 대는 소리, 총검이 부딪히는 소리가 들려왔다.

"미첼, 이 세상에는 이제 당신이 살아갈 이유가 하나도 없어. 아내를 잃었고, 글도 더 이상 쓸 수 없게 됐고, 이선은 몇 년만 지나면 대학에 갈 거야. 이선한테 침대 밑에 넣어둔 구두상자에 대해서 한번 물어보지 그래? 대학 홍보물이 가득 들어 있는 상자 말이야. 당신은 완전히 혼자가 될 거야."

"닥쳐!"

리들리는 고개를 돌려 나를 마주보며 체리 맛 막대사탕의 포장을 벗겼다. "나도 미안하게 생각해, 남자 친구. 진심이야. 하지만 다들 해야 할 역할이라는 게 있어. 내 역할은 이거야. 네 아빠는 오늘 밤에 사고를 당하실 거야. 네 엄마가 그랬던 것처럼."

"너 방금 뭐라고 했어?" 이건 링크가 한 말이라는 걸 나는 알고 있었다. 하지만 링크의 목소리가 들리지 않았다. 방금 리들리가 한 말 외에는 아무것도 들리지 않았다. 그 말이 내 머릿속에서 자꾸만, 자꾸만 되풀이되었다.

'네 엄마가 그랬던 것처럼.'

"네가 우리 엄마를 죽였어?" 나는 앞으로 다가가기 시작했다. 리들리가 어떤 능력을 지녔든 상관없었다. 만약 리들리가 우리 엄마를 죽인 거라면….

"진정해, 덩치 큰 아이 같으니. 내가 아니야. 내가 등장하기 조금 전이었어."

"이선, 이게 도대체 무슨 소리야?" 링크가 내 옆에 와 있었다.

"저 애의 겉모습을 그대로 믿으면 안 돼. 저 애는…." 어떻게 설명해야 링크가 이해할 수 있을지 알 수 없었다. "저 애는 사이렌이야. 마녀 같은 거야. 저 애가 그동안 널 조종하고 있었어. 지금 아빠를 조종하는 것처럼."

링크는 웃음을 터뜨렸다. "마녀라니. 너 미쳤냐?"

나는 리들리에게서 눈을 떼지 않았다. 리들리는 미소를 지으며 손가락으로 링크의 머리를 빗었다. "이리와, 자기야. 넌 나쁜 여자를 좋아하잖아."

리들리의 능력이 어디까지인지 나는 전혀 알 수 없었지만, 레이븐우드에서 리들리의 힘을 봤기 때문에 리들리가 마음만 먹으면 우리 둘 중 하나를 죽일 수도 있다는 걸 알고 있었다. 애당초 내가 리들리를 그저 파티를 좋아하는 평범한 여자애처럼 대한 것이 잘못이었다. 나는 속수무책이었다. 내가 얼마나 무력한지 이제야 알 것 같았다.

링크가 리들리와 나를 차례로 바라보았다. 누구 말을 믿어야 할지 모르겠다는 표정이었다.

"나 농담하는 거 아냐, 링크. 너한테 일찌감치 말해줬어야 하는 건데. 지금 내 말은 전부 진실이야. 그렇지 않고서야 애가 왜 우리 아빠를 죽이려고 하겠어?"

링크는 서성거리기 시작했다. 내 말을 믿지 않는다는 뜻이었다. 십중팔구 내가 미쳤다고 생각할 것이다. 내가 들어도 미친 소리처럼 들리는 건 사실이었다. "리들리, 그게 사실이야? 네가 지금까지 계속 나한테 무슨 능력 같은 걸 쓴 거야?"

"굳이 따지자면 그래."

아빠가 난간에서 한 손을 떼더니 줄타기를 할 때 균형을 잡듯이 팔을 뻗었다.

"아빠, 안 돼요!"

"리드, 이러지 마." 링크가 리들리를 향해 다가갔다. 천천히. 링크의 지갑에 달린 체인이 덜그럭거리는 소리가 들렸다.

"방금 네 친구가 한 말 못 들었어? 난 마녀야. 나쁜 마녀." 리들리는 선글라스를 벗어 황금빛 고양이 눈을 드러냈다. 링크가 숨이 목에 걸린 것 같은 소리를 냈다. 리들리의 참모습을 이제야 알게 되었다는 듯이. 하지만 그런 반응은 순간에 불과했다.

"그럴지도 모르지. 하지만 넌 그렇게 나쁘기만 한 사람이 아냐. 내가 알아. 우리가 함께 보낸 시간이 있잖아. 우리가 함께 나눈 것들이 있잖아."

"그것도 내 계획의 일부였어, 섹시 가이. 리나 옆에 가까이 붙어 있으려면 내부인이 필요했거든."

링크의 얼굴이 축 처졌다. 리들리가 링크에게 무슨 짓을 했든, 어떤 주술을 걸었든, 리들리를 생각하는 링크의 감정은 그보다 훨씬 더 강했다. "그럼 그게 전부 거짓이었다고? 난 안 믿어."

"믿고 안 믿고는 네 자유지만, 그게 진실이야. 내가 말할 수 있는 최대한의 진실."

나는 아빠가 몸무게를 옮기는 것을 지켜보았다. 여전히 밖을 향해 쭉 뻗은 팔이 위아래로 흔들렸다. 마치 아빠가 날개를 시험하고 있는 것 같았다. 자기가 날 수 있는지 확인하려고. 몇 미터 떨어진 곳의 땅바닥에 포탄 하나가 떨어지면서 흙먼지가 공중으로 확 피어올랐다.

"그럼 리나랑 네가 함께 자랐다면서 나한테 해준 얘기들은 다 뭐야? 너희 둘이 자매 같았다며. 그런데 왜 네가 리나를 해치려고 하겠어?" 리들리의 얼굴에 뭔가가 언뜻 스쳤다. 확실치는 않았지만, 후회와 거의 비슷한 감정 같았다. 그게 가능한 일일까?

"그건 내가 마음대로 할 수 있는 일이 아냐. 칼자루를 쥔 사람은 내가 아니니까. 아까도 말했지만, 이건 내가 해야 하는 일이야. 그러니까 이선을 데리고 리나한테서 떨어져. 난 이 늙은 아저씨한테 아무 감정도 없지만, 이 아저씨는 마음이 약해. 머리가 좀 맛이 갔다고." 리들리는 막대사탕을 빨았다. "그래서 조종하기가 쉬웠어."

'이선을 데리고 리나한테서 떨어져.'

이 모든 일이 우리 둘을 갈라놓으려는 양동작전이었다. 어렐리아가 전에 나를 내려다보며 하던 말이 생생하게 떠올랐다. 바로 지금 어렐리아가 내 옆에서 그 말을 하고 있는 것 같았다.

'리나를 보호하는 건 이 집이 아냐. 이 아이야. 그 어떤 주술사도 이 두 아이를 떼어놓을 수 없어.'

내가 이렇게 멍청한 짓을 하다니. 나한테 능력이 있는지 없는지는 문제가 아니었다. 처음부터 중요한 건 내가 아니었다. 바로 우리가 중요한 거였다.

우리 둘 사이에 존재하는 힘, 처음부터 항상 우리 사이에 존재했던 힘. 비가 내리는 9번 도로에서 서로를 찾아내고, 갈림길에서 같은 방향으로 꺾어지게 해준 힘. 우리를 한데 묶는 속박의 주술 같은 건 필요 없었다. 그런데 저들이 우리 둘을 갈라놓았으니 나는 아무런 힘이 없었다. 리나는 혼자였다. 그 어느 때보다도 내가 가장 필요한 이 밤에.

나는 생각을 똑바로 할 수 없었다. 시간이 없었다. 내가 사랑하는 사람을 또 잃을 수는 없었다. 나는 아빠를 향해 달려갔다. 겨우 1미터 남짓한 거리였지만, 마치 발이 푹푹 빠지는 모래밭을 달리는 것 같은 기분이었다. 리들리가 한 발 앞으로 나서는 것이 보였다. 리들리의 머리카락이 메두사의 뱀 머리카락처럼 바람에 배배 꼬였다.

링크가 앞으로 나서서 리들리의 어깨를 잡는 것이 보였다. "리드, 그러지 마."

순간적으로 나는 이제부터 무슨 일이 벌어질지 전혀 알 수 없었다. 모든 것이 슬로모션으로 돌아가고 있는 것 같았다.

아빠가 나를 돌아보았다.

아빠가 난간을 놓으려 하는 것이 보였다.

황금색과 분홍색이 섞인 리들리의 머리카락이 배배 꼬였다.

링크가 리들리 앞에 서서 그 황금색 눈을 뚫어져라 들여다보며 뭐라고 속삭였다. 무슨 소리인지 내게는 들리지 않았다. 리들리는 링크를 바라보더니 한 마디 말도 없이 막대사탕을 난간 너머로 던졌다. 나는 막대사탕이 호를 그리며 저 아래 땅으로 떨어져 유산탄처럼 폭발하는 것을 지켜보았다. 그걸로 끝이었다.

아빠는 난간에서 몸을 떼려다가 곧바로 돌아섰다. 나를 향해서. 나는 아빠의 어깨를 잡고 난간 너머 발코니 바닥으로 끌어당겼다. 아빠는 발코니 바닥에 털썩 쓰러져서 겁에 질린 아이처럼 나를 올려다보았다.

"고마워, 리들리. 네가 뭘 한 건지는 모르겠지만, 고마워."

"네 인사 같은 건 받고 싶지 않아." 리들리는 이렇게 이죽거리고는 링크에게서 떨어져서 윗옷 끈을 조절했다. "내가 너희한테 호의를 베푼 게 아냐. 그냥 저 아저씨를 죽이고 싶지 않았을 뿐이야. 오늘은."

리들리는 위협적인 목소리를 내려고 애썼지만, 나중에는 그냥 아이 같이 유치한 느낌만 남았다. 리들리는 분홍색 머리카락을 손으로 배배 꼬았다. "하지만 누군가는 이 일을 그다지 좋아라 하지 않을 거야." 그게 누구인지 리들리가 굳이 말할 필요는 없었다. 하지만 나는 리들리의 눈에서 두려움을 보았다. 아주 짧은 순간이었지만, 나는 리들리의 겉모습이 그냥 연기에 불과하다는 것을 알 수 있었다. 마술사가 무대에서 부리는 재주 같은 환상.

지금까지 리들리 때문에 많은 일을 겪었는데도, 지금도 쓰러진 아빠를 일으켜 세우려고 애쓰고 있는데도, 나는 리들리가 안됐다는 생각이 들었다. 리들리는 세상의 어떤 남자든 자기 것으로 만들 수 있지만, 나는 리들리가 얼마나 외로운지 알 수 있었다. 리들리의 내면은 강한 걸로 따지면 리나의 근처에도 가지 못했다.

리나.

'리나, 너 괜찮아?'

'괜찮아. 왜 그래?'

나는 아빠를 바라보았다. 아빠는 눈도 뜨지 못했고, 제대로 일어서지도 못했다.

'아무것도 아냐. 라킨이랑 같이 있어?'

'응. 지금 레이븐우드로 돌아가는 중이야. 네 아빠는 괜찮으셔?'

'괜찮아. 내가 나중에 거기 가서 얘기해줄게.'

나는 아빠의 겨드랑이에 한 팔을 끼웠다. 링크는 반대편에서 아빠를 부축했다.

'라킨이랑 같이 있어. 빨리 안으로 들어가서 식구들이랑 같이 있어야 돼. 넌 혼자서는 안전하지 않아.'

우리가 한 발을 떼기도 전에 리들리가 한들한들 우리 옆을 지나가 열린 문을 통해 발코니로 나갔다. 길게 뻗은 다리가 문턱을 넘어갔다. "미안, 얘들아. 내가 좀 바빠서 말이야. 한동안 뉴욕으로 돌아가 있게 될지도 몰라. 얌전히 엎드려 있어야지. 그것도 괜찮아." 리들리는 어깨를 으쓱했다.

리들리가 괴물이라는 걸 알게 됐는데도 링크는 리들리에게서 눈을 떼지 못했다. "저기, 리드?"

리들리는 걸음을 멈추고 고개를 돌려 링크를 바라보았다. 언뜻 보면 마치 슬퍼하는 것 같은 표정이었다. 상어는 상어일 수밖에 없듯이 자신도 지금 이런 모습일 수밖에 없지만, 가능하기만 하다면….

"왜, 작은 고추?"

"넌 그렇게 나쁜 사람이 아냐."

리들리는 링크를 똑바로 바라보며 희미한 미소를 짓는 것 같았다. "사람들이 하는 말처럼, 어쩌면 내가 그냥 그쪽에 끌리는 건지도 모르지."

가족 상봉

≒ 2.11 ≒

　일단 아빠를 재연행사장의 구급대원들에게 맡긴 뒤 나는 파티장으로 돌아갔지만, 생각만큼 빨리 움직이지는 못했다. 나는 잭슨 고등학교의 여자아이들을 밀치며 앞으로 나아갔다. 여자애들은 재킷을 벗어버린 채 탱크톱이나 손바닥만 한 티셔츠만 입은 보기 싫은 모습으로 홀리 롤러스의 음악에 맞춰 빙글빙글 돌고 있었다. 링크는 홀리 롤러스대신 내 옆에 충실하게 붙어 있었다. 음악 소리가 아주 컸다. 시끄러운 라이브 연주. 대포 소리도 시끄러웠다. 너무 시끄러워서 나는 하마터면 라킨이 나를 부르는 소리를 못 들을 뻔했다.

　"이선, 이쪽이야!" 라킨은 안전지대와 '이 선만 넘으면 엉덩이에 총알을 맞을 수도 있는 구역'을 갈라놓은 노란색 밧줄을 조금 지나서 나무들 속에서 있었다. 안전지대도 아닌 숲 속에서 뭘 하고 있는 거지? 왜 집으로 돌아가지 않은 거야? 내가 손을 흔들자 라킨은 나더러 그쪽으로 오라는 시늉을 하더니 둔덕 너머로 사라졌다. 대개 노란 밧줄을 뛰어넘을지 말지는 쉽게 결정할 수 있는 일이 아니었지만, 오늘은 아니었다. 나는 라킨의 뒤를 따라갈 수밖에 없었다. 링크도 바로 내 뒤를 따라왔다. 비틀거리면서도 용케 뒤

처지지 않았다. 옛날에도 그랬던 것처럼.

"야, 이선."

"응?"

"리드 말이야. 네 말을 들을걸 그랬어."

"괜찮아. 너도 어쩔 수 없었잖아. 내가 모든 걸 너한테 털어놓았어야 하는 건데."

"그런 소리 마. 어차피 내가 안 믿었을걸."

총소리가 우리 머리 위에 울려 퍼졌다. 우리 둘 다 본능적으로 고개를 수그렸다.

"저게 공포탄이기를 바라야지." 링크가 불안한 목소리로 말했다. "우리 아빠가 쏜 총알에 내가 맞으면 웃기잖아."

"요즘 내 운수를 보면, 그 총알에 우리 둘 다 맞아도 별로 놀랄 일이 아닌 것 같다."

우리는 둔덕 꼭대기에 다다랐다. 덤불 숲, 떡갈나무, 자욱한 대포 연기가 보였다.

"우린 여기 있어." 덤불 저편에서 라킨이 소리쳤다. '우리'라고 한 것을 보면, 리나와 함께 있는 모양이었다. 그래서 나는 더 속도를 높여 뛰어갔다. 리나의 목숨이 달린 일인 것처럼. 모르긴 몰라도, 어쩌면 정말로 리나의 목숨이 달린 일일 수도 있으니까.

그러다 갑자기 여기가 어딘지 깨달았다. 그린브라이어의 정원으로 통하는 아치가 있었다. 라킨과 리나는 정원 바로 뒤의 공터에 서 있었다. 우리가 몇 주 전에 제너비브의 무덤을 팠던 바로 그곳. 두 사람 뒤로 1미터 남짓한 곳의 어둠 속에서 누군가가 달빛 속으로 모습을 드러냈다. 주위가 어두웠지만 보름달이 바로 우리 머리 위에 있었다.

나는 눈을 깜박였다. 그 사람은… 그 사람은….

"엄마, 여긴 왜 왔어요?" 링크는 혼란스러운 표정이었다.

링크의 엄마가 우리 앞에 서 있었다. 링컨 부인. 내게 가장 악몽 같은 존재. 아니 최소한 악몽 랭킹 10위 안에는 드는 존재. 링컨 부인은 이곳과 묘하게 어울리는 것 같기도 하고, 아닌 것 같기도 했다. 보는 사람의 시각에 따라 다르게 보였다. 링컨 부인은 터무니없이 부풀린 페티코트 위에 허리를 지나치게 조인 웃기는 옥양목 드레스를 입고 있었다. 링컨 부인이 서 있는 곳은 바로 제너비브의 무덤이 있는 자리였다. "이런, 이런, 네 말투가 그게 뭐니?"

링크는 머리를 문질렀다. 이건 전혀 말이 안 되는 일이었다. 링크에게도 그랬고, 내게도 그랬다.

'리나, 어떻게 된 거야?'

'리나?'

아무 대답이 없었다. 뭔가가 이상했다.

"아줌마, 괜찮으세요?"

"아주 즐겁다, 이선. 정말 훌륭한 전투 아니니? 리나의 생일이기도 하고. 리나한테서 들었다. 계속 너희를 기다리고 있었어. 적어도 너희 둘 중 한 사람을 기다린 건 사실이지."

링크가 가까이 다가섰다. "이제 내가 왔으니 됐죠? 나랑 같이 집으로 가요. 안전지대를 벗어나면 안 돼요. 자칫하다간 머리가 날아간다고요. 아빠가 총을 얼마나 못 쏘는지 엄마도 알잖아요."

나는 링크의 팔을 붙들고 움직이지 못하게 했다. 뭔가가 이상했다. 링컨 부인이 우리를 바라보며 미소 짓는 표정이 심상치 않았다. 리나의 얼굴이 하얗게 질린 것도 이상했다.

'무슨 일이야? 리나!'

왜 리나한테서 대답이 없는 걸까? 나는 리나가 티셔츠 속에서 우리 엄마의 반지를 꺼내 목걸이와 함께 움켜쥐는 것을 지켜보았다. 어둠 속에서 리나의 입술이 움직이는 것이 보였다. 아주 가늘게 무슨 소리가 들리는 것 같았다. 내 머릿속의 저 먼 구석에서 겨우 속삭이는 것 같은 소리가 들렸다.

'이선, 도망쳐! 메이컨 삼촌을 데려와! 어서!'

하지만 나는 움직일 수 없었다. 리나를 두고 갈 수 없었다.

"링크, 우리 천사, 넌 정말 사려 깊은 아이야."

링크? 우리 앞에 서 있는 사람은 링컨 부인이 아니었다. 그럴 리가 없었다. 링컨 부인은 웨슬리 제퍼슨 링컨을 '링크'라고 부를 사람이 아니었다. 링컨 부인에게 그건 알몸으로 거리를 뛰어다니는 것과 마찬가지였다. "그렇게 훌륭한 이름을 두고 왜 그런 우스꽝스러운 별명을 쓰는지 난 도저히 모르겠다." 우리가 링크의 집에 찾아가서 실수로 링크가 집에 있느냐고 물을 때마다 링컨 부인은 우리에게 이렇게 말하곤 했다.

링크는 내 손길을 느끼고는 그대로 멈춰 섰다. 링크도 눈치를 챈 모양이었다. 표정이 달라졌다. "엄마?"

"이선, 도망쳐! 라킨, 링크, 아무나 가서 메이컨 삼촌을 데려와!" 리나가 악을 써대고 있었다. 리나가 그렇게 겁에 질린 건 처음 보았다. 나는 리나에게 뛰어갔다.

대포에서 포탄이 발사되는 소리가 들렸다. 그리고 갑자기 소란이 일면서 총소리가 났다.

내 등이 뭔가에 쾅 하고 부딪혔다. 아주 세게. 내 머리에서 뚝 하는 소리가 나더니 순간적으로 시야가 흐려졌다.

"이선!" 리나의 목소리가 들렸지만 나는 움직일 수 없었다. 총에 맞았음이 분명했다. 나는 의식을 잃지 않으려고 안간힘을 썼다.

몇 초 뒤에 시야가 다시 또렷해졌다. 나는 거대한 참나무에 등을 기대고 바닥에 쓰러져 있었다. 어딜 맞았는지 보려고 몸을 더듬어 보았지만, 손에는 피가 묻지 않았다. 총알이 뚫고 들어간 자국도 없었다. 링크는 1미터쯤 떨어진 곳에서 또 다른 나무에 이상하게 몸을 기대고 있었다. 지금 내 기분만큼이나 이상한 자세였다. 나는 일어서서 리나를 향해 휘청거리며 다가

갔다. 하지만 내 얼굴이 곧바로 어딘가에 쾅 하고 부딪히면서 나는 또 바닥에 쓰러졌다. 세 할머니들의 집에서 유리 미닫이문에 부딪혔을 때와 똑같았다.

나는 총에 맞은 게 아니었다. 이건 총과는 달랐다. 다른 종류의 무기였다.

"이선!" 리나가 소리를 질렀다.

나는 다시 일어서서 천천히 앞으로 나아갔다. 앞에 확실히 유리문 같은 것이 있었다. 나무와 나를 둘러싼, 보이지 않는 벽 같은 것. 나는 그것에 몸을 부딪혀보고 주먹으로 때리기도 했지만 아무 소리도 나지 않았다. 나는 손바닥으로 그것을 계속 두드렸다. 달리 무엇을 할 수 있겠는가? 그때 링크도 눈에 보이지 않는 또 다른 벽에 갇혀서 그 벽을 두드려대고 있는 것이 보였다.

링컨 부인이 나를 보며 미소를 지었다. 리들리가 기를 쓰고 지은 사악한 미소보다 더 사악한 미소였다.

"재들을 놔줘!" 리나가 비명처럼 소리를 질렀다.

느닷없이 하늘이 열리기라도 한 것처럼 비가 쏟아졌다. 누가 양동이로 비를 들이붓는 것 같았다. 리나였다. 리나의 머리카락이 정신없이 흩날리고 있었다. 비는 진눈깨비로 변하더니 사선으로 기울어져서 사방에서 링컨 부인을 공격했다. 몇 초 만에 우리는 모두 뼛속까지 흠뻑 젖었다.

링컨 부인, 아니 누구인지 알 수 없는 그 존재가 미소를 지었다. 그 미소가 의미심장했다. 마치 자랑스러워하는 것 같았다. "난 재들을 해치지 않아. 그냥 우리 둘이 이야기할 시간이 필요해서 그래." 그 여자의 머리 위 하늘에서 천둥이 우르릉거렸다. "네 재능을 좀 볼 기회가 있을까 했는데. 내가 네 옆에서 재능을 다듬어줄 수 없어서 얼마나 안타까웠던지…"

"시끄러, 마녀." 리나는 냉혹했다. 리나의 초록색 눈이 그렇게 변한 건 처음 보았다. 링컨 부인을 쏘아보는 그 눈이 강철 같이 차가웠다. 돌처럼 냉혹했다. 단호한 의지도 깃들어 있었다. 증오와 분노로 가득한 눈. 링컨 부인의 머리를 직접 손으로 찢어버리고 싶은 표정, 아니 실제로 그렇게 하려면 할 수도 있을 것 같은 표정이었다.

리나가 1년 내내 걱정했던 것이 무엇인지 나는 이제야 이해할 수 있었다. 리나는 파괴의 힘을 갖고 있었다. 내가 본 것은 리나의 힘 중에서 사랑의 힘뿐이었다. 자신에게 두 가지 힘이 다 있다는 것을 깨달은 사람이 그 힘을 어떻게 해야 좋을지 과연 누가 말해줄 수 있을까?

링컨 부인이 리나에게 돌아섰다. "네가 정말로 어떤 능력을 갖고 있는지 깨달은 뒤에 다시 생각해 봐. 넌 원소들을 조종할 수 있어. 그게 자연체의 진짜 재능이지. 우리 둘이 공통으로 갖고 있는 재능."

두 사람이 공통으로 갖고 있는 것이라니.

링컨 부인은 하늘을 올려다보았다. 빗줄기는 링컨 부인의 옆으로 떨어지고 있었다. 마치 링컨 부인이 우산을 들고 있기라도 한 것처럼. "지금 너는 소나기를 불러왔지. 하지만 오래지 않아 불을 조종하는 법도 배우게 될 거야. 내가 보여줄게. 내가 불을 갖고 노는 걸 얼마나 좋아하는지."

소나기? 장난하나? 이건 우기의 폭우였다.

링컨 부인이 손바닥을 들어 올리자 번개가 구름을 가르고 지나가며 하늘을 감전시켰다. 링컨 부인은 손가락 세 개를 들어 올렸다. 링컨 부인이 매니큐어를 바른 손톱을 한 번 튕길 때마다 번개가 일었다. 첫 번째 손가락을 튕기자 번개가 바닥을 때려 흙먼지를 피워 올렸다. 링크가 갇혀 있는 곳에서 60센티미터쯤 떨어진 곳이었다. 두 번째 손가락을 튕기자 번개가 내 뒤의 떡갈나무를 가르고 지나가며 줄기를 깔끔하게 반으로 잘라놓았다. 세 번째 손가락을 튕기자 번개가 리나를 때렸다. 하지만 리나는 팔을 뻗어 손을 들어 올렸을 뿐이다. 그러자 번개가 리나의 몸에서 튕겨나가 링컨 부인의 발치에 떨어졌다. 주위의 풀들이 연기를 피워올리며 타기 시작했다.

링컨 부인이 웃음을 터뜨리며 손을 흔들었다. 풀에 붙었던 불이 꺼졌다. 링컨 부인은 자랑스럽고 뿌듯한 얼굴로 리나를 바라보았다. "나쁘지 않아.

모전여전이구나. 기뻐."

설마.

리나는 그 여자를 노려보면서 두 손바닥을 모두 뒤로 향하게 했다. 방어자세였다. "그래? 말 안 듣는 자식도 있다는 말은 못 들었어?"

"못 들었어. 그 말을 살아서 할 수 있는 사람이 없었거든." 링컨 부인은 엄청나게 부풀린 페티코트와 옥양목 드레스 차림으로 링크와 나를 향해 돌아섰다. 머리는 땋아서 등에 늘어뜨린 모습이었다. 링컨 부인이 황금빛 눈을 이글거리며 우리를 똑바로 바라보았다. "정말 유감이다, 이선. 우리의 첫 만남이 조금 다른 상황에서 이루어지기를 바랐는데. 딸의 첫 번째 남자 친구를 처음 만나는 건 날마다 있는 일이 아니잖니."

링컨 부인은 리나를 바라보며 말을 이었다. "딸을 만나는 것도 그렇고."

내 생각이 옳았다. 이 여자가 누군지, 지금 우리가 누구를 상대하고 있는지 확실히 알 수 있었다.

이 여자는 새라핀이었다.

링컨 부인의 얼굴, 옷, 몸 전체가 순식간에 문자 그대로 둘로 쪼개지기 시작했다. 피부가 막대사탕의 구겨진 포장지를 뜯을 때처럼 양쪽으로 잡아당겨지는 것이 실제로 눈에 보였다. 그렇게 세로로 쪼개져서 바닥으로 떨어지는 링컨 부인의 몸은, 사람이 어깨에 걸치고 있다가 바닥으로 떨어뜨린 외투 같았다. 그리고 그 살갗 밑에 다른 사람이 있었다.

"난 엄마가 없어." 리나가 소리쳤다.

새라핀이 움찔했다. 자기가 리나의 엄마니까 상처받은 표정을 지으려고 애쓰는 것 같았다. 새라핀이 리나의 엄마라는 건 유전적으로 부인할 수 없는 진실이었다. 새라핀의 머리카락도 리나와 똑같이 길고, 검고, 구불구불했다. 다만 리나는 무서울 정도로 아름다운 반면, 새라핀은 그냥 무섭기만 하다는 것이 다른 점이었다. 리나처럼 새라핀의 이목구비도 길쭉길쭉하고 우아했다. 하지만 리나의 초록색 눈과 달리 새라핀의 눈은 리들리나 제

563

너비브처럼 타오르는 노란색이었다. 그 눈 때문에 모든 것이 달라 보였다.

새라핀은 코르셋으로 조이게 되어 있는, 어두운 초록색 벨벳 드레스를 입고 있었다. 현대적이면서도 고딕식이고 세기말의 분위기를 풍기는 옷이었다. 발에는 검은색의 높은 오토바이 부츠를 신었다. 새라핀은 문자 그대로 링컨 부인의 몸속에서 걸어 나왔다. 링컨 부인의 몸은 누가 쪼개진 부분을 꿰매기라도 한 것처럼 몇 초 만에 다시 하나로 융합되었다. 진짜 링컨 부인은 고리를 넣어서 부풀린 스커트가 뒤집혀서 무릎까지 올라오는 스타킹과 페티코트를 다 드러낸 채 풀밭에 쓰러져 있었다.

링크는 쇼크 상태였다.

새라핀이 자기를 누르고 있던 무게를 털어버리며 몸을 똑바로 폈다. "일반인들이란. 정말이지 참을 수 없는 몸이었어. 어찌나 어색하고 불편한지. 5분마다 한 번씩 얼굴에 뭘 처발라대질 않나. 역겨운 생물이야."

"엄마! 엄마, 정신 차려요!" 링크가 일종의 차단막처럼 우리를 가두고 있는 것을 주먹으로 쾅쾅 두드려댔다. 링컨 부인이 아무리 무서운 아줌마라 해도, 링크의 엄마였다. 엄마가 그렇게 대수롭지 않은 인간쓰레기처럼 던져지는 모습을 보는 건 링크에게 아주 힘든 일이었을 것이다.

새라핀이 손을 한 번 흔들었다. 그러자 링크의 입술은 여전히 움직이는데도 소리가 전혀 나지 않았다. "이제 좀 낫네. 내가 지난 몇 달 동안 네 엄마의 몸에 줄곧 들어가 있을 필요가 없었던 걸 다행으로 생각해. 내가 그랬다면, 넌 지금쯤 죽은 목숨이었을걸. 네가 저녁 식탁에서 그 밴드인지 뭔지에 대해 이야기를 늘어놓는 통에 내가 지루해서 널 죽일 뻔한 게 몇 번인지 헤아릴 수도 없어."

이제야 모든 게 이해되었다. 리나를 쫓아내려고 사람들을 선동한 것, 잭슨 고등학교 징계위원회, 리나의 학교 기록에 대한 거짓말, 심지어 핼러윈에 가져온 이상한 브라우니까지. 새라핀은 도대체 언제부터 링컨 부인으로 위장한 걸까?

아니, 링컨 부인의 몸속에 들어가 있었다고 해야 옳았다.

나는 지금까지 우리가 무엇을 상대해야 하는지 제대로 이해하지 못했다. 현존하는 어둠의 주술사 중 최고라니. 여기에 비하면 리들리는 아주 무해한 존재처럼 보였다. 리나가 오래전부터 이날을 그토록 두려워한 것도 무리가 아니었다.

새라핀이 다시 리나를 돌아보았다. "넌 엄마가 없다고 생각할지도 모르지만, 리나, 너한테 엄마가 없다면 그건 순전히 네 할머니와 삼촌이 너를 내게서 빼앗아간 탓이야. 난 옛날부터 항상 널 사랑했어." 새라핀이 감정과 감정 사이를 자유자재로 오가는 모습이 아주 거슬렸다. 진지하게 후회하는 모습이다가 순식간에 역겨움과 경멸로 옮겨 가다니. 하지만 어떤 감정이나 깊이가 없기는 마찬가지였다.

리나는 원한이 서린 눈빛이었다. "그래서 줄곧 나를 죽이려고 했던 건가요, 어머니?"

새라핀은 걱정스러운 표정을 지으려고 애썼다. 아니, 놀란 표정을 지으려 하는 것 같기도 했다. 하지만 새라핀의 표정이 너무 부자연스럽고 억지스러워서 어느 쪽인지 확실히 판단을 내릴 수 없었다. "그 사람들이 너한테 그렇게 말하던? 난 그저 너랑 접촉하려고 했을 뿐이야. 이야기를 하려고. 그 사람들이 펼쳐둔 속박의 주술만 아니면, 나 때문에 네가 위험해지는 일은 절대 없었을 거다. 이건 그 사람들도 아는 사실이야. 물론 그 사람들이 걱정하는 건 나도 이해하지. 나는 어둠의 주술사이고, 변이체니까. 하지만 리나, 너도 다른 사람들과 똑같이 잘 알고 있잖니. 이건 내가 선택할 수 있는 문제가 아니었다는 걸. 이미 결정된 일이었어. 그렇다고 해서 내가 너를 생각하는 마음이 바뀌지는 않아. 넌 내 외동딸인걸."

"난 당신 말 안 믿어!" 리나가 뱉듯이 말했다. 하지만 표정에는 확신이 없었다. 무엇을 믿어야 할지 판단이 서지 않는 것 같았다.

나는 휴대전화로 시간을 확인했다. 9:59. 자정까지 두 시간이 남아 있었다.

링크는 양손에 머리를 묻고 나무에 몸을 기대며 축 늘어졌다. 나는 풀밭에 생기 없이 쓰러져 있는 링컨 부인에게서 시선을 뗄 수가 없었다. 리나도 링컨 부인을 바라보고 있었다.

"설마, 아니지? 그렇지?" 나는 링크를 위해서라도 확인을 해야 했다.

새라핀은 연민의 표정을 지으려고 애썼다. 하지만 나와 링크에게 점점 흥미를 잃고 있음이 역력히 드러났다. 우리에게는 좋은 일이 아니었다. "저 여자는 곧 예전처럼 매력 없는 모습으로 돌아갈 거야. 구역질나는 여자 같으니. 난 저 여자나 저 애한테 관심이 없어. 그냥 내 딸에게 일반인들의 본질을 보여주고 싶었을 뿐이야. 일반인들이 얼마나 쉽게 휘둘리는지, 얼마나 앙심을 잘 품는지." 새라핀은 리나에게 시선을 돌렸다. "링컨 부인이 겨우 몇 마디만 했을 뿐인데 이 마을 전체가 얼마나 쉽사리 너한테 등을 돌렸는지 생각해 봐. 넌 이 사람들의 세상과 어울리지 않아. 나와 같이 있어야 해."

새라핀은 라킨을 바라보았다. "매력 없다는 소리를 하니 생각나는데, 라킨, 우리한테 너의 그 연한 파란색을 보여주지 그러니? 아니, 참, 노란색이지."

라킨은 미소를 짓더니 눈을 꼭 감고, 한참 낮잠을 자고 난 뒤에 기지개를 켜듯이 양팔을 머리 위로 올렸다. 그러고 나서 그가 다시 눈을 뜨자 뭔가가 달라져 있었다. 라킨은 정신없이 눈을 깜박였다. 그가 그렇게 눈을 깜박일 때마다 눈이 변했다. 거의 분자들이 재배열되는 것 같은 모습이었다. 라킨의 몸도 변해서, 그가 서 있던 자리에는 이제 뱀들이 잔뜩 쌓여 있었다. 뱀들이 똬리를 틀고 서로의 몸 위로 올라가기 시작하더니, 그 배배 꼬인 뱀 더미에서 다시 라킨이 나타났다. 그는 방울뱀으로 변한 양팔을 내밀었다. 뱀들은 쉿쉿거리며 그의 가죽 재킷 속으로 기어들어가 다시 손이 되었다. 라킨이 눈을 떴다. 이제는 익숙한 초록색 눈 대신 새라핀이나 리들리와 똑같은 황금색 눈이 우리를 강렬하게 바라보았다. "초록색은 절대 내

색깔이 아니야. 환영사의 특전 중 하나였지."

"라킨?" 나는 가슴이 철렁 내려앉았다. 라킨도 저들과 같은 어둠의 주술사였다. 상황이 생각보다 심각했다.

"라킨, 정체가 뭐야?" 리나는 혼란스러운 표정이었지만, 그 표정은 금방 사라졌다. "왜?"

하지만 이 질문의 대답은 바로 우리 눈앞에 있었다. 라킨의 황금색 눈 속에. "안 될 것 없잖아?"

"안 될 것 없잖아? 글쎄, 잘은 모르겠지만, 가족 간의 의리를 좀 지킬 수도 있잖아."

라킨은 고개를 획 한 바퀴 돌렸다. 목에 걸려 있던 굵은 금목걸이가 꿈틀거리는 뱀으로 변해서 라킨의 뺨을 향해 혀를 날름거렸다. "의리는 내 취향이 아니라서 말이야."

"오빠는 모든 사람을 배신했어. 오빠의 엄마까지도. 그러고도 마음이 편해?"

라킨은 혀를 쑥 내밀었다. 뱀으로 변한 혀가 그의 입속으로 기어 들어가서 사라져버렸다. 라킨이 침을 꿀꺽 삼켰다. "빛보다 어둠 쪽이 훨씬 더 재미있어, 사촌. 너도 알게 될 거야. 우린 생긴 대로 살아가는 거야. 이게 내 운명이었어. 거기에 맞서 싸울 이유가 없지." 라킨의 혀가 날름거렸다. 그의 몸 안에 들어 있는 뱀처럼 혀끝이 둘로 갈라져 있었다. "난 네가 왜 그렇게 고민을 하는지 모르겠다. 리들리를 봐. 아주 즐기면서 살잖아."

"배신자!" 리나가 점점 이성을 잃고 있었다. 리나의 머리에서 천둥이 우르릉거리더니 빗줄기가 다시 강해졌다.

"배신자는 라킨뿐만이 아냐, 리나." 새라핀이 리나를 향해 몇 걸음 다가갔다.

"무슨 소리야?"

"네가 사랑하는 메이컨 삼촌." 원한이 서린 목소리였다. 새라핀이 자신에게서 딸을 빼앗아가다시피 한 메이컨의 행동을 결코 잊지 않았음을 알 수 있었다.

"거짓말."

"너한테 줄곧 거짓말을 한 게 바로 메이컨이야. 메이컨은 네 운명이 미리 정해졌다고 믿게 만들었지. 너한테는 선택의 여지가 없는 것처럼. 열여섯 번째 생일인 오늘 밤에 네가 빛인지 어둠인지 결정될 거라면서."

리나는 고집스레 고개를 저었다. 그러면서 손바닥을 들어 올렸다. 천둥이 우르릉거리고, 또 폭우가 쏟아지기 시작했다. 두꺼운 담요처럼, 급류처럼. 리나가 빗소리 때문에 목소리를 높여 고함을 질렀다. "원래 그런 거야. 리들리도 리스도 라킨도 그랬어."

"그래, 그건 맞아. 하지만 넌 달라. 오늘 밤에 넌 운명이 결정되는 게 아냐. 네가 스스로 결정하는 거야."

이 말이 허공에서 딱 멈춰 섰다. '스스로 결정해라.' 이 말이 시간을 멈추는 능력을 갖고 있기라도 한 것 같았다.

리나의 얼굴은 잿빛이었다. 순간적으로 기절하는 게 아닐까 하는 생각이 들었다. "뭐라고?" 리나가 속삭이듯 작은 소리로 말했다.

"너한테는 선택권이 있어. 네 삼촌은 틀림없이 그런 말을 안 해줬겠지만."

"말도 안 돼." 비명 같은 바람 소리 때문에 나는 리나의 목소리를 간신히 들을 수 있었다.

"네가 내 딸이기 때문에, 두케인 가문에 두 번째로 태어난 자연체이기 때문에 선택권을 갖게 된 거야. 지금은 내가 변이체인지 몰라도, 원래 나는 우리 가문에 첫 번째로 태어난 자연체였어."

새라핀은 잠시 말을 멈췄다가, 시 구절을 읊었다.

"첫 번째는 어둠이 되겠지만
두 번째는 돌아가는 것을 선택할 수 있다."

"모르겠어." 리나는 다리가 휘청거리더니 진흙과 웃자란 풀들 속으로 무릎을 꿇으며 쓰러졌다. 긴 검은 머리가 빗물을 머금은 채 리나의 주위를 감쌌다.

"너한테는 처음부터 선택권이 있었어. 네 삼촌도 처음부터 그걸 알고 있었고."

"난 당신 말 안 믿어!" 리나가 양팔을 하늘로 들어 올렸다. 리나가 움켜쥐고 있던 흙덩어리들이 소용돌이치며 폭풍 속으로 휘말려 들어갔다. 흙과 돌멩이가 사방에서 우리를 향해 날아왔기 때문에 나는 팔로 눈을 가렸다.

나는 폭풍 소리를 뚫고 리나에게 큰 소리로 말을 걸려고 애썼지만, 리나는 내 말을 거의 듣지 못하는 것 같았다. "리나, 그 여자 말은 듣지 마. 그 여자는 어둠이야. 남을 생각할 리가 없어. 네가 나한테 직접 그렇게 말했잖아."

"메이컨 삼촌이 나한테 진실을 숨겼다면, 이유가 뭘까?" 리나는 나를 똑바로 바라보았다. 마치 내가 대답을 알고 있기라도 한 것처럼. 하지만 나는 대답을 알지 못했다. 할 말이 하나도 없었다.

리나는 발로 땅을 쾅 하고 굴렀다. 땅이 떨리기 시작하더니, 내 발밑에서 물결쳤다. 생전 처음으로 개틀린 카운티에 지진이 일어난 것이다. 새라핀은 미소를 지었다. 리나가 이성을 잃고 있다는 것, 그래서 자기가 이기고 있다는 것을 확신한 미소였다. 하늘에서 번개가 번쩍였다.

"그만해, 새라핀!" 메이컨의 목소리가 들판 저편에서 울려 퍼졌다. 메이컨이 하늘에서 뚝 떨어진 것처럼 느닷없이 나타났다. "내 조카를 건드리지 마."

오늘 밤 달빛 속에 서 있는 메이컨은 평소와 다르게 보였다. 인간과 비슷한 모습보다는 참모습이 더 많이 드러난 것 같았다. 인간이 아닌 다른 존재. 메이컨의 얼굴은 평소보다 더 젊고, 갸름해 보였다. 싸울 각오가 된 얼굴이었다. "내 딸을 말하는 거야? 네가 나한테서 훔쳐간 딸?" 새라핀은 허리를 곧추세우고 손가락을 비틀기 시작했다. 전투를 앞두고 무기를 확인하는 병사 같았다.

"저 애가 당신한테 의미 있는 존재라도 되는 것 같군." 메이컨이 차분하게 말했다. 그리고 여느 때처럼 티끌 하나 없는 재킷을 매끈하게 폈다. 부가 메이컨 뒤쪽의 덤불 속에서 갑자기 불쑥 튀어나왔다. 메이컨을 따라잡으려고 줄곧 뛰어온 것 같았다. 오늘 밤 부는 본모습 그대로, 즉 거대한 늑대 같은 모습이었다.

"메이컨, 이거 영광인걸. 파티를 놓친 게 유감이긴 하지만 말이야. 내 딸의 열여섯 번째 생일파티인데. 그래도 괜찮아. 오늘 밤에 결정이 내려질 테니까. 이제 두어 시간 남았지? 세상을 다 준다 해도 그건 놓치지 않을 거야."

"그럼 실망하게 되겠는걸. 당신은 초대받지 못했으니까."

"안타깝네. 내가 다른 사람을 하나 초대했는데. 그 사람은 널 보고 싶어 죽을 지경이거든." 새라핀은 미소를 지으며 손가락을 퍼덕였다. 메이컨이 느닷없이 나타날 때처럼, 어떤 남자가 느닷없이 나타났다. 그는 조금 전만 해도 분명히 아무도 없던 버드나무 옆에서 줄기에 몸을 기대고 서 있었다.

"헌팅? 저 여자가 너를 어디서 파낸 거야?"

그 남자는 메이컨과 비슷하게 보였지만, 키가 더 크고 나이가 조금 더 젊었다. 새까만 머리카락은 매끈하게 빗어 넘겼고, 피부는 메이컨과 똑같이 창백했다. 하지만 메이컨이 옛날 남부의 신사 같은 모습이라면, 이 남자는 무서울 정도로 세련된 모습이었다. 터틀넥 스웨터, 진바지, 가죽 재킷이 모두 검은색 일색이었다. 메이컨이 케리 그랜트 같다면, 이 남자는 쓰레기 같은 삼류 신문 표지에 등장한 영화배우 같았다. 하지만 한 가지는 분명했다. 그도 몽마라는 것. 분명히 착한 몽마는 아니었다(착한 몽마라는 게 존재하는지는 잘 모르겠다). 메이컨의 정체가 무엇이든, 헌팅과는 같은 부류가 아니었다.

헌팅은 자기 일족에게는 분명히 미소로 통하는 것 같은 표정을 지었다. 그러고는 메이컨의 주위를 빙빙 돌기 시작했다. "형, 오랜만이야."

메이컨은 미소로 화답하지 않았다. "더 오랫동안 안 만났으면 좋았을걸.

네가 저 여자랑 한 편이 된 건 별로 놀라운 일도 아니군."

헌팅은 웃음을 터뜨렸다. 천박한 소리로 크게. "내가 저 여자 말고 또 누구랑 한 편이 되겠어? 형처럼 빛의 주술사 무리에 낄까? 말도 안 되는 소리. 그렇게 자기 본질을 외면할 수 있다고 생각하다니. 우리 집안의 전통에서 벗어날 수 있다고 생각하다니."

"난 선택을 한 거야, 헌팅."

"선택? 형은 그걸 선택이라고 하나 보지?" 헌팅은 다시 웃음을 터뜨리며 메이컨에게 한층 더 다가섰다. 그의 주위를 도는 건 여전했다. "선택이라기보다는 환상이지. 자기 본질을 선택할 수는 없어, 형. 형은 몽마야. 그리고 형이 피를 먹이로 삼는 걸 받아들이든 거절하든, 여전히 어둠의 생물일 뿐이야."

"메이컨 삼촌, 저 여자 말이 사실이에요?" 리나는 메이컨과 헌팅의 가족 상봉 장면에는 관심이 없었다.

새라핀이 날카로운 소리로 웃음을 터뜨렸다. "이번 한 번만이라도 이 아이한테 진실을 말해, 메이컨."

메이컨은 고집스러운 표정으로 리나를 바라보았다. "리나, 그건 그렇게 간단한 문제가 아냐."

"어쨌든 사실이긴 한 거예요? 나한테 선택권이 있어요?" 리나의 구불구불한 머리카락은 흠뻑 젖어서 물을 뚝뚝 떨어뜨리고 있었다. 메이컨과 헌팅은 당연히 물기 하나 없이 보송보송했다. 헌팅이 미소를 지으며 담배에 불을 붙였다. 그는 이 상황을 즐기고 있었다.

"메이컨 삼촌, 그게 사실이에요?" 리나가 애원하듯 물었다.

메이컨은 화난 표정으로 리나를 바라보다가 시선을 돌렸다. "너한테 선택권이 있는 건 맞다, 리나. 아주 복잡한 선택이지. 심각한 결과가 따르는 선택이기도 하고."

순식간에 비가 완전히 멈춰버렸다. 바람도 전혀 불지 않았다. 폭풍의 눈에 들어온 것 같았다. 리나의 감정이 소용돌이쳤다. 나는 리나의 기분을 알 수 있었다. 머릿속에서 리나의 목소리가 들리지 않아도. 리나는 오래전부터 원하던 것, 즉 자신의 운명을 스스로 결정할 수 있는 권리를 마침내 얻게 되었다는 사실에 기뻐하고 있었다. 그리고 줄곧 믿어왔던 단 한 명의 사람을 잃어버렸다는 사실에 분노하고 있었다.

리나는 새로운 눈을 얻은 사람처럼 메이컨을 노려보았다. 리나의 얼굴에 어둠이 스멀스멀 기어드는 것이 보였다. "왜 말해주지 않았어요? 나는 언젠가 어둠이 될 거라고 평생 겁에 질려 살았는데." 다시 천둥이 치더니 비가 또 후두두 내리기 시작했다. 눈물 같았다. 하지만 리나는 울고 있지 않았다. 리나는 분노하고 있었다.

"너한테 선택권이 있는 건 맞다, 리나. 하지만 선택에 따르는 결과가 있어. 네가 어렸을 때는 그 결과를 이해하지 못했을 거다. 지금도 제대로 이해하지 못할 거야. 그래도 나는 매일 그 생각을 하며 살았다. 네가 태어나기도 전부터. 너의 '다정한 어머니'도 잘 알듯이, 이 거래의 조건은 이미 오래전에 결정된 거야."

"결과라니 어떤 건데요?" 리나는 의심스러운 표정으로 새라핀을 바라보았다. 조심스러운 표정이었다. 새로운 가능성을 향해 마음을 여는 사람의 표정. 나는 리나가 무슨 생각을 하는지 알 것 같았다. 메이컨이 지금껏 줄곧 이런 사실을 비밀로 지켜왔다면, 그래서 메이컨을 믿을 수 없게 되었다면, 혹시 엄마의 말이 사실인지도 모른다….

나는 리나가 내 말을 듣게 만들어야 했다.

'저 여자 말은 듣지 마! 리나! 저 여자를 믿으면 안 돼….'

하지만 아무런 응답이 없었다. 새라핀 때문에 우리의 연결이 끊어진 것이다. 마치 새라핀이 우리를 연결해주던 전화선을 끊어버린 것 같았다.

"리나, 저 여자가 너한테 은근히 강요하고 있는 선택권에 대해 넌 도저히 이해 못 할 거다. 거기에 뭐가 걸려 있는지."

눈물처럼 내리던 비가 비명 같은 폭우로 변했다.

"삼촌 말을 어떻게 믿겠니? 지금까지 수없이 거짓말을 했는데." 새라핀은 메이컨을 노려보고는 리나에게 시선을 돌렸다. "너랑 이야기할 시간이 좀 더 있었으면 좋을 텐데, 리나. 하지만 이제 넌 선택을 해야 돼. 난 그 선택에 무엇이 걸려 있는지 너한테 설명해줘야 하는 속박의 주술에 걸려 있고. 선택에 결과가 따르는 건 사실이야. 그건 네 삼촌의 말이 옳아." 새라핀은 잠시 후에 다시 말을 이었다. "네가 어둠을 선택한다면, 우리 가문의 빛의 주술사들이 모두 죽을 거야."

리나의 얼굴이 하얗게 질렸다. "그럼 내가 왜 그런 짓을 해요?"

"왜냐하면, 네가 빛을 선택한다면 우리 가문의 모든 어둠의 주술사와 릴룸이 죽기 때문이지." 새라핀은 시선을 돌려 메이컨을 바라보았다. "여기서 모두란 정말로 모두를 의미하는 말이야. 너한테 그동안 아버지 노릇을 했던 네 삼촌도 사라질 거다. 네가 삼촌을 죽이는 거지."

메이컨의 형체가 사라졌다가 리나 앞에 다시 나타났다. 1초도 되지 않는 짧은 순간에 벌어진 일이었다. "리나, 내 말 잘 들어라. 난 그 희생을 기꺼이 받아들일 거다. 그래서 너한테 사실을 말해주지 않은 거야. 네가 날 손에서 놓아버렸다는 죄책감에 시달릴까 봐. 네가 무엇을 선택할지 나는 처음부터 알고 있었다. 그러니까 이제 선택해라. 날 놓아버려."

리나는 비틀거렸다. 새라핀의 말이 사실이라면, 리나가 정말로 메이컨을 죽일 수 있을까? 하지만 그 말이 정말로 사실이라면, 리나에게 다른 선택의 여지가 없지 않은가? 리나가 메이컨을 사랑한다 해도, 메이컨은 겨우 한 목숨일 뿐인데.

"나한테 다른 방법이 있어." 새라핀이 말했다.

"도대체 무슨 방법인데요? 그런다고 내가 할머니, 델 이모, 리스, 라이언을 모두 죽이게 될 길을 선택할 수 있겠어요?"

새라핀은 리나를 향해 조심스레 몇 걸음 다가섰다. "이선이야. 너희 둘이 계속 함께 있을 수 있는 방법이 있어."

"그게 무슨 소리예요? 우린 이미 함께 있어요." 새라핀은 고개를 갸우뚱하게 기울이며 눈을 가늘게 떴다. 그 황금색 눈에 어떤 표정이 지나갔다. 이제 알겠다는 표정이었다.

"너 모르는구나, 그렇지?" 새라핀은 메이컨을 바라보며 웃음을 터뜨렸다. "이 아이한테 말해주지 않았군. 그건 공평하지 못해."

"모르다니, 뭘요?" 리나가 쏘아붙였다.

"너와 이선은 결코 하나가 될 수 없어. 육체적으로. 주술사와 릴룸은 일반인과 함께 있을 수 없어." 새라핀은 미소를 지었다. 지금 이 순간을 만끽하는 표정이었다. "그랬다가는 일반인이 죽어버리거든."

결정

❧ 2.11 ❧

주술사와 일반인이 하나가 되면, 일반인이 죽는다.

이제 모든 게 이해되었다. 우리 둘이 근본적으로 연결되어 있는 것, 우리 둘 사이에 통하는 전기, 키스를 할 때마다 숨이 가빠지는 것, 내가 하마터면 심장마비로 죽을 뻔한 것. 우리는 육체적으로 하나가 될 수 없었다.

그 말은 분명한 사실이었다. 메이컨이 했던 말이 생각났다. 습지에서 애마 아줌마를 만난 날과 내 방에 들어왔던 날 그가 한 말.

'너희 둘에게는 미래가 없다.'

'지금은 네가 알지 못하는 것들이 있다. 우리들 중 어느 누구도 그걸 바꿀 수는 없다.'

리나는 부들부들 떨고 있었다. 리나도 그 말이 사실이라는 걸 깨달았다는 뜻이었다. "뭐라고요?" 리나가 속삭이듯 작은 소리로 물었다.

"너와 이선은 결코 하나가 될 수 없어. 결혼도 할 수 없고, 아이도 낳을 수 없어. 너희에겐 미래가 없어. 적어도 진짜 미래는 불가능해. 저 사람들이 너한테 여태껏 말을 안 해주다니, 믿을 수가 없네. 저 사람들은 너와 리들리를 지나치게 보호했구나."

리나는 메이컨에게 시선을 돌렸다. "왜 말 안 해줬어요? 내가 이선을 사랑하는 걸 알잖아요."

"넌 남자 친구를 사귀어본 적이 한 번도 없잖아. 일반인이건 아니건. 그게 문제가 될 줄은 우리 모두 꿈에도 몰랐다. 우리가 너와 이선이 서로 강하게 연결되어 있다는 걸 깨달았을 때는 이미 너무 늦은 뒤였어."

두 사람의 목소리가 내 귀에 들리기는 했지만, 나는 두 사람의 이야기를 듣지 않았다. 우리 둘이 함께 있을 수 없다니. 리나에게 가까이 다가갈 수 없다니.

바람이 더 강해져서 빗줄기를 채찍처럼 휘둘러댔다. 빗줄기가 유리처럼 허공을 갈랐다. 번개는 하늘을 찢어놓았다. 천둥소리가 어찌나 크게 울리는지 땅이 흔들릴 정도였다. 이곳은 이제 폭풍의 눈이 아니었다. 나는 리나가 점점 자신을 통제하지 못하고 있다는 걸 깨달았다.

"나한테 언제 말해줄 작정이었어요?" 바람 소리 속에서 리나가 비명처럼 고함을 질렀다.

"네가 스스로 결정을 내린 뒤에."

새라핀은 지금이 기회다 싶었는지 두 사람의 대화에 끼어들었다. "모르겠니, 리나? 우리한테 방법이 있어. 너와 이선이 평생을 함께 보내면서 결혼도 하고 아이도 낳을 수 있는 방법. 네가 원하는 건 뭐든지 할 수 있어."

"저 여자가 널 그렇게 내버려두지 않을 거다, 리나." 메이컨이 쏘아붙였다. "설사 그게 가능하다 해도, 어둠의 주술사들은 일반인을 경멸해. 저들은 자기들 혈통이 일반인의 피로 흐려지는 걸 두고 보지만은 않을 거다. 그게 우리들 사이의 가장 커다란 차이점 중 하나야."

"그건 맞아. 하지만 이번에는 우리가 기꺼이 예외를 인정해줄 거야, 리나. 달리 마땅한 대안이 없잖니. 게다가 우리는 그걸 가능하게 만들 수 있는 방법도 찾아냈어." 새라핀은 어깨를 으쓱했다. "죽는 것보다는 낫잖아."

메이컨은 리나를 바라보며 새라핀의 말을 반박했다. "순전히 이선과 같이 있고 싶다는 이유만으로 가문의 사람들을 모조리 죽일 수 있겠니? 델 이모를 죽일 수 있겠어? 리스는? 라이언은? 네 할머니는?"

새라핀은 관능적인 모습으로 그 강력한 양손을 넓게 벌리며 힘이 실린 손가락을 움직였다. "일단 변하고 나면, 넌 그 사람들한테는 신경도 쓰지 않게 될 거야. 네 옆에는 네 엄마인 내가 있을 거다. 삼촌도 있고, 이선도 있을 거야. 이선이야말로 네 삶에서 가장 중요한 사람 아니니?"

리나의 눈빛이 흐려졌다. 비와 안개가 리나의 주위에서 소용돌이쳤다. 빗소리가 하도 요란해서 허니힐의 포탄 소리조차 거의 묻힐 지경이었다. 나는 이곳에서 벌어지고 있는 두 개의 전투 때문에 우리가 죽을 수도 있다는 사실을 지금까지 까맣게 잊고 있었다.

메이컨이 리나의 양팔을 움켜쥐었다. "저 여자 말이 옳다. 만약 네가 저 여자 말을 따른다면 후회하는 일은 없을 거야. 이미 네 자신의 모습을 잃어버린 뒤일 테니까. 지금의 너는 죽어버릴 거다. 저 여자가 너한테 말하지 않은 게 있어. 네가 지금 이선을 생각하는 마음을 기억하지 못할 거라는 것. 몇 달도 안 돼서 너의 심장은 완전히 어둡게 변할 테고, 그러면 이선은 너한테 아무 의미도 없는 존재가 될 거다. 자연체에게 결정은 믿을 수 없을 만큼 강렬한 영향을 미쳐. 어쩌면 네가 네 손으로 이선을 죽이게 될지도 모른다. 그렇게 사악한 일까지 저지를 수 있게 된다는 말이다. 그렇지 않나, 새라핀? 리나의 아버지가 어떻게 됐는지 말해주지 그래? 진실을 그렇게 좋아한다니 말이야."

"네 아버지는 너를 내게서 훔쳐갔어, 리나. 그때 일은 불행한 사고였을 뿐이야." 리나는 충격으로 질린 얼굴이었다. 징계위원회에서 정신 나간 링컨 부인에게서 엄마가 아버지를 살해했다는 말을 듣는 것과, 그것이 사실이라는 걸 확인하는 건 완전히 차원이 다른 일이었다.

메이컨은 어떻게든 다시 자신에게 유리한 상황을 만들려고 애썼다. "이 아이한테 말해줘, 새라핀. 이 아이 아버지가 자기 집에서 당신이 놓은 불 때문에 타 죽었다고. 당신이 불장난을 얼마나 좋아하는지 우리 모두 잘 알고 있지."

새러핀의 눈빛은 사나웠다. "넌 지금까지 16년 동안 내 일에 끼어들었어. 그러니 오늘은 가만히 앉아서 구경이나 하지 그래?"

갑자기 헌팅이 메이컨에게서 겨우 몇 센티미터 떨어진 곳에 나타났다. 이제 헌팅은 인간보다 자신의 본질에 더 가까운 모습이었다. 악마의 모습. 매끈하게 빗어 넘겼던 검은 머리는 공격하기 직전 늑대의 목덜미 털처럼 곤두서 있었고, 귀는 뾰족하게 변해 있었다. 그가 입을 열었을 때 보니, 짐승의 입이었다. 그런데 그가 갑자기 또 사라져버렸다.

헌팅은 순식간에 메이컨의 머리 위에 다시 나타났다. 어찌나 순식간에 벌어진 일인지, 내가 그걸 직접 눈으로 봤는지도 확실치 않을 정도였다. 메이컨은 헌팅의 재킷을 잡고 나무를 향해 그를 내던졌다. 메이컨이 그렇게 강할 줄이야. 헌팅은 허공을 날아갔지만, 나무에 부딪히는 대신 그대로 나무를 통과해서 몸을 굴리며 바닥에 떨어졌다. 그와 동시에 메이컨이 사라졌다가 헌팅의 몸 위에 나타났다. 메이컨은 헌팅의 몸을 바닥에 내동댕이쳤다. 그 힘에 땅이 갈라져 열릴 정도였다. 헌팅은 메이컨에게 패해서 바닥에 그냥 쓰러져 있었다. 메이컨은 고개를 돌려 리나를 바라보았다. 그런데 바로 그 순간 헌팅이 미소를 지으며 뒤에서 몸을 일으켰다. 나는 고함을 질러 메이컨에게 알리려고 했지만, 폭풍이 점점 강해지고 있었기 때문에 아무도 내 목소리를 듣지 못했다. 헌팅은 사악하게 으르렁거리며 메이컨의 목덜미에 이빨을 박아 넣었다. 투견 같았다.

메이컨은 목구멍 속 깊은 곳에서 울려오는 비명을 지르더니 사라져버렸다. 그리고 다시 나타나지 않았다. 헌팅은 메이컨을 끝까지 놓지 않았는지, 메이컨과 함께 사라져버렸다. 잠시 후 두 사람이 공터 가장자리에 다시 나타났을 때에도 헌팅은 여전히 메이컨의 목덜미에 매달려 있었다.

뭘 하는 거지? 피를 먹는 건가? 그런 일이 가능하기는 한지 나로서는 알 수 없었다. 헌팅이 뭘 빨아내고 있는 건지는 몰라도, 메이컨에게서 점점 힘이 빠져나가는 것 같았다. 리나가 갈라진 목소리로 비명을 질렀다. 피가 얼어붙을 것 같은 비명이었다.

헌팅이 메이컨의 몸을 밀치며 떨어져 나왔다. 메이컨은 진흙탕 속에 늘어져 있었다. 빗줄기가 그의 몸을 마구 두드렸다. 또 포탄 소리가 울렸다. 나는 움찔했다. 포탄 소리가 너무 가까워서 불안했다. 재연행사가 우리 쪽을 향해, 그린브라이어를 향해 다가오고 있었다. 남군이 최후의 일전을 벌이는 중이었다.

포탄 소리에 으르렁거리는 소리가 살짝 묻혀버렸다. 완전히 다른 종류의 소리이기는 해도 친숙했다. 부 래들리였다. 녀석이 으르렁거리며 주인을 지키겠다는 일념으로 헌팅을 향해 허공으로 뛰어올랐다. 그런데 부가 헌팅을 향해 뛰어오르는 순간 라킨의 몸이 뒤틀리기 시작하더니 독사 무더기로 변해서 부의 앞에 나타났다. 독사들은 서로의 몸을 타고 넘으면서 쉿쉿거렸다.

부는 이 뱀들이 환상이라는 것, 그래서 그냥 뛰어서 통과해도 된다는 걸 몰랐다. 녀석은 꿈틀거리는 뱀들에게 시선을 고정시킨 채 컹컹 짖으며 뒤로 물러났다. 헌팅이 기다리던 기회였다. 헌팅은 사라졌다가 부의 뒤에 다시 나타나 그 초자연적인 힘으로 부의 목을 졸랐다. 부는 헌팅에게 반항하려고 애썼지만 소용없었다. 헌팅의 힘이 너무 강했다. 그는 축 늘어진 부를 메이컨 옆에 던졌다. 부는 꼼짝도 하지 않았다.

개와 주인이 진흙탕 속에 나란히 누워 있었다. 미동도 하지 않고.

"메이컨 삼촌!" 리나가 비명을 질렀다.

헌팅은 매끈한 머리를 양손으로 빗어 넘기며 고개를 흔들었다. 잔뜩 기가 오른 표정이었다. 라킨은 가죽재킷 속으로 돌아와 친숙한 인간의 모습으로 변했다. 두 사람 모두 방금 마약주사를 맞은 중독자들 같았다.

라킨이 달을 올려다보더니 자기 손목시계를 확인했다. "30분 전이야. 자정이 다가오고 있어."

새라핀은 하늘을 끌어안을 듯이 양팔을 위로 쭉 뻗었다. "열여섯 번째 달, 열여섯 번째 해."

헌팅이 리나를 보며 히죽 웃었다. 피와 진흙이 얼굴에 묻어 있었다. "우리 식구가 된 걸 환영한다."

리나는 그들과 식구가 될 생각이 전혀 없었다. 이제 나도 그것을 알 수 있었다. 리나는 몸을 일으켰다. 리나 자신이 불러온 엄청난 폭우 때문에 온몸이 흠뻑 젖고, 진흙으로 뒤덮여 있었다. 검은 머리카락이 리나의 주위에서 흩날렸다. 바람 때문에 제대로 서 있기가 힘들어서 리나는 바람을 향해 몸을 기울였다. 그래서 언제라도 리나가 지면에서 발을 떼고 떠올라 검은 하늘로 사라져버릴 것 같았다. 실제로 그렇게 할 수 있을지도 몰랐다. 지금은 무슨 일이 일어나더라도 놀랍지 않을 것 같았다.

라킨과 헌팅은 소리 없이 어둠 속으로 움직여서 리나를 마주 본 채 새라핀의 양 옆에 섰다. 새라핀이 가까이 다가들었다.

리나가 한 손을 손바닥이 보이게 들어올렸다. "거기 멈춰요."

새라핀은 멈추지 않았다. 리나가 손을 오므렸다. 불의 선이 높게 자란 풀들 속을 뚫고 휙 솟아올랐다. 불꽃이 포효하며 어머니와 딸을 갈라놓았다. 새라핀은 그대로 얼어붙은 듯 꼼짝도 하지 않았다. 리나가 그저 바람과 비를 조금 불러오는 것 외에 훨씬 더 많은 일을 할 수 있을 거라고는 예상치 못한 모양이었다. 리나 때문에 당황한 것 같았다. "난 우리 집안의 모든 사람들과는 달리 너한테 아무것도 감추지 않을 거야. 이미 네가 선택할 수 있는 방안들을 이야기해주었고, 진실도 말해주었잖아. 너는 나를 미워할지 몰라도, 내가 네 엄마인 건 변함없는 사실이야. 그리고 나는 저들이 줄 수 없는 것을 너한테 줄 수 있어. 일반인과 함께 하는 미래 말이야."

불꽃이 더 높이 솟았다. 불길이 스스로 의지를 지닌 것처럼 번져나가 새라핀, 라킨, 헌팅을 둘러쌌다. 리나는 웃음을 터뜨렸다. 제 엄마의 웃음처럼 어두운 웃음이었다. 나는 멀리 떨어져 있는데도 몸이 부르르 떨렸다. "날 생각하는 척할 필요 없어요. 당신이 얼마나 못됐는지는 모르는 사람이 없으니까요, 어머니. 우리 모두 동의할 수 있는 건 그것 하나뿐인 것 같네요."

새라핀은 입술을 오므리고 입김을 후 불었다. 키스를 날리려는 것처럼. 하지만 새라핀이 날린 것은 불길이었다. 불길이 방향을 바꿔 풀밭을 달려와서 리나를 둘러쌌다. "그런 건 진심을 담아서 말해야지, 얘야. 힘을 좀 더 써 봐."

리나는 미소를 지었다. "마녀를 태우려고? 그건 너무 진부해요."

"내가 널 태워버리고 싶었다면, 리나, 넌 이미 죽었을 거야. 잊지 마. 너만 자연체가 아니라는 걸."

리나는 한 손을 천천히 앞으로 뻗어 불꽃 속으로 불쑥 집어넣었다. 그러면서도 눈 하나 깜짝하지 않았을 뿐만 아니라, 얼굴도 철저히 무표정했다. 이내 리나는 나머지 손도 불꽃 속으로 집어넣었다. 그리고는 양손을 머리 위로 들어 올렸다. 불꽃이 공처럼 그 손에 들려 있었다. 리나는 불꽃을 있는 힘껏 던졌다. 나를 향해 똑바로.

불꽃이 내 뒤의 떡갈나무에 부딪히자 넓게 퍼진 가지들이 마른장작보다 더 빠르게 타올랐다. 불꽃이 줄기를 타고 빠르게 내려왔다. 나는 불길을 피하려고 휘청거리며 앞으로 움직였다. 그러나 나를 가둬두고 있는, 눈에 보이지 않는 그 벽에 닿았다. 그런데 그 벽이 없었다. 나는 진흙탕 속에서 다리를 질질 끌며 그 벽이 있던 곳을 넘어갔다. 뒤를 돌아보니 링크가 내 옆으로 쓰러지고 있었다. 링크 뒤쪽의 떡갈나무는 내 것보다 훨씬 더 밝게 타올랐다. 불꽃이 어두운 하늘까지 솟아올라 주위의 들판으로 번져나가기 시작했다. 나는 리나를 향해 정신없이 뛰었다. 다른 생각은 아무것도 나지 않았다. 링크는 제 엄마를 향해 비틀거리며 다가갔다. 새라핀과 우리 사이에 있는 것은 리나와 불의 선뿐이었다. 이 순간만은 그것만으로도 충분한 것 같았다.

　나는 리나의 어깨를 잡았다. 주위가 어두웠기 때문에 리나가 화들짝 놀라야 정상이었지만, 리나는 그것이 내 손이라는 걸 이미 알고 있었다. 굳이 내 얼굴을 확인할 필요도 없었다.

　'사랑해, L.'

　'아무 말도 하지 마, 이선. 저 여자는 모든 걸 들을 수 있어. 나도 잘은 모르지만, 처음부터 줄곧 그랬던 것 같아.'

　나는 들판 저편을 바라보았지만, 불꽃 너머에 있는 새라핀, 헌팅, 라킨은 보이지 않았다. 그들이 그곳에 있다는 건 알고 있었다. 그들이 십중팔구 우리 모두를 죽이려 할 것이라는 생각도 들었다. 하지만 나는 지금 리나와 함께 있었다. 이 순간만은 그것만이 중요했다.

　"이선! 가서 라이언을 데려와. 메이컨 삼촌을 치료해야 돼. 내가 저 여자를 오랫동안 막을 수는 없어." 나는 리나의 말이 끝나자마자 뛰기 시작했다. 새라핀이 무슨 술수를 부려서 우리 사이의 연결을 끊었던 건지는 몰라도, 그건 이제 중요하지 않았다. 리나가 내 마음과 내 머릿속에 다시 돌아와 있었다. 울퉁불퉁한 들판을 뛰어가는 동안 내게 중요한 것은 그것뿐이었다.

　하지만 자정이 거의 다 됐다는 점이 문제였다. 나는 속도를 높였다.

　'나도 사랑해. 서둘러….'

　나는 휴대전화를 확인했다. 11:25. 나는 레이븐우드의 문을 또 쾅쾅 두드리다가 상인방 위의 초승달을 정신없이 눌러댔다. 아무 효과가 없었다. 라킨이 무슨 수작을 부려서 문턱을 봉인해버린 모양이었다. 하지만 나는 그가 무슨 술수를 부렸는지 알 길이 없었다.

"라이언! 델 이모! 할머니!" 라이언을 찾아야 했다. 메이컨은 부상을 입었고, 이제 리나가 다음 차례일 수도 있었다. 리나에게 거절당하면 새라핀이 무슨 짓을 할지 예측할 수 없었다. 링크가 비틀거리며 내 뒤의 계단을 올라왔다.

"라이언이 없어."

"라이언이 의사야? 엄마를 치료해야 돼."

"아니, 라이언은…. 나중에 설명해줄게."

링크는 베란다를 서성거렸다. "그거 다 진짜였어?"

생각을 해야 했다. 나는 혼자였다. 오늘 밤 레이븐우드는 사실상 요새나 다름없었다. 아무도 침입할 수 없었다. 적어도 일반인에게는 불가능했다. 하지만 리나의 기대를 저버릴 수는 없었다.

나는 초자연적인 허리케인의 한가운데에서 어둠의 주술사 두 명과 피의 몽마 한 명과 얽히더라도 전혀 문제가 없을 유일한 사람에게 전화를 걸었다. 사실 그녀 자신도 초자연적인 허리케인이나 마찬가지였다. 애마 아줌마.

나는 전화기 속에서 들려오는 벨 소리를 열심히 들었다. "전화를 안 받아. 애마 아줌마가 아직 아빠랑 같이 있나 봐."

11:30. 이제 나를 도와줄 수 있는 사람은 한 명뿐이었다. 가능성은 희박했지만. 나는 개틀린 카운티 도서관에 전화를 걸었다. "메리언 아줌마도 없어. 아줌마라면 어떻게 해야 할지 알 텐데. 도대체 무슨 일이지? 아줌마는 근무시간이 끝나도 도서관을 떠나는 법이 없는데."

링크는 정신없이 서성거리고 있었다. "문을 연 데가 하나도 없어. 오늘은 망할 놈의 휴일이잖아. 허니힐 전투의 날이라고. 그냥 안전지대로 내려가서 구급대원을 찾아보는 게 나을지도 몰라."

나는 링크의 입에서 번개가 튀어나와 내 머리를 때리기라도 한 것처럼 링크를 뚫어지게 바라보았다. "오늘은 휴일이야. 문을 연 데가 하나도 없어." 나는 링크의 말을 되풀이했다.

"그래, 내가 방금 한 말이잖아. 이제 어쩌지?" 링크는 비참한 표정이었다.

"링크, 넌 천재야. 끝내주는 천재야."

"그건 나도 알아. 근데 그게 지금 무슨 상관이야?"

"비터 갖고 왔어?" 링크가 고개를 끄덕였다.

"갈 데가 있어."

링크가 시동을 걸었다. 엔진이 푸득거리다가 시동이 걸렸다. 항상 그런 것처럼. 홀리 롤러스의 음악이 자동차 스피커에서 쾅쾅 울려나왔다. 분명히 말하는데, 이번 음악은 엉망이었다. 리들리가 처음부터 그 사이렌의 재주를 부린 모양이었다.

링크는 자갈이 깔린 길을 찢어버릴 듯이 차를 몰다가 곁눈질로 나를 바라보았다. "어디로 간다고?"

"도서관."

"도서관이 닫혔다고 했잖아."

"다른 도서관이야." 링크는 무슨 말인지 알겠다는 듯 고개를 끄덕였지만, 사실은 전혀 이해하지 못했다. 그래도 옛날에 그랬던 것처럼 내게 장단을 맞춰주었다. 링크는 월요일 아침 첫 수업에 지각했을 때처럼 비터를 몰았다. 하지만 지금은 월요일 아침이 아니었다.

11시 40분이었다.

링크는 역사학회 건물 앞에서 끽 하고 차를 세운 뒤, 뭐가 어떻게 된 건지 이해하려는 시도조차 하지 않았다. 나는 링크가 홀리 롤러스의 음악을 끄기도 전에 차에서 뛰어내렸다. 내가 개틀린에서 두 번째로 오래된 이 건물 뒤의 어둠을 향해 모퉁이를 돌 때 링크가 나를 따라잡았다. "여긴 도서관이 아니잖아."

"맞아."

"여긴 DAR야."

"맞아."

"넌 DAR 싫어하잖아."

"맞아."

"엄마가 거의 매일 여기 오는데."

"맞아."

"야, 여긴 왜 온 거야?"

나는 철망으로 다가가서 손을 쑥 집어넣었다. 내 손이 금속을, 아니 금속처럼 보이던 것을 가르며 들어갔기 때문에, 손목이 절단된 것처럼 보였다.

링크가 나를 붙들었다. "세상에, 리들리가 내 음료수에 뭘 넣었나 봐. 네 팔이, 방금 네 팔이… 아니다, 내가 헛것을 봤어."

나는 다시 손을 빼내서 링크의 얼굴 앞에서 손가락을 꼼지락거렸다. "진심이냐? 오늘 밤에 그런 일을 다 보고도 지금 헛것을 본다고? 그래?"

나는 휴대전화를 확인했다. 11:45.

"설명할 시간이 없어. 어쨌든 지금부터 계속 더 이상한 일들만 벌어질 거야. 이제 도서관으로 내려갈 텐데, 여긴 보통 도서관이랑 달라. 정신이 하나도 없을 거야. 그러니까 그냥 차 안에서 기다리고 싶으면 그렇게 해도 돼." 링크는 속사포처럼 쏟아지는 내 말을 역시 속사포처럼 이해하려고 애쓰고 있었지만, 힘든 일이었다.

"들어갈 거야, 말 거야?"

링크는 철망을 바라보았다. 그리고 한 마디 말도 없이 손을 불쑥 집어넣었다. 손이 사라졌다.

링크도 같이 들어가기로 했다.

나는 허리를 숙이고 입구로 들어가 낡은 돌계단을 내려가기 시작했다. "서둘러. 책을 찾아야 돼."

링크는 비틀비틀 내 뒤를 따라오며 불안한 웃음을 터뜨렸다. "찾아? 책을? 도서관이라고?"

우리가 서둘러 어둠 속으로 내려가자 횃불들이 저절로 켜졌다. 나는 금속 초승달 모양의 걸이에서 횃불을 하나 꺼내 링크에게 던져주었다. 그리고 횃불을 하나 더 꺼내 들고 남은 계단을 펄쩍 뛰어넘어 납골당으로 향했다. 우리가 방 한가운데로 다가가는 동안 벽에 걸린 횃불들이 타오르기 시작했다. 그 너울거리는 불빛 속에 기둥들이 그림자를 매달고 나타났다. 도무스 루나에 리브리라는 글자가 입구의 어둠 속에서 다시 나타났다. 내가 지난번에 보았던 그 자리였다.

"메리언 아줌마! 여기 계세요?" 메리언 아줌마가 뒤에서 내 어깨를 톡톡 두드렸다. 나는 소스라치게 놀라서 펄쩍 물러서다가 링크와 부딪혔다.

링크가 비명을 지르며 횃불을 떨어뜨렸다. 나는 발로 불을 밟아 껐다. "세상에, 애시크로프트 박사님. 놀라서 죽는 줄 알았어요."

"미안, 웨슬리… 이선, 너 제정신이니? 이 가엾은 아이의 엄마가 누군지 잊었어?"

"링컨 부인은 지금 의식이 없어요. 리나한테 문제가 생겼고요. 메이컨 아저씨도 다쳤어요. 레이븐우드로 들어가야 하는데, 애마 아줌마도 찾을 수 없고, 들어갈 방법도 없어요. 터널을 통과해야 돼요." 나는 다시 어린애가 된 것처럼 모든 얘기를 한꺼번에 두서없이 쏟아놓았다. 메리언 아줌마와 이야기할 때는 엄마와 이야기하는 기분이었다. 아니, 최소한 엄마와 이야기하는 게 어떤 기분인지 아는 사람과 이야기하는 기분을 느낄 수는 있었다.

"난 아무것도 할 수 없어. 널 도와줄 수가 없다고. 어떤 식으로든 결정이 내려지는 건 자정이야. 내가 시간을 멈출 수는 없잖니. 메이컨이나 웨슬리의 어머니를 구해줄 수도 없어. 그건 누구라도 마찬가지야. 난 끼어들 수 없는 사람이니까." 메리언 아줌마는 링크를 바라보았다. "네 어머니 일은 유감이다, 웨슬리. 네 어머니를 무시해서 한 말은 아냐."

"네." 링크는 완전히 풀이 죽은 표정이었다.

나는 고개를 흔들며 메리언 아줌마에게 가장 가까이 꽂혀 있던 횃불을 건네주었다. "그런 게 아니에요. 아줌마한테 뭘 해달라는 게 아니라고요. 그냥 주술사 도서관의 사서가 하는 일만 해주시면 돼요."

"그게 뭔데?"

나는 의미심장한 얼굴로 메리언 아줌마를 바라보았다. "제가 레이븐우드에 책 한 권을 배달해야 돼요." 나는 몸을 구부려 가장 가까운 책 더미에서 아무 책이나 하나 꺼냈다. 내 손끝이 책에 닿아 또 화상을 입었다. 책 제목은 《독성 약초와 어법에 관한 완벽 안내서》였다.

메리언 아줌마는 수상쩍다는 표정이었다. "오늘 밤에?"

"네, 오늘 밤에요. 지금 당장. 메이컨 아저씨가 이 책을 가져다 달라고 직접 부탁하셨어요. 자정 전에 와야 한다고 했어요."

"주술사 도서관의 사서는 루나에 리브리 터널에 접근하는 방법을 아는 유일한 일반인이지." 메리언 아줌마는 음모를 꾸미는 것 같은 표정으로 나를 바라보더니 내 손에서 책을 빼앗아갔다. "내가 바로 그 사람인 게 다행이구나."

링크와 나는 메리언의 뒤를 따라 루나에 리브리의 구불구불한 터널들을 지나갔다. 처음에 나는 우리가 통과하는 떡갈나무 문의 수를 셌지만, 열여섯까지 세고는 그만두었다. 터널은 미로처럼 뻗어 있었으며, 저마다 모양이 달랐다. 때로 천장이 낮은 곳도 있어서 링크와 나는 허리를 굽히고 걸어야 했다. 하지만 천장이 높은 곳은 아예 지붕이 없는 것처럼 보일 정도였다. 여기는 문자 그대로 다른 세상이었다. 장식 하나 없이 녹슬어 있는 터널이 있는가 하면, 성이나 박물관의 복도처럼 보이는 곳도 있었다. 그런 곳의 벽에는 벽걸이, 액자에 넣은 옛날 지도, 유화 등이 걸려 있었다. 지금 상황이 이렇지 않았다면, 나는 걸음을 멈추고 초상화들 밑에 붙어 있는 자그마한 놋쇠 명판을 읽어보았을 것이다. 혹시 그들이 유명한 주술사였을 수도 있지 않은가. 어쨌든 저마다 모양이 다른 터널들에도 공통점이 있었다. 흙냄새와 통과하는 시간, 그리고 메리언 아줌마가 허리에 차고 있는 둥근 쇠에서 초승달 모양의 루나에 열쇠를 찾아 더듬거린 횟수가 그것이었다.

영원처럼 길게 느껴지는 시간이 흐른 뒤 우리는 어떤 문 앞에 이르렀다. 우리가 들고 있는 횃불들이 거의 꺼지기 직전이었지만, 나는 내 횃불을 높이 들어 올려 문 옆의 수직판에 새겨진 글자를 읽었다. 레이븐우드 장원. 메리언 아줌마는 이 마지막 문의 열쇠구멍에 초승달 모양의 열쇠를 집어넣었다. 문이 활짝 열리고, 조각이 새겨진 계단들이 나타났다. 집 안으로 이어진 그 계단 위의 천장을 언뜻 보니, 여기가 1층인 것 같았다.

나는 메리언 아줌마를 바라보았다. "고마워요, 메리언 아줌마." 나는 책을 향해 손을 내밀었다. "제가 이걸 메이컨 아저씨한테 전해드릴게요."

"너무 서두르지 마. 아직 네 이름으로 도서관 카드가 발급되지 않았어, EW." 메리언 아줌마가 내게 한쪽 눈을 찡긋했다. "그러니까 내가 직접 배달할 거야."

나는 휴대전화를 확인했다. 여전히 11:45라는 숫자가 화면에 떠 있었다. 불가능한 일이었다. "어떻게 우리가 루나에 리브리에 도착한 시각이랑 똑같아요?"

"달의 시간이야. 너희 같은 어린애들은 도무지 뭘 집중해서 듣는 법이 없지. 모든 게 눈에 보이는 대로만 흘러가는 건 아냐. 여기서는 그래."

내가 앞장서서 계단을 올랐다. 링크와 메리언은 내 뒤를 따라 계단을 올라와서 현관 앞 홀로 들어왔다. 레이븐우드는 아까 우리가 나갈 때의 모습과 똑같았다. 접시에 남아 있는 케이크 조각들, 찻잔 세트, 아직 열어보지 않은 채 쌓여 있는 생일선물 더미까지 똑같았다.

"델 이모! 리스! 할머니! 누구 안 계세요? 다 어디 계세요?" 내가 큰 소리로 외치자 사람들이 조각이 새겨진 나무장식들을 배경으로 모습을 드러냈다. 델 이모는 계단 옆에 서서 램프를 머리 위로 쳐들고 있었다. 금방이라도 그 램프로 메리언 아줌마의 머리를 후려칠 것 같은 자세였다. 할머니는 팔로 라이언을 보호하듯 가린 채 문간에 서 있었고, 리스는 계단 밑에 숨어서 케이크 나이프를 휘두르고 있었다.

그들이 모두 한꺼번에 말을 하기 시작했다. "메리언! 이선! 우리가 얼마나 걱정했는지 알아? 리나는 사라져버렸는데, 터널에서 벨 소리가 들리기에 우리는…."

"그 여자를 봤어? 그 여자가 저 밖에 있어?"

"리나를 봤니? 메이컨이 돌아오지 않아서 얼마나 걱정이 되던지."

"라킨도. 그 여자가 라킨을 해친 건 아니지?"

나는 그들을 바라보았다. 믿을 수가 없었다. 나는 델 이모의 손에서 램프를 빼앗아 링크에게 건네주었다. "정말 이 램프로 싸울 수 있을 거라고 생각한 거예요?"

델 이모는 어깨를 으쓱했다. "바클레이가 다락방으로 올라갔어. 커튼봉이랑 옛날 장식들을 무기로 바꾸는 주술을 걸려고. 램프는 엉겁결에 잡은 거야."

나는 라이언 앞에 무릎을 꿇었다. 시간이 별로 없었다. 정확히 말해서 약 14분뿐이었다. "라이언, 내가 다쳤을 때 네가 도와준 거 기억나? 지금도 그렇게 해줬으면 좋겠어. 그린브라이어에 가서. 메이컨 삼촌이 쓰러지셨어. 부도 다쳤고."

라이언은 금방이라도 울 것 같은 표정이었다. "부도 다쳤어?"

링크가 뒤쪽에서 헛기침을 했다. "우리 엄마도. 저기, 우리 엄마가 그동안 골치 아프게 굴었던 건 알지만, 혹시… 혹시 그 애가 우리 엄마도 도와줄 수 있을까?"

"그래, 링크의 엄마도."

할머니는 라이언을 자기 등 뒤로 다시 밀어 넣으며 아이의 뺨을 토닥거렸다. 그리고 스웨터와 치마의 매무새를 가다듬었다. "그럼 가자. 델과 내가 가마. 리스, 넌 여기 동생이랑 같이 있어. 아버지한테 우리가 어디 갔는지 이야기하고."

"할머니, 라이언이 필요해요."

"오늘 밤에는 내가 라이언이다, 이선." 할머니는 자기 가방을 들었다.

"라이언이 안 가면 저도 안 가요." 나는 고집을 부렸다. 라이언에게 워낙 많은 것이 걸려 있었다.

"아직 운명이 결정되지 않은 아이를 거기에 데리고 나갈 수는 없어. 열여섯 번째 달에는 안 돼. 그러다 저 애가 죽을 수도 있어." 리스는 바보를 보듯이 나를 바라보았다. 이번에도 내가 알 수 없는 주술사 세상의 이야기였다.

델 이모가 걱정 말라는 듯 내 팔을 잡았다. "우리 어머니는 공감 능력자야. 다른 사람들의 능력에 아주 민감해서, 한동안 빌려 쓸 수 있어. 지금은 이미 라이언의 능력을 빌려 오셨어. 그 능력이 오래 가지는 않겠지만, 어쨌든 지금은 어머니가 라이언의 능력을 모두 발휘할 수 있어. 게다가 이미 운명이 결정되신 분이지. 아주 오래전에. 그러니까 우리랑 같이 가면 돼."

나는 휴대전화를 확인했다. 11:49.

"우리가 너무 늦게 도착하면 어쩌죠?"

메리언 아줌마가 빙긋 웃으며 책을 들어올렸다. "난 아직 그린브라이어에 책을 배달한 적이 없어, 아직은. 델, 길을 찾을 수 있을 것 같아요?"

델 이모는 고개를 끄덕이며 안경을 썼다. "기록사는 항상 고대에 사라진 문들을 찾아낼 수 있어요. 새로운 문을 찾을 때는 조금 문제가 있지만." 델 이모는 터널 안으로 사라졌다. 메리언 아줌마와 할머니가 그 뒤를 따랐다. 링크와 나는 그들을 따라잡으려고 허둥지둥 달려갔다.

"늙은 아줌마들이 뭐가 저렇게 빨라?" 링크가 숨을 몰아쉬며 말했다.

이번에 우리는 금방이라도 무너질 것처럼 허름하고 좁은 길을 지나갔다. 검은색과 초록색이 얼룩덜룩하게 섞여 있는 이끼가 벽과 천장 전체에 스프레이로 뿌려 놓은 것처럼 자라고 있었다. 십중팔구 바닥에도 자라고 있을 테지만, 어두워서 보이지 않았다. 칠흑 같은 어둠 속에서 우리가 들고 있는 다섯 개의 횃불만 오르락내리락 움직이고 있었다. 링크와 내가 맨 뒤에 있었기 때문에 연기가 내 눈으로 들어와서 눈이 따갑고 눈물이 났다.

그린브라이어가 점점 가까워지고 있다는 것이 느껴졌다. 터널 안으로 연기가 스며들어오기 시작했기 때문이다. 그건 우리 횃불에서 피어오르는 연기가 아니라, 바깥세상으로 통하는 비밀 출입구에서 들어오는 연기였다.

"여기예요." 델 이모가 기침을 하며 말했다. 델 이모는 돌 벽에 직사각형으로 갈라진 부분을 손으로 더듬고 있었다. 메리언 아줌마가 이끼를 긁어내자 문이 드러났다. 루나에 열쇠는 이 문의 열쇠구멍에 완벽하게 들어맞았다. 수십만 일 전이 아니라 겨우 며칠 전에 누가 이 문을 연 적이 있는 것처럼 문이 쉽게 열렸다. 문은 떡갈나무가 아니라 돌이었다. 델 이모가 이 문을 밀어서 열 만큼 힘이 세다는 걸 믿을 수가 없었다.

델 이모는 계단 앞에서 걸음을 멈추고 나더러 먼저 가라고 손짓했다. 시간이 거의 다 됐다는 것을 알기 때문이었다. 나는 고개를 숙이고 머리 위에 늘어진 이끼 밑을 지나갔다. 돌계단을 올라가는 동안 공기에서 축축한 냄새가 났다. 나는 터널을 빠져나오자마자 그대로 얼어붙었다. 납골당의 돌 탁자가 보였기 때문이다. 《달의 책》이 오랜 세월 동안 놓여 있던 곳.

내 눈 앞의 돌 탁자가 바로 그것임이 틀림없었다. 지금도 그 위에 《달의 책》이 놓여 있었다.

오늘 아침에 내 옷장에서 사라졌던 바로 그 책이었다. 그 책이 어떻게 여기 와 있는지는 모르겠지만, 지금은 그런 걸 물어볼 시간이 없었다. 소리가 먼저 들리더니 곧 불길이 눈에 들어왔다.

불길은 엄청난 소리를 내며 타올랐다. 분노와 혼돈과 파괴의 힘이 가득했다. 그 불이 내 주위를 온통 에워쌌다. 연기가 얼마나 자욱한지 숨이 막힐 정도였다. 열기에 내 팔의 솜털이 그을렸다. 로켓을 통해 보았던 환영과 비슷했다. 아니 그보다 더했다. 내가 마지막으로 꾼 악몽과 비슷했다. 리나가 불길 속으로 사라지던 악몽.

리나를 잃어버릴 것 같은 느낌이 들었다. 꿈이 현실이 되고 있었다.

'리나, 어디 있어?'

'메이컨 삼촌을 도와줘.'

리나의 목소리가 점점 희미해졌다. 나는 손을 휘저어 연기를 흩어버리고 휴대전화를 확인했다.

11:53. 자정까지 7분이 남아 있었다. 시간이 부족했다.

할머니가 내 손을 잡았다. "그렇게 멍청히 서 있지 마. 우리한테는 메이컨이 필요해."

할머니와 나는 손을 잡고 불 속으로 뛰어들었다. 묘지와 정원으로 통하는 아치 뒤로 늘어선 버드나무들이 불타고 있었다. 덤불, 난쟁이 떡갈나무, 팔메토(미국 동남부에서 자라는 작은 야자나무―옮긴이), 로즈마리, 레몬나무, 모든 것이 불타고 있었다. 멀리서 마지막으로 포탄이 몇 발 터지는 소리가 들렸다. 허니힐 전투가 끝나가고 있었다. 재연행사에 참가했던 사람들은 이제 곧 불꽃놀이를 벌일 것이다. 하지만 안전지대에서 아무리 불꽃놀이를 해도, 지금 여기서 벌어지고 있는 불꽃놀이와는 비교가 되지 않을 터였다. 공터는 물론이고, 납골당을 둘러싼 정원 전체가 불타고 있었다.

할머니와 나는 휘청거리며 연기 속을 달려가 불타는 떡갈나무 숲으로 다가갔다. 메이컨이 아까 그 자리에 그대로 누워 있는 것이 보였다. 할머니가 허리를 숙이고 손으로 메이컨의 뺨을 만져보았다. "많이 약해졌지만, 괜찮을 거다." 바로 그 순간 부 래들리가 구르듯이 다가와 네 발로 펄쩍 뛰어 오르더니 조심스레 다가와서 제 주인 옆에 배를 깔고 누웠다.

메이컨이 할머니를 향해 힘겹게 고개를 돌렸다. 그리고 간신히 속삭이는 것 같은 목소리로 말했다. "리나는 어디 있어요?"

"이선이 그 애를 찾아낼 거야. 넌 쉬어라. 난 링컨 부인을 좀 봐야겠다."

링크는 제 엄마 옆에 가 있었다. 할머니는 더 이상 아무 말도 않고 링크가 있는 쪽으로 서둘러 다가갔다. 나는 일어서서 불길을 훑으며 리나를 찾았다. 하지만 아무도 보이지 않았다. 어디서도. 헌팅도, 라킨도, 새라핀도 전혀 보이지 않았다.

'난 이 위에 있어. 납골당 위에. 그런데 여기에 묶여버린 것 같아.'

'기다려, L. 내가 갈게.'

나는 다시 불길 속으로 들어가, 내가 리나와 함께 그린브라이어에 왔을 때 익혀둔 길을 따라가려고 애썼다. 납골당이 가까워질수록 불길이 더 뜨거워졌다. 살갗이 벗겨져나갈 것 같았다. 실제로 내 피부가 타고 있었다.

나는 아무런 표시가 없는 묘석 위로 올라가서, 금방이라도 허물어질 것 같은 돌담에서 발을 디딜 곳을 찾은 뒤 최대한 높이 몸을 끌어올렸다. 납골당 위에는 조각상이 하나 있었다. 천사상 같았는데, 몸의 일부가 떨어져나가고 없었다. 나는 천사의… 정확히 어떤 부위인지는 모르겠지만 하여튼 발목과 비슷하게 보이는 부분을 움켜쥐고 납골당 지붕 위로 몸을 끌어올렸다.

'서둘러, 이선! 네가 필요해.'

그 순간 나는 새라핀과 딱 마주쳤다.

새라핀이 내 배에 칼을 꽂아 넣었다.

진짜 칼이 나의 진짜 배에 박혔다.

이것이 우리가 결코 볼 수 없었던 꿈의 결말이었다. 다만 지금은 꿈이 아니라는 점이 다를 뿐이었다. 확실했다. 내 배에 박힌 칼날이 생생하게 느껴졌다.

'놀랐니, 이선? 이 채널을 이용하는 주술사가 리나뿐인 줄 알아?'

새라핀의 목소리가 점점 희미해졌다.

'지금은 그 애가 빛으로 남아 있으려고 노력하게 내버려둬.'

의식이 점점 흐릿해지면서 나는 만약 지금 나한테 남군 군복만 입힌다면 이선 카터 웨이트와 정확히 똑같아질 거라는 생각밖에 들지 않았다. 배에 부상을 입은 것도, 주머니에 로켓이 들어 있는 것도 똑같았다. 다른 점이 있다면, 나는 리 장군의 부대에서 탈영한 적이 없고 단지 잭슨 고등학교 농구부를 그만뒀을 뿐이라는 것밖에 없었다.

하지만 영원히 사랑할 주술사 아가씨에 관한 꿈을 꾸는 것 역시 과거의 이선과 똑같았다.

'이선! 안 돼!'

안 돼! 안 돼! 안 돼!

분명히 비명을 지르고 있었는데, 정신을 차려보니 소리가 내 목에 걸려 있었다.

이선이 쓰러지던 것이 기억난다. 내 어머니가 미소 짓던 것이 기억난다. 번득이던 칼날도, 피도.

이선의 피.

말도 안 돼.

아무것도 움직이지 않았다. 아무것도. 모두들 그대로 얼어붙었다. 밀랍 박물관에 재현된 사람들처럼. 성난 파도처럼 밀어닥치는 연기는 여전히 성난 파도였다. 회색 솜털 같은 연기가 어디에도 가지 않고, 위로 올라가지도 아래로 내려가지도 않고 그대로 멈춰 있었다. 마분지로 만든 무대배경처럼 그냥 허공에 떠있을 뿐이었다. 날름거리던 불꽃의 혀는 여전히 투명하고 여전히 뜨거웠지만이제는 아무것도 태우지 못하고 소리도 내지 않았다. 심지어 공기조차 꼼짝도하지 않았다. 모든 것이 1초 전과 정확히 똑같은 상태로 머물러 있었다.

할머니는 링컨 부인 옆에 웅크리고 앉아 뺨을 만져보기 직전이었다. 할머니의손이 허공에 떠 있었다. 링크는 겁에 질린 아이 같은 표정으로 진흙탕에 앉아제 엄마의 손을 잡고 있었다. 델 이모와 메리언 아줌마는 납골당 통로의 아래쪽계단에 쪼그리고 앉아서 연기를 막으려고 얼굴을 가리고 있었다.

메이컨 삼촌은 바닥에 누워 있고, 부는 그 옆에 엎드려 있었다. 헌팅은 1미터 남짓 떨어진 나무에 기대서서 자신의 작품을 감상 중이었다. 라킨의 가죽재킷에는 불이 붙어 있었고, 라킨은 엉뚱한 방향을 향하고 있었다. 레이븐우드를 향해길을 반쯤 내려간 곳이었다. 예상대로 현장을 향해 뛰어드는 대신 도망치는 중이었다.

그리고 새라핀. 내 어머니는 조각이 새겨진 단검을 머리 위로 높이 들고 있었다. 어둠에 속한 고대의 물건. 그 여자의 얼굴은 분노와 불길과 증오로 열에 들떠 있었다. 칼날에서 이선의 생기 잃은 몸 위로 여전히 피가 뚝뚝 떨어졌다. 심지어 그 핏방울조차 허공에 얼어붙은 듯 떠 있었다.

이선은 한 팔을 납골당 지붕 가장자리 너머로 쭉 뻗은 자세였다. 그 팔이 아래쪽 묘지를 향해 대롱거렸다.

우리가 꿈에서 보았던 광경이었다. 다만 역할이 바뀌었을 뿐.

내가 이선의 품에서 떨어진 것이 아니라, 이선이 내 품에서 떨어져나갔다.

납골당 아래에서 나는 손을 뻗어 불꽃과 연기를 옆으로 밀었다. 그리고 이선의손에 깍지를 꼈다. 나는 까치발로 서서야 간신히 이선에게 손이 닿을 수 있었다.

이선, 사랑해. 날 두고 가지 마. 네가 없으면 난 이 일을 해낼 수 없어.

달빛이 있다면 이선의 얼굴을 볼 수 있을 텐데. 하지만 달이 없었다. 지금은. 빛이라고는 여전히 얼어붙어 있는 불에서 나오는 것뿐이었다. 사방에서 날 에워싸고 있는 불길. 하늘은 텅 비어 있었다. 절대적인 암흑. 아무것도 없었다. 나는 오늘밤 모든 것을 잃었다.

나는 숨 쉬기가 힘들어질 만큼 흐느꼈다. 내 손가락이 이선의 손가락 사이로 미끄러졌다. 그 손가락이 내 머리를 어루만질 때의 느낌을 다시는 느낄 수 없을 것이다.

이선.

나는 아무도 내 말을 듣지 못해도 이선의 이름을 비명처럼 외치고 싶었다. 하지만 내 안에는 비명이 남아 있지 않았다. 아무것도 남은 게 없었다. 그 구절들밖에는. 환영에서 본 구절들이 단어 하나 빠짐없이 생각났다.

내 심장의 피.

내 생명의 생명.

내 몸의 몸.

내 영혼의 영혼.

"이러지 마라, 리나 두케인. 《달의 책》에 손을 대면 또 어둠이 시작될 거야." 나는 눈을 떴다. 애마 아줌마가 불길 속에서 내 옆에 서 있었다. 우리 주위의 세상은 여전히 얼어붙은 채였다.

나는 애마 아줌마를 바라보았다. "이거 조상들이 하신 거예요?"

"아니. 이건 네가 한 거다. 조상들은 내가 여기 올 수 있게 도와줬을 뿐이야."

"내가 어떻게 이런 걸 해요?"

애마 아줌마는 내 옆의 흙바닥에 앉았다. "넌 자신의 능력을 아직도 모르는구나, 그렇지? 적어도 그것만은 멜기세덱의 생각이 옳았어."

"애마 아줌마, 그게 무슨 소리예요?"

"난 항상 이선에게 언젠가 하늘에 구멍을 낼지도 모르는 녀석이라고 말했다. 하지만 이제 보니 네가 그걸 해낸 것 같군."

나는 얼굴에서 눈물을 닦아내려고 했지만, 계속 눈물이 솟아올랐다. 눈물이 내 입술이 닿자 입안에서 검댕의 맛이 났다. "제가… 제가 어둠이 된 거예요?"

"아직은 아냐. 지금은 아니다."

"그럼 저는 빛이에요?"

"아니. 그렇다고 말할 수도 없어."

나는 하늘을 올려다보았다. 연기가 모든 것을 뒤덮고 있었다. 나무도 하늘도. 달과 별들이 있어야 하는 자리에는 짙은 암흑만이 있을 뿐이었다. 재와 불꽃과 연기, 그리고 무(無).

"애마 아줌마."

"응?"

"달은 어디 있어요?

"글쎄, 네가 그걸 모르면 나야 정말 모르지. 내가 너의 열여섯 번째 달을 올려다 보고 있었는데, 네가 갑자기 그 밑에 서서 별들을 올려다보고 있더라. 하늘에 계신 하나님만이 너를 도와줄 수 있다는 듯이. 하늘을 떠받치듯이 손바닥을 들 어 올린 자세로. 그러고는 그냥 이렇게 됐어."

"결정이 내려지는 건 어떻게 됐어요?"

애마는 잠시 생각에 잠겼다. "글쎄, 열여섯 번째 해의 생일날 자정에 달이 사라 지면 어떻게 되는지는 나도 모른다. 한 번도 그런 일이 없었거든. 내가 아는 한 은. 아무래도 결정이 내려질 수는 없을 것 같구나. 열여섯 번째 달이 없으니 말 이야."

이 말을 듣고 나는 안도감, 기쁨, 혼란을 느껴야 마땅했다. 하지만 느껴지는 것 은 고통뿐이었다. "그럼 다 끝난 거예요?"

"모르겠다." 애마 아줌마는 손을 뻗어 나를 일으켜 세웠다. 아줌마의 손은 따뜻 하고 강했다. 나는 머리가 맑아진 느낌이었다. 이제 내가 무엇을 할지 우리 둘

다 알고 있는 것 같았다. 백 년도 더 전에 아이비도 바로 이 자리에서 제너비브가 무엇을 할지 알고 있었을 것이다.

나는 애마 아줌마와 함께 《달의 책》의 갈라진 표지를 열면서, 어떤 페이지를 펼쳐야 하는지 금방 깨달았다. 마치 처음부터 그걸 알고 있었던 것 같았다.

"이게 자연에 어긋난다는 건 너도 알지? 그래서 결과가 따를 수밖에 없다는 것도 알지?"

"알아요."

"그리고 이게 효과가 있을 거라는 보장이 없다는 것도 알지? 지난번에는 결과가 그리 좋지 않았다. 하지만 이것만은 확실하지. 내 이모할머니의 어머니인 아이비를 내가 조상들과 함께 모셔왔다. 그분들이 힘닿는 데까지 우릴 도와줄 거야."

"애마 아줌마, 저한테 달리 방법이 있는 것도 아니잖아요."

애마 아줌마는 내 눈을 한참 들여다보더니 마침내 고개를 끄덕였다. "내가 무슨 말을 해도 너를 막을 수 없다는 걸 안다. 네가 내 아이를 사랑하니까. 나 역시 내 아이를 사랑하니까 널 도울 거야."

나는 애마 아줌마를 바라보았다. 그리고 이해했다. "그래서 아줌마가 오늘 밤에 《달의 책》을 이리로 가져온 거로군요."

애마 아줌마는 고개를 끄덕였다. 천천히. 그리고 한 손을 내 목으로 뻗어 이선의 잭슨 고등학교 티셔츠 속에 있던, 반지가 달린 목걸이를 꺼냈다. "이건 라일라의 반지다. 그 애가 이걸 너한테 준 걸 보니 정말 지독히도 널 사랑하는 모양이다."

이선, 사랑해.

"사랑은 강렬한 거다, 리나 두케인. 어머니의 사랑은 절대 우습게 보면 안 돼. 내가 보기에는 라일라가 최대한 너희를 도우려고 줄곧 애썼던 것 같다."

애마 아줌마는 내 목에서 반지를 획 떼어냈다. 그 바람에 목걸이가 끊어지면서 내 목을 파고 들어가며 표시를 남긴 것이 느껴졌다. 애마 아줌마는 반지를 내 가운뎃손가락에 끼웠다. "라일라가 널 봤으면 좋아했을 거다. 제너비브가 이 책을 사용했을 때 갖지 못했던 한 가지를 너는 갖고 있어. 두 집안의 사랑이지."

나는 눈을 감고 내 피부에 닿은 차가운 금속의 감촉을 느꼈다. "아줌마 말이 옳았으면 좋겠어요."

"잠깐." 애마 아줌마가 손을 뻗어 이선의 주머니에서 제너비브의 로켓을 꺼냈다. 로켓은 여전히 애마 아줌마의 집안에 내려오는 손수건에 싸인 채였다. "네가 이미 저주를 받았다는 걸 모두에게 일깨워주려는 거다." 애마 아줌마는 불안한 표정으로 한숨을 내쉬었다. "같은 죄로 두 번 재판을 받을 수는 없다는 뜻이야."

애마 아줌마는 로켓을 책 위에 올려놓았다. "이번에는 제대로 해야지."

그러고 나서 애마 아줌마는 자기 목에서 많이 닳은 부적을 떼어내서 책 위에 로켓과 나란히 놓았다. 작은 황금색 은반 모양의 부적은 거의 동전처럼 보였다. 하지만 오랜 세월이 흐르는 동안 많이 닳아서 표면에 새겨진 형상은 희미해져 있었다. "이건 내 아이에게 손을 대는 건 내게 손을 대는 것과 같다는 걸 모두에게 일깨워주려는 거야."

애마 아줌마는 눈을 감았다. 나도 눈을 감았다. 그리고 양손을 책장에 대고 주문을 외기 시작했다. 처음에는 천천히 시작했지만, 점점 목소리가 커졌다.

"크루오르 펙토리스 메이, 투텔라 투아 에스트.

비타 비타에 메아에, 코리피엔스 투암, 코리피엔스 메암."

나는 자신 있게 이 주문을 외웠다. 그건 자신이 살든 죽든 진심으로 개의치 않는 사람만이 가질 수 있는 자신감이었다.

"코르푸스 코르포리스 메이, 메둘라 멘스쿠에,

아니마 아니마에 메아에, 아니맘 노스트람 코넥테."

나는 얼어붙은 주위 풍경을 향해 이 주문을 외쳤다. 내 목소리를 들을 수 있는 사람은 애마 아줌마뿐이었지만.

"크루오르 펙토리스 메이, 루나 메아, 아에스투스 메우스.

크루오르 펙토리스 메이. 파툼 메움, 메아 살루스."

애마 아줌마가 그 강한 손을 뻗어 부들부들 떨리는 내 손을 잡아주었다. 우리는 함께 주문을 다시 외웠다. 이번에는 이선과 라일라의 언어로, 메이컨 삼촌과 델 이모와 애마와 링크와 어린 라이언의 언어로 말했다. 이선을 사랑하고 우리를 사랑하는 모든 사람의 언어. 이번에는 우리의 주문이 노래가 되었다.

사랑의 노래. 이선 로슨 웨이트를 누구보다 사랑하는 두 사람이 그에게 바치는 노래였다. 우리는 또한 이 일이 실패하면 누구보다 그를 그리워할 사람들이기도 했다.

"내 심장의 피, 보호는 그대의 것.

내 생명의 생명, 당신의 것을 가져가고, 내 것을 가져가고.

내 몸의 몸, 골수와 마음.

내 영혼의 영혼, 우리의 영적인 유대를 향해.

내 심장의 피, 나의 물결, 나의 달.

내 심장의 피. 나의 구원, 나의 파멸."

번개가 나와 책과 납골당과 애마 아줌마를 때렸다. 적어도 내 생각에는 그런 것 같았다. 하지만 환영 속에서 제너비브도 똑같이 느꼈던 것이 기억났다. 애마 아줌마는 납골당 벽에 내동댕이쳐져서 머리가 돌 벽에 부딪혔다.

나는 전기가 내 몸을 훑고 지나가는 것을 느끼며 긴장을 풀었다. 그리고 내가 죽더라도 이선과 함께 있을 수 있다는 사실을 받아들였다. 이선이 느껴졌다. 그가 내게 얼마나 가까이 있는지, 내가 그를 얼마나 사랑하는지도 느껴졌다. 내 손가락에서 뜨겁게 달아오른 반지를 느끼며, 그가 나를 얼마나 사랑하는지도 느낄 수 있었다.

내 눈이 불타는 것 같았다. 어디를 봐도 안개처럼 흐릿한 황금색 빛밖에 보이지 않았다. 잘은 모르겠지만, 그 빛이 내게서 나오는 것 같았다.

애마 아줌마가 속삭이는 소리가 들렸다. "내 아이."

나는 이선에게 고개를 돌렸다. 이선은 황금색 빛에 푹 빠져 있었다. 주위의 다른 것들도 모두 마찬가지였다. 이선은 여전히 꼼짝도 하지 않았다. 나는 당황해서 애마 아줌마를 바라보았다. "효과가 없었어요."

애마 아줌마는 돌 제단에 몸을 기대며 눈을 감았다.

나는 고함을 질렀다. "효과가 없었다고요!"

나는 비틀거리며 책에서 멀어져 진흙탕으로 뛰어나갔다. 그리고 하늘을 올려다보았다. 다시 달이 떠 있었다. 나는 머리 위 하늘을 향해 양팔을 들어올렸다. 피가 흘러야 할 내 핏줄을 열기가 태우며 지나갔다. 내 안에서 분노가 차올랐지만, 그 분노를 쏟을 곳이 없었다. 분노가 나를 갉아먹는 것이 느껴졌다. 분노를 쏟을 방법을 찾지 못하면, 분노가 나를 파괴해버릴 터였다.

헌팅. 라킨. 새라핀.

포식자, 비겁자, 나의 살인자 어머니. 자기 자식을 파멸시키려고 살아온 사람. 우리 주술사 가문 가계도의 뒤틀린 혹 같은 존재.

저들이 내게 유일하게 중요한 존재를 이미 가져가버렸는데, 내가 어떻게 스스로 결정을 내린단 말인가? 열기가 내 손을 통해 치밀어 올랐다. 스스로 의지를 갖고 움직이는 것 같았다. 번개가 하늘을 갈랐다. 나는 그 번개가 목적지에 닿기도 전에 목적지가 어딘지 이미 알고 있었다.

목적지는 세 곳이었다. 하지만 나를 인도해주는 별은 없었다.

번개가 폭발하며 불꽃으로 변해서 세 개의 과녁을 동시에 때렸다. 오늘 밤 내게서 모든 것을 가져간 자들. 내가 고개를 돌려야 마땅한 광경이었지만, 나는 그렇게 하지 않았다. 조금 전만 해도 내 어머니였지만 지금은 조각상처럼 얼어붙어 있는 여자는 묘하게 아름다웠다. 그 여자가 달빛 속에서 불꽃에 휩싸였다.

나는 팔을 내려 내 눈에서 흙과 재와 슬픔을 닦아냈다. 하지만 내가 돌아보니 그 여자가 보이지 않았다.

그들 모두 보이지 않았다.

비가 내리기 시작했다. 흐릿했던 내 시야가 점점 또렷해져서 빗줄기가 장막처럼 쏟아지며 연기를 피워 올리던 떡갈나무, 들판, 덤불을 때리는 것이 보였다. 오랜만에 처음으로 모든 것이 또렷이 보였다. 아니, 생전 처음인 것 같기도 했다. 나는 다시 납골당을 향해 돌아섰다. 이선에게로.

그런데 이선이 없었다.

조금 전 이선의 몸이 누워 있던 자리에 지금은 다른 사람이 있었다. 메이컨 삼촌. 어떻게 된 건지 알 수 없었다. 나는 해답을 구하려고 애마 아줌마를 바라보았다. 아줌마의 눈이 엄청나게 컸다. 겁에 질린 눈이었다. "애마 아줌마, 이선은 어디 있어요? 어떻게 된 거예요?"

하지만 애마 아줌마는 대답하지 않았다. 생전 처음으로 아줌마는 말을 잃었다. 아줌마는 메이컨 삼촌을 멍하니 바라보고 있었다. "일이 이렇게 끝날 줄은 생각도 못했어, 멜기세덱. 그렇게 오랜 세월 동안 우리가 세상의 무게를 함께 지고 있었는데." 애마 아줌마는 삼촌이 자기 말을 들을 수 있기라도 한 것처럼 삼촌에게 말을 걸고 있었다. 지금까지 내가 한 번도 들은 적이 없는, 가느다란 목소리로. "이제 나 혼자 어떻게 그 무게를 지탱하지?"

나는 애마 아줌마의 어깨를 움켜쥐었다. 아줌마의 앙상한 뼈들이 내 손바닥을 파고들었다. "애마 아줌마, 어떻게 된 거예요?"

아줌마는 눈을 들어 내 눈을 마주 보았다. 아줌마의 목소리는 거의 속삭이는 소리에 가까웠다. "대가를 내놓지 않으면, 저 책에서 아무것도 얻을 수 없어." 눈물 한 방울이 아줌마의 주름진 뺨을 타고 흘러내렸다.

그럴 리가 없었다. 나는 메이컨 삼촌 옆에 무릎을 꿇고 앉아서 천천히 손을 뻗어 완벽하게 면도한 삼촌의 뺨을 만져보았다. 대개 삼촌의 뺨에서는 인간을 흉내 낸 온기가 느껴졌다. 일반인들의 희망과 꿈을 에너지로 만들어낸 온기였다.

하지만 오늘은 달랐다. 삼촌의 피부가 얼음처럼 차가웠다. 리들리의 피부처럼. 죽은 사람처럼.

대가를 내놓지 않으면….

"아냐…제발, 안 돼." 내가 메이컨 삼촌을 죽였다. 게다가 나는 스스로 결정을 내리지도 않았다. 빛을 선택하지도 않았는데, 삼촌을 죽이고 말았다.

내 안에서 다시 분노가 차올랐다. 바람이 우리 주위에서 몰아치며, 내 감정을 따라 소용돌이쳤다. 이제 이것이 친숙하게 느껴지기 시작했다. 오랜 친구 같았다. 《달의 책》은 나와 끔찍한 거래를 했다. 나는 원한 적이 없는데. 그러다 퍼뜩 생각이 들었다.

거래.

메이컨 삼촌이 여기 있다면, 이선이 죽어 있던 곳에 메이컨 삼촌이 있다면, 혹시 이선이 살아서 저 바깥 어딘가에 있는 걸까?

나는 일어서서 납골당을 향해 뛰어갔다. 황금빛에 물든 얼어붙은 풍경을 향해서. 이선이 저 멀리서 부와 나란히 풀밭에 누워 있는 것이 보였다. 조금 전에 메이컨 삼촌이 있던 곳이었다. 나는 이선에게 다가가 이선의 손을 잡았다. 하지만 이선의 손은 여전히 차가웠다. 이선은 살아나지 못했고, 이젠 메이컨 삼촌마저 가버렸다.

내가 무슨 짓을 한 거지? 나는 두 사람을 모두 잃었다. 진흙탕에 무릎을 꿇고 앉아서 나는 이선의 가슴에 고개를 묻고 울었다. 이선의 손을 내 뺨에 갖다 댔다. 나는 이선이 언제나 내 운명을 받아들이지 않으려고 했던 것, 포기하지 않으려고 했던 것, 나와 헤어지지 않으려고 했던 것을 떠올렸다.

이제는 내 차례였다. "난 너와 헤어지지 않을 거야. 작별 인사는 안 할 거야." 결국 이렇게 돼버렸다. 연기를 피워 올리는 잡초들 사이에서 이 말을 속삭이는 걸로 끝나버렸다.

그런데 그때 느낌이 왔다. 이선의 손가락이 구부러졌다 펴졌다 하면서 내 손을 찾고 있었다.

'L?'

이선의 목소리가 아주 희미하게 들렸다. 나는 울면서 웃었다. 그리고 이선의 손에 입을 맞췄다.

'내 말 들려, 리나 비나?'

나는 이선의 손에 내 손을 깍지 끼고 다시는 그 손을 놓지 않겠다고 맹세했다. 나는 얼굴을 들고 비를 맞으며, 빗물이 검댕을 씻어가게 했다.

'나 여기 있어.'

'어디 가지 마.'

'난 아무 데도 안 가. 너도 어디 가면 안 돼.'

희망

⊱ 2.12 ⊰

나는 휴대전화를 확인했다. 망가져 있었다.

시간을 가리키는 숫자는 여전히 11:59였다.

하지만 나는 자정이 이미 훨씬 넘었다는 걸 알고 있었다. 불꽃놀이의 피날레가 시작됐기 때문이다. 비가 내리는데도 불꽃놀이는 계속됐다. 올해의 허니힐 전투가 끝났다.

나는 진흙 벌판에 누워 그냥 비를 맞았다. 그러면서 아직도 비가 추적추적 내리는 밤하늘에서 소규모 불꽃들이 터지려고 애쓰는 것을 지켜보았다. 모든 것이 구름이 낀 듯 흐릿했다. 머릿속도 흐릿했다. 나는 아래로 떨어지면서 머리뿐만 아니라 여기저기 여러 군데를 부딪혔다. 배, 엉덩이, 몸 왼쪽 전체가 쑤셨다. 내가 이렇게 엉망이 된 몰골로 돌아가면, 아마 아줌마가 나를 죽이려고 들 것이다.

기억나는 거라고는, 내가 분명히 그 웃기는 천사 조각상을 붙들고 있었다는 것뿐이었다. 정신을 차려보니 나는 여기 진흙탕 속에 똑바로 누워 있었다. 납골당 지붕으로 올라가려고 애쓰는 과정에서 조각상의 일부가 떨어져 나오는 바람에 내가 바닥으로 추락한 것 같았지만, 확신할 수는 없었다. 내가 멍청하게 바닥으로 떨어져 정신을 잃자, 링크가 나를 이리로 데려다 놓았음이 틀림없었다. 이 기억과 생각 외에는, 마치 누가 내 머릿속을 깨끗이 닦아버리기라도 한 것처럼 아무것도 떠오르지 않았다.

그래서 메리언 아줌마, 할머니, 델 이모가 납골당 근처에 웅크리고 앉아서 울고 있는 걸 이해할 수 없었던 것 같다. 나는 간신히 몸을 일으켜 휘청거리며 그곳으로 갔다. 그리고 꿈에도 생각지 못한 광경을 보았다.

메이컨 레이븐우드가 죽어 있었다.

어쩌면 처음부터 이미 죽은 상태였던 건지도 모르지만, 어쨌든 이제는 그가 존재하지 않았다. 그 정도는 나도 알 수 있었다. 리나는 메이컨의 시신에 몸을 던졌고, 비가 두 사람을 흠뻑 적셨다.

메이컨이 빗방울에 젖은 모습은 생전 처음 보았다.

다음 날 아침 나는 리나의 생일날 밤에 있었던 일들을 몇 가지 꿰어 맞출 수 있었다. 희생자는 메이컨이 유일했다. 내가 의식을 잃은 뒤에 헌팅이 메이컨을 제압한 모양이었다. 할머니는 꿈을 먹을 때보다 피를 먹을 때 훨씬 더 많은 힘을 얻을 수 있다고 설명해주었다. 그렇다면 메이컨은 처음부터 헌팅과 싸워 이길 가망이 없었던 건지도 모른다. 그래도 그는 결코 도망치지 않았다.

메이컨은 항상 리나를 위해서라면 못할 일이 없다고 말했다. 그리고 결국 그 말을 지킨 셈이 되었다.

메이컨 외에는 다들 아무 이상이 없는 것 같았다. 적어도 신체적으로는 그랬다. 델 이모, 할머니, 메리언 아줌마는 기운 없이 몸을 질질 끌며 레이븐우드로 돌아갔다. 부가 길 잃은 강아지처럼 낑낑거리며 그 뒤를 따랐다. 델 이모는 라킨이 어떻게 됐는지 알지 못했다. 델 이모에게 식구들 중에 못된 씨앗이 하나가 아니라 둘이었다는 사실을 어떻게 알려야 할지 알 수 없었기 때문에, 다들 아무 말도 하지 못했다.

링컨 부인은 아무것도 기억하지 못했다. 그래서 링크는 제 엄마에게 어쩌다가 페티코트와 팬티스타킹까지 갖춰 입은 차림으로 전장 한가운데에 쓰러져 있게 됐는지 설명하느라고 애를 먹었다. 링컨 부인은 자신이 메이컨 레이븐우드의 집안사람들과 함께 있는 것을 알고 경악했지만, 링크의 부축을 받으며 비터가 있는 곳으로 걸어가는 동안 예의바르게 굴었다. 링크는 궁금한 것이 아주 많은 듯했지만, 링크의 궁금증에 답해주는 건 대수학 II 수업시간까지 미뤄도 될 것 같았다. 그래야 모든 것이 정상으로 돌아갔을 때, 우리가 그 궁금증을 묻고 답하는 데 정신을 팔며 마음을 추스를 수 있을 터였다. 그게 언제가 될지는 모르겠지만.

문제는 새라핀이었다.

새라핀, 헌팅, 라킨은 사라져버렸다. 내가 정신을 차렸을 때, 세 사람은 이미 사라진 뒤였다. 내 옆에 있던 리나는 레이븐우드까지 걸어가는 동안 내게 몸을 기댔다. 나는 자세한 부분들이 분명히 기억나지 않았다. 하지만 아무래도 리나와 메이컨을 비롯한 우리 모두가 자연체로서 리나가 지닌 힘을 과소평가했던 것 같았다. 리나가 무슨 수를 썼는지 달을 차단하고, 결정이 내려지는 것을 막은 것이다. 그리고 결정이 내려지지 않았기 때문에 새라핀, 헌팅, 라킨이 도망친 것 같았다. 적어도 당분간은 나타나지 않을 것이다.

리나는 여전히 자세한 이야기를 꺼렸다. 아니, 아예 별로 말이 없었다.

나는 리나의 침실 바닥에서 리나와 손을 깍지 끼고 나란히 누워 잠들었다. 내가 깨어났을 때, 리나는 없고 나만 혼자 있었다. 리나의 침실 벽은 얼마 전까지만 해도 검은 글자들로 뒤덮여서 원래 색인 흰색이 손톱만큼도 보이지 않았지만, 지금은 완전히 깨끗해져 있었다. 딱 한 군데, 창문과 마주 보는 벽만 바닥부터 천장까지 글자들로 뒤덮여 있었다. 하지만 그 글자들은 리나의 필체가 아닌 것 같았다. 소녀다운 필체가 보이지 않았다. 나는 그 단어들을 직접 느낄 수 있기라도 한 것처럼 벽을 만져보았다. 리나가 밤새 한잠도 자지 않고 이 글자들을 썼음을 알 수 있었다.

메이컨 이선

나는 그의 가슴에 고개를 묻고 울었다 그가 살았기 때문에

그가 죽었기 때문에

마른 대양, 감정의 사막

기쁘고 슬픈 어둠빛 슬픔기쁨이 나를 휩쓸고 지나갔다, 내 밑에서

그 소리가 들렸지만 나는 그 뜻을 이해할 수 없었다

그러다가 그 소리가 나라는 것을 깨달았다, 무너지고 있는 나

나는 모든 것을 느끼면서도 동시에 아무것도 느끼지 않았다

나는 산산조각 났고, 구원받았고, 모든 것을 잃었고, 받았다

다른 모든 것을

내 안에서 뭔가가 죽었다, 내 안에서 뭔가가 태어났다, 나는 알 뿐이다

그 여자애가 사라진 것을

지금의 내가 어떤 사람이든, 나는 다시는 그 여자애가 되지 못할 것이다 이것이 바로

세상이 끝나는 방식이다 쾅 하는 충격이 아니라 징징거리는 울음으로

스스로 결정하라 스스로 결정하라 스스로 결정하라

감사 분노 사랑 절망 희망 증오

처음에는 녹색이던 것이 황금색이 되지만 녹색은 결코 계속될 수 없다

애쓰지

마라

녹색은

결코

계속될
수
없다

    T. S. 엘리엇, 로버트 프로스트, 부코우스키. 나는 리나의 책장과 리나의 방 벽에서 보았던 몇몇 시인들의 시 구절을 알아보았다. 하지만 프로스트의 경우, 리나는 시 구절을 거꾸로 썼다. 리나답지 않았다. 원래 시 구절은, '황금색은 결코 계속될 수 없다'였다.

    녹색이 아니었다.

    어쩌면 이제 리나에게는 어느 쪽이나 전부 똑같이 보이는지도 몰랐다.

    나는 휘청거리며 부엌으로 내려갔다. 델 이모와 할머니가 낮은 목소리로 이야기를 나누고 있었다. 엄마가 돌아가셨을 때 사람들이 그렇게 낮은 목소리로 장례식 준비에 대해 이야기하던 것이 생각났다. 나는 낮은 목소리도, 이야기 내용도 모두 싫었다. 세상이 계속 돌아간다는 사실이 얼마나 고통스러웠는지 모른다. 친척들이 이런저런 계획을 짜고, 다른 친척들에게 연락을 하고, 유품을 정리하는 것도 괴로웠다. 내가 원하는 건, 엄마를 따라 관 속으로 들어가는 것뿐이었는데. 아니, 레몬나무를 심고, 토마토볶음을 만들고, 맨손으로 기념관을 짓고 싶었던 것 같기도 했다.

    "리나는 어디 있어요?" 내 목소리는 나직하지 않았다. 델 이모가 화들짝 놀랐다. 할머니는 무슨 일이 있어도 화들짝 놀랄 사람이 아니었다.

    "방에 없어?" 델 이모는 당황한 표정이었다.

    할머니는 자기 잔에 차분하게 차를 다시 따랐다. "그 아이가 어디 있는지는 네가 잘 알 거다, 이선."

    맞는 말이었다.

리나는 납골당에 누워 있었다. 우리가 메이컨을 발견했던 바로 그 자리에. 리나는 회색 하늘을 빤히 바라보았다. 축축하게 젖은 채로 진흙이 묻어 있는, 전날 밤의 옷차림 그대로였다. 사람들이 메이컨의 시신을 어디로 가져갔는지는 알 수 없었지만, 리나가 여기에 오고 싶다는 충동을 느낀 이유는 이해할 수 있었다. 비록 메이컨은 이제 없지만, 그래도 메이컨과 함께 있고 싶었을 것이다.

리나는 내가 와 있다는 걸 알면서도 나를 바라보지 않았다. "내가 말했던 못된 말들을 되돌릴 기회가 모두 사라졌어. 내가 얼마나 사랑했는지 삼촌은 전혀 몰랐을 거야."

나는 진흙탕 속에 리나와 나란히 누웠다. 그렇지 않아도 쑤시는 몸이 앓는 소리를 냈다. 나는 리나를 바라보았다. 구불구불한 검은 머리카락과 물기와 흙이 묻은 뺨도 바라보았다. 눈물이 뺨을 타고 흘러 내렸지만 리나는 눈물을 닦으려 하지 않았다. 나도 마찬가지였다.

"삼촌은 나 때문에 돌아가셨어." 리나는 회색 하늘을 빤히 바라보았다. 눈을 한 번도 깜박이지 않았다. 리나의 기분을 달래줄 수 있는 말이 있었으면 좋겠다는 생각이 들었지만, 그런 말은 세상에 존재하지 않는다는 걸 나는 누구보다 잘 알고 있었다. 그래서 아무 말도 하지 않았다. 대신 리나의 손가락에 일일이 입을 맞췄다. 그러다 내 입에 금속의 맛이 느껴져서 입맞춤을 멈췄다. 그것이 눈에 보였다. 리나의 오른손에 끼워진 엄마의 반지.

나는 리나의 손을 들어 올렸다.

"이걸 잃어버리고 싶지 않았어. 목걸이는 어젯밤에 끊어졌어."

검은 구름들이 바람에 밀려왔다가 밀려나갔다. 아직 폭풍이 완전히 물러간 것이 아니었다. 그 정도는 나도 알 수 있었다. 나는 내 손으로 리나의 손을 감쌌다. "지금만큼 널 사랑한 적이 없어. 앞으로도 내 사랑은 지금 이 순간과 똑같을 거야."

해가 보이지 않는 회색 하늘은 순간적인 고요에 불과했다. 우리의 삶을 영원히 바꿔놓은 폭풍과 앞으로 다가올 폭풍 사이의 고요.

"약속할 수 있어?"

나는 리나의 손을 꼭 쥐었다.

'날 놓지 마.'

'절대 안 그래.'

우리의 손이 하나가 되었다. 리나가 내게 고개를 돌렸다. 나는 리나의 눈을 들여다보다가, 한쪽 눈은 초록색이지만 다른 한쪽은 담갈색이라는 걸, 아니 황금색에 더 가깝다는 걸 처음으로 알아차렸다.

나는 정오가 다 되어서야 집까지 먼 길을 걸어가기 시작했다. 파란 하늘에 어두운 회색과 황금색 줄무늬가 나 있었다. 공기가 점점 무거워져서 몇 시간만 지나면 폭발할 것 같았다. 리나는 그때 여전히 쇼크 상태였던 것 같다. 하지만 나는 폭풍을 맞을 각오가 되어 있었다. 마침내 폭풍이 시작되면, 개틀린의 허리케인은 봄날의 소나기처럼 보일 것이다.

델 이모가 나를 집까지 차로 데려다주겠다고 했지만 나는 걷고 싶었다. 내 몸의 모든 뼈가 쑤시고 아파도 걸으면서 머릿속을 정리할 필요가 있었다. 청바지 주머니에 양손을 찔러 넣자 익숙한 덩어리가 만져졌다. 로켓이었다. 리나와 함께 또 다른 이선 웨이트에게 이걸 돌려줄 방법을 찾아야 할 것 같았다. 제너비브가 우리에게 바랐던 것처럼, 무덤 속에 누워 있는 그에게 이걸 돌려줘야 했다. 그러면 이선 카터 웨이트가 조금이나마 평화를 누리게 될지도 모른다. 우리가 그 두 사람에게 진 신세를 생각하면 적어도 그 정도는 해줘야 했다.

나는 레이븐우드로 이어진 가파른 길을 내려와서 다시 갈림길 앞에 섰다. 리나를 만나기 전에는 너무나 무섭게 보였던 그 길. 그때는 내가 어디로 가고 있는지 몰랐다. 진짜 두려움이 어떤 건지, 진짜 사랑이 어떤 건지도 몰랐다.

나는 들판을 지나 9번 도로를 따라 걸어가며 처음에 폭풍 속에서 차를 몰고 이 길을 지나던 것을 생각했다. 나는 모든 것을 떠올렸다. 내가 아빠와 리나를 하마터면 잃을 뻔했던 것, 내가 눈을 떴더니 리나가 나를 뚫어져라 바라보고 있던 것. 그랬더니 내가 굉장한 행운아라는 생각이 들었다. 하지만 이내 우리가 메이컨을 잃었다는 데에 생각이 미쳤다.

나는 메이컨에 대해 생각했다. 끈으로 묶여 있는 메이컨의 책들과 서류, 완벽하게 다림질된 셔츠, 그리고 그보다 훨씬 더 완벽했던 침착함. 앞으로 리나가 많이 힘들어할 거라는 생각이 들었다. 리나는 메이컨을 그리워하며, 그의 목소리를 한 번만이라도 다시 들을 수 있기를 바랄 것이다. 하지만 내가 그런 리나의 옆에 있을 것이다. 내가 엄마를 잃었을 때 누군가가 옆에 있어주기를 바랐던 것처럼. 지난 몇 달 동안 많은 일들을 겪었고 엄마가 우리에게 보낸 메시지도 있기 때문에, 나는 메이컨 역시 정말로 완전히 사라져버렸다고는 생각하지 않았다. 어쩌면 메이컨은 지금도 어딘가에서 우리를 지켜보고 있을지도 모른다. 메이컨은 리나를 위해 자신을 희생했다. 그것만은 확실했다.

옳은 일과 쉬운 일은 항상 일치하지 않는다. 그걸 메이컨만큼 잘 아는 사람은 없었다.

나는 하늘을 올려다보았다. 회색 소용돌이가 온통 파랗기만 한 하늘 전체로 스며들고 있었다. 하늘은 내 방 천장처럼 파랬다. 정말로 그 파란색이 어리호박벌들을 막아주는 건지 궁금했다. 어리호박벌들이 그 파란색을 정말로 하늘이라고 믿는지 궁금했다.

열심히 제대로 보려고 애쓰지 않으면, 터무니없는 것들이 눈에 보인다.

나는 주머니에서 아이팟을 꺼내 음악을 틀었다. 목록에 새 노래가 있었다.
나는 그 제목을 한참 동안 빤히 바라보았다.
'열일곱 개의 달.'
나는 그 노래를 클릭했다.

열일곱 개의 달, 열일곱 해
어둠 또는 빛이 나타나는 눈
황금색은 예, 초록색은 아니오
열일곱이 마지막으로 알게 되리라

   ···끝

레이븐우드 농장

레이븐우드

그린브라이어

'쓰러진 병사들' 박물관

1. ABC 스토어
2. 〈성조〉 신문사
3. 스닙 앤 컬 미용실
4. 에덴동산 꽃집
5. 애셔 박사 사무실
6. 리틀 미스 드레스 가게
7. 밀리의 아침 식사와 비스킷
8. 우체국

도라가

엘리슨 카퍼스 중학교

1 2 3

물드리 숲

개틀린 카운티
도서관

AGC 남북전쟁
재연 클럽

제일 감리교회

스톱&숍

BP 역

데-리키

개틀린 지도

샌티 강

면화밭과 옛 창고들

9번 도로

웨이트가 거주지

윌크스 사료 가게

복음주의 전도
침례교회

찰스 콜콕스 초등학교

6 7

제너럴스 그린

메인 거리

8

역사학회와
DAR

남부 연방의 자매들

허니컷 잡화점

뷸라 오순절 교회

스톤월 잭슨
고등학교

잭슨 거리

뷰티풀크리처스

1판 1쇄 발행 2011년 1월 28일
1판 4쇄 발행 2011년 3월 11일

지은이 캐미 가르시아 · 마거릿 스톨
옮긴이 김승욱

발행인 양원석
총편집인 이헌상
책임편집 김지아
전산편집 김미선
영업 마케팅 김성룡, 윤석진, 김승헌

펴낸 곳 랜덤하우스코리아(주)
주소 서울시 금천구 가산동 345-90 한라시그마밸리 20층
편집문의 02-6443-8846 **구입문의** 02-6443-8838
홈페이지 www.randombooks.co.kr
등록 2004년 1월 15일 제2-3726호

ISBN 978-89-255-4161-7 03840